绿 宝 石
Fall into your light

刘天壮 ◎ 著

第十三章 请君入瓮 183

第十四章 一查到底 198

第十五章 敲山震虎 214

第十六章 接头失败 229

第十七章 人间魔窟 244

第十八章 冲破牢笼 259

第十九章 同生共死 279

第二十章 灰色礼帽 297

第二十一章 险象环生 312

第二十二章 咬住就不松口 326

第二十三章 弃暗投明 343

第二十四章 『松鼠』现身 357

第二十五章 杀父之仇 373

第二十六章 列车上的较量 388

第二十七章 血染的情报 403

第二十八章 《通化防卫计划》 418

第二十九章 盛大的骗局 434

第三十章

尾声 446

目录

TABLE OF CONTENTS

第一章　不期而遇　001

第二章　打入　019

第三章　母女平安　032

第四章　烟斗　043

第五章　满洲罗宾汉　058

第六章　扬眉吐气　073

第七章　站稳脚跟　090

第八章　分身有术　106

第九章　阴差阳错　123

第十章　大变活人　140

第十一章　玩火自焚　155

第十二章　连环杀招　169

第一章
不期而遇

一

她刚刚从正阳路口拐到兴远路上,就看到一百米开外临时设立了一处检查哨卡。缠着铁丝网的鹿砦横亘在本来就不宽阔的道路中央。来往的行人和车辆在穿着黄制服、背着步枪的士兵的指引下分别从鹿砦两侧的狭窄通道接受检查,没问题的才能被放行。

她停下脚步,靠在路边的一棵树上,喘息了一会儿,从包里拿出一面小镜子照了照。她的头发是新做的,是哈尔滨最新潮的样式。脸色虽然有些苍白,但配合她这个时髦贵妇的形象,倒也不会令人起疑。问题出在她的嘴唇上。因为失血,她的双唇微微发白。于是她掏出一支颜色鲜艳的口红,小心仔细地涂了上去。接着她仔细检查了一下身上的每一处细节,确认没有任何纰漏。最后,她平复了一下气息,才从树后转出来,款款走向哨卡。

在哨卡执勤的是守备团四营的一个班。第四营是新编的,除了一些军官骨干,士兵大都是不久前从哈尔滨附近农村里连哄带骗、强拉硬拽来的青年农民,其中进过城的人不多。当那个身穿薄呢子大衣、内衬一袭旗袍的女子走过来的时候,这几个人的眼都直了,目光在女子姣好的面容和凹凸有致的身上乱窜。

带班的是一个少尉排长。他看出事儿来了。普通老百姓见了他们无不态度谦恭、点头哈腰。这个女子不但不害怕,而且神态倨傲,正眼都不瞧他们一眼。这不是一个普通人,身后八成站着一个有权有势的男人。

"瞅啥呢!一个个没见过世面的玩意儿!"少尉排长骂了一嗓子。那几个士兵这才回过神来,低头干活儿。

她的证件无懈可击,随身携带的皮包里除了有零有整的钞票,就是一些女人的化妆品。士兵们没敢过多纠缠,很快就放行了。尽管耽搁的时间不长,但她还是加快了脚步,因为超过一定时间,接头者就会撤离接头地点。这是纪律。

"叮咚——"当她推开咖啡馆大门的时候,头顶传来了门钟悦耳的声音。前面立刻就迎上来一个笑容可掬的侍者。

"欢迎光临。请问小姐是一个人还是……"

"有朋友在等我,谢谢。"

她扫了一眼,看见西侧靠窗的一张餐桌上有两只汤勺交叉摆放在雪白的桌布上,锐角的顶端指向门口。汤勺的后面是一杯冒着热气的咖啡。咖啡杯左侧放着一顶黑色的礼帽。至于那张餐桌后面的客人,看不到面貌,因为他正举着一张报纸在读。

她走过去,坐在餐桌对面的椅子上。报纸放了下来,露出一个男人清瘦的面孔,四十五六岁,穿着藏青色的长衫。

"这家店里卖的咖啡,是巴西的吧?"

对视两秒钟,她才开了口。

"说是巴西的,可我喝着像菲律宾产的。"

"怎么可能?南亚咖啡豆价格最近涨得厉害。"

"也许这是他们之前囤的货。"

暗号对上了。她深深地望着他:"你就是老段吧?"

对方微笑着点了点头。

"你的东西,我要连夜带回山上。"

老段问道:"你有多少时间?"

"不多,夜里就得出城。东西带来了吗?"

老段正要回答,又顿了顿,说:"你脸色很不好看。"

"这次下山,除了我,还有一个人。"

"我接到的消息也是这么说的。他人呢?"

"……"

老段神色沉重:"两个小时前,城西有枪声,是不是你们……"

她看了看周围的顾客,见无人注意,才悄悄地解开了大衣的纽扣,掀开了衣襟。

老段看过去,不禁吃了一惊。她的腹部已经被血浸红。

一辆出租车停在一栋三层居民楼前。此时天已经黑了。老段搀扶着她下了车,走进了黑暗的楼门。他打着了一只打火机。借着这微弱的光亮,他们爬到顶层。穿过狭长的走廊,老段掏出钥匙,打开了最西端的那扇房门。老段开灯,她环视房间,发现这是一间简陋的客厅。除了一张长沙发、一张茶几,靠墙的位置摆着一张桌子,上面堆放着一些书和报纸。客厅的南侧还有一扇门,应该是通向南向的卧室。

老段把她扶到沙发边:"你躺下,先忍一忍。我马上打电话找个医生过来。"

她点了点头,半躺在沙发上等着。因为身体倾斜的关系,她的衣袖向后退去,露出了手腕。

老段转身走进卧室,轻轻地关上了门。

片刻过后,她微闭的双眼睁开了。她吸了吸鼻子,似乎闻到了什么气味。当注意到自己裸露的小臂时,她忽然从沙发上一跃而起,之前的疲惫和病态转瞬即逝。她快步走到卧室门前,推了推,发现门已经被从里面锁死。她扫视了一下客厅,抓起茶几上的一个玻璃烟灰缸,猛地砸向水泥地面。烟灰缸在地面摔碎一秒钟之后,嘭的一声,房门被撞开,从外面冲进来一群男子,每一个人都只穿着袜子,没有穿鞋。领头的是一个右边眉毛断了半截的汉子。

她看了卧室房门一眼,高声叫道:"胡彬,快!"

胡彬立刻心领神会，上去一脚踹开房门，所有人拔枪相向。而老段叼着一个烟斗，怡然自得地坐在一把椅子上。他脚下的地板上，一堆纸已经快烧完了。

哈尔滨警察厅特务科情报组组长潘越伸出几根细长的手指，在那堆灰烬里细细地翻弄了一遍，然后起身拍了拍手，对她说："关科长，没有任何价值了。"

她没有说话，咬着下唇，脸色阴沉得可怕。

老段突然开了口："你就是关雪？"

她抬眼盯着老段："你知道我？"

"早就听说过。说哈尔滨警察厅特务科的科长关雪是个杀人不眨眼的女魔头……"老段叹了口气，"想不到你这么年轻。大好的年华，为什么偏给日本人当狗呢？"

行动组组长胡彬离得近，听得真切，他抬手就是一记耳光。老段嘴上的烟斗瞬间被打飞了，一缕血从老段的嘴角淌下来。没想到老段毫不示弱，一巴掌就扇在胡彬脸上，虽然不疼，但侮辱性极强。胡彬好歹也是特务科的行动组组长，当着这么多人，让一个阶下囚打了脸。胡彬暴怒，左手揪住老段的衣领，右手攥拳高高扬起。

"算了！"关雪开了口，"胡组长先把人带回去。潘组长——"

"唉。"潘越应声。

"你们情报组留几个精明能干点的弟兄，把这儿好好搜一遍。"

回去的路上，关雪靠在轿车的后座上一言不发。

坐在副驾驶位置的潘越最终还是没忍住，转过身来，问道："科长，为了演这出戏，您抽了自己四百毫升的血。他是怎么发现的？"

关雪抬起自己的手腕，上面有一圈浅色的痕迹。

"他是个善于观察的人，扶着我躺在沙发上的时候，他一定看出来我手腕上这一圈浅白是常年戴手表留下的痕迹。再细心点的，还能大致判断出手表的款式。常年在深山老林里爬冰卧雪的女游击队员，怎么可能会戴这么名贵的'欧米茄'？"

说着，她将那块手表戴了上去，那一圈浅色痕迹立刻被严丝合缝地遮住了。

潘越推了推眼镜："还真是这么回事。百密一疏了。"

关雪叹了口气："怪我太贪心。姓段的是个硬骨头，胡彬不一定能啃得下来。我听说，他们这个组织里有一个医生，为许多人处理过伤口。要是能把这个人钓出来，那这一网——算了，不说了。"

"您也别自责。特高课找了这个姓段的好几年，最终他还是落在咱们手上。就算他那份情报让他烧了，咱们没得到，共产党不也拿不着吗？"

二

谢月从自行车上跳了下来，举目张望。

这里是哈尔滨火车站站前广场西侧，是旅客出站后的必经之地，由于人流密集，生意格外地好。路边全都是些门面不大的店铺，间或有一些摆地摊儿的小商贩，几乎占据了所有的空地。谢月都想换个地方了，蓦然眼前一亮。她看到靠近出站口不远的地方矗立着一棵大树。

她把自行车推过去，支好车梯，从后车架上卸下来一个帆布旅行包，打开，先是从里面取出一块白布，围住这棵大树的树干，接着腾出一只手来，从嘴里取出一枚图钉，将这块白布钉在树皮上。用白布将一大截树干围起来后，她从旅行包里取出一幅幅红色的剪纸，用曲别针固定在白布上。

很快，红色的剪纸就布满了白布，煞是好看。

谢月是三天前想到这个主意的。除了念书，还能够让她引以为傲的，就是从母亲手里学到的这门剪纸的手艺。需要的本钱很少，一块白布、几张红纸而已。自行车和旅行包都是从同学那里借的。她早已盘算好了，如果这些剪纸都能卖出去，她这个礼拜的饭钱就有了着落。

昨天晚上，她翻箱倒柜挑出了自己最体面的一套衣服，今天早上又精心梳洗打扮了一番。两条又黑又粗的辫子搭在肩头，辫子根部扎着两个粉色的丝绸头花，身上穿的虽然都是旧衣服，但干净、整洁、合身。

她挂剪纸的时候，有两个男人盯着她看。

年轻的那个二十七岁，身材瘦高，肩膀宽阔。他站在二百米外广场东侧一座楼房四层的窗前。那是火车站巡警队的集体宿舍。他盯着窗外沉思着，甚至停止了对嘴里一块面包的咀嚼。直到门外的走廊里有人喊了一句：“宋卓文，换班了！”

"知道了！"宋卓文一边回答，一边挂上领口的挂钩。

年老的那个窥视者五十多岁，身穿日式和服，是三十米外一家杂货铺的中年掌柜。他从铺子门口探出身去，遥遥望着树下卖剪纸的少女的腰身。这时身后传来木屐声，他赶紧回到柜台里。老板娘走过来，往外面望去，立刻明白了。她也不怎么生气，轻轻地用日语说：“嗯，剪纸，真好看。”

生意比谢月想象的还好，不过半个钟头，剪纸已经卖了三分之一。谢月整理着白布上面的褶皱。身后传来脚步声，她以为生意来了，微笑着回头。

走在前面的是杂货铺老板娘，看都没她一眼，只用日语对身后那个年轻的巡警说道："你看到了？"

"明白了。"宋卓文向老板娘躬了躬身，用日语回复道。然后他转头对着谢月，礼貌地用汉语说：“不好意思，你不能在这里摆摊儿。”

"为什么？"

"车站有规定，朝鲜人、蒙古人、中国人都不能在这里随意买卖物品，需要申请才行。"

"你是翻译？"

"我是巡警。"

"中国人？"

"……是。"

"她是你的上司吗?"

宋卓文依旧彬彬有礼:"不是,但她有举报的权利。"

老板娘早就不耐烦了:"说那么多做什么?赶快把她赶走!"

谢月白了她一眼:"泼妇!"

老板娘虽然听不太懂,但她知道这是骂人的话。

"不要脸的女人!"

她用日语骂了一句,扬起手就要往下打去。这时候一只手伸过来,攥住了她的胳膊,一把将她甩开了。

站在她面前的是个四十多岁、个子不高、身材肥胖的警察。

宋卓文立刻立正,低首道:"渡边警长。"

渡边瞪着老板娘:"满洲国是一个自由的国家。生活在这里的每个人都是平等的。五族共荣,是天皇和康德皇帝共同的追求。就因为你这样的人,寒了大家的心。"

杂货铺老板赶紧上前,一边拽着老板娘离开,一边忙不迭地给渡边鞠躬。

老板娘喊了一句:"她有没有经营许可证,连规定也不用遵守了吗?"

"我会给她补办的。"

眼看着那两口子走远了,渡边转头,立刻换了一副柔和的面孔对谢月说:"明天下午五点,你去货运仓库找我办许可证。"

"远吗?"

他伸手一指:"西边那个小巷子,走到头就是了。"

"谢谢您。"谢月一脸感激。

渡边微微一笑,转头对宋卓文说:"宋君,跟我来。"

宋卓文跟着他在广场上慢慢踱步。过了一分钟,渡边才开口。

"你刚上班不久,没经验,处理事难免会犹豫。没关系,我刚来的时候也这样。"

"以后请您多指教。"宋卓文毕恭毕敬地说道。

又沉默了一会儿,渡边突然问道:"恨日本人吗?"

宋卓文看了他一眼,没说话。

"在我这里,百无禁忌。别因为我是个日本人,你就不敢说。"

"我接触的日本人,包括您,对我都很好,我不恨。"

"你不觉得那个卖剪纸的姑娘很无辜吗?她可是你的同胞。"

"的确,可是毕竟在没有办证之前,她不能经营。"

渡边突然停下脚步,看着他的胸前,眼前一亮:"要是我没猜错,这支钢笔是派克公司一九二二年的限量版,这在满洲国可不多见。你去过欧洲?"

宋卓文把胸前仅露着笔帽的钢笔拿出来:"没有。这是一位长辈送我做纪念的。"

渡边拿过来看了看,又还给了宋卓文:"好好保存吧,千万不要辜负了长辈的心意。"

"是。"

两人往前又走了没多远,渡边从衣兜里掏出一包香烟,一捏,空了。他四处看着。

宋卓文指了指远处:"那边就有烟草店。我去。"

"还是一起去吧。"

老板从货架上取来一包"协和"牌香烟。
渡边摸了摸口袋,好像没带钱包,一侧的宋卓文立刻掏出钱包。
"我来付。"
渡边伸手拦住:"我抽烟,你花钱,算什么?"
接着他对老板说:"我写张欠条,要是忘记来还,你就拿着它去治安值班室找我。"
说罢,他一伸手,把宋卓文胸袋的那支钢笔拿了出来。
宋卓文看着渡边写好一张欠条,他正要伸手去接钢笔,渡边却把钢笔插进了自己的胸袋,看上去,他是忘了,顺手而为。宋卓文愣了片刻,随着渡边往门外走去。

两个人在广场上随意地溜达了一会儿,渡边说:"宋君,我去候车室转一转,你继续在这里执勤。"
"是,警长。"
望着即将离去的渡边,他犹豫了一下,还是紧追几步:"警长。"
渡边回过头来。
"还有事情吗?"
"那支……那支钢笔,您还用吗?"
"哦,我一会儿要写一份月度治安报告,写完了就会把钢笔还给你。"
"是。"宋卓文毫不犹豫地回应道。

三

胡彬伸出他那只缺少了食指的右手,叩着房门。
"进来。"
关雪坐在办公桌后面,头也没抬:"招了吗?"
胡彬一屁股坐在办公桌对面的椅子上。
"想都别想。折腾了个够,审讯室里连轴转,还是不成。"
关雪"哦"了一声,继续看那份文件。
两张电影票放到桌上。
关雪瞟了一眼。
"没空。"
"再忙也得喘口气。这票是明天的。"
"还有别的事吗?"
胡彬盯着关雪,没吭声。
"你到底想说啥?"
胡彬的声音压低了些:"这话我只能跟你念叨念叨。听说了吗?日本人在太平洋、南亚那边快撑不住了。"

关雪看着他,没说话。

"万一,我是说万一啊,有那么一天,你怎么办?小凯还是个学生——只要你点点头,我去安排后面的事。"

关雪看了看他,面无表情地抄起电话机,拨了出去。

胡彬惊了:"你干什么?"

"总务吗?今天不是分过来两个刚从训练班毕业的学员吗?带他们过来。"

站在关雪面前的第一个年轻人身材瘦小,透着精明、世故。

"田小江,二十五岁,康德六年加入满洲国防军第四军,在第一旅团侦察连服役。参加过三次讨伐抗联的战役,因获战功,被选入新京士官学校。后转入情报训练班——"

关雪打断了他:"来特务科,是分配的,还是自愿的?"

"自愿。"

"这份工作有多危险,你了解吗?"

"我在训练班就听说过。要是怕危险,就不来了。"

"为什么?"

田小江一振:"特务科在反谍防共工作中屡立战功,是维护满洲国王道乐土的一把利剑。我想为这把剑增添一丝锋芒。"

胡彬和潘越对视了一眼。

关雪看不出喜怒,她转头向田小江侧后方的另一个小伙子。

"你呢?"

他比田小江个儿高,但皮肤微黑,普普通通。他有些紧张:"我叫丁鹏,今年二十八岁。康德七年——"

"直接说,是自愿来特务科的吗?"

"是。"

"为什么?"

"特务科是维护满洲国的一把剑。我……我……"

"说人话。"

"报告长官,我……我来,是因为……这儿挣钱多。"

潘越第一个没忍住,笑出声来。胡彬、关雪,甚至田小江,都跟着笑了。

在通往审讯室的走廊里,关雪忽然问:"这两个新人,你们怎么看?"

胡彬说:"那个丁鹏傻乎乎的。"

"另一个呢?"

"虚头巴脑,不过底子好,挺精明,还参加过实战。"

关雪看看潘越:"你觉得呢?"

潘越说:"科长不喜欢田小江,是吧?"

关雪沉默了片刻，说："说不好，我就是有一种预感——我觉得田小江在这儿干不长久。"

胡彬问道："为什么？"

关雪没回答。

此刻，三个人来到了审讯室沉重的铁门前面。胡彬推开门之前，关雪从口袋里掏出一方白色的丝质手帕，掩住口鼻。

老段坐在一把血迹斑斑的刑椅上，四肢都被牛皮带死死地扎着。两根电线一端接着一台手摇式发电机，另一端两段裸露的铜线缠绕在老段的两根大拇指上。一个特务摇动发电机的摇把，随着电流的加强，老段的身体向上弓起，抽搐着。

关雪等了半分钟才摆了摆手。特务停止发电，老段身躯跌向椅子的靠背。他满头大汗，大口地喘息着。

关雪看了他一会儿："我知道你恨我。这么有名的人物，栽在一个小姑娘手里，传出去脸都没了。不过你放心，至少现在还没人知道你在这儿。"

"我承认，一开始，你确实把我骗了。一个受了伤的漂亮姑娘，任何一个'人'，都会同情的。"老段特意把"人"这个字说得很重。

虽然听出来了，但关雪不以为意："说了吧，钱、船票都有，我送你离开满洲国。"

"谢谢了，我不需要。去哪儿啊？去了哪儿将来还得回来。你们倒是应该考虑考虑日本人还能挺多久。"

老段的目光越过关雪，扫过审讯室内的每一个人。

"这场战争的结局没有悬念啦。就算我把我知道的都告诉你们，也改变不了各位的命运。好好想想，是不是这个道理？"

关雪突然喝道："接着审。加大力度……"她环视着几个打手，"一个个的，没吃饭吗？"

关雪和潘越先走出审讯室，胡彬从后面跟了出来。

"科长，他怕是熬不过今天夜里了，要不要缓缓？"

"不能停。第一个二十四小时是黄金时间，过了这个时间段，他们的人就会猜到他出事了。如果那样，他就算招了，对我们也毫无意义。"

"就怕……"

关雪转头问潘越："上次审那个老抗联，你不是请了一个针灸大夫，能通过扎针让犯人保持兴奋，一时半会儿死不了，他叫什么？"

"老古，关帝庙的。"潘越答道。

"去，把古大夫再接来。"

"明白。"

胡彬刚离开，关雪和潘越就转过身来，看见田小江脚步轻轻地走过来，一个立正："科长——我必须向您汇报，在审讯犯人方面，我有一些能力。"

"哦？"

"在讨伐抗联的战役中，我当过侦察兵。有的时候，上面需要在最短的时间里从俘房嘴里掏出有用的情报，有些办法很管用。我能试试吗？"

关雪想了想，转头问潘越："食堂今天晚上是蒸包子吗？"

"今天礼拜四……对，礼拜四蒸包子。"

关雪看着田小江："食堂人手紧，你去帮厨吧。"

"可是——"

"现在就去。"

四

天色阴沉得可怕。

谢月骑着自行车穿过空无一人的马路，一路来到仓库的大铁门门口。渡边正等在那儿，依旧那么老成、稳重。

谢月下了车："您久等了。"

渡边手里拿着一支钢笔和一张表："我也刚到。填了这张表就可以了。进仓库里头找张桌子吧。"

谢月支好车子，有些拘谨地跟着他走了进去。

大铁门里面，是一座座整齐排列的库房。

渡边带着她七拐八拐，进了角落里的一间库房。他打开门，让到一边，绅士地让谢月走了进去。

仓库很大，里面矗立着很多货架子，上面整齐码放着一袋袋粮食。十几米外靠墙的位置摆放着一张桌子。

谢月正要走过去，忽然听到身后传来"咔嗒"的锁门声。她有些惊讶地回头一看，渡边仍然是一副彬彬有礼的样子。他把那张表放在一个货架上，钢笔插进上衣兜，右手伸进裤兜，抽出来的时候，已经多了一卷细绳。

"啊——"谢月叫了一声。她明白对方要干什么。

第一个念头是求饶。她想用自己父亲早亡这样的悲惨身世、考上大学却没钱吃饭的窘迫处境来打动渡边。但对方脸上浮现出的那种古怪的笑容让她意识到这是根本不可能的。她一边向后退，一边四处寻找一件用于反抗的武器。然而除了货架上的袋装粮食，她什么也没有找到。眼看着渡边越来越近，谢月不知从哪里来的力气，抓起一袋子粮食，举过头顶向渡边砸过去。

看上去肥胖的渡边其实非常灵活。他低头躲过，向前一扑，双臂就抱住了谢月的腰。还没明白是怎么回事，谢月就觉天旋地转，已经被渡边放倒在地。她又抓又咬，拼命挣扎，仅过了几分钟就精疲力竭，被渡边反剪双手捆绑了起来。

"救命！救命！"谢月大声呼喊着。窗外的一个惊雷掩盖了她的呼救声。渡边扯掉了她的一片衣服，塞进她的嘴里，接着摁住她的双腿，开始用另一段绳子捆绑她的脚腕。

就在这时，外面远处传来一个人的喊声："有人吗——"

渡边静听了片刻，又传来几声叫喊，且越来越近。渡边扔下谢月，蹑手蹑脚地来到门口。透过门缝，他看见宋卓文走进了对面的一间库房。渡边一回头，看到桌子上有一把铁锁。

渡边打开库房门，轻轻走到对面库房门口，猛地拉上库门，"咔嗒"一声将门锁上。库房门的窗口焊着拇指粗的钢筋。宋卓文的面孔很快就出现在窗口。

"警长，渡边警长，你这是干什么？快放我出去。"

渡边根本就不在乎这个目击者。相反，他倒觉得在这一对男女的叫喊声中做那件事更刺激。然而等他回到之前的那个位置，那个姑娘不见了。

"捉迷藏？"渡边笑了。

他绕过一排货架子，就看到逃无可逃的姑娘靠在一堆面口袋上，惊恐地看着他。

渡边走了过去，刚蹲下身子，突然，姑娘原本被绑着的手伸了出来，一扬，一把面粉撒进了渡边的眼睛里。

眼睛被眯，渡边大叫了一声。

谢月飞快地解开绑在自己腿上的绳子。她刚要爬起来，渡边就一下子扑了过来，死死地将她抱住了。谢月拼命挣扎着，她的手无意中摸到了渡边的衣兜，里面有一个硬硬的东西。她胡乱一抓，手里多了一支钢笔。

渡边迷乱的表情突然滞住了，他的咽喉被插进了一支钢笔。谢月趁机夺路而逃。渡边的手下意识往前一抓，只抓断了姑娘脖子上一根细细的项链。他不敢再追了，除了疼痛，更可怕的是窒息。他明白气管被戳中了，可他不敢贸然拔出钢笔，因为一旦止不住血，他会死得更快。

这时，仓库门被拉开。是宋卓文。渡边的眼中燃起了希望。他指着脖子上的钢笔，艰难地冲着宋卓文眨了眨眼睛。

五

站在关雪面前的，是一个湿漉漉、三十岁上下的年轻人。不知是因为寒冷还是胆怯，他脸色苍白，身体微微发抖。

"老古什么时候变年轻了？"她问道。

"古大夫是我师傅，我姓石。"这个年轻人回答。

胡彬插话说："古大夫得了伤寒病，手抖得扎不了针，我就把他拎过来了。"

"什么叫拎过来了？是请过来的。"

"是，是，我就是那么一说。"胡彬笑道。

关雪转头对石医生说："我们的要求，您都知道了吧？"

"来的时候，这个长官都跟我说了。我就怕——"

"怕什么，试试嘛。"潘越拍了拍他的肩膀。

十分钟后，石医生把手指从老段的手腕上放下来，面露难色。

"这个人伤得太重了，针稍微扎偏一寸，他就死了。"

关雪想了想，下了决心："扎！死活都是他命中注定的事。"

"那要是人死了，我……"石医生嗫嚅道。

"跟你没有关系，我说话算数。"

石医生还是有些为难。

胡彬正要发火，潘越忙开口劝导："科长发了话，你就放心吧。"

石医生额头上冒着细汗，手捻着一根银针，慢慢地插进了老段肩膀的穴位。老段的身体颤了一下。石医生摸了一会儿脉搏，又在老段的前胸扎了一根银针。

很快，老段的前额、肩头、手臂上扎了十几根银针。他依然一动不动。

石医生再次号脉，顷刻，他长出了一口气。

"好了，他该醒了。"

大家都松了口气。

关雪对胡彬说："抓紧问吧。"

突然，老段的嘴角涌出一些白沫。石医生赶紧再次号脉，而老段的身体突然软了。

关雪问道："怎么回事？"

石医生又惊又怕地看着关雪："长官，我刚才提醒过了，他的身体太虚弱了。他，他应该是受不住这么重的针——"

胡彬上前，一把推开石医生，把手伸到老段的鼻子下。然后他无奈地摇了摇头。

关雪深深地望着老段："潘队长，付完钱，让小武把石医生送回去。"

上车前，石医生看到特务科办公楼门前停着一辆卡车。

小武是关雪的专用司机，忠心耿耿，心狠手辣。最难得的是，他的话少。

车子开出特务科的大院没多远，坐在后车座上的石医生就说："麻烦你停一下。就送到这里吧。"

小武从后视镜里疑惑地看着他。

"有个病人要出诊，本就约好要来的。辛苦你了。"

轿车慢慢停在路边。石医生从车里钻出来。他举着皮包遮着雨水，拐进了一条小巷。在确认轿车掉头原路返回且驶远以后，他突然拔足狂奔，很快就穿过小巷，冲到另一条街道上。

路边一辆停着的轿车的车灯突然闪了一下。

石医生跑过去，拉开车门，钻了进去。

驾驶座上坐着一个三十多岁、面目清秀的女人。

"快开车！"

轿车以最快的速度冲过大雨中一条条无人的街道，停在一个出城的路口。没过多久，那辆卡车晃晃悠悠地从城区驶过来，向郊外开去。

石医生把脸贴在车窗上仔细辨认着。

"没错，就是这辆车。"

那女子发动了轿车。
"小尹，不要开车灯。"石医生嘱咐道。

关雪亲眼看着两个特务抬着老段的尸体扔进一辆卡车车厢里，并目送着卡车开出了特务科大院。回到办公室，她依旧闷闷不乐。
潘越劝解道："锄掉了中共在哈尔滨的重要骨干，不管怎么说，这句话都可以写进警察厅的正式报告里。"
胡彬也说："特务科再不济，也比特高课强。瞧瞧他们和宪兵队，连死人都抓不住。"
"你们都回家吧，好好睡一觉。明天可以晚点来。我也偷偷懒，给小凯做顿早饭。"
潘越说："不急，等小武的车回来，咱们一起走。"
三个人有一搭没一搭地闲扯了一会儿，下面大院里就传来车喇叭声。潘越探身一看。
"是小武那辆车回来了。"
"怎么这么快就回来了？"

下了楼，上了车，关雪又问了一遍。
"石大夫在半路就下车了，说是要去一个病人家里。"小武答道。
"哦。"靠在后座上，关雪的脑子转了一下。她突然叫了一声："不对！快摁喇叭！"
听到几声喇叭，本来快驶出大院的另外两辆轿车赶紧停了下来。
关雪不顾雨大，跳下车，走到胡彬的车边，问了一个问题。
果然，她的判断被证实了——胡彬敲开诊所的房门后，唯一见过的就是这个石医生。而那个古大夫，他压根没有见着。
"姓石的有问题，胡彬，马上撒网抓人，再把拉尸体的车追回来。潘组长，带着你的人，不管死活，都把扎针的老古带回来！"

此时此刻，郊外，两个特务把老段抛到了一座乱坟岗子。
石医生和小尹躲在一棵大树后面，看着卡车开走，才向岗子上跑去。他们抬着老段，深一脚浅一脚地回到车上。
小尹驾驶着汽车，从后视镜里看到老段躺在后车座上，一动不动，石医生将几十根银针插在他的头上。
"还能救过来吗？"
"耽误太久了，碰运气吧。"
老段仍然一动不动。一根插在老段脖颈上的银针，被石医生的手指轻轻捻动。
突然，老段抖了一下。紧接着，他剧烈地咳嗽起来，然后睁开眼睛。刚刚缓过来一口气，他马上挣扎着说："山上派来取情报的人，都出事了。"
石医生点点头。
"特务科掌握了我们接头的时间、地点和暗号。我不知道是哪个环节出了问题，现在我能够相信的人，只有你了。"

"有什么要我办的？"

"有样东西，我落在原先的住处了。"

六

关雪快被气疯了。胡彬等人赶到乱坟岗子时，老段的尸首早已不翼而飞；潘越带回来的消息也在她的预料之内，老古家早已人去屋空。中共哈尔滨地下党的重要人物老段在特务科转了一圈，又安然无恙地走了。这事儿传出去，还不得让人笑掉大牙？关雪没有回家，而是在办公室里坐了一宿。潘越和胡彬只得在旁边陪着。

案子留给她的最后线索就是老段的住处。她就盼着哪个不知情的地下党去接头，那样的话，线索就续上了。

关雪命令潘越天一亮就过去看看，适当增加那里的监控人手。最后，她让潘、胡二人回各自办公室休息一会儿。

关雪躺在侧面的长沙发上，感觉没睡一会儿就被电话铃吵醒了，这才发现天色已亮。打来电话的是火车站，声称一个名叫渡边的日本籍警长在仓库被杀。关雪问了一些情况，初步判断这是一起抢劫杀人案，与政治没有什么关联。但死的毕竟是个日本人，特务科不出个面说不过去。潘越已经有了安排，于是她带领胡彬赶赴案发现场。

在老段住处值班的特务只有两个。无论吃饭、睡觉还是上厕所，他俩都是轮流着来，总有一个保持着警觉的状态。早上八点多钟，正是两个人都精力充沛的时刻。突然，楼道里传来一阵脚步声。两个人对视了一眼，快速闪到房门两侧。推门进来的是一个六七岁大、吃着一根棒棒糖的小孩子。他被突然出现在他面前的特务吓得哇哇大哭。哄了一会儿，说了些好话，他们才从孩子口中得知，是楼下的一位叔叔让他上来喊一位伯伯下楼。

两个特务立刻抱着孩子冲下楼梯。

他们拐到公寓楼的侧面，小孩子惶恐地指着一棵大树："那个叔叔刚才就站在那儿的。"

"他长什么样？"

"大胡子、戴帽子，穿着一件黑色的长褂子。"

突然，一辆轿车刹车，停在他们身后。两个特务吓了一跳，回头一看，潘越带着另外两个特务从车上跳了下来。

问明情况后，潘越想了两秒钟。

"你俩中计了。"

"中计了？"

"这叫调虎离山。对手应该是趁你们离开，溜进屋子取了一样东西。"

两个特务转身就要往回跑。

"回来。现在已经来不及了，赶快上车！"

五个人挤进一辆轿车。

毫无疑问，对方的撤退路线一定在这座楼房的另一侧。但是他们拐过去后就面临一个选择。这是一条南北走向、行人众多的大街。潘越脑子里闪过这一片的市区地图。向南岔路多，北边岔路少。他亲自驾车，加大油门，向南追了一段路，没有结果。他就马上掉头向北追。

他的判断是正确的。开了一公里，轿车从左侧超过了一辆人力车。透过后视镜，他发现了藏在人力车里的目标。黑色的长衫不见了，但眼镜和大胡子还在。

潘越一直对他的形象思维引以为傲。他在脑海中把胡子和眼镜都去掉。没错，这个人就是昨天出现在特务科的石医生。

与此同时，关雪已经站在渡边警长的尸体前。他靠坐在仓库门口，尸体早已僵硬。

胡彬打了一个哈欠："很清楚，是半夜有人进来偷东西。"他指了指窗口弯曲的铁栏杆，"小偷从这儿进去的。他跳出来的时候被渡边发现，小偷杀人灭口，还拿走了渡边的钱包。就算死的是日本人，这个案子也该交给治安科呀。"

戴着白手套的关雪蹲下来，抓起渡边的右手，看着。她注意到指甲缝里有几根长长的头发。

关雪又抓起渡边的左手手掌，凑到鼻子下面嗅了嗅："西施。"

"什么？"胡彬问道。

关雪答非所问："棉签。"

有人立刻递了过来。

关雪把棉签插到渡边的咽喉深处，蹭了蹭才拔出来。上面除了血污，还有一点黑色的东西。忽然，关雪撑开渡边的眼皮，在眼角缝里看到了一些白色的粉末。

旁边，车站站长正在训斥一个二十多岁的仓库保管员。

"昨天晚上不是你值班吗？"

"是渡边警长让我回去的，他要替我。"保管员争辩道。

"替你值班？"车站站长一脸不可思议。

"他知道我最近在筹备婚事，好意让我回去收拾新房。"

关雪忽然插了一句："你和渡边警长平时关系密切吗？"

"不算很熟悉，见面打个招呼。"

"这就奇怪了。"关雪站起来，走到对面仓库的窗户边，仔细地观察着窗棂上弯曲的铁栅栏。

胡彬跟在后面："贼娃子力气够大的。"

关雪掏出镊子，从栅栏上夹起一根绿色的细丝看着。

保管员走过来，指着门锁："怪了，这是库区大门的锁，我临走的时候跟渡边警长交代过。怎么锁在这儿了？"

关雪问："这间库房的锁呢？"

"这库房是倒库用的，没什么货物，平时不会上锁的。"

"打开它。"

关雪一进去,立刻就注意到了角落里一堆绿色的苫布。

她蹲在苫布旁边伸手拨拉着,从里面捡起来被撕开的一长条布,看了看又扔下。她起身环顾四周,走到空荡荡的货架旁边。货架的龙骨是用角铁焊制的,每一层都铺满十几厘米宽、一米长的木板。她沿着货架子寻找着。忽然,她停下脚步,抽取一块木板仔细观察。果不其然,木板的边缘也残留着几根绿色的细丝。

关雪放下木板,离开这间空仓库,回到对面的仓库门口。里面满目凌乱,地上到处洒满了面粉。

仓库主任走了出来:"清点好了。"

"丢了什么东西?"关雪问道。

"除了被糟蹋的几袋面粉,还丢了一袋米。"

关雪点点头:"和我想的差不多。不用再找了,这袋米被人背走以后,很快就会被扔掉。也许在昨天晚上,它就被某个走运的市民捡回家了。"

胡彬有些不相信:"为了一袋米,凶手不惜杀人,偷走又不要了?"

关雪解释道:"杀人不是为了米。偷米是要掩盖他的真实目的——救人。一个女人。"

"女人?怎么会多出一个女人?"车站站长忍不住问道。

"渡边警长和仓库保管员没什么交情,却主动提出来替他值夜。唯一的解释就是,渡边要支走他,在这儿等一个女人。"

在关雪讲解案情的时候,田小江端着一个小本子入神地听着、记着。

"从渡边的手上能闻到'西施'牌雪花膏的味道。那是目前哈尔滨市面上能够找到的最便宜的女性护肤品。渡边等的就是她。把这个女人带到这儿来,应该是要强暴吧?就在这个时候,这个女人的同伙追了过来。"

关雪说着走向对面那间库房。众人尾随其后。

"来的是个男人。他进入库区以后,不知道那个女人在哪儿,看到这间库房没有上锁,就走了进来。已经控制住女人的渡边听见外头有动静,隔着门缝,看见这个男人进了这间库房。于是,他用保管员留给他的门锁,锁死了这间库房。

"渡边随后再次回到对面库房里面,没想到那个女人用一把面粉眯了他的眼睛。渡边的眼角现在还残存着面粉颗粒。搏斗中,她摸到了渡边的钢笔,用笔刺进了渡边的喉咙。"

车站站长摇了摇头,叹息道:"渡边君竟然死于一个女人之手,太可惜了。"

关雪看了他一眼:"准确地说,渡边死于第二个男人之手。他喉咙的伤口深处有墨水,但伤口并不是一次贯通的。第一段伤口虽然堵住了部分气管,但是不会致命,它只是让渡边呼吸困难,丧失了行动能力——"

关雪指着对面库房弯曲的窗户栅栏:"那个被关在这间库房里的男人,用撕下的苫布条缠绕栏杆,用货架子上拆下来的木板搅在一起使劲儿转着,将栏杆弄弯——胡组长,他用的是工具,没有你以为的那么大的力量。这个人从窗户跳出,是他把插进渡边咽喉的钢笔向更深处捅了进去。这一回,他改变了钢笔的方向,使钢笔彻底刺破了气管。我猜，他可能和渡边认识。"

"为什么这么说？"车站站长疑惑地问道。

"渡边的手指缝里只有几根女人的长头发丝，这是他在第一次遇到袭击反抗时留下的。第二次，他双手和小臂上没有任何因为反抗而留下的伤痕，这说明他很信任对方。或许，他原本期待对方将钢笔拔出来，没想到，对方却下了杀手。

"这是个聪明的男人，把现场撒满面粉，掩盖了一切痕迹，接着又跳进另一间库房，用苫布擦掉了脚印，随后还把渡边搬到了门外，造成了他被盗窃者杀死的假象。最后，他扛起那袋米，趁着雨夜，从大门口离开了。"

说罢，关雪向仓库大门走去。

从库区门口走出来，他们沿着门外的小马路继续向前。

关雪低着头寻找什么。最终她停下脚步，无奈地摇了摇头："可惜昨天的雨太大了，冲掉了所有的痕迹。"

车站站长突然插了一句："关科长，可我从没见渡边戴过钢笔呀。"

关雪有些意外："哦？"

不远处的广场一侧，聚着不少听说凶讯、遥遥看热闹的铁路职工。人群里，宋卓文不显山不露水地站在后面，他的胸兜里赫然别着一支钢笔。

看着关雪等人朝这边走来，宋卓文转身离开了。

"他不戴钢笔，这我倒是没有想到……"关雪念叨着，蓦然抬头一看，隔着人群看到了宋卓文的背影。车站站长还要说什么，关雪突然拨开他，独自向前追去。

胡彬等人不知关雪的用意，纷纷跟随着向前跑。

关雪刚跑到马路和广场的交界处，忽然，一个人从斜刺里冲出来，拦住了她。是潘越。

"科长，马上散开，谁也别到车站的广场上去！"

"为什么？"

潘越眼睛里亮着光："石医生！他坐着黄包车，正往这边赶过来。"

那棵曾经挂满剪纸的大树下已空无一人。石医生一路走了过来，他扫了一眼树下，继续向前走去。在他身后，胡彬、田小江和司机小武等人不远不近地跟着。

走进了候车室，他们看着石医生走到售票窗口前。

小武低声对田小江说："去买几张票，别暴露身份。"田小江点点头，跟在石医生身后，一路排队跟了上去。

石医生买得了票，走向了检票口。

售票口的田小江刚把钱伸过去，一个男人忽然从斜刺里插进来。

"抱歉抱歉，火车快开了，加个票。"

田小江一着急，使劲儿推了一把那个男人。对方回身也推了他一把："你干啥？！"

田小江身子一晃，一把手枪从怀里掉了出来。

"枪！"

周围一片惊呼。

已经过了检票口的石医生回头一看,立刻快步往站台里面走去。

小武第一个扑向了检票口,正要强行闯过去,完全不知道情况的检票员立刻将铁栅栏门关上,并插上了插销,喊着:"有人逃票!有人逃票!"

胡彬从后面快步冲了过来,大喊一声:"闪开!"他飞起一脚,插销就崩开了。

石医生一路冲上一号月台,向前飞奔。众特务追在后面。丁鹏和司机小武跑在最前面,他们和石医生的距离越来越近。

伴随着巨大的鸣笛声,旁边的铁轨上,一列火车迎面开了过来。石医生突然纵身一跃,跳到了铁轨上。丁鹏有些犹豫,小武却毫不犹豫,紧跟着跳了下去。两个人用尽全身力气,刚刚冲过铁轨,列车就轰隆隆地开了过去。

受到火车阻拦,其他人只得转身跑向跨越铁道的天桥。

石医生突然滑了一跤,摔倒在二号月台前的铁轨上,额角摔破了,血瞬间冒了出来。刚刚起身抬头时,石医生一眼看到面前的月台上一双黑白相间的三接头皮鞋。而此时,皮鞋的主人——一个穿着格子西装的男子——正站在月台上看着他。紧接着,格子西装男一下子看向他的身后。石医生明白,追兵已到了,他来不及有任何反应,赶紧向前紧跑几步,翻上了月台。

小武紧紧地追咬着石医生,也爬上了二号月台。

此时,宋卓文正在月台上巡逻。声音嘈杂,宋卓文一回身,看到石医生正向自己跑过来。

这时候,一个穿皮夹克的人从宋卓文身边走过。

石医生在与"皮夹克"擦肩而过的瞬间,从怀里掏出一个钱包,一下子塞进了"皮夹克"的衣兜。"皮夹克"一下子没反应过来,他抬头一看,已经追了过来且把刚刚发生的一切全看在眼里的小武举着手枪。

"别动!手别动!"

霎时间,场面大乱,宋卓文不明所以地看着胡彬等人从身边飞快地跑了过去,扑倒了石医生。而"皮夹克"周围的旅客四散奔逃,人影晃动,模糊了小武的视线。混乱中,"皮夹克"的手里也偷偷摸出了一把手枪。

落在后面的关雪刚刚踏上二号月台就听到一声枪响,月台上的旅客都蹲下身子。有一个人已经中枪倒在地上。是小武。

关雪遥遥地看着潘越、胡彬、丁鹏和田小江都持枪在手,一步步逼近"皮夹克"。不肯束手就擒的"皮夹克"举着手枪,指着向他逼近的特务们。

谁也没有注意到,有一只脚踩在弹壳上。这人蹲下身子,把铜弹壳捡起来,偷偷装进衣兜里。是丁鹏。

宋卓文也蹲在地上,动也不敢动。他抬头望去,前方不远的地方,那个穿着格子西装、黑白相间三接头皮鞋的男子也蹲在地上。忽然,宋卓文身边一个女人哭喊着,撕心裂肺般地说:"孩子,孩子——"

一个刚刚学会走路的孩子,不知危险,蹒跚地走过格子西装男的身边,在众目睽睽之下,一步步走到"皮夹克"跟前,好奇地打量着他。这是一个天然的人质,眼看着

017

"皮夹克"向孩子伸出了手,宋卓文一下子扑了过去,把孩子扑倒在地。而手枪的枪口也顶住了他的后脑勺。"皮夹克"揪住宋卓文的后脖领,将他拉了起来。

关雪目瞪口呆,她仿佛不相信眼前这一幕。

"都把枪放下!不然这个人先死!""皮夹克"喝道。

胡彬轻轻地举起了枪口。

关雪看在眼里,大喊了一声:"胡彬,别动!听他的!"

胡彬愣住。他眼看着关雪从人群里走出来,眼睛眨都不眨地注视着宋卓文。

背对着"皮夹克"的宋卓文从关雪的眼里看出了什么,他轻轻地伸出三根手指,依次弯曲——一、二、三。

关雪紧盯着宋卓文,大声说:"我数三个数,数齐了,所有人都放下枪,放他走。"

关雪开始数:"一、二……"

宋卓文突然一低头,关雪在这电光石火的瞬间开了一枪。砰!"皮夹克"直挺挺地摔在地上。这一枪正中他眉心。

宋卓文呆呆地站着,面颊上沾着"皮夹克"的点点血迹。关雪冲到了宋卓文面前。

"宋大哥!"

宋卓文一愣,望着关雪。

关雪抓住他的双臂:"我是关雪啊,不记得了吗?"

宋卓文表情依旧冷静,慢慢地点点头:"真的是你?"

胡彬好像第一次认识关雪。她像一个小女孩一样,抓起宋卓文的一只手放在自己面颊上,眼睛里闪烁着喜悦的泪花。

"是我,我还活着,小凯活着,你也活着,真是太好了。"

第二章
打入

一

　　几辆轿车停在特务科大楼门口。宋卓文和关雪从第一辆车里出来，正看到胡彬等人把石医生从另一辆车里带出来。石医生的头破了，脸上是血，衣服也有横七竖八的血道子，很吓人。
　　关雪走了过去。
　　"又见面了。"
　　石医生冷笑了一声，没有答话。
　　关雪转头面对宋卓文："猜猜看，他是干什么的？"
　　"看着挺面善的。"
　　"他是个共产党，狡猾得很。恶人永远不会让你轻易地看出来。"
　　"这句话恐怕说反了吧？难道外表光鲜、内心凶残的不是你们吗？"石医生反驳道，"你们像狮子一样凶恶。不，说你们是狮子，其实是高抬了。你们这些汉奸，不过是一些豺狗，是躲在日本人后面的二号野兽。不错，你们只能称得上二号野兽。"
　　关雪挥挥手。丁鹏推了石医生一把。石医生一个趔趄摔倒在地，他揉着右腿，一脸痛苦的样子。宋卓文注意到，石医生右腿膝盖处的裤子有两个破洞，有一些血迹从里面渗出来。显然，他狠狠摔过一跤。
　　胡彬拽起石医生向前走的时候，深深地看了宋卓文一眼。
　　关雪对随后走过来的潘越说："潘组长，我和宋大哥叙叙旧，有什么事——"
　　"有什么事，我们就看着解决，能不打扰你们尽量不打扰。还有，一会儿我就打电话到宴宾楼，订张晚上的桌子，您看怎么样？"
　　关雪笑着说："潘组长，你要是不在，我怕这个特务科都转不动了呢。"

　　一边上楼，关雪一边简单地介绍了她手下的几个重要人物。
　　"那个穿皮衣的就是胡彬，行动组组长。"
　　"他看上去挺严肃的，不像潘组长这么爱说爱笑。"
　　"就那个德行，爱摆一张臭脸。没事，处的时间长了就好了。"
　　说着，关雪打开了她办公室的房门。
　　宋卓文环视了一遍里面的高档家具，然后走到宽大的玻璃窗前，望着远处的景色。
　　关雪泡了两杯茶，放在茶几上。

"光知道你姓宋,连你的名字都还不知道呢!小凯没事总是瞎猜,猜你叫宋勇、宋义啥的。"

宋卓文笑着走过去,坐下:"我叫宋卓文。"

关雪念叨道着:"宋卓文,文绉绉的,不像你,谁给你起的?"

"我爹呗。"

"说说吧,这几年你在干什么?"

宋卓文端起茶杯呷了一口,谨慎地问:"咱们有几年没见了?"

"七年零九个月。"关雪脱口而出。

"这么久了,我当时是不是挺傻的?"

"比我们姐弟俩好多了。我们都饿傻了,要是没有你一次次上树掏来鸟蛋,我们也会跟很多人一样,把命都丢在逃荒路上。"

"是啊,那年多灾多难。"

"再没哪年有那么多雨,没日没夜、没完没了地下。从奉天往北的路上,到处都是水。"

沉默了片刻,关雪继续问:"你也是警察,就没听说过我吗?"

宋卓文苦笑:"我一小人物,井底之蛙,连我们局长叫什么都不知道。"

关雪感慨道:"这就是缘分,该遇着就一定能遇上。对了,找着你弟了吗?当时你可心心念念地想着找你弟。"

宋卓文摇了摇头:"人海茫茫,谈何容易?"

"我们要是早点见着就好了,说不定我都帮你找着了。"

"也许他就在这座城市,和你擦肩而过都说不定。"

"见了我也不认识,你也没告诉我他长什么样啊。"

宋卓文端着茶杯,再次沉默。

关雪望着他,忽然眼圈红了:"你是不是特别恨我?"

宋卓文愣了一下:"你怎么会这么想?"

"要不是你,小凯就让那几个家伙吃了。看到你一个对付他们六个,让他们打得昏死过去,我当时真恨自己是个女的,什么忙也帮不上。后来洪水来了,那些人都跑了。我和小凯趴在你身边喊你'宋大哥,宋大哥',你不应——"

"别说了。"

"……是一个好心的大娘拽起了我俩,说:'孩子,你们快走吧,你们的哥哥没了。'我们这才……"

"说实话,我从来没有恨过你们,更没有后悔过。因为我要是看着你们姐弟死在面前不伸手,我这一辈子都不会痛快。"

"你真的这么想?"

宋卓文举起右手:"皇天在上,我宋卓文今天要是敢骗关雪,我就是小狗。"

关雪笑了:"对了,以后当着他们的面你就叫我'关科长'。在只有咱们两个时候,你还叫我'小雪',行吗?"

"你是说我来你这里?"

关雪重重地点了点头:"我想把你调到特务科来。"

"我行吗?"

"怎么不行?要脑子要胆子,你比他们都厉害!在火车站当巡警,要钱没钱、要势没势的,你也太憋屈了!"

"先说说,你是怎么来这里的。"

"我记得跟你说过,我要投奔哈尔滨的姨妈。"

宋卓文点点头。

"到了这儿,我才知道姨父帮着日本人干事。我是死过一次的人了,我什么都不怕。我姨父说,女人是这世上最好的间谍,女人心细,只要过了开枪和杀人这一关,谁也挡不住。当时我满脑子都想着报仇。等进了特务科,我干的第一件事就是找那几个害你的家伙。半年以后,我抓到了其中两个。三天两夜,我才叫他们断气。记得那个独眼龙吗?"

"独眼龙?"宋卓文踌躇着。

"就是那个摁着小凯、举着刀子,被你一颗石子打瞎眼睛的那个家伙。"

"哦,是他。"宋卓文恍然大悟。

"他断气的时候,不但另外一只眼睛没了,连两只耳朵、一个鼻子也没剩下。"

关雪咯咯地笑着。

宋卓文望着关雪。

"我是不是变了很多?"

"是。"

"我是变了,我觉得现在挺好。做老实人有用吗?如果不是你,小凯就让他们吃了!"她抽出一把手枪,放到桌上,"我早就想通了,在这个世上,最靠得住的,就是它。"

突然传来敲门声。

关雪平复了一下情绪:"进。"

进来的是潘越。

"科长,要不是特别着急,我肯定不来打扰。"

宋卓文站起身来:"你们聊,我回避一下。"

关雪没有跟他客气:"我会很快。"

"不用着急,你忙你的。我也得回去一趟,车站那边我还没请假呢。"

"你还请什么假?拾掇拾掇,准备搬过来吧。"

"车站那边……"

"特务科想调人,谁敢阻拦?你先搬过来,手续我去给你补。"

"那行吧。"

"那你到楼下,还坐来的时候那辆车回去。晚上我去接你。"

"晚上见。"

宋卓文冲着潘越笑了笑,走出去,把门关上。

潘越这才对关雪说:"小武被送到了医院,已经脱离了生命危险,但是也不知道什么时候能醒过来。把他打伤的那个人也查清楚了,他叫魏铁子,是一个卖大烟的。姓石的塞到他手里的,就是一个钱包,里头没有任何有价值的东西。"

"移花接木。他假装接近魏铁子,实际上要保护的是另一个人——不愿让我们注意到的人。"

"我刚才仔细回忆过他在火车站上的路线,有一个疑点。"

"哦?"

"在去候车室之前,他绕了些弯路,在出站口附近的大树底下停了片刻,为什么?"

"会不会树底下是他的第一个接头地点,月台是第二个?或者,大树上有什么标记?这个标记告诉他,接头的人在月台上?"

"一会儿我安排人过去看一看。"

二

关雪猜中了,在那棵大树的树干上,有一个用白粉笔画的三角形。但是在特务科的人赶到前,这个三角形已经被人擦掉了。这个人正是提前一步赶到火车站的宋卓文。这个文质彬彬、沉默寡言的小伙子考入铁路警察学校之前,就已经成了一名中共地下党员。他毕业后,组织千方百计把他安排到哈尔滨,就是想利用他的身份,建立一条通信线路。宋卓文会将情报固定在某号车皮末端连接处的一个装置上,送出哈尔滨。放置好情报后,他会在车头画一个数字。在其他城市甚至偏远小镇的火车站,一名具有特殊身份的巡道工或者给水员看到那个数字后,就会接近某号车皮的末端,从容不迫地取走情报。

宋卓文还记得第一次接受任务的地方是一家小饭馆。

领导把那支派克笔交给了他:"这支笔跟随我多年,市面上很少见,现在交给你了。"

宋卓文接过钢笔:"我一定好好珍藏。"

"你每天都要把这支钢笔插在胸前,接头者看到钢笔,就会跟你对暗号的。"

"可我每天巡逻的地点是不确定的,广场、候车室、月台这三个地点完全是由渡边警长随机安排。怎样才能让接头者快速找到我呢?"

"我记得出站口附近有一棵大树。每天分配工作后,你就在大树下画一个标记——候车室画圆圈,月台画三角,广场就什么也不画。"(这也是他看到那个姑娘在大树上挂满剪纸时忧心的原因。)

"这个办法好。对了,我怎么称呼您呢?"

"我姓段,就叫我'老段'好了。"

离开火车站后,宋卓文先是坐电车,又改坐了两次黄包车。确认身后没有尾巴之后,宋卓文走进了狮子胡同,敲响了门牌二号的院门。开门的是小尹。

老段就躺在北屋的炕上。

"你是怎么找到这个地方的?"

"石医生告诉我的。"

"他呢？"

"……他被捕了。在特务科大院里，他一定是看到了我胸前插着的这支钢笔，认出我是他的接头人，所以才当着我的面大骂关雪是躲在狮子后面的二号野兽。我猜对了，您果然住在狮子胡同二号院。"

老段握紧拳头，狠狠地捶了一下炕。

"您先别急，我再想办法，看看有没有可能把他救出来。"

老段突然想到了什么："东西，你拿到了吗？"

"什么东西？"

"是一支烟斗，我托他带给你的。"

宋卓文摇了摇头。

"你是怎么进入特务科大院的？"

"特务科科长关雪把我带进去的。"

"你和她有交情？"

"不，她认识的是我的双胞胎哥哥。"

接着，宋卓文把石医生被捕过程以及关雪和自己相认的过程简单地叙述了一遍。

"可你毕竟不知道他们当年交往的细节，稍有疏漏就会露出马脚。"

"所以一开始我连话也不敢说，尽量探一些当年的情况。现在我知道了，当年是我哥在逃荒路上救了关雪姐弟的命。关雪知道我哥有个弟弟，但不知道我们是双胞胎。"

"她了解你哥吗？"

"虽说是患难之交，但他们相处的时间很短，她甚至都不知道我哥哥的名字。我想，即使有什么小疏漏，关雪也不会怀疑。"

"你想打进特务科？"

"这是唯一的机会。"

老段有些犹豫。

"特务科算得上铜墙铁壁，咱们在哈尔滨这么多年，都没能安插进去一个人，现在有人给咱们凿了一个洞，不说别的，就为了石医生和那个烟斗也必须钻啊。"

"万一你哥再次出现呢？"

宋卓文有些伤感："不会了——按照关雪的说法，我哥应该已经死了。"

老段还是没有松口。

宋卓文又说："还有，我已经答应关雪参加晚上的酒宴。不管怎么说，这个虎穴，我也要探一探。"

晚上六点整，宿舍楼下面传来两声汽车喇叭声。宋卓文拉开车门，钻了进去。化了淡妆的关雪笑盈盈地望着他。

轿车一路开到宴宾楼的大门口。

关雪和宋卓文登上楼梯，穿过走廊，一进入包间，一个小伙子就紧紧地抱住了他，叫了一声"哥"，眼圈立刻红了。

宋卓文拍了拍他的背。一瞬间，他对这个青年竟也产生了莫名的亲近感。直觉告诉他，这是一个可以信赖的伙伴。

潘越在旁边笑道："行了，小凯，吃饭的时候你俩挨着还不行吗？"

一句话说得大家都笑了起来。

大家落座后，关雪给众人介绍："宋卓文。从现在起，他也是咱们的一员。"

关凯听完这句话，快速地瞥了宋卓文一眼，本来激动快乐的表情微微一变。

"我从这边介绍：情报组组长，潘越；监听组组长，刘劲飞；枪械库，李主任；总务的金主任……"

坐在这里的都是人精，热情地招呼着。

潘越眯着眼睛："卓文长得真帅气啊，像哪个电影明星来着？"

宋卓文连忙摆手："哪里哪里。"

"赵丹。"金主任附会道。

潘越会意："对，对，像赵丹——《马路天使》里的赵丹。"

"我一巡街卖苦力的粗人，各位就别笑话我了。"

关雪端起酒杯，正要说什么，忽然问了一句："胡组长没来吗？"

"在审讯室里耽搁一会儿，说晚一点到。"潘越举起了酒杯，"来，我替他敬新人一杯。"

宋卓文不好推辞，满饮了一杯。

"除了潘组长和胡组长，大家都还不知道我们八年前是怎么认识的。"关雪说道。

"不说那些了吧。"宋卓文知道她要干什么，赶紧阻拦。

"不说不行，人不念过往，跟行尸走肉有什么分别？"

"一桌好酒好菜，咱别蘸着眼泪吃啊。"

宋卓文仍然坚持，但为时已晚，金主任、李主任他们纷纷提出让宋卓文讲一讲。

宋卓文呷了一口茶，众人静静地等着他开口。

忽然，他扭头看向关凯："小凯，那时候你还是个孩子。我想听听，你还记得当时发生的事情吗？"

关凯盯着桌子上的一个点，过了半分钟才开口："每一件事，我都记得清清楚楚。那年我十岁，长得白白嫩嫩，差一点，就让人家给吃了……"

大雨、洪水、漂浮的尸体、逃难的人群、时时刻刻的饥饿、强者的凶残、弱者的绝望……尽管宋卓文已经了解了大概，但听关凯细细讲来，仍觉触目惊心。

"大娘告诉我：'孩子，你哥没了。大水把他淹了。以后也别想了，越想，就越难受……'"

全场静默。

宋卓文的泪水盈满眼眶，他默默地举起酒杯，默默地祭奠哥哥，一饮而尽。

这时候门开了，胡彬走了进来，直接走到桌前坐下，也不多说，倒了一杯啤酒，一饮而尽。宋卓文注意到，关凯有些厌恶地看着这个人，关雪则稳坐不动。

潘越适时地问了一句："怎么样？交代他拿走了什么东西吗？"

胡彬打了个嗝儿："姓段的好歹还有句话，这个姓石的就是一言不发——不提了，说点高兴的。"

潘越主动介绍："胡彬，行动组组长。宋卓文。以后咱们就是同事啦。"

胡彬瞅着他："特务科可有个规矩，凡是新来的，要给比自己大的敬酒。"

宋卓文端起酒杯："我敬你。"

胡彬把酒杯放下，举起自己缺了食指的右手："抱歉，残疾人，端不住杯子。"

关雪开了口："胡组长的手指头，是为了保护我而被打断的。他是我姨父的嫡系。要不是他，我也不会在这儿待得这么顺。我拿他当亲哥哥一样。"

宋卓文赶忙说："胡大哥，我替她谢谢你。"

胡彬笑了："你替她？谢谢我？我和关雪迎着枪林弹雨的时候，你还不知道在哪儿窝着呢。"

关雪很认真地看着他："胡组长，我今天说最后一次：不管在什么场合，请叫我'科长'。再要是记不住，叫错了，你就换个地方吧。"

胡彬咧嘴一笑："抱歉了，关科长。宋先生，不好意思啊，让你见笑了。"

"喝酒喝酒，今天的主题就是喝酒。"潘越想岔开话题。

"喝酒着什么急？"胡彬转脸对着宋卓文笑嘻嘻的，"宋先生当年以一敌六的壮举，科长说了一遍又一遍，我耳朵都磨出茧子了。今天终于见着了。怎么样，你给大伙儿露两手？"

"今天这个场合，不太合适吧？"

"有啥不合适的？"胡彬指了指窗户，"这个饭馆的后院就有一块空地，胡某不怕丢人，给你做个陪练。"

没等宋卓文再次拒绝，关雪开了口："卓文，跟胡组长切磋切磋也未尝不可，你们以后都是兄弟，不用那么客套。"

宋卓文站了起来："那好吧。不过我平时没喝过这种酒，有点难受，卫生间在哪儿？"

宋卓文想到的第一个办法是从卫生间的窗户跳出去逃走。来自胡彬的挑战完全出乎他的意料。哪怕有哥哥一半的本事，他都敢下场子。但是，他只是一个文弱书生。不要说胡彬，换作任何一个身强力壮的行动组特务，他都不是人家的对手。

急切间，他看到洗手台上摆着一瓶肥皂液。他拿起了这个瓶子，一咬牙，仰头喝了下去。

关雪注意到宋卓文回来后面色苍白。没等她开口，宋卓文就抢先说："胡兄，那咱们就下去给各位献献丑？"

"好啊。"胡彬一脸兴奋地挽住宋卓文的胳膊出了雅间。

其他人则乘着酒兴跟在身后。

刚下了一层楼梯，宋卓文哇地一口吐了出来，呕吐物甚至溅到了胡彬脚面上。

三

潘越右手搀扶着宋卓文,左手握着手电筒,照亮了前面通往宿舍楼的路。

"胡彬就是那么个人,心眼不错,就是嘴臭。时间长了,什么疙瘩都会抹平的,你别往心里去。"

"怎么会?我是个新人,你们都是前辈,以后还得您多提点。"

"虚话,咱不说了。以后,我就是你哥了。前头亮灯的那屋就是你的宿舍。"潘越向前指着。

"关科长说了,过两天给你在外头找个住处,这两夜先凑合着,也做做样子,堵堵大家的嘴。明白这意思吧?"

"全凭您安排。"

"宿舍里头还有两个新人,嘴快的叫田小江,嘴慢的叫丁鹏,迟早都是帮你跑腿的,随便使唤。要我送你进去吗?"

"不用不用,别叫人说闲话。我自己去。"

"那就明天见!"

宋卓文目送着潘越远去,转身推开了房门。

宋卓文一进来,坐在床上的丁鹏就赶紧迎过来,伸出手:"我叫丁鹏,也是新来的。"

宋卓文握住对方的手:"宋卓文,请多指教。"

"怎么敢。您是科长的故交,以后多多提携吧——小江,宋先生回来啦。"

田小江正靠在被子上看书,他有些矜持地冲宋卓文笑了笑:"幸会啊。"

宋卓文也点了点头:"幸会。"

丁鹏介绍说:"他叫田小江,在讨伐队里当过侦察兵,真刀真枪地跟抗联干过。"

"有屁用?这年头没靠山都白扯。"说着,田小江掉转了身子,留给宋卓文一个后脑勺。

丁鹏有些尴尬。

宋卓文笑了笑:"二位兄长先聊着,我有点不胜酒力,先躺下啦。"

丁鹏连忙说:"训练了一天,我们也早就乏了,咱们都早点歇着吧,明天再聊。"

半个小时后,宋卓文听到那两个人打起了鼾,才睁开眼睛。

在今晚的酒席上,迟到的胡彬说他在石医生身上一无所获。这一点,宋卓文相信胡彬没有说谎。那么,石医生会把烟斗藏在什么地方呢?可以肯定,石医生非常聪明。在那样艰险的情况下还能够抓住关雪的话把,把"狮子胡同二号"这个信息巧妙地传递给自己,那么他是不是在传递烟斗下落这一点上也做出过努力?他再次回忆着那个场面……忽然,他想起石医生在被推搡的时候摔了一跤,当时他揉着受过伤的右膝盖。对了,那上面有两个小洞,应该被是铁轨下面的石子硌破的。

宋卓文轻轻地坐起来,向侧面望去。月光下,丁鹏和田小江此刻睡得正香。

一个小时后，宋卓文手握着手电筒把那段铁轨查遍了，但是一无所获。他直起腰来，想喘口气，几束手电筒的灯光突然亮了，照得他啥也看不见。

恍惚中，他听到关雪问："你在这儿干什么？"

宋卓文愣住了。

"问你话呢？"

忽然，他换了一副恍然大悟的样子："明白了——他招了，是不是？"

关雪没吭声，旁边的潘越问了一句："谁招了？"

"那个共产党呀。他没招吗？那你们来这儿干什么？"

关雪继续问："我的问题，好像你还没回答。"

宋卓文把手伸向她："能先拉我上去吗？"

潘越手快，伸过去把宋卓文拉了上来。

宋卓文拍了拍手上的灰。

"晚上吃饭，胡组长一进去，潘兄就问：'交代他拿走了什么东西吗？'"

潘越想了一下："对，我是问过这么一句话。"

"也就是说，共产党的手里本来有一件什么东西，但是你们就是找不到，对不对？"

关雪点了点头。

宋卓文指着那段铁轨说："白天，我记得那个共产党就是从那边的月台上穿过铁轨，跑到了这边。火车站是人最杂的地方，我是个铁路巡警，什么人都能遇着。那些在铁路上讨生活的小偷小摸，万一被巡警追得急了，知道他们有什么招儿吗？"

宋卓文停了片刻，自问自答道："他们就会在铁轨下面的碎石子里刨个坑，把那些偷来的赃物藏在里头。万一他们被抓住了，东西也不会丢。等回头被放了，他们再回来取。"

潘越笑了："这个想法好。我送了你那么远的路，你也没跟我漏一句呀。"

"我也是半夜里睡不着，才琢磨出点门道的。"

关雪和潘越对视了一眼。

关雪问："有发现吗？"

"我还没找完，你们就来了。还有别的地方，咱们都找找。"

又折腾了一个半钟头，一无所获的他们才收了队。

回到宿舍里躺在床上，宋卓文再次整理了下思路。

那个烟斗并没有出现在铁轨下面。难道自己对石医生发出的信息理解有误？还有，关雪等人为什么会出现在月台上？难道有人密报了自己的行踪？会是谁呢？

宋卓文扭头看了看另外两张床。

田小江和丁鹏仍然睡得香甜，鼾声此起彼伏。

现在最急迫的还是找到和石医生见面的机会。宋卓文胡思乱想了一会儿，不知不觉睡着了。

就在此时，几里地外的一所医院里，一个产妇正在生产。守在产妇身边握着她手的不是她丈夫，而是那个女地下党员小尹。

大夫让产妇再用力一些。不知道是不是疼的，产妇的眼角有一行泪淌下来。这么坚持了二十分钟，孩子终于生下来了。是个女孩，哭的声音特别响亮。

而特务科的审讯室内，夜班的两个打手累了，凑在角落里的桌边喝水、歇息。

吊在刑架上的石医生原本无力地垂着头，一动不动。突然，他的头慢慢抬了起来，眼睛里闪烁着光彩。他真切地听到了那婴儿的哭声。在这间地狱般的房子里，只有他一个人能听到那响亮的哭声。

四

宋卓文的肩膀被推了推，他一下子醒了，一看是丁鹏，两个装着早饭的饭盒已经放到了床边的柜子上。

"吃吧，趁热。"

宋卓文赶紧下床："这怎么好意思？劳烦你了。"

"客气就见外了，咱们哥仨不说这个。"

"下次我来啊。"

坐在一旁看书的田小江插了句话："行啦。丁鹏知道你昨天晚上忙到半夜，想让你多休息会儿，你就别客套啦。"

丁鹏一脸钦佩："宋哥，早晨食堂里都传开了，说你半夜想到破案线索，连觉都不睡就去查。说关科长送你八个字——勤恳敬业、废寝忘食。"

宋卓文摆了摆手："哪有，睡不着觉，失眠罢了。"

"以后再有这样的事，也招呼我们俩一声，提携提携呗。"

宋卓文刚要开口，田小江放下书本："丁鹏，这话就不对了，我都听不下去了。"

宋、丁二人看着他。

"特务科是什么地方？刀头舔血、脑袋别在裤腰带上拼命的地方。俗话说得好，富贵险中求。指望别人提携，凭什么？就凭你给人家打了早饭？对吧，宋兄？"

这番话让场面有些尴尬。

丁鹏赶紧抓起筷子塞到宋卓文手中："快吃吧，趁热。"

吃罢早饭，总务的金主任就派人把他们喊了去。本来田、丁二人已经熟悉过特务科的内部环境了，但为了宋卓文，他们跟着金主任又在大院里走了一遍。

金主任故意和宋卓文并排走，楼道不宽，田小江和丁鹏就只能跟在后面。

"这儿是财务室。隔壁是出纳室。记不住别的，你们肯定记得住这儿——领薪水的地方。每个月三号，别忘了。"

接着，金主任把声音压低："我让他们从这月的二十号起给你起薪。"

"这不合适吧？"宋卓文也轻声说道。

"财务、后勤,我说了算,就这样。"

跟在后面的田小江捕捉到了俩人低声细语的细节,表情微妙。

下了楼梯,四个人来到一楼走廊,继续向前走去。

金主任指着一道铁门:"枪械室。每次行动之前都在这儿领枪。前面是设备库。"

宋卓文看着楼道一侧出现的一道向下的楼梯:"底下是什么地方?"

"地下审讯室。日后等你们——"

脚步声响起,一个科员跑了过来,喊道:"金主任,电话,厅里的!"

金主任赶紧往声音来处跑去,同时扭头说:"你们自己转转,一会儿我再来!"

看着他从楼道拐角消失,田小江忽然开口:"二位,有没有兴趣到底下看看?"

宋卓文问:"你是说,审讯室?"

"不合适吧?下去得科长批准,这是规矩。"丁鹏有点犹豫。

"规矩都是给老实孩子定的。你以为这儿是小学堂,听话还给糖豆吃?楼上的办公室再气派也不是特务科,地底下才是真正的特务科。再说了,有卓文兄在,你怕什么?"

"我?"

田小江赔着笑脸:"我俩私自去,那得挨罚。有你在,最多是骂两句。就带咱们见见世面呗?"

宋卓文明白,田小江送他这顶高帽没有丝毫善意,认了,自己就成了他眼里的棒槌。不过这倒是一个理由——能见到石医生的理由。

"成,那咱们就下去走一遭,没什么大不了的。"说罢,宋卓文第一个迈下台阶。

脚下是一条粗糙的水泥甬道。每隔几米,头顶天花板就安置着一盏白炽灯,两侧是一扇扇装着铁栅栏门的牢房。

"当年我们进山围剿抗联,抓住一个联络员,小队长就给我们十分钟的时间挖出口供。怎么办?"田小江眉飞色舞地说。

"我们用钢针往那个联络员两根手指间的嫩肉里插,针尾巴缠上电线,连接到手摇发电机上。"

"啊!"前方传来一声凄厉的惨叫,仿佛是为了配合田小江的描述。

丁鹏打了一个冷战。

"瞧你这点胆。"田小江笑道。

也许是为了证明自己胆子大,田小江率先走到传出惨叫声的铁门前。铁门上方有一扇装着栅栏的换气口。

宋卓文紧随其后,也把脸凑了过去。

"干什么呢?!"

一声断喝把三人吓了一跳。三人回头一望,胡彬站在他们身后十几米的地方,脸色铁青。

"谁让你们进来的?"

五

宋卓文、田小江、丁鹏笔直地站在办公楼前面。

他们面前的胡彬嗓门特别大,即使是楼上办公室里的关雪,也听得清清楚楚。

"这才来了几天,啊?再过半年,科长办公室的抽屉都得叫你们给翻遍了!知道底下是什么地方吗?知道什么人才能往里走吗?我掏枪崩了你们都不过分……"

敲门声响起。

"进来。"抱着胳膊站在窗前的关雪连头也没回。

潘越推门走进来:"宋卓文认了,说是他的意思。我敢打赌,是田小江的点子。"

"为什么不是丁鹏呢?"

潘越愣了一下:"理论上说,都有可能。"

"昨天晚上,你对宋卓文怎么看?"

"我后来回想了一遍,宋卓文观察得很细,解释得也合情合理,说得过去。"

"胡彬这是要带他们去哪儿?"

潘越走过来,往下面一看,看见胡彬带着三个人往远处走去。

"哦,这边看来是训够了,带他们去训练场,接着训。"

"他哪是训他们呀,他这是训我呢。"关雪幽幽地说。

大楼侧面的一片空地上安装着单杠、双杠、跳马等训练器械。这是特务科行动组的训练场所。

此刻,众特务围绕着一张用石板制成的乒乓球台子。台子上,是三支被分解的手枪。宋卓文、丁鹏、田小江站在三堆零件后面。

"开始!"胡彬喊道。

三个人同时开始组装手枪。田小江手法娴熟,上下翻飞;丁鹏和宋卓文相对缓慢一些。很快,田小江第一个将手枪组装完毕。他拉动枪栓,扣动扳机,啪的一声,击发了一下空枪。

过了一会儿,丁鹏和宋卓文才先后将手枪组装完毕。

胡彬走到宋卓文面前:"宋先生,你是不是没摸过枪啊?"

围观的特务们开始交头接耳。

"在警校里摸枪的机会不是很多。"

"怪我,本想让你露脸来着。怪我啊。等着,这就给你找补找补。"

胡彬转向众特务,提高嗓门:"别叽咕了!这位宋先生,你们不能因为这件事笑话他。他的本事不在玩枪。他呀,能打。就你们这样的,一个人对付个七八个那是不在话下。还叽咕?我知道你们不信,今天就让你们见识见识,好不好?"

"好!"整个行动组都很振奋。

其实胡彬的话说完一半,宋卓文就知道他要干什么了。尽管心里打着鼓,但表面上,宋卓文依旧是一副从容、坦然的样子。

胡彬转过头来:"不怕你笑话,我这帮人都不大成器。老弟,你挑几个能看得上的,帮着调教调教?"

宋卓文咳嗽了一声,才慢条斯理地说:"对不起,我不会下这个场子。"

"为什么?"

"我学的这套拳法,刁钻狠辣,做不到收放自如,万一伤着哪位弟兄,没法儿交代。"

胡彬恍然:"这么厉害呀。"他拍了拍宋卓文的肩膀,"你就放宽心,但凡在行动组跟着我的,都没把这一百来斤当回事。咱们内部训练也有伤亡指标,死了管葬,活着管养,都不叫事儿——谁先来?"

好几个五大三粗的汉子都往前迈了一步。有一个最靠前的,看看胡彬,走到了宋卓文面前。

胡彬假意好心提醒:"想好了啊,二宝,万一要是伤着你,可别后悔。"

这个叫二宝的看着比他矮半头的宋卓文:"出手吧。你先还是我先?"

宋卓文静静地看着他。

大家都在屏息静气地等待着即将发生的搏斗。

宋卓文忽然开口问了一句:"你叫二宝?那你哥肯定叫大宝。"

二宝点点头:"没错。"

"大宝是做什么营生的?"

二宝愣了一下:"开有轨电车啊。"

"挣得多吗?他身体怎么样?"

"你要问什么?"

"我就是想说,要是咱们今天有点什么闪失,你哥一个人也能给老娘养老,对吧?"

"用不着我哥。早听胡队长说宋先生有以一敌六的本事。我们托个大,不找六个,先来四个和您过过招儿。"

连同二宝在内,四条壮汉像肉山一样围在宋卓文的周围。

宋卓文依旧没有动手。

二宝捏起拳头:"宋先生这么客气,那我就先来了——"

拳头裹着风砸了过来,宋卓文下意识地把眼睛一闭,突然有人叫了一声:"干什么呢你们?"

四个人同时收住了拳头。

潘越走了过来。

胡彬回过头来:"我的弟兄们想跟宋兄弟学两手,有事吗?"

"紧急任务,立刻到大会议室开会。"

然后潘越冲着宋卓文说:"科长安排你们三个去食堂东侧拔草。"

第三章
母女平安

一

特务科后院食堂的东侧有一片一亩的空地，长满了半人高的杂草。

丁鹏最实在，等宋卓文把小推车推过来，他抱起来准备装车的一大捆草，把他的脸都挡住了。

田小江叼着一根草，一下一下地揪着一两根草，眼睛却望着前面的办公楼。大批的特务从各处跑来，向楼内集中。

宋卓文一边装车，心里一边后怕。如果潘越没有及时出现，他不知道自己如何收场。胡彬真是一个难缠的家伙。第一次在酒桌上，他靠急智摆脱了这个家伙的纠缠；这一次他完全是凭运气。胡彬一定不会善罢甘休，下一次，他该怎么应付？

"不但行动组，连情报组的都去开会了。"田小江吐出了嘴里的那根草。

丁鹏嘀咕道："这是出啥事了？"

"还用说？肯定有重要行动。"

田小江突然起身，向大楼后门走去。

"小江，你干啥去？"丁鹏问道。

"我去厕所。"

当田小江悄悄摸到会议室门口的时候，潘越正在里面讲解案情。

"石医生被捕时，从他身上搜出来一张药方，上面写着'黄芪二两、当归六钱、枸杞三钱'。开始我们以为这跟他的职业有关系，但还是多长了个心眼，派人去找了家药铺打听。这才知道，这几味药，用羊肉汤当引子，专门给临产的产妇顺产用。我们觉得他年纪轻轻，不可能什么病都能治，就多找了城里几个妇科大夫打听。有人认出了笔迹。我们找到城西的一家妇科诊所，证明这个方子不是石医生开出来的，而是人家开给他的。"

"这就说明，临产的那个女人很可能是他老婆！"关雪插进话来，"现在由潘组长分组，对全市有妇产科室的医院展开拉网式搜查……"

关雪花了二十分钟才布置完任务，众人蜂拥而出。关雪走到一层，忽然想起了什么。她走到后门，向外一看，只见远处的草坪上宋卓文三人仍在清理杂草。

丁鹏把控着小推车的车把，宋卓文和田小江按住冒出来的杂草，进入一条小路。

"又去抓人了。"田小江开了口。

丁鹏问："抓谁呀？"

"那个犯人的老婆。"

宋卓文心中一动："去哪儿抓？"

"他们也没找着准地方呢。"

沉默了一会儿，田小江又说："要是让我出手，肯定能先抓住人。"

"说来听听。"丁鹏说道。

"算了。"

三个人把车推到一个垃圾池旁边，开始把杂草一捧一捧地扔进去。

田小江突然停了手中的活儿："你们俩干吧，我出去一趟。"

宋、丁二人愣在原地。

等田小江走远了，宋卓文忽然说："不行，我得把他找回来。"说着，他丢下丁鹏，也离开了。

二

特务科对面是一条东西走向的大街。出了大院门口向西二百米，有一座公用电话亭。宋卓文眼看着田小江穿过马路走向了电话亭，他赶紧向东跑去。他记得向东四百米外也有一座电话亭。

田小江打给的是他在一家医院妇产科当护士长的表姐。他记得表姐说过，有的医院开设了专门为病人熬药煮粥的灶间，既方便了病人，又能收一笔加工费。刚才，他趴在会议室的门缝听关雪讲解案情的时候，心中就是一动。石医生看上去收入不低，而且这种人每天必定非常忙碌，根本就没有时间炖汤送到医院去。所以，如果产妇是他太太，极有可能会被他送到那家医院。他本来想将这条线索汇报给关雪，但想到她之前的态度，又有些心灰意冷。思量再三，他觉得，不如亲自去把那个女人抓到。到时候，关雪就是再偏心眼，也不得不重视他的能力。

医院的工作很忙，他等了一会儿，那个小护士才把他表姐叫到电话旁。表姐告诉他，那是仁和医院。

宋卓文打给的，是老段。他把掌握的情况简单又清晰地汇报了一遍。

"没错，石医生的太太刚生下一个女儿。"老段答道。

问清了地址，他嘱咐老段好好养伤、不要出门，救人的任务就交给他吧。

出了电话亭，他一时找不到出租车，只好拦下了一辆黄包车。他许诺给车夫双倍的价钱，但车夫必须在最短的时间内跑到仁和医院。

年轻的爸爸正在逗新生的婴儿，婴儿的母亲躺在病床上露出舒心的微笑。

石太太侧卧在病床上，羡慕地看着那一家三口。忽然，她感到身后来了一个人，扭头一看，是个从没见过面的年轻人。

"请问，您是石太太吗？"宋卓文低声问道。

"你是？"

"我是石医生的朋友。"

"他在哪里？"

"现在你们必须马上跟我走。不要声张，什么都不要带，否则咱仨都走不了。"

石太太的眼泪夺眶而出，她捂着嘴问道："我先生是不是出事了？"

"先离开这儿再说。"

宋卓文轻轻推开病房的房门，伸出头看了看左侧。

"宋卓文！"

他身子一颤，回头一看，田小江站在走廊右侧的楼梯口。

"你怎么在这儿？"田小江一脸诧异。

一脚门里一脚门外的宋卓文向后推了推病房内抱着孩子的石太太，然后迎着田小江走到他面前，先看了他一会儿，然后才问："先说说，你是怎么来的。"

田小江笑了："能找到这个地方来，说明你也不是白给的。"

"这叫杀猪杀屁股，各有各的招儿。"

田小江正要说什么，忽然脸色一变，他有些畏惧地望着宋卓文身后。宋卓文回头一看，关雪和潘越带着七八个特务正向他们走来。

关雪一路走到动也不动的两个人面前，看了看，原本一脸寒霜的面孔忽然绽放出一些笑意："真是小瞧你们了。怎么找到这儿来的？谁告诉你们的？"

宋卓文这次嘴快道："都是田小江的功劳。"

田小江说："科长，我确实有个想法，如果咱们能按照一定的规律来——"

关雪打断他："你们先下楼，到医院门口去负责警戒，别的事一会儿再说。"

不等他们反应，关雪转身吩咐潘越："开始吧。"

众特务立刻分散开。有人守住走廊的两端，其他人进入病房。

宋卓文和田小江站在医院大门口，眼前是来来往往的车辆和行人。

"科长都没让我把话说完。要是按照我的法子，最起码能把找人的时间缩短三分之一。有这些时间干点什么不好，犯人的口供都问出来了。我算是看出来了，科长是又想试咱们的能力，又不愿意咱们的手太长……"

宋卓文呆呆地望着马路，田小江唠唠叨叨说的话似乎越来越遥远。此时此刻，他的大脑一片空白，越是急于拿出一个办法，就越是无计可施。石医生已经被抓了，难道要眼睁睁地看着他的妻儿也落入魔掌？

一辆黑色的轿车慢慢停在马路对面。随即，后面的车窗摇下来一半。宋卓文的目光忽然有了神，他看到了轿车车窗里老段的脸。

宋卓文轻轻地摇了摇头，然后朝马路另一边看了看。黑色轿车慢慢地向他示意的方向开去了。

田小江仍在聒噪："你看是不是这样：第一，这个女人的丈夫很少露面；第二，她近期喝过黄芪羊肉汤;第三——"

"说什么羊肉汤,听得我都饿了,前边有卖饼子的,你要不要吃?"

田小江摆摆手:"我不吃,你去吧。"

宋卓文快步前行,拐了一个弯,走到老段乘坐的黑色轿车旁边,拉开车门钻了进去。

"情况怎么样?"老段问。

"特务科把整个住院大楼都围了,最多一顿饭的工夫,他们就会找到石太太。"

老段很冷静:"越是这种情况,越不能急。"

车内是一片令人窒息的沉寂。宋卓文一言不发地望着车窗外。

车窗外不远处,迎面走过来一个中年男子,怀里抱着一只一尺高的花瓶,花瓶下面垫了一小张毯子。宋卓文忽然想到了什么,他打开车门,走了下去。

老段不解地问道:"你干什么?"

两分钟后,宋卓文咬着一个烧饼走过来,将手中的另一个烧饼递给田小江。

"尝尝吧,趁热。"

田小江接过烧饼:"谢啦。"

"小江,其实我觉得你真是挺聪明的一个人。"

"有啥用啊!"

"你刚才讲的那些方法,真应该给科长提一提。我要是你,就上去找她。"

田小江一边吃一边说:"你有那个本钱,我不行啊。你去说吧,这份功劳,我让给你。"

"我可以去找她,但我绝不会贪你的功。"

楼道里,一个产妇推开门,一个特务伸手将其拦住。

"回去!"

"我要去厕所。"

特务斥道:"回去!"

关雪抱着胳膊在远处看着。

宋卓文从她身后的楼梯间走过来,咳嗽了一声。

关雪转过身来,一看宋卓文的神情就知道他有话要说。他似乎是在找一个僻静的位置,接着来到一扇大玻璃窗前,很自然地靠在窗台上。

关雪走过来,面对宋卓文。她的目光也能够很自然地越过窗子,看到仁和医院大门口的行人和正在那里执行警戒任务的田小江。

"我猜,是田小江让你上来的,对不对?"

"什么也瞒不过你。不过他有些思路,我觉得还不错,你就听听呗。"

"好啊,你说。"

潘越仔细看了看一对夫妻的证件。交还证件后,他向旁边的病床走来。

石太太搂紧了怀里的婴儿,她显得很紧张。

"证件。"

石太太从枕头底下摸出证件递给他。

潘越接过证件却没有看,而是盯着石太太。

"怎么一个人坐月子呀?"

"嗯。"

"你男人呢?"

"他……他刚出去。"

"干吗去了?"

"给我买水果去了。"

"他叫什么名字?"

"他叫……李……李增寿。"

"住院登记簿上面有这个名字吗?"

"没有,登的是我的名字。"

"他靠什么谋生?"

"他……是个会计。"

"在哪里高就?想好了再说,我可是会去查的。"

石太太答不出来了。

与此同时,几十米外的宋卓文还在侃侃而谈。

"第二,应该仔细询问灶间的厨师……"

窗外,一辆轿车停在医院大门口。从轿车上下来一个头戴礼帽但帽檐压得很低的男子。他和田小江说了两句什么。接着,从田小江的身后死角走出一个女子,怀抱着一个用毯子包起来的东西,从背影看就像抱着一个婴儿。那个男子拉开车门,让那个女子上了车。那个男子上车之前,抬了一下脸。

一直看着窗外的关雪瞪圆了眼睛,那正是老段!

"你们瞅瞅,这个男人是不是来看过她?"

因为石太太一直不说话,潘越掏出石医生的照片,拿给旁边床上的夫妻看。

"答对了有赏。要是说瞎话,你们这个孩子就白生了。"

那对小夫妻对视了一眼,低下了头。他们是见过石医生的。女的很同情临床的大姐,但是男的沉不住气了,可是他刚要开口,楼道里突然响起刺耳的警哨。

潘越一把抢过照片,转身就冲出了病房。

三

他们并没有追上老段。

回到特务科后,关雪下令腾出三间办公室,分别审查三个新人。

坐在第一个房间内的是丁鹏。

"田小江说,跟着宋卓文啥也不怕,就算让人看见我们下到地下审讯室,大不了被轰出来。"

…………

"我们正在收拾那些杂草,忽然就看见所有的人都向楼里跑。田小江就说,这是有重要任务。后来,他就向楼里走。我问他干啥去。他说上厕所去。"

…………

"在垃圾池旁边,干着干着活儿,田小江突然甩手不干,走了。接着,宋卓文说:'不行,我得去把他找回来。'……"

坐在第二个房间内的是宋卓文。

"我就跟着他,一直来到仁和医院。"

…………

"在医院大门口,田小江跟我说了他的思路,还鼓动我上楼跟关科长汇报。他说功劳算我的。我说,那不行,我不是那种人。"

坐在第三个房间内的是田小江。

"我承认,我偷听了科长在会议室布置任务的事。"

…………

"对,是我跟宋卓文说的。我说:'你可以上楼把这些思路汇报给关科长。'"

…………

"抱孩子的女人?没有的事。那是一个抱着花瓶的女人。她男人开着一辆轿车,跟我打听了一下路。就这么点事。"

…………

"那人是共产党?我怎么知道?我真不知道呀!"

一个小时后,胡彬把一份审讯记录拍在关雪面前的办公桌上。

"他招了。"

"这个田小江呀,早在训练班时期就被共产党拉下了水。"关雪一边开车,一边说道。

"他这么做是为什么呢?"坐在副驾驶位置的宋卓文问道。

"为钱。"

"多少钱呀?"

"给他许诺的是事成之后再给。可惜事没成,他就落网了。一分钱没捞着,可悲吧?"

"太不值了。"

沉默了一会儿，关雪突然说："你的履历从铁路警察局调过来了，我看了。"

"哦？"

"这几年你吃了那么多苦。"

宋卓文苦笑："人啊，没有吃不了的苦。"

关雪扭头望着他："那我告诉你，从今以后你就要苦尽甘来了。"

"是吗？那敢情好。"

"我带你去个地方。"

没过多久，关雪就把轿车停在一栋二层小洋楼前面。

下了车，宋卓文上下打量着这栋房子。

"这是哪儿呀？"

关雪微微一笑："漂亮吗？"

"当然。"

"这就是你的家。"

"我的家？"

关雪走上台阶，推开了装饰着精美雕花的西洋风格房门，回头说："快进来呀。"

宽敞的客厅里，一个衣着整洁的中年女佣低眉垂眼地站在墙边。

看到他们进来，女佣躬身："关小姐好，宋先生好。"

关雪介绍："这是石姐，手脚麻利，爱干净，烧得一手好菜。"

宋卓文点头致意："你好。"

关雪推了他一把："对下人没必要那么客气。"

没等他说话，关雪接着说："原来有条电话线路，后来停了号，过几天我让邮电局把电话接上。"

"没必要吧，我又没啥职务。"

"跟那没关系，主要是我找你方便。"

宋卓文点点头，没说话。

"走，上去看看。"

楼上有一个带起居室的套间，外面是长沙发、茶几、书架，里间则是一张舒适的大床。

"满意吗？"关雪笑眯眯地问道。

"好是好，可我刚来特务科，这合适吗？"

"没什么不合适的。这套房子是一个富商送给我的，连同那个用人，总之，跟特务科没关系，你就放心住着吧。"

宋卓文点了点头。

"我觉得你有点不高兴。"

"没什么。"

关雪似乎恢复了女人的本性，紧追不放："肯定有，你必须告诉我。"

"我想起了那个共产党。他的妻子刚刚生完孩子，失去丈夫，将来怎么生活？我不明白，这个世上还有比亲情更珍贵的东西吗？"

"你接触的还少。共产党里这种死硬分子多的是，别为这种事伤感了。是不是想起你弟弟来了，我会帮你找的。"关雪一边说着，一边走到窗边，推开窗子，望着外面的风景。

"我想跟那个共产党谈一谈。"

关雪回过头来，诧异地问道："谈什么？"

"亲情。我要用我自己的亲身经历告诉他，他失去亲情的妻儿将来会多么痛苦。"

四

看守打开一扇牢门。

宋卓文提着一盏马灯走在前面，关雪跟在后面，两个人一前一后走进了牢房。

牢房的角落里，石医生躺在一片干草上。他看着面前站着的两个人，没有说话。

宋卓文咳嗽了一声，开口说道："我来，是告诉你一个好消息——你的妻子生了一个孩子，他们很安全。"

石医生笑了："我知道。"

"你知道？"

石医生望着黑暗的牢房角落："我听到那孩子的哭声了。刚才还哭呢，现在可能是吃了奶，睡着了。"

宋卓文看着他，没有说话。

关雪小声问道："他是不是疯了？"

宋卓文没有理会，继续说："我没有结过婚，也没有孩子，但是我有一个失散多年的兄弟，我一直在找他。我承认，我没有找到。虽然渺茫，但还有希望。"

石医生看着他。

"我知道，这个世界上最难以割舍的就是夫妻之情、父子之情。你想过吗，如果你不在了，他们连一点希望都没有了，痛苦会伴随他们一生。"

石医生忽然开口："我当然想过。我知道，他们甚至会怨恨我。但是总有一天，他们会明白，我这么做，是为了让他们更加自由、更加有尊严地活着。"

关雪突然说："难道你现在活得没有尊严吗？你是一个医生啊，可以很体面地活着。"

石医生淡淡地说："体面和尊严是两码事。"

他看着宋卓文："小伙子，我见过你，你不是一个坏人。那天在月台上，为了救那个孩子，你成了人质。其实，那个孩子的妈妈身边，就有一个三十多岁的男子。他本可以伸手抓住那个孩子，但是他没有做，只顾保护自己的安危。所以，你能冲上去，就说明你是一个好人。听我的，离开这里吧。穿着军服看着挺威风，可是不如穿别的自由，比如西服；蹬着日本产的高筒马靴可能会让你有一种盛气凌人的感觉，对吧？你为什么不试试英国产的布洛克皮鞋呢？更舒适。好好想想。我的话说完了，请不要在这里浪费时间了。"

说罢，他闭上了眼睛。无论关雪和宋卓文再说什么，他都不再回答。

离开牢房后，两个人无言地穿过幽暗的甬道。突然，旁边的一间黑牢内传来了铁链声。紧接着，一张血肉模糊的脸贴在牢房的铁栅栏门上。是田小江。

"关科长，关科长，我是冤枉的，我是冤枉的。宋卓文，你到底和关雪说了什么呀？你敢看我一眼吗？！宋卓文——"

直到他们走上通往上面的楼梯，依然能够听到田小江声嘶力竭的喊叫。

回到地面上，宋卓文先去了一趟厕所。他把自己关在一个隔间里，顷刻间泪流满面。他咬着指关节，努力不让自己发出一点声音。过了足足十分钟，他才强迫自己平复了心绪。趁着外面没人的时候，他快速走出隔间，在洗手池洗了脸，又对着镜子仔细照了照，确认没有什么异常，才走出了厕所。

那天他的工作很忙。作为一个新人，他和丁鹏上午到枪械室帮着保养枪支，吃完中午饭就到后勤跟着老金倒腾库房。他心绪很乱，脑子里时而回忆石医生说过的话，时而想着各种将他救出去的办法，眼前又总是浮现出在医院里见到的石医生的妻小，以至有好几次他都没有听见老金的话。他用昨夜没有睡好这个理由搪塞了过去。直到傍晚，丁鹏坚持自己清扫库房地板，让他坐在一个木头箱子上休息的时候，他才琢磨出点东西。

"那天在月台上，为了救那个孩子，你成了人质。其实，那个孩子的妈妈身边，就有一个三十多岁的男子……"

"……穿着军服看着挺威风，可是不如穿别的自由，比如西服；蹬着日本产的高筒马靴可能会让你有一种盛气凌人的感觉，对吧？你为什么不试试英国产的布洛克皮鞋……"

在牢房里，宋卓文说自己没有找到兄弟，意思就是，没有找到石医生藏在铁轨下面碎石里面的烟斗。而石医生马上就描述了一个穿西装、足蹬布洛克皮鞋、当时就在那个孩子母亲身边的男子。为什么石医生的反应如此迅速、笃定？那就是说，他断定烟斗一定是被那个男子拿走了。很可能，石医生藏烟斗的动作就被此人看在眼里。在这么多人的围追堵截下藏起来的东西，一定是被此人当成了什么宝贝。等石医生被抓走，站台回归平静之后，此人很可能跳下站台，取走了烟斗。

想到这里，宋卓文站了起来。

"丁鹏，我有点不太舒服，先走一会儿。下次我多干点，你多歇会儿，行不行？"

"我早就让你回宿舍躺着去。什么下次不下次的，咱俩还分这些？"

宋卓文出了仓库，就听到前院有人在喧哗。他远远看到两个特务抬着一副蒙着白布的担架。一瞬间，他明白了。

关雪走到担架前，掀开白布，露出石医生安详的面孔。

"到底怎么回事？"关雪怒不可遏。

"不知道他从哪儿里弄到了一根木头刺，可能是扎进了自己的死穴。我们进去后，人就已经不行了。"负责的特务战战兢兢地答道。

潘越劝了半天，关雪才答应对这个特务的处罚由罚薪一个月变为罚薪一周。其实，她的愤怒是装出来的，因为她明白，从石医生的嘴里，她已经得不到任何东西了。但是在那么多人面前，不打那个特务两板子，说不过去。

一回头，她看到了宋卓文走远的背影。

"这么着急，去哪儿啊？"她紧追了两步，问道。

宋卓文回过头来："我的东西还在丁鹏那儿，我——"

"还好，我就怕耽误你的什么正事。借我点时间，怎么样？"

"又要去抓人吗？"

"今天不抓人，抓鱼。"

五

一个小时后，关雪把轿车停在一栋高层公寓楼下面。

下了车，关雪从后备厢里取出两个大篮子，里面除了鱼、肉、蔬菜，还有一坛子绍兴黄酒。宋卓文赶快过去拿。

"不用，我拿得了。"关雪躲开他，"你去开电梯门。"

电梯门在公寓楼的六层打开，关雪和宋卓文先后走了出来。来到走廊尽头的一扇房门前，关雪展开双臂，用下巴指了指左侧的裤兜。

"你从我这兜里拿钥匙开门。"

"你把东西给我不就行了？"

"不行，就让你拿钥匙开门。"关雪望着宋卓文。

无奈之下，宋卓文只得上前，把手伸进了关雪的裤兜。霎时，两个人耳鬓厮磨，呼吸都有些急促。

终于拿到了钥匙，宋卓文挺直了身子，发现关雪一脸绯红地看着他。他假装没看见，用钥匙打开房门。然而迎面等着他的竟是黑洞洞的枪口。

宋卓文吓了一跳。

"小凯！"关雪叫了一声。

关凯把手枪放了下来："我不知道是你们。"

宋卓文定了定神："第一次上门，你就这么迎接我啊。"

关凯对他的态度似乎不冷不热。

"开门的声音拖泥带水，不像我姐那么利索。我以为是别人。"

关雪只管提着篮子往厨房走去。

"干咱们这一行得罪人。他一个学生，老在家，谨慎点不是坏事——小凯，你出枪的速度还是慢，反应应该再快点。让宋大哥教教你。"

宋卓文伸出手来。

关凯却没有递给他:"不用了,回头我自己练吧。"

宋卓文有些尴尬,但仍然伸着手:"这是一支沃尔特PPK手枪吧?"

关凯顿了顿,还是把枪递了过去:"我姐的一个朋友送我的。"

宋卓文接过手枪看了看:"好枪。哪天到郊外打打靶去。"

"这种枪的子弹不好找,就剩下四发了,算了。"

宋卓文察觉到了关凯的态度:"你怎么了?"

"没怎么。"顿了顿,关凯又说,"你已经到我姐那儿上班了?"

"你不喜欢她那里吗?"

关凯没说话。

关雪这时候从厨房里走了出来,腰间系着围裙。

"今天我下厨,猜猜看,你能吃着什么?"

宋卓文苦笑:"那我哪猜得出来?"

"你当初在逃荒路上最想吃的一道菜。忘了?小凯,你别提醒他。"

关凯挤出一丝笑容,他似乎本来也没有这个意思。

宋卓文一时语塞,但他很快就注意到关雪湿漉漉的手指头间沾满了湿淀粉。

"我是不是当时说过,给我一碗锅包肉,哪怕吃完就砍头我也认了?"

第四章
烟斗

一

那盘锅包肉做得非常成功，是桌子上第一道被吃光的菜。但是刷盘子的时候就比较难办了，宋卓文费了好大的劲儿才把上面的油渍清理干净，把盘子递给旁边的关雪。

关雪接过一个个湿盘子，用干燥的抹布擦干。

"你觉得这套房子怎么样？"她忽然问道。

"很干净、很舒适，就是有点小了。你之前为什么不搬到我住的那个地方？石姐也可以帮你照顾关凯。"

"小凯念大学后，下课晚了就住在学校的宿舍里，常常是我一个人在家。房子越大，就越冷清，越没人味儿。"

宋卓文笑了笑，没说话。

"今天，是这所房子最有生气的一天……因为我们三个在一起。"

"是啊，久别重逢。"宋卓文感觉到关雪接下来要说什么，他想把话题岔开。

"你快二十八岁了吧？"关雪的眼神有些迷离。

"对。"

"这么多年，就没遇上一个情投意合的人？"

"世道这么乱，自己都顾不过来，哪还有那份闲心。"

沉默片刻，关雪问道："你就不想问问我？"

"你这么漂亮、这么能干，身边肯定有许多追求者。"

"你说得没错。这几年，对我献殷勤的人多了去了，有满洲人，也有日本人，有高官，也有富商。可是每一次，我都拿他们跟你比……"

宋卓文避开了关雪的眼神，低头洗餐具："我怎么比得了人家。"

"别看他们一个个西装革履、穿貂戴裘的，可在我眼里，啥都不是。我就是忘不了那个穿着一身学生装的小伙子，忘不了那个给我们掏鸟蛋、变魔术、遮风挡雨的宋大哥。"

宋卓文没有说话。

关雪不错眼珠地望着他："我这心里，早就容不下别人了。"

"小雪，我们那个时候还都是孩子。其实，我没有你想的那么好。"

关雪忽然走到宋卓文身后，将他抱住："我不管，我信命。老天爷又把你送到我身边，那咱俩就是命中注定的一对儿。"

宋卓文咽了一口吐沫："小雪，我现在刚到特务科，要资历没资历，要地位没地位——"

"我才不管呢。"关雪抱得更紧了。

"可别人会怎么看我？啥都不会，就会吃软饭？"

关雪突然扳过宋卓文的身体，直视着他的眼睛："你心里有别人。"

宋卓文无奈地说："没有，真没有。我就是想缓一缓，干出点名堂，水到渠成不是更好吗？"

清理完餐具，关雪坚持要把宋卓文送回去。一路上，她都没什么话。但在这种沉默中，宋卓文反而更加难受。忽然，关雪踩住刹车，盯着宋卓文。

"怎么啦？"

关雪一字一顿地说："你不是宋大哥。"

"……"

"我认识的那个宋大哥，敢爱敢恨，敢打敢拼，完全不是你现在这副样子。"

宋卓文惨然一笑："你不知道我这八年经历了什么。敢打敢拼？就算浑身都是铁又能打几颗钉？八年前的我就像一块有棱有角的石头，天不怕地不怕。可是我现在，更像是一颗被生活磨去了棱角的石球。"

关雪摇摇头："我不会让你变成平庸的人，我要把你的棱角磨出来，在特务科出人头地。"

"我会努力的。"

"先从胡彬下手。"

"胡彬？"

"拿出你的本事来，给我揍他一顿，我保管你在特务科站稳脚跟。"

"有那个必要吗？"

"有。"

那天晚上，宋卓文躺在宽大的弹簧床垫上久久不能入睡。事实证明老段是正确的，面临的形势比他想象的严峻得多。仅仅是迎战胡彬这一道关，他就无法闯过。他没有哥哥的那身本事，与胡彬交手的时刻就是他彻底露馅儿的时刻。他苦思冥想，也找不到任何解决困难的办法，最后只能做出最无奈的决定，找到那个神秘的格子西装男，拿到失踪的烟斗，立刻撤出特务科、终止潜伏。一刻都不能再耽搁了。

二

宋卓文打定主意，一上班就请假。他早上走进特务科大门口，眼前的景象完全出乎他的意料。众多特务正在打扫办公大楼前的环境卫生。

他走进大楼，只见每一扇窗户边都有人在擦玻璃。丁鹏拿着一把拖布，正卖力地擦拭着楼道地板。

宋卓文走过去："没说今天大扫除呀。"

丁鹏抬起头来："你来啦，快去见科长吧，她正找你呢。"

宋卓文推门而入，愁眉苦脸地走到关雪面前："科长，我是来请假的，昨天晚上——"

关雪打断了他："今天谁也不能请假。咱们的新上司今天从新京到哈尔滨赴任，很可能到特务科视察。"

"咱们的上司不是厅长吗？"

"两回事。特务科的资金由警察厅负责，但业务上直属关东军参谋部第二课。今天来哈尔滨的，就是新上任的第二课课长。"

"可是我——"

"帮帮忙，我实在没人了。你去总务找老金，他那里有份采购清单。然后到财务室支一笔钱，到车队要一辆车，把清单上的东西买回来你就回家休息，行了吧？"

宋卓文刚要再说什么，关雪桌上的电话铃忽然响了起来。

关雪接听电话。

"喂，潘组长……"

宋卓文无奈，只得离开了办公室。

关雪仍然对着话筒："什么？小武醒了，太好了。有重要情况要报告？那你带几个人去一趟医院吧，我离不开。"

都知道宋卓文是关科长面前的红人，无论他领取采购单子还是支钱，都办得非常顺利。宋卓文来到车队，司机殷勤地引着他走进车库。那里并排停着几辆轿车。

司机边走边说："我这辆车呀，是咱们科里最快的……"说着，他拉开车门。

宋卓文刚要坐进车里，几个人快步走进车库。

"卓文——"

宋卓文回头一看，是潘越带着几个特务。

"抱歉了，老弟，我有急事，你再换一辆车吧。"

"没问题。"

"去哪儿啊，潘组长？"司机问道。

"去医院，小武醒了。"

换了一辆车，宋卓文坐到后座上，展开了那张清单。

水果、茶叶、香烟、鲜花、糕点……

清单上物品繁多而又琐碎，不知道用多少时间才能完成采购任务，而时间对他是那样宝贵。消逝一分钟，找到格子西装男的机会就失去一分。

"宋哥，咋愁眉苦脸的呢？"司机从后视镜里看见了他的表情。

"哦，没有，我有点头疼。"

"是不是嫌这个活儿琐碎？我跟你说呀，这是咱特务科最好的差事了，让你干，那

045

是老抬举你了。"

"哦？我还真没看出来。"

"回扣呀。"

"这还能吃回扣？"

"钱在你手里拿着，价钱你跟老板商量，只要不是太离谱，你想报多少账就报多少账。要不是老金忙着安排别的事，他才不让别人抢这个活儿呢。"

宋卓文思索着。

司机继续说道："不瞒你说，宋哥，我们这帮司机也愿意拉这样的活儿。老金……一般也会赏我们个酒钱。"

宋卓文拿定了主意。

"停车。"

司机有些蒙："你说什么？"

"我让你停车！"

轿车戛然停住，司机以为说错了话，毕竟宋卓文背后站着关雪。

宋卓文掏出那一卷钞票，连同那张清单一齐塞给了司机："这趟差事，就交给你办吧。"说罢，他拉开车门下了车。

三

离宋卓文下车地点不远的地方只有一个旧货市场。他转了一圈，买了一件七八成新的灰色风衣、一顶旧毡帽、一副墨镜、一副棉耳套。耳套不是用来戴的，他把里面的棉花取出来，塞进嘴里垫在面颊两侧，这样他本来的那张长脸变成了圆脸。

宋卓文这么做，是因为火车站附近的黄包车车夫大都认识他。他担心，如果不改变脸形，仅仅靠压低的帽檐和遮住眼睛的墨镜还是会被他们认出来。

化好装，他对着杂货摊上的一面镜子仔细看了看，才起身走出旧货市场，登上一辆驶往火车站的电车。

与此同时，潘越等人进入了病房，见到了醒来不久的小武。

"什么？开枪打你的不是那个穿皮夹克的？"

小武摇了摇头："不是。他侧面有个三十多岁的男的，我完全没防备住。"

"你能回忆他长什么样吗？"潘越问道。

"长什么样，想不起来了，"小武摇了摇头，"但我记得，他身上穿着一件格子西装。"

接到潘越打来的电话，关雪对着话筒说："要么这个穿格子西装的是个共产党，要么就是那个毒贩的同伙，不管他是谁，都可能看见石医生在铁轨上偷偷藏过东西。我这就叫胡彬去火车站等你，不管他是谁，找出来。"

众车夫先后接过宋卓文递过去的香烟，有的叼在嘴里，有的夹在耳朵上。

"二十七号，不就是车站里面打枪抓人那天吗？"一个车夫回忆着。

"没错，就是那天。"宋卓文说道，"人又多又乱，我表哥失散到现在，还没找着我家。几位帮着仔细想想，他个子比我稍矮点，穿着一套格子西装和一双黑白相间的皮鞋，出站的时间应该是上午十点半以后。"

一个年长的车夫说："快十一点了。"

宋卓文又惊又喜："你见过他？"

"是不是右脚有点一瘸一拐的？"

宋卓文愣了一下："腿脚是有点不太好。"

"我拉他上我车，他没坐，怕是嫌我岁数大跑不快，上顺子的车了。"

宋卓文四下看着："顺子？他人呢？"

车夫们七嘴八舌道："老娘犯病，回乡下伺候去了，一早走的。"

"什么时候能回来？"

车夫们纷纷摇头。宋卓文大失所望。

这时，一个年轻的车夫开了口："顺子提过，说是个好活儿。"

"怎么个好法？"

"听他说ว到铃铛街路口，客人就叫他停车了。跑了还不到一半的路，车钱一分不少，顺子就回来了。"

"本来要去的地方是哪儿？"

"没说。"

宋卓文思忖片刻："你拉我去铃铛街，现在就走。"

大约十五分钟后，那个年轻的车夫放下车把，擦了一把汗："到了，先生。"

宋卓文下了车，付了车钱，举目四望。两侧街道边，商铺一家挨着一家。

格子西装男为什么会突然叫停黄包车？或者，他在路边看到了什么……

宋卓文的目光掠过路边的行人、店铺。忽然，他发现了一面招牌——刘氏正骨推拿。他想起那个年老的车夫说过，格子西装男从车站里走出来，一瘸一拐的。有没有一种可能，格子西装男为了取走烟斗，跳下月台的时候崴了脚？在回家的路上，恰好看到路边的这家正骨推拿诊所。

想到这里，他再无犹豫，大步走了过去。

推拿师傅证实了他的判断："格子西装、黑白相间的皮鞋，就是他。伤得重，脚腕子肿得连袜子都扒不下来。肿这么高。"他用两根手指比画了一下，"先用的虎骨酒，外敷，第二道是麝香膏做的膏药。就算双份全上，一下子也好不了。"

"只能在家躺着？"宋卓文问道。

"可不！三天之内绝对出不了门。"

潘越一脸疑惑："刚才也有人打听？问的也是这个事？"

众车夫点点头。

潘越和胡彬面面相觑。丁鹏站在最外围，一脸糊涂。

潘越问之前那个年长的车夫："他长什么样子？"

"比你高，比你瘦点。长什么样看不清楚，戴着大号黑眼镜，半拉脸都遮住了，只能看见是个圆脸。"

"衣服呢？"

"灰色风衣，戴个礼帽。"

胡彬有点不耐烦："别的呢？一气说完。"

潘越拍拍胡彬，自己走到那个年长的车夫面前，掏出钱包，把它放在一辆车的车把上。他和颜悦色地说："别怕。没过多久的工夫，你们肯定都能想起来。这人问了你们什么话、你们怎么答的，一点一点讲给我听。"他拍拍钱包，"讲得越细，拿的钱越多。"

宋卓文递给推拿师傅一张钞票："还有呢？麻烦您再想想，什么细节都行。"

推拿师傅想了片刻："那先生有钱。皮鞋是正牌英国布洛克，袜子和衬裤都不是便宜货。就是有一点，这人啊，太埋汰，袜子、衬裤一看就好几天没洗过，味儿呛鼻子。"

宋卓文点点头："还有吗？"

"他临走时，我给了他一个内服的药方子，但是里面有一味老鹳草不好找，非去大一点的药铺才能找到。他说他家附近有一家'回春堂'的分号。我说，那就没问题了，回春堂啥药都有。"

潘越问："拉着那个人去铃铛街的车夫是谁？"

"我们都叫他'石头'。"

潘越对胡彬说："每辆车都带上一个车夫，直奔铃铛街。"

胡彬亲自开车，那个年长的车夫就坐在他身边的副驾驶位置。

"睁大点眼睛。找着了石头，拿赏钱回家；找不着，我就把你们几个人的饭碗和腿都砸了。"

车夫畏惧地看了他一眼，继续向车窗外张望。

那个叫石头的车夫拉着一辆空车慢悠悠地走着。忽然，几辆黑色轿车冲过来，急急地刹住，将他团团围住。石头吓了一跳。

四

关雪站在办公室的玻璃窗前俯瞰外面。窗外，那辆外出采购的轿车驶进了特务科大院，停在办公楼前。司机独自下车，跟从大楼里走出来的老金说了几句话。接着，从大楼里又走出来几名特务，帮助司机从后备厢里搬运东西。

东西快搬清的时候，关雪出现在司机身后。

"你怎么一个人回来了？宋卓文呢？"

宋卓文从一辆出租车里钻出来。窄街从他的脚下向不同的方向延伸，宛如迷宫。来往的居民都不像有钱人，都是普通的老百姓，几个蓬头垢面的小孩子在戏耍打闹着。

宋卓文回头一看，那家名叫回春堂的药铺就在他的身后。

潘越等人快步从推拿店里走出来。

胡彬跟在他身后，问道："回春堂是哈尔滨的老字号，分号开了十几家，到哪儿去找？"

潘越一路来到轿车前："地图。"

一个特务递来一卷地图。潘越展开地图，铺在发动机盖子上，叉开拇指和食指，在地图上丈量着……

"你这量什么呢？"胡彬问道。

"记得那几个车夫是怎么说的吗？只跑了一半的路程客人就叫停车。情报，得综合着用。"

潘越的手指在地图上移动着，最后停在一个点上。

"从火车站到铃铛街的距离乘以二，再沿着这个方向朝前延伸，看，符合条件的回春堂分号就这一家。"

胡彬盯着那个点："这不是'安字片'吗？这个地方可不好找，安静街、安丰街、安宁街、安隆街——这种以'安'字打头的窄街一共有二十多条。生人到了那个地方，都走不出去。"

"咱们不好找，那个领先一步的朋友也不好找。我对这个人的兴趣，越来越大了。"潘越笑道。

回春堂药铺掌柜立刻就想起来了。

"记得，穿着格子西装，瘸着一条腿，抓药的嘛。"

"他们家就住在这儿附近。认识他吗？"宋卓文问道。

掌柜摇头："他不是我们这儿的常客。不知道他住哪儿。"

宋卓文道了谢，刚要离开，忽然想起了什么："说起这个人，好像您有点不太高兴？"

药铺掌柜浅浅地笑了笑。

"吵过架？"

"非要让我们把药煎好后再给他送家里去。我这儿是药铺，不是跑腿儿的。这和钱没关系，就因为这个，他把我的秤摔地下了。要不是看他腿不好，我们伙计都不叫他走出去。"

穿行在迷宫般的小道上，宋卓文边走边左顾右盼寻找着什么。拐了一个弯，一家饭馆的门面赫然出现在眼前,他推门走了进去。

饭馆的人摇了摇头:"就咱家这么个小店,就这么几个人,实在没法儿外出送饭啊。"

"那这儿附近有没有能往家里送饭,口味也不错的?"宋卓文不甘心地问道。

"您出门往西走,半里路后向北拐,百八十步路东有家'老边饺子',口味还行,伙计倒是挺多,送不送我也不清楚,您自己去问问?"

一帮人从回春堂走出来。胡彬望着眼前的街景。

"这么乱的地方,找一个崴了脚窝在家里不出门的人,怎么找呀?"

潘越看看表:"最多一个钟头就能找到他,信吗?"

"怎么个找法?"

"从饭馆下手。"

"饭馆?"

"还记得吗?推拿师傅说他的衣服和皮鞋都是好东西,就是人有点埋汰,内衣好多天没洗过了,都呛鼻子。"

胡彬点点头:"是这么说的。"

潘越语速很快:"这个人外衣光鲜,里面邋遢,说明他身边一定没个女人,是个单身汉。他让药铺给他煎好药送到家里去,也不是有意摆谱,而是家里从来不开伙,砂锅都不一定能找着。这几天他崴了脚出不了门,一天三顿饭都会在饭馆里订。只要找着谁家给他送饭,就能找着他。"

胡彬立刻明白了,他转向众特务:"每条岔路一组人,专查饭馆,看看哪家饭馆给一个三十多岁的单身男人送过餐。还有,一旦在路上看到一个穿灰色风衣、戴礼帽、架着墨镜的人,立刻逮捕。"

宋卓文站在一个岔路口,面前三条岔路,每一条岔路的路边墙上都钉着一块路牌,分别写着"安宁街""安丰街""安和街"。

宋卓文想了想,走进了最右侧的安和街。

他沿着路走了几步,拐过弯,突然一个人影从路边墙根冲了过来。宋卓文一看,原来是一个衣衫褴褛的疯乞丐。

"给我钱,我就跟你捉迷藏,给钱给钱——"

宋卓文受不住纠缠,掏出几枚硬币递给他,继续在曲折的窄街里穿行。很快,他出了街的另一端,眼前顿时宽阔。路边有一家饭馆,招牌上写着"老边饺子铺",门口熙熙攘攘,热闹非常。

"找人?我们这儿是吃饭的地方,不是找人的地方。"饭馆掌柜一脸不耐烦。

宋卓文刚要说什么,掌柜双手抱拳,迎向几位刚进饭馆的客人:"来了,几位。"

宋卓文无奈地从饭馆里面走出来。

忽然,从他刚才来的方向走来一个提着食盒的小伙计。

宋卓文迎上去:"兄弟,这是给哪儿送餐去了?"
"安宁街那边。咋啦?"
"那个人是不是三十多岁,崴了脚,出不了门?"
"你咋知道?"
"他是我的一个朋友,这一片太乱,我找不着他们家门了。"
伙计大致指了一个方向:"安宁街十五号,边走边打听吧。"
宋卓文拱手:"谢谢,谢谢。"
忽然,从远处街道拐角处转出来四个人。为首的正是胡彬,还有丁鹏和另外两个特务。
宋卓文愣住了。
胡彬等人也愣了一下:"站住!"
宋卓文转身撒腿就跑。
眼见对方拐入另一条小路,胡彬拔出手枪,冲着天开了一枪。

追到一个交叉口,胡彬、丁鹏三人停下来,四下张望,但却看不到人影。
丁鹏喘着粗气问道:"胡组长,咱们向哪个方向追呀?"
"我也不知道。不过,弟兄们听见枪声,很快就会向这个地方围拢,他跑不了。"
一个特务从后面追上来:"胡组长,问了那个送饭的伙计,那个穿长衫的住在安宁街十五号。"
丁鹏的表情一滞,但很快就恢复了常态。
"知道了。你们俩向左,丁鹏我俩向右。记住,不能打死他,要抓活的。"
四个人分头离开了。宋卓文从草垛里钻出来,喘了几口气。正在思考应对的办法,忽然感到身后有异,一回头,他吓了一跳。
那个疯乞丐就站在他身后。

胡彬和潘越在一座公用电话亭的旁边碰了头。
胡彬劈头就说:"安宁街十五号,穿西装的男人,我去抓。那个穿风衣戴墨镜的还在胡同里头,记着抓他的活口!"
"已经把这一片的出口都围了,肯定是活的!"
潘越带着几个特务在胡同里搜索、前进,走了没多远,前面的胡同口有个穿风衣的人影一闪而过。
这几个特务也算得上训练有素,但穿风衣的人似乎对这片街区很熟悉,他们的围追堵截屡屡落空。终于,在一个岔路口,一个特务从侧面一跃而起,扑倒了风衣男。
几个人将他扭住,把他上臂拉起来。潘越掀掉了他的帽子,露出了疯乞丐脏兮兮的脑袋。
"你是干什么?!"
"嘻嘻,玩捉迷藏啊。"

此时此刻,标有"十五号"门牌的那户人家也被找到了。胡彬抬起一脚踹开门板,冲了进去。

住宅里一家数口，有老有小，正坐在桌前吃饭。他们迷茫地看着冲进来的这帮凶神恶煞。即便是胡彬这样的粗人，也知道他们又一次搞错了。

"我们家，我们家是安丰街十五号，安宁街在……在西边。"

"胡组长，一定是有人把两条街的路牌给换了。我想起来了，刚才路过岔路口的时候，我就看见路牌歪歪斜斜的。"一个特务说道。

"有屁不早放！"胡彬骂了一句，赶快带人扑向真正的安宁街十五号。

真正的安宁街十五号，是一座独门独院的宅子，在这片居民区，颇有点鹤立鸡群。

宋卓文左右看看，抓住门板上的铁环，敲了敲门。

五

就着一盘饺子、两碟小菜，一个三十多岁的男人正坐在饭桌前自斟自饮。墙上衣帽钩上挂着他穿过的那件西装。听到敲门声，他放下酒杯，双手撑着桌子站了起来。他的右脚脚腕上还贴着膏药，肿还没消退。

他正要去开门，桌子上的电话铃突然响了起来。他转回来接起电话，听了没两句话，脸色一下子变了。他扔下电话，也顾不上脚的剧痛，扑到墙边就去抓衣服。

宋卓文又敲了几次门，里面毫无动静。他觉得不对劲儿，转到墙边，使劲儿一跳，双手攀住墙头跳了进去。后窗开着，炕桌上的酒菜还冒着热气，但是人已经不见了。

宋卓文搜着房间里的抽屉和衣橱，但一无所获。他擦了擦额头上冒出来的细汗，想了想，蹲下身子看了看家具下面。在衣柜底下光线角度造成的阴暗里隐隐看见一样东西，他趴在地上，伸手探进去摸着。

他的手指差一点就摸到了，突然哗的一声巨响，院门被撞开了。宋卓文一惊，扭头看向那扇打开的后窗。

胡彬抢先冲进了小院，一脚踹开房间的门，冲进房间，屋里人迹全无。跟进来的一个特务指着敞开的后窗喊道："人跑了！"

胡彬几步跨到后窗，探头张望。其他几个特务也都挤到窗前往外看着，他们的注意力全都集中到了窗户外面。这时候宋卓文从被撞开的房门后面悄悄走过来，无声地凑到众特务的后面。此刻，他已经摘掉了假胡子和墨镜。

胡彬回头刚要说话，一眼看见似乎是刚进来的宋卓文，愣住了。

"你怎么来了？"

宋卓文正要解释，突然不远处传来砰的一声枪响，所有人都愣住了。

"留两个人搜屋子，剩下的都跟我走——"

胡彬立刻往外面冲去。

格子西装男仰面朝天躺在胡同口。死不瞑目的他脸上仍然保持着诧异的神情，眉心处一个枪眼还在汩汩地向外冒血。

潘越呆呆地站在尸体前面，和格子西装男对视着。

丁鹏和几个特务从一侧跑了过来，刚站定，就看见胡彬带着几个特务从另外一侧跑过来。

"老潘，你疯了，干吗杀了他？"

潘越举起手枪，也有点茫然："我枪的保险还没开，我也是听见枪声才赶过来的。"

"谁干的？"胡彬问完自己就想明白了，"还能有谁，那个戴墨镜的！"

一向温文尔雅的潘越突然破口大骂："总是比我们快一步，真他妈邪了门了，这么大的网都兜不住他，他是孙猴子吗，能上天入地？"

潘越平复了一下情绪，指着尸体问胡彬："这个人的住处，找着了吗？"

很快，大队人马都集中到了安宁街十五号，展开了地毯式搜查。

隐在人群里的宋卓文不经意地扫了一眼衣柜底下，又看了看客厅里的其他人。众特务有的翻抽屉，有的搜查衣橱，都背对着他。

宋卓文无声地趴下，探身够着，这一次，他的手指终于摸到了那个烟斗。

"这玩意儿，我在哪儿见过！"身后传来一个声音。

宋卓文一回头，发现身后一个特务也跪在地上，向衣柜底下看着。他也看见了。

宋卓文手握着烟斗站起来时，那个特务还在盯着烟斗："在哪儿见过？我肯定见过它。"

胡彬、潘越和几个特务都循声走过来。胡彬伸出手，宋卓文只得递给他。

胡彬端详了片刻，恍然大悟："想起来了，这烟斗是姓段的。"

宋卓文的心情沉重到了极点，唾手可得的情报就这样得而复失，撤离计划彻底被打乱了。而眼下最棘手的，就是要向关雪解释他为何会出现在这个地方。

众人先后走向街边散开停着的几辆轿车。宋卓文故意落在后面，他飞快地辨认着众特务的脸。很快，他把目标锁定一个特务，走过去和他并肩前行，不经意般问了一句："小武怎么样了？"

"应该没什么吧，已经醒了。"

"你没见着他吗？我看你早晨和潘组长一辆车走的啊。"

"我们都在病房外头等着，就潘队长自己进去了。你和小武认识啊？"

"都是同事。他出事那天，我也在场。没事，醒了就好。醒了就好了。"

又聊了几句，宋卓文就全明白了。清醒后的小武给潘越提供了格子西装男的信息。潘越走了和他一样的调查路线。车站的车夫、推拿店里的师傅都被问了话，所以他们才会顺藤摸瓜找到安字片。他唯一搞不清楚的是，到底是谁打死了格子西装男。

六

"也就是说，是那个神秘的调查者打死了西装客？"关雪问道。

"还能有谁？那小子可不一般，鬼精鬼精的，连着用了两次调虎离山之计，在天罗地网里杀人后全身而退。"胡彬摇了摇头，"老潘那么精明的人也让他给涮了。"

此刻科长办公室里只有他们两个。

关雪皱了皱眉头："告诉下面的弟兄，这件事的细节，就不要对外声张了。不管怎么说，烟斗还是让我们拿到了，可以在新上司面前应付过去了。"

"我知道，家丑不能外扬不是？那个日本人今天还来不？"

"不知道，我也等电话呢。对了，谁找到烟斗的？"

胡彬含糊了一下："他一直缩在我身边，像个鸡雏，全面搜查的时候，也不知道走了什么狗屎运，发现了柜子底下那个烟斗。"

"说的谁呀？"

"还有谁，不是你派他过去的？"

关雪瞪大了眼睛："宋卓文？"

"对啊。"

关雪沉思了片刻，忽然问道："你听到枪响的时候，宋卓文在什么地方？"

胡彬想了一下："就在我身边啊。"

关雪如释重负地出了口气："哦——对了，我没有安排宋卓文去找你们。"

宋卓文是被从食堂里叫走的。进了办公室，他看到关雪坐在办公桌后，胡彬坐在侧面的沙发里，两个人一言不发，只是盯着他看。

"我刚才看见那个司机了，东西都买回来了，对吧？"关雪问。

"宋卓文，你才来几天呀，怎么就这么大胆子——"胡彬斥责道。

关雪摆摆手打断了胡彬，她直视着宋卓文："说说你今天的行程吧。"

"行啊。今天早上，我拿了清单，到车队要车。看到潘组长急火火地带着几个弟兄要去医院看小武。后来我就想，肯定是出大事了。不然的话，看个病人至于那么着急吗？我又一想，买个东西谁不会呀？我就把钱、采购单通通给了司机。我自己呢，拦了一辆出租车，直奔医院。没想到刚到医院门口就看见他们出了医院上了车。潘组长他们那车，跑得飞快，我追都追不上。后来在火车站广场才找到了他们。看着潘组长和那几个车夫嘀嘀咕咕说了些啥。"

宋卓文又瞟了胡彬一眼："从火车站出来，我跟着他们先是到了铃铛街，后来又去了安字片。后来我听到枪声，就往那个方向追，看到胡组长他们冲进安宁街，就跟了上去。后来的事，胡组长都知道。"

胡彬瞅着他："说完了？"

"说完了。"

"我问你，你说你在医院想追老潘没追上？"

"对。"

"然后跟到了火车站，对吧？"

"对。"

"我们在那儿停了那么长时间,你咋不跟我们会合呢?"

"对呀,你完全可以在车站和他们会合。"关雪也问道。

宋卓文沉吟片刻,才开了口:"我知道,不管怎么说,科长给我安排的差事,不是干这个。潘组长呢,好说话。至于……"

宋卓文瞟了胡彬一眼,没有再说下去。

"你啥意思?是不是因为我在,才猫在后面呀?"

"胡组长,有些话,我觉得咱俩迟早得说开。我一直很尊重你,可是我总觉得你对我吧——"

他正说着,房门被推开了。

潘越拿着那个被分开的烟斗兴冲冲地走进来:"拿下了,这个装置设计得还真不简单——"

关雪对宋卓文说:"你先回食堂吃饭吧。"

宋卓文转身离开了办公室。

潘越举起另一只手,他的拇指和食指夹着一卷小小的胶片,伸到关雪和胡彬面前:"情报还在。"

关雪小心翼翼地接过来:"好,回头我安排技术室的人把它洗出来。"

说着,关雪来到墙角,打开保险箱。

趴在科长办公室门缝边的宋卓文清楚地听到里面传来保险箱轮盘转动的声音。

回到食堂,宋卓文更加无心吃饭。他想起来一个细节。那天他被关雪带到家里吃饭的时候,是他开的房门,那钥匙串上还有一把指甲刀。

他起身离开,用了十分钟就准备好了他需要的工具。之后,他再次回到科长办公室,趴在门缝上倾听了一会儿,里面没有传来对话声,这才抬起手来叩响了房门。

正在看文件的关雪抬起头来,有些诧异地看着宋卓文。

"我这么做是不是让你很为难?"说着,他坐在关雪对面的椅子上。

"也谈不上,不过下次你还是听从安排的好。谁和你说什么了?"

宋卓文用牙咬着大拇指的指甲,含含糊糊地说:"也没有。昨天晚上咱俩谈过之后,我是真心想干出点成绩来……"

关雪看得直皱眉:"你那指甲怎么了?"

"嗐,也不知道让什么东西剐了一下,指甲盖劈了一块。"

关雪从腰里摘下钥匙串,扔了过去:"用我这把指甲刀修修。"

宋卓文接过来,一边用指甲刀修剪指甲,一边说:"你也看出来了,姓胡的一个劲儿挤对我……"

一不留神,钥匙串从他手上掉到了地上。宋卓文赶紧弯腰去捡。他蹲在地上,左手拿着那把钥匙,右手迅速从兜里掏出一方折叠的手帕。他打开手帕,里面夹着一层黑色的粉末。宋卓文用钥匙在粉末上按了按。接着他撸起袖子,手腕上露出一块粘面朝上的胶布,他把蹭了粉末的钥匙摁在那块胶布上。拿起钥匙后,胶布上留下一个清晰的黑色钥匙印。

宋卓文直起腰来，继续修指甲。

"胡彬这个人，吃硬不吃软。所以昨天我跟你说——"关雪正说着，桌上的电话铃突然响起。接听电话后，关雪的神情一下子凝重起来。

"……是，我立刻赶过去。那份胶卷，我想先洗出来再——明白，一并带过去。"

听到这里，宋卓文的心向下一沉。挂断电话后，没等他询问，关雪又打电话把潘越和胡彬叫了过来。宋卓文本想离开，但握着话筒的关雪冲着他摆摆手，又指了指椅子，示意他留下。

"科长，是不是出啥事了？"潘越还没进门，声音已经到了。

关雪低声说："我们的新上司遇刺了。"

宋卓文也大感意外。

"人还活着吗？"胡彬问道。

"没什么大碍，在陆军医院呢，他想见我。"

潘越问："我们还用去吗？"

"通知的是让我一个人带着那份胶卷过去。"

"明白了。"

"你们俩不是还没吃饭呢吗？"

"是。我本来想去食堂对付一口，老胡想整口酒——"

"你们去'富士山'吃日本菜吧，那儿有电话，我能找到你们。"关雪说道，"少喝点酒，万一晚上有行动呢？对了，带着宋卓文一起去吧，他刚才就吃了个半饱。点点好的，带收据回来啊。"

"我就不去了。"宋卓文连忙摆手。

潘越已经抓住了宋卓文的胳膊："走吧，兄弟，那家餐馆的味道，你是没尝过——"

"我真吃饱了。下次——"

胡彬插进话来："别劝了，老潘。他不想去，是因为我在。他是不想交我这个朋友。"

七

富士山酒馆是哈尔滨一家相当高级的日本餐馆。潘越挑了一个他常来的包间。

一个装满菜肴的托盘放在矮桌上。身穿和服的女侍者跪在桌前，将一盘盘装满海鲜、肉类、蔬菜的菜肴摆在桌子上。

宋卓文、潘越二人都规规矩矩地盘着腿坐在榻榻米上。只有胡彬的姿势懒懒散散，他一条腿盘着，另一条腿斜伸出去。

最后，女侍者把一小瓷瓶清酒摆在桌子上。

"这么点酒够谁喝的？去，换一个大瓶的。"

潘越提醒道："老胡，科长怎么说的，酒要少喝。"

"她说的是咱俩，没说他。"胡彬指着宋卓文，"你没听科长说嘛，他就是武松，没个十碗二十碗的，都不上那景阳冈。"

"胡哥，你要是想涮呢，明天我请你吃火锅，别整天拿兄弟我开涮，好不好？"

潘越拿起一片水果吃着："没错。他这个人，就是嘴太损。"

胡彬没理他们，继续对侍者说："换大瓶，清酒度数低。"

很快，一大瓶清酒摆上桌子。

宋卓文刚要拿起瓷瓶，却被胡彬抢先抓住。胡彬执意给宋卓文斟满酒杯，然后是潘越，最后才倒满自己的杯子。

潘越端起杯子，刚要说话，胡彬摆了摆手："这第一杯，我先跟卓文老弟走一个。"

潘越摇头苦笑，放下杯子。

胡彬端着酒杯凑到宋卓文面前："老弟，不是哥哥我对你有意见，是你瞧不上哥哥我。"

宋卓文刚要开口却被胡彬拦住："今天我可是在科长面前给你请功了。科长问，谁找着的烟斗啊。我说，是宋卓文。你看，我心里有你。"

说罢，胡彬用酒杯碰了一下宋卓文的酒杯，一饮而尽。

"谢谢胡哥。"说罢，宋卓文也饮了杯中酒。

胡彬斜着眼睛看着宋卓文说："科长今天跟我说，你答应了。"

"答应什么了？"

"咱俩比画比画的事呀，就这两天，让弟兄们开开眼。"

宋卓文笑了笑，未置可否。

胡彬一边给宋卓文斟满酒杯，一边说："没事，兄弟，哥哥我就是想给你在特务科树威。实在不行，咱俩提前排练排练，玩假把式，就让你打我一顿不就完了吗？"

潘越插话："拉倒吧，老胡，人家卓文是真汉子，会占你的便宜？"

潘越端起酒杯："来，卓文，咱俩走一个。"

第五章
满洲罗宾汉

一

一个留着钢刷般寸头的男子背对着门口。他身上的病号服外面套着一件睡袍。一个护士正在小心翼翼地帮他系睡袍的腰带。

关雪脚跟一碰，弯腰垂首："哈尔滨警察厅特务科科长关雪见过长官。"

直到护士整理完腰带，那个男人才转过身来。

这是一个四十多岁的中年男子，面孔清瘦，胡须修剪得整整齐齐，目光阴冷而又犀利。看着关雪，他的脸上忽然绽开了笑容，目光也变得温暖、亲切。

"关雪科长，我叫浅野寺。快请坐。"

关雪这才抬起头来："阁下伤得不重吧？"

浅野寺抬起左手，指着右肩："还好，没有伤到骨头。"

"您刚到哈尔滨就碰到这样的事，是我们失职。"

浅野寺摆了摆手："你们没有责任，这个刺客是从新京来的。"

关雪诧异地问道："您认识他？"

"虽说没有见过面，但我们是老相识了。他有个绰号，叫'满洲罗宾汉'。"

"哦？"

"他曾经带着几个手下在新京城里为非作歹，专门抢劫皇军的军事物资。我设了一个圈套，清除了他的手下，但这个人逃脱了。我们甚至不知道他的长相。"

"您的意思是，他竟敢追踪您到哈尔滨？"

"今天的事，一定是他的杰作，不会是别人。这是他第三次刺杀我了。"

"真是太可恨了。"

"我倒是很欣赏他。"

"我有一个办法，可能会有用。"

"说来听听。"

"经过昨天的刺杀，此人必定关注着报纸上的消息。我们可以利用晨报散布消息，说您明天出院。此人必然会埋伏在医院附近伺机行刺。我们特务科会在医院附近秘密布控，将其一举抓获。"

"早就听说你很能干，看来真是名不虚传啊。"

"您过奖了。如果您同意，我现在就去安排。"

"不急不急。听说你领导的特务科最近破获了一起共产党间谍大案？"

"是的，被截获的情报，我带来了。"

浅野寺接过那份胶卷："我还是想听听你们侦破的细节。"

跟着胡彬走进包间的，是三个面孔雪白、嘴唇鲜红的艺伎，简直分不出各有什么特征。胡彬指挥其中两个分别坐在潘越和宋卓文二人身边。

潘越有些不自在："老胡，你来这一出干啥，待会儿可能有正事。"

"人家这叫艺伎，只管唱歌跳舞、添酒夹菜。又不是让你嫖娼，有事来不及提裤子。"

潘越让他气得张口结舌干瞪眼。

宋卓文说："胡哥，我也觉得不太合适。"

"有啥不合适的？放心，我不跟科长说这件事。"

"我虽然没有来过，但也知道召唤日本艺伎需要很昂贵的费用。二位是前辈，理所当然。我是新来的，没有这个资格。"说罢，他站起身来，"对不起，我先告退了。"

"啥日本艺伎呀，这都是满洲人扮的。不信你看。"

说着，胡彬突然搂住身边的艺伎，从桌子上抄起那瓶酒，浇在艺伎头上。

艺伎挣扎着喊道："放开我！"

胡彬笑了："你听，中国话。"

那个艺伎突然抓起桌子上的一杯茶，泼在胡彬脸上。

胡彬被烫，大怒，扬起了拳头。

宋卓文立刻插在他们中间，挡住胡彬。

"放肆！要不看你是个女人，胡哥非打得你满地找牙不可。滚出去！"

艺伎低着头，一言不发地走了。

"站住！谁让她走的？"胡彬甩开潘越，直冲过来。明面上是跟艺伎过不去，实际上，他的手抓向宋卓文的衣领。

就在这时，餐馆的领班推门进来了："三位先生，有电话找你们，说是有急事。"

电话是关雪打来的，让他们立刻回特务科。但胡彬不依不饶，坚持将这一桌的餐费算到艺伎身上。

潘越扶着跟跄着的胡彬往前走着，宋卓文跟在后面。路过前台的时候，他看见老板正怒斥已经卸妆但还穿着和服的艺伎。

"……你看着我干什么？这顿酒钱，我只能问你要。告诉你，谢月，要是不赔，我拿学生证找你们学校去。"

宋卓文走过去，餐馆老板赶紧换上笑容。

那个艺伎下意识地转过头来，四目相对，宋卓文一下子愣住了，正是车站广场那个剪纸姑娘。他犹豫了一下。

"跟我来。"宋卓文冲她微微转了下头。

那姑娘没动。

"还想要你的学生证吗？"

听了这句话，她跟了上去。

两个人走出门口，宋卓文一指前面不远处："往东两百米，有个十字路口。明天上午十点钟，在那儿等我，我把钱给你。"

二

不只他们三个，特务科其他所有人员都被召回了总部。任务布置会仍旧在大会议室召开。

墙上悬挂着一张大比例街区地图，关雪握着一根指挥棒，指点着地图上的一栋栋建筑。

"这是陆军医院，这是邮电大楼，这一片是满洲饭店。前面的这条街，就是浅野课长离开医院的必经之路。"

胡彬站在后面，他还没有完全清醒，因此刻意和关雪保持距离，还用一只手假装不经意地挡着嘴，以此挡着酒气。

"如果不出所料，刺客明天就会埋伏在这条街上。具体在哪儿，需要我们找出来。整条街都要布控，宁可错抓，不可错过。最大的麻烦就是浅野课长也不知道他的名字和相貌。"

众人哗然。

"啪！啪！"关雪敲了敲地图，"我知道很难，难也得干。除了他和课长同时来到哈尔滨，目前掌握的唯一线索就是他的绰号——'满洲罗宾汉'。"

听到这里，宋卓文的表情微微一动。

"这次行动以特务科为主，特高课在外围待命。如果我们织的这张网破了，他们就会从松江路快速赶来。这是我们在课长面前开的第一枪，我不希望劳烦特高课。"

她扭头看着潘越："潘组长，行动的具体方案，你来说。"

潘越接过指挥棒："各位，如果我就是那个刺客，我会把狙击地点选择在邮电大楼、满洲饭店、东亚银行这三座建筑的四层之上。为什么呢？"

潘越用指挥棒分别指点着代表这三座建筑的方块："因为三个地方都可以满足两个条件——既可以看到陆军医院的大门口，又能够俯瞰这一条大街。"

宋卓文全神贯注地盯着黑板，生怕漏掉一个字。

"站得高，看得就远。只需要一台望远镜，我就可以确定刺杀目标是否已经离开医院，坐上汽车。如果不止一辆汽车，我还可以确定目标乘坐的是哪一辆汽车，这样留给我调整射击角度、设置武器标尺等准备工作的时间就会非常宽裕。"

潘越停顿了片刻，接着说："大家知道，对付狙击手最有效的手段是什么吗？"

潘越环视了下面一圈："就是派出另一个狙击手。所以，我需要三个枪法好的人埋伏在这里、这里和这里。"

宋卓文盯着潘越指点的三个地方。

"孙大根、乔梁、马国栋！"潘越叫了三个人的名字。

"在！"

"在！"

"在！"

"这就是你们三个明天一早的埋伏点。这三座建筑的顶层分别对应着我刚才说过的狙击手最有可能埋伏的地点。如果在车队经过的时候，这三栋建筑的任何一扇窗子出现最细微的变化，你们就可以开枪。即使杀错了人，也不用承担任何后果。"

"是！"三个特务异口同声道。

"另外，我也会安排人手布控在这三栋楼房高层的电梯口，监视进出的每一个人。当然，也不排除刺客从地面开枪的可能性。地面的工作，由胡组长向大家布置。"

胡彬接过指挥棒，划过地图上的那条大街。

"这条街，东西走向六百米长。明天的任务是化装监视。监视的重点，就是潘组长刚才提到的那三座建筑的出入口。刚才科长也说了，我们不知道刺客长什么样。所以，不论男女老少，只要随身携带长过一米的包裹，就要严密监控。"

宋卓文越听越心惊，这是一张密不透风的大网，连鸟儿也飞不出去。

"我要讲的，就这么多。"胡彬转向关雪："科长。"

关雪的目光扫过每一个人的面孔："这次行动以我们特务科为主，特高课在外围待命。如果我们织的这张网破了，他们会从松江路快速赶来。这，可不是我希望发生的。最后，我要宣布的是，为了保密，今天夜里，任何人不得外出，不得向外面打电话。潘组长一会儿安排一下，总机切断外线，大门口设双岗。"

潘越点头："是。"

三

快到凌晨的时候，站岗的两个卫兵听到身后传来脚步声。他们端起枪，警觉地回头观望，发现居然是潘越，赶紧立正敬礼："任何人不得外出，违令者可以开枪。"

"很好。看住大门，我去后墙外面看看。"

然而潘越并没有转到特务科的后墙，而是步行三十分钟，来到了马迭尔旅馆门口。

他压了压帽檐，扭过头望了望空荡荡的街道，转身走了进去。

登上木质楼梯，穿过一条走廊，他在一扇房门前停下来，抬手敲门。

房间里传出一个女人的声音："进来。"

潘越推开门，看见一个中年女人坐在一张桌子后面，面前桌上一支笔、一张纸，正等着他。

"这次怎么来晚了？"

潘越关上房门，走到桌前坐下："还不是生意上的事，没完没了地应酬。你等了很久吧？"

"你说呢？下午四点钟就到了哈尔滨，一直在这儿等你。"

"抱歉了。"

"没事,我已经习惯了。多几个您这样的客户,天天让我从新京赶到哈尔滨我也愿意。"

潘越笑了笑:"咱们开始吧。"

"好。"

潘越撸起袖子,把胳膊伸出来放到桌子上。

女人伸出两根手指搭在潘越的手腕上。她闭上眼睛感受着潘越脉搏的跳动。良久,她才睁开眼睛。

"怎么样?"

"你最近睡得好吗?"

"吃了你开的药,好多了。"

"夜里还盗汗吗?"

潘越脸色有些暗淡地点了点头:"有时候,床单都能湿透。"

"我得说实话,从脉象上来看,你的病还没有好转的迹象。"

潘越垂下目光。

"你的心事太重。"

"是。"

"你从来不跟我说你是干哪一行的,能放下一段时间吗?"

潘越摇了摇头:"至少,现在还不行。"

女人叹了口气:"好吧,我再给你开点药,先维持住。"

她拿起桌子上的一支笔,在纸上一边写着,一边说道:"等你能放松一段时间了,咱们再开始一个新的疗程。"

潘越掏出一沓钞票,放在桌子上。

女人瞟了一眼钞票,把药方递给他:"下个月,还是今天,还是这个房间。"

"好,不见不散。"潘越站起来。

潘越回到特务科的时候,已经是深夜一点半了。这个时间,宋卓文毫无睡意。在那间来特务科第一天住过的宿舍里,他躺在床上,在丁鹏的鼾声中,脑海里一遍一遍地搜索着关雪、潘越编织的那张网的每一个网眼。

"不是我!不是我干的!"

宋卓文吓了一跳,转头看了过去。

丁鹏已经翻身坐起来。他满头大汗,直勾勾地盯着宋卓文。

"做噩梦了吧?"

丁鹏愣了一会儿,才点了点头,又躺了下去。

四

枪械室门敞开着,身着各种便装的特务们排成一个长队,依次走过门口,一支支枪从里面伸出来，递到他们手里。

最前面的三个狙击手分别领取了一支带有瞄准镜的狙击步枪。

宋卓文排在队伍中间，身上穿着一件钉着几块补丁的粗布对襟褂子，脑袋上扣着一顶脏兮兮的"三片瓦"式帽子。显然，他要扮装成一个进城的乡下农民。丁鹏紧随其后，穿着油脂麻花的工人服，头戴一顶旧的鸭舌帽。

排到门口，宋卓文接过一支南部十四式手枪，他撩起后下摆，把枪插进了后腰间。

大楼前停着一长溜的轿车。

潘越、胡彬都换上了便装。关雪身穿一套欧式女装，手上还拿着一把遮阳伞。

胡彬站在队前，做最后的训话："下了车，咱们谁也不认识谁。睁大眼睛，密切注意高楼的出入口，只要是背着长包裹的，不论老少，跟到人少的地方，秘密逮捕。敢反抗者，就地打死。出发。"

"等等。"关雪喊道。

她指着宋卓文和另一个穿着西装的特务："你们俩，把衣服换了。"

"怎么了？"胡彬问道。

"宋卓文的气质，就不像一个庄稼人。"

车队离开特务科大院后就分散行驶，从不同的方向接近那条大街。每一辆车都选择一个不引人注目的偏僻角落停下，将扮作三教九流的特务们放出来。只有关雪的车一直开进陆军医院的大院里。她在原田副官的引领下进入病房的时候，浅野寺刚刚换完药。

浅野寺打量着她："如果不说破，谁能相信美丽的关雪小姐竟然是特务科科长呢？"

关雪显然已经习惯了这样的恭维，她礼貌地笑笑，从手包里拿出一张地图，刚要递过去，浅野寺摆摆手。

"不必。具体的行动细节，不用跟我说。用人不疑，我相信你的计划和安排，我不想做任何干涉。"

关雪有些意外。

浅野寺继续说："今天你是导演，我们都是演员，你让我做什么，我就做什么。"

"您什么都不用干。"说着，关雪挥了挥手，一个身穿将校呢军装的特务走了进来，站在浅野寺面前。

浅野寺和原田副官打量着这个人。

此人除了头发剪成了浅野寺的发型，经过修饰和化妆，脸形和五官也与浅野寺有几分神似。

浅野寺扭头问原田副官："像吗？"

原田副官又仔细看了看："至少在五十米之外，谁也分辨不出来。"

浅野寺笑了。

"现在我唯一担心的，就是鱼儿不上钩。"

浅野寺很自信："放心吧，关科长，刺客一定会来的。"

五

昏暗的空间里回荡着一首曲子。那是一个人用口哨吹出来的。

这是一栋高级别墅的二层客厅。尽管每一扇高大的窗户后面都拉着厚厚的米色窗帘。但阳光还是能漫进来，给贴着壁纸的墙壁、高档典雅的家具、大理石砌成的壁炉、深色的皮沙发、保养得很好的柚木地板蒙上一层光晕。

只有客厅中央的桌子上比较乱。一支被擦拭过的步枪、一支驳壳枪和几颗子弹。此外，还有两把老虎钳、一卷电工胶布、一顶被扯掉五角星帽徽的日本旧军帽，以及被揉成一团的桌布。桌子旁边的椅子背上架着一件陈旧的黄呢子日军军官大衣。另一把椅子背上搭着一条上肥下瘦的马裤。马裤下面的地板上，摆着一双高腰翻毛军用皮鞋。军用皮鞋旁边的地板上，扔着一副竹子制成的双拐。

口哨是从敞开的卫生间里飘出来的。

洗手台上面摆着一个贴着染发剂商标的玻璃瓶子、一个装着胶水状黏稠物质的盘子、两撇灰白颜色的假胡须。

一个男人一只手拿着一支牙刷，在染发剂的瓶子里蘸了蘸。小刷子刷在这个人的鬓角上。很快，他的鬓角多了一些白发。

他的手指在台面上的胶水盘子里蘸了蘸，然后往眼角的上眼皮抹胶水，向下摁住。待了一会儿，他才松开手指。眼皮没有弹上去，形成了一只难看的三角眼。

最后，那两撇灰白假胡须被他粘到了上唇上方。

他的口哨声从未间断。

不一会儿，他端着一杯水出了卫生间。把水杯放在桌子上后，他穿上了马裤，蹬上了翻毛皮鞋，披上了那件黄呢子大衣，扣上了那顶旧军帽。

接着，他拿起桌子上的那支步枪，熟练地将枪管从枪身上解下来。他又从地上捡起那副竹拐中的一支，拔下竹管底部的防滑橡胶头，用桌布把拆下来的枪管缠紧，塞进竹管，用橡胶头堵死。他拿起双拐晃动了一下，感觉很满意，就把双拐靠在沙发扶手上。

他又把桌子上的驳壳枪插进了自己的后腰间，用电工胶布把步枪的半截枪身固定在拐杖的上部，子弹都被装进了衣服口袋，只留下一颗。

然后，他操起那两把老虎钳子，分别夹住那颗子弹的弹头和弹壳，用劲儿使其分离。他把弹壳里的火药颗粒倒在手心里。直到这时，他嘴里的口哨声才戛然而止。他把火药倒进嘴里，用一杯水送了下去。刚才还满满当当的桌子上，此刻空无一物。

宋卓文跷起的右脚放在一只擦鞋箱上。扮作擦鞋匠的丁鹏挥动胳膊，正在卖力地擦拭宋卓文的皮鞋。

丁鹏的目光不时扫过宋卓文身后满洲饭店的入口。行人熙熙攘攘，没有可疑分子进入大楼。

"歇会吧，喘口气儿。"宋卓文小声说道。

丁鹏停下来，擦了把汗。犹豫了一下，他抬头看着宋卓文："宋哥，你跟科长走得近，昨天出的那事儿，科长想怎么查呀？"

"昨天出了好几件事，你说的是哪一件？"

"就是在安字片被打死的那个人。就这么算了？不查了？"

"我没问过，肯定得查吧。你怎么突然问起这个？"

"就是好奇，随便问问。"

"卓文。"忽然传来关雪的声音。

宋卓文一抬头，看到关雪站在面前。

关雪伸出戴着蕾丝长手套的手："陪我走一走。"

宋卓文站起身来，挽住关雪的手臂，像一对情侣那样漫步而去。

丁鹏望着二人的背影，眼神却黯淡下来。他又想起昨天发生在安字片的那件事情。

当时他跟着胡彬跑出一条胡同，恰好和潘越碰头的时候，他眼前一亮。一座公用电话亭就矗立在路边。他明白，这是他唯一的机会。钻进胡同后，他故意落在最后面。趁着没人注意，他悄悄从胡同口溜了出来。看看左右没人，他直奔电话亭。

那串号码，他熟悉得不能再熟悉了。接通后，他直接说："特务科的人已经到了你家门口，别走前门，跳窗户，我在老地方等你，快！"

他提前来到碰头处，藏在那棵大树后面。当那个穿格子西装的男人一瘸一拐地跑过来时，他走了出来。

"他们怎么会找着我的？"

丁鹏轻轻地说："只要别找着我就行了。"说着，他抬起手枪开了火。然后他仍然躲在树后，听着纷乱的脚步声纷至沓来。紧接着是胡彬大呼小叫的声音："老潘，你疯了，干吗杀了他？"

"看什么呢？"声音虽然很低，但还是让丁鹏打了个冷战，一下子把他拉回现实。是行动组的一个小头目。

"把你放在这儿，让你盯着大楼门口，不是让你盯着大街上的大姑娘小媳妇！"

同样盯着那对"情侣"的，还有胡彬。与丁鹏的角度截然相反，关雪和宋卓文正迎面向他走来。

此刻，胡彬与潘越坐在路边一家露天咖啡馆的桌子两边，扮作两个谈生意的买卖人。潘越察觉到胡彬的眼睛盯着他的后面，下意识地回头看了一眼。

胡彬恨恨地说："我说她怎么非要宋卓文换上这身衣服呢，敢情是为了陪着她在这儿轧马路。"

"科长也是为了执行任务方便一些嘛。"

"你看他俩有说有笑的那个劲儿，这是执行公务的做派吗？"

潘越呷了口咖啡："女人嘛，终归是女人。"

等到关雪和宋卓文挽着胳膊走到露天咖啡馆的时候，胡彬忽然从座位上站起来，挡

065

在他们前面。

"关小姐,幸会呀。"

关雪笑靥如花:"胡先生,真是巧啊,你也在这里。"

接着,关雪表情虽然没有变化,但声音已经透出了不耐烦,低声问道:"你干吗呀?"

胡彬同样低声说:"你让宋卓文坐在我们这里,好不好?"

"为什么?"

"你可是负责全局的总指挥。我怕真有了情况,你没时间保护他。"说着,胡彬瞟了一眼宋卓文,"你让他跟着我,我保证行动结束后全须全尾地把他还给你。"

关雪竟然没有说话,而是看着宋卓文。

宋卓文沉默了片刻,说:"谢谢胡组长的好意,我还是觉得和科长在一起更合适。胡组长的本事,我早就见识过了……"

宋卓文瞟了一眼旁边小桌上的咖啡,盯着胡彬:"您不应该喝咖啡。两杯清酒下肚后,您的本事就更大了。"

"你……"胡彬怒目圆睁。

宋卓文平静地看着他。

"什么清酒,你俩说啥呢?"关雪问道。

胡彬没说话,悻悻地回到座位上。

宋卓文轻轻带了一下关雪的胳膊,两个人继续向前走。

"我不知道你俩在说啥,但能看得出来,胡彬被你气得够呛。"

宋卓文的表情里仍然残留着一些愠怒:"他在笑话我胆小怕事,躲在你的后面。"

"我当然听得出来。不过,要是八年前,你会二话不说先揍他个嘴啃泥。"

"说实话,我刚才也是拼命往下压火。不然的话,这条街就热闹了,咱们的行动也就泡汤了。"

"未必,没准儿看上去更加自然呢。两个男人为了一个女人打架,再正常不过的事了。"

宋卓文笑了笑,没有说话。

关雪看着宋卓文,有些调皮地说:"我喜欢有男人为了我打得头破血流。"

回到座位上的胡彬仍然脸色铁青、愤愤不平的样子。

"脸色这么难看,你跟他们说什么了?"潘越问道。

"小兔崽子,炸了天了,敢拿话挤对我。你看我怎么收拾他。"

"他怎么挤对你了?"

胡彬气呼呼地答非所问:"就这两天的事,你看着,我非收拾他不可。"

就在这时,一个扮装成侍者的特务端着一壶咖啡走过来续杯。

侍者一边往胡彬的杯子里倒咖啡,一边对他耳语:"胡组长,那边过来一个。"

街道的另一侧,一个男青年左手拎着一个皮箱,右手拎着一个一米多长的圆筒形帆布袋,正匆匆迎面而来。

三个便衣特务已经跟了上去。其中一个脱掉外套,搭在右手臂上。

当男青年行至一条小巷的时候,两个特务突然一左一右抓住男青年的手臂,第三个特务用被外套遮掩的手枪顶住了男青年的后腰,三个人一同把他推到了小巷内。

桶形的帆布袋被打开,里面装的是一副三脚架;皮箱也被打开,里面装的是一台照相机。

"我真是个摄影师,真的。"

二百米外,一个中年汉子扛着一个插满冰糖葫芦的草垛子站在街口叫卖。一个男子走过去,小声说了句什么。

小贩瞪大眼睛:"什么?您全包了?"

"没错,不过你得给我送家去。"

小贩跟着他走进了街边一座居民楼的门洞。几分钟后,一个居民拐进门洞,吓了一跳。地上横七竖八地落满了糖葫芦,那小贩捂着红肿的脸惊恐地站在一边。两个男人正上上下下地对他搜身,另一个大汉把那个草垛拆得就剩下一根木头棍子。在大汉恶狠狠的逼视下,那个居民低着头,走了过去。

什么都没找到,三个人扬长而去。

在街道的其他位置,特务科先后又控制了几个人,但搜出来的既有演奏用的小提琴,也有弹棉花的弓子,唯独没有杀人的步枪。

关雪和宋卓文依然在街头慢步行走,她撑开了遮阳伞,连宋卓文也被遮在阴凉里。马路的对面,是东亚银行的大楼入口。

两个人在一个杂货摊子边停下脚步。

货摊上摆放的都是小梳子、小镜子、扫床单用的小笤帚等百货。关雪拿起一面小镜子看着,宋卓文顺手捡起一把小笤帚看着。等别的顾客都走了,关雪才低声询问摊主:"这边情况怎么样?"

小贩摇了摇头。

关雪放下镜子,小声对宋卓文说:"也许咱们今天白折腾了。"

"什么意思?"

"我觉得,课长太高估他的那个老朋友了。"

宋卓文正要说话,他的肩膀被人撞了一下,手中的小笤帚顿时掉在地上。他和关雪回头一看,一个挂着双拐、身穿黄呢子大衣的独腿日本军人从他身边走过。行人纷纷避让,一名带着妻子出来逛街的年轻日本军官甚至立正向他敬礼。

宋卓文遥遥地看着:"那是个什么人?"

"这副做派,应该是诺门罕战场上退下来的伤残老兵。这种人不好惹,他们甚至敢在大街上大耳刮子抽日本宪兵。"

宋卓文若有所思地望着那个伤兵的背影。

六

丁鹏也禁不住多看了那个伤兵两眼。但对方的眼神过于凌厉，一经接触，他就不由自主地垂下了目光。但是伤兵拐进满洲饭店的时候，他犹豫了一下。要不要报告呢？毕竟双拐也算得上长行李。可是，那毕竟是个日本人啊，万一出了错……

这时，一个客人坐在丁鹏面前，伸出了穿着皮鞋的脚。丁鹏有些不情愿地操起鞋刷，开始干活儿。

那个伤兵穿过满洲饭店的大堂，直奔电梯而去。西装革履的大堂经理看着他，欲言又止，直到电梯门开，伤兵走了进去，他也没敢开口。

电梯停在大楼的顶层。走廊内静悄悄的，只有一个蹲在地上的勤杂工看了看伤兵，继续低头清理地毯。

啪！伤兵左侧的拐杖落到了地上。勤杂工抬起头来。伤兵没有说话，指了指拐杖。勤杂工放下工具，走了过来，从地上捡起拐杖。忽然，他脸色一变，一摸后腰。空的！勤杂工慢慢抬起头来，他别在后腰间的手枪已经到了伤兵手中。黑洞洞的枪口就顶在他的脑门儿上。

走廊的尽头，是一个盛放工具的杂物间。勤杂工的尸体被"伤兵"拖进来，靠在一个水桶上。一支竹拐也被扔在他身上。"伤兵"带上房门，离开了。此刻，他吊在大衣里的左腿已经放了下来，但腋下还夹着一支竹拐。他趴在一个房间门口听了听，又走了几步，在另一个房间门口听了一会儿。他敲了敲门，没有动静。

"伤兵"掏出两根铁丝，插入锁眼，鼓捣了几下，门开了。他走进去后轻轻地关上房门，把竹拐从大衣里抽出来，放在桌子上。他解下绑在竹拐上的枪身，抽出竹筒里的枪管。

快速组装完毕后，他来到窗口，将窗帘拉开一道小缝，先是看了看街道，然后从怀里掏出一只单筒瞄准镜，对准了远处陆军医院的大门口。

浅野寺已经脱去了病号服。他穿着一件白衬衫，正在对着镜子扣纽扣。

原田副官在旁边双手拎着一件呢子军服，等待着。

几分钟后，三辆轿车停在医院大楼门口。看到长官走出来，中间那辆车的司机下车，打开了后车门。

"伤兵"在瞄准镜里看到目标钻进了中间那辆轿车，于是他操起桌子上的步枪，将瞄准镜装好。他用枪口挑起窗帘的一角，静静等待着。

关雪又看了看表："已经快十点整了，车队马上就要出来了。"

宋卓文四下看着："刺客是不是不来了？"

"你是希望他来,还是不希望他来呢?"

这时他们已经回到丁鹏的擦鞋摊子旁边。

"有可疑的人进入饭店吗?"关雪问丁鹏。

丁鹏先是摇了摇头,又说:"只有一个挂着双拐的残废军人去了。"

"是不是身穿黄呢子大衣?"

"对。"

关雪和宋卓文对视了一眼。

丁鹏接着说:"我看他缺一条腿,脸色蜡黄,一头虚汗,就没有发信号。"

关雪瞥了一眼饭店门口,忽然在地上看到了几组竹拐留下的圆形印记。她略一思忖,蹲下来,看着地上的那组印记。

宋卓文看着她:"怎么了?"

"我记得那个残废军人失去的是左腿。"

"没错。"

"按照常理,承重多的应该是右侧的拐杖,左边的只是起到一个平衡的作用。"

"对呀。"

关雪指着地上的印记:"你看,两边的印记深浅几乎相同。"

"这说明……"

"他左侧的拐杖里藏着东西,分量还不轻。"

说到这里,关雪扔掉了遮阳伞,拔枪在手。丁鹏和附近的几个便衣特务也纷纷拔出武器聚拢过来。

关雪对宋卓文说:"你去通知潘越增援,让胡彬带人把大楼包围起来。"

然后,她对着对面一座楼房顶层的窗户做了几个手势。埋伏在那里的狙击手看到了关雪的手势,开始透过瞄准镜更加细微地观察对面满洲饭店的一扇扇窗户。而此刻,原田副官全神贯注地驾驶着汽车进入了这条大街。

此刻,潘越、胡彬等人已经赶到满洲饭店的大厅。

"胡组长守住电梯口。其他的人分散到每一个楼层。临街这面从上到下,每一个房间都要仔细搜查。"

宋卓文跟在特务们的后面,但却没有进饭店。在他正前方,三辆轿车迎面开过来。

"伤兵"看到车队开过来,转动枪口瞄准了第二辆轿车。尽管枪管只是轻微地触碰了窗帘,但没有逃过大街对面房间内狙击手的眼睛。瞄准镜的十字星对准了窗帘。就在他扣动扳机的瞬间,一束强光突然射过来,晃了一下他的眼睛。他一躲,身体微微晃动,但砰的一声,子弹已经发射出去了。

枪声响起后,宋卓文快速将手中握着的那面刚才从杂货摊儿上顺来的小镜子装进裤兜。是他用太阳的反光晃了晃对面楼房的窗户。他能做的都做了,剩下的就看刺客的本事了。

那发子弹擦着刺客的脸飞了过去。同时,被击碎的窗玻璃片划伤了刺客的脖子侧

069

边。刺客立刻地向对面的窗户开了一枪。那个狙击手被一枪爆头，仰面倒下。然后刺客的枪口朝着轿车连开数枪。

枪声大作，街道上的行人四散奔逃。

满洲饭店顶层的几扇房门打开，一些住宿的客人惊慌失措地跑了出来。两个特务端着枪逆着人流穿过走廊，向枪响的房间跑过去。

特务甲推了推紧闭的房门，发现里面锁死了。

特务乙对着门锁开了两枪，特务甲飞起一脚踹向门板。没想到房门突然从里面打开，特务甲用力过猛，摔了进去。

站在门口的特务乙还没反应过来，手枪的击锤已经被一只手顶住，无法击发。与此同时，刺客的枪口从下向上顶在特务乙的下巴上。

随着一声枪响，走廊的天花板上溅上了血迹。

房间地板上的特务甲刚要爬起来，就被手枪枪柄砸昏了过去。

刺客走出房间，进入走廊。他左手持步枪指着楼梯口，右手的驳壳枪连发数弹，打中了电梯口的电路盘。

关雪站在通往顶层的台阶上，一挥手，身边的两个特务猫着腰冲上楼梯。

"砰！砰！"两声枪响后，关雪听到两个人倒地的声音，接着是一片寂静。

潘越带着几个人从下面跑了上来。

"怎么样？"关雪问道。

"电梯被他打坏了。不过胡彬他们已经把这座大楼围了个水泄不通。"

关雪望着楼上那个拐角："好，那他就跑不出去。"

她再次挥手，又有两个特务冲上楼梯。"砰！砰！"两声枪响后，上面再次没有了声音。

关雪大怒："多上去几个，让他打不过来。"

可是特务们面面相觑，谁也没有先抬腿。

关雪正要发火，潘越抢先说道："这样也不是办法。"

他从口袋里掏出一副墨镜，拿在手上，蹑手蹑脚地登上楼梯，躲在拐角处，把墨镜伸了出去。从镜片上，他隐隐约约地看到地上横竖躺着四具尸体。走廊深处，一个披着大衣的身影把步枪架在一把椅子上瞄准楼梯口。

"砰！"一声枪响，潘越手中的墨镜被打得粉碎。

潘越走下楼梯："妈的，就没见过枪法这么好的，谁上去谁死。"

"那怎么办？"

潘越想了一下，说："他趴在左手第六间房的门口。房门开着。这样……"

那个枪法排第二的特务背着狙击步枪，快速跑上楼顶。他弯着腰，来到楼顶边缘，将狙击步枪架好。

瞄准镜依次扫过满洲饭店的几个房间窗口，果然在一个窗口中看到走廊里一个头戴军帽、穿着大衣、端着步枪对准楼梯口的身影。

狙击手瞄准，开了一枪，目标应声倒地。

走廊拐角处，一个特务小心地探出头去。他看到前方的地面上，那个刺客已经趴在地上，脑袋旁边流了一大摊血。

"应该是死了。"特务回头喊道。

关雪、潘越和其他特务纷纷走了上来，他们跨过地上的四具尸体，走向刺客。尽管已经确认对方死亡，但他们每个人手中的枪依然指着那具尸体。

潘越伸出脚尖，将尸体翻了个面。他低头看了看，惊叫："这……这不是二虎吗？"被打死的人正是先前被刺客用枪柄打昏的特务。

每个人都有一种毛骨悚然的感觉，他们手中的枪口指着这道阴森走廊的每一个房间。

房门被一扇扇踹开，衣柜里、床底下、卫生间……所有能藏人的地方，他们都搜遍了，除了另外几具特务的尸体，他们一个活人也没有看到。

特务们回到走廊里，纷纷摇头。关雪思索着，突然一回头，发现楼梯口的四具尸体只剩下两具。

已经换了一身衣服的刺客扛着一具特务的尸体，顺着楼梯走到了一层大堂。

尸体挡住了他的右脸，而左侧的脸上满是血。大堂里的特务纷纷给他让路。大门口的特务给他打开门。

胡彬走上前："上面怎么样了？"

"快上去，伤员太多了。"

胡彬招呼手下上楼的时候，刺客出了大门，走到一辆汽车旁边，把尸体交给外围的几个特务："还有口气，快救救他。"

胡彬忽然觉得不对劲儿，一回头，看到几个特务正在对那具尸体实施急救。而那个人已经不见了。

拐进一条小巷，刺客一边用手帕擦着脖子侧边被玻璃碎片划出的伤口渗出的血，一边快步往前走着。

身后有拉枪栓的声音，很轻，但刺客听得很清楚。他站住了。

十几米外，胡彬带着三个手下端着枪。

"手举高点，慢慢转过来，叫我也瞻仰一下'满洲罗宾汉'长什么样子——"他的话还没说完，突然看见了什么，他马上下意识地后退了一步。

刺客依言慢慢举起了双手。但他的右手握着一颗已经拔掉保险销的手雷！他像扔烟头一样随意地将手雷抛了过来。

胡彬的动作最快，他一下子扑向侧方，偏偏这颗手雷在地上弹了一下，蹦到了他面前。胡彬的脸都白了，他眼睁睁地等着巨响和闪光，但时间一分一秒过去了，手雷依旧静静地躺在那里，一动不动。

这是颗哑的假弹。

等胡彬狼狈不堪地站起来时，小巷里早已空无一人。

虽然没有看清对方的面目，但胡彬并非一无所得。除了身高、体形，杀手还有一个重要的特征，那就是脖子受了伤。当然，他没有把假手雷的事情告诉随后赶来的关雪和潘越。关雪立刻意识到，当务之急是赶快封锁这一区域的各个出口。事实上，刺客是在这个口袋扎紧的前五分钟从松江路路口溜出去的。

当时他竖着衣领混在行人中间，面前出现了一条岔路。其中一块路标上写着"松江路"三个字。刺客刚要向前走，发现路口的角落躺着一只脏兮兮的短把笤帚。刺客果断地选择了另一条路，很快他就消失在熙熙攘攘的人群中。

第六章
扬眉吐气

一

搜查一直持续到深夜。一开始是特务科，后来特高课、宪兵队、守备团也加入进来，搜查范围更是扩大到了整个市区。所有的进出道路都被封锁，旅馆、客栈、澡堂、公园、桥洞……每一个能藏人的地方都被梳理了个遍。警察局、派出所、宪兵队的拘留室内，塞满了脖子上有伤的男人。到了十一点钟，关雪只得向浅野寺报告，她一无所获，并请求处罚。

"那谁来处罚我呢？加上这回，他已经刺杀了我四次，我也没有抓到他。"浅野寺微笑着说道。

关雪愣了一下："您真是个宽宏大量的人。"

"很有可能，'满洲罗宾汉'在哈尔滨有熟人，他藏在一户人家里。"

"我也是这么想的。课长阁下，我认为有必要按区域展开入户搜查。"

"为了我一个人的安全，给哈尔滨几十万市民增加麻烦？"浅野寺摇摇头，"不，关科长，我不能允许你们这么干。"

"可是——"

"大家已经很疲劳了，收队吧，让他们好好睡一觉。"

宋卓文彻夜未眠。一回到家，他就立刻拿出一份哈尔滨市区图铺在桌面上。他的手指在地图上持续地移动着，最终，在一个地方停住了。他的瞳孔燃起希望的亮光。

他打开卧室的房门，站在走廊上，仅仅能够听到石姐轻微的鼾声。他穿好衣服，蹑手蹑脚地走下楼梯，穿过客厅，打开房门，走了出去。

半小时后，他走进了一个派出所的值班室。他叫醒了那个双脚搭在办公桌上睡得正香的值班警察，亮出证件。对方立刻老实了，乖乖地抱过来一大摞户籍册，放在桌面上。宋卓文翻了几页，很快就找到了他想要的地址——花园街一百一十五号。

临走的时候，他又从值班警察手里借了一只手电筒。那边别墅区距离派出所并不远。虽然每一栋别墅的布局都很规范，但因为天黑，宋卓文还是花了一点时间才照亮一百一十五号别墅的门牌。

宋卓文伸出手，尝试着转了一下门把手。咔嗒，门真的开了。直到这时，他才彻底相信自己的判断。手电筒的光束扫过黑暗中的一层大厅，空无一人。宋卓文拾级而上，往二层走去。

二层也看不见人影，他挨个房间地搜索着。忽然，侧面一股冷风袭来，宋卓文下意识地一低头，这个从斜刺里打出的一拳，咣地砸碎了旁边矮桌上的一口座钟。宋卓文顺势拦腰抱住了这个人，月光下，对方很轻松地抓住了他的后腰带，将他凌空拽起，狠狠地摔在地板上。

宋卓文被摔得一句话都说不出来，狼狈不堪地滚到墙边。他刚站起来，黑暗中的人影霍地扑了过来。月光下，他能看到一把尖刀飞快地刺向他的咽喉。宋卓文两只手死死地抓住对方的手腕，但刀尖仍然继续向前，很快就触到了他的脖子。冰冷锋刃已经刺到他的皮肤。

二

电话铃响起的时候，关雪睡得正香。她摸索着，先打开台灯，才操起听筒。只听了一句，关雪就腾地坐起来。

"你就等在那里，什么都不要碰，我们马上过去。"

挂断电话后，关雪赶紧给潘越和胡彬打了电话。

二十分钟后，特务科的各路人马从不同的路线扑向花园街一百一十五号。关雪第一个冲了进去。宋卓文就坐在客厅的沙发上，捂着脖子上的伤口。他说，伤口不深，没必要去医院。关雪坚持先派人把他送回特务科的医务室包扎，然后再展开现场勘验。

众人一直折腾到大天亮。关雪留下几个人看守现场，她和潘越、胡彬回到特务科，见到了脖子边贴着胶布、已经睡了一会儿的宋卓文。

"我躺在床上，睡不着啊，满脑子都是白天的事。你说，咱们这么多人，怎么就让那小子跑了呢。我不甘心哪。"

"你快点往下说吧。"胡彬催促道。

此刻，宋卓文半躺在科长办公室的沙发上，关雪、潘越、胡彬坐在桌子对面的三把椅子上。

宋卓文斜了胡彬一眼："你急啥呀，大清早你赶着去投胎呀？"

胡彬拍案而起："你说什么呢？"

潘越抓住胡彬的胳膊："你先听卓文说完。"

"我就想，白天我和科长见过他的背影。这小子身上的大衣可是地道的将校服呢。他从哪儿偷来的呢？再有，咱们都快把哈尔滨翻个底朝天了，他能藏在哪儿呢？"

胡彬依然瞪着宋卓文。关雪和潘越则听得津津有味。

"反正也是睡不着觉，我就爬起来，在地图上找。你们猜怎么着？我发现离陆军医院不远的地方有一条花园街，那一片全是别墅洋楼。这有钱人啊，不像咱们就一个住处，人家房子多了去了，想住哪儿就住哪儿。我要是那个刺客，找个空别墅，撬开门往里面一藏，谁能查得到？"

潘越一拍大腿："高！然后你就去了附近的派出所，对吧？"

宋卓文跷起大拇指:"还是潘组长聪明。我到了派出所,专查那一片哪栋房子是陆军军官的。结果只有一百一十五号的主人是一个叫小冢一郎的大佐。"

关雪插话:"小冢大佐是我们驻柏林使馆的武官。他一家都在德国,哈尔滨的房子常年空着。"

"就是那一片太不好找,再加上半夜三更的,让我找了一个小时。"

潘越无限惋惜:"兄弟呀,你提前给我们打个招呼,咱们现在已经抓住他了,那功劳还是你的呀。上次在火车站也是,咱们不能老想着吃独食,对不对?"

"潘组长,我可不是贪功啊,我是没有把握,万一让弟兄们白跑一趟呢?"

"那你就没看清他的长相?"潘越不甘心地问道。

"那屋子里太黑了,没过几招儿他就跑了,我是真没看清。"

"你们听他胡吹海侃。"胡彬忍不住开了口,"我告诉你们真相吧,这一切都是他瞎编的。半夜里他钻人家别墅里摔了几件东西,然后骗咱们说他和刺客干了一架,刺客跑了。那个刺客的身手,我见过,十个宋卓文都不够人家塞牙缝的。"

关雪闭着眼睛,没搭理胡彬。

"胡组长,真像你说的那样,我总得有个目的吧?"宋卓文反问道。

"第一,你就是想让大家高看你一眼。第二……"胡彬冷笑着,不说了。

"第二是啥呀?说出来呀。"宋卓文催促道。

"科长早就答应了,这一半天就让咱俩过过招儿。你玩这一套就是想弄出点伤来,躲过我这顿揍,对不对?"

宋卓文刚要说话,关雪开了口:"卓文,你一夜没睡了,现在先回去休息吧。"

宋卓文刚站起身来。

胡彬就对潘越说:"你听听,他就等这句话呢。"

宋卓文开门,出了房间。

十分钟后,胡彬出了房间,穿过走廊,猛地抬头,看到宋卓文靠在墙边笑眯眯地看着他。

"恭喜你呀,今天又躲过一顿打。回家吧,钻到被窝里头笑多好!"

"胡彬,我在这儿就是等着你那顿打呢。"

"好呀。"

场子还是设在大楼侧面的空地上。情报组、行动组,包括后勤的人,都过来了。众人围了一个大圈。

宋卓文和胡彬站在圈子里面。

胡彬脱下外衣,甩给手下一个特务。宋卓文则抄着口袋,悠闲地在场子里踱步。

胡彬迫不及待地走上来:"开始吧?"

"等等。"

"咋的?"

宋卓文指着一个行动组的特务:"兄弟,你带手绢了吗?"

"你要手绢擦血呀？着啥急呀，还没开始呢。"

众特务哄笑。

宋卓文也在笑："不是我要擦血。看见那摊烂泥没有？"

胡彬回头，看到场子边缘果然有一摊烂泥。

宋卓文对那个特务说："待会儿，你们组长的左腮帮子就会摔到那摊烂泥上，到时候你给他擦擦啊。"

胡彬大怒："你完事了没有？"

"再等等。"他弯着腰又咳嗽了几声。

众人哄笑。关雪悄悄地来到人群外沿。

宋卓文直起腰，抚了抚胸口："行了，开始吧。"

胡彬出手如电，一记重拳打在宋卓文脸上。他一个趔趄，差点摔倒在地。宋卓文站直身体，瞅着胡彬，脸上还是带着那种嘲讽的笑容。这种笑容令胡彬无法容忍，他紧赶两步，又是一记重拳。宋卓文突然一哈腰，堪堪躲过了这一拳。胡彬斗志旺盛，左一拳右一拳地轮番开弓。宋卓文左闪右躲，脚步灵活。胡彬竟然连他的衣服角都没碰到。

渐渐地，他把胡彬引到了那摊烂泥旁边。这一次，当胡彬再次出拳的时候，宋卓文出手了。只见他突然抓住胡彬的拳头往外侧一掰，胡彬疼得一咧嘴。紧接着，他右腿横扫，胡彬庞大的身躯飞了起来，重重地摔在地上。不偏不倚，他的腮帮子正砸到那摊烂泥上面。

围观的人一片哗然。

胡彬坐在地上，彻底蒙了。他不相信眼前发生的这一幕。

宋卓文冲着那个特务抬了抬下巴，那个特务真的掏出一方手绢，跑过来给胡彬擦脸。

直到这时，胡彬才反应过来。

"滚蛋！"他一脚把那个特务踹到了一边，接着发疯般扑向宋卓文。

宋卓文用右臂拨开一拳，左拳击打在胡彬的小肚子上。胡彬痛得一弯腰，嘴巴正迎上宋卓文的拳头。连吃两拳的胡彬向后退了几步，宋卓文如影随形，双拳轮流出击。胡彬全无招架之功，又吃了几拳后仰面倒在地上。

宋卓文跃起来，膝盖砸在胡彬胸侧。在胡彬的惨叫声中，他的拳头像雨点一样落在胡彬脸上。

"住手！"关雪喊道。

正在兴头上的宋卓文哪里肯听，依然打个不停。

其他的人见科长发了话，纷纷跑过来将二人分开。

关雪满面怒容："点到为止就行了，你还想要他的命不成？！"

"生死有命，打死活该。这是他说的。"

"胡扯，谁打死谁都得偿命！"

关雪冲宋卓文眨了眨眼。尽管她满面怒气，但眼神里分明漾着笑意。她蹲下去，看着胡彬："你还好吧？"

此时，胡彬疼得动弹不得。

宋卓文指着几个特务："你们都别动他，让他躺在这里顺顺气就没事了。"

关雪白了宋卓文一眼。

"我没下狠手，不然那一膝盖砸下去最少让他断三根肋骨。"

"你少说两句！"

丁鹏走过来，满脸羡慕："宋兄，没想到你有这么大的本事！"

"这叫啥！昨天晚上我一拳就把一口这么大的座钟打了个稀巴烂。"

宋卓文用两只手比画着。旁边的关雪看了他一眼。

三

潘越一回来就听说了。他急火火地赶到医务室，只见胡彬躺在一张病床上呻吟着，脑袋肿得像猪头。

"怎么给打成这样？我这刚出去一个小时……"

"还好，没什么内伤。"一旁的关雪说道。

潘越俯身看着胡彬，胡彬无言以对。

潘越回过头来："科长，您得说说卓文，好歹都是在一个锅里盛饭吃的兄弟，这下手也不能太重了。"

"我说他了，犯浑也不看看在什么地方。"

"他人呢？"

"我让他先回去反省反省。"

又安慰了胡彬几句，关雪用眼神示意了一下潘越。两个人出了医务室，来到外面走廊里。

"调查得怎么样？"关雪问道。

"宋卓文说得没错，派出所的值班警察证明，他昨天半夜是去查阅户籍册了。"

关雪点了点头，眼神里有一种掩饰不住的欣慰。

潘越立刻捕捉到了："我现在真的相信您说的话了。卓文这小子，能文能武，真是个人才啊。"

关雪笑了笑："你赶快去整理报告吧，一会儿我去浅野课长那儿汇报昨天的事情。"

"这就去。"

医务室的门开了，医生探出头来："潘组长，胡组长想跟你说两句话。"

潘越进了屋，走到胡彬床前。此刻医生已经进了里间，处置室里只有他们两个。

胡彬望着潘越："老潘，我求你件事。"

"你说。"

"我知道你点子多，帮我想个办法，我想'做'了他。"

潘越把胡彬的手抓在自己手里，另一只手拍着胡彬的手背："唉，兄弟呀……"

077

四

宋卓文抄着裤兜吹着口哨走在路上。

谢月突然出现在路的前方，挡住了他。宋卓文看着她，也不开口说话。

谢月终于开口了："您好。"

宋卓文眨眨眼睛，看着她，依旧没有说话。

谢月又说了一句："我们在富士山酒馆见过，忘了吗？"

宋卓文笑了："好地方，有事吗？"

"你说要给我钱的……"

宋卓文恍然大悟："哦，没给钱啊，那不对，多少钱？"

"一共三百二十七元，包括损坏的桌椅和杯盘，还有另外两个女孩的钱，你要是觉得贵，我那份别给了——"

宋卓文抓出一把钱，塞给谢月，同时小声说："听哥的，抓紧从良吧。"

谢月气得脸都白了，没等她反应过来再说什么，宋卓文已经大步走远了。

他并没有回到那座二层的洋房，而是走进了一片由低矮平房组成的居民区。他边走边左右打量着，似乎对这里并不是很熟悉。左拐右转，他站在一座毫不起眼的平房门前。左右观察了一下，确认没有人注意，他才抬出手，先是快速地敲了两下门，停了几秒钟又敲了一声。

房门从里面打开了。他一走进去，里面的那个人就迅速关上了房门。

房间正中央的一张八仙桌上摆着茶壶和水杯。他走过去，倒了杯茶。

"怎么样？顺利吗？"门口那个人问道。

茶水是温的，他一饮而尽后，用袖子擦擦嘴："你说呢，要是不顺利，我能回来吗？"

两个人相视而笑。他们不仅笑容一模一样，连声音、容貌、身高、胖瘦都一模一样，他们是如同一个模子刻出来的双胞胎兄弟。两个人看着对方，仍然为昨夜的相认而激动。

刀尖即将刺入咽喉的时候，宋卓文死死地抓着袭击者的手腕，喊出了一句话："你是罗宾汉，行了吧？"

"当啷！"刀子掉在地板上。

很多年前，两个长得一模一样的小男孩经常在一起摔打。最终的胜利者会问："说，谁是罗宾汉？"

被压在下面的小孩必须认输："你是罗宾汉，行了吧？"

灯亮了，宋卓武难以置信地看着宋卓文。他完全没想到，找了这么多年的弟弟会突然出现在自己面前。他的眼圈都红了，刚想伸手去拉他，啪的一声，宋卓文突然一伸手，抽了他一记耳光。宋卓武一愣。

"这巴掌，是替爸打你的。"

宋卓武捂着脸想了一下："那也比你强。你怎么回事，当汉奸啦？"

宋卓文平静下来，说道："我没当汉奸，穿这身皮是为了更好地和他们斗。关雪没死，她现在是哈尔滨警察厅特务科的科长，你要刺杀的浅野寺就是她的上司，她把我认成你了。"

"你……你说慢点，我有点转不过来。"

宋卓文用了半个小时的时间才把事情的来龙去脉以及哥哥将要帮他办的事情讲清楚。他又用十几分钟把关雪、潘越、胡彬、丁鹏、老金等他所认识的每个人的外貌、性格都介绍了一遍。

"也就是说，那个叫胡彬的老埋汰你。"耐着性子听弟弟讲完，宋卓武问道。

"胡彬确实是一道我迈不过去的坎，你得帮我教训他一顿。"

"要死的要残的？"

"狠狠打一顿就行，让他知难而退。闹得太大了，我也不好收场。"

宋卓武点点头。

"完事之后，你去东八条胡同十九号找我。"

"你现在就走吧。你走了，我给关雪打电话。"

"记住，尽量少说话。说得越少，暴露的风险就越小。一定要克制住你喜欢炫耀、自夸的习惯。"

"你有完没完，婆婆妈妈的到底随谁呢？"

"等一下。"宋卓文捡起那把尖刀递了过去。

"什么意思？"

宋卓文把脖子伸了过去："你的脖子白天让窗玻璃给扎了口子，给我也来一道。"

"你和小时候一样鸡贼。"

"夜里时间紧，我没时间细问。说说吧，你是怎么知道刺客就是我的。"

"在行动前夜布置任务的会议上，当我听说那个刺客绰号叫'满洲罗宾汉'的时候，我就猜出来七八分。所以第二天上午，我在那条街上一直寻找身材和你相似的人。说实话，你扮成日本伤兵的那个样子，连我都骗过去了。你可能没注意，你当时从我身后走过，还撞了我一下呢。"

宋卓武摇了摇头。

"在满洲饭店对过擦鞋的那个人就是丁鹏。他向关雪报告，有一个缺一条腿的伤兵走进了满洲饭店，因为看你脸色蜡黄、一头虚汗，就没有发信号。这时我有了九成把握。因为你小的时候为了逃学，经常吞一点火药。你说，这样在短时间内会出现脸色差、冒虚汗的症状，但一个小时后就会万事大吉。"

"哈哈哈，也就是我弟弟，不然谁会知道这些小把戏。那你就看着人家围堵你哥？"

"怎么可能？当时我看到浅野寺的车队迎面而来，我知道你马上就会开枪，可是我找不到给你报警的好办法。但是我知道街道对面的狙击手埋伏在哪个房间的窗子后面。我当时唯一能做的，就是用小镜子晃他的眼。"

"小镜子也是你提前备下的?"

宋卓文点点头:"我还从那个杂货摊儿上摸了一把短把笤帚插在腰带上。在他们制订的计划中,特高课作为预备队,会在目标漏网的情况下沿着松江路前来支援。而我知道,你这辈子最讨厌的就是笤帚疙瘩。因为咱爸没少用那玩意儿削你。"

宋卓武咧着嘴乐了。

"你从小就是一个特别迷信的人,在那个岔路口,我断定你会从那把笤帚上面预感到坏运气,一定会选择其他的逃跑路线。"

宋卓武点点头:"对了,我想起来,有几次我离家出走,你问我在哪儿过的夜。"

"你说,你发现很多有钱人的别墅洋楼常年空着,随便找一家撬锁进去,有铺有盖,比家里还好。"

"这就是你为啥能去那座别墅找着我。"

宋卓文点了点头。

"你不像我,从小就老实、听话,哪门功课都学得好,从来没让咱爸操过心。八年了,我一直想象着你会是个什么样子,靠什么谋生。银行职员、中学教员,还是账房先生?我从来没想到,你会干这一行。"

"哥,其实不是你想的那样。"

"我知道,你不是真心给日本人干。"

宋卓文点点头。

"我昨天问你,这个藏身之所安不安全。你说,安全,是刚来哈尔滨组织上给你安排的。当时时间紧,我来不及细问。现在你给我说说,你入的是个什么组织。"

"这个,我不可能告诉你。"

"我是你哥。"

"你是我爹都不行。"

二人对视了一会儿,看到宋卓文一点没有要妥协的意思,宋卓武才说:"没变,还是那个犟驴脾气。说说吧,接下来让我做什么。"

"你还是把在特务科的经过——每一个细节、说过的每一句话——都原原本本地给我讲一遍。"

五

看到一半,关雪放下报告。沉思了片刻,她拿起电话,把潘越叫到办公室来。

"科长,是不是有写得不清楚的地方?"

关雪摇了摇头:"每一个细节都写得明明白白。就是觉得这件事有点玄。"

"怎么呢?"

"虽说从调查结果来看找不到什么破绽,但毕竟自始至终都是宋卓文的一面之词。"

"孤证。"

"这份报告是要呈送给浅野课长的,我们还是谨慎些好。"

潘越想了想,问:"现在唯一能证实的,就是宋卓文是在半夜一点到达派出所,一点半离开。"

"我们算他半个小时到达花园街一带,又找了一个小时才找到一百一十五号别墅。"

"没错啊,他和刺客过了没几招儿,刺客就落荒而逃。他是三点多钟给你打的电话。"

"有一个细节你不知道。"

"哦?"

"打了胡彬之后,宋卓文曾经夸耀说,他昨天晚上一拳就把一口座钟打了个稀巴烂。"

"座钟……"潘越略微思忖了一下,"我明白了,您的意思是,座钟被打烂的同时,时间也会定格在他和刺客交手的时间。由此,就可以断定宋卓文是不是说了实话。"

关雪点了点头。

"可是,小冢大佐一家离开哈尔滨这么长时间了,座钟早就停摆了呀。"

"你说得没错,但是刺客也许会使用这个钟。验证的办法很简单,只要查一下座钟背面上发条的旋钮就可以了。如果没有人使用座钟,那么旋钮肯定和座钟的其他部位一样,蒙着一层尘土。否则,旋钮就是干净的。"

潘越一拍大腿:"明白了,现在就去一趟花园街一百一十五号。"

"这件事,咱俩知道就行了。"关雪叮嘱道。

"我知道,绝不外传。"

六

"等等,你提到座钟被打烂了?"宋卓文打断了哥哥的话。

"啊,怎么了?"

宋卓文紧张地思索着。

"我那不是为了给你扬名立万嘛。"

"当时关雪在什么地方?"

"她那会儿……对,跟胡彬说话来着。"

"我问的是你她离你多远。"

"六七步吧。"

"你给我说实话,你有没有给那座钟上过发条?"

"我是上过。"

"糟了!"

"咋啦,你这一惊一乍的?"

"我现在出去一趟,你待在这里,哪里都不要去,明白吗?"

"不是,我到底说错了啥呀?"

"桌子上有我给你买的干粮,饿了你就垫补点。"

说着，宋卓文打开房门，走了。

宋卓武等了一会儿也出了门，远远地跟在宋卓文后面。拐了一个弯，他迎面差点撞上宋卓文。

"你就把我的话当成耳边风，是不是？"

"我这不是怕你有危险嘛。"

"你跟着我才是最大的危险！"

"好，好，你走吧，我不跟着你就是了。"

宋卓文走了两步，又回过头来说："我说的是真的，千万不要让别人看到咱俩长着一模一样的脸，否则我就死定了。听我的话，回去等我，管不住自己的话，就想想爸是怎么死的。"

说罢，他转身离去，留下呆立原地的宋卓武。

宋卓文说完这句话就有些后悔，但他马上又觉得自己说得没错。

八年前的一个傍晚，他们俩放学回家，发现客厅里放着几个皮箱。

"我在新京谋了一份新差使，今天晚上咱们就走。"父亲说道。

宋卓文觉得太突兀了，就问道："爸，是不是等到明天我们办完了转学手续再走啊？"

"办啥转学手续呀，新京好学校有的是，对吧，爸？"没等父亲开口，宋卓武就插话说。

"确实来不及办转学手续了。放心吧，卓文，爸一定会让你俩有书念的。晚上八点二十的火车。我叫了辆黄包车，你俩先去火车站的站前旅馆二〇八房间等我，我去办点事，就去那里找你们。房间，我已经打电话订好了……"

说着，父亲掏出钱夹，从里面取出一沓钱和三张车票，递给宋卓武。

"你们俩放好行李后先去吃点东西。你是哥哥，要照顾好弟弟。"

本来答应得好好的，可刚把行李搬进旅馆的房间，宋卓武就要出去。

"爸可能马上就来。"

"爸一时半会儿来不了呢？"

"你咋知道？"

"我就知道。"说罢，宋卓武开门，走了。

宋卓文坐在房间里，越等心里越乱。快八点了，他接到了父亲的电话。

"爸，八点了，你在哪儿，怎么还不过来？"

"你哥呢？"

这时电话里面传来教堂敲钟的声音。

"我哥……他出去了，说一会儿回来。"

"没事，我找他，你别乱跑，我们一会儿就过去啊。"

"你去哪儿找他？"

啪的一声，电话挂断了。

宋卓文在房间里焦躁地来回踱步。终于，钟表的指针指向了八点二十。窗外的车站里传来一声火车汽笛。

他还记得电话里传来的一声钟声，于是打开门，来到街上，拦住一辆黄包车。

到了教堂附近的电话亭，他下了车，在教堂附近盲目地寻找。忽然，他看到教堂的侧面围着许多人。似乎预感到了什么，他向那里跑了过去。

就在这时，一辆黄包车从侧面跑过来，打断了宋卓文的回忆。他一把抓住黄包车车把："快，去花园街。"

与此同时，宋卓武也回忆着那个夜晚。

当时，他是从另一个方向跑向那一圈人的。分开人群，他看到弟弟抱着父亲的尸体痛哭："爸，你怎么了？你说话呀……"

他泪流满面地跪在地上，把手搭在弟弟的肩膀上。

宋卓文回头，一看是他，使劲儿打掉了他的手："滚，你滚开。要不是为了找你，爸能死吗？"

"我去找杀害爸爸的凶手……"宋卓武擦了一把眼泪，"报不了仇，我不回来。"

这一次，躺在这个没有人的房间的土炕上，宋卓武没有擦泪，任由泪水流满面颊。

七

黄包车在一个岔路口拐弯的时候，一辆轿车从后面疾驰而来。黄包车车夫赶紧止住脚步，但车把还是蹭到了轿车的尾部。轿车急急刹住。当那个司机从轿车里开门下来的时候，宋卓文吃了一惊，正是特务科曾经和他一起外出采购的司机。

身处狭小的车棚下面，他尽量把上身往后靠。

所幸，那个司机先是看了看轿车被蹭的部位，接着就破口大骂车夫，并未对他这位乘客多加留意。

"你他妈眼瞎啦，想死，是不是？你知道这辆车多少钱，把你的骨头砸成渣都赔不起。"

潘越从后车窗里探出头来："行了行了，快赶路吧。"

司机仍旧骂骂咧咧的，悻悻地走回去，开门上车。

宋卓文松了一口气。他抬起藏在车棚里的脸，看着潘越的轿车向前开去。他最不愿意发生的事情还是发生了。事实上，这个漏洞的出现既有哥哥的责任，但归根结底还是他自己的疏忽。同时也再次证明，关雪心细到了何等可怕的程度。潘越已经领先了，他还有机会弥补这个错误吗？

黄包车车夫还在愤愤不平，小声咒骂着："你才瞎呢，你才想死呢。"

宋卓文望着前方，看到潘越的轿车已经靠近前方的一个十字路口。此时，那个十字路口的绿灯熄灭，红灯亮起，那辆轿车停在一溜汽车的后面。

他忽然想到了一个办法，对黄包车车夫说："他那么骂你，你不恨他吗？"

"恨能怎么样，人家有权有势，咱也惹不起呀。"

宋卓文俯身对着车夫的耳朵小声说了几句话。

"能行？"

"我保证。"说着，他掏出几张钞票，塞到车夫口袋里，跳下了黄包车。

那个黄包车车夫拉着空车跑到潘越轿车的后面，停了下来。他假装提鞋，弯下腰去，把脖子上系着的擦汗毛巾拽下来，塞进了轿车的排气管。

等绿灯亮起来，司机一加油，轿车却突然熄了火。黄包车车夫悄无声息地从轿车旁边跑过。

司机再次打火，仍然打不着。

潘越探过身子，问："怎么回事？"

"邪了门了，以前没出现过这样的故障呀。"

黄包车车夫笑嘻嘻地跑过路口停下，拉上宋卓文，又跑了一百多米。

轿车的司机下了车，打开了发动机盖子。

等了一会儿，潘越也下了车，在一旁叉着腰问："哪儿的问题？"

"没有问题呀。"

"没有问题怎么车打不着火？平时一上班就赌钱，车子多长时间保养一次？"潘越骂道。

实在找不到毛病，司机把发动机盖压下去，默不作声绕到轿车后面，立刻发现了症结所在。他蹲下身子，从排气筒里把一团黑乎乎的毛巾掏出来，扔在地上。

"肯定是那个拉洋车的干的，妈的，让我抓住他，一定往死里整。"

在距离那栋别墅二百米的地方，宋卓文叫停了黄包车。付了车钱，他又嘱咐道："千万别走来时的路。"

车夫心照不宣地笑了："我知道。"

宋卓文走了一百多米，躲在一棵大树后面向外观察。别墅的大门敞开着，两个身着制服的巡警站在门口的台阶上晒着太阳聊着天。特务科在现场勘验了半宿，天亮后就将这里交给了警察局。

绕着别墅转了一圈，发现每一扇窗子都紧紧关着，宋卓文一时间找不到潜入的办法。他低头看了看手表，越发焦急。潘越随时都会赶到。

站在台阶上的两个警察正聊得起劲，忽然传来一串剧烈的咳嗽声。只见二十米外的别墅侧面路口，一个路人因为咳嗽停止了脚步，弯着腰，一副极其痛苦的样子。那人从衣兜里掏出一方手帕，捂着嘴。一张钞票被手帕从衣兜里带了出来，飘到了地上。行人对此竟然毫无察觉。

小警察刚要开口，老警察拉了一下他的袖子，冲着他眨了眨眼睛。等行人用手帕捂着嘴小声咳嗽着继续向前走远，他俩才走过去。老警察捡起钞票，用手指弹了一下，笑眯眯地说："够咱俩晚上整一瓶的。"

小警察向行人的去向张望，那个人已经拐了弯，消失不见。他一回头，看到十几米远的地上躺着另一张钞票。那正是行人来时的路。小警察碰了碰老警察。两个人走过去,捡起第二张钞票。接着,他们发现前面还有第三张钞票。

已经绕到别墅前面的宋卓文一看到那两个警察消失在别墅的侧面,就立刻悄然无息地潜入别墅。他登上了楼梯,进入了二层昨夜发生搏斗的那个房间。

房间里依然保持着打斗后的场面,地板上满是碎玻璃,一片狼藉。宋卓文一眼就看见那口座钟歪歪斜斜地靠在墙边。停摆的表针正指向着两点整的位置。他走过去,从墙角抓了一点灰,伸到座钟的后面,把灰土均匀地撒在发条的旋钮上。

这时候楼下大门外已经传来两个警察说话的声音,大门被重新封住了。注意力被警察吸引的宋卓文站起来,挪动步子往窗外看去,冷不防踩到一大块碎玻璃上,脚下一滑,差点摔倒。慌乱中,他一把扶住旁边的桌子,勉强保持身体的平衡,但桌上一个本来就躺着的圆形花瓶马上向桌子边缘滚去。

宋卓文赶快伸手去接,但是已经来不及了,他眼睁睁地看着花瓶掉在地板上,摔了个粉碎。

跑上来的脚步声已经清晰可闻,宋卓文飞快地环顾了一下房间内的物件,似乎想找一件武器。很快,他的目光落在一只精美的银质摆盘上。宋卓文一把抓起它,打开窗户,跳上了窗台——

门被推开了,两个警察一进来就看到窗户大开着,他们冲过去一看,没看见人,但外面的草地上扔着一只银质摆盘。小警察指着窗台。

"看这儿!"

窗台上有一个清晰的脚印。

两个警察不敢跳,转身顺着楼梯往下跑。在客厅里,他们见潘越大步走了进来。

"干什么的?"

潘越举着证件晃了一下,径直走上二楼。两个警察很快跟了上来,恭敬地候着。

"怎么回事?"看着敞开的窗子,潘越问道。

"进来个贼,偷了几个银盘子,刚才的事。"

潘越看着房间里的情况:"愣着干什么,不是刚才的事吗,追呀!"

宋卓文藏在沙发后面,先是听到两个警察跑下楼的声音,接着就是潘越特有的不紧不慢的脚步声,越来越近。宋卓文屏息静气,就在以为自己即将暴露的时候,脚步声往另一个方向去了。

潘越走到座钟前,蹲下来仔细看了看,他掏出一副白手套戴在手上,把座钟小心地转过来,用手摸了摸上发条的旋钮,用另一只手摸了摸座钟后部的其他位置。

接着,潘越站起身,下楼,走到大厅电话机前面,拨了几个号。

"科长,我到这儿了,座钟的指针停在两点,但发条的旋钮蒙着一层灰,刺客应该没有用过座钟……对,还有个事,我进屋之前,有个贼进来过,就在摆座钟的这个屋子……呵呵,是够巧的……科长,我还真没去过那个地方……哦,傅家甸南路……"

正在楼梯拐角处偷听的宋卓文如遭雷击,那正是关雪安排给他的住所。

"好的,科长,我这就过去。"潘越放下电话,走出了别墅大门。

宋卓文走下楼梯，看到门外的潘越坐上汽车，绝尘而去。

宋卓文跑了起来，他抄近路钻入一条小巷。

一个穿着制服的邮差把自行车支在一户人家门口，走到房门前敲门。忽然感到身后有动静，邮差一回头，看到一个小伙子推着自行车跑了。邮差一边喊，一边在后面追。宋卓文跑了几步，一跃而起，坐在自行车车座上，玩命地向前蹬，很快就甩掉了邮差。

小巷的尽头是一条宽阔的马路。一个衣冠楚楚的中年商人刚伸手拦下一辆出租车。刚刚骑到小巷口的宋卓文从自行车上跳下来，任由车子倒在地上。他紧跑几步，推开中年商人，拉开车门，钻进了出租车。

八

窗外是一条虽不宽阔但很热闹的街道，道路两边满是小商小贩，卖糖葫芦的、吹糖人的、炸油糕的，林林总总。这种庙会式的街道颇合宋卓武的胃口，此时他正坐在一张靠窗的桌子上，酱牛肉、花生米、一瓶喝了一半的烧刀子酒和一把蒜瓣散放在桌上。

掌柜端着一盘饺子过来，放下："齐了，要别的，您招呼。"

在掌柜看来，这个食客是个怪人，他一句话也不说，只是点头，不知道是不是个哑巴。他连帽子也不摘，脖子上还围着围巾，喝酒吃菜的时候也只是把围巾向下拉得只露出口鼻。

掌柜多看了两眼，转身往回走，没留神踩在一个刚刚进门的光头男人脚上。他抬头一看，脸立刻白了。

"三爷！"

黑缎面布鞋上多了一个脚印。掌柜赶紧蹲下身子用袖子去擦。这布鞋一缩，掌柜擦了个空。

"对不住三爷，这就安排伙计给您买双新鞋，对不住对不住。"

"这算个什么事，穿鞋不就为了踩泥吗？"

三爷越这样，掌柜越惶恐。

"我眼瞎我眼瞎。您稍坐，我去拿钱。"

"哎哎，回来，急什么。咱俩认识这么久，你什么时候见我摸过钱啊。"

"明白明白，夜里我就送家去。您看我这小破馆子，除了饺子，连个热菜都没有，要不我请您去庆丰楼？"

很多顾客看上去都认识三爷，都避着他的视线。坐在旁边的宋卓武只管饺子就酒，充耳不闻。

"你看你，说句话我就走，你慌什么？废话也不说了，利滚利给你，就按三倍算，上个月欠的，我也不要了，这月的利息，你也别还了，下个月初一，我直接叫人来拿地契接馆子。"

说着话，郑三就要往外走，掌柜赶紧过去拦着求："三爷三爷，都是一起长起来的，您抬抬手，我这一家子就活了。上个月我也没欠，这个月的，今天我就送去。光利息我就还了两年了，咱不能一下子连房带地带馆子都算上，那得要我的命了呀。"

三爷笑了："没人给你涨利息，多出来的是鞋钱。"

"您这不是讹人吗？"

"就是讹你。从你闺女生病，你签字借钱那天起，这馆子就是我的了。"

三爷不再客气，对众食客道："从现在起，这馆子不营业了，你们都给我出去，听到没有？"

众食客愣神之际，郑三掀翻了身旁的一张桌子，桌旁的食客惊叫着跳起来。

"都给我滚！"

就在宋卓武犹豫要不要走的时候，三爷一把扯掉他的围巾。

"还吃个屁啊，滚！"

整张脸都让掌柜和郑三看了个正着，宋卓武气坏了，一拳砸了过去。

三爷倒下的同时，宋卓武一把抢回了围巾，围在脸上。出门之前，他扔了几张钞票在桌子上。

透过出租车的挡风玻璃，宋卓文已经看到自己的家门口。忽然，前方的岔路口有一辆轿车横穿过来，拐弯后正好挡在出租车前面。

那辆轿车停在住所前面。宋卓文眼睁睁地看着潘越下车，直奔门口而去。

三爷在人群里左顾右盼，终于看见了那个人的背影。他加快脚步追了上去。眼看着越来越近，郑三抄在一起的手突然分开，右手紧紧握着那把剔骨刀，直接对着那个人的后腰刺了过去。

迎面走来的一个小姑娘看见了这一幕，宋卓武看见了她惊恐的表情，飞快地往左边一闪，刀尖刺空了，人没扎着，但衣服的口袋被刀尖豁开了。他一把抓住了对方的手腕子，扭转方向，向前一推，刀子扎进了三爷的心口。

小姑娘一声尖叫，周围的人也都乱了，有几个巡警吹响警哨，飞快地跑了过来。

宋卓武掉头就跑。他没注意到地上躺着一本特务科的证件。那是昨天晚上兄弟俩换衣服的时候带在他身上的，刚才从他划开的衣兜掉了出来。

"砰砰砰！"潘越拍着门板。

"卓文！宋卓文！"

"这位先生，您是宋先生的同事吧？"

潘越一回头，看见一个中年妇女正挎着菜篮子站在他的身后。

"你是？"

"我是宋先生的佣人。"

"哦，我找他有点急事，他是不是睡得太死了？"

"他昨晚就出去了，还没有回来吧。"

"哦，他不在屋子里？"

石姐刚要说话，房门突然从里面打开了。宋卓文身穿睡衣、头发蓬乱地站在门口。

"潘组长，您怎么来了，找我有事啊？"

"实在对不起，打扰你睡觉了。科长让我把昨天夜里发生的事情整理一下写成报告。有几个问题我还不太清楚，没办法。"

"那赶紧进来吧。"

进了屋，潘越坐在沙发上，欣赏着客厅里的家具和装饰。

"老弟，你可是一步登天呀。"

"我也就是暂时借住而已。"

"真抱歉把你吵醒。"

"没事，正事要紧。"

"睡了多长时间？"

宋卓文搔了搔头发，想了想："有一个钟头？我还真没注意时间。"

石姐端来两杯茶水，分别放在两个人面前。

"这位大姐怎么称呼？"潘越笑眯眯地问道。

"先生，我姓石。"

宋卓文："我叫她'石姐'。"

"石姐一看就是勤快人。"

"哎哟，我可不敢当。"

"几点就出去买菜了？"

"九点。"

潘越看了看墙上的挂钟："现在才十点多，那卓文你回来没多久啊？"

"别提了。潘组长，说实话，我都好多年没跟人动过手了。今天早上的事情，想必您也知道了。"

潘越点了点头。

"您说句公道话，我是不是一再忍让？"

潘越拍了拍宋卓文的大腿："老弟，别看咱俩接触时间不长，你的为人，我是清楚的。"

宋卓文摇了摇头："当时脑子一热，下手可能有点重了。出了大院，我也是有点后悔。一路老想这件事，也没叫个车。走到香坊那边，肚子饿了，吃了碗馄饨才回来。"

"香坊有家林记馄饨馆，味道不错。你是在哪家铺子吃的？"

"没去铺子里，就在路边的小吃摊儿上垫补了点。"

"哦。那咱们开始干正事。"

"好啊，您想知道什么，尽管问。"

潘越从兜里掏出笔记本和钢笔。

宋卓武钻进了一条小巷，七拐八拐走了好远，才发现那个证件丢了。一想到可怕的后果，他脑子嗡的一声，不顾一切地往回跑，连围巾丢了也不管。他刚拐进另一条小巷,就险些与迎面走来的两个人撞到一起。

"宋大哥?"

对面一个是三十多岁、戴着鸭舌帽的高瘦男子,另一个是身穿学生装的小伙子。喊他的正是那个小伙子。

这话把宋卓武钉在原地,他愣着看了一会儿,认出来了。

"小凯?"

"我……我去老师家拿本书。"关凯的表情似乎有些不自然。

宋卓武"哦"了一声。

鸭舌帽男点了点头,与关凯继续向前走。同样心怀鬼胎的宋卓武顾不得多想,赶紧转身向前走去。

"上了楼,我开始一个房间一个房间地搜索。忽然我感到一阵冷风,那个人从侧面扑上来了——"

"等等,说慢点。"潘越在笔记本上飞快地写着,接着问,"然后呢?"

宋卓文刚要开口,房门突然被推开,关雪站在门口。

潘越和宋卓文同时站了起来。

"科长,你怎么来了?"潘越问道。

关雪直视宋卓文:"你的证件在哪里?"

"证件?"

"刚才治安科的人打来电话,在刚刚发生的一起伤害案件的现场,发现了你的证件。"

第七章
站稳脚跟

一

"我真是想不起来证件是什么时候被他偷走的。"望着车窗外的街景，宋卓文懊恼地说道。

旁边的潘越说："这说明刺客的背景非常复杂，不但打家劫舍，还是一个偷窃老手。"

"好事。虽说那个被捅了一刀的混混儿死了，可街上有那么多人，我就不相信没人看见刺客的脸。"坐在前排副驾驶座位的关雪头也没回地说。

宋卓文不动声色。

一定是哥哥出了问题，他不知道前方有多少目击证人在等着。宋卓文望着窗外飞驰而过的景物，真希望这条路永远不要走到头。

那辆轿车最终还是停了下来。三个人从车里下来，直接走向已经清场的街道一角，几个治安科的警察走过来。其中带班的敬礼后，将一本证件交到关雪手中。

关雪打开看了看，递给了宋卓文，转头问治安警察："除了死者，还有目击者吗？"

警察摇了摇头："他头上戴着一个厚帽子，围巾遮着脸，谁也没有看见他长啥样。"

宋卓文刚松了一口气，一个警察就跑了过来。

"查清楚了，死者是在一个小饭馆里收安全费的时候和那个人发生口角的。"

关雪立刻来了兴致："我相信，饭馆的伙计一定记得那张脸。"

"说的是啊，哪有吃饭还蒙着脸的。"潘越附和道。

关雪忽然注意到了什么，一回头："宋卓文，你干什么去？"

正要悄悄离开的宋卓文停下脚步："让我找辆车眯一会儿，行吗？我这一宿没睡，眼都睁不开了。"

"无论如何，你都要再坚持坚持。毕竟你和他交过手，没准儿你可以在饭馆伙计的提醒下想起更多的细节呢。"

宋卓文无奈，只好跟过去。

经过一番搏斗的小饭馆一片狼藉。宋卓文站在最后面，故意扭着脸打量着。

"这个人戴着一顶旧毡帽，围着一条灰不溜秋的围巾，就坐在那个角落里，对着墙。"饭馆掌柜指着墙根的方向。

"你没看见他长得啥样？毕竟你要给他上菜，对吧？"关雪问道。

饭馆掌柜的目光忽然越过这群人，盯着最后面的宋卓文。关雪等人也感受到了，纷纷扭过头来，看着他。

被看得无法再掩饰了，宋卓文只好面对着他们。

饭馆掌柜说："我倒是记得他长啥样。这个人长着一双粗眉毛，眼睛不大，但是挺有神的。大鼻子——"

潘越问："皮肤黑还是白？"

"挺黑的。"

宋卓文虽然面无表情，但有一股暖意从心底涌出，仿佛喝了二两"烧刀子"。毫无疑问，这个掌柜见过哥哥，甚至已经把自己当成了他。但是他敢于担着风险，描述了一张毫不相干的面孔。普普通通的外表之下，却藏着侠肝义胆。

二

蘸着糨糊的刷子在电线杆子上刷了又刷，一张悬赏布告被贴了上去。路过的宋卓文看了一眼那张完全根据饭馆掌柜描述画出来的面孔。

宋卓武趿拉着一双鞋，打开房门，把他让进去后也没说话，继续回到炕上，脸冲里躺着。显然，他刚才睡了一会儿。

宋卓文站在炕沿前面看着他。

宋卓武被看得有点发毛，瞄了一眼弟弟，赶紧又垂下眼皮。显然，他知道自己理亏。

"你身上不是还有一把刀吗？"

"干啥？"

"一刀宰了我算了，给我来个痛快，省得我一天到晚提心吊胆的，吓也吓死了。"

宋卓武一声不吭。

"八年了，你的脾气一点都没改，吹牛皮、说大话、酗酒打架——"

宋卓武翻身坐起来："谁吹牛皮，谁说大话了？那胡彬让我收拾得咋样？"

"不错，你是帮我收拾了胡彬，可是谁让你吹什么一拳打烂座钟的事了？"

"那不是大话，是实话。"

"就因为你这句实话，关雪派人调查座钟的时间定格在几点，我差点露了馅儿！"

宋卓武思忖了片刻："小雪这丫头现在学得这么猴精。"

"还有，我千叮咛万嘱咐，不要外出。你呢？外出不算，还喝酒打架，还把我的证件掉在现场，你这是要害死我呀。"

"那可不怪我，我是让人家给逼的。我老老实实地吃我的饭，那个什么三爷非要摘下我的围巾。发现证件丢了，我还回去了一趟。小雪把证件给你的时候，我就在远处看着——"

"你要是不出门，能有这些事吗？"宋卓文打断了他。

"……"

"所以，我说你喝酒打架吹牛皮的毛病一点没变，不对吗？"

宋卓武似乎突然想到了什么："别老说我，你呢？"

"我怎么了？"

"喝花酒嫖女人！"

宋卓文愣住了。

宋卓武自以为拿住了对方的短处，好不容易掌握了话语主动权的他岂肯罢休，他盘腿一座，用手指点着："我告诉你，宋卓文，咱们老宋家的家风可不是这样的。小的时候没看出你有这副德行，大了倒学坏了。以前没人管你，以后我——"

"等等，你先说清楚，我什么时候嫖女人了？"

宋卓武冷笑："你真是不见棺材不落泪，人家都堵住我了。富士山酒馆的，一共三百二十七块钱。"

宋卓文顿时醒悟过来："我知道是谁了。该死，我把这件事忘得一干二净。"

宋卓武扬扬得意："怎么样，我没冤枉你吧？"

"事情不像你想的那样。你还有没告诉我的事情吗？"

"我都不用想，肯定是你们喝花酒去——"宋卓武突然住了口，看着宋卓文，"还真有一件事得跟你说。"

宋卓文看着他。

"回家的时候，遇着关凯了。"

"几点钟？"

"下午一点多吧。"

宋卓文脸色立刻变了："完了。万一他和关雪说起这事，就全完了。下午一点钟的时候，我还跟他姐姐在一起，你怎么不早告诉我？！"

宋卓武完全没想到事情如此严重："你一进来就把我训得跟孙子似的，我哪插得上话呀？"

宋卓文看了看表："关凯马上就放学了——怎么办？"

"那咱跑吧？"

宋卓文盯着他："先告诉我你和关凯见面的每个细节，一丁点都别漏。"

关雪居住的那座公寓楼就矗立在不远处。宋卓文站在路边，左右张望着来往的行人。

如果看到哥哥的是特务科的另一个成员，宋卓文会毫不犹豫地采取灭口的策略，但是他绝对不会对关凯这个无辜的学生下手。现在，他急切地需要一个理由来说服关凯不要将这件事情透露给他姐姐。

宋卓文低头看了看手表。留给他的时间不多了，而一时间，他还真找不到一个恰当的借口。

一只手拍了拍他的肩膀。宋卓文一回头，看到关凯站在他面前。

"小凯，你放学了？"

"宋大哥,我正想找你呢。"

"找我?"

"我猜,你也是为了那件事找我吧?"

宋卓文看着关凯,没有说话。

"我想求你件事。"

"你说吧。"

"今天下午咱俩碰面的事……你能对我姐姐保密吗?"

宋卓文依然没有说话。

"宋大哥,我保证以后再也不逃课了,真的,我会把心思都放在学习上面的。"

"好吧,我答应你,不过你得遵守自己的承诺。"

"我一定会的。"

这真是一个意料不到的结局。

往回走的时候,宋卓文记得哥哥说过,和关凯在一起的还有一个男子。关凯急着隐瞒这件事情,很可能跟这个人有关系。关凯这个涉世未深的青年学生身上,能隐藏着什么样的秘密呢?

三

丁鹏拿着一份报纸站在一座公园的门口。他鬼鬼祟祟地回头看了看过往的行人,没有发现异常情况,这才走了进去。

曲折的林中小路边上有一条长椅。一个戴着墨镜、身穿长衫的男人坐在长椅上休息。他的旁边,放着一个点心匣子。

丁鹏走过去,坐下来,一双眼睛仍不放心地四下观望。

"放心吧,我都观察过了,这里很安全。"墨镜男说道。

丁鹏点了点头,把那份报纸放在点心匣子上面。墨镜男掀开报纸,瞄了一眼。那里面夹着一沓钞票。他把报纸卷起来,塞进了大衣的内兜。

"你不数数?"

"不用了。是你杀了他?"

"我没办法,那个时候他已经跑不出去了。"

墨镜男看着丁鹏,没有说话。

"特务科的刑罚,谁也扛不住。他要是被抓住,肯定得招供,我脱不了干系,你们也一样。"

"我没怪你的意思,就是想知道,你们特务科怎么越管越宽了?"

"我也不知道是怎么回事。上头让我们抓谁,我们就抓谁。回头我打听打听。"

墨镜男点了点头,站起身来:"以后,你就从我这儿拿货吧。"

"唉。"

墨镜男拿着报纸走了。

丁鹏拎起那个点心匣子向着相反的方向离开了。

出了公园,丁鹏穿街走巷,来到一所民居门口。他推开一扇斑驳的院门,走了进去,又回身向两侧望了望,才关上院门。

进了屋,他把那个点心匣子放在炕沿上。一个蓬头垢面、骨瘦如柴的女子扑过来,三下两下就撕开了硬纸壳子。匣子里装的,是一块块黑色的鸦片膏。

那个女子躺到炕上,点起烟枪,吞云吐雾。

丁鹏看着她那副飘飘欲仙的样子,气不打一处来:"没事照照镜子,看看你那副鬼样子,哪像个二十出头的大姑娘!"

女子斜了他一眼,继续享受着鸦片带来的快感。

"看看跟你一块儿长大的那几个闺女,孩子都会打酱油了。你倒好,赖在娘家也就算了,还要把你哥我刮擦死。为了给你挣回这大烟钱,我他妈放着舒舒服服的差事不干,跑到特务科那个鬼地方,天天把脑袋别在裤腰带上干活儿!"

那女子竟然是丁鹏妹妹!丁家小妹不言不语,只是抱着烟枪不肯撒手。

"满洲国早有规定,军人、警察,无论是本人还是家属,一旦发现有吸食鸦片的,立刻开除。你抽吧,等让人家查出来,把我开除了,咱们兄妹俩就要饭去。"

丁鹏骂得累了,坐到炕沿上,一脸愁容。过了一会儿,他换了副腔调:"妹子,你听哥一句话,赶快把这个大烟瘾戒了。爹妈都没了,哥还有谁呀?拼了命也要给你攒上点嫁妆,趸摸一个好人家,行吗?"

丁家小妹靠在枕头上,早已悄然入睡,根本就没有听见他说的话。

四

听完宋卓文的汇报,老段的兴奋之情溢于言表。

"太好了,收拾了胡彬,你这下就在特务科站稳了脚跟。"

"是的,眼下最大的障碍清除了。"

"卓文,你要利用关雪的关系,想方设法迅速打入情报部门。现在我们对敌人情报的侦察渠道太少了。上级对这方面的需求简直就是如饥似渴。"

"我明白,一定会向这方面使劲儿的。"

"我会调动哈尔滨地下党的全部力量配合你的工作。"

"可是,您已经暴露了。按照纪律,您是要调离哈尔滨的。"

老段沉默了片刻:"上级的确要将我调走。可是,目前的局势太复杂,斗争太尖锐,再派一个人来,要花一定的时间来理顺工作关系。所以我要求,再坚持一段时间。"

"这太危险了!"

"大不了我把胡子留起来,每次出门都小心化装。"老段拍着宋卓文的肩膀,"组织上已经批准了。"

"可现在就有一件麻烦事。"

"说来听听。"

"我哥要见你。"

"他要见我?"

"没错,见不到你他不走。"

"他是怎么看待你所从事的工作的呢?"

"他以为我加入的是什么帮会组织,非要见见我的瓢把子,我又没办法跟他明说。"

"这一次你能在特务科站稳脚跟,多亏他帮你击败了胡彬。于情于理,我都应该去看看他,表达一下谢意。"

"他那个人有点粗鲁。"

"我倒觉得你哥哥很有意思。这样吧,明天你该忙什么就去忙,我自己去找他。"

与此同时,距离老段住所两公里外的一家咖啡馆大门被推开,关凯举目四望,在厅堂里寻找着。

几乎所有的客人都是搭伴结伙而来,只有角落里坐着一个孤身客人,一张展开的报纸遮住了他的面孔。

关凯走过去,坐在那个人对面。对方放下报纸,赫然是白天与关凯结伴而行的戴鸭舌帽的男子。

"啥事啊,宁先生?这么着急把我叫出来。"

宁先生低声道:"就是怕有你有危险。"

"不会的。他保证不会把见到咱俩的事情告诉我姐姐。"

"他的话可信吗?"

"他是个说话算话的人。"

"你还太年轻。我看,最保险的办法,还是除掉他。"

"不行。绝对不行!"关凯坚决地说道。

"我们可以做成一起事故,保证滴水不漏。"

"如果你们敢这么做,我就再也不会和你们来往了。"

宁先生沉默了一会儿,点点头:"好吧,我尊重你的意见。"

"那就好。"

"他叫什么名字呀?"

关凯沉默。

"我就是随便问问。"

"他现在叫宋卓文。"

宋卓文站在国立哈尔滨高等工业学校的大门口,看着年轻的男女学生从大门口进进出出。他从富士山酒馆的老板那儿打听到了那姑娘的学校和姓名。

从众多的师生里,他挑了一个留着齐耳短发、一脸正气的女学生拦住。

"同学,你好,认识一个叫谢月的同学吗?"

女学生警惕地打量着宋卓文："你是她什么人？"

"我是她的朋友，有急事要找她。如果你认识她，麻烦你帮我叫她到门口来一下，好吗？"

谢月从校园里走出来。到了门口，她左顾右盼，并没有发现要找她的人。

宋卓文忽然从她背后走出来："是我。"

谢月回头看到宋卓文，转身就要走开。

宋卓文挡在她的身前："我是来给你道歉的。"

"不敢当。"

"昨天，我办公事的时候出了点差错，让上司臭骂了一顿。我心情不好，不该冲你发火，对不起，让你受委屈了。"说着，宋卓文对着谢月鞠了一躬。

"你觉得这样有意思吗？"

宋卓文看着谢月，不知如何回答。

"你们这些人，仗着有几个钱、有点势力，就随便拿我们这些人寻开心，一会儿装得像个人，说两句人话，转脸就会变成一条狼，龇牙咧嘴，凶相毕露。你觉得我还会上你的当吗？"

"你骂得对，如果能让你好受一些，你多骂两句吧，我就在这儿听着。"

"你不用来这一套，我不想跟你多说一句话。"

说罢，谢月转身想走，宋卓文抓住了她的手腕。

那个齐耳短发女学生并没有走远。她一直观察着这两个人。看到这一幕，她立刻快步向学校门口走去。

谢月挣扎着说："你放开我。"

"我可以保证不再来打扰你，但你必须把这些钱收下。"说着，他放开谢月，从衣兜里掏出一沓钞票，递了过去。

"我不会要你的钱。"谢月转过身子。

此刻，那个女学生已经快步走过来了。

"除了钱，还有你的东西。"

谢月停下脚步，回过头来："我的东西？"

宋卓文摊开手掌。

看到在那沓钱上面一条坠子上刻着"月"字的项链，谢月一下子愣住了。

等那个女生赶到时，宋卓文已经走了。

"他到底是什么人？"

"真的只是一个普通朋友。"

"我看他不像个好人。"

谢月没有说话。

"谢月，咱们都是学生，千万不要和外面那些不三不四的人来往。你有什么难处，就找我，找学生会。"

"谢谢你，冬菊姐。"

除了学生会干事李冬菊，还有一个人站在教学楼上的窗边，自始至终看着学校门口发生的这一幕。正是关凯。

他回到书桌旁，久久地想着什么。一个人的影子站在他身边。关凯抬头一看，是谢月。他们都是一个班的同学。

谢月拿出一些钞票放到他桌上，正是刚刚宋卓文塞给她的。

"这是你借我的钱。"

"你先用，我不着急。"

"不好意思，拖了这么久。谢谢你，关凯。"

谢月放下钱，转身走开，关凯的眼神一时有些落寞。

五

宋卓文一回到特务科，就被叫到了科长办公室。

"不管怎么说，他是你的上司。我知道，是他一步步逼着你动手的。可是你下手也太不讲究了，让他当着全科的人摔了一个嘴啃泥，你让他以后还怎么管人？"

"那你说咋办？再打一场，让他摔我一个嘴啃泥？"

"那倒不必，但是你要给他一个台阶下。一会儿，他要是说出什么难听的，你就装着没听见。太过分了，还有我呢。"

宋卓文点了点头："好吧，我去给他道歉——当众道歉。"

像上次布置任务一样，特务科的全体人员都整齐地站在会议室里。

关雪站在最前面。潘越和胡彬站在她的侧面。胡彬的脑袋稍微消肿，但眼角和鼻翼还贴着胶布。

"正常的、为了提高搏斗水平而互相切磋是鼓励的，但是一定要点到为止，尤其要尊重长官。昨天的事情出了以后，宋卓文非常后悔，向我和潘组长都表达了深深的悔意。"

潘越重重地点了点头。

"现在，由宋卓文正式向胡彬组长道歉。"

宋卓文走上前，对着胡彬深鞠一躬："胡组长，我年轻，不懂事，得罪、冒犯之处，请您多多包涵。您要是觉得不解气，打我一顿出出气也行。"

胡彬走到宋卓文面前，所有的人都盯着他。

胡彬突然张开双臂抱住宋卓文："兄弟呀，我高兴还来不及呢。"

包括宋卓文，所有的人都愣住了。

胡彬搂着宋卓文的肩膀，对下面的特务们说："要说道歉，应该是我向卓文兄弟道歉。他来特务科没几天，我对他是连挖苦带损，处处挤对。"

胡彬又扭头对宋卓文说:"兄弟,你以为老哥我真是故意为难你吗?"

胡彬摇了摇头:"不是啊。我就是想把你的能耐逼出来。因为这么多年了,科长在我们面前可不止一次两次地夸你啊。我是真想看看你的本事。我看出来了,你比科长说的还要棒!这是老天爷给咱们特务科,不,是给我们行动组送来的一个大宝贝啊。"

宋卓文恍然大悟。

胡彬转头对关雪说:"科长,卓文这身手,要是不来我们行动组,是不是太可惜了?"

"胡组长——"

不待宋卓文说下去,胡彬又对关雪说:"科长,你说呢?我们行动组太需要宋卓文这样的人才了。"

关雪看着宋卓文,他微微摇了摇头。关雪沉吟片刻,说:"那就先按胡组长说的办吧。"

宋卓文随着人流走出会议室。他明白,胡彬是为了先把自己控制在他管辖的行动组。他并不怕穿小鞋,但是老段交给他的迅速打入情报组的任务就无法完成了。他跟在关雪后面,走进了办公室。

"我跟他合不到一块儿去。我这个人,你还不了解吗?做事情就讲究个舒心。"

"我知道他是怎么想的。"关雪叹了一口气,"不过他的要求也合情合理,毕竟这么多人都看到你的本事了。当着大家的面,我要是死拦着,反而不好。"

"我最喜欢的,是情报分析——"

"你先暂时在那儿待一段时间,在搏斗技术方面指点指点行动组的弟兄们。合适的时候,我再把你调出来。"

这时,电话铃突然响起。

关雪接听电话:"是,明白,我立刻布置。"

放下电话,关雪对宋卓文说:"浅野课长马上就要来了。"

六

一辆拉着遮阳棚的黄包车停在小胡同口。车夫观察了一下周围的环境,才掀开遮阳棚。老段拎着两瓶酒从车上下来,走进胡同。

听到兄弟俩约定好的敲门声,宋卓武从炕上跳下来,打开房门。

看着门口这个不认识的人,宋卓武问道:"你是谁?"

"我就是卓文的朋友。"

宋卓武把他让进屋子,关上房门,转过身来:"你就是我弟弟跟着的那个人?"

"可以这么说吧。"

宋卓武上下打量着老段。同样,老段也打量着他。

老段笑了:"真像啊,连我也分辨不出来你们哥俩谁是谁。"

宋卓武仍旧面无表情。

老段举起了手上的酒:"知道你爱喝两口,也不是啥好酒,别嫌弃啊。"

宋卓武接过酒瓶看了看:"还真不是什么好酒。"

老段愣了一下,随即呵呵笑着,自己走到桌边坐了下来。

宋卓武走过来,把酒放在桌上,继续看着老段:"也没看出你有啥本事呀。"

老段笑着摆了摆手:"我就是普普通通一个人,跟你那是没法儿比。"

"没本事凭啥给人做大哥呢?"

老段思忖片刻,说:"不错,按年龄,宋卓文的确是要叫我一声'大哥'的。我们呢,也确实在一个组织里。但我们的人格是完全平等的,不是你想象的那种大哥和小弟的关系。"

"你快拉倒吧,还平等?你猫在家里吃香喝辣,让我弟弟去闯龙潭虎穴?"

"我们分工不同。"

"我明白你们是干什么的了,仙人跳,对不对?"

老段苦笑着摇了摇头。

"你是玩脑子的,负责做局。行!"宋卓武跷起大拇指,"敢跟日本人玩这一套,就凭这一点,我佩服你的胆子。"他凑到老段面前,"说说,你们看上特务科什么了?干完这一票,我弟弟能分多少?"

老段看着宋卓武:"分文没有。"

宋卓武一把薅住老段的衣服领子:"摆明了就是玩他喽,你够黑的,全吞了?"

"我也分文不取。"

"你觉得我会相信吗?"

"我有必要骗你吗?最起码,你弟弟不是个傻子吧?"

宋卓武慢慢松开了老段的衣领:"说吧,你们到底想干什么?"

"我们做的工作,往大了说,就是要把日本鬼子赶出中国。"

宋卓武哂然一笑:"就凭你们?"

"我知道,在你的眼里,我和你弟弟都是手无缚鸡之力的书生。"

"没错,'秀才造反,三年不成',这是老理儿。"

"老理儿该变也得变。现在是全民抗日,别说秀才,连女人和孩子都敢跟日本人干。听说过赵一曼这个名字吗?"

宋卓武点点头:"我知道这个人。"

"看看人家,一个女人,把好多老爷们儿都比没了。"

宋卓武再次打量老段:"我应该知道你们是什么人了。"他伸出右手的拇指和食指,形成了一个"八"字。

"你们是干这个的,对不对?"

七

在特务科全体成员夹道欢迎下,三辆小轿车停在办公大楼前。

原田副官从中间的轿车下来，打开后车门。浅野寺身穿一身黑色西装走了下来，他的手上还拿着一支包着银头的手杖。

关雪上前，立正敬礼："欢迎课长阁下莅临特务科指导工作。"

浅野寺笑容可掬地伸出手："关科长，我只不过是来随便看看，谈不上什么指导工作。你瞧，我连军服都没有穿。"

关雪赶快伸双手握住："您身体恢复得还好吧？"

"一点皮外伤，算不上什么。"

介绍了潘越和胡彬，关雪把浅野寺请进了小会议室。

浅野寺坐在铺着绿色天鹅绒的长会议桌上首。原田副官坐在他的斜侧方，潘越、胡彬分坐在会议桌的两侧。关雪端着一只茶壶，亲自给浅野寺和原田副官斟茶。

原田副官说："关科长，课长阁下是连夜看完你们交上去的工作报告的。"

"哎呀，看来都是我不好，也不挑个时候，让课长受累了。"

浅野寺笑着摆了摆手："哪里。你们的报告写得好极了，像侦探小说那么扣人心弦，读来是一种享受，好文笔呀。"

潘越的嘴角不易令人察觉地牵动了一下。

关雪放下茶壶，把手伸向潘越："执笔人，就是我们的情报组组长潘越。"

潘越站起来，垂首道："写得不好，请课长阁下多多指教。"

浅野寺手掌向下压了压："快请坐吧，潘组长。你的才干、能力，我早有耳闻。在这份报告中，更加体现出你是一个做事严谨、思维清晰的人。当然，文笔再生动，也是对现实的忠实记录。"

随着浅野寺话锋的突然转变，关雪等人意识到下面的话才是重要的内容。

"首先，让我感兴趣的，是在安字片你们的天罗地网中杀人灭口、从容离开的那个人。"浅野寺停顿了一下，看了看在座的三个人，"关于他，你们现在查到一点线索没有？"

关雪清了清嗓子："是这样，这两天我们还在忙于追捕'满洲罗宾汉'的工作，暂时还没有进一步展开调查凶手的工作。"

"尽快把这件事提到日程上来。"

"是。"

"第二件事嘛，我想见你们特务科的一个人。"

"谁？"

"宋卓文。"

宋卓文走进会议室，对着浅野寺鞠了一躬。

浅野寺面无表情："宋先生，请到我这里来。"

宋卓文走到浅野寺面前，站定。他扫了一眼靠在椅子边上的那支精美的手杖。

浅野寺从座位上站起来，看着比他高半头的宋卓文，笑了。他捶了捶宋卓文的肩膀："真是一表人才。"

"你们知道那份报告里最精彩的是哪一部分吗？"浅野寺转身对关雪等人问道。

关雪等人都面带微笑，但没人敢开口。

"就是宋卓文关于那个'满洲罗宾汉'藏身地点的思考、推理和判断！"

浅野寺接着问宋卓文："你加入特务科多久了？"

"报告课长，我入职的时间很短。"

"他是因为能力超常，被我特招进来的。"关雪说道。

"关科长很有眼光。他的职务呢？"

胡彬插进话来："宋卓文是一个格斗高手，现在卑职的行动组服务。"

浅野寺微笑着问宋卓文："能文能武？"

"不敢。"

"了不起。最可贵的是，你还是一个有心人。在劳累了一天的情况下，别人早已困乏得只是想睡觉，而你还能够思索案情，你是干这一行的人才。"浅野寺拍了拍宋卓文的肩膀。

宋卓文忽然眼前一亮，夯着胆子说："课长阁下，我有一言。"

"请讲。"

"我认为，特务科的工作更多体现在与敌人斗智。在人数、装备占据优势的情况下，双方如果发生面对面的冲突，我们失败的可能性很小。运用智力快速地找到敌人才是最重要的。"

"我赞同你的观点。你想说什么？"

"我觉得，从事情报工作更能发挥我的专长。"

胡彬张了张嘴，却没敢出声。

关雪和潘越对视了一眼，没有说话。

浅野寺点点头："我也觉得这个想法很有道理。当然，这需要你们的关科长做最终的定夺。"

"我，当然没有意见了。潘组长是主管情报工作的，你怎——"

潘越满脸堆笑："太好了，我举双手欢迎。"

胡彬的脸色很难看，他瞪了宋卓文一眼，没敢吭声。

"还有最后一件事。"浅野寺笑眯眯地看了看大家，"三天后，我将在哈尔滨的新家举办一个家庭酒会，由特务科负责安全保卫工作。此外，我想邀请关科长、潘组长、胡组长还有宋卓文先生参加酒会，不知各位可否赏光？"

关雪三人站起来，齐声："荣幸之至。"

"我会准备好美酒、可口的食物、优美的华尔兹敬候各位的到来。"浅野寺忽然发现宋卓文似乎在思考什么，"宋先生还没有表态哦。"

"我简直是……受宠若惊。"

八

敲开门后,宋卓武满面红光地站在门口。他瞥了一眼宋卓文的手。

"你咋空着手就来了,怎么也得整俩菜回来呀。"说罢,他趿拉着一双布鞋向土炕走去。

上了炕,他对老段说:"老哥,我这个弟弟呀,从小就没个眼力见儿。"

桌上的两瓶酒还剩下大半,老段也满面红光地盘腿坐在小炕桌边。他招呼道:"快,卓文,就差你了。"

宋卓文上了炕,对老段说:"我到你那儿去了一趟,看你还没回来,以为他——"

宋卓武满脸不高兴:"你以为啥呀你以为,一想就知道喝上酒了呗,带俩菜回来呀。"

炕桌上除了酒瓶,只有一碟子面酱和几段大葱。

老段说:"我呀,和卓武一见如故,特别谈得来。"

"你俩能谈得来?谈的啥呀?"

宋卓武喝了一口酒:"归队的事。"

"归队?"

"你们俩呀,沟通得太少。"老段拍着宋卓武肩膀,"你哥哥民国二十七年曾经参加过辽西抗日武装。"

"那支队伍要不是被打散了,我比卓文的资格老。"宋卓武咬了一口大葱嚼着。

"我已经把我们的身份对卓武坦诚相告了。他愿意加入我们的队伍,为抗战出力。"老段说道。

"等等,老段,刚才我弟弟没回来,我还有一个条件没说呢。"

"哦?说来听听。"

"我的条件就是,我弟弟的分工,我来做。"

"什么分工?你啥意思?"宋卓文有点蒙。

宋卓武指了指他的衣服:"咱俩,把身上的衣裳一换,明天一早我去特务科上班,听明白了没有?"

"绝对不行!"

"为啥不行?"

"你干不了。"

宋卓武不怒反笑:"我干不了?咱俩谁的能耐大,这不是明摆着的吗?谁帮你把胡彬——"

"我打入特务科不是为了打打杀杀,你想得太简单了。"

"我发现你吧,这几年不见,别的本事没长,吹牛的能耐倒是学得挺快。你说说,有啥玩意儿是我不会的。"

"发报,你会吗?速记,你会吗?分析情报、推理、判断,你会吗?"

宋卓武有些蒙:"你说的都是啥玩意儿?"

"听你都没听说过，你还能干得了？"

"那胡彬要是再缠着你干架你咋办？"

"那是不可能的事。"

"怎么就不可能——"

老段突然说道："别吵了，我说两句，行不行？"

兄弟俩住了嘴，但都不服气。

"你俩说的每一个字，我都听进去了。你们说的都有道理。你们每个人都有自己的长处，也都有自己的短处，为什么就不能取长补短，把两个人的力量结合到一块儿呢？"

兄弟俩看着老段。

"事实上，你们已经完成了一次漂亮的配合，利用你们俩双胞胎这一得天独厚的优势，完成了一次身份转换，成功地清理了障碍，在特务科站稳了脚跟。你们俩争来争去，竟然是要放弃这一优势，这是一个多么不明智的选择。"

宋卓文说："老段，你不知道，我哥哥这个人有很多陋习。我怕他——"

宋卓武怒目圆睁，刚要说话，却被老段摆手阻止。

"卓文，这样的话，你以后不要说了。今天我跟卓武谈了差不多一天，昨天的事，我都知道了。这里面有他的问题，也有你考虑不周导致的失误。依我看，责任主要还是在你身上。毕竟，他是第一次进入一个他从未涉足的险恶环境。"

宋卓文低下了头。

"你应该明白，卓武之所以和你争，更重要的原因是不愿意让你冒险。说实话，我很感动，也很羡慕你有这样一位好兄长。"

宋卓武低着头喝了一口酒。

"我们每个人，不是生下来就无所不能的，都有一个学习、成长的过程。只要我们多用心，把每一次信息传递、每一次身份互换的流程设计好，把各种可能出现的突发局面提前预料到，我看，你们兄弟俩共同完成在特务科的潜伏工作是完全可行的。"

宋卓文想了一会儿，说："哥，我知道你是为了我好。可是我们要干的工作是要钻到敌人心窝子里完成的，很多东西，你必须定下心来学习。"

老段说："这个事情就交给我来办吧。如果卓武不嫌弃，可以搬到我那里住。"

宋卓武说："老段，那方便吗？"

"有什么不方便的？我一个人住一个四合院，怪闷的，你来了还能陪我说说话。"

宋卓武笑着："那敢情好。"

老段忽然对宋卓文说："你着急找我，是有重要的事情吗？"

"你看，都忘了说正事了。"

九

宋卓文进了办公室，关雪看了他一眼，没理他，继续低头看文件。

"还在为昨天的事生气？"

关雪沉默了一会儿，合上文件，扔在桌上。

"说实话，你昨天的行为的确有些过分。这叫越级，明白吗？胡彬，咱们不提，就说老潘那儿，心里也是不大痛快的。"

"我知道这样做不好，可是老话说得好，成大事不拘小节。"

关雪白了他一眼，没有说话。

"我是真想干点动脑子的事情，打打杀杀那些，早腻了。"

"现在你如愿以偿了。行，回头我跟老潘打个招呼——"

"我要说的不是这个。"

"你想说啥？"

"我觉得，浅野课长这个人不错。"

关雪看着宋卓文，抿嘴一笑："那当然，人家那么器重你。"

"那还不是看在你的面子上？"

关雪笑道："哎哟，啥时候这么会说话了。"

"我的意思是，人家挺拿咱们特务科当回事的，一下子邀请了四个人去出席酒会。咱们是不是也得表现一下对长官的尊重？"

关雪饶有兴趣地问道："怎么表现？"

"你知道他喜欢什么吗？"

关雪摇摇头："不知道。你知道？"

"如果我没猜错，他是一位古董收藏家。"

"怎么看出来的？"

"你注意到他拿的那根手杖了吗？"

关雪想了想，说："看上去挺精美的一根手杖。"

"他把我叫到跟前的时候，我瞄了一眼。那根手杖头上刻着的一溜英文字母，我没看清，但'1862'这几个数字肯定是错不了。"

关雪惊叹："那可是九十多年的老古董。"

宋卓文点了点头："咱们要是能找到一件上档次的古董……"

"这个好办。"关雪略作思忖，"下午跟我跑一趟，就咱俩。"

一只紫檀木盒放在一张一尘不染的茶几上。

关雪打开木盒，从里面取出包着红绸缎的物件，放在茶几上。揭开绸缎后，一个青花瓷瓶显露出来。

浅野寺从上衣兜里取出眼镜戴上，凑到瓷瓶前，一丝不苟地看着。

"美妙绝伦，美妙绝伦啊。"

关雪和宋卓文相视一笑。

关雪说："我也不懂，只要不是假的就行。"

"这是真正的元青花，关科长这份礼物太厚重了，我怎么敢横刀夺爱呢？"

"我听说这些老古董都有灵气儿，跟着识货的人才能越养越滋润。对您来说，这是好东西，对我来说就是插鸡毛掸子用的瓷瓶。"

三个人大笑。

"关科长，如此说来，我就恭敬不如从命了。"

关雪颔首："请您务必收下。"

浅野寺转身示意。一个仆人走过来，小心翼翼地把瓷瓶收走了。

宋卓文从沙发上站起来："课长阁下，我能用一下洗手间吗？"

"当然，一层走廊两头都是卫生间。"

"失陪。"宋卓文站起身来。

"正好，我和你们关科长到书房谈一些事情，你可以随便转转。"浅野寺说道。

卫生间里的小便池对面是三个安装着小门的隔间。小便池和门口的洗手台之间，有一扇窗户。

宋卓文洗完手，走到挂着用竹片编成的百叶窗帘的窗户前。他把竹片向下扒拉出一道缝，向外观察。窗户开着，外面就是这座宅邸侧面绿茵茵的草坪。

回到一层大厅内，宋卓文举目四望。大厅北面有一道蜿蜒向上的楼梯，直通二层一个半圆形凸出的平台。那平台被一层的两根圆柱支撑着。

宋卓文看看四周没有人，便轻手轻脚地拾级而上。楼梯上方平台的拐角处立着一个高脚木质花架，上面摆着一盆盆景。通向走廊的地板上铺着一层地毯，走在上面无声无息。

浅野寺的书房就在走廊南侧的一个房间内。关雪坐在书桌侧面的沙发上，面前摆着一沓照片，是从远处拍摄的一组军事堡垒的照片。

"这是什么地方？"关雪问道。

"牡丹江，满苏国境线上的一处军事要塞。"

"苏联人要进攻满洲？"

"这些擅长投机的家伙迟早会这么做。这一点，关东军，包括日本整个政界、军界，早已形成共识——关键的问题是他们何时进攻、留给我们的时间还有多少。我们在满洲大多数的谍报工作，都在围绕着这个问题寻找答案。"

"据这些照片，能确定敌人突破防线的地点吗？"

"没那么简单。"浅野寺拿起一张照片端详着，"从拍摄角度来看，他们只处于外围侦察的阶段。我相信，在满洲漫长的国境线上，有许多谍报分子在活动。你截获的这个胶卷，大有意义。我已经上报司令部，要求在各处要塞强化安保，堵截任何可能泄露情报的渠道。"

第八章
分身有术

一

老段抱着一床崭新的被褥放在西厢房的土炕上。
"这床被褥都是新的，没人用过。你摸摸，多厚实。"
宋卓武抄着手点了点头，打量着这个房间。
"这间房就住你一个人，怎么样，不小吧？"
"还行。"
"就是夏天热点，西晒。到时候你要是嫌热，咱俩换换，你住北屋。"
"不用，我不怕热。"
宋卓武走出房间，看着小小的庭院。
老段跟了出来："院子也不小，待得烦闷了，想打套拳了，也足够你使的。"
宋卓武点点头，没应声。
老段看出他有些郁闷："缺什么，你跟我直说。"
"倒是啥也不缺，就是，不让出院门，这个……"
"这个规矩，咱们不能破，万一让认识卓文的人看到……"
"那天天圈在这里面，干点啥呀？"
"咱俩聊天、下棋。要不你看点书也好呀，我那屋子里头有一柜子书。"
宋卓武笑了笑，没说话。忽然，他扭头问老段："吃饭呢？"
"我做饭呀。我做的饭好吃着呢。"
宋卓武苦笑了一下："对了，老段，你家里有纸牌吗？"

宋卓文是傍晚赶来的。一进屋，他就趴在炕桌上，不一会儿就在一张白纸上描绘出浅野寺宅邸内部的平面图。
"这里是一层的大厅，后天的酒会一定是在这个地方举办。"
老段点了点头。
"通过这道楼梯，可以到达二层。这个半圆形是二层的平台，两侧各有走廊。浅野寺的书房，就在这个房间。"
"东西肯定在这里吗？"老段问道。
"一定在这里。我冒险在门口偷听了一小会儿，他和关雪谈论的就是胶卷的内容。"
"书房的门锁是什么样的？"

"'虎头'牌的暗锁。"

宋卓武插进话来:"这件事,你俩都歇着,交给我办就行。"

二人看着他。

"论开锁,我是行家呀。你们告诉我要拿回来的是个啥玩意儿,我今天晚上走一趟,把浅野寺的人头一块儿给你们带回来。"

"没你想的那么简单。"

"有啥不简单的?"

"书房里面肯定有一个保险柜,你能打开吗?"

宋卓武愣了:"那东西,我没摆弄过。"

"而且以后你也不能总想着刺杀浅野寺。"

"那可不行,他杀了我的兄弟,我是发了誓要报仇的。"

老段拍了拍宋卓武的肩膀:"现在,卓文给浅野寺留下的印象非常好,这样就有利于他进一步开展工作。如果你杀了浅野寺,日本人还会任命一个新的课长,是不是得不偿失?"

"……"

"哥,开这种暗锁,我不太熟练,还容易留下痕迹。从现在开始,你使劲儿教,我使劲儿学。在不留下痕迹的前提下,能让我快到什么程度?"宋卓文正色问道。

宋卓武想了一下,说:"一两分钟吧?"

老段说:"算两分钟,你能用多长时间打开保险柜?"

"五分钟足矣。"

"这就是七分钟。再给你三分钟的时间拍完那些照片,这就是十分钟。来回各算上一分钟。一共是十二分钟。"

宋卓文点了点头:"十二分钟,如果有什么事情能够把所有人的注意力吸引十二分钟,我就有很大的把握。"

"别急,咱们慢慢想。"

宋卓武看他俩半个钟头也没琢磨出结果来,就从兜里掏出一副扑克牌摆弄着。

宋卓文看了一会儿哥哥玩牌时那几根灵活的手指,接着目光上移,一动不动地盯着他的脸。

宋卓武被他看得有些不自在:"你瞎看啥呀?"

二

按了几声喇叭,又等了几分钟,仍然不见动静,关雪下了车,敲开了房子的大门。

"宋先生正在楼上换衣服呢。"石姐说道。

"换什么衣服这么长时间?比女人还磨叽。"

正说着,宋卓文穿着一身灰色西装从楼上走下来。关雪上下打量着他。

"这身西装怎么样?"

"不怎么样，灰不喇唧的，像奉天来的暴发户。"关雪笑着说，"我跟你说过，你适合穿蓝色的……"

他俩上了车，石姐从屋里追出来："先生，你的钱包。"

宋卓文刚接过钱包，就被关雪一把抢了过去。

"我看看咱们宋先生是不是个有钱人。"说着，关雪打开钱包。

"你别拿我开心了。"

钱包里的钞票并不多，但夹层露出一张照片的一角。

"哟，宋先生还藏着一张照片呢。这是哪个大美人的照片呀？"

宋卓文刚要阻止，关雪已经把那张照片抽了出来。那是一张父子三人的全家福。但遗憾的是，一个孩子的头像已经被撕掉了。

关雪指着那个残缺的部分："你弟弟？"

宋卓文点了点头。

"为啥把他撕掉？"

"当时正在气头上。"

"他干啥了把你气成那样？"

"他从小就淘气、顽劣，我爸就是被他气死的。"他拿过照片抚摸着，"撕掉他，是我做过的最后悔的一件事。"

"得了，今天不说不高兴的事情。对了，你会跳舞吗？"

二十分钟后，关雪的轿车刚开进府邸大门口，就听到圆舞曲的旋律从大厅里飘出来。

关雪和宋卓文钻出轿车。潘越走了过来。

"科长，我把人员都分配开了，前后左右都有咱们的人守着。"

"很好。今天晚上来的人都是军政界有头脸的，别出什么岔子。"

"我知道。"

"哎，安排这些工作都是胡彬的事，他去哪儿了？"

"他呀，先进去了。"

大厅的边缘摆着一长条铺着雪白餐布的餐台，上面摆着各种荤素冷食、糕点和红酒。一些男女宾客正在餐台上挑选自己喜爱的食物。

胡彬坐在一个角落里。他什么也没有吃，手里端着一个装着红酒的高脚杯。他看到关雪在宋卓文的陪伴下走进大厅，潘越跟在他们身后。三人走到浅野寺面前问候，被介绍给那些达官贵人。

关雪和宋卓文一个美丽妖娆，一个英俊挺拔，在宾客中格外亮眼。

胡彬将杯中酒一口喝干，然后走到餐台边，又给自己倒满一杯。

又一首乐曲奏响。

关雪和宋卓文走入舞池，伴随着华尔兹的节奏，翩翩起舞。

大部分客人已经进入府邸。停车场渐渐安静下来。

关雪开来的轿车的后备厢轻轻开了一道缝。宋卓武从缝隙里观察了片刻，才钻出来。刚才，宋卓文听到汽车喇叭仍然不出门，就是为了将关雪吸引进屋，给他潜入后备厢留出时间。

借着夜色，他穿过草坪，来到卫生间的窗子下面。窗子是打开的，宋卓武悄悄把百叶窗帘扒开一道缝隙，向里面看了一眼。

一个男子正在镜子边整理发型。

宋卓武赶快松开了百叶窗，俯下身子。

宋卓文和关雪已经跳完几首曲子，正端着两杯红酒与几位宾客聊天。下一首乐曲开始了，宋卓文给关雪使了一个眼色。关雪放下酒杯，走向浅野寺。

看到浅野寺欣然接受邀请，带着关雪走向舞池，宋卓文放下酒杯，转身离开了。他推门进入卫生间，看见一个男子一边系着裤腰带一边走向洗手台。

宋卓文扫了一眼隔间下方，最里面的隔间小门下面露出一双穿着皮鞋的脚。他站在小便池前，假装解开裤带。他磨磨蹭蹭，终于熬走了洗手台前的那个男子。

宋卓文转身，用一长两短的节奏敲了敲那个隔间的小门。门开了，宋卓武侧身闪了出来，宋卓文一步跨了进去，随手关上了小门。不到一秒钟的时间，兄弟二人已经完成了身份互换。

宋卓文隔着门缝小声说道："八点半的时候，浅野寺要对来宾讲话。你要等他讲完话再开始行动。"

"知道了。"

宋卓武一进大厅，就看到关雪此刻正在和一个日军军官跳舞。宋卓武冲着她笑了笑，很快就被那一餐台的美食美酒吸引了。他三口两口就啃完了一只鸡腿，接着又干光了一小盘牛肉片。他夹起一片生鱼片放进嘴里，马上就吐了出来。

"呸！这玩意儿是生的呀。"

"可惜这身西装了。"

宋卓武扭头一看，是胡彬。他冷笑了一声："怎么讲？"

胡彬有些醉意，说话也就毫不讲究："穿得人五人六的，原来就是个绣花枕头，连生鱼片都没见过。看你那副吃相，想进上流社会，做梦吧。"

宋卓武笑了："胡组长，本来我吃这点东西就饱了，可是看见你这张脸就又饿了。"

"你啥意思？"

"突然想吃猪头肉了，你说这么大一个餐台，怎么就不切几盘呢。"

"你骂谁是猪头？"

"胡哥，你要是想动手，咱俩可以表演个节目，大伙马上就知道谁是猪头了。"

"你……"

关雪走了过来："你俩又吵什么呢？"

109

"我看他那吃相太难看,怕给咱们特务科丢人,就说了他两句。嗬,要跟我动手。"

"得了得了,这东西摆这儿不就是让人吃嘛,我都不怕丢人,你还怕丢人。"

没等胡彬反应过来,关雪又问宋卓武:"哪个好吃啊?"

"这牛肉不错。"

潘越走过来,拉着胡彬:"老胡,走走走,咱哥俩喝两杯去。"

"别喝了。"关雪抬起手腕看看表,"浅野课长马上就要讲话了。"

果然,音乐渐渐停了下来。

原田副官站上楼梯的台阶:"女士们、先生们,请大家静一静。浅野课长想对大家说几句祝酒词。"

众人纷纷面向楼梯的台阶。浅野寺端着一杯红酒走上台阶。台下立刻响起热烈的掌声。

"今天晚上,能够有这么多尊贵的客人光临寒舍,鄙人深感荣幸。我承认,哈尔滨乃至整个满洲国的治安情况并不乐观。这次鄙人来到哈尔滨,深感肩上责任重大。请大家相信,我们军界和政界正在以前所未有的精诚团结共同面对这个局面。我相信,在不远的将来,我们一定能给这座美丽的城市带来和平与繁荣。"

浅野寺举起酒杯,大家跟着举起酒杯,齐声喊道:"祝天皇陛下万岁!祝康德皇帝陛下万岁!"

没等音乐再次响起,宋卓武在众目睽睽之下走到浅野寺面前,说了几句话。

浅野寺笑着点了点头,高声说道:"各位,我有一位年轻的朋友,就是这位宋卓文先生,他想表演几段魔术为大家助兴。大家欢不欢迎?"

卫生间里的宋卓文听到大厅里传来"欢迎"的呼声。他轻轻推开隔间的小门。卫生间里没有人。他来到门口,推开一道门缝,发现走廊里也没有人。于是他打开门,进入走廊。

宋卓武面对楼梯方向,站在大厅的一角。所有人都面向着他而背对着楼梯。他熟练地将一副扑克牌洗了几遍,然后右手持牌,五指一捻,那副纸牌便呈扇面面向观众。

"请大家记住一张牌,随便哪张都行。"

浅野寺说:"从左往右数,第七张。"

宋卓武指了指那张牌:"这一张,对吧?"

大家看着那张方块J,齐声说:"对。"

宋卓文来到走廊和大厅的接口处。他悄悄探出头去,看到所有人都背对着自己,只有一个仆人正因为整理餐台上的餐具而面对自己。不得已,他又退了回来。

宋卓武洗了几次牌,再次把牌展开呈扇面状。这一次,那张方块J居然不见了。

"各位,这张牌到底去了哪儿呢?"

所有人都盯着他看。

"那位收拾餐具的兄弟,你到我这儿来一下。"

仆人回头,愣愣地看着宋卓武。

"对,就是你,麻烦你来一下。"

仆人转过身，走了过去。趁着这个时机，宋卓文悄悄地上了楼梯。

宋卓武把手伸进那个仆人的衣兜，抽出了一张纸牌。大家看到，正是那张方块J。

浅野寺带头鼓起掌来。

宋卓武不等掌声平息，接着说："刚才这个小戏法不算什么，下面，我给大家来个更精彩的。"

就在楼下传来的一阵鼓掌声中，宋卓文拨动着两根插进锁眼的铁丝。

咔嗒一声，门开了。

宋卓文溜进去，迅速关闭房门。黑暗中，他打开一只笔形手电筒，叼住。来到保险柜旁，他把耳朵贴在柜门上，同时用右手转动轮盘。

与此同时，宋卓武把手中的牌往空中一抛，如同天女散花一般，纸牌纷纷落下。他闭着眼睛往空中一抓，然后把手中的牌亮给大家看。

"是不是这张？"宋卓武大喊着，向众人展示。

掌声再次响起来。唯一冷眼旁观的，就是胡彬。

宋卓武瞄了一眼墙上的挂钟，说道："下面这个戏法，需要一位观众上来配合我。哪位先生愿意帮我这个忙？"

保险柜的门被打开了。

宋卓文很快找到了那个装着照片的牛皮纸袋。他取出照片，先是按顺序一张张摆在桌面上。然后他掏出一台微型照相机，对着照片频频按动快门。拍完之后，他按照顺序把照片理好，放回了牛皮纸袋。

将牛皮纸袋放回保险柜的时候，他用手电筒扫了一下下面的文件袋。上面用日文写着一行字——关于加强各要塞保密工作的具体措施。

一瞬间，宋卓文欣喜若狂。但他低头看了看手表，立刻明白，拍完这些资料，一定会超时。但这份情报太过珍贵，无论如何，这个险值得冒。他相信，哥哥有能力帮他再拖几分钟。

在一片明显不如刚才热烈的掌声中，宋卓武扫了一眼墙上的挂钟。时间已经超了两分钟。他给大家鞠了一躬，直起腰来："下面这个戏法，可是我压箱底的一招儿。今天无论如何，我都要献给大家。"

胡彬率先发难："差不多算了，这不是打把式卖艺的地方。"

关雪斜了胡彬一眼。

浅野寺发了话："还是让卓文把这个魔术演完吧。"

宋卓武竭尽全力，也没有把这个魔术拖过两分钟。掌声更加稀疏了。他刚要开口，浅野寺抢先说："感谢宋先生为我们带来的精彩表演！现在，请大家继续跳舞吧。"

接着，他对关雪说："关科长，我写了一份报告，希望你能够为我提一点意见，请跟我到楼上的书房一叙。"

宋卓武看着他们二人转身离开的背影，彻底傻眼了。

这时，一个托着水果拼盘的仆人从宋卓武面前走过。另一个仆人叫住了他："阿康，开水不多了，你马上去水房把烧水的电闸合上。"

"我放下水果就去。"

宋卓武抢先一步走进水房。他看到墙上固定着一个刀闸，其电线连接着右边一个钢制的热水箱。刀闸的左边有一个长方形的水池，里面堆着用过的杯盘。水池上方有一个水龙头。宋卓武快步走到刀闸前，摘下最上面的绝缘外壳。

宋卓文终于将那份资料拍摄完毕。他将资料收好，放回保险柜里。他来到门口，刚要开门，外面走廊里传来浅野寺和关雪的谈话声。

宋卓文大惊，回头一看，房间里窗帘短，家具不多，几乎没有藏身之所。

阿康走进水房，来到电闸箱前。宋卓武就在他身后靠墙站着，手里还端着半杯水。他看着阿康把手放到刀闸的推进把手上。

浅野寺打开房门，手指摸到墙上的电灯开关，摁了下去，不但房间里的灯并没有亮，连走廊里的灯也全部熄灭了。

"怎么回事？"

关雪说："好像是停电了。"

浅野寺退出房间，他和关雪凭感觉回到二层平台上。黑暗中传来原田副官的声音："大家不要乱，电路上的一点小毛病，马上就会修好的。"

浅野寺喊道："原田！是怎么回事？"

"好像是水房的电闸箱发生了短路。"

"快去修好。当着这么多客人的面出现这种事，真是够丢人的了。"

"阿康已经去了配电室。"

三

晚会到了十点钟才散场。

关雪驾驶着汽车，忽然扭头看着宋卓文。

"怎么了？"

关雪的脸上带着古怪的笑容："大前天的早上，你去哪儿了？"

宋卓文思索着说："大前天早上……哦，我去了一趟工业大学。"

"干什么去了？"

"我是去见了一个女大学生。你跟踪我？"

"别胡说，我可没跟踪你。"

"那你怎么知道的？难道是……小凯？"

关雪答非所问："那是谁呀，早就认识？"

宋卓文叹了口气："本来我是不打算跟你提这件事情的。既然你问起来了，那我就跟你说说……"

宋卓文用了十分钟的时间把事情的前因后果都讲得明明白白。此时他们已经到达宋卓文的住所。

"其实整件事情并不怪那个女学生。但是富士山酒馆的老板要拿着学生证去学校告人家。我觉得，那点钱也不多，咱不能眼看着一个人就这么毁了前途。"

"这个胡彬，喝点酒就完蛋。哪天我骂他一顿。"

"最好别，显得我在人家背后嚼舌头，你就装着不知道得了。"

"那我问你，你是喜欢上了人家，还是就想帮帮忙？"

"我就是看她可怜……"

"我不允许你喜欢别的女人。"关雪盯着宋卓文。

宋卓文笑了笑："进去喝杯茶吧。"

"算了，忙了一天，有点累了。"

"来吧，我有话跟你说。"

关雪眼睛一亮："好啊。我听听你想跟我说什么。"

宋卓文和关雪刚走进客厅，忽然从厨房传来一声响动。

"石姐？"关雪喊道。

"来了。"石姐的声音透着惊慌。

关雪察觉到了异样，快步走过去，推开了厨房门。石姐背靠着一个橱柜，神色惊慌。

宋卓文站在关雪身后。

"站到一边去。"

"关小姐。"

"站到一边去！"关雪喝道。

石姐低着头，乖乖地站到一边。她挡着的橱柜门显然被什么东西顶着，关不紧，出现一道缝隙。

关雪走过去，打开柜门，一个包袱掉了出来。

"自己解开！"

石姐颤抖着解开包袱。里面有一根长面包、一听果酱、几根红肠。

关雪冷冷地看着石姐："怎么回事？"

"这两天先生在家吃饭的时候少，我怕这些东西放坏了……"

"那你就往外拿？"

石姐不敢说话。

"吃多少、喝多少都不是事，最可恨的就是偷东西！说吧，这是给谁的？"

石姐低着头："我女儿。孩子正在长身体，吃不上。关小姐、宋先生，我错了，我再也不敢了。"

"要不这件事交给我来办吧？"宋卓文插进话来。

关雪点了点头。

宋卓文走到橱柜前，又从里面拿了些吃的，放进包袱里。然后他把包袱递给石姐："关小姐不是在乎这点东西，是不高兴你背着我们拿东西，知道吗？"

石姐点了点头，眼泪流了下来。

关雪走到起居室的沙发前，坐下。

"我就知道你会这么做。也好，我唱白脸，你唱红脸，她以后会尽心尽力地侍候你。"

"我真不是那个意思——"

关雪打断了他："我知道。我知道你心眼好，对谁都好。"她突然换了一副温情脉脉的神情望着宋卓文，"说吧，你把我带上来，想跟我说点啥呀。"

宋卓文走到桌边，拉开抽屉，从里面取出几张纸。

"这是我这几天琢磨出来的一点心得。"

"什么心得？"

"我觉得咱们特务科在管理方面还有许多需要改进的地方。第一——"

"你要跟我说的就是这些？"

"对呀。"

关雪眼中的光彩暗淡下来："你们男人都一样，心里最放不下的，永远是权力。"

"我不是说过嘛，不干是不干，要干就干好。"

关雪打了个哈欠，用手遮着嘴："明天你给我送到办公室去吧，今晚太累了。"

宋卓文站在门口，目送关雪的轿车离去的时候刻意看了一眼后备厢。之所以把关雪请到屋子里来，就是要为哥哥创造离开轿车后备厢的时间。停电之后，他在黑暗中从浅野寺和关雪的身后摸下楼梯，回到了卫生间的那个隔间。供电恢复后，宋卓武寻机来到卫生间，兄弟俩完成了第二次身份对调。

当然，那份所谓的心得也是为了这次行动特意准备的。宋卓文相信，哥哥在这么长的时间里已经钻出后备厢，转移到了很远的地方。

回到屋子里，他走上楼梯，进入二层的起居室。一抬头，他吃了一惊。

宋卓武正站在房间中央，四下打量着。

宋卓文压低声音："你怎么在这儿？"

"我就是想看看你住的地方。"

宋卓文把食指放在嘴唇上，又指了指楼下。

宋卓武点了点头，低声说："这地方真不赖呀，又高级又洋气。"

"你得遵守纪律，咱们之前都说好了的。"

"我说你怎么不跟我换呢，这儿好呀。"

宋卓武走进卧室，摸了摸床垫，又拉开衣柜瞅了瞅。

宋卓文跟在他身后："你看够了没有？"

"咱俩啥时候换着住几天？"

"你赶快走吧，别让老段担心了。"

"别提老段了，净吹牛，说他做饭做得咋好吃。啥呀！哎，今天我在浅野寺他们家可吃着好东西了。"

宋卓文打断了他："你在这儿住吧，我走，行了吧？"

"你急个啥呀？我走，还不行吗？"

走到窗口，宋卓武停下脚步："那个东西，用我带给老段吗？"

宋卓文想了一下，说："还是我自己给他吧。"

四

黑板上用粉笔画了一个圆圈，又在圆圈的外围画了另外四个圈，旁边写着两个字——跟踪。

站在讲台上的潘越指着中间的圆圈："假设这个是我们要跟踪的目标，人手充足的时候，至少需要八个人，分成两组，每组四个。"

潘越用粉笔点着外围的四个圆圈："跟在目标的四个方向，形成一个'箱子'。"

坐在下面的，除了宋卓文和丁鹏这两个新来的，其余都是情报组的特务。

说着话，潘越又用粉笔把外围的四个圆圈连接成一个正方形，他说话的时候有意看着宋卓文。

"把目标装到箱子里。一旦跟踪行动暴露，这八个人就可以抓捕目标——保险起见，我们通常采取两组人轮番跟踪的办法。其目的是，不让目标记住你的脸。老手都有过目不忘的本事，如果他在不同的场合遇到两张同样的脸，他就什么都明白了——"

有人敲了敲门，潘越扭头一看，是关雪。

"宋卓文。"

宋卓文站了起来。

"有差事。去楼下——现在。"关雪说完头也不回地走了。

"这是要去哪儿？"穿过走廊的时候，宋卓文忍不住问道。

"跟着来就知道了。"

俩人一路来到大楼外面。关雪驾驶的那辆轿车已经停在楼前面。宋卓文一时不知道这是什么意思，只能跟着她钻进了轿车。关雪打着了车，随手拧开了车载收音机，里面传来李香兰演唱的《夜来香》。听完了《夜来香》，是姚莉的《玫瑰玫瑰我爱你》，然后是白虹的《郎是春日风》。当吴莺音的《自从嫁了你》唱了一大半，轿车已经停在著名的俄罗斯商场门前。

在接下来的两个小时里，关雪出入商场里每一家时髦的时装铺，试了十来套衣服、五六种香水。每一套衣服、每一种香水，宋卓文必须仔细地看，认真地闻，并拿出意见。

快到中午的时候，宋卓文拎着大包小包跟在关雪后面走出商场。

"跟着我出来逛街烦不烦？"

"烦倒是不烦，就是让人家看见不好。你一个大科长，在工作时间出来办私事。"

"别乱扣帽子啊，我可是在办正事。"

"正事？我可是一点都没看出来。"

"我是为了训练你。"关雪瞅他一眼，扬扬得意地说道。

"训练我？"

"老潘讲的那一套都是理论。我要给你上的，可是实践课。"

"好吧，关老师，你让我干什么，请吩咐。"

"六个卖衣服的，有三个人戴着同一款的表。"

"一男两女，两家洋服店的，一家旗袍店的，都是菲尼克斯的普通款，跟你手腕上的欧米茄没法儿比。"

"从第三家店里出来以后，身后有个人跟着我们，脚步很轻，咬得紧。"

"那是第一家洋服店的另一位顾客。虽然他多了个帽子和眼镜，可他走路的姿势不会变。"

"当这个顾客从咱俩右侧的安全门下楼的时候，从左侧楼梯上面下来一个人，他的领带是什么图案的？"

"我当时把注意力放在右侧的可疑男子身上，没有留心左侧的人。"

"那可不行，没有眼观六路、耳听八方的本事，干不了这一行。"

宋卓文想了一会儿，无奈地说："我记得他的领带是深色的。至于图案嘛，我承认，没看清楚。"

"不管怎么说，三道题答对了两道也算及格。怎么样？我的授课方式比潘越的生动吧？"

"的确。"

"我一个科长用一上午宝贵的时间陪着你一个学员训练，你说怎么办？"

"我请你吃饭吧。"

"地方得由我来挑。"

"那当然。"

关雪挑了一家距离火车站不远、名叫"白玫瑰"的餐馆。路过火车站广场的时候，她一打方向盘，直接开了进去。

"你要干吗？"

"体验一下宋警官当初的巡警生活。"

两个人下了车，站在广场上。

关雪望着远处的两个巡警："这些巡警要在广场站一天吗？"

"八个钟头一换班。"

"到了冬天得多遭罪呀。"

"是啊，这行饭也不好吃。刚开始执勤的时候也不适应，皮靴太硬，一天走下来，脚上能磨出好几个水泡。"

"宋先生！"

二人一回头，看到那个杂货铺的日本老板娘正在鞠躬。

宋卓文一愣："哦，你好。"

"宋先生果然不是一般人，您现在是一个大人物了吧？"

宋卓文略显尴尬地摆了摆手："就是混碗饭吃罢了。"

关雪抿嘴笑看宋卓文。

"以前有照顾不周到的地方还请多多原谅。"说着，老板娘又鞠了一躬。

"没有没有，咱们一直相处得很好。"

老板娘满脸堆笑："是啊。听说您不再来车站上班，我还真是很想念呢。"

"谢谢。"

"还有渡边警长。想起来我就觉得伤心，他可真是一个不幸的人啊。"

"是啊。"

正在向别处张望的关雪听到这个名字，不由得转过头来。

"就连那个剪纸姑娘也忽然不再出现了。虽说吵过架，可是现在想起来，能够相识也是一种缘分，您说呢？"

"当然。"

"剪纸姑娘？"关雪忽然来了兴趣。

老板娘嘴巴很快："一个在车站卖剪纸的姑娘，很漂亮的一个人。"

"她是什么时候不来车站的？"关雪问道。

"好像就在渡边警长被害的第二天，对吧，宋先生？"

宋卓文想了想，说："我忘了。"

关雪看了看餐馆的环境，指着墙角的一张餐桌对侍者说："我们要那个位子。"

点完菜，等侍者一走，关雪问道："知道我为什么选择这个位置吗？"

宋卓文观察了一番："坐在这里，能够很好地观察门口进出的客人。"

"这是一方面。"关雪指着餐桌两侧的墙壁，"在餐馆这样人来人往的空间，永远都不要把后背留给别人。坐在墙角，可以减少受到攻击的方向。"

"果然比潘越讲得精彩多了。"

关雪得意地说："那当然。"

停顿了一下，关雪又说："还有一点要特别注意，在生活中不要形成规律。"

"什么意思？"

"不要去固定的理发店理发、洗澡堂子洗澡，不要到固定的餐馆吃饭，这是最实用的保命措施。"

"我明白了，以后不来这家白玫瑰餐馆吃饭了。"

关雪笑着说："也不是说再也不能来，近期不来就可以了。"

五

"在那家白玫瑰餐馆,她教给我一些工作经验。"

"哦,有什么新鲜的吗?"老段端着茶壶给炕桌对面宋卓文面前的杯子续上茶水。

"都是些基础内容,落座时选择的位置啊,短期内不要到同一家餐馆吃饭呀,等等,没什么特别的价值。"

"那你也要表现出很谦虚的样子,毕竟你的人设是个新手嘛。"

"我就是这么做的。"

"还有一点,你最近不能总来这里了——从关雪今天和你说的话来看,我们必须谨慎。"

"最好能有一套联络方案。"

老段思考了一下,说:"特务科日常订阅的报纸有哪些?"

"《满洲日报》,每个科里都有。"

"那就这样,如果我需要和你联络,就在《满洲日报》上登一份寻人或者寻物启事。记住,从第二句话开始,每隔三个字,就把第四个字挑出来,连接起来,就可以拼成一句话。除了紧急情况,别总是打电话,太不安全,要是你需要联络我——"

宋卓文想了想,说:"我的卧室外面有个阳台,正对着大街,回头我买两盆花摆到阳台上。需要和你见面,我就把浇花用的喷壶壶嘴冲着里侧。接头方式,我们可以提前在上一次接头的时候定下来。"

老段点点头:"好啊。小徐来担任我俩之间的交通员。"

"好的。对了,我哥呢?"

"还在睡觉。"

"他是匹烈马,我爹都管不了他。"

"慢慢来。"

又聊了几句,宋卓文就走到西屋,想看看哥哥。他一打开门,却发现房间里根本没有一个人影。

此时的宋卓武头上扣着一顶帽子,戴着一副墨镜,已经来到胡同口。从这里向左向右都能通到大街上。他伸了个懒腰,信步向左走去。

一个摆烟摊儿的小伙子凑过来:"先生,来包烟吧?"

宋卓武摇了摇头:"我不抽烟。"

小贩压低声音:"卓武哥,缺啥你跟我说,我给你送家去。"

宋卓武看了他一会儿,没好气地说:"我啥也不缺。"说罢,他扭头往回走。

到了另一个街口,他发现路边的一个修鞋匠盯着他看。他先是避开了对方的目光,又忍不住看了他一眼。修鞋匠冲着他摇了摇头。他只好停下脚步。

推开院门走进来,宋卓武看到老段和卓文站在院子里,卓文一言不发。

老段轻松地说:"怎么样,我说他不会走远吧?"

"老段,我还真小瞧你了。"

"怎么讲？"

"看不出来啊，你手下的兄弟还不少。"

六

距离高等工业学校东侧三百米的街道边，开着一家环境优雅的咖啡馆。除了老师、教授，普通的学生中很少有人有能力到这里享用。

伴随着留声机里传来的舒缓音乐，一名侍者端着一个托盘走过来，将上面的几杯咖啡一一摆在桌面上。

环坐在桌子周围的，是关凯、谢月、李冬菊等几个青年学生。

关凯招呼大家："趁热喝吧，凉了就不好喝了。"

李冬菊端起杯子抿了一小口，神色有些不快："苦了巴叽，这有什么好喝的？"

关凯笑着说："我第一次喝也觉得不太习惯，喝惯了就好了。"

谢月小口啜饮着，有些拘谨。

"为什么来这种地方？"李冬菊问道。

"我觉得这个地方挺清净的，环境也好。"

一个高个子、浓眉大眼的男学生说："好了，我们开始讨论剧本吧。"说着，他把一本剧本摆在桌子上。

封面写着"五幕话剧《屈原》"。

"秦浩，你先等等。等等，我有几句话要问关凯。"

大家都看着李冬菊。

"我觉得你挺有钱的，家里不可能像你说的那样是做什么小买卖的吧？"

"冬菊，你问这些干吗？"

秦浩在一旁说道："冬菊，关凯同学是个热心肠，有必要问得那么细吗？"

李冬菊自顾自地继续问："还有，我并没有看出谢月同学在表演上有什么天赋。关凯，你为什么要把她拉进剧社呢？"

关凯看了谢月一眼。谢月垂着目光，仍然没有吭声。

等三个日本军曹走过他们身边，关凯才说："我觉得谢月同学性格不够开朗，我想通过一起排练话剧这件事，促进她和同学们的交流。"

秦浩说："关凯跟我说过这件事。作为学生会的主席，我也是支持的。学生会就是为学生服务的。希望谢月同学多和大家交流，有什么难处就说出来。这么多同学，一定会想到解决办法的。"

另外几个同学也纷纷发言："欢迎谢月，有困难跟我们说……"

谢月感激地说："谢谢秦浩，谢谢大家。"

李冬菊多少有些尴尬，但她还是低着头说："反正我觉得，这次排演《屈原》是咱们学生会的一件大事。咱们的舞台，是弘扬民族气节的舞台，不是个别人追求异性的舞台。"

此言一出,关凯和谢月都涨红了脸。

秦浩打破了窘境:"来来来,咱们还是谈剧本吧。"

可是他们的讨论没过多久就受到了干扰。不远处,三个日本军曹的声音,在威士忌的催化下越来越高。虽然他们语速很快,但这几个大学生能够大概听明白这些日语对话。

这三个军曹是来自一个县的同乡。其中一个叫中村的家伙不断升职,另外两个同乡在积极地向他讨教诀窍。

中村被问得不耐烦了,他并没有压低声音:"出发的时候,多雇用一些山民做向导。如果找不到抗联分子,就把他们干掉。"

"你们杀的全是平民?"

"山高林密,哪那么容易找到抗联?再说,其他部队也是这么干的。"

正在讨论剧本的几个学生听到了这句话,面面相觑,一脸震惊。

李冬菊刚要站起来,就被关凯摁住了肩膀。

"你要干什么?"关凯问道。

"至少我要过去骂他们一顿。"

"那吃亏的只能是你。"

"我不怕,你要是害怕受连累,可以先走。"

秦浩说:"冬菊,这样做是不明智的。"

李冬菊对秦浩的话还是听得进去的。她忍住火,没有发作。

关凯站起来:"我们走吧。"

天黑以后胡彬才回来,连帽子和风衣都没有脱,就进了科长办公室。

"没人知道她的名字和住在哪儿,一共就在火车站摆了三天摊儿,在这期间,因为卖剪纸,还跟杂货铺的日本老板娘吵过架。解围的,就是那个渡边。"

"渡边为什么给她解围?"关雪问道。

"听说,这姑娘长得不错。"

关雪回忆着:"那就对上了。当初分析现场,得到的结论就是渡边是在企图强暴一个女人时被杀掉的。"

胡彬刚要说话,桌上的电话响了起来。

关雪拿起听筒:"是我。说。知道了。"

关雪脸色不善地撂下听筒:"看看巧不巧,又一个日本军人被杀了。"

七

案发现场距离那家咖啡馆不远。那个叫中村的日本军曹脸朝下倒在地上。尸体四周聚集了许多围观者。几个穿制服的警察在维持秩序。

几辆轿车行驶过来,停下。关雪等人分别从车上下来,走到尸体前面。

围观人群中的李冬菊一眼就看到了宋卓文。

在手电筒的照射下，中村的后脑正中赫然有一个弹孔。宋卓文戴着一双白手套，小心翼翼地把尸体翻过来，能看见中村的脸上还凝结着惊讶的表情。他对关雪说："没有子弹的出口，弹头应该还在颅脑内部。"

潘越走过来："查着了，他叫中村，隶属于关东军，案发时候和他的两个同乡刚从那家咖啡馆里出来。他们说，死者在哈尔滨没什么仇人，唯一一点，就是喝酒的时候说了一些不该说的话。"

"什么话？"

潘越压低声音："他们只肯和您交流。"

关雪站起来："我去谈谈。等勘查完现场，安排人跟着尸体去医院，看清楚是什么子弹。另外，去咖啡馆里问问，看看之前里面有过什么客人。"

等关雪转身离开，宋卓文马上对潘越说："医院路远，我去吧。"

宋卓文坐在走廊里的长椅上等了一个多小时，解剖室的门才打开。法医告诉他，子弹取出来了。他走进去，看到操作台上摆放着一个不锈钢托盘。托盘里的液体中泡着一颗小小的子弹头。宋卓文拿起一只镊子，夹住弹头举到眼前看看，心里一阵慌乱。

他想起不久前的那个傍晚，当他打开关雪的家门时，迎接他的就是一支沃尔特PPK式手枪的枪口。他还记得关凯说过，那支手枪是姐姐的一个朋友送给他的，打过几次靶，还剩下四颗子弹。

"沃尔特PPK。这种子弹并不太多。长官，如果你需要向你的上司汇报，可以用这部电话。"法医指着办公桌上的一部电话机。

宋卓文看了看腕表："太晚了，我还是明天一早去见她吧。"

两个小时以后，在东郊一座偏僻的民房里，一部电台被启动了。

头戴耳机的报务员抬头看着老段："联系上了。"

"告诉山上，货已备好，请速来取。"

不消片刻，报务员就接到了回电。

"交货时间、地点？"

老段忽然想起宋卓文说过，他和关雪前两天刚刚去过白玫瑰餐馆。而且关雪警告过宋卓文，短期内不能到同一家餐厅就餐。

"两天后的中午十一点半，火车站附近的白玫瑰餐馆……"

天刚亮，睡眼惺忪、头发蓬乱的关雪穿着一件睡袍，正在厨房里准备早餐。

"笃、笃、笃。"忽然传来敲门声。

关雪走出厨房，站在门口，警惕地问道："谁呀？"

"是我，宋卓文。"

开了门，关雪有些意外地看着他："这么早，你怎么来了？"

宋卓文红着眼睛："中村那件事折腾了一宿，回家太远，想着离你这里近，过来讨个早餐，方便吗？"

关雪莞尔一笑："好啊。你想吃什么？"

"你家有剩馒头吗？裹上鸡蛋液炸出来特好吃。"

"这个我会做。你在这儿坐一会儿吧。"关雪忽然想起了什么，"打死中村的子弹弹头有结果了吗？"

"出来了，已经送回科里，上午一去就知道了。小凯呢？还在睡懒觉啊？"

关雪头也不回地说："最近天天熬夜读书，你正好帮我进去叫醒他。"

宋卓文轻轻地推开门，关凯蒙着头还在酣睡。他走到书柜前面，四处看了看，随后来到桌前，轻轻地拉开了抽屉。

关凯翻了个身，迷迷糊糊地睁开了眼睛，一眼看见了宋卓文的背影。他叫了一声："宋大哥？"

宋卓文转过身来，手里拿着一本小说："几点了还不起床？"

"我们上午没课。你怎么来了？"

"找你姐说点事情，再借一顿早饭吃。那你接着睡。我找本书翻翻。"

关凯嗯了一声，却没有再次睡去。在他的关注下，宋卓文轻轻地把抽屉合上，转身走了出去。

关雪刚进办公室，潘越就送来了案件调查报告。翻开后，她首先看到的是一份名单。

"哎，这里写着学生六人。查不到他们的名字吗？"

"能查到，就是……"潘越嗫嚅着。

"就是啥？"

"那几个学生都是高等工业学校的。"

关雪立刻反应过来："你是说，小凯也在那儿？"

潘越点了点头："几个学生不可能干出这事来，要是被叫到局里来问话，不是耽误他们上课嘛。"

关雪快速地向后翻，很快就看到了发射子弹的枪支类型——沃尔特PPK。她二话没说，扔下报告就出了门。

仅仅用了十几分钟，关雪驾驶的汽车就刹停在公寓楼前。打开房门后，她连门都顾不上关，直奔关凯卧室。她拉开抽屉，操起那把手枪，取出弹夹，用大拇指退下弹夹最上面的子弹。

"当、当、当、当。"一共四颗子弹先后落到桌子上。

关雪如释重负，一下子瘫坐到关凯床上。

第九章
阴差阳错

一

"从子弹没有贯穿颅骨这一点可以肯定,凶手距离死者的距离不少于二十米。"潘越说道。

胡彬问:"这个距离也不算远呀,他的两个同乡就一点都没有注意到凶手?"

关雪说:"我问过他的两个同伴。当时他们三个都喝得烂醉。中村倒下后,两个同伴还以为他喝醉了呢。"

"笃、笃。"传来敲门声。

"进来。"

宋卓文推门而入,走到办公桌前,把手中的一沓纸放在桌面上。

"分别询问了昨晚在咖啡馆里待过的客人,这是从他们那里得到的证词。"

关雪拿起来,看了几眼:"这些人里有身份可疑的吗?"

潘越说:"我提前都查过了,不是规规矩矩的生意人,就是政府里的小职员,根本就没有杀人的动机。"

关雪点了点头,放下了那沓证词。

潘越忽然问:"科长,昨天中村在咖啡馆里说了什么不该说的话?"

关雪犹豫了一下,低声说:"别往外传啊。"

潘越点点头。

胡彬忽然冲着宋卓文说:"这儿说重要机密呢,你什么身份,也要凑在这儿听?"

宋卓文还没说话,关雪就开了口:"也谈不上什么重要机密,就是中村他们在讨伐抗联的战斗中有'杀良冒功'的事情。"

潘越低声问:"杀老百姓啊?"

关雪点了点头。

潘越摇了摇头:"关东军是日本的精锐部队呀,也干这个?"

又传来两声敲门声,打断了潘越的话。进来的是机要秘书,他将一份电报交给关雪:"科长,'松鼠'来电。"

关雪接过电文后抬头扫了一眼。

潘越和胡彬立刻站起身来。宋卓文也知趣地跟在后面,走出了办公室。

胡彬出了门,向前走着。宋卓文疾走两步,与之并肩。

"我来得晚,身份低,一直以为你的身份挺高的呢。"

胡彬理所当然地把这句话当成了宋卓文为刚才受到的训斥而进行的反击。他眼皮一翻："怎么了？"

"科长不过是接到一份电报，你还不是灰溜溜地赶紧自觉地出了门？"

"你知道个屁。那是跟科长单线联系的高级情报员发来的电报。整个哈尔滨，知道吗，只有科长能破译那份电文。"

宋卓文没有再说什么。他第一次听说关雪手中还掌握着一个代号"松鼠"的高级特工。他本能地感觉到，关雪得到的，是一份重要的情报。

人走屋空之后，关雪先是把房门锁死，然后打开了电灯。尽管处于高层，她还是走到窗前，拉上了厚厚的窗帘。最后，她来到办公桌后面，打开书橱，从里面抽出一本书。根据电文数码，她翻到相应的页码，确定了某一行的某个字。

关雪把这些字一个个写到一张纸上。很快，一个句子形成了。

"抗联部队短期内不会转移，部署图已经拿到。求接头。"

关雪无声地笑了，她划着一根火柴，烧掉了电文。思考片刻，她开始一边翻书，一边用铅笔在一页电文稿上写下一个个数字。

几分钟后，宋卓文看着那个机要秘书拿着电文稿从科长办公室出来，直奔通讯室。

"这么快，关雪就把回电拟好了，这说明，密码本就在关雪的办公室内。"宋卓文暗暗思索。

二

这是一座隐藏在连绵起伏的大兴安岭深处的小镇火车站。停靠的大部分火车，不是拉牲口的，就是运输木材。傍晚，唯一一列开往哈尔滨的客车吐着白烟驶入站台。

站台上稀稀拉拉的几位客人先后登上了列车。

最后上车的两位，一个是穿长衫、戴礼帽的中年商人，他的脖子上围着一条灰色围巾，另一位是个身穿邮政制服的小职员，身材瘦小，但很精干。

车上人不多，商人找了一个没人的座位坐下。车一开起来，他就取出一个油纸包打开，里面是一张烙饼、一只熏鸡。他没喝酒，慢悠悠地啃着鸡骨头，两个小时才吃完晚饭。此时天已经完全黑了下来。

商人擦了擦嘴，拿起一个搪瓷缸子，去茶炉室接了一缸子开水。他回来的时候，经过狭窄的过道，列车一摇晃，开水泼了出来，洒到旁边一位乘客身上了。

商人忙不迭地道歉："对不住，对不住。"他一边说着，一边用袖子在对方的身上擦拭着。

那位乘客正是邮政小职员。小职员连忙拦住："不碍事，我自己来。"

商人过意不去，掏出一包炮台烟，敬了一支。这样，两个人面对面坐到了一起。

小职员吸了一口烟："老兄，你一看就是做大买卖的。"

"哪里哪里，做点小生意勉强糊口罢了。兄弟是在邮政局供职吧？"

"可不是嘛，吃不饱也饿不死的地方。"

宋卓文在食堂吃完了晚饭，又到宿舍里跟丁鹏聊了一会儿。拖到九点多钟，他才返回办公楼。

穿过空无一人的走廊，宋卓文来到关雪的办公室门口。他把藏在裤兜里的两根细铁丝拔出来，刚要插进锁眼，就听到身后走廊拐角的另一侧传来杂乱的脚步声。他赶紧直起身来。

"卓文？"

宋卓文一回头，看见潘越带着几个情报组的手下站在不远处的楼梯拐角。

"你怎么还没走？"

"回来拿点东西。"

"你是真不该回来呀。"潘越走过来，"刚才浅野课长打来电话，让把这两年的案件卷宗整理出来，明天就要。我赶紧挑了几个可靠的来帮忙。"

潘越拍拍他的肩膀："辛苦辛苦，加个班吧。"

宋卓文跟着他们走进档案库的时候，没有想到这个活儿一直干到天亮。档案库是不久前才从主楼搬迁到侧楼的，管理员还没来得及整理。他们要在如山般的资料里整理出两年内的案卷。宋卓文本想中途找机会溜出去，但没有机会。潘越盯得很紧，他安排食堂供应了夜宵，卫生间离档案室不过十米。科长办公室在主楼，太远了！宋卓文担心自己离开的时间过长会引起潘越的怀疑。

等他们都弄清了，食堂的早饭都开了。

"科长一上班，你就把整理后的卷宗送过去，跟她说，浅野课长急着要呢。这件事就交给你啊。"潘越嘴里嚼着一截油条，含含糊糊地说道。

"这么多？"关雪看着那一摞卷宗。

"是啊，弄到天亮才结束。潘组长说，课长上午就要看。"

关雪看看表："好，我现在就看。"

宋卓文看到台灯底座旁边放着一沓电文纸。

"看完需要我送过去吗？"

关雪打开一份卷宗："我去吧，送完卷宗我还有点事要办。"

到了十点多，宋卓文才透过窗户看到关雪带着三个人走向自己的轿车，其中一个特务抱着那摞卷宗。

看着四人钻进轿车，离开了大院，他马上转身，快步走向科长办公室。可是拐过弯，他看见老金正在指挥两个电工逐一更换走廊天花板的线路，位置恰好就在科长办公室门口。宋卓文只能停住了脚步。又等了二十多分钟，走廊里才恢复寂静。他走过去，左右看看，掏出铁丝，用了一分钟打开了房门，溜了进去。

台灯底座旁边仍旧摆放着那沓电文纸。最上面一张虽然是空白的，但纸上还残留着上一页书写时留下的凹痕。宋卓文拿起那张纸，平端到眼前，对着光线斜视着。纸上的字迹更清楚了一些。

"电文虽然到了手，但是密码呢？"宋卓文盯着办公桌后面的书柜。

他打开柜门，整整一柜子的书让他一筹莫展。忽然，他吸了吸鼻子。一股香味非常熟悉，他马上想起来，正是前两天他陪关雪购买的某一种牌子的香水的气味。

宋卓文把脸贴到书柜里深深吸了口气，嗅着。他伸手抽出一本书，凑到鼻子前闻了闻，不是。又抽出一本书，仍然不是。试了七八本，他终于找到了散发出香味的那一本。

宋卓文根据电文纸上残留的数字痕迹，翻开书页逐行逐字地寻找着。很快，他就得到了一行字。

"明天中午十一点半，火车站附近，白玫瑰餐馆。灰围巾……"

"今天？"

他看了看腕表，此时此刻，已经快十一点了。

三

那条灰色的围巾就搭在商人的脖子两侧。

此刻，他站在哈尔滨火车站的出站口外，拱了拱手："兄弟，有缘分的话，咱们哥俩一定会再见面的。"

小职员也拱手道："老兄保重，一路走好。"

说罢，二人分道扬镳。

商人来到广场边缘，坐上一辆黄包车。

他吩咐车夫："白玫瑰餐馆。"

宋卓文走到大门口的时候，身后开来一辆轿车。司机探出头来，正是之前和宋卓文一起采购东西的那一位。

"宋兄，你要出门？"

"是你呀。干吗去？"

"这辆车的发动机老是有杂音，我送到修理厂看看。"

宋卓文来了兴致："我替你送过去吧。"

"你行吗？"

"看你说的，警校里驾驶是必修的科目。我就是好久没过车瘾了。"

那个商人已经推门走进了白玫瑰餐馆。

一名侍者走上去："先生，您几位？"

商人伸出两根手指："两位。"

侍者指着一张桌子："您坐在那里好吗？"

"我自己找吧。"他一眼看到角落里面朝门口的那张餐桌，于是走了过去。

侍者赶紧跟过去："对不起，先生，这个位子已经有客人了。"

商人不满地说:"这不没人吗?"说着,他把帽子、皮包放在餐桌上,还把围巾摘下来,挂在椅子上。
"那位先生去洗手间了。"
商人先前的低调不见了,非常霸气地说:"让他坐到别的地方去。"

宋卓文把那辆轿车停在马路边。下车后,他穿过一条窄街,前面的路口就是白玫瑰餐馆。
路边有一个卖炮仗的地摊儿。一群小孩围在地摊儿边吵吵嚷嚷地买炮仗。
宋卓文刚绕过那群孩子,忽然看到前方关雪的轿车开了过来,停在餐馆门口。他赶紧躲到一棵大树后面。

那个商人正在看菜单。
"那位先生回来了。"侍者说道。
那个商人一回头,愣住了。站在他身后的正是那位在火车上认识的小职员。
小职员先笑了:"老兄,咱俩还真是有缘分。"
商人干笑了两声:"没想到是你呀,老弟。"
"既然如此,那还是老弟你坐这个位置吧。"
小职员丝毫没有客气:"那就有劳大哥了。"
商人虽然不太高兴,还是站起身来。
"我来帮您拿东西。"侍者走上前,帮他拿起帽子和皮包。
商人走到另一张桌子坐下,对侍者说:"把我的围巾拿过来,挂在这里。"他指了指椅子背。
"好的,这就去拿。"
就在这时,玻璃窗外,关雪正在向餐馆内观察。她一眼就看到了坐在角落里的小职员和他椅子背上挂着的围巾。
关雪直起腰来,对手下说:"你们先进去找个地方坐下。"

宋卓文看到关雪等人先后走进餐馆。紧接着,老段竟然出现在便道的行人里。宋卓文冲着老段打手势,然而老段并未看见,眼看就要走到餐馆门口了。

关雪进了门,径直走到小职员对面,坐了下来:"你好。"
"你好。"
就在小职员答话的时候,老段走了进来,在客人中寻找着。一个特务和他对了眼神后一愣,觉得他好生面熟。
关雪突然注意到刚才挂着灰围巾的椅子背是空的,灰围巾不见了。她指了指那个位置。
小职员扭头看看,疑惑地看着她。

忽然，关雪身后传来特务的一声大喊："是他！"

关雪一扭头，看到了站在门口的老段。她还没有来得及拔枪，餐馆的玻璃窗突然被砸碎，一捆二踢脚炮仗被抛了进来。

顷刻间，炮仗炸响，枪声大作，整个餐馆弥漫着烟雾。

关雪和小职员伏在桌子下面。

"同志，给我一把枪。"小职员向她伸出手来。

关雪没有听清："什么？"

然而这句话被同样躲在桌子下面的商人听到了。商人悄悄从身上抽出一把枪，对着烟雾中小职员的方向开了一枪。

关雪立刻转身，向商人开了几枪。

商人在餐桌间翻滚着躲避子弹，最后撞碎玻璃，逃出了餐馆。

此时老段已经在两个手下的掩护下逃出了餐馆。

三个特务追了出来，双方对射。

商人连开数枪，打倒了一个特务。

远处响起警哨。

老段拉起商人："快跑！"

趁着街上一片大乱，老段四人跑进一条相对僻静的街道。

一辆轿车冲过来，急急刹住。

宋卓文从车窗里探出头来："快上车！"

老段坐到副驾驶位置。

商人坐在后座的正中间，两侧都是地下党成员。

商人突然开口："各位，我不明白咱们为什么要跑。"

除了宋卓文在开车，其他人都看着商人。

"哈尔滨是咱们的天下呀，共产党得躲着咱们呀。"

老段三人面面相觑。

商人突然意识到了什么，赶紧伸手去掏枪。

宋卓文突然一脚踩刹车。商人一头撞向前面，老段用枪柄给他后脑勺来了一下。

此时的白玫瑰餐馆一片狼藉，那个小职员肩膀上中了一枪，躺在地板上。关雪和两个特务围在他身边。

"你怎么样？"关雪关切地问道。

"我能挺住。"小职员听到外面越来越近的警笛声，他拉住关雪的手，"同志，给我留下一把枪，我掩护你们。快走！"

那两个特务互相瞅了瞅。其中一个问道："你到底是——"

关雪突然抢过话头："放心吧，我们一定能把你救出去！"

四

那个商人被反剪了双手,堵了嘴巴,蜷缩在后座下方狭窄的地板上,昏迷不醒。老段的两个随从用脚踩着他的同时,还把枪口顶在他的脑袋上。

"你是怎么知道要出事的?"老段问道。

"昨天我看到关雪接到一个代号'松鼠'的高级情报员发来的密电。直到今天上午,才找机会破译了电文,这才得知今天上午十一点半,她要在白玫瑰餐馆和这人接头。来不及通知你,我就赶到接头地点,想看看是什么人。没想到竟然遇到了你们。"

老段这才恍然大悟,感叹道:"我之所以也选择白玫瑰餐馆,就是因为你们不久前刚去过。没想到关雪竟然反其道而行之。这次接头,竟然撞到了一起。"

商人紧闭的眼睛突然睁开了一道缝隙。原来狡猾的他早就醒了。

"你是说,你们也是来接头的?"宋卓文问道。

老段点了点头,沉思着。

"那联络员是不是落到了关雪手里?"

联络员靠在车后座上,脸色苍白如纸。关雪坐在边上扶着他,用一方手帕捂着他肩窝的伤口。

关雪看了看窗外的街景:"放心吧,同志,我们现在已经脱离了危险区。"

联络员无力地点了点头,挤出一丝笑容:"咱俩还没有对接头暗号呢。"

"暗号?"

"对呀,老段没跟你交代?"

"老段他……"

"怎么?"

关雪愣了一下,沉痛地说:"老段牺牲了。"

联络员震惊地看着关雪:"他牺牲了?"

关雪点了点头:"临终前,他告诉我,组织里面出了叛徒,要我无论如何也要把你救出来。他还没来得及说出暗号,就……"

联络员难过地说:"难为你们了,刚才为了救我,还损失了一位同志。"

"为了完成老段的遗愿,我们每个人都随时做好了牺牲的准备。"

"东西在你手里吗?"

"东西?"

恰在这时,车子轧到了砖头,颠簸了一下,联络员一阵剧痛,他头一歪,昏了过去。

"同志!同志?"关雪摇了摇他。

司机回过头来:"科长,去哪儿呀?"

关雪瞪了他一眼,看了看联络员。后者昏迷不醒。她这才对司机说:"最近的安全房。"

宋卓文一直把车开到老段住所的门口才停下来。他们确认胡同里一个人都没有后把商人弄了出来，抬进了院子。

老段说："回去后了解一下关雪他们把交通员关在什么地方。"

"有暗号吗？我看看能不能和他接上关系。"

"他穿着一身邮政局的制服。你问他：'您是邮政局的吗？'答：'是的。'问：'我想问一下，从哈尔滨发挂号信到齐齐哈尔，需要贴多少钱的邮票。'答：'那就不知道了，我是依兰县邮政局的。'"

宋卓文默记了两遍，点点头："记下了。"

老段摁住宋卓文的手背："一定要慎重，首先要保证自己的安全。"

宋卓武把一根剥掉树皮的树杈子从炉膛里抽出来。穿在上面的三只麻雀已经被烤得焦黄。他咽了口唾沫，抬起手里握着的一只小酒壶喝了一小口，刚把烤麻雀送到嘴边就听见院子里传来动静。

宋卓武赶紧从炉膛边站起来，把酒壶和烤麻雀放到一个锅盖下面扣住，走出厨房。

老段指挥着两个手下把商人抬进了空着的东屋，宋卓武问道："这是什么人啊？"

"一个汉奸特务。"

"那还不宰了他？"

"他身上藏着一个重要的秘密。"

商人坐在炕上，冷冷地打量着房间里的几个人。老段走过去，拔掉堵在商人嘴里的毛巾："说说吧，你来哈尔滨的任务是什么？"

"没啥任务，有种就给老子来个痛快的。"

"欠收拾吧你。"宋卓武走过去。

老段拦住卓武："你俩搜搜他。"

两个随从上前对商人搜身，很快就摸到了他过厚的衣领。刺啦一声，衣领被撕开，一块卷起来的白布就缝在衣领里。

老段展开白布一看，上画着的正是抗联的驻扎部署图。

"好险啊。"老段擦了一把额头上的冷汗。

联络员躺在一张床上，他赤裸着上身，嘴里咬着一块毛巾。两个特务摁住他的四肢。关雪左手拿着一只镊子，右手握着一枚刀片，放在一根蜡烛的火苗上面烤了烤。

"忍着点。"

联络员无力地点了点头。

关雪对准他肩膀上的伤口下了手。联络员疼得满脸是汗，身体弓了起来。疼痛让他觉得每一秒都无比漫长。就在他即将再次昏迷的时候，关雪终于将那枚子弹头夹了出来。

"好了。"

联络员的身子躺回床上,他大口地喘着气。

"没办法,咱们的条件太简陋,没有吗啡。"关雪充满歉意地说道。

联络员有气无力地说:"已经很好了,比山上的条件好多了。"

"同志,现在情况真的很紧急,如果你知道别的联络点,请你马上告诉我。"

联络员沉默了片刻,说:"可是,你没有接头暗号,我不能违反纪律啊。"

"现在是特殊时期呀。"

联络员还是没有开口。

两个特务看着关雪。

沉默了片刻,关雪吩咐手下:"给他上点药。"说罢,她站起来,走出了卧室。

关雪在起居室内来回踱步,思索了一会儿,瞥了一眼桌上的电话机。

潘越拿起电话:"喂?科长!你在哪儿?好,你说……我明白了,这就通知他们。"

潘越摁下电话机的压簧,再次拨出了一串号码。

"喂,王科长吗?你现在马上派出几组人……"

潘越刚打完电话,外面就传来敲门声。进来的是宋卓文。

"潘组长,科长去哪儿了?"

"她出去了。"

"去哪儿了,我找她有点急事。"

"她也没跟我说呀。"

宋卓文点了点头。

电话铃又响了起来。潘越接听电话。

"喂,浅野课长好。"

潘越一边听着电话,一边对宋卓文笑了笑。宋卓文知趣地离开了房间。带上房门后,他趴在门口听着里面的声音。

"报告课长,中午和抗日分子交火的就是关科长。她现在我们科的一处安全房内……对,对,我们刚通过电话。她让我通知治安科的王科长派几组人,在安全房的四周拉响警笛……原因嘛,她没有说。"

几分钟后,宋卓文走进了距离特务科几百米的电话亭,拨通了治安科王科长的电话。

"王科长,您刚才通知在什么地方拉警笛来着,我们组长没记住啊。"

"他是猪脑子吗?我再重复一遍——买卖街以东、田地街以北。"

"记住了。"

"你是哪个组的?"

宋卓文摁下了压簧,又拨出了一组号码。

"好,买卖街以东、田地街以北,我记下了。"老段放下电话,回到东屋。

"怎么样？他交代了吗？"

两个手下摇了摇头。

宋卓武瞪着坐在炕沿上一言不发的商人："打不让打，骂不让骂，他要交代才怪呢。"

老段对两个手下说："你俩马上跟我出去一趟。"

商人的嘴重新被堵上。

老段把手放在宋卓武的肩膀上："你留下来看着他。"

"成。"

"别打他，但是绝不能让他离开你的视线。"

"你放心吧，我连眼皮都不眨一下，行了吧？"

等老段出了大门，宋卓武去了一趟厨房，端着酒壶拎着麻雀串回到东屋。他看了商人一会儿，突然飞起一脚，将商人踹到了地上的角落里。

宋卓武盘腿坐在炕上，用手里的树枝指着商人："就在那儿待着啊，炕上是你坐的地方吗？"

他瞪着商人，啃了一口麻雀肉，呷了一小口酒。

"看啥？就他妈因为你，这肉都凉了。"

五

宋卓文进入那片居民区，边走边四下寻找着。忽然，他眼前一亮，看到一座公寓楼前停着关雪的轿车。他抬起头来，仰望着这座高楼。

"秋梨——又甜又面的秋梨——"

宋卓文一回头，看到一个卖梨的小贩挎着一个筐一路走来。

"先生，您要买梨吗？"

"我给你钱，但不买梨。"

"那您买什么？"

"你嗓门大吗？"

小贩刚要回答，四面街道上突然响起了警笛声。

听到警笛声，关雪等人大惊失色。

"糟了，叛徒一定泄露了这个地方。"一个特务说道。

联络员急切地说："你们快走，给我留下一把枪就行。"

关雪神色严峻："看样子，我们已经被包围了。"

"大姐，你是个女同志，叛徒也没见过你，你是可以混出包围圈的。"另一个特务说道。

关雪犹豫着。

"大姐，别犹豫了，快走吧。"

关雪再次走到联络员面前:"同志,现在这个时刻,请你一定将备用联络点告诉我。否则,哈尔滨地下党会蒙受更大的损失。"

联络员痛下决心,说道:"好吧。你到三益街——"

楼下突然传来小贩的喊声:"孙树礼——收一下依兰县的挂号信。挂号信,依兰县的。"

联络员脸色大变。

"三益街,接着呢?"关雪问道。

联络员头一歪,又昏迷了过去。

关雪摸了摸他的脉搏。

"他没事吧?"

关雪一脸扫兴:"脉搏比较弱,肯定是因为失血过多。"

她在房间里来回走了几步,一招手,把一个特务叫到外面的客厅里。

关雪低声吩咐:"我回去一趟,拿点血浆,再带个医生过来。"

"我去吧。"

"还是我去吧,潘组长他们还不知道是怎么回事。你们俩在这儿守着。除了我,任何人都不能放进来,知道吗?"

"明白。"

关雪打开房门,走了出去。厚重的铁门上安装着一个猫眼。猫眼下方是一块可以活动的铁片。铁门和门框上之间连着一条铰链。特务把铰链拴好,回到卧室里。

地上扔着那根曾经穿着麻雀肉的树杈子,炕席上扔着那只空了的小酒壶。

宋卓武坐在炕上靠着墙,眼皮开始打架。

趁着这个时候,商人的眼睛在房间里四处踅摸。他发现桌子腿上有一小截突出的钉子帽。

宋卓武晃了晃脑袋,驱赶着睡意。他再次看着商人。商人垂着眼皮老老实实地坐在地上。

宋卓文看到老段三人快步走过来,便迎了上去。

"是这座楼吗?"

"一定是。十分钟前,我看到关雪驾车离开了。"

"安全房里有几个人?"

"关雪中午接头时带了三个人,被打死一个,应该只有两个。"

"你把房门赚开,我们给他们来一个突然袭击。"

"我也是这么想的。"

他们四个人悄然穿过走廊,来到安全房的那道铁门前。老段示意两个手下分别靠在铁门两侧。

联络员躺在床上,依然昏迷不醒。两个特务坐在椅子上,都有些疲倦。

"笃、笃。"两声轻轻的敲门声传来，两个人都迅速警醒。

一个特务起身走出卧室，来到门口，凑到猫眼前一看。出现的是宋卓文的面孔。他把手伸向门把手，可是又犹豫了。

猫眼下方的活动铁片被拉下，露出几个蜂窝状的通话孔。

"怎么会是你？"

卧室里的特务感觉不对劲儿，也走了出来。

门口的特务示意他退回去，并关上卧室房门。

宋卓文说："关科长让我来跟你们会合。"

"关科长？你在哪里碰到她的？"

"进去再说吧。"

"对不起，关科长临走时候说了，除了她，任何人都不能放进来。"

"兄弟，我和关科长的关系，你也知道。她最信任我了。你要是连门都不让我进，那可就……"

"那好吧。"

宋卓文看了老段一眼，铁门两侧的两个人做好了准备。

"我这就打电话请示她。"

宋卓文一惊。

关雪刚刚走到办公室门口，就听到里面传来电话铃声。她掏钥匙打开房门，直奔桌上的电话机。

"喂，哪位？"

"科长……嘟——"

一片忙音，电话断线。

关雪放下电话，神色大变。

老段蹲在安全房门口附近的墙边，手里握着刚从电话线路分配盒中扯出来的电话线。

宋卓文擦了一把头上的冷汗。他听到了从通话孔里传来的声音："电话断线了。卓文兄，我们两个在这里很安全。你要是不愿意回去，就在门口等着吧。科长一会儿就回来了。"说罢，那块活动铁片啪的一声关死了。

"喂，喂？"

宋卓文正喊着，老段却举起了两根露着铜丝的电线伸到他面前。

哥哥教给他的技艺再次发挥了作用。两分钟后，他们听到咔嗒一声，门锁开了。

宋卓文一拉门，没想到里面还连着一条铰链。与此同时，一支手枪顶在他的脑门上："宋卓文，我看在关科长的情分上，这次饶了你。你再敢这样，我就真开枪了。"

联络员突然睁开眼睛，他捂着伤口狂喊了一声，从床上翻滚下来。看守他的特务大惊，赶紧上前，弯下腰去扶他。联络员突然拔出特务腰间的手枪。

特务一看不妙，抓住联络员的手腕。两人搏斗了两下，砰的一声枪响，联络员推开特务乙的尸体，愣住了。

门口的特务甲用枪指着他。

"砰！"又是一声枪响，特务甲直挺挺地栽倒在地。

门口，半开房门的铰链上方，老段的枪口还冒着青烟。

小院的门被推开，联络员被搀扶着走了进来。老段最后走进来，关上了院门。

东屋内，宋卓武仍然靠着墙，已经陷入沉睡。一只手使劲儿推了推他。

"人呢？！"

宋卓武激灵了一下，睁开眼睛。角落里的商人已经不见了，桌子腿旁边有一根被磨断的绳子。

老段的脸上失去了血色："糟了。要让他见到关雪，卓文就完了。"

宋卓武跳下炕，冲向门外。

六

此刻，宋卓文穿过走廊，来到科长办公室门口。从房门里面传来摔杯子的声音。潘越、胡彬站在门口，一脸无奈。

"这是怎么了？"

"卓文，你进去劝劝吧。"潘越说道。

宋卓文上前，敲了敲房门。

"走开！"

"科长，是我。"

里面没了动静。宋卓文压下把手推门进去。办公室的地板上满是碎茶杯、纸张、铅笔等办公用具。关雪坐在椅子上，两只手托着垂下的头。

"今天的事，太窝囊了。"

"胜败是兵家常事，何必动这么大肝火呢？"

关雪摆摆手："让我静一会儿。一会儿就好。"

桌上的电话铃突然响起。

关雪拿起听筒："喂？"

传来接线员的声音："有一个外线，说有重要情况跟你说。"

"接进来吧。"

话筒里传来一个陌生的声音："关科长吗？"

"你是谁？"

"我是'松鼠'派来的人。"

关雪腾地站起来："你在哪儿？"

"我先告诉你一件重要的事，我看见你身边的内鬼了。"

"他是谁？"

"我不知道名字，他个头有一米七八左右，高鼻梁，眼睛狭长。"

关雪看着面前完全符合特征的宋卓文。

"他穿什么衣服？"关雪尽量让声音平静、自然。同时，她悄悄拉开抽屉，握住了手枪。

"他穿——"忽然，商人的声调变了，"他看见我了，他追过来了——"

关雪松开了手枪："你在哪儿？"

电话里传来"砰、砰、砰"几声枪响，随后是一片杂音。

"喂？喂！"

电话亭的一块玻璃上有五条长长的血痕。血痕下面，就是商人的五根手指，再下面，则是商人贴在玻璃上扭曲狰狞的面孔。

关雪蹲在地上，隔着玻璃，呆呆地看着商人的面孔。站在一旁的潘越冲着宋卓文使了一个眼色。他赶紧走过去，挽着关雪的胳膊，把她扶了起来。

潘越指挥其他人打开电话亭，将尸体抬了出来。宋卓文一直把关雪送到汽车上。一个小伙子在远处看着那辆汽车开走，然后离开了，向老段报告。

"他很安全。我看见他搀扶着关雪，把她送到了车上。"

老段坐下来，长出了一口气："万幸啊，万幸。"

宋卓武却没有坐下，他黑着一张脸，突然拔腿走出屋子，直奔厨房。走到菜墩前，他右手操起菜刀，左手的小指搭在菜墩上，挥刀向下砍去。

一只手牢牢抓住了他的右手腕。

"你要干吗？"老段问道。

"我让自己长个记性，不然戒不了酒。"

"就用这种愚昧的方式？"

宋卓武甩开老段："你别管。"

"你剁吧，剁完了，你弟弟也得剁一根同样的手指头！"

宋卓武手中的刀停在半空中。

宋卓文坚持留在解剖室内，法医也就没有阻拦。之后，他把验尸报告送到了科长办公室。潘越接过来翻看着。

"一共身中四枪：头部两枪，心口一枪，后胸一枪。"潘越把尸检报告递向关雪，"枪枪致命啊。"

关雪接过来并没有兴趣看，而是扔在办公桌上："宪兵队和守备团，联络了吗？"

"已经通报了。现在胡组长带着行动组，联合宪兵队和特高课，正在城内搜索可疑分子。共党分子的画像，已经下发到各处。除了各交通要道，医院、诊所、药店是重点监控点。购买抗生素类药品的，必须由患者本人到场。守备团封锁了各个出城的路口，每一个出城的行人都会受到严格的盘查……"

当天下午，宋卓文拎着一个暖水瓶拐进茶炉房。在湿漉漉的地板上，他滑了一跤。五分钟后，他捂着鲜血淋漓的胳膊来到医务室。

医生把他的小臂包扎好，将两瓶药放在他面前："没多大事，按时吃药，伤口别沾水。"

七

傍晚，那两瓶抗生素被放在老段面前。

"先搞到了这些，不够我再想办法。"

老段拿起两个药瓶看了看："卓文，你可是帮了大忙了。"

那个受伤的联络员就躺在炕桌边。他微笑着说："谢谢你了。"

老段介绍道："卓文，这是小赵，方政委最能干的联络员。"

小赵苦笑着："能干啥呀，瞧我这副狼狈相，这次给你们添了不少麻烦。"

宋卓文说："别这么说，你安心养伤，我们会想办法把你平安送出城去的。"

他又问老段："我哥呢？"

"在西屋，还跟自己过不去呢。"

宋卓文走进西屋。

坐在炕上的宋卓武看了他一眼："来了？"

"来了。"说着，宋卓文坐到哥哥身边。

沉默了好一会儿，宋卓武开了口："你当初说的是对的。"

"什么？"

"咱们刚见面，你就让我离开哈尔滨。我当时还想不通，现在终于想明白了。我这个人帮不了什么忙，净给人添乱了。"

"是我说的话过重了。"

"其实你说的话都在理儿，还有爸的事。"

宋卓文看着哥哥："说起爸，我得告诉你一些事。"

"什么事？"

"当初你没有加入组织，有些话我不能跟你明说。其实，爸，也是党组织的人。"

"你什么时候知道的？"

"爸出事后，你去追凶手。有一个叔叔把我拉起来，问我是不是宋海平的儿子。他带着我躲了几天，和上级接上头。之后，他送我上山，到了抗联营地。他姓苗，我叫他'苗叔叔'。"

宋卓武点点头。

"其实，事发之前，苗叔叔和爸爸通过电话。苗叔叔告诉他，党内出了叛徒，让他赶紧离开奉天。"

"我知道这件事。"宋卓武说道。

宋卓文诧异地问："你知道？"

宋卓武点了点头:"那天,我又逃课,没有去上学。忽然传来开门声。我没想到爸那天回来得那么早。还好,他直接进了书房。我当时想的就是趁他不注意的时候溜出门去。

"临近书房门口的时候,我听到了爸打电话的声音。他说:'我看到你给我发的紧急联络信号了……什么,出了叛徒?……我这边没有什么异常情况……今晚就走?可是,我晚上还要跟省委派来的人接头呢……好吧,既然这样,那我服从组织的决定。你记一下,接头地点是教会堂对面的西餐厅,时间是晚上七点半。'

"我当时觉得特别奇怪。爸就是一个教书的,从来没说出这么多奇怪的话。我趴在门缝往里偷看。发现他坐在椅子上,脸色很难看。忽然他起身打开书橱,抽出一本厚厚的词典,翻开后,从词典被挖掉的中间取出一支手枪,装在身上。我吓坏了。

"后来爸爸就出去了,回来的时候带来三张火车票,这你都知道了。"

"既然你知道家里遇到了大事,你为什么不能在车站旅馆里等着爸爸?"

"你知道我去哪里了?"

宋卓文摇了摇头。

"我去了教会堂对面的西餐厅。我了解爸爸的性格,他认准的事,豁出命也会去干。当他让咱俩先去车站等他的时候,我就知道他一定会去那个地方。于是,我带了一把刀,赶过去帮他。

"可是,爸爸一直没有出现。再不赶回火车站就会误点,所以我才出了西餐厅。没走多远,就听到马路对面教堂旁边阴影里传来一声枪响。

"我觉得不对,穿过马路跑了过去,发现爸倒在一滩血里。我看到前方不远处有一个黑影拐进了一条小巷,于是拔脚就追了过去。"

"追上了吗?"

宋卓武摇摇头:"等我回来的时候,就看到你伏在父亲身上痛哭。那个时候,我脑子里想的就是给爸报仇,所以也没顾上你。等我回来的时候,你已经不见了。"

"原来是这样。苗叔叔说,本来这次接头任务已经交给他了,但爸爸不放心。就是因为这一声枪响,省委的同志得到警示,没有出现。"

"苗叔叔知道有我这个人吗?"

宋卓文摇摇头,有些不好意思地说:"当时我正在生你的气,所以……他问我:'还有别的亲人吗?'我说:'没有了,我们家就剩我一个还活着。'"

宋卓武点了点头。

"上山后没多久,方政委就安排我去新京读书了,我和苗叔叔就再也没有见过面。"

得知弟弟没受多少罪,宋卓武心里的负罪感减轻了许多。他曾经在洪水中被呛醒过来,在辽西的枪林弹雨中九死一生,更不要说为了生计吃的那些苦,自己一身本事还活得如此艰难,手无缚鸡之力的弟弟又如何能躲过这世上的那么多凶险?这些年来,每当想到这些,宋卓武就对自己弄丢了卓文懊悔不已。

宋卓文看哥哥沉默不语,就说道:"哥,对不起,我错怪你了。"

宋卓武摇摇头:"难道爸爸的仇,我们永远也报不了吗?"

"我们现在所做的一切,就是在给爸爸报仇。"宋卓文拉着哥哥的胳膊,"走,咱们商量商量,想个办法把联络员送出城去。"

到了北屋,他们四个人围坐在炕桌边。老段把那张画在白布上的抗联兵力部署图铺在桌面上。

"这就是从关雪那个接头人身上搜出来的。"

小赵看了看:"没错,这就是咱抗联部队的布置图,画得很准确。"

宋卓文说:"这说明山上有内鬼,很可能就是那个代号叫'松鼠'的家伙。"

老段神色严峻:"这张图,应该尽快交到方政委手里,没准儿能够成为找出内鬼的关键。"

宋卓武叹了口气,说:"可惜那家伙让我打死了,不然就能从他口中问出来。"

小赵说:"这家伙和我一块儿上的火车,一路坐到了哈尔滨。"

一直在沉思的宋卓文突然说:"这个人的职业,应该是一个账房先生。"

三个人都看着他。

"他工作的地点应该在一座松木搭成的饭馆里,房子的通风情况不太好。他常年站着,工作用的账桌挺高,有一米。"

"你咋知道?"宋卓武问。

"解剖尸体的时候,我就在法医室。我注意到,他右手中指内侧有老茧,左手拇指和食指指尖有老茧,这是右手记账,左手打算盘留下的痕迹。两个手肘上也布满了老茧,这说明他平时习惯用胳膊肘支在桌子上工作。从他的身高来判断,那张桌子应该有一米高。还有,别看他上半身白白胖胖的,但却有两个粗壮有力的小腿肚子。这说明他虽然不从事体力劳动,但却长期站立着工作。"

宋卓武还是有些不相信:"那房子是咋回事?"

宋卓文看着他,继续说:"我特别留意了他的衣服。外面的长衫质地很好,也很干净。但内衣就露了馅儿,肮脏、油腻不说,还有一股浓厚的松脂和油烟的气味。所以我判断,那是一座松木搭建的饭馆。"

老段说:"这些情况都非常宝贵,必须让方政委尽快了解。卓文,能从敌人的封锁中找出一些漏洞吗?"

"他们这一次吃了大亏,各个出城路口都封锁得很严。我下午转了一圈,可以说,连一只鸟都飞不出去。"

房间里一片静默,每个人都陷入了沉思。

宋卓武耐不住寂寞,从兜里摸出一副扑克牌,在手里玩着各种花活。

"手艺不错呀。"小赵说。

"我也就能变几个小戏法,要是会耍'大变活人'就好了,一下子就把你变出城去。"

宋卓文小声重复着:"大变活人,大变活人。"

老段看着他。

宋卓文突然砸了一下桌子:"没错,咱们就来个'大变活人'!"

第十章
大变活人

一

"那个剪纸姑娘,你查得有眉目了吗?"胡彬一走进科长办公室,关雪劈头就问。

"还没抽出时间来。"

"行,全特务科数你最忙。"

"没名没姓的,一时半会儿往哪儿查去?再说了,我这两天不是忙着搜查共产党嘛。"

"行动组那么多人,一两个人都抽不出来?"

胡彬张了张嘴,没吭声。

"我告诉你一个笨办法:派人把全市批发那种大红纸的地方都找出来,列出一份名单,然后一家一家地上门去打听,一个月前,有没有一个姑娘在这里进过货。能做到吗?"

"小雪,我发现你这阵子怎么看我怎么不顺眼。成,有气你就往我身上撒。我比不了人家,要才无才,要貌没貌,也就是给你当个出气筒。"

"你说这话什么意思?"

"没意思,我觉得自己都挺没意思的。"

这时电话铃响了起来,关雪操起听筒。

"喂,我是关雪。孙团长啊……不会的,共产党想要送出去的,一定是一份重要情报……"关雪一边说着,一边挥了挥手,示意胡彬可以离开了,"他们是沉不住气的,一定会冒险出城。现在你们要做的,就是严防死守,一刻都不能放松。"

胡彬走到了门口,和宋卓文碰上了。宋卓文主动退后让开,点头致意。胡彬面沉似水,一声不吭地走了出去。

等关雪挂上电话,宋卓文才说:"这都三天了,一点动静都没有啊。"

"沉住气,共产党现在比我们更着急。"

"可是我总觉得,或许人家已经出城了。"

关雪抬眼看着宋卓文:"怎么出?从哪儿出?"

"从出城的路口。"

"守备团的人也不是木头做的,他们团长刚给我打来电话。"

宋卓文压低声音:"我在当巡警的时候就听说过,守备团那帮执勤的,一个个都黑着呢。"说着,他捻了捻手指,比画了一个收钱的动作。

"平常的时候有可能,但是在这个节骨眼上,他们可不敢。出了问题,那是要掉脑袋的。"

"有没有兴趣跟我一起去做个实验?"

"做什么实验?"

"我记得,上次化装执行任务的时候,你有一顶带着面纱的帽子。"

"没错。"

关雪戴着帽子坐在后车座上。两侧的车窗都拉上了窗帘。宋卓文坐在轿车的前面开车。

"快到地方了,下来吧。"

"听你的。"说着,关雪把帽檐上的面纱垂下来。

轿车停在由两道木头制成的拒马式路障前面,路障两侧一共有五个哨兵。其中,四个哨兵扛着长枪,另外一个配短枪的应该就是哨长。

宋卓文摇下车窗。

哨长走了过来,问道:"干什么的?"

宋卓文皱着眉头掏出证件,递给了他。

哨长打开一看,立刻立正敬礼:"长官好。"

宋卓文指着拒马:"快把那玩意儿给我搬开,我有急事。"

哨长将证件还给他:"对不起,后面的乘客也要出示证件。"

"哦,后面的是我们科长,出门走得急,忘了带证件。"

"这个嘛……"

"怎么啦,我的证件还不好使吗?"

"长官,请体谅,上峰严令,每个出城的人都要核对证件。"

"那她没带怎么办?"

"那……那就得麻烦二位回去取一趟了。"

"我们有急事,没时间了。"

"对不起,没有证件,我不能放你们出城。"

"我问你,你们要抓的是男的还是女的?"

"男的。"

"那不就得了,没看见我们科长是个女的?"

哨长看了看坐在后面罩着面纱的关雪:"那您至少让她掀开面纱让我看看吧。"

"你是什么东西呀,还想看我们科长的脸?让开!"

哨长一动不动。

"你可真够轴的……"说着,宋卓文从兜里掏出一卷钞票,递了过去,"拿去买几包烟给弟兄们分分。"

哨长没有接:"长官,上面下了死命令,希望您不要难为我们。"

"你信不信我把你那破木头架子撞烂了?"宋卓文勃然大怒。

哨长没吭声。

宋卓文发动汽车。

哨长突然拔出手枪，顶在他的脖子上："你敢撞撞试试！"

其他四个哨兵见状也纷纷举枪瞄准了宋卓文。

关雪突然开口："好了。"

说罢，她打开车门，钻了出来，从手包里掏出证件，递给哨长，又撩起面纱露出面孔。宋卓文也从车上走了下来。

哨长验看了证件，敬了个礼。

关雪拿回证件："你叫什么名字？"

"长官……您别怪我。"

"你的名字。"

"我叫崔安平。"

"我怎么会怪你，夸你还来不及呢。我们这次来，不是为了出城，就是为了检查一下哨卡的严密性。你们表现得很不错，就得这么干。无论是谁，没有证件就绝不放行。"说着，关雪从手包里掏出一沓钞票，"这是奖励给你们的，下了岗，带着哥几个喝一杯，解解乏。"

"敬礼！"轿车掉头的时候，崔安平喊道。五个人齐刷刷地举起了右手。

如果这个关科长将他的表现通报给他们守备团的孙团长，那就更好了。崔安平心里盘算着。唯一的缺憾是，他看到宋卓文衬衫领子因为被他早晨才刷过枪油的手枪枪口顶过，所以留下了一点米粒大的污迹，这让他有点过意不去。

离哨卡不远有一个岔路口。轿车经过的时候，宋卓文腾出右手，整了整脖子下面的领带。这个动作被站在路口的一个男人看到了，他立刻转身，走进了身后的那条窄街。快步走了几十米，他向右一拐，进入了一座废弃的煤场。煤场靠墙的位置停着一辆与关雪的轿车相同品牌、相同型号、相同牌照的轿车。他向那辆轿车点了点头。轿车开动了。

坐在轿车驾驶座上的是和宋卓文穿着同样服装的宋卓武。而后座上的小赵身着关雪同款的女装，头上也戴着一顶垂着面纱的帽子。轿车的车窗也同样拉着窗帘。

轿车驶出煤场，在岔路口开出窄街，直奔哨卡而去。

此时，一个哨兵夸着胆子问崔安平："哨长，下了岗咱们去哪儿吃啊？"

"吃他妈什么吃，明天我给你们每人发两包哈德门。"

"人家长官可不是这么说的。"

"咋说的？"

哨兵没说话。

"带着你们下馆子，是吧？人家就是那么一句客气话，跟你们有啥关系呀？刚才我要是不在，你们谁敢拦着人家不放行？谁敢？"

四个哨兵都没敢反驳。

忽然,一个哨兵指着崔安平身后:"哨长,他们又来了。"

崔安平一回头,看见刚才那辆轿车风驰电掣般迎面而来。

宋卓武一个急刹车,停在崔安平面前:"快!快,这次是真有急事。"

崔安平扭头冲着手下喊道:"赶紧,把路障搬开!"

轿车驶过那一瞬间,崔安平微微一愣。他明明记得那个人衬衣领口沾上了一点污渍,怎么这么快又一尘不染了?

崔安平眨巴眨巴眼睛,望着一路绝尘而去的轿车背影,摇了摇头。

又开了半个小时的车,宋卓武看到车窗两旁是令人心旷神怡的广袤田野。

"没事了,兄弟。"

小赵长出了一口气:"总算是脱离险境了。"他摘掉头上的女式帽子,脱下了身上的女装,忽然问道,"可是咱们这辆车晚上不回去,哨卡的人不会起疑心吗?"

"我弟精着呢。他早就观察好了,再过一个小时,哨卡的人就该换班了。下一班的人谁会留意这件事?再说了,出城的哨卡有好几个,没人会关心这辆车是从哪个哨卡回城的。"

一个小时后,那辆轿车开进了一户农家大院。宋卓武把车停在大院的角落里。几个早已等候在此的地下党成员用稻草将轿车堆成了一个草垛。

一个车把式牵着一辆马车,早就等候在大院门口。更换了衣服的宋卓武和小赵坐上了马车。

与此同时,哨卡走过来四个哨兵,但没有哨长。崔安平从接班的口中得知,冯哨长的老娘今天上午摔了一跤,被送到医院去了。连长批了冯哨长的假,让崔哨长辛苦辛苦,再值一班,回头再让上面安排他俩倒回来。

"没问题。"崔安平说道。他的心情格外好。

二

几张课桌被拼在一起,组成了一张会议桌。剧社的学生们围坐在一起。

学生会主席秦浩首先发言:"同学们,到现在为止,咱们这部剧也排演了好几次了。今天把大家叫到一起,就是请各位谈谈自己的想法。有什么意见都可以提出来,好作品都是改出来的嘛。"

一个戴眼镜的学生说:"我先说两句吧。"

秦浩打开笔记本,准备记录。

"我觉得第三场戏的台词有些拖沓,精简一些效果会更好些。其他的,暂时还没觉出来。"

秦浩认真地在本子上记下来,然后抬起头:"咱们今天每个人必须发言,下一个该关凯了。"

"我觉得服装有些问题。"

"哦？"

"昨天晚上，我和谢月同学特意到图书馆查了一些资料。主人公屈原戴的那顶帽子是汉代的，不是楚国的样式。如果需要，我可以把资料上的图画临摹下来。"

"那你就把图画下来。看得出，关凯同学是很用心的。谢月呢？"

"我……"谢月嗫嚅着。

关凯插进话来："刚才那个算是我们俩的意见吧？"

秦浩笑了笑："好。"

秦浩转向李冬菊："冬菊，该你了。"

和别的同学不一样，李冬菊一直寒着一张脸。她看着秦浩："我也只有一条意见，那就是换演员。"

众人都愣了。

"冬菊，你要换谁呀？"

"谢月。"

谢月咬着嘴唇，没有说话。

"为什么？"关凯问道。

秦浩也说："我觉得，谢月同学的表演技巧提高得挺快，如果她哪里做得还不够好，你可以提出来。"

"这跟演技没关系。我还是那句话，我们排演《屈原》，首先是为了弘扬一种民族气节，而不是为了单纯地演戏。"

"谢月参演跟弘扬民族气节有矛盾吗？"

李冬菊看着谢月："几天前，在学校门口，你和一个流里流气的男人纠缠不清。当时我问你他是谁，你不肯说。现在你愿意说了吗？"

谢月沉默不语。

关凯显然知道李冬菊指的是谁。他关切地看着谢月。

"那好，你不说，我来说。那个人是一个特务，对不对？"

谢月仍旧沉默。

"如果你不把这件事情讲清楚，就请你退出剧社。否则的话，我退出。"

大家都看着谢月。

李冬菊站起来，收拾东西准备要走。

谢月忽然开口："一个月前，学校开始收取今年的学费。我实在筹不到钱，就去了一个叫富士山的酒馆做工……"

谢月用了二十分钟，把事情的来龙去脉讲了一遍，结束时已经泪流满面。

关凯似乎松了一口气。

一个女同学给谢月递过来一方手帕。

秦浩开了口："我觉得，谢月同学唯一做错的一件事，就是不应该对大家瞒着自己的困难。"

其他的同学七嘴八舌地说:"谢月,以后有困难就跟我们大家说……以后不要再到外面找工作了……"

秦浩接着说:"我个人认为,只要谢月不再和那些人来往,我们就应该接纳她。这一点,我们可以举手表决。我同意谢月继续留在剧社。"说着,秦浩举起了手。

紧接着,关凯也举起了手。其他同学也纷纷举起了手。最后,李冬菊慢慢地举起了手。

散会后,关凯把一张纸条塞到谢月的手心里:"这是我家的电话,以后有什么急事,就打这个电话,我随叫随到。"

三

下了岗,崔安平去集市上买了一个酱肘子、一瓶高粱酒。犹豫了一下,他决定到老齐家的点心铺子走一趟。他老婆最喜欢他家的果脯、蜜饯,今天也让她高兴高兴。

绕过一架卖白菜的大车,崔安平眼前一亮。他看到不远处的宋卓文正站在一个卖盆栽花的摊子前。

崔安平满脸堆笑地凑过去,本想套个近乎。可临近几米的时候他突然停止了脚步。他盯着宋卓文的白衬衫领子,那处小小的污渍赫然在目。

宋卓文没有注意到崔安平。他掏出钱包,付了钱。摊主将两盆花和一把喷壶搬到路边的一辆黄包车踏板上。

崔安平目送着黄包车离去,忽然有了主意。他离开市场,找了一座电话亭,打了一个电话。

"老杨吗?是我,崔安平……这个时间给你打电话还能有啥事,喝酒呗……这样,你把下午执勤的那几个哨长都叫上……肯定是我请客……太阳从西边出来?你少他妈废话,来不来给个痛快话。"

崔安平咬了咬牙,挑了一个带雅间的好饭馆。一个小时后,几个人喝得酒酣耳热。

"……我老崔能吃他这一套?当时我就拔出枪来顶在他的脖子上:'你敢开车闯哨试试!'"

其他几个哨长听得聚精会神。

"刚才还耀武扬威的,一看见这架势,他就不敢动了。就在这时,坐在后座上那位妙龄女子下了车,乖乖地把证件交给我。我打开一看,哎呀妈呀,那真是特务科的科长啊。"

杨哨长插话道:"那她还不得甩你两大嘴巴?"

"嘿嘿,我也是这么想的。不过大嘴巴没有,人家倒是甩给我一把绵羊票。"说着,崔安平把一沓钱拍在桌面上。

几个哨长目瞪口呆。

"为啥呀?"

"为啥?就因为咱软硬不吃,按规矩办。人家其实不是为了出城,这是微服私访来了。"

哨长们纷纷跷起大拇指:"老崔,你小子运气真好。"

"今天把哥几个叫来,就是给你们提个醒:要是遇上他们,一定别认怂,没准儿也能拿几个赏钱。"说着,崔安平一把抄起钱,收进腰包。

"对对对。老崔够意思。"几个哨长纷纷附和。

崔安平继续说:"我给你们形容一下啊。那个开车的男的长得挺有面儿,高鼻梁,眼睛细长,穿着灰色西装、白衬衣,打着紫色领带。你们下午见过没有啊?"

几个哨长纷纷摇头:"没见过,哪有那好事啊。"

崔安平点了点头,端起酒杯,一饮而尽。

尽管喝了不少酒,崔安平还是失眠了。琢磨来,琢磨去,他突然坐起身来。

"没错,一定是双胞胎!"

"你发什么癔症呢?"他老婆被惊醒了。

"没事,睡觉吧。"

天蒙蒙亮,那个岔路口除了崔安平,一个行人都没有。

"两辆轿车都是从这个方向开过来的,相隔的时间不过几分钟。这么说,第二辆轿车的藏身之所,距离哨卡的位置非常近。"

崔安平拐进了那条相对狭窄的街道。走了几十米,他忽然发现右侧有一座废弃的煤场。一走进去,他就看见煤渣地面上两道清晰的汽车车辙,顺着车辙看过去,车辙一直延伸到墙边。

崔安平蹲在墙边,看着脚下相对比较深的车辙。忽然,他发现了什么,从地上捡起了一枚螺丝钉。

"较深的车辙证明第二辆轿车在这里停了一段时间。至于这枚螺丝钉,应该是有人在这里更换假造的汽车牌照时不小心掉在地上的。"

崔安平环视着这座煤场,他发现煤场西南角的围墙塌了上半截,从外面完全可以看到里面。

四

早晨一上班,关雪就把几个负责人叫到办公室,让他们挨个儿汇报。无论是在城内巡逻,还是在药店、医院蹲守的,都没有任何消息。

"守备团那边呢?"

潘越说:"昨天晚上我还打了电话,没有什么发现。"

"是不是人已经混出城了?"胡彬问。

关雪刚要开口,房门却被敲响了。进来的,是后勤的老金。

"科长,宪兵司令部来人了。他们带来一个体检组,说不管现在在干什么,要立刻体检。"

潘越抢白一句:"咱们忙得脚后跟打后脑勺,哪有时间做什么体检?"

"说是平房那边闹传染病,人人都得查。日本人对这方面老是死认真。他们也知道咱们差事多、人手紧,所以第一家来的就是这儿,最多一上午就能检完。"

丁鹏抬着裸露的右臂,左手用一根棉棒压迫着右臂上刚刚抽过血的针眼,走出体检室。他肩膀被人拍了一下,一回头,是潘越。

潘越和颜悦色地说:"来,我跟你说几句话。"

丁鹏跟着潘越走向走廊深处。排在队伍中部的宋卓文好奇地回过头,看着潘越和丁鹏在远处说着什么。

"我替您体检?"

潘越点了点头。

"为什么呀?"

"小丁啊,你就别问为什么了。你帮我这个忙,我会记你个好。"

"可是我刚才已经体检过了,医生见过我。"

"我刚才在门口观察过,医生忙得连头都懒得抬。再说,你这张脸很普通,没那么容易被记住。"

丁鹏沉默着,面露难色。

潘越把手放在丁鹏肩头:"你最后再进去。我保证医生不会注意到的。"

一个小时后,丁鹏才再次排到体检室门口。

路过体检室的关雪看到丁鹏,有些诧异:"丁鹏,你不是早就体检完了吗?"

丁鹏看着关雪,张口结舌。

"那什么……我让他帮我排队来着。"潘越从后面走过来,"你也是,排到了喊我一声啊。"

医生把听诊器按在潘越的心口听了一会儿:"您的心律不齐呀。"

"不怕您笑话,我这个人,晕针。"潘越苦笑着说,"我一看见那位医生摆弄针头,我这心就怦怦地乱跳,让您见笑了。"

"不对。"医生拿出一只笔形手电筒,另一只手撑开了潘越的眼皮。在电筒的照射下,眼白上布满的血丝很清晰。

医生关上手电:"您睡眠很差吧?"

"挺好的。"

医生摇了摇头。他看着潘越的头发:"我要是没猜错,这两年,您总是掉头发吧?"

"我生来头发就稀。"

"潘先生,有病不能扛着,得治。"说着,医生提起笔,开始在一张诊单上写着什么。

"您写什么呢?"

"我怀疑您有焦虑症。过几天,您来医院,我给您做一个全面的检查。"

一直忙到快十二点了,特务科的全体人员才体检完毕。那个医生赶紧跑到卫生间方便。他习惯性地看了看镜子内自己的形象,然后低下头洗手。等他一抬头,却吓了一跳。在他身后,不知何时站着一个人。

医生转过身来:"潘先生?"

潘越二话不说,将一个纸包塞进了医生的口袋。

"你这是干什么?"

"您帮我个忙。"

"帮什么忙?"

"把那份诊单撕了吧。"

"我这是为你好呀。"

"我的病,我知道。"

医生刚要开口,潘越抢着说:"我自己也在慢慢调理。您放心,有什么问题,我会去医院找您的。"

趁着医生在犹豫,潘越看了看手表:"哟,这都到吃饭的点了。走,我带您去食堂吃午饭。"说着,潘越拉着医生的胳膊,二人走出了卫生间。

少顷,一个隔间的门打开了,宋卓文从里面走了出来。站在洗手池前,他一边洗手一边思考着。

走廊内传来丁鹏的声音:"宋卓文——"

"在这儿呢。"

"电话。"

五

"我是宋卓文,你是哪位?"

话筒里传来一个沙哑的声音:"你们俩长得可真像,简直就是一模一样啊。"

宋卓文一惊,愣了片刻。

"谁是哥哥、谁是弟弟呀?"

宋卓文恢复了平淡的语气:"你是谁呀?"

"我特意挑的这个时间打电话。其他人都吃午饭去了吧?现在说话方便吗?"

宋卓文沉默了片刻,说:"你说吧。"

"我需要钱。"

"跟我有关系吗?你说的这些,我都不知道是什么意思。"

"还嘴硬呢?我都看见了。"

"你看见什么了?"

"昨天上午,在城西的废弃煤场里,你兄弟在那儿给一辆轿车更换了牌照。他以为那个煤场没有人，就可以神不知鬼不觉了。可他没注意，西南墙塌出来了个豁口，我正好从那里经过。"

"你是不是精神病呀？说的什么乱七八糟的！"

"你要是当我是精神病，就把电话放下。我再给你们关科长打一个电话，告诉她，昨天上午，就在她离开哨卡之后，有人开着同样的轿车出了哨卡。"

宋卓文沉默了。

"咋了，你还没放下电话？那好吧，半个小时以后，你到道外公园湖边的亭子间里去一趟，用胶布把五百块钱粘在石桌的下面。"

啪的一声，电话被挂断了。

半个小时后，宋卓文赶到了那座凉亭。他四处张望。远处有一些游人，但没有人留意他。

宋卓文从兜里掏出一个纸包和一卷胶布，把手伸到石桌下面。

二百米外，崔安平透过树丛，看着宋卓文从石桌前站起来，离开了凉亭，渐行渐远。他咧着嘴笑了。

宋卓文回到家后，先去了阳台。他用喷壶给新买的盆栽植物浇了浇水，随后把喷壶壶嘴冲里放在花盆旁边。

吃过晚饭，宋卓文出了门。他没有坐车，而是快速穿行在熙熙攘攘的行人中。

在一条窄街上，宋卓文放慢了速度，不时回头看看身后的行人。最终，他站在一家小饭馆的门口。这一次，他观察周围环境的时间更长，范围也更广。

似乎确认了环境安全，宋卓文走进了小饭馆。

一个戴着礼帽的中年男子背对着门口，坐在一张饭桌前自斟自饮。宋卓文走过去，坐在他面前。

没等对方开口，宋卓文就抢先说道："这位老兄，这顿饭我来请，怎么样？"

"先生，咱俩认识吗？"

"实不相瞒，小弟想求老兄帮一个忙。"

"请说吧。"

"前天，我跟老婆大吵了一架就出了门。"说着，宋卓文拿起桌上的茶壶，给自己倒了一杯水。

他喝了一口，接着说道："两天过去了，我也不知道她是不是还生气，可是又抹不开面子。"

"那我能做什么？"

"您能以我朋友的身份帮我打个电话吗？出了饭馆往东走二百米就有一个公用电话亭。"说着，宋卓文掏出钢笔和一个小本子，在上面写了几个字。他撕下那张纸，递给了中年人。

"电话号码和要说的话都在上面了。"

中年人立刻站起身来，走出了饭馆。

宋卓文喝着水，等待了片刻，然后从身上掏出一张钞票，放在桌子上。他站起身来，转身出了饭馆。

远处，中年人的背影在行人中若隐若现。宋卓文向前跟了过去。同时，他的目光巡视着中年人身后的行人。

忽然，一个戴草帽的人回头扫了一眼。好像是看到了宋卓文，草帽男扭头拐进了一条小胡同，宋卓文拔脚就追。一进胡同，他就拔出了手枪。

那条胡同特别绕。在一个十字路口，宋卓文停下脚步，喘着粗气，四下张望，再也没有找到那个草帽男的身影。

六

宋卓武抓住路边的一根树枝，一刀砍了下来。他用刀子修了修枝杈，递给小赵："今天能赶到地方吗？"

小赵接过这根简易拐杖，看看夕阳，又望着崎岖的山路。

"要是我没受伤，前半夜就能到。照我现在这身体，咱们怕是得在山底下找个地方打尖了。"

果不其然，当他们看到那座郁郁苍苍的鸡冠山的时候，天色已经快黑了。

宋卓武指着远处："你看那儿。"

小赵顺着手指方向望过去，看到山脚下的一栋房子里透出灯光。

走近了，他们才看出来那是一座用原木搭建的二层客栈。宋卓武推开门，搀扶着小赵走了进去。

一个圆脸、面目和善、四十出头的掌柜迎上来。

"二位是要住店？"

宋卓武打量着房子。一层的大厅里摆着几张餐桌，靠墙的地方立着一张一米高的柜台。大厅的里手，一道脏兮兮的门帘后面应该是厨房。右侧，一道木头楼梯通向二层的客房。

"有空着的客房吗？"宋卓武问道。

"有啊，都空着呢，要哪间，你们随便挑。"

"有就行，还是先吃饭吧。"说着，他扶着小赵走向餐桌。

掌柜赶紧走过来。"我来，我来。"说着，他插在二人中间，把小赵的胳膊抓在手中。

两个人在一张油腻腻的餐桌前落了座。掌柜从柜台上提起茶壶和两个茶碗走过来，给他们倒茶："二位吃点啥？"

"有啥呀？"

"哎呀，兄弟，你们可来着了。我那个小伙计今天刚套住一只狍子。还有木耳、蘑菇，都是山上新采的，可新鲜了。想吃鸡也行，都是自己家养的。"

那只鸡被一把菜刀抹了脖子，踢腾了两下就不动了。

一个身材矮壮的厨子蹲在地上，开始退鸡毛。掌柜一挑门帘走进来，凑到厨师耳边："这两个人不地道。"

"咋的呢？"

"刚才我插在他的中间扶了一下。一个身上有伤，一个腰里别着枪呢。"

"胡子还是这个？"厨子用手比画了一个"八"字。

"先拿了再说。"

厨子狡黠地眨眨眼睛："明白了。"

掌柜转身出了厨房。

厨子直起身来，一伸手就从房梁上摸出一个小纸包。他打开纸包，里面是一些黄色的粉末。

宋卓文走进电影院的时候，银幕上正在放映正片开演之前的纪录片。他借着日军炸弹在珍珠港爆炸产生的亮光找到了老段，坐到了他的身边。

"……真是可惜，就差一点，我就抓住他了。"

"从你的叙述可以判断，这个人一定的侦察能力，但是不太高，否则在跟踪途中就不会中你的圈套。此外，他并没有特别坚定的政治立场，否则的话，他会举报你，而不是勒索你。"

宋卓文点了点头。

"所以我觉得，此人应该是一个处于敌伪军事系统边缘的小人物。"

"但愿他的目的仅仅是求财。"

"五百块钱只是一个试探，他还会跟你联系的。你想办法稳住他。我回去后，和参与这次行动的同志详细了解一下当时的情况，看看能不能找出更多的线索来。"

厨子把托盘上的两道菜、两碗饭、两双筷子放在桌子上。

"山蘑炖小鸡、木耳炒鸡蛋、两碗大米饭，菜齐了，您二位慢用。"

厨子刚要走，宋卓武一把攥住了他的手腕子："等等。"

"先生还要酒？"

宋卓武对掌柜说："你，去拿一副碗筷来。"他用那双快筷子夹了些菜肴和米饭放进碗里，递给厨子："吃了它。"

"先生，你啥意思呀，我们这可是正经的买卖。"

"没说你们不正经。你忙了大半天，爷心疼你，给你吃点好的。"

厨子和掌柜对视了一眼，脸上的笑容有点僵。

"咋的，不给爷面子？"

厨子愣了片刻，点了下头："成，那我谢谢先生了。"说着，他接过碗筷，三两口就扒拉干净了。

宋卓武看了厨子一会儿，忽然笑了。小赵也笑了。最后掌柜也笑了。

"这样吧，麻烦你把饭菜给我们端到客房去。我们哥俩吃完了就直接钻被窝了，行吗？"

"那有啥不行的？"

客厅桌上的电话铃响了起来。石姐刚要接电话，宋卓文就从楼上快步走下来。

"我来接。石姐，你去休息吧。"

宋卓文等石姐回到了她自己的房间，才把听筒拿起来，放在耳边。他没有说话，对方也没开腔。

沉默了一会儿，那个沙哑的声音终于开了口："是不是一直等我电话呢？"

"你怎么找到我家电话的？"

"那我能告诉你吗？"

宋卓文沉默着。

"到底是特务科的，真精呀。今天你要是逮住我，是不是立刻就崩了我？"

"我已经按你的意思办了，你干吗还跟踪我？"

"你的命就值五百块钱吗？"

"你还想怎样？"

"一口价，十根金条。"

"我没有那么多。"

"那就去想办法。"

"我需要时间。"

"给你三天时间。"

宋卓文刚要说话，对方挂断了电话。

七

那个厨子光着脚小心翼翼地走上楼梯。掌柜端着一把手枪跟在他身后。二人无声地穿过二层狭窄的走廊，来到一扇糊着窗户纸的房门前。

厨子用手指蘸了蘸唾沫，轻轻地将窗户纸捅出一个小洞。他一只眼睛凑上去，看到客房内的桌子上，饭菜都已经见了底，两个人东倒西歪地趴在床上。

厨师直起身来，回头对掌柜点了点头。

咣当一声，房门被推开。掌柜和厨子跨进客房，居高临下地看着两个猎物，脸上满是得意的笑容。

他们把宋卓武和小赵扛到了厨房，剥掉了上衣，背对背反绑在一根柱子上。两碗凉水分别泼在他俩脸上。

宋卓武睁开眼睛，看着站在他面前的掌柜和厨子，叹了口气："千算万算，还是栽了。能告诉我，为什么你吃了饭菜就啥事没有吗？"

掌柜笑眯眯地说："给你俩用的筷子是特制的。筷子头上有一个小孔，把药面塞进去，再用猪油堵死。遇见热气，猪油一化，药面就不知不觉地渗透到饭菜里。这一招儿，你做梦也想不到吧？"

"佩服，你们怎么想出来的？"

厨子上前给了宋卓武一个耳光："妈的，刚才跟老子说话一口一个'爷'的，现在谁是爷？"

小赵开了口："二位大哥，我这位朋友人挺好，就是嘴上爱占个便宜。你们看看有什么值钱的东西，尽管拿，只求放过我们俩的性命。"

"拿我们当开黑店的了？"掌柜冷笑着。

宋卓武说："没有，你们是开慈善堂的大善人，行了吧？"

掌柜凑到宋卓武面前："你小子倒有几分胆色，死到临头还敢跟我这儿说俏皮话。说吧，你们是干什么的？"

"我俩是进山采参的。"

"放屁！采人参的带这玩意儿？"掌柜晃了晃从宋卓武身上搜到的手枪。

"唉！"宋卓武叹了口气，"要不是走投无路，谁干这无本的买卖呀！"

"你们是胡子？"

宋卓武点点头。

"要说你，我还真相信。他不是。"掌柜指着小赵。

"他是刚入行。"

"少来这一套。我知道你们是干什么的。"

宋卓武看着他。

"你们是山上的抗联，对不对？"

"啥叫抗联啊？"

"装傻是不？老老实实告诉我你们俩的任务，我能让你俩死得痛快点。不然的话——"

"行，那我就都告诉你，不过你得答应我一个条件。"

"啥条件？"

"跪地上，给我磕仨头。"

掌柜气得脸都白了："给他来口热乎的！"

"好嘞。"厨子恶狠狠地说道。接着，他从炉膛里抽出一根烧得通红的通条，凑到宋卓武的面孔前。

"你说，我是先烫你的鼻子呢，还是耳朵呢？"

"我看舌头就挺好。"

"这可是你说的。"

"是我说的，不过不是我的舌头，是你的。"

突然，厨子的手腕被宋卓武不知何时挣脱绳索的手牢牢攥住。厨子一惊。宋卓武抬起右腿膝盖，狠狠地顶在厨子的小肚子上。厨子疼得惨叫一声，张大了嘴巴。宋卓武翻转他的手腕，将那根通条插进了厨师的喉咙。

掌柜傻眼了，等他反应过来，打开手枪的保险，宋卓武飞起一脚踢飞了那把手枪。厨子已经断了气，掌柜被绑到了柱子上。

"兄弟，柜台下面有一个铁盒子，里面是我所有的钱，你都拿走，行吗？"

小赵说："我们不要你的钱，要你另外一样东西。"

"啥东西呀？"

"电台。"

掌柜脸上的肌肉抽搐了一下："啥叫电台呀？"

宋卓武微微一笑："你们这个店本来是三个人，对不？"

掌柜看着他。

"几天前，你把管账的派到了哈尔滨，去跟特务科的科长接头，对不？"

"兄弟，你说的是啥呀，我都听不明白。"

"我早就知道你们那个账房先生工作的地点在一座松木搭成的饭馆里，房子的通风情况不太好。他常年站着，账桌挺高，有一米。我一进门，就看出是这个蛇窝子了。从那时起，我就提了十二分的小心。在筷子上挖孔下药这种下三烂的手段，糊弄老百姓还行，糊弄你爷爷我，那可就白瞎了。"

掌柜听到这儿，把眼一闭，不再言语。

"说吧，电台放在什么地方？还有，藏在山上抗联队伍里的内鬼是谁？"小赵问道。

掌柜一声不吭。

"你要是痛痛快快地说出来，我还觉得怪没意思的呢。"宋卓武走到厨子的尸体旁边，拔出了那根通条，"这回呀，该你吃一口热乎的喽。"

小赵刚要开口阻拦，掌柜却颓丧地招了："电台在楼上第三间客房床下的暗格里。山上的内鬼，我也没见过，只知道每次接头都是去半山腰一座废弃的山神庙里取情报。下一次取情报的时间，就在明天夜里。"

第十一章
玩火自焚

一

崔安平又翻了一个身，床板吱扭地响了一声。

啪！灯突然亮了。妻子从床上坐起来，看着他。崔安平一动不动，假装睡着了。

"你这两天怎么不睡觉呢？"

"我刚睡着就让你给吵醒了。"

"你胡说，这一晚上你跟烙饼似的在床上翻过来翻过去。"

崔安平没吭声。

"你有啥心事？是不是外面有人了？"

"你别胡说八道。"

"你就是有心事。你得告诉我。"说着，她推了丈夫一把。

崔安平坐起身来，看着老婆，忽然问道："你这辈子最想去的地方是哪儿？"

"你问这干啥？"

"我记得你说大连好，守着大海，也比哈尔滨暖和。"

"大晚上的你琢磨这些干啥？"

"咱俩去大连吧。"

"你的差事不干了，咱去大连喝西北风啊？"

崔安平笑了笑，躺了下去。

早上刚上班，关雪就接到了一个外线电话。那个声音很沙哑，她从来没有听到过。

"关科长，你的手下里有共产党的奸细。"

关雪愣了一会儿，说："你是谁呀？我凭什么相信你？"

"我会让你看到证据的。"

"好啊。你在哪里，我现在就去找你。"

"先说说，我这个情报能值多少钱呀。"

"举报重要的共党分子的奖金是三万，我可以给你涨到四万。"

"现金？"

"可以。"

"那你提前准备好钱吧，后天我会给你打电话的。"

关雪刚要说话，对方把电话挂断了。

"精神病吧。"她摇摇头，把话筒放了回去。

宋卓文腰间系着一条毛巾，穿过水汽缭绕的浴室大厅，推开了一个雅间的门。他躺在左手的一张床上，右侧床上的人放下了手中的报纸。是老段。

老段端起小桌上的茶壶，给宋卓文倒了一杯茶："都问清楚了。那个家伙在说谎。"

"哦？"宋卓文一脸震惊。

"当时的情况是，你哥哥更换了车牌，小赵和另一位同志分别盯着废弃煤场的入口和南墙上的豁口。在此期间，绝没有人看到卓武换车牌的动作。"

宋卓文思索着："他为什么要说谎呢？"

"一定是为了掩盖自己的真实身份。回忆一下，在行动的过程中接触过其他人吗？"

宋卓文回想了片刻，说："除了那几个守门的哨兵，没有接触过其他人啊。"

"一共有几个人？"

"加上哨长，一共五个。"

一匹骡子拉着一辆大车慢悠悠地向哨卡走过来。马车车厢的四周用芦席围住了，车把式就坐在车头。

一个哨兵伸手拦停马车。不等他开口，车把式早就掏出证件递了过去。

哨兵验看了证件，又吩咐道："把上衣脱下来。"

哨兵并没有在车把式身上发现枪伤，却瞥见车厢里还有一个人躺在马车上。

"怎么还有一个人？"

"那是我弟弟，睡觉呢。"

"让他下来！"

一个年轻的农民从马车的芦席围子里钻出来，跳到了地上。不远处的崔安平吃了一惊。因为此人戴着的破草帽、身上的衣服都跟他跟踪宋卓文时的穿着一模一样。崔安平向四周打量着，本能地把手放在手枪枪柄上。那俩农民走远了，他的心仍然扑通扑通跳个不停。

"也许是巧合，穿一样衣服的多了去了。"崔安平默默宽慰自己。

二百米外，躲在一棵树下的宋卓文将崔安平的神态看得一清二楚。他收起望远镜，走向停在几百米外的轿车。迎面走来一列换岗的哨兵，带队的正是那个杨哨长。

擦肩而过的时候，杨哨长打量了一下宋卓文。沉思中的宋卓文却丝毫没有注意。

"下午他又给你打赏来了？"交接完毕，杨哨长走到崔安平面前，小声问道。

"谁？"

"就是你上次喝酒时提到的特务科的那个人。"

崔安平愣了一下，说："你看到他了？"

"啊，个儿挺高，高鼻梁，眼睛细长。"

"啥时候？在哪儿？"

"就刚才的事。"杨哨长回身指着远处，"在那边的街口碰上的。"

杨哨长转过脸来，一愣："老崔，你这是咋啦？"

"没啥，昨天晚上又喝多了，一天都没精神。"一瞬间，崔安平面无血色。

宋卓文刚回到特务科，就有人给他打电话。

"我想找一下宋卓文先生。"崔安平这一次没有伪装声音。

"我就是。"

"宋先生，您好，我是崔安平。您还记得我吧？"

宋卓文愣了一会儿，说："记得。有什么事吗？"

"我想请您吃顿饭。"

"太客气了吧？"

"应该的。晚上八点钟，聚贤楼二层六号雅间。您会来吧？"

"我一定到。"

宋卓文慢慢放下了电话。对方不退反进，这一招儿实在是出乎他的预料。但是无论如何，他必须当面会会这个崔安平。

二

又是一轮夕阳悬挂在西边的山头，苍苍莽莽的大山沐浴在粉红色的晚霞中。

上山的小路上，掌柜架着小赵，缓慢地向前走着。宋卓武拎着一根木棍，跟在他们身后。

"还有多远？"

掌柜喘着粗气，回过头来："少说也得有三十里路。"

"我告诉你，你要是敢耍花招儿，我就把你绑在树上，全身都抹上蜂蜜。先是蚂蚁在你身上咬，过了不半个时辰，熊瞎子就闻着味儿来了。"

"您放心吧，都到了这份儿上，我啥也不想了，就是想留条命。"

又走了两步，掌柜对小赵说："大哥，我帮你们办了这件事，你们真不杀我？"

"我们有政策，不会虐待俘虏，更不会杀俘虏。"

"我一定听话。"

绕过一个山包，是一段更陡峭的上坡路。掌柜踩上了一个圆石子，脚下一滑，失去了平衡。他和小赵一同跌倒在地。

宋卓武挥起木棍，一下一下抽在掌柜的屁股上："我叫你不老实，不老实……"

掌柜躲闪着，哀号着："我不是成心，真不是成心呀。"

小赵在旁边劝解："算了。他架着我走了一路，也是累坏了。"

宋卓武住了手，用木棍指点着掌柜："再耍一次滑头，我让你屁股开花。"

"不敢，不敢。"

他俩都没有注意到，掌柜爬起来时，手心攥住了一块尖利细长的石头。

宋卓文跟着一个伙计穿过热闹的一层大厅，拾阶而上。他明白，崔安平选择这样一个热闹的地方，就是为了保证自己的安全。

在二层一个雅间门口，伙计推开了房门。出人意料的是，房间里有五个人。

崔安平带着他的四个哨兵一齐站起来："欢迎长官。"

宋卓文推辞不过，只得坐在桌子的上首。旁边的崔安平端起酒杯："我们哥几个都是小卒子，有这个机会，能结识宋长官这样的贵人，真是三生有幸。今后，还请宋长官多多提携。请。"

宋卓文喝了一口酒，说："崔哨长实在是抬举我了。其实我跟大家一样，就是一个听差跑腿儿的，也挣不了几个钱。"

"您太谦虚了。谁不知道宋长官是关科长的红人啊。"

"崔哨长真是有心人，打听得够细的。"

"您是谁呀，您就是我的贵人，是吉星。我倒想打听关科长，可跟人家也说不上话呀，是吧？"

"我给你引见引见？"

崔安平摆摆手："那可不敢，认识您我就够幸运的了。太大的福分，我这条薄命也消受不起。"

"崔哨长太自谦了。咱们今天就算正式认识了，多给我点时间，咱们来日方长。"

宋卓文端起了酒杯。

崔安平双手端起那一盅酒，在宋卓文酒盅下沿碰了一下，一饮而尽。他擦了一把嘴："宋哥，我问你个事儿。"

"说吧。"

"那天你和关科长离开不久又火急火燎地折回来，出了城，是不是出了什么大事呀？"

宋卓文夹了口菜放进嘴里，慢慢吃着，没有回答。

崔安平恍然大悟，抽了自己一个嘴巴："怪我，喝多了瞎打听。这是军事机密，对吧？"

宋卓文笑了笑，没说话。

崔安平瞪着眼虎着脸，指着四个哨兵斥道："我告诉你们几个，这件事，谁也不许说出去。嘴巴欠的，说话的时候称量称量自己的脑袋有几斤几两重，都听到没有？"

四个哨兵纷纷点头："听到了，记住了。"

宋卓文明白，崔平安刚才的话，是说给自己听的。一旦他身遭不测，那么警察经过调查，很快就会了解到这次饭局的存在。这四个哨兵自然会把谈话的内容透露给警察。尤其是他刚才强调的关于轿车二次出城这一段。

似乎是故意的，崔安平夹起一大块肉塞进嘴里，大口嚼着，吃得格外香。

这顿酒宴，既是摊牌，也是一种威胁。而眼前这四个哨兵就是崔安平的保险，除非宋卓文能够把这五个人全部灭口。显然，短时间内，这是不可能做到的。这个人远比宋卓文想象的狡猾。

崔安平举起酒杯："来，哥几个，咱们再次祝宋先生官运亨通。"

三

宋卓武趴在草丛里，紧盯着黑暗中的那座山神庙。他身后不远就是一片茂密的老林子。那个掌柜被堵住嘴巴绑在林子边缘的一棵树上，由小赵看管。他似乎睡着了，耷拉着脑袋，一动不动。二十分钟前，小赵又检查了一遍绑绳，才趴到前方一棵大树的后面，也盯着山神庙的方向。

小赵全神贯注，根本不知道掌柜慢慢抬起头来，盯着他的背影，目露凶光。而捆绑他双手的绳扣已经被他私藏起来的那块尖利小石头挑松了许多。

一片云彩飘来，遮住了月光。宋卓武什么也看不见了。忽然，黑暗的丛林里扑簌簌地掠过一片鸟群。宋卓武握紧了手中的驳壳枪。

又过了一会儿，树林里发出了咔嚓一声响。那是一个人踩断枯枝发出的声音。

宋卓武眯着眼睛，辨认着黑暗中的景物。

听到响动的还有小赵，他睁大眼睛，一动不动。而小赵身后，掌柜慢慢把双手从树后移到身前，悄悄摘掉了身上的绳索。他早就观察到，他右前方一米远的草地上有一块一尺长的椭圆形石头。

掌柜弯下腰，双手准确地捡起那块石头。他掂了掂，重量和大小非常合手。他蹑手蹑脚地走到小赵身后，高高地举起石头。

就在这时，月亮钻出云彩。月光下，小赵突然在树干上看到了掌柜的阴影。

与此同时，宋卓武也在突然明亮起来的环境中看到前方山神庙左边的一个黑影。

小赵猛地向右移动身体。咣当一声，掌柜手中的石块砸在树干上。

黑影听到动静，转身就跑。宋卓武站起来，拔脚就追。

小赵转身，举枪瞄准掌柜，掌柜抓住小赵的手腕向侧面一拧。砰的一声枪响，子弹打飞了。

正在追赶黑影的宋卓武停下脚步。

小赵大喊："别管我，快去追他！"

宋卓武犹豫了片刻，还是向前追了过去。就这么一愣神的工夫，黑影就钻进了林子里。宋卓武跟着钻进林子里，四下寻找着，却啥也看不见。

"砰！砰！"身后传来两声枪响。

宋卓武跑回去一看，他松了口气。

掌柜身中两枪，仰面躺在草地上。小赵坐在旁边，喘着粗气看着他。

宋卓武无奈地摇了摇头。

在黑暗的林子里，宋卓武根本辨不清方向。而小赵似乎闭着眼睛也能够找到路。宋卓武觉得那一夜过得好长好长。等他们钻出林子，来到一片空地上，金色的曙光已经照亮千沟万壑。

突然传来一声断喝:"不许动!把手举起来!"
小赵仰起脖子:"虎子,你赶紧给我从树上下来。"
从他们身后的大树上跳下一个背着步枪的精干的小伙子。
"小赵,真的是你!"

宋卓武和小赵在虎子的引领下走在树林里。霎时间,许多游击队员不知从什么地方冒了出来,不断有人走过来,和小赵打招呼。
一个方脸大汉迎面走来。
小赵低声对宋卓武说:"这是李队长,他认识你弟弟。"
直到李队长走到跟前站住,宋卓武都迟疑着没有开口。
"卓文,真的是你!都长这么大了!"李队长伸出双手,抓住宋卓武的双肩。
宋卓武有点生硬地说:"李队长。"
"啥队长,我是你叔啊,叫'李叔'。"
宋卓武有些不好意思地叫道:"李叔。"
李队长捶了他肩膀一拳:"这就对了。"接着,他搂着宋卓武的肩头,"快,方政委正等着你们呢。"

丛林深处的一片空地上搭着一些帐篷。正中央是一座白桦木搭建的木屋。这里的人渐渐多了一些,来来往往的还有几个女战士。显然,这就是指挥部所在。
好几个老队员围住了宋卓武:"卓文,你回来了,还认识我吗?"
小赵插不进话来,宋卓武正不知如何应对,突然传来一个人的声音:"先让人家喘口气。"
这是一个很有威信的声音,不大,但是每个人都听到了。大家让开一条路。
白桦木屋门口,站着一个身材高大、双目炯炯有神的中年男子。
"方政委。"小赵喊了一声。
宋卓武愣了一下,也跟着叫道:"方政委。"

木屋里布置得很简陋,墙壁上挂着一张军事地图,一张会议桌四周散落着几个马扎儿。
宋卓武和小赵坐在马扎儿上,手里端着一个搪瓷茶缸子。
"老李,你到炊事班去一趟,让他们弄点好吃的。他们俩可是走了好远的路。"
"好,我这就去。"
等李队长出了木屋,方政委这才走到宋卓武面前,伸出双手:"欢迎你啊,卓武同志。"
宋卓武赶紧放下茶缸子,伸手和方政委握在一起。
"您知道我呀。"
"老段已经发来电报了,我早就盼着你来呢。感谢你为我们做了那么多的工作。"

"这也没啥。"

"现在山上知道你身份的只有我和小赵。这个秘密要保守住，包括你们的来处和去处。"

"我明白。"

小赵把那份缴获的抗联军事部署图以及宋卓文从浅野寺的保险柜里偷出来的胶卷交给方政委，又把这一路上的经历讲了一遍。

"……责任在我，太麻痹大意了。如果不是那个掌柜挣脱绳索，卓武哥就抓住那个内鬼了。"

"那是在什么时间？"方政委问道。

"应该在半夜一点多钟。"宋卓武说道。

方政委神色严峻地点了点头。他走到会议桌边，盯着那份部署图："这份图纸描绘得非常详细，如果落到敌人手里，后果不堪设想。"

小赵问："方政委，怎么才能把内鬼挖出来呢？"

"他是半夜溜出营地的，岗哨有可能会看到——"

忽然，屋子外面传来喊声："卓文，卓文！"

方政委收起部署图和胶卷，对宋卓武说："老苗来了，他是把你弟弟带到山上的人。"

"我知道他。"

小赵打开门。一个身材瘦高、颧骨突出的中年男子走了进来。看到宋卓武，他快步走过来，左右端详了一下，一把将他抱住："孩子，可想死我了。"

宋卓武的眼睛有些湿润："苗叔叔，谢谢你。"

"这孩子，跟我还客套上了。"老苗把宋卓武扳到眼前打量着，"长高了，也壮实了。这些年吃了不少苦吧？"

"吃的苦再多，也没有你们在山上吃的苦多。"

老苗点点头，满脸感慨："当年你认识的那些叔叔，有许多已经不在了。"

"苗叔叔，你身体还好吧？"

"我还那样，没啥本事，就是命大。打了那么多次恶仗，小日本的子弹总是躲着你苗叔叔。"

宋卓武开心地笑起来。

"你这是从哪儿来呀？"

宋卓武正不知如何回答，方政委插进话来："老苗，一会儿咱们得开个会。"

"有啥新精神，提前透露一下呗。"

"主要是强调做好夜间的警戒工作，加强站岗、换岗纪律的执行。各支队把这一周夜间站岗的名单报到指挥部来。"

四

睡到半夜，崔安平坐起来，打开了灯。还在熟睡的老婆嘟囔了句什么。

崔安平推了推她："别睡了。"

"你干吗呀，大半夜的不让人睡觉。"

"我跟你说件事。"

"你说吧，我听着呢。"

"你天亮以后把东西收拾收拾，咱们今天晚上就走。"

崔妻一下子睡意全无，她转过身："走？去哪儿？"

"大连。"

"大连？"

"对，咱们再也不回哈尔滨了。"

"去了大连吃啥喝啥？"

"我马上就要发财了，咱俩一辈子都吃不清。"

"你没说胡话吧？"

"你还不知道我这个人最现实了？"

"那倒是。能跟我说说是什么事吗？"

"你最好不要知道，一辈子都不要知道。"崔安平忽然想起什么，起身下了床。

"你干啥去？"

"我还有一封信要写。"

上午九点钟，崔安平走进电话亭，深吸了一口气，拿起电话拨通了一个号码。

崔安平这一次没有伪装嗓音："今天晚上七点钟，天香阁见。"

"怎么，你又要请客？"宋卓文调侃道。

"带上你的十根金条。"

"……"

"听明白了吗？"

"知道了。"

崔安平摁下结束键，又拨了一串号码。这一次，他仍然哑着嗓子："关科长，还记得我吗？"

"当然记得，钱都给你准备好了。"

"今天晚上七点半，咱们在凡达基夜总会见面。"

离开电话亭，崔安平来到一个邮筒旁边，看了看四周，将一封信塞了进去。

当天中午，老段召集哈尔滨地下党四个行动队员，开了一个会。

"守备团哨长崔安平，严重威胁到我们组织的安全，经过多次警告，仍然一意孤行。我们的同志在他家附近的几个电话亭都安装了窃听器。已经证实，今天晚上就是他告密的时间。是我们下决心除掉这条毒蛇的时候了。行动时间，晚上七点钟。现在，我来给大家讲一下行动步骤。"

晚上六点半，崔安平行动了。他拉开抽屉，取出一支手枪，插在后腰间。然后他披上一件风衣，最后看了一眼房间，才走了出去。

崔安平提前十分钟到达天香阁酒楼附近。他从远处望着进进出出的食客，直到七点钟，仍然没有看到宋卓文的身影。

"也许早就到了，等着我呢。"崔安平相信对方不敢耍花招儿。于是他走进酒楼大堂，四下张望。

食客众多，座无虚席，但是并没有宋卓文的影子。崔安平感觉有人在偷偷地看他。那是坐在角落里的两个食客。他再次把目光投过去的时候，对方赶快把目光错开了。

忽然，那两个人从座位上站起，向门口走来。其中一个把长衫搭在手上。

崔安平紧盯着长衫下面凸起的部分。

恰好一个食客走过来，挡在崔安平和那两个人之间。那两个人粗暴地将挡路者扒拉开。崔安平趁机冲出了酒楼大门。

一辆出租车从身边驶过，崔安平招手将其拦住，上了车。透过后车窗，崔安平看到那两个人冲出酒楼，正在左右寻找。

"去哪儿呀，先生？"

"凡达基夜总会。快点！"

一路上，崔安平想不出对方为什么敢这么干。十根金条算是泡汤了，好在还有四万现金在等着他呢。

十分钟后，崔安平推开夜总会的大门，一眼就看到关雪独自坐在一张桌子边上喝咖啡。

关雪看到走向自己的是那个哨长，不禁目瞪口呆。忽然，崔安平脸色大变，从后腰间拔出手枪指向关雪。

突然间传来一声巨响。那是六支手枪同时开火发出的声音。崔安平的前胸被打成了筛子。他倒在地上，死不瞑目。

此时，夜总会的客人已经被清空了。潘越带着情报组的人围在崔安平的尸体旁边，勘验现场。

宋卓文回过头来，看到关雪仍然坐在那个位置。他走到关雪身边："你没事吧？"

关雪摇了摇头。

"说实话，我从来没见过这么愚蠢的刺客。"

"是啊，我也纳闷儿，他真以为我一个保镖都不带，来跟他单独见面？"

两天前，宋卓文在跟老段商量计划时就说过，关雪在不太安全的场合至少有六个保镖随行。今天晚上，这六个保镖先后进入夜总会，表面上装作和关雪不认识，分别坐在她的前后左右。

天香阁内的两名食客、碰巧路过酒楼门口的出租车司机，都是地下党行动队员。他们的任务是将崔安平推到凡达基夜总会关雪的面前。而第四个行动队员是个英俊帅气的小伙子。他提前进入夜总会，很快就搭上了一个舞女。等关雪落座后，他拉着那个舞女，很自然地坐到了关雪身后。

当崔安平进门后走向关雪的时候，小伙子突然瞪着崔安平，从怀里掏出一个东西，黑色的圆口对准了崔安平。

崔安平大惊，拔出手枪，指向关雪身后。

从任何角度看，崔安平的枪口指向的都是关雪。于是那六个保镖迅疾地拔出了手枪，同时对着崔安平开了火。

清场时，小伙子被搜查后，安全地离开了夜总会，因为他拿在手里的只是一根装在黑色金属管里的高级雪茄。

胡彬快步走进夜总会，直奔关雪而来："他们家里早就空了。"

关雪淡然说道："我早就想到了。"

"不过，我的人在火车站抓住他老婆了。"

关雪眼睛一亮："人在哪儿？"

胡彬转身向门口招了招手，那女人眼角青紫，嘴角流着血，被两个特务押着来到关雪面前。

"都到了火车站，这是要去哪儿呀？"关雪问道。

那女人垂着头，颤声答道："大连。"

"好地方呀，可以游山玩水，可以吃香喝辣。"

那女人双膝一软，跪在关雪面前，边哭边说："长官，我就是一个妇道人家，爷们儿让我干啥，我就干啥。您饶了我吧。"

关雪沉吟了片刻，才缓缓说道："好吧，我就给你一个活命的机会，但是你得把知道的全告诉我。"

那女人的头点得像鸡啄米一般："只要是我知道的，我全说。"

老段和宋卓文之前不是没有特别考虑过崔妻这一人物。经过调查，与精明势利的崔安平截然相反，这个女人笨拙、憨直。几天来，她也没有表现出高兴和害怕等异常情绪。由此判断，狡诈的崔安平应该不会告知她实情。所以，他们就没有对这个无辜的女人做进一步的处理。

现在，她的陈述证实了宋卓文的判断。然而，接下来的话还是让他吃了一惊。

"……大半夜的，他腾地就坐起来了，嘴里还嚷嚷着'一定是双胞胎'！"

"谁是双胞胎？"关雪问道。

"我问他了，他没说，就让我赶快睡觉。"

"接着说。"

"从那天起，他就没怎么睡过觉，天天晚上寻思事。今天早上天还没亮，他就把我推醒了，让我拾掇拾掇，坐晚上的火车去大连。"

"他说过去大连找谁了吗？"

"没有。他就说，马上就要发财了，够我们俩吃喝一辈子的。下午五点多钟，他就让我拿着行李去火车站等他。别的，我就啥也不知道了。"

"你可想好了，要是我查出来你还有瞒着的，你就惨了。"

崔妻歪着头又想了片刻，说："对了，还有一件事。"

"说！"

"今天早上爬起来，他先写了一封信。"

"信？写给谁的信？"

崔妻摇摇头："我不识字。"

宋卓文忽然咳嗽起来。他随手从身边桌子上的木头盒子里抽出了两张面巾纸。

众人从夜总会大门口走出来的时候，门前聚集着许多夜总会的员工和看热闹的闲人。

宋卓文边走边咳嗽。他用一张面巾纸擦了擦嘴，随手扔到了路边。

一只穿着鞋带散开的鞋的脚正站在那张面巾纸旁边。之前那个抽高级雪茄的小伙子弯下腰，借着系鞋带的机会，捡起了那张面巾纸，然后走到没人的地方，打开了。里面是一行字。几分钟后，他在一座电话亭里把那行字念给了老段。

"什么？崔安平今天投递过一封信？糟了！那一定是他为了防备不测寄给关雪的信件。好了，这件事交给我吧。"

老段摁下电话压簧后又拨出一组号码，打到了邮政局集体宿舍楼的走廊。等了一分钟，有人喊来了小魏。

小魏是两年前地下党在邮政局发展的一名成员。他一边扣着上衣纽扣，一边匆匆走出宿舍楼大门，来到分拣科。

长长的操作台上堆满了信件。靠墙的位置立着两个满是格子的木头架子，一个标着"本埠"，另一个标着"外埠"。

几个员工正在对信件分门别类，分拣到相应的木头格子里。

"小魏，你怎么来了？"一个员工问道。

"嘿，闲着也是闲着，帮你们干会儿活儿。"

不一会儿，一溜轿车驶入邮政局大院。关雪等人下了车，问了一下门房，直奔分拣科。

在分拣科大门口，他们与出门的小魏擦肩而过。

几个科员停下手中的工作，愕然地望着这些不速之客。

关雪亮出证件："大家不要乱，我们现在寻找一封信。这封信的收信人、收信地址还不清楚，但落款人叫崔安平。对这个名字有印象的，可以告诉我——"

潘越忽然想起了什么，问："刚才出去的那个人是谁？"

"发行科的小魏。"科员答道。

"他来干什么？"

"说是闲得无聊，帮我们干一会儿活儿。"

潘越突然警觉起来，指着几个特务："你们几个跟我来。"

宋卓文疑惑地看着潘越带着丁鹏等人跑了出去。

"站住！"潘越看到小魏已经走到宿舍楼门口，便大喊一声。

小魏站住，但没有回身。潘越等人跑过来，其中两个特务把小魏的身体拉转过来。

潘越问道："你叫什么名字？"

小魏看着他，没有开口。

忽然，潘越看到小魏的嘴角还挂着一点纸屑。

潘越大惊："撬开他的嘴。"

几个特务摁住小魏，企图用枪管撬开他的嘴。小魏喉结活动，似乎吞咽着什么。

丁鹏说："他咽下去了。"

"快！把他的喉咙切开。"

丁鹏拔出匕首，有点下不了手。潘越夺过匕首，一刀刺了下去。

宋卓文跟着关雪、胡彬等人赶了过来。他被眼前的惨象惊呆了。

潘越的手上、衣服上全是鲜血，他对关雪不无遗憾地说："晚了，他已经把那封信嚼碎了，就差一点。"

宋卓文看着潘越继续跟关雪说着什么。有特务递过来一方手帕，潘越擦拭着手上的血，毫不在意地扔在地上。

一直以来，宋卓文都把潘越当作一个伪君子。此刻他才意识到，眼前这个人分明就是一个杀人不眨眼的恶魔。所谓的温文尔雅、举止得体、态度和蔼都是豺狼的伪装。这个人远比胡彬更凶残，也更危险。一条鲜活的生命就在他眼前以那样惨烈的方式终结了。宋卓文的心中充满了仇恨。他恨潘越的残忍，更加痛恨自己的无能。如果自己在出城行动中筹划得再细心一点，再周详一些，这一切后果都可以避免的。

五

回到关雪的办公室，宋卓文的情绪依然没有调整过来。

"你怎么了，脸色这么难看？"关雪问道。

"如果不是我带你去哨卡，此人或许就不会产生刺杀你的念头。"

胡彬好不容易逮住了理："你算老几呀，还敢带着科长搞什么微服私访？哈尔滨的抗日分子做梦都想要科长的命，你知不知道？这次科长遇险，不怪别人，就怪你！"

关雪打断了胡彬："行了行了，谁也没长着后眼。"

潘越走过来说："呀，我得问你两句话。"

宋卓文抬头看着他。

"你带着科长用一种考验的方式检查哨卡的守卫情况，这无可厚非。但是出城的哨卡有好几个，你当初选择这个哨卡有其他什么其原因吗？"

"潘组长，我不太明白你的意思。"

潘越摆摆手："你别误会，我不是怀疑你，就是想弄明白，这件事是你自己想的呢，还是有谁给你出过主意。"

"完全是我自己想出来的，选择那个哨卡也是随机的。"

潘越点了点头，接着问："你之前认识崔安平吗？"

宋卓文摇了摇头。

"后来和他接触过吗？"

宋卓文再次摇了摇头。

潘越转身对关雪说："那么，我们只能做出这样的假设：这个崔安平早就被抗日分子收买了。阴错阳差，宋卓文带着关科长恰好那一天出现在他执勤的哨卡。崔安平也就因此认识了关科长。当然，他很快就把这件事报告了抗日分子。由此，对方设计了一条加害科长的毒计。先是抛出了一个所谓的'抓内鬼'的诱饵，接着，就是想利用崔安平认识科长的便利，在科长毫无防备的情况下突然下手行刺。他们答应，得手后，会付给崔安平一大笔钱，让他从此衣食无忧。这就是崔安平的动力所在。"

关雪问道："可是那封信又是寄给谁的呢？抗日分子为什么拼了性命也要毁掉它？还有，毁掉信件的时机偏偏就那么凑巧？"

"这个问题还得查。"

"你先把手头别的事情放一放，明天和宋卓文到守备团去一趟，主要是调查与崔安平熟悉的人，看看他最近跟谁联系过。"

等潘、宋二人离开办公室，关雪问胡彬："你那件事查得怎么样了？"

"按你说的，把全市批发大红纸的铺子都拉了一个单子。我的人正在挨家挨户地调查。"

第二天一大早，潘越就和宋卓文来到守备团。他们首先调查的就是崔安平手下的四个哨兵。潘越要求分别对四个人进行盘问。

"他这个人，很自私，平时有点好处都是自己占着，吃苦受累的事都是我们哥几个干……"

"除了执勤，他平时从不跟我们在一起。就算执勤，也很少说话。他跟谁来往，我真的不知道……"

"带我们下馆子？那是绝不可能的。上次关科长奖励了点钱，说好了让他带着弟兄们乐和乐和。他倒好，全塞到自己的腰包里面了……"

"看见长相俊俏的大姑娘、小媳妇，还有就是腰包鼓鼓囊囊的买卖人，他就会亲自下手检查人家……"

最后一个哨兵走出问询室后，和宋卓文对了一下眼神，不易令人察觉地点了下头。宋卓文同样颔首回应。

原来，早在昨天下午崔安平等人下岗后，宋卓文就悄悄约了这四个哨兵。

"刚刚确认，崔安平是抗日分子！"一见面，宋卓文就说道。

167

四个哨兵面面相觑。

"这个时候,你们每个人一定要把自己跟他的关系撇清楚。"

哨兵甲说:"我们本来就跟他没有什么关系。"

其他人附和:"是呀。"

"至少前两天还在一起喝过酒吧?"

"那还不是因为——"

"宴请我,对吧?"

哨兵们点了点头。

"所以,我也不想掺和到这件事里去。我呢,毕竟是特务科的人,大不了就是惹一身骚。各位可就不一样了,一旦被特务科盯上,就会受到没完没了的盘问。说错一句话就惨了。那个地下室里有好几十套刑罚。"

"宋先生,我们都听您的。"

其他三个人也忙不迭地点头。

"不要提起前两天吃饭的事情,无论谁问,都说崔安平这个人吝啬、自私,大家平素里除了当差的时候,都不与他来往。"

哨兵们点头。

"还有,不要提起那天我和关科长二次出城的事情,那是军事机密。"

哨兵们重重点头:"我们记下了。"

第十二章
连环杀招

一

"查到了。"胡彬一进门,就迫不及待地说。

"哦?"关雪抬起头来。

"有一个老板想起来了。他说,这个小姑娘挺穷的,央求了他半天,要求赊账,等把剪纸卖出去再给他钱。"

"老板就那么放心?"

"那姑娘是个大学生,她把学生证押到老板手里了。"

"你记下了吗?"

"那当然。"说着,胡彬掏出一个小本子,翻开。

"这姑娘是工业学校的,名叫谢月。"

"是她?"

"怎么?你认识她?"

"听说过,她是小凯的同学。"

"查不查她?"

关雪沉吟片刻,说:"这个事你不要管了,交给我吧。"

关凯坐在一张桌子边,心事重重。他端起桌上的杯子喝了一口咖啡。事实上,他一点也不渴,这么做只是为了放松。

忽然,他眼前一亮,看到宁先生推开咖啡馆的大门,四下寻找着。关凯举了下手。

宁先生走过来,把一个布包放到桌子上。

"给你带了点东西。"宁先生微笑着说。

关凯打开布包看了一眼:"杏干?"

"没错。"

"我没跟你说过我爱吃这东西吧?"

"这不是给你吃的。"

"那给谁?"

宁先生沉吟着,似乎在寻找一个表达的方式。

忽然,从远处传来一声沉闷的巨响。两个人都不约而同地向窗外望去。

天色快黑了。

二

潘越也听到了那声巨响。他觉得，那是爆炸的响声。果然，没过一会儿，他就接到了电话——西郊化工厂发生爆炸。关雪去警察厅开会了，所以潘越带队赶往爆炸点。

这是一座已经废弃的化工厂。穿过空荡荡的厂区小路，潘越看到前方停着几辆挎斗摩托车。发生爆炸的厂房已经被荷枪实弹的日本宪兵包围。

潘越来到门口，对带队的军曹出示了证件。

军曹介绍说："四十分钟前，当我们行驶到化工厂附近的路段时，突然听到工厂里传来一声巨响。作为职业军人，我清楚那声音来自烈性炸药的爆炸。但是当我们赶到的时候，这里一个人都没有了。"

潘越问："你们的人进去了吗？"

"只有我进去查看了一下，别的人都被命令在四周警戒。"

"你做得很好。"

潘越从别人手中取过一只手电筒，转头吩咐："大家都留在外面。"说完，他一个人钻进了厂房。潘越握着手电，一寸一寸地搜索着。

墙根有一块木板和一套散乱的被褥，地上有几个脚印。潘越蹲下来，仔细地观察着；角落里散落着几个蒙了灰尘的包子。潘越拾起一个包子捏开，闻了闻里面的馅儿；手电光圈又照到了地面上的一小块破布。潘越捡起来，看到破布上面有一些黑色的污渍。潘越凑到鼻子下面闻了闻。手电光圈在水泥墙壁上游移着，忽然静止不动。潘越看到上面有两组用石笔书写的化学方程式——一组高、一组低。潘越站在墙壁前盯着化学方程式，沉思了一会儿。

不一会儿，潘越从厂房里走了出来。胡彬立刻迎上去："老潘，咋样？"

"爆炸发生的时候，这座厂房里有两个人，一高一矮。高个儿的有一米八，矮个儿的只有一米六。矮个子在这座厂房里住了几天，专职配制炸药。高个子是来给他送饭的，他的交通工具是一辆破旧的自行车。"

"带来的晚饭是包子。二人在炸药的原料配置上发生了分歧，都试图说服对方。然而就在这时，由于某种原因，配置好的材料发生了化合反应，爆炸了。侥幸的是，这两个人都没有受伤。高个子蹬着那辆破旧的自行车，驮着矮个子离开了。"

胡彬有些不太相信："老潘，你说得有板有眼，就跟亲眼看见似的，靠谱吗？"

"回头再解释。胡组长，把人散开，在这栋厂房的四周搜寻一条陈旧的自行车的车辙。赶快！"

黑暗的厂房四周，一道道手电筒光圈照射着地面。

丁鹏忽然大喊："在这儿呢！"

众人围拢过去。

潘越抢过一只手电筒，照射着两道相邻的车辙。

"没错，这条印记是来的时候留下的，因为一个人骑车，所以相对浅些。这一条是离开的时候留下的，因为驮着人，所以车胎纹络相对深重。"

宋卓文站在潘越身边仔细地观察着。

潘越抬头扫了一眼："现在，我们的工作就是跟着这条车辙向前搜索。"

众人沿着车辙向厂外走去。

胡彬凑过来："老潘，现在我相信有两个人乘着一辆自行车离开了化工厂。可是你连他们的身高都猜得出来，这也太神了吧？"

潘越笑了笑："其实非常简单，我从头说吧。"

一旁的宋卓文侧耳倾听着。

"进入爆炸现场，我发现墙角的木板上散落着一床铺盖，因此断定，有一个人常驻这里，专门配制炸药。的确，在哈尔滨市区内，这个地方荒芜而又隐秘，换了我，也会选择这里。

"但是地上出现了两组脚印，相对较小的脚印遍布厂房内的地板，而较大的脚印就明显少得多。所以我断定，住在这里的是个矮个子。高个子是临时来到这里的。那么他来干什么呢？

"角落里躺着几个蒙了灰尘的包子。我闻了闻包子馅儿，不但新鲜，还有那么一丝温度。所以我判断，高个子是来送饭的。接着我发现了一小块破布条。破布上的污渍是一种润滑油，专门给自行车的链条滴加的。所以我判断，送饭来的高个子在半路上，因为自行车掉了链子，他不得不停下来，重新在齿轮上挂好链条。到了目的地，他随手抓起一块破布条，擦掉了手上的油泥。"

"那俩人的身高呢？"胡彬还是不甘心。

"墙壁上有两组用石笔书写的化学方程式，一组高，一组低。那个高个子显然也是个行家，他一到达，就发现同伙在炸药成分配比上出了问题。为了验证同伙的错误，他拿起一根石笔，在墙上开始书写相关的化学方程式。然而，那个矮个子同伙并不服输，也在墙上书写了自己认为正确的化学方程式。爆炸这个结果应该印证了高个子的看法。"

此时，众人已经走出了化工厂，来到一条马路上。

潘越继续说："一个人保持站姿在墙上书写的时候，他写下的文字一般和他的眼睛平齐。而那两组方程式一高一低，由此，就可以轻松地判断出两个人的准确身高。"

胡彬说："老潘，我早就说过，你就是咱们特务科的诸葛亮。你这是真本事，不像某些人靠拉着女人的裙带向上爬。"

潘越笑了笑："只要认真观察，谁都能做到。"

宋卓文这才明白，胡彬装作小学生向潘越认真讨教，其实是为了给自己添堵。不过他不以为意。潘越的分析可谓合情合理、丝丝入扣。宋卓文不知道那两个被追踪的年轻人到底是什么身份。但有一点，他们和自己是一样的，那就是为了反满抗日而冒险。他觉得自己有责任保护他们的安全。

到了一个十字路口，车辙和脚印一下子多了起来，一时间，他们找不到那条自行车轨迹了。

潘越一抬头，蓦然看到路口拐角处有一座治安岗亭。

潘越对着玻璃窗亮了一下证件。一个治安警察立刻起身走了出来。

171

"几点上的岗？"潘越问道。

"晚上六点。"

"有两个人，一高一矮，从这个路口经过——"

没等潘越说完，警察抢先说："骑着一辆自行车，对不对？"

"你看见他们了？"

"他们就在你站的稍后一点的位置鼓捣了一会儿车链子。"

"他们向哪个方向走了？"

警察指着右侧："向南。向南走了。"

果然，他们向南搜索了一段，清晰的自行车胎痕迹又出现了。四十多分钟后，经过一段土路，车辙把他们带到一道大铁门前。铁门的两侧是高高的围墙，门口的牌匾上写着"第三库区"的字样。

两个特务用搭人梯的方式将第三个送上了墙头，翻了进去。没过一会儿，门从里面打开了。

他们轻手轻脚地走了进去。

黑暗中的库区中，矗立着一栋栋高大的库房，只有远处一间库房的窗口亮着灯光。众人走近了，发现那辆自行车就停在门口。

胡彬带着几个人围着库房转了一圈，来到潘越跟前。

"库房的前后门都插死了。但四面都有窗户，就是有点高。"胡彬压低声音。

丁鹏插话道："仓库大门边上放着好多消防用的铁梯子。"

潘越思考了片刻，说："把人分成四组，五分钟后，蹬着梯子，从四面的窗户同时向里面进攻。"

一架铁管制成的消防梯被小心翼翼地靠在库房一侧的外墙上。外墙的墙根处是带下坡的水泥地。为了稳固消防梯，一个特务捡来两块石头，塞到梯子和水泥地之间的夹角。

宋卓文看了看梯子腿，脚尖伸向一块石头。突然，他的肩膀被人拍了一下，回头一看，却是胡彬。

"我来带领你们这一组。待会儿，第一个上，你身手好，没问题吧？"

"当然没问题。"

胡彬看了看表："还有一分钟啊，大家检查一下武器。"

几个人把手枪拔出来检查。

"记住，尽量抓活的，万不得已的时候，可以开枪。"

趁着几个特务的注意力被胡彬吸引，宋卓文背对着他们，假装看着窗口，却悄悄地把梯子腿下面的石块钩到了一边。一个特务忽然斜了一眼，看到了宋卓文的动作。他碰了碰胡彬。

宋卓文若无其事地转过身来。

"我跟你说一下，进去之后……"胡彬走过来，吸引了宋卓文的注意力。忽然，两支手枪顶在宋卓文的后腰上。

胡彬低声喝令："别动,别出声!"

宋卓文一愣："你们干什么?"

与此同时,他的双手被两个特务反手铐了起来。

"我们干什么你自己最清楚。"胡彬对那两个特务说："你们两个看着他,他敢反抗就打死他。"接着,他看了看手表,"时间到了,上!"

特务们爬上铁梯子,翻进窗户。宋卓文眼睁睁地看着,但自身受制,无计可施。

轰隆一声,从库房内传来一声巨响,所有的窗子都被震碎了。

宋卓文低头躲避着飞出来的碎玻璃,看守他的两个特务目瞪口呆。宋卓文似乎明白了什么。

三

几辆救护车停在库房外。医务人员从库房里抬出来一副又一副担架。担架上有的是痛苦哀叫的伤员,有的是蒙着白布的死者。潘越垂头丧气地站在那里。

一辆轿车开过来,停下,关雪钻出轿车,来到潘越身边："怎么会这样?"

"我们中计了。仓库里一个人都没有,倒是有几颗用钓鱼线挂着引信的炸弹。"

"伤亡情况怎么样?"

"两死五伤。"

"宋卓文呢?"

"对了,忘了告诉你……"潘越附在关雪耳边说了几句话。

关雪一愣："他为什么要这样做?"

"除非见到你,否则他不肯说。"

"把他带来。"

很快,宋卓文被两个特务押着来到关雪面前。在他们的后面,跟着胡彬。关雪看着宋卓文,宋卓文也看着她。

"听说,有些话你要当着我的面才肯说。"

"是的。"

"我就在这儿。"

宋卓文还没开口,胡彬就抢着说："他故意把梯子下面的石块踢掉,就是为了破坏进攻。人证物证俱在,还有什么可说的?"

宋卓文说："我是情报组的人,你凭什么指挥我第一个爬上去?"

胡彬愣了一下。

关雪开了口："特务科在行动中不分单位,长官的命令都要遵守,这不是理由。"

胡彬对宋卓文说："听见了吧?"

"当然,这件事我也有责任,当初没有对他强调这一点。"关雪又把话往回收了收。

"跟你没关系，最主要的是我不想白白送死。"

潘越斜视着宋卓文。

"什么意思？"关雪问道。

"老实说，这次行动有太多的问题。第一，为什么第一次爆炸不早不晚，偏偏发生在宪兵队的巡逻车队经过化工厂附近的时候？第二，既然是抗日分子失手造成的，为什么他们没有一个人受伤？第三，那辆自行车早不掉链子晚不掉链子，偏偏在十字路口的治安岗亭外面掉了链子呢？这种巧合太多了，你们就不觉得今天晚上我们的进展顺利得过分吗？"

潘越的脸一阵红一阵白。

胡彬冷笑一声："你少来这一套，早干吗去了？事后诸葛亮，我也会做。"

宋卓文转脸对着胡彬喊道："我不得有一个思考的过程呀？等我想明白了，你站在我后面了。我跟你说，你能听我的吗？"

宋卓文又转脸对着关雪和潘越喊道："你们俩平心而论，他胡组长能听我的吗？"

现场一片沉默。

潘越问关雪："科长，你说怎么办？"

"你拿主意吧，他是情报组的人。"

潘越沉吟片刻，说："放了他吧。"

"就这么放了？"胡彬有些不甘心。

潘越点了点头，宋卓文的手铐被打开了。

"无论如何，临阵抗令也是不对的。宋卓文，罚薪一个月，这两天不得参加行动，到医院去陪护伤员吧。"关雪一脸严肃地宣布。

四

关雪很晚才回到家。她无力地躺在沙发上，一脸疲倦。

关凯端来一杯热气腾腾的牛奶，放在关雪面前的茶几上。

"你还没睡觉？"

"你不回来，我不放心。"

关雪望着关凯，充满温情地说："小凯，你一定要好好读书，将来当一个会计师，坐在办公室里，舒舒服服地过一辈子，离那些舞刀弄枪的事情远远的。"

"姐，到底出啥事了？"

关雪沉默了片刻，说："今天晚上，又有几个弟兄出事了。"

"啊？人没了？"

"有死有伤。"

"伤员送医院了吗？"

关雪点了点头。忽然，她想起了什么："我问你，你是不是借给别人钱了？"

"你怎么知道？"

"借给谁了？"

"我一个同学，叫谢月。"

"这是哪一天的事？"

关凯盯着姐姐："到底怎么了？"

"你必须老实回答我，因为这牵扯到一起凶杀案。"

关凯吃了一惊："你去见她了？"

关雪摇了摇头："我让小武去了一趟。谢月一口咬定，是因为你借给了她钱，她第二天才没有再去火车站卖剪纸。所以，这个日期很重要。"

关凯想了又想，说："上个月的事，具体哪一天，我忘了。"

关雪盯着关凯。

"真忘了。"

"说实话，你是不是喜欢上这姑娘了？"

关凯有些慌乱："哪有的事儿，就是一般同学。人家开了口，我不好意思不借。"

五

朝霞透过林木的间隙，染红了林间小路。早起的鸟儿啾啾啁啁叫个不停。

宋卓武背着一个包袱和方政委并肩走在下山的路上。在他们身后不远的地方，跟着一个背着驳壳枪的警卫员。

方政委说："现在，苏联红军已经打到了德国的首都柏林城下。希特勒的主要兵力都已经被歼灭，美国已经把太平洋上的日本军收拾得差不多了。轰炸机已经可以飞抵日本本土，对他们的军事基地、兵工厂昼夜不停地轰炸。"

"小鬼子的老窝都让人家掏了？"

"对呀，你想想，这小日本还能蹦跶几天。"

"方政委，你这学问比老段还要大呀。"

方政委笑了笑："可是越到这个时候，敌人越会变本加厉，像输红眼的赌徒一样做最后的挣扎。所以，你们在哈尔滨的日子会一天比一天艰难。"

"我会把你的话带给老段，让他加倍小心。"

"至于山上的内鬼，我们会想办法，尽快把他挖出来的……"

密林深处，一支步枪悄悄地伸出来，步枪的准星瞄准了远处小路上宋卓武的后背。

"砰！"一声枪响。

宋卓武安然无恙。警卫员拔枪在手，挡在政委身前。

一个三十岁出头的男子躺在草地上，脑袋上有一个窟窿。他的身边有一支步枪。

老苗拎着驳壳枪走了过来。

与此同时，方政委、宋卓武也赶到了。

"怎么回事？"方政委问道。

"一大早，我到林子里看看昨天下的套子有没有逮住只兔子啥的，却看到乔二这小子鬼鬼祟祟地猫在林子里跟着你们。后来他竟然举枪瞄着你们，我就开枪了。"

警卫员走过来，狠狠踢了尸体一脚："这个狗叛徒！"

被枪声惊动的游击队员纷纷赶了过来。

警卫员向大家解释道："乔二是叛徒，想暗杀政委。"

众人议论纷纷时，李队长看到了背着包袱的宋卓武："你这是要走啊。"

宋卓武还没说话。方政委就说："你瞧瞧，本来你不想惊动大家，这下，不告个别是不行了。说两句吧。"

"各位……同志，我就先下山了。你们在山上，多多保重……"

方政委对警卫员说："把我那双鞋拿来。"

警卫员从后腰带上解下一双厚底布鞋，递给方政委。方政委将布鞋交给宋卓武。

"我不需要。"

方政委把鞋塞进他的手中："什么不需要？还要连走两天的山路，你脚上那双鞋不磨掉脚后跟才怪呢。"

宋卓武愣了一下。方政委挤了挤眼睛。

等众人都散去，宋卓武问方政委："刚才您给我这双鞋，还说要走两天的山路，就是为了迷惑别人？"

方政委点了点头。

"乔二已经被苗叔叔击毙了呀。"

"乔二，我了解，他识字不多，那份部署图绝不可能出自他手。乔二后面，还有人。回去以后告诉老段，让他提高警惕，内鬼依然存在。"

六

陆军医院大门口两侧，站着全副武装的日本军人。关凯提着一包食品来到大门口。他掏出证件，让日本士兵看了看。对方拿过那包食品看了看，还给了关凯。

进了住院部大楼，关凯先去了一趟卫生间。他站在洗手台前慢慢地洗手。等卫生间里人的走光了，他快速从那包杏干下面取出用油纸包好的炸药，放在一个马桶后面的水箱里。接着，他来到卫生间角落的一根主水管前，从后腰间抽出一把扳手。他用扳手套住水管截门上一枚锈迹斑斑的螺母，用尽全力向下压扳手。终于，螺母被压断，水流开始渗出来。

宋卓文拿着一张药单子低头看着，穿过走廊。一抬头，他看到关凯从卫生间门口走向走廊的另一侧。

"小凯。"

关凯回过头来。

"你怎么来了？"宋卓文走过去。

"我听姐姐说有几位大哥受了伤，就过来看望他们。"
"我陪床呢，我带你去吧。"

与此同时，关雪正在向浅野寺做汇报。
"伤亡情况怎么样？"
"两死五伤。"
"指挥这次行动的人是谁？"
"潘组长。"
浅野寺的脸色有些难看。
关雪赶紧说："这次我们被打了一个措手不及，他们实在是太狡猾了。"
"是潘组长太大意了！第一次爆炸正赶上附近有宪兵巡逻、现场没有人受伤、自行车的故障发生在治安岗亭的前面，这么多巧合都在提示这是一个圈套，他还要往里面钻！"
关雪听到浅野寺的话愣了。
"怎么了？"浅野寺问道。
"您的话和另一个人说的几乎一样。"
"谁？"
"宋卓文。"
"他为什么不把疑点提出来？"
"还是不自信，觉得自己人微言轻，怕判断错误。"
浅野寺略带嘲讽地说："惧上。在上司面前不敢坦率地表达自己的看法，这是你们整个民族的缺点。"
关雪没有说话。
浅野寺似乎想把气氛缓和一些："关键的问题还是你们没有给他更多的发挥空间。"
关雪垂着头："您说的是。"
"宋卓文现在执行什么任务？"
"这个……因为他昨天晚上有些违抗命令的表现，所以我罚他陪护伤员。"
"那样愚蠢的命令，当然要违抗。"
"您说的是。"
"不管怎么说，我们还是去医院看望一下伤员。"浅野寺说罢，站起身来。

几个伤员有的缠着头，有的包着腿，表情痛苦地躺在床上。有一个还发出阵阵呻吟。
关凯把包里的杏干、糕点、奶粉等食物拿出来，放在桌子上。
宋卓文说："他们现在什么也吃不下去。"
"我也知道，就是个心意。"
"早点回去吧，别耽误了课程。"

"今天上午没有课，多待一会儿也没事。"

关凯有意无意地向窗外瞟了一眼。窗外，医院大门口，三个穿着工作服的水管维修工人正在接受卫兵的检查。

装扮成水管维修工的宁先生给截门换了一枚崭新的螺丝，喷出的水被封住了。他回头对医院的后勤科科长说："主要原因是管道老化得太厉害了。我们要做一个全面的检查。"

"既然你们来了，就好好查查。"

此时，宁先生的一个同伴从一个隔间出来，冲他点了点头，意思是已经拿到了藏在水箱里的炸药。

一行人出了大楼，来到停满轿车的停车场。

宁先生指着一辆汽车："得把那台车移走，看见车下面的井盖了吗？总阀门就在那儿。"

在后勤科科长的协调下，停在井盖上的汽车已经被移走。

井盖打开，一个维修工爬了下去，另一个坐在井沿，给下面的人递工具。

宁先生站在不远处，观察着医院的大门口。

过了一会儿，两辆轿车一前一后停在大门口接受检查。宁先生看到了第一辆车的车牌，转身对着坐在井沿的同伴做了一个捏耳朵的手势。那个人微微点了点头。

第一辆轿车驶入停车场，坐在井沿的那个人无动于衷。那辆轿车停了一下，向前开走了。坐在井沿的那个人快速将井盖安回原位。

第二辆轿车驶入停车场，看到了井盖上的空位，径直开过去，停在井盖上方。

车门打开，从里面钻出来的是关雪。

关雪引着浅野寺穿过走廊，进入病房。坐在椅子上的宋卓文立刻站了起来。关凯也从床边站起来。

关雪有些惊讶："小凯，你怎么也在这里？"

"我上午没课，就过来看看几位大哥。"

关雪连忙介绍："课长，这是我的弟弟关凯。"

浅野寺打量着关凯："很英俊的小伙子啊。"

"您过奖了。"

这时，关雪轿车下面的井盖被两只手轻轻地托了起来。井盖被挪开了一半，两只手从井里伸出来，将那包炸药固定在车底。

那包炸药上面连接着一只小型钟表。那个人给钟表上紧了发条。

病房内，趁着浅野寺拉住一个伤员的手慰问的时候，关凯挪到窗口，向下望了一眼，大惊失色。

只有宋卓文察觉到了他的异样。

关凯悄无声息地从众人身后走过，出了病房。

关凯出了医院大楼，紧张地寻找着。在大楼的拐角，他的肩膀被人拍了一下。关凯一回头，见宁先生站在他的面前。

"你还没离开？"宁先生很不满。

"你们把车牌号码弄错了。"

"没有弄错。"

"那是我姐姐的车。"

"目标就是她。"

"不，一开始，你说的是浅野寺。"

一个穿白大褂的医生走了过来，二人暂时都噤了声。

等医生走过去，宁先生解释道："一开始，我们的目标的确是浅野寺，但是上峰临时改变了计划，我也没办法。"

关凯呆立在原地。

"关凯，你现在有两条路：第一，把我交给日本人，保全你姐姐的性命；第二，赶紧离开医院，装作什么事也没有发生过。我知道这个选择对你很难，对任何人都很难。一方面是亲情，一方面是民族大义——"

这时，宁先生看到关雪和浅野寺从大楼里走了出来。跟着他们身后的宋卓文向这边扫了一眼。宁先生立刻走开了。

关雪打开车门，刚要钻进车内，身后传来关凯的声音。

"姐，我跟你一起走。"

宋卓文察觉到关凯的脸色有些苍白。他问了一句："小凯，你刚才……"

关凯深深地望着宋卓文："哥，我和姐姐先走了，你照顾好自己吧。"

宋卓文一愣。

关凯快步走到车边，拉开车门，和关雪并排坐到后座上。

目送着关雪的轿车驶出医院大门口，宋卓文若有所思地往回走。登上台阶的时候，他向身后看了一眼，恰好看见停车场上那个刚刚从井口里钻出来的维修工在挪动井盖。

穿过大厅，走上楼梯的时候，宋卓文反应了过来。他跑出大楼，发现那个维修工已经不见了身影，一辆轿车刚刚停在那个车位。

一个日本军官从驾驶座上下来，打开车后门，搀着一个怀孕的日本女人下车。他把那个女人搀扶到人行道上，刚要回身去关车门。宋卓文已经钻进轿车，加速开走了。

关凯忽然抓住关雪的胳膊，把头枕在她的肩头。

"怎么了？"

"姐，我有点困了。"

关雪充满温情地说："那你睡一会儿吧。"

179

关凯闭上眼睛，等待着。

道路前方，忽然有许多小学生从学校门口拥出来。轿车只好停了下来。司机小武不耐烦地鸣着喇叭。终于，一拨学生穿过了马路。轿车刚刚启动，斜刺里，从一条窄街中冲出一辆轿车，撞到了关雪轿车的车头。

关雪和小武都拔出了手枪。

宋卓文从那辆车里跳出来，大喊："快下车！"说罢，他钻到了关雪的轿车下面，很快又钻了出来，手里拿着那包炸弹。

关雪等人已经下了车，目瞪口呆地看着宋卓文。周围的许多孩子根本不知道那是炸弹，还在围观这起车祸。

宋卓文低头看着炸弹上面的钟表，还有十几秒钟就要接近起爆位置。

"快闪开！"他大喊一声，穿过人群，一路狂奔。

跑了没多远，宋卓文突然看到路边有一口水井。他将炸弹扔进水井，赶快卧倒。

轰隆一声，井台被炸碎，一根水柱从井里冲上了天。

七

三个人穿过参谋部大楼的一道长廊，来到浅野寺办公室的门口。

原田副官打开了房门，却拦住了潘越："潘组长，课长特别交代过，他想先跟关科长和宋卓文谈。"

潘越有些蒙："那我？"

原田副官指着办公室外墙边的一张长椅："请潘组长先在这里坐一会儿。"

"一座建筑物内的自来水系统出现了故障，维修人员上门维修，这是再正常不过的事情。同样，维修人员钻进停车场内的自来水窨井检查管道也没什么问题。可是，那个窨井的位置，恰好在关科长轿车停驻的位置，这就有些巧合了。"

坐在办公桌后面的浅野寺和办公桌侧面沙发上的关雪不约而同地点了点头。

宋卓文继续说："送走二位长官之后，在大楼门口，我无意间回头望了一眼，恰好看见停车场上一个刚刚从井里钻出来的维修工在挪动井盖。很奇怪，那个井盖不正是关科长停车的位置吗？也就是说，那个维修工人一直在轿车的下面干活儿。我不明白管道维修的工作流程，但是在这种情况下，井盖周围不应该留着一个工友来监护吗？这个唯一反常的疑点让我把所有的'巧合'结合到一起，我发现，这根本不是巧合解释得通的。"

浅野寺插进话来："你当时就那么确定他们藏在关科长车底的是一枚炸弹？"

"完全是一种直觉，因为昨天夜里发生的爆炸案说明，我们的对手是一个玩炸药的好手。我们都认为昨天夜里的第二次爆炸是他们的目的。不，今天上午的第三次爆炸才是这次行动的句号。对方选择在昨天也就是星期六的晚上启动这次行动的第一步，是经过深谋熟虑的。因为一旦造成数量较多的伤员，关科长和浅野课长第二天必然会到医院探望。

"陆军医院是什么地方？可以说整个哈尔滨军政界要员生病时的首选。一到周日，络绎不绝的探望者会把大楼前面的停车场占据得满满当当。这样，他们就可以利用维修自来水管道的机会占据停车场那个距离大门口不远的车位，想让哪辆车停进去，就让哪辆车停进去。当然，最终目的是对关科长下手。"

听完了宋卓文的陈述，浅野寺的脸色有些阴沉。关雪不知道该说什么，场面一时有些尴尬。

浅野寺忽然问关雪："关科长，我记得你说过，宋卓文在八年前救过你的命。"

"是的。"

"现在，他再次成了你的救命恩人，你打算怎么报答他呢？"

关雪揣摩不透浅野寺的用意，因而欲言又止。

浅野寺看着宋卓文，慢慢地说："我认为，宋卓文已经具备一个高级情报官所应有的能力和素质。"

关雪和宋卓文都有些出乎意料。

"现在唯一的问题就是，他还不敢放开手脚，在一些判断上，根本不敢跟上司争论。这个缺点，宋卓文身上有，关科长身上也有。就在刚才，你还因为无法猜透我的态度而不敢表明你对宋卓文这番分析的认同。"

"您指教的是。"

"我认为，宋卓文完全可以胜任情报组的副组长一职。"

宋卓文愣了。

"特务科的情报分析能力还比较弱，由他来协助潘组长工作非常合适。要给他充分的发言权。"

关雪垂首："是。"

"宋君，你的意见呢？"

"课长阁下，这不太合适吧，我的资历实在是——"

浅野寺摆了摆手："在我的字典里从来就没有'资历'这个词。策划满洲事变的时候，石原莞尔将军不过是一名中佐，但这根本无法阻止他建功立业、名扬天下！努力吧，宋君，你早晚必成大器！"

宋卓文瞟了一眼关雪。

浅野寺接着说："当然，这只是一个建议，最后的决定权还在关科长手里。"

关雪站起来，立正："我一定会遵照课长阁下的意思办。"

原田副官把关雪和宋卓文送出了办公室。潘越站起身来，整了整衣服和领带，等待原田副官把他带进去。

原田副官依然保持着彬彬有礼的微笑："对不起，潘组长，课长今天太累了，他不能接待你了。"

潘越眨巴了两下眼睛，没有说话。

回去的车上，潘越和关雪并排坐在轿车的后座上。他忽然小声问道："浅野课长是不是对我的工作很不满意？"

"他没有这么说呀。"

潘越点了点头，靠在后座上。

"别想那么多了，抓紧时间，漂漂亮亮地把这起连环爆炸案破了，把那几个扮成维修工人的抗日分子抓住，那就谁也说不出什么了。"

"对对，赶快破案。"

关雪提高了些音调："这起案子就由潘组长和你全权负责了。"

坐在前排副驾驶位置的宋卓文回过头来："好的，我随时听候潘组长调遣。"

潘越满脸堆笑："你看我真是失礼，还没有给老弟道喜呢。"

"潘哥，走到哪儿我都是您的人，您可得多教我东西。"

回到特务科，关雪就召集所有人员，在大会议室当众宣布了对宋卓文的任命。

潘越带头鼓掌。关雪一边鼓掌，一边瞟了一眼身边。唯一没有鼓掌的人就是胡彬。

下午快下班的时候，三个特务沿着走廊一边走，一边嘀咕。

"这宋卓文升得也太快了吧？咱们拼死拼活的，都干了好几年了，连薪水都没怎么涨。"

"你不看看人家是谁，那是科长的救命恩人。这次，他又救了科长一回。"

"别说，他还真有两下子，昨天夜里要不是他，我这一百来斤，最好的结果也是在医院里躺着呢。"

"我也觉得，他的本事还在潘组长之上。"

"那是，你说，是玩拳脚还是玩脑子，老潘哪样也比不了人家。我听说，连浅野课长都高看他一眼。过两年，这情报组组长，还指不定是不是老潘呢。"

三个人一拐弯，登时傻了。潘越就站在他们面前。

整个大楼都能听见潘越的咆哮："长着嘴是用来干什么的？是用来吃饭的、喘气的，不是用来嚼舌头根子的，懂吗？"

许多人从办公室里探出头来。

"长官是什么？长官如父母！你们在家里也四处挑爹妈的不是、嚼爹妈的舌头？没教养的东西！"

众人只是倾听，没有一个走过去劝解。

第十三章
请君入瓮

一

宋卓文拍了拍小院的院门,老段打开院门,把他让了进去。

"老段,让我来这里接头,是出什么事了吗?"

老段笑了笑:"没事,就是想叫你吃一顿团圆饭。"说着,他推开房门。宋卓武正笑呵呵地看着他。

"哥!你什么时候回来的?路上顺利吗?"

"顺利?哼,能回来就不错了。"

老段笑着说:"他这一路确实挺传奇,咱们边吃边聊。"

潘越皱着眉头,满怀心事地走在街道上。蓦然间,他意识到什么,举目四望,这才恍然惊觉自己走错了路。转身往回走了半条街,他一头扎进了那家熟悉的小旅馆。

看到潘越后,那个来自新京的女医生脸上的笑意渐渐消退。

潘越看着她:"怎么了?"

"这句话应该由我来问你。"

潘越坐在她面前:"我的脸色是不是很难看?"

"把手伸给我。"

半个小时后,潘越把一沓钱放在桌子上,拿起桌子上的两瓶药,装进了衣兜。

"我还是要多两句嘴。"女医生说道。

潘越笑了笑,没说话。

"这些药只能暂缓你的病情。你真应该休息一段时间。"

"忙过这一段吧。"

女医生刚要说什么,潘越看了看手表,说:"今天不算晚。我记得一个小时以后就有一列开往新京的列车,你的时间很充裕。"

来到火车站,女医生买了票,在候车室里找到了一个空座,坐下来等车。

一个中年商人走过来,坐在她的身边:"大姐这是去哪儿啊?"

"新京。先生,您呢?"

那个商人很健谈,没一会儿两人就熟络起来。他不知说了什么,把女医生逗得哈哈大笑。

宋卓武讲完了上山的经过，宋卓文也把这两天发生的案件介绍了一遍。

"我可以保证，这一连串爆炸行动绝不是党组织安排的。"老段说道。

宋卓文点点头："我觉得也不像。"

"从这种狠辣的作风来看，我倒觉得那些人像是从重庆方面来的。"

"军统？"

老段点点头。

"你们俩说的都是啥呀？"宋卓武问道。

宋卓文忽然想起了什么，说："哥，有一次你在路上遇到小凯和另一个人在一起。"

"对呀。"

"那个人是不是三十出头，身材瘦高，鼻子挺尖，皮肤黝黑？"

宋卓武想了一下，说："还真跟你说的差不多。"

"果然如此。"宋卓文想到了那个在医院里和关凯交头接耳的维修工。

宋卓武正要继续问，电话铃响了起来。

老段走过去接起电话。他听了一会儿，放下电话，走了回来。

"今天晚上，潘越到一家旅馆拜访了一个来自新京的女医生。"

"哦？"

"我们的人从那个女医生嘴里套出话来，潘越接受她的治疗已经很长时间了。"

"什么病？"

"焦虑症，而且越来越严重。跟踪的同志也确认，潘越有些魂不守舍，还走错了路。"

"在不久前的一次例行体检中，潘越还曾贿赂过体检医生。"

老段说："我们可以利用焦虑症这一点做一些文章。"

宋卓文点点头："我也是这么想的，但是当下最危险的是小凯，我们帮帮这孩子吧。"

二

关凯背着书包来到学校的大门口，一个男子迎面而来，两个人的肩膀撞了一下。关凯扭头看了他一眼。那男子指了指关凯的上衣口袋，随后扭头走了。关凯伸进自己的口袋，拿出一封信。

宋卓文翻开案情记录。

"昨天上午九点钟，陆军医院的后勤人员发现大楼三层卫生间的一个水管截门漏水，于是立刻打电话通知自来水公司的维修部门。"

关雪、潘越以及情报组的众特务坐在四周，听着案情通报。

"半小时之后，就有三个维修工来到医院。当然，事后调查，自来水公司原本派出的维修车辆在半路上被劫持了。三个维修工被几个冒充警察的人打昏了。等他们醒来的时候，发现自己被捆绑了手脚，扔在一个少有人去的垃圾场。他们的证件、工作服都被拿走了。"

"这三个维修工的口供有价值吗？"关雪问道。

潘越说："因为很快就被打昏，所以除了那三张面孔，他们也不记得什么。我觉得重点调查方向首选还是医院。"

关雪点了点头。

潘越接着说："昨天晚上我就想，自来水管怎么就那么巧偏偏在昨天坏掉呢？还有，三个假维修工进医院大门的时候接受过严格的排查，他们是不可能把炸药带进来的。"

关雪说："没错，医院内部一定有他们的同伙。"

"破坏自来水截门的、提前把炸弹带进医院的应该是同一个人，找到这个人，案子就破了一大半。"

一个特务走进来，把一份报告交给关雪："科长，炸药的成分检测报告出来了。"

关雪看了看，递给了潘越："主要成分是三硝基苯酚。"

潘越看着报告："这种炸药破坏力巨大，闻上去却是一股杏仁的味道。"

医院后勤科科长陪着潘越和宋卓文进了那个卫生间。

后勤科科长指着墙角一根垂直的粗水管："看到那个截门了吗？喷水的就是这个地方。"

"谁发现的？"潘越问道。

"一个医生。随后他就给后勤科打了一个电话。后勤科立即给自来水公司打了一个电话。"

"准确的时间？"

"九点钟左右。"

"这一层住院的病人多吗？"

"不少。"

"九点钟之前，应该是刚刚吃完早饭，卫生间的使用率会很频繁，对吗？"

后勤科科长点点头："你说得没错。"

"我就不相信破坏者的运气会那么好，走进卫生间的时候里面恰好一个人都没有。换了你，你会怎么做？"

"如果我是那个人，我就会在卫生间里磨磨蹭蹭，等到里面的人都走光了才会破坏自来水管。"

潘越点了点头："现在需要医院做两件事。"

"你说。"后勤科科长说道。

"第一，查问一下在这一层工作的医生、护士，以及每一位病人和家属，昨天早上九点钟之前，有谁注意到有人在卫生间里故意拖延时间；第二，在全院范围内查找线索，如果有人看到这三个维修工和谁接触过，请立刻告诉我们。"

从卫生间里出来，潘越忽然想起来："咱们那几个受伤的弟兄也住在这一层，对吧？"

"是，就在前面那间病房里。"宋卓文指着前面。

"走，看看去。"

进了病房，潘越少不了一番安慰。他转向其中一个伤员的时候，忽然看见桌子上摆着的食品。潘越走过去，抓起了一把杏干："这些杏干是谁拿过来的？"

"小凯昨天来看我们，他拿过来的。"

宋卓文走过去，用手摆弄了下那些食品："小凯这个人实诚，心眼好呀。"

"是啊。"潘越应道，但是他是一副若有所思的样子。

这时，后勤科科长走了进来："潘组长，在一个住院病人那里发现了线索。"

"哦，人在哪里？"

"医生办公室。"

"昨天上午八点二十分左右，我在卫生间里蹲大号，听见外面洗手池那儿水流个不停。我还以为哪位洗完了手忘了关水龙头，出去一看，有一个小伙子在那儿洗手。我还想，这小伙子真爱干净呀，洗个手还这么仔细。"

"这个人长什么样？"潘越问道。

"从镜子里扫了一眼，不到二十岁的样子，挺白，大眼睛，高鼻梁，尖下巴。"

"穿什么衣服？"

病人想了一会儿，说："只记得上衣是一件灰色的薄呢子西装。"

潘越看了看宋卓文，那正是当天关凯的打扮。

就在这时，医院后勤科科长接到了一个电话，又有一条线索。

化验科的医生说："昨天上午，我到后楼的血液内科送一份化验报告，回来的路上，在大楼拐角的地方看到一个维修工和一个小伙子在说话。"

潘越问："听见说什么了吗？"

医生摇摇头："没有。"

"跟我形容一下那个小伙子。"

"没看见脸。"

"穿什么样的衣服？"

"灰色的薄呢子西装、黑色长裤。"

"查得怎么样？"潘越和宋卓文一进办公室，关雪就问。

潘越摇了摇头："进展不是很大。"

"一点线索都没有？"

"这个……"

"怎么了，吞吞吐吐的？"

"倒是找到一个有嫌疑的。"

"哦？"

"这个人在水管漏水之前在卫生间里逗留过，还被看到和维修工说过话。"

"查到此人的身份了吗？"

潘越看了看宋卓文，两个人都沉默着。

"说话呀你们，到底怎么了？"

潘越清了清嗓子："这个人，是小凯。"

"小凯？"关雪一脸震惊。

宋卓文点了点头。

潘越接着说："还有一个麻烦，小凯探望伤员的时候，带去了一些食品。其中有一包杏干。"

关雪沉默了片刻才说道："杏干的气味正好可以掩护带有三硝基苯酚成分的炸弹。"

"我不是这个意思。小凯还是一个孩子，他不可能跟抗日分子搅和到一起，这一切不过是巧合。"

"连问都没有问，你怎么知道是巧合？"

潘越看着关雪，没有说话。

关雪说："老潘，这件事，我回避，由你来审。"

"这样好不好，由宋卓文来问，我负责记录。"

宋卓文看了看两个人，不知说什么好。

"你看着安排吧，这是你们情报组的事情。"

关凯进了问询室，一脸疑惑："不是说我姐找我吗，她人呢？"

"先坐下，我们想问你几句话。"宋卓文指了指桌子对面的椅子。

潘越低着头准备记录，任由宋卓文和关凯问答。

"还是昨天爆炸的事。每个人都要留一份记录。这里有些问题，问完了，你就可以回学校了。"

关凯茫然地点了点头。

"昨天上午，你去了陆军医院。进病房之前，你去了哪儿？"

"没去哪儿。"

"卫生间，去过吗？"

"哦，去过。"

"去那儿干什么？"

"去卫生间能干什么？"

宋卓文不苟言笑："小便还是大便？"

关凯也下意识地严肃起来："洗手。"

"洗手，需要很长时间吗？"

"手上沾了块油泥，擦也擦不干净，医院的厕所也没有配肥皂，我只能花点时间把它搓掉。"

潘越一直埋头做记录，似乎在这次问询中，他并不想说任何一句话。

"油泥？哪儿来的油泥？"

"昨天快到医院门口的时候，路边有个人的车链条掉了，他腰疼，蹲不下去，我随手帮了一把，手上蹭了一些。"

"除了那些伤员，你还跟别人接触过吗？"

"不认识的人，算吗？"

"你说。"

"我姐姐和浅野课长到病房以后，我觉得无聊，就下楼去透气。在大楼拐角，有个工人好像认识我，问我是不是把他忘了。他说半年前到我家修过自来水的管道。我说他认错人了，他就走了。后来你和我姐姐就出来了。"

"你给那些伤员送了什么？"

"点心、水果，和一包杏干。"

"在哪儿买的？"

"点心是在果戈里大街拐角的蛋糕店买的，水果是家里拿的。"

潘越忽然开口："杏干呢？"

关凯一愣。

"想好了再说，你说的每一个地点，我们都会去核实。"

说着话，宋卓文把面前的玻璃杯推到关凯面前："先喝口水。"

水杯外壁上蒙着一层薄薄的水汽。面对关凯这一侧的杯壁上隐约写着两个字"陈记"。关凯拿起水杯，喝了一口水，然后说："陈记干货店，离我家不远。"

潘越和宋卓文对视一眼。潘越把笔收起来，笑了。

"行，那就到这儿。"

下午，潘越和宋卓文走进科长办公室，将调查报告呈交给关雪。经过核实，关凯的确在陈记干货店买了杏干；在医院病房里装食品的袋子外侧，的确找到了一块污渍。经过化验，证实是油泥。

潘越笑着说："说实话，查到小凯所说的都属实，我这心里也落下了一块石头。"

"那个'维修工'为什么会缠着小凯说话呢？"关雪问道。

"我看，这就是往小凯身上泼脏水，故意让别人看到他们俩认识。"宋卓文说道。

关雪点了点头。

潘越说："我看，再让卓文受受累，赶紧把小凯送回学校去吧，别耽误了他的课程。"

三

宋卓文专注地开车。旁边的关凯忍不住瞄了他一眼。宋卓文丝毫没有要开口聊天的意思。

　　沉默了一会儿,关凯还是开了口:"宋大哥,今天早晨,我收到了一封信。你有兴趣听听信中的内容吗?"

　　"我没有打听别人隐私的习惯。"

　　"如果我愿意说呢?"

　　"秘密分两种:一种可以和别人分享,还有一种,就该藏在心里。"

　　关凯顿了顿,说:"在哈尔滨,除了我姐,你是不是还有很多别的朋友?我是说,他们都挺有本事的?"

　　"什么样的本事?"

　　"比如——我有一把沃尔特PPK的手枪,你记得吧?这种枪的子弹很稀少。或许,你的朋友就能找到。"

　　"你喜欢交朋友吗?"

　　"我——"

　　"先跟我说说,什么叫朋友。"

　　关凯想了一会儿,说:"志同道合。"

　　"如果是邪门歪道,你们的志气越投,就会越麻烦。"

　　"热爱祖国、振兴民族,不是邪门歪道。"

　　宋卓文这才看了看他:"热爱祖国,首先要热爱同胞,热爱同伴,热爱生活在这片土地上的人——不管有多高尚的理由和口号,都不该伤及无辜。"

　　两个人都明白,宋卓文指的是那枚炸弹差一点就在小学门口爆炸。关凯望着窗外,他的嘴不再硬了。

　　宋卓文继续说:"交朋友,不但要听其言,更要观其行。有的人,对帮助过他的朋友,丝毫不放在心上,丝毫不考虑朋友可能承受的风险。"他深深地看了关凯一眼,"这样的朋友,不可交。"

四

　　宋卓文一进门就听见潘越说:"好,我今天晚上就是不睡觉也要把这份报告写出来。"

　　"送回去了?"关雪问。

　　宋卓文点了点头:"送到了校门口。"

　　潘越站起身来:"卓文,你跟科长先聊着,我去忙我的了。"

　　"好的,组长,有什么事,您尽管招呼我。"

　　潘越拍了拍宋卓文的肩膀,离开了办公室。

　　"潘组长又要写什么报告?"宋卓文问道。

　　"明天呈送浅野课长的案件调查进度报告。他对这个案子很上心,今天还特意打过电话来问。老潘这阵不太顺,我让他发挥文笔好的优势,在浅野课长那儿加加分。"

宋卓文点了点头："哦，应该的。"

"小凯情绪怎么样？"

"开始还耍点小脾气，我说了他两句，没事了。"

关雪点了点头，但脸上并没有笑容。

房门被打开了，又被关上了。关凯倾听着外面客厅内的动静，然而是死一般的沉寂。他坐不住了，站起身来，走了出去。

啪的一声，关凯打开灯，发现关雪一动不动地坐在客厅的沙发上，泪流满面。

关凯小心翼翼地问："姐，你这是怎么了？"

关雪沉默了一会儿，擦了擦脸上的泪水："我想爹妈了。"

"好好的，怎么又想起这些事了？"

"我就是后悔。当初守着他们俩多好，管他水呀火的，死了干净，一了百了。"

关凯垂下目光，没有说话。

"我后悔，不该带着你千里逃荒，不该为了给你搭一个舒舒服服的窝，刀里来剑里去，像个男人似的在外面拼，结果把自己变成了一个人见人恨的女魔头。别人怎么想，我不管，我万万没想到，我自己的亲弟弟都想要我的命。"

"我没有！"

"你没有？我告诉你，关凯，我是看着你长大的。你眨巴一下眼睛，我就知道你在想什么。"

关凯沉默不语。

"我问你，那天你上车后抓着我的胳膊，枕着我的肩膀，是不是抱着跟我同归于尽的念头？"

"我就是困了。"

"还有，那个维修工为什么不跟别人说话，偏偏拉着你说话？"

"这件事，我都跟宋大哥说清楚了。"

"我不知道用什么办法帮你洗白了。但是你们瞒得了别人，瞒不了我。还有那包杏干。"

关凯刚要说话。

关雪抢着说："别跟我提什么'陈记'干货店。我现在派人把老板抓起来，一顿鞭子就能让他给我说实话。那包杏干一定是有人交给你的，杏干下面一定埋着东西。"

关凯梗着脖子："那就是我自己买的，里面除了杏干，什么都没有。"

关雪指着关凯："还嘴硬。你跟我说实话，最近都跟什么人在一起？"

"没跟谁在一起，我从来不交朋友。"

"你别以为我不知道。你在学校的事，我都查清楚了。"

"你查清啥了？"

"你参加了一个剧社，在排演什么话剧，叫《屈原》。"

"那又怎么了？"

"剧社里面都是潜在的反满抗日分子。从明天起,你给我退出剧社。"

"你管不着。"

"我管不着?那咱们就走着瞧。"

"你随便。"关凯说着,转身进了房间,然后重重地把房门关上了。

五

潘越闭上了眼睛,可他仍然没有丝毫的睡意。他坐起来,打开台灯,拿起桌子上的那篇报告又看了一遍。的确,逻辑性够了,但趣味性不强。上次浅野课长是怎么说的来着?读他的报告就如同读侦探小说那样有趣。他把那一沓纸撕掉,扔进了旁边的垃圾桶,然后拿起笔,开始重新撰写案件调查报告。

早上七点钟,闹钟准时响起。潘越从床上跳下来,冲进洗漱间。刷牙的时候,他吓了一跳。镜子中的他,面容枯槁,憔悴,乱蓬蓬的头发下面是一双布满血丝的眼睛。

梳洗完毕,潘越拉开衣橱,精挑细选,最终取下来一套笔挺的深蓝色西装和一件雪白的衬衣。潘越对着镜子,把领带整理好。最后,他走到桌前,把连夜写成的报告小心翼翼地放进公文包里。

出了房门,潘越来到轿车边。刚打开车门,他忽然愣住了,只见轿车左前轮瘪瘪地贴着地。

潘越皱了皱眉。他看看手表,把公文包扔进车内,又绕到车后,从后备厢取出工具。换完轮胎,他用手帕擦着手上的污渍,却发现衬衫的领子也沾上了一块黑渍。潘越对着后视镜用手帕擦了几下衬衫,不但没有擦掉,反而扩大了污渍面积。

潘越看了看家门,又看了看手表。显然,换衣服已经来不及了,他只好钻进轿车,发动了车子。

潘越一边开车,一边从倒车镜里看着自己的衬衫领口。忽然,他发现自己的轿车眼看就要追尾前面停着的一辆轿车,连忙踩下制动。原来他已经来到一个十字路口,前面是红灯。

潘越掏出手帕,往上面吐了点唾沫,开始擦拭领口。

"笃!笃!笃!"突如其来的敲击声吓了他一跳。

车窗外,一个衣衫褴褛的小乞丐正在向他伸手。潘越不耐烦地挥了挥手。小乞丐又敲了几下车窗玻璃。

"滚蛋!"潘越的火气上来了。

小乞丐吓得赶紧跑开了。

潘越继续专心清理衬衫领口。身后传来汽车喇叭声。他一抬头,发现前方已经没车辆了。此刻交通灯已经变绿。

潘越刚把轿车动起来,突然传来啪的一声,吓得他打了个冷战。他定睛一看,一团烂泥不偏不倚,正砸在他前方的挡风玻璃外面。从侧面的车窗可以看到,那个小乞丐一溜烟地逃走了。潘越打开车门,跳出来,指着那个小乞丐的背影,张着嘴想骂点什么。

但对方早已跑远，潘越最终一句话也没有说出来。

进了办公大楼，不仅仅是领口，潘越的脸上也笼罩着一团黑气。先后有两三个特务跟他打招呼，他都没有理睬。

来到办公室门口，他掏出钥匙插进锁眼。但是转动钥匙后，门锁并没有弹开。潘越又试了两次，仍然打不开房门。他抽出钥匙，再次确认后又插进了锁眼。他鼓捣了几下，房门仍旧打不开。潘越放下公文包，双手抓住钥匙向右转动。

啪的一声，钥匙断了。

空荡荡的走廊内，传来一声声撞击门板的声音。关雪从办公室里走出来，拐了一个弯，只见许多人从办公室里向外探头探脑地张望。走廊的尽头，潘越正在用脚一下一下地踹门。

关雪走过去，咳嗽了几下。潘越看了她一眼，停止了踹门的动作。

"门锁坏了？"

潘越点了点头。

"跟金主任打个招呼，后勤的维修工几分钟就给你把门打开了，至于吗？"

潘越没有说话。

"除了我，你是特务科最有威信的人了。你这么做，让大家怎么看？"

潘越仍然没有说话。此时的他，领带松垮，头发蓬乱，狼狈之态比刚才添了几分。

关雪看了看表："先到卫生间整理一下仪容，然后就跟着我去见浅野课长。日本人把守时看得很重要。"

维修工将新门锁的最后一枚螺丝钉拧紧。站在一旁的宋卓文走过去，试了试门把手。

"宋副组长，这套钥匙就留在您这里吧。等潘组长回来，您交给他就行了。"维修工递过来一串钥匙。

"好吧。"宋卓文接过钥匙。

等维修工收拾好工具离开了，宋卓文看看左右无人，开门进入房间。

他走到办公桌前，先后打开了几个抽屉。在一个抽屉内，他发现了那一小瓶药片。

浅野寺的日程安排得很紧，关雪和潘越获得接见时已经快十点钟了。

一见面，浅野寺就注意到了潘越的憔悴和虚弱。

关雪注意到了他眼神中的异样，连忙解释："这两天，潘组长为了侦破连环爆炸案废寝忘食。"

"潘组长的工作态度，我是很钦佩的。"浅野寺淡淡地说道。

潘越带着一脸谄笑："课长过奖了。"

"但是最主要的还是要拿出具体有效的措施。"

"潘组长把这两天的侦破过程和未来的侦查方向写成了一份报告……"

"好吧，拿来我看看。"

潘越打开公文包后，突然间脸色煞白。

关雪看着他。

潘越语无伦次："不可能，不可能的。出门前我特意检查过，我明明把报告放在公文包里了。"

关雪无话可说。

浅野寺冷笑了一下："算了。如果潘组长方便的话，把你的想法说给我听听，好吗？"

关雪赶紧打圆场："也好，潘组长的口才一点不逊于他的文笔。"

那天晚上，潘越破天荒地拉着胡彬去了一家小酒馆。

一脸颓唐的潘越频频举起酒杯一饮而尽。

胡彬夹了一口菜，一边嚼着，一边说："我说什么来着，这个姓宋的就是一个灾星。自从他来了，我是一步步走下坡路，现在轮到你了吧？"

"我也没想到这小子能爬得这么快。"

"当初我就劝你跟我联手整垮他，你不听嘛。"

潘越眼神迷离："难道我真的疯了？"

"老潘，你瞎说什么呢？"

"我早上明明把报告装进了公文包，回到家一看，那份报告就躺在桌子上。"

胡彬怕他喝醉，抢下酒瓶，把他从酒馆里拉了出来。潘越虽然脚步蹒跚，但坚决不要胡彬送。两个人争了半天。

"老胡，我没客气，让我自己待一会儿行吗？我想静静。"

见潘越态度坚决，胡彬只得作罢。

看着胡彬走远，潘越才转身慢慢地向回走。他走了好久，眼看着就要到家了，忽然，一只手搭在他的肩膀上。

潘越一回头，愣了："你怎么在这儿？"

早上五点钟，潘越开车来到浅野寺的官邸门口，摁响了门铃。

熟睡中的浅野寺被仆人轻轻推醒。

坐在沙发上的潘越看到身穿睡衣的浅野寺走过来，立刻站起身来。

"潘组长，这么早来到我的家中，一定出了紧急的事吧？"

潘越不解："不是您命令我在早上五点钟准时到达吗？"

"我什么时候下达了这样的命令？"

"昨天晚上，您让宋卓文传递的消息。"

"几点钟？"

"九点钟左右。"

浅野寺大怒："那个时间他和我在一起，你发疯了吧？！"

潘越呆坐在办公桌前，脸色晦暗，眼神呆滞，仿佛苍老了许多。
"笃！笃！"敲门声传来。
潘越回过神来，一把将手心里的几个药片倒进嘴里，喝了一大口水。彻底咽下去后，他才说："进来。"
关雪开门走了进来，潘越挤出一丝笑容看着她。
"怎么回事？"
"我昨天晚上……喝多了……可是我明明记得九点多的时候，宋卓文找到我，通知说……"
关雪摇了摇头："当时他可能跟浅野课长在一起。他去送了一件古董，我安排的。"
潘越沉默了。
"该说的，我都帮你说了，再有这样的事情，我就是给浅野课长下跪磕头也没用，你明白吗？"
"我明白。从现在起，戒酒。"
"准备一下，马上该开会了。"
他俩走进会议室的时候，该到的都已经到了。除了关雪的首席位置，唯一的空位就在宋卓文身边。
潘越扭过头盯着宋卓文，宋卓文一脸蒙地看着他。直到关雪说"好了，开会了"，潘越才把脸转开。
"各位，连环爆炸案引起了浅野课长的高度重视。目前，我们决定把调查的重点放在自来水公司维修工被绑架这个细节上，争取从这个方向打开局面。下面，请潘组长给大家通报一下案情。"
就在关雪讲话的时候，潘越的手开始不由自主地颤抖。他赶快把手放到桌子下面。潘越的声音也有些颤抖："这个……这个……是这样的。当天早上，接到医院的电话后，自来水公司就派出了三……三个维修工。他们开……开着一辆维修车，在民益路的路……路口处……"
众人诧异地看着潘越。
宋卓文凑到他耳边："组长，是益民路。"
"啊，对，是在益民路的路口被……被几个穿着警察制服的人拦下了。"
潘越掏出手帕擦了擦额头的汗，接着说："其……其中为首的是……是一个三十多岁的男人。他的特征是个子高、皮肤尖、鼻子黝黑……"
宋卓文再次对他耳语："是皮肤黑、鼻子尖。"
"啊，对，皮肤黑，鼻子尖。当然，这……这几个人都是假扮的警……警察。三……三个维修工……工人被……被捆住了手……手脚。"潘越越发紧张起来，他不停地擦汗。
宋卓文凑到他耳边："知道你为什么会这样吗？"

潘越看着他。

"我把你的药片换了。"

潘越愣了片刻，突然伸出双手掐住了宋卓文的脖子，发出了前所未有的尖叫："姓宋的，我要杀了你！"

关雪大惊："快拉开他！"

众人冲过去，七手八脚费了很大的劲儿才把潘越拉开。

潘越拼命挣扎："都给我滚开！"

胡彬指着宋卓文："你跟他说什么了？"

宋卓文一脸无奈："我就是让他深吸一口气，控制一下情绪。"

关雪叹了口气，说："还是把他送到医院去吧。"

"我不去，我不去医院。我没病，是宋卓文害我！他想坐我的位置！"说着，潘越再次扑向宋卓文。

"宋卓文，你先回避一下。"

宋卓文看了关雪一眼，只好走出了会议室。

关雪继续说："潘组长，你现在必须去医院，这没什么可商量的。"

潘越索性撕破脸道："关雪，你任人唯亲、忠奸不分，你也不是好东西。"

胡彬抓住潘越："老潘，你不能胡说啊。"

关雪挥了挥手。

特务们架着潘越走到了门口。潘越突然冷静下来："等等，让我和关科长说最后一句话。"

众人回头看着关雪，关雪点了点头。

潘越深吸了一口气，说："关科长，宋卓文有一个双胞胎兄弟，他们合起伙来整我，这是真的。"

六

莲蓬头以最大的水量向下喷淋着。

关雪站在热水下，闭着眼睛。潘越的话，仿佛穿过水声，再次来到她耳边。

"……宋卓文有一个双胞胎兄弟，他们合起伙来整我，这是真的。"

坐在梳妆台前，涂指甲油的时候，她想起崔安平老婆的话。

"大半夜的，他腾地就坐起来了，嘴里还嚷嚷着'一定是双胞胎！'。"

吹干头发的时候，她想起那个接头人临死前在电话里对她说的话。

"我不知道名字，他个头有一米七八左右，高鼻梁，眼睛狭长。"

关雪关灯睡觉的时候，潘越仍然在挣扎，但无济于事。他的手脚被几个身强体壮的男护士牢牢摁住。

潘越气喘吁吁地说："我告诉你们，我手下有一百多个打手。有朝一日，我叫你们一个个生不如死,后悔爹妈把你们生下来。"

那个姓何的医生嘲讽地笑道:"吓死我了,那我们可更不敢把你放出去了。给他喂双份的药片。"

一个护士把一个装着药片的小勺子塞到潘越嘴里。潘越用力将药片吐了出来。护士恼火,用手指紧紧捏住潘越的鼻孔。为了呼吸,潘越只得张开嘴巴。那几个药片再次被灌进他的嘴里。随后,一杯水灌了进去。

凌晨十二点,换班的医生来了。两个人看着病床上沉睡中的潘越。

"上面交代过,这个病人要隔离治疗,不允许他跟别人接触。"何医生说道。

"折腾得厉害吗?"

"别提了。我给他加大了用药量,他这一觉,怎么也得明天上午才能醒。"

"我知道了,你赶紧回去吧。"

何医生犹豫了一下:"对了,你那儿有钱吗?借我点。"

"又去'鸿运'赌场?老何,别去了,你翻不了本儿。"

"我早就不赌了。可是每个月八成的薪水都得送到赌场去还债。"何医生抓了抓脑袋,"现在离发薪还有一个礼拜呢,吃饭的钱都没有了。"

"钱包在办公室呢,跟我去拿。"

两个医生走出了病房。

潘越偷偷睁开了眼睛。确认病房内没有人后,他从枕头底下摸出了那几个药片。他把药片放在床头柜上,用水杯杯底将药片碾成粉末。

半夜三点钟,夜班医生吃完了夜宵,打开一个铁皮罐子,用一把小勺从里面抠出两勺奶粉,倒在一个杯子里。

医生打开暖瓶的盖子,把手背放在暖瓶口试了试温度。他有些失望,显然暖瓶里的水温已经不适合冲泡奶粉了。于是他拎起暖瓶,走出了办公室。

门关上了,一只拳头伸到杯子上方,松开了些,手心里的白色粉末落进了杯子。潘越拿起小勺,在杯子里搅和了一番才放下小勺。

过了半个钟头,喝完牛奶的医生趴在桌子上呼呼大睡。他的胳膊肘压着桌上一部电话机的一角。

潘越伸手把他压着电话机的手肘挪开,但对方毫无反应。潘越拿起话筒拨出了一串号码。

"我找丁鹏。"他故意哑着嗓子。

片刻之后,电话里传来丁鹏疲倦的声音:"谁呀?"

"看来我没记错,你果然今天夜里值夜班。在睡觉吧?"

"你是谁呀?"

"亏你还睡得着,梦见倒在安字片街口的那具尸体了吗?"

话筒内沉寂了好一会儿,才传来丁鹏颤抖的声音:"你……你到底是谁?"

潘越恢复了本来的声音："我没有猜错，果然是你干的。"

"潘……潘组长？"

"是我。你别看我被关进了疯人院，照样可以收拾你。"

"我……我是没办法。"

"我知道你的情况，为了你妹妹，对吧？"

"潘组长，咱俩无冤无仇，您放过我吧。"

"我不想为难你，但你以后要帮我做些事情。"

"您说。"

"明天，你去找治安科管辖道外区的冯警长。"

"找他做什么？"

"他欠我一个人情，你让他帮我做件事。在他的辖区里，有一个鸿运赌场……"

第十四章
一查到底

一

"找我啥事?"宋卓文走进办公室,开口问道。

"是一点私事。"说着,关雪站起来,走到办公桌侧面的沙发边,"坐这儿吧。"

他俩都坐进了沙发里。

关雪说:"昨天晚上我失眠了。"

"为老潘的事?"

关雪摇了摇头:"也不全是。更多的,还是小凯。"

"小凯又怎么了?"

"没怎么。我就想,你为什么对他那么好。"

"为什么?"

关雪点点头:"嗯。"

"你这个问题,我都没法儿回答。"

"其实,你已经回答过了。"

"哦?"

"那天你说过,你把小凯当作自己的弟弟。"

"没错,我是说过。"

"所以我觉得,你心里面一直在想念你的亲弟弟。"

宋卓文心中一动:"也许有这方面的原因吧。"

"所以,我也要为你做一些事,帮你找到他。"

"这不大容易吧?我找了他那么久都没线索,说不定他早就进关了。"

"你找不到,未必说明我也找不到。哈尔滨各个郊县的警察局、派出所,我都有熟人。就是新京、奉天那边的警界,我也不是没有朋友。"

宋卓文点了点头。

"能再让我看看你保存的那张全家照吗?"

宋卓文拿出钱包,从里面抽出来那张被撕掉一部分的照片。

关雪接过来端详着。

"他长得什么样?跟你像吗?"

"有像的地方,但也不太像。"

"他叫?"

"宋卓武。"

"跟我说说他的事。"

"他跟我不一样，属于那种蔫淘的孩子，从小坏主意就特别多……"

宋卓文明白，关雪一定是产生了某种怀疑，否则不会突然间对此产生如此浓厚的兴趣。好在他早就准备好了这方面的应对措施，有一套滴水不漏的说辞。

宋卓文声情并茂地说着往事。关雪时而惊讶，时而会心一笑。

关雪突然插话说："你在找他的同时，很可能他也在找你。"

"是啊。"

"也许他又回到你们的老家，在那儿等着你呢。"

"前两年我回去过一次，他没回去。"

"那是在奉天的哪条街上呀？"

"太原路。"

"门牌号呢？"

"一百三十五号。如果你奉天有朋友，那就帮我打听一下，看看我弟弟是不是回去过。"

二

何医生和两个护士站在床前。看到潘越神态平和，何医生说："看来昨天晚上睡得不错呀。"

"谢谢你的药片，我好久都没有睡得这么香了。"

"这就对了。你安安静静地在这儿养病，不给我们找事，我们也会让你过得舒服一些。"

"我能单独跟您说两句话吗？"

何医生迟疑了一下。

"您要是不放心，可以让他们把我的手脚都捆上。"

何医生对两个护士说："你俩先出去一下。"

两个护士出了病房。

何医生问："想跟我说啥？"

"现在几点了？"

何医生看了看表："八点五十八分。"

"两分钟以后，你会接到一个电话。"

"嚯，你还会算命呢。"

"打电话的，是鸿运赌场的老板。"

何医生的脸微微变色。

"你放心，他不是为了向你催债。正相反，他还会把你的赌债一笔勾销。此外，他欢迎你每月光临赌场玩几把，保证你的钱包在出门的时候比进门的时候鼓一点。但是我劝你一句,点到即止,挣点零花钱就得,别太过分啊。"

"看来你的病情比我预料的还要严重一些。"

门外传来一个护士的声音:"何医生,电话。"

五分钟后,何医生跑回病房,看着潘越。潘越也看着他。

"你是怎么做到的?"

"你现在还觉得我是一个疯子吗?"

何医生摇了摇头:"我只是一个普通的临床医师,办不了出院手续。"

"你误会了。我只不过想在这里过得舒服一些。"

"只要我当班,你想干吗就干吗,只要别出这个病区。"

"我的要求是,无论谁当班,我都是想干吗就干吗。"

"那我可说了不算。"

"你要做的,就是把病区所有的医生、护士遇到的难处打听出来。我在哈尔滨认识很多人,没有什么事情是我办不了的。"

何医生点了点头:"我相信。"

潘越从床上坐起来:"走,带我去你的办公室,我要打个电话。"

丁鹏拿住话筒,小声说:"上午,他被叫到科长的办公室里,聊了好半天。"

"他被任命为代理情报组组长了吗?"

"没有。"

"他搬到我的办公室里去了吗?"

"也没有。"

"看来我的话还是起作用了。"

"您说什么?"

"下一步,你接近一下科长的机要秘书,搞清科长这几天的行程安排。我会给你打电话的。"

"潘组长,我算哪根葱呀,人家机要秘书能听我的?"

"当初我帮他把弟弟安排进了税务局。这件事你提一下,就说是我让你找他的,他会帮这个小忙的。"

三

下午两点钟的时候,宋卓文不小心打翻了墨水瓶,弄脏了袖子。他回家换一套衣服,顺便浇了一下花。他把喷壶摆到了请求紧急接头的位置,就返回了特务科。

傍晚下了班,出了特务科大院门口,他拐到大街上。二十分钟后,当他走到五马路的时候,马路对面的长椅上坐着一个看报纸的小伙子。行话里,管这种小伙子叫"蜡烛",专门照亮接头者背后是否有尾巴。看到宋卓文身后三十米和五十米的位置各有一个盯梢者,"蜡烛"走进路边的电话亭,拿起电话机。

等宋卓文来到马尔斯西餐厅门口，从里面走出一个人，正是他和老段之间的交通员小徐。

小徐冲着宋卓文微微摇了摇头，就走开了。

宋卓文明白，这个动作表明他的身后有尾巴。看来，老段明白他这次发出紧急接头信息时的处境，所以安排了最高等级的反跟踪措施。

西餐厅的旁边有一家巧克力店。宋卓文走进去，出来的时候，手里拿着一盒包装精美的巧克力。

宋卓文继续向前走去。因为他明白，此刻即便往回走，也会暴露身份。走了这么远的路，只是为了买一盒巧克力，这个理由实在太牵强了。他只能向前走，寻找一个合理的目的地……忽然他想起来，沿着这条街走两个街口向北拐，再走两个街口就到了高等工业学校。

又过了二十分钟，他站在工业学校女生宿舍楼门口的时候，从宿舍楼内走出一个女学生。

宋卓文走过去："同学，麻烦你们帮我找一下谢月，好吗？"

"她不在。"

"你知道她去哪儿了吗？"

"不知道。"

"她是不是又在排演话剧？"

女学生摇摇头，走开了。

身后传来一个声音："她已经离开剧社了。"

宋卓文回头，看到关凯站在他的身后。

"你找她有事？"关凯瞥见了他手中拿着的巧克力。

"也没别的事，就是想看看她。她为什么会离开剧社？"

"宋大哥，好像是因为你。"

"因为我？"

"你有一次到学校门口找她，对吗？"

"是的。"

"剧社的人知道你的身份。后来，特务科又有人来找她，其实是打听他在火车站卖剪纸的事情。"

宋卓文吃了一惊。

"他们不能接纳她。这几天，谢月在同学们之间也很受孤立。没课的时候，她就会离开校园，没有人知道她去了哪里。"

宋卓文点了点头，转身走了。

莫非关雪已经查出来他和谢月就是除掉渡边的人？可是关雪从来没有表露出来。他胡乱想着出了校门。一抬头，他看到小徐装出一副等人的样子在附近徘徊。

宋卓文伸手拦住一辆黄包车，大声问："知道富士山酒馆吗？"

酒馆老板认得宋卓文，笑容满面地迎上来。

"谢月在吗？"

"她在陪客人。"

"把她叫过来。"

"这不太合适吧，我们这里还有许多优秀的艺伎。"

"我再说一遍，叫她过来。"

老板不敢惹他，只得照办。

宋卓文在大厅里找了一张桌子，坐了下来。少顷，浓妆艳抹的谢月被老板带到了大厅。

看到宋卓文，谢月显得很不自在。

宋卓文指了指对面的座位："坐吧。"

谢月一动不动。

"坐吧，我想和你聊两句。"

谢月低着头说："先生，我谢谢您对我的帮助，将来有机会，我会报答您的。我正在工作，请您不要打搅我。"

"你就把我当成一个普通的客人。我不需要表演节目，只需要你陪我聊一会儿天，该怎么付钱，我会一分不少地付钱，这样总可以了吧？"

谢月无奈，只得坐在他的对面。

就在这时，小徐走进了酒馆。他先前穿着的西装已经换成了长衫。他挑了一个离宋卓文不远的地方坐了下来。老板走过去接待。

宋卓文说："是我给你带来了麻烦。"

谢月摇了摇头："不能那么说，你也是为了帮我。"

"你知道我为什么帮你吗？"

谢月看着他。

"我有一个弟弟，他的性格很像你，有点倔，我们失散很多年了。"

谢月同情地点了点头。

宋把巧克力盒子放在桌子上："今天，我本来想和你分享一件高兴的事。"

"什么事？"

"有一位朋友，答应帮我寻找弟弟。"

"他很有能力吗？"

宋卓文点点头："是的。她在满洲很多地方都有朋友，包括我的老家奉天。"

宋卓文说的每一个字，都被不远处的小徐听了进去。

餐馆门外的盯梢特务从对面的路边向里面张望。他可以看到宋卓文正在和谢月聊着什么，但以他的角度无法看到小徐。

"这些年为了找他，我吃了很多苦，但是我觉得值。"

谢月点了点头。

"你最亲近的人是谁？"宋卓文问道。

"母亲。她是我唯一的亲人。"

"她供你上大学肯定很不容易。"

谢月沉默无语。

"我知道你这段时间过得很难，挺不住的时候就想一想你的母亲，告诉自己，所有的坚持都是为了她。这样，你就会发现自己变得越来越坚强。"

谢月点了点头。

宋卓文掏出一沓钱放在桌子上，推给了谢月。

谢月摆手："我不能要你的钱。"

"我是借给你的。等你毕业后谋到了生计，我会找你讨债的。"

谢月低下了头。

宋卓文站起身来："现在，我把你送回学校吧。"

谢月微微点了点头。

宋卓文陪着已经换回衣服的谢月出了酒馆，走出去好远，那两个盯梢特务才跟了上去。

少顷，小徐也走出了酒馆，就近找了个电话亭，打给了老段。

四

放下电话，老段快步来到西屋。

宋卓武看出他脸色不对："出啥事了？"

"关雪怀疑到了你们兄弟的双胞胎身份，可能会调查你们在奉天的老家。"

"那不完了？！她给奉天的警察局打一个电话，到我家附近问老街坊，全露馅儿了。"

老段思索着。

"现在赶紧把我弟弟撤出来吧！"宋卓武催促道。

老段摇了摇头："这个时候，他一定是受到了严密的监控。贸然行动，反而更危险。"

"那怎么办？"

"我觉得，关雪应该不会打这电话惊动奉天警方，而是从哈尔滨派人去调查。"

"为啥？"

"毕竟你弟弟是她亲自招募的人，一旦出了问题，她的日子也会很不好过。"

老段看着宋卓武："卓武，你回一趟老家怎么样？"

"啥时候走？"

老段看了看手表："我记得半个小时之后就有一列开往奉天的列车。"

老段开着车，一路不停地交代着："你走后，我立刻给奉天地下党发报。明天一早，就会有人到车站去接你。接头暗号，都记住了吧？"

"记住了。"

"到了奉天,一定要依靠当地的党组织,有困难多商量,千万不能意气用事。"

"我知道。你看着点路,快到了。"

老段把轿车停在火车站广场边缘,宋卓武推开门就要下车,却被老段一把拉住了。

"等等!"

"又咋啦?"

老段指着前面:"你看。"

前方不远处,关雪和小武从一辆轿车里钻了出来。

"小武,我还是那句话,这个事儿,只能你自己办,不能惊动奉天当地的警察局。"

"放心吧,科长,我有分寸。"

"钱带够了吗?"

"足够了。"

"吃住方面挑好一些的地方,别心疼钱,回来我给你报销。"

小武没什么行李。上车后,他径直去了餐车。他要了一份牛排、一份红菜汤和一瓶红酒。他握着刀叉大快朵颐的吃相通过车窗的反射,落到了宋卓武眼里。他压低帽檐,背对着小武坐在不远处的另一张餐桌边。

"妈的,挺会享受。"宋卓武小声骂道。摆在他面前的,只是一盘炒面。

小武忽然抬起手臂。站在餐车尽头的侍者立刻走了过去。

"先生,您有什么吩咐?"

"给我来一杯咖啡,加奶不加糖。"

"好的,请稍等。"

宋卓武眼珠一转,想到了一个计策。侍者在经过他身边的时候,被他伸手拦住。

"麻烦你给我来一杯咖啡,加奶不加糖。"

侍者离开后,宋卓武从怀里掏出一个小纸包。

不一会儿,侍者端着一个托盘走了过来。他把托盘放在宋卓武面前的餐桌上,把上面两杯咖啡中的一杯摆在宋卓武面前。他刚要走,又被宋卓武拦下了。

"打听一下,到四平是几点呀?"

"明天早上五点。"

趁着这个时候,宋卓武用一只手挡着,另一只手把那个纸包中的粉末倒进了自己的咖啡杯里,并用勺子搅和开。

"谢谢啊。"

"您客气。"

侍者刚要端起托盘,宋卓武手中就多了一枚硬币:"给你的。"

侍者眉开眼笑,伸出手来。宋卓武手指一弹,硬币飞到半空。趁着侍者抬头接硬币的当儿,宋卓武飞快地把自己的咖啡杯和托盘上的咖啡杯做了调换。

通过车窗的反光，看着小武端起咖啡小口啜饮着，宋卓武眉开眼笑。

第二天中午，宋卓武下车的时候，经过小武的卧铺，发现他仍然鼾声如雷。没想到，当初在那家黑店顺手抄来的迷药有这么大的劲儿。

出了站，宋卓武环顾四周，看到不远处的一棵树下有一个中年男子拿着一张报纸在看。他走了过去："请问，您的报纸是今天早上发行的《满洲日报》吗？"

对方合上报纸："不，这是昨天晚上发行的《奉天晚报》。"

宋卓武点了点头："您知道这儿附近哪儿有卖报纸的地方吗？"

"那地方倒是不远，但是不好形容，我带你去吧。"

"那就谢谢您了。"

两个人走进了一家茶馆，挑了一张角落的桌子。

中年男子低声说："我叫夏韬。昨天晚上，在接到哈尔滨方面拍来的密电之后，我受组织委派，直接配合你的工作。"

宋卓武拱了拱手："有劳了。"

夏韬摆了摆手："我们连夜开展工作，已经摸清，你们家的老邻居大多已经搬走了。"

宋卓武舒了一口气："太好了。"

"但是，有一户人家不但没有搬走，反而占据了你们的老房子。"

宋卓武勃然变色："谁呀？"

"这个人叫孙贵。"

宋卓武笑了："原来是他。"

"你跟他熟吗？"

"我俩岁数差不多大。小的时候，我没少欺负他。"

"电报传递给我们的内容很有限，现在请你抓紧时间把情况详细地讲解一下。"

"我弟弟为了防止泄露身份，在打入特务科之初就把照片上的我的头像撕掉了——"

夏韬打断了宋卓武："等等，除了他那一张全家照，还有完整的照片吗？"

"有，我们哥俩一人一张。"

"你那张带在身上吗？"

宋卓武点了点头。

"拿给我看。"

宋卓武掏出钱包，抽出那张照片递给夏韬。

夏韬仔细地看着照片："拍照的地点在哪里？"

"我家。"

夏韬思忖片刻，突然站起来来："咱们走。"

"去哪儿？"

"先取照相机，再去接上我儿子。"

五

资料馆是一座掩映在绿树丛中的二层小楼。

宋卓文跟着关雪走进一层门厅，早就等候在那里的四个特务赶紧立正致敬。关雪就跟没看见似的，径直进入走廊。

"这两天，你有什么事，就让这四个人帮你办。"

"办什么？"

"打饭、打洗脸水、上街买东西、回你家取换洗衣服。你想让他们办什么，他们就为你办什么。"

"你这是什么意思呀？"

关雪没有回答宋卓文，而是推开了旁边的一扇房门，走了进去。宋卓文跟着进了屋，发现里面有一张床、一张书桌，书桌前的窗子上安装着牢固的铁栅栏。

"这个环境怎么样？"关雪问。

"我怎么感觉像监狱？"

"别瞎说，这里是咱们警察厅的资料馆，必要的防护设施一定要有的。"

"你把我带到这儿干啥？"

关雪指着桌上的几本书："我要你在最短的时间内把这两本书读一遍，然后写一篇论文交给我。"

宋卓文走过去看了看，有《情报的分析和利用》《满洲国反谍案件汇编》等，每一本书的封面上都印着"绝密"的字样。

"这些都是情报训练班的教材。你在走上情报组组长这个岗位之前，必须掌握一些理论方面的知识。论文是要让浅野课长过目的，你可不能糊弄。"

"你放我两天假，我回家写不好吗？"

"这里资料都是绝密，不能带出去。"

宋卓文只得点点头。

"那我不耽误你用功了，你抓紧吧。有什么事，喊他们就行。"

看着关雪的背影，宋卓文明白，她的目的有两个：第一，在确认自己的身份可靠之前，断绝他和外界的一切联系；第二，通过这篇论文的质量，摸清他的心里是否有鬼。毕竟一个内心慌乱的人是无法安心读书写作的。

就在宋卓文稳住心神、强迫自己看进书中内容的时候，高等工业学校礼堂的大门被撞开，一队警察闯了进来。正在舞台上彩排的学生都愣住了。

秦浩迎上去："你们要干什么？"

带队的警官问："谁是秦浩？"

"我就是。"

"找的就是你。"警官一挥手，两个警察上前就把秦浩扭住，粗暴地往外拖去。

场面顿时大乱，学生们冲上去，企图抢回秦浩，立刻遭到了身强力壮的警察的攻击。情绪激动的李冬菊被一脚踹倒在地上。

没有反应过来的关凯茫然地看着众同学被殴打、剧本被撕碎、道具被砸烂……

六

潘越坐进椅子里，把两条腿搭在办公桌上，拿起电话听筒。

"……治安科把工业学校的学生抓了，就是刚才的事。"丁鹏的声音从话筒里传过来。

"那是科长管教她弟弟，跟我们没关系。宋卓文现在干什么？"

"听说科长安排他在资料馆写什么论文。"

潘越沉思了片刻，说："还有吗？"

"机要秘书说，科长昨天下午派他订了一张去奉天的火车票。"

潘越似乎嗅到了什么，他把双腿从桌子上放了下来："科长去奉天了？"

"不是科长，是小武。"

潘越的眼中绽放出光彩："小武——太好了！"

"潘组长，没别的事我就挂了。"

"等等。这两天，你让机要秘书关注科长的一举一动。"

"人家说了，他能帮的忙也就这些了。"

"你告诉他，我能把他弟弟送进税务局，也能把他踢出去。"啪的一声，潘越挂断了电话。

"小武啊小武，全靠你了。"潘越双手合十祈祷着。

小武的眼皮抖动了两下，睁开了。他看了看车窗外的阳光，再次合上了眼皮。突然，小武打了个激灵，翻身坐了起来。他一下子跳到地上，拦住迎面走来的一个乘务员。

"我问你，火车什么时候到奉天？"

"都过了两个小时了，马上就到辽阳了。"

饶是宋卓武这种大咧咧的汉子，面对那扇熟悉的院门，心中还是百感交集。他控制住情绪，抬手拍响了门板。

孙贵打开院门，看着门外的三个人。

前面的男子很面熟，后面肩背着照相机、拉着小孩的中年男子，他根本不认识。

"你们找谁？"

"孙贵，把你那双小眯缝眼睁大点，看看我是谁。"

孙贵仔细看着宋卓武，他的小眼睛睁圆了："卓武，你一定是卓武。"

宋卓武拨开他，大步穿过小院。孙贵跟在后面，不停地解释："卓武，我真没有占你们家房子的意思，就是看着房子老这么空着也不是个事，要是没人打理，早晚非塌了不可。"

宋卓武扭头问道:"家具还在吗?"

"都在都在,我养护得好着呢。"

正厅中央摆着两把椅子,中间是一张八仙桌。

夏韬掏出照片看了看:"就是在这里拍的照片,对吗?"

"没错,家具都还在。"

夏韬看看照片又看看房间:"环境没什么问题。"说着,他把儿子安排到照片上宋卓武站立的位置。孩子穿着一身照片上与宋卓武同款的校服。然后,夏韬取出相机,对着取景框观察着。他不时地摆摆手,让儿子左右移动一点。

孙贵小声问宋卓武:"这是要干吗呀?"

"没看见这是要照相吗?"

"照相?"

宋卓武没理他,看着夏韬端着相机从不同的角度连拍了几张照片。

"好了。我需要回暗房处理一下。"夏韬说着,他飞快地收好相机。

"多长时间?"

"我会尽快的。"

宋卓武走到他身边,低声说:"你就算洗出来,也是新照片呀。"

"我有办法做旧。实话告诉你,我在组织里的工作,是专门帮同志们伪造各种证件。"

"那就看你的了。"

等夏韬拉着儿子离开了,孙贵又问:"卓武,你弟弟呢?"

"孙贵,不瞒你说,我这次回来,还就是为了我弟弟的事。你得帮我个忙。"

"咋帮?"

宋卓武对着孙贵耳语了几句。

孙贵听完脸色大变,脑袋摇得像拨浪鼓:"卓武,你要让我腾房的话,我今天就搬家,让我糊弄日本人,我可不敢。"

"你放心,有我在,保证你出不了事。"

"不行不行,我还有老婆孩子呢。"

宋卓武拉着孙贵的手:"我知道,小的时候是我不对,今天给你赔不是了。这套房子呢,你想住多久就住多久——"

孙贵果断地摆手:"免谈。"

小武在辽阳站的月台上等了半个钟头,终于跳上了一列开往奉天的火车。比原定时间晚了将近三个小时,他才走出奉天火车站。当他坐上一辆黄包车的时候,宋卓武仍然没有说服孙贵。

他一把抓住孙贵的脖领子,把他从椅子上拎了起来:"小贵子,你是不是看见我脾气变好了，就开始蹬鼻子上脸呀？"

孙贵看着他："卓武，你要想打，就打我一顿，我认了。可是要得罪了日本人，我一家老小的命就没了。你动手吧。"

宋卓武一下子就泄了气，他把孙贵放下，用手抚平了孙贵的衣领："孙大爷，我给你磕俩头行吗？"

孙贵坚定地说："不行。"

两人正说着，院门被敲响了。

隔着门缝，孙贵看到站在外面的是夏韬，他长出了一口气。进门后，夏韬把那张照片递给宋卓武："你先看看。"

宋卓武接过照片看了又看，简直是浑然天成的一张合家照。

"怎么样？"

"绝了，一点破绽也看不出来。"

孙贵也在旁边看着照片。

宋卓武扭头说："孙贵，你能看出这张照片是假的不？"

孙贵摇了摇头。

"那你还不帮我这个忙？"

"帮不了。"

宋卓武瞪着眼："我说你——"

"这样吧，"夏韬插进话来，"待会儿你们俩都回避，我扮成孙贵对付那个人。"

一辆黄包车停在宋家老宅门前。小武下了车，望着黑漆大门上的门牌。门牌因为风雨的侵蚀有些模糊。

他正疑惑间，旁边的一个邻居推门走了出来，看到了他。

"找谁呀？"

"我找太原路一百三十五号。"

邻居指着那扇门："这儿就是啊。"

"哦。"

邻居很热情，隔着门喊："孙贵，孙贵——有人找。"

屋子里的三个人登时愣住了。

拍门声又响了起来。

"孙贵——"

宋卓武和夏韬都看着孙贵。

院门终于打开了，孙贵站在门口。

小武进屋后打量了一下，坐在椅子上。

孙贵端着一杯盖碗茶走过来，由于颤抖，杯盖发出微微的响动："您喝茶。"

小武点点头，狐疑地打量着他。孙贵坐在另一把椅子里，依然很紧张。

小武说:"我是宋先生的同事,这次来奉天办点事,顺便过来看看他们家的老房子。"

孙贵擦了一把汗:"哦,哦。"

"这房间里不是很热吧?"

孙贵挤出一丝笑容:"我这个人,就是爱出汗。"

宋卓武和夏韬藏在里屋房门两边,听着外面的对话。

小武再次打量房间:"没想到这屋子里还住着人。"

孙贵没吭声。

"你们是老街坊?"

"从小一块儿长大的。"

"那你跟他们哥俩都很熟了。"

"都熟,都熟。"

小武喝了口茶:"他们哥俩长得像吗?"

"啊?"孙贵似乎没听清。

"我问,他们哥俩长得像不像。"

孙贵愣愣地看着他,显然在做心理斗争。

小武警觉起来:"你怎么了?"

里屋的宋卓武已经拔枪。

孙贵终于开了口:"你说,他们哥俩要是知道这件事,会收我多少房钱啊?"

小武笑了:"那我就不清楚了。"

"您回去跟他说,我就是帮他们哥俩看着房子,他们回来,我立马搬走。"

"这没问题。"

宋卓武和夏韬都松了一口气。

孙贵接着说:"他们家的东西,我一样没动。就连一张照片,我都保管得妥妥的。"

"照片?"小武来了兴趣。

"对,收拾阁楼的时候,我发现了一张全家照。"

"我能看看吗?"

孙贵打开角落里的一个橱子,从里面取出照片,交给小武。

小武看着那张照片,忽然说:"我想起来了,宋先生老是念叨离开家的时候连张照片都忘了带,要不我给他捎回去?"

"成啊。"

七

下班之前,关雪接到了小武从奉天打来的电话。

"照片上的两兄弟是双胞胎吗?"得知他拿到了照片,关雪迫不及待地问。

"不但不是双胞胎,长得一点都不像呢。"

关雪大喜："好。你啥时候回来？明天一早，我让秘书去车站接你。"

下班后，关雪买了点菜回到家中。她刚把大衣挂好，听到身后传来关凯的声音："你为什么要这样做？"

关雪一回身，看到关凯站在卧室门口直勾勾地瞪着她："你说什么呢？"

"你真的不知道吗？"

关雪走到沙发前坐下："你说的是那个叫秦浩的学生吧？我也是刚刚听说。他有赤色嫌疑，治安科盯了他很久。"

关凯吼道："你撒谎，这一切都是你指使的！"

关雪一拍桌子："放肆！"

关凯瞪着关雪，毫不退缩。

"好啊，小凯，为了一个外人，你就敢跟你亲姐姐翻脸。摸摸你的良心，这些年我为了你——"

"够了！"关凯大喝一声。

关雪愣了半响："你到底想怎么样？"

"我要你立刻释放秦浩。"

关雪转过脸："这是治安科的案子，我无权过问。"

关凯二话不说，转身进了卧室。出来的时候，他拎着一个皮箱。

关雪站起来："你要去哪里？"

已经走到门口的关凯说："如果你们不释放秦浩，我是不会再登这个家门的。"

眼看着关凯已经打开门，关雪赶紧说："释放秦浩也可以，但有一个条件。"

"什么条件？"

"离开那所学校，我给你另安排一所大学，你看，怎么样？"

嘭的一声，门关上了，关雪站了一会儿，无力地坐在沙发上。

也就是这时，潘越接到了丁鹏的电话。

"你是说，科长接到小武的电话后情绪很不错？"潘越非常失望。

"秘书是这么说的。科长还让他明天一早去车站接小武。"

"你告诉秘书，明天早上，让他想尽办法从小武的嘴里套点东西出来。"

第二天一早，宋卓武压低帽檐，远远地跟着小武出了站。他看到那个秘书接上小武，两个人钻进了一辆轿车。

老段的手下——那个姓徐的小伙子走到他身边："卓武哥，顺利吗？"

"还行吧，就看能不能糊弄住关雪了。"

宋卓武跟着小徐，钻进了一辆轿车的后座。

"我弟怎么样了？"

"一直在特务科里，没有出来。"

宋卓武沉思了片刻，说："咱们去特务科门口等着，如果我弟弟过了这道坎，他应该会被放出来。我想看着他出来。"

"听你的。"

仔仔细细地看了一遍那张陈旧泛黄的全家照，关雪才给宋卓文打去了电话。

宋卓文说他的论文只写了一半。

关雪说："一半也行，你先拿给我吧。"

原本负责看守宋卓文的特务开车把他送回了特务科。

宋卓文把一沓稿纸放在关雪面前的桌面上。

关雪笑盈盈地看着他："昨天晚上熬夜了吧？"

宋卓文揉了揉发红的眼睛："你说呢？"

"我来看看你的大作。"说着，关雪拿起论文，仔细地阅读。

宋卓文注意到，在关雪的手边放着一串钥匙。他想起来，那是潘越曾经拥有的情报组组长办公室的钥匙。他不知道老段和哥哥做出了怎样的努力，现在看来，应该是取得了效果。幸亏他压抑住了恐惧和焦躁，静下心来撰写这篇论文。他压抑着激动和兴奋，即使自己马上就要成为那串钥匙新的主人。

关雪放下了论文，一脸满意："想不到，你的文笔还真不错。看得出来，你用心了。"

"你满意就好。"

关雪本来已经拿起那串钥匙，电话铃响了。关雪接听电话："喂？"

"那张照片是伪造的。"一个她从没听过的声音说。

关雪神色一凛："你说什么？"

"如果你不相信，可以送到《满洲日报》的图片中心，专业人士一眼就可以看出真相。这是大事，希望你不要掉以轻心。"

啪的一声，电话挂断了。

关雪惊讶地看着话筒。

"怎么了？"宋卓文问道。

关雪很快恢复了常态："没什么。"

关雪又把那串钥匙放下，拿起论文："我觉得，第一小节还有修改的余地，你别嫌麻烦，再改一改。"

等宋卓文离开，关雪又把小武叫进来。她把那张照片塞进了一个牛皮纸档案袋，递给小武："你再跑一趟，到满洲日报社的图片中心，找中心的主任……"

潘越趴在床上，一个护士正在给他捏肩。

何医生走进来："潘先生，按您的吩咐，我已经打过电话了。"

潘越没有抬头："知道了。"

宋卓武坐在轿车内，一眨不眨地盯着远处特务科的大门口。他看到小武拿着一个档案袋从大楼里走出来，钻进一辆轿车。

"看样子不对劲儿呀。"宋卓武念叨着。

小徐说："我也觉得有问题。"

等小武驾车驶出了特务科大院，他俩跟了上去。

小徐驾驶水平非常高超，他始终把与跟踪目标的距离控制在二百米左右。只要有条件，他总是藏到别的车辆后面。小武毫无察觉，一直把车开到满洲日报社大楼的下面。他钻出轿车，拿着档案袋走上了大楼的台阶。少顷，小徐也把轿车停在大楼下面。

宋卓武和小徐跟进大厅，小武虽然已经不见踪影，但电梯的指针停在四层。他俩快步向楼梯方向跑去。

小武走出电梯，看到右侧走廊墙壁上标着"图片中心"的字样，下面还有一个箭头。于是他顺着箭头方向走了过去。

宋卓武和小徐刚刚登上四层，恰好看到小武的背影拐了一个弯，便立刻跟了过去。

前面有一扇门，宋卓武贴在门边向内观望，只见小武把那个档案袋交给了一个年轻人。他把门拉开一道缝，耳朵贴着门缝听着。

第十五章
敲山震虎

一

年轻人是图片中心主任的助手:"这是什么?"

"里面装着一张照片——一个父亲、两个儿子。我们想请主任检验一下照片是不是合成的。"说着,小武掏出了自己的证件,"我是警察局的。"

"可是森川主任还没有来上班。"

"我可以等他。"

"那好,我现在就把这张照片放在他的办公桌上,等他来了立刻向他汇报这件事。"主任助手指着侧面的一个房间,"您可以到接待室等候。"

宋卓武眼看着小武进入接待室,主任助手拿着牛皮纸袋走进了主任办公室。

宋卓武一抬头,蓦然看到墙上挂着图片中心所有员工的照片,其中一个戴着眼镜、有些谢顶的中年男子照片下面赫然标着"森川主任"的字样。

他拉着小徐飞快地跑下楼梯:"我到下面等着那个森村主任。"

"我呢?"

"来的路上,在最后一个拐弯的街角有一家照相馆……"

森川主任拎着一个公文包匆匆走来,丝毫没注意压低帽檐迎面走来的宋卓武。

两个人擦肩而过时,宋卓武突然出手,夺过森川主任的公文包,撒腿就跑。森川主任愣了一下才反应过来,转身边追边喊:"抓住他,抓住那个贼!"

行人听见他日语和中文混合的口音,反倒纷纷避开了宋卓武。眼看着他越跑越远,一个貌不出众的行人突然迎面拦住了宋卓武。正是小徐。

宋卓武没有半分犹豫,一拳将他打倒在地。小徐不顾疼痛,死死地拽住了公文包的提手。宋卓武急了,抬脚冲着小徐的胸口和肚子狠狠踢了几脚。小徐咬着牙,就是不撒手。

森川主任赶了过来,宋卓武只得松开公文包,拔腿跑了。

森川主任蹲下,把小徐扶起来,看着他一副痛苦不堪的样子:"我送你去医院看看吧!"

小徐捂着小腹摇摇头:"算了,找个地方坐坐,喝点热水就好了。"

森川主任搀扶着小徐,一路来到图片中心,他的助手快步走了出来:"出什么事了?"

"遇着贼了。快，给这位小兄弟倒杯热水。"

进了主任办公室，小徐慢慢地坐在靠墙的一张长沙发上。这时候，主任助手端着水杯走进来。森川主任刚要过去接过水杯，忽然发现了桌上多出来的档案袋。

"那是什么？"

主任助手凑到森川主任耳边低声说了几句话，森川主任随即点了点头。他没注意到靠在沙发上的小徐同样偷偷瞄着那个档案袋。等主任助手出门之后，森川主任走过去，拿起档案袋，转身对小徐说："小兄弟，你先休息，有件公事很急，我马上就回来。"

"能给我几片止痛药吗？我疼得厉害。"

"我这里没有——你等一下，我这就去问问我的同事。"

几分钟后，森川主任看着小徐把两个药片吞了下去，在沙发上躺下来，他才拿起档案袋，走出办公室，进了暗房。

那张照片被放在工作台上，森川主任打开一盏特殊的灯，拿起了一面放大镜。

在暗红色光芒的照射下，森川主任用放大镜审视着照片上的每一个细节。这的确是一张父子三人的合影，但上面的人不是宋氏父子。

在宋卓武和小徐来的路上，最后一个拐弯的街角就有一家照相馆。橱窗里陈列的几张照片中，正巧也有一张父子三个人的合照。跑下图片中心的大楼后，小徐开车直奔那家照相馆，花高价买下了那张照片。刚才利用森川主任出去找止痛药的时机，小徐换掉了档案袋里的照片。

森川主任拿着档案推门走出来，意外看见小徐正站在暗房门口："你怎么在这儿？"

"我吃了药就好多了，没什么事就先走了。"

"不不，请您务必再休息休息，如果需要，我可以陪您去一趟医院。"

"不不，真的不用了。不过——"小徐有些不好意思地说，"挨两脚没什么，只是因为这事耽误了上班，我这一天的工钱估计……"

森川主任马上明白了，他把档案袋放在一旁的桌子上，掏出钱包，抽出几张大额钞票，递了过去。

"您看这些够吗？"

小徐连连点头，伸手过去，接钱的一瞬间，他的手指松了一下，几张钞票飘落而下，散落在地上。小徐赶紧想弯腰去捡，但他眉头微皱，一脸痛苦的样子，没有完成弯腰这个动作。

森川主任马上制止了他："我来捡。"

眼看着森川主任弯下腰去，小徐放在胸口的那只手飞快地插进上衣内袋。他刚把那张照片抽出一半，身后传来了主任助手的声音："主任。"

小徐只好赶紧又把那张照片塞回上衣内袋里。

主任助手走了过来，森川主任已经捡起钞票。他递给小徐以后，顺手拿起桌上的档案袋递给助手："告诉他们，这张照片是真实的。"

小徐赶到楼下时，小武的车刚刚开走。

"咋样，顺利吗？"宋卓武急切地问道。

小徐摇了摇头:"我没有找到机会把照片换回来。"

宋卓武驾驶的轿车风驰电掣般前行,左冲右突,超越了街道上众多车辆和行人。突然,他猛地向左,拐进了另一条路。

坐在旁边的小徐急得满头是汗:"你要干什么?"

"从这条道绕到前面去。掉头后,我把那小子撞昏了,你趁机把照片换回来。"

"能行吗?是不是有点太大胆了?"

"不行也得这么办,不然照片落到关雪手里,我弟就完了。"

轿车拐到与前路平行的另一条路上,宋卓武把油门踩到了底。冲到前方的路口时,他向右猛打方向盘以垂直的角度冲向前方。突然,从街道侧面的小巷里冲出一辆拉蔬菜的人力平板车。宋卓武猛然踩下刹车,轿车尖叫着冲向那辆平板车。车夫吓得定在原地,不知所措。轿车车头堪堪停在那辆平板车边上。车夫身子一软,倒在了地上,平板车也被他带翻了,一车的蔬菜滚得满地都是。

宋卓武看到小武驾驶着轿车从路口一闪而过。

二

小武走进办公室的时候,关雪正握着话筒听电话。她示意小武稍等。

"打架的原因是什么呢?……这样吧,陈校长,我一会儿过去一趟,见面再聊……好的,让您费心了,校长……再见。"

小武把档案袋放在关雪面前的办公桌上。

"经过满洲日报社图片中心的森川主任亲自检验,照片是真的。"

"你去通知一下,让宋卓文来见我。"

"是。"

关雪打开档案袋,刚把照片抽出一个角,忽然又想起了什么:"等等。"

已经走到门口的小武回头看向她。

"算了,我自己去吧。"她又把照片塞回去,随手把档案袋放在一摞文件上面。接着,她拉开抽屉,从里面拿出一串钥匙,起身走出了办公室。

关雪把那串钥匙举到宋卓文眼前。

"什么?"

关雪揶揄地一笑:"明知故问。这是情报组组长办公室的钥匙。"

宋卓文接过钥匙:"我的论文还没写完呢。"

"回头我帮你润润吧,现在有件麻烦事你帮我去处理一下。"

"什么事?"

"刚才校长打来电话,小凯在学校跟人打架了。"

"一定是有人把小凯欺负急了,不然他不会跟人动手。"

"具体的原因，校长也不知道，因为打架的几个学生都不肯说。"

"那应该你去呀。"

"小凯这几天跟我较着劲儿呢。"

"为啥？"

关雪叹了口气，答非所问："你跑一趟吧。"

"好，我这就出发。"

"等你回来，我召集开个会，正式任命一下，由你担任特务科情报组代理组长。"

宋卓文驾驶汽车出了特务科大门。走了没多远，他蓦然看见小徐在路边向他招手。他刚停下轿车，宋卓武就打开车门钻了进来，坐在后座上。

"你们怎么敢在这里等我？"

"兄弟，我都没敢想能看见你活着走出那个大门。跟我走吧，这活儿咱们干不了了。"

接着，宋卓武把情况简单地说了一遍。

宋卓文沉思了片刻，伸出手："把那张照片给我。"

"干啥？"

"我回去一趟，把照片换回来。"

"你还敢回去？关雪没有发现那张照片被调换过，纯粹是你的运气。也许她现在正看着照片，派人抓你呢。"

"我刚拿到了情报组组长的钥匙，现在放弃实在是太可惜了。这个险，我必须冒一下。给我照片，你快下车！"

宋卓文敲了两下门，没有动静。他推了推，门开了，里面没人。他一眼就看到那个装着照片的档案袋放在关雪的案头。宋卓文带上房门，快步走到办公桌边。他一只手拿起档案袋，另一只手从西装内兜里抽出那张照片，刚要塞进去，房门突然被推开了。关雪站在门口，看着他。

宋卓文拿着照片举着档案袋也愣在原地。对视了片刻，他急中生智，晃了晃手中的照片："这是怎么回事？"

关雪答非所问："谁让你翻我东西的？"

"这张照片是从哪里来的？"

关雪沉默了片刻，说："好吧，我承认，是从你家的老宅子里找到的。"

"我说呢，冷不丁地非把我关在资料室写什么论文，原来是派人到我老家去搞秘密调查了。"

"谁关你了？腿在你自己身上，我不让你出门了？"

宋卓文瞪着关雪，没有说话。

关雪有些心虚："这就是一个必要的程序，因为你要担任的职务是情报组组长。"

"现在可以还给我了吗？"

关雪点了点头。宋卓文把照片插进档案袋，走向办公室门口。

"你不是去小凯学校了吗，怎么又回来了？"关雪问道。

"让你气得都忘了。你这儿不是有两桶好茶叶吗？我见人家校长，空着手去呀？"

三

从校长办公室出来，宋卓文和脸上带着挠伤的关凯并肩走在学校的小路上。

"到底为了什么？"

关凯沉默着。

"跟我还有什么不能说的？"

"因为谢月，还有你。"

"谢月和我？"

关凯点点头："他们把秦浩的被抓归咎于谢月——"

"等等，秦浩是谁？"

"秦浩是学生会主席，也是这次排演话剧《屈原》的组织者，前几天被警察抓走了。李冬菊他们早就知道谢月和你认识。而这几天，原本缴不起学费的谢月手里忽然有了一些钱，他们就认定谢月是向你出卖秦浩才挣了钱。"

"天啊，谢月的钱是我给的，可是这跟那个秦浩毫无关系嘛。"宋卓文无可奈何地摇摇头。

"跟你们谁都没关系！"关凯痛苦地说道，"是我姐姐干的。"

宋卓文震惊地看着关凯。

关凯点点头："我不想让谢月为我背黑锅。"

谢月抱着膝盖坐在草坪上发呆。宋卓文走过来，坐在她的身边。谢月无动于衷，仿佛根本没有看到他。

沉默了一会儿，宋卓文说："我知道，你蒙受了不白之冤。"

谢月依然没有说话。

"你的处境比我想象的还要糟糕。还记得上次我跟你说的话吗？有的时候，困难看上去很强大，但是战胜它之后再回过头来——"

谢月霍地站起身来。

宋卓文仰头看着她。

谢月说："你跟我来。"

宋卓文跟着谢月穿过走廊，路上碰到的女同学纷纷冷漠地把脸转开。

进入宿舍后，谢月指着自己的床铺："你去看看吧。"

宋卓文走过去，只见床上挂着的蚊帐被人用剪子剪开了几个大口子，枕头被泼了墨汁，上方垂着一个上吊用的绳套。

"这还不算什么。"说罢，谢月走到床前，一把扯开被子，从里面掉出两只死麻雀。

宋卓文看着这一切，沉默了。

谢月眼里含着泪花："你让我怎么坚持？我连睡觉的地方都……"

五分钟后，宋卓文抱着沈月的被褥走在前面，谢月提着脸盆等洗漱用具跟在后面。等他们走出了宿舍楼，身后传来学生们的欢呼声。

宋卓文开着车，把谢月连人带行李从学校拉到家中。进了客厅，他把怀抱中的被褥放在沙发上。

石姐用围裙擦着手，从厨房里走出来："宋先生，这是……"

"这位是谢小姐，要来咱们家住一阵子。"

宋卓文给两个人做了介绍，然后让石姐把他的铺盖搬到楼上的起居室里，把谢月的被褥搬到卧室里。

看着那张双人大床，谢月问："你睡哪儿？"

宋卓文指了指门外起居室的沙发："我睡那个地方。"

"其实，我可以和石姐睡一个房间。"

"石姐早上起得早，你会很不习惯的，就睡这里吧。你先归置归置自己的东西，我还要去上班。"

回到关雪的办公室，宋卓文把事情的前因后果讲了一遍。关雪只是听着，没有说话。

"归根结底，还是因为秦浩被抓。我不明白，你干吗要把那个秦浩抓起来呢？"

关雪答非所问："小凯也是多管闲事，偏要替那个谢月出头。"关雪突然看着宋卓文，"你说，小凯是不是喜欢上那个女孩子了？"

宋卓文白了她一眼："不知道。不过小凯说了，秦浩不放出来，他不回家。"

关雪沉默了片刻，说："放秦浩也可以，但是小凯不能留在那个学校了。"

"你要给他办理转学？"

"没错。那个学校校风不好。你告诉他，答应转学，秦浩就能回家了。"

宋卓文点了点头，若有所思。

关雪站起身来："走吧，开会去。"

四

会议刚刚结束，丁鹏就给潘越打了一个电话。

"潘先生，宋卓文正式代理情报组组长了……刚刚开了会，科长亲自宣布的。他已经进入您的办公室了。"

潘越回到病房，两个男护士已经手脚麻利地把他订购的酒菜摆满了桌子。潘越在门口呆立片刻，突然快步上前，把一桌子酒菜全都掀翻在地。

枫叶书店虽然面积很大，但一列列高大的书架中间的过道仅容二人错肩而过。

宋卓文走走停停，不时从书架里抽出一本书翻翻。等几个买书人先后离开了这列书架，他在一列书架深处停下脚步，抽出一本书，认真地看着。

此时，书架上那个空出来的缝隙后面，另一本书被另一侧过道里的人抽走了。老段的面孔显露出来。

老段低头看着书，低声说道："恭喜你，最终通过了考验。"

"没有你们，我早已死无葬身之地。"

"收获很大吧？"

"比我想象的还要多。光潘越办公室里的资料，就是一座宝藏，我会尽快整理出有价值的情报传送给你。"

"好的。"看得出老段也在努力压抑着兴奋。

"我在查阅情报组花名册的时候，看到有两个组员常年不在科里露面。问了关雪，才知道这两个家伙通晓数门外语，常年混迹于马迭尔旅馆一层的啤酒馆。"

老段点点头："那个地方，我略有耳闻，据说是各国情报贩子交易情报的地方。但是，假的多，有价值的情报很少。"

宋卓文回到家中时，谢月已经放学回来，在厨房里帮石姐打下手。很快，饭厅的圆桌上就摆上了三个菜一个汤。

他和谢月落座后，石姐端着最后一盘菜从厨房里走出来："锅包肉来喽。"

宋卓文发现石姐格外高兴。

宋卓文说："这道菜是石姐的拿手好菜，快尝尝。"

谢月有些羞涩，夹了一小块放到嘴里："太好吃了，谢谢你们。"

石姐舒心地笑了："爱吃就行，我天天做给你们吃。"

"石姐，你也坐下来吃饭吧。"宋卓文说道。

"你们吃，剩下的，我随便垫补点就行。"

"你要是不吃，我们也不动筷子。对吧，谢月？"

"就是。"谢月立刻放下筷子。

石姐眼眶有些发红："那好，我吃。"

石姐虽然坐了下来，但她还是不停地给谢月夹菜。

宋卓文忽然说："对了，石姐，我记得上次你说过你也有一个女儿，多大了？"

谢月也看着石姐。

石姐愣了一下："十六岁。"

"哪天可以把她叫到家里来玩。"

"好。"石姐点了点头，微笑似乎掩盖着一丝伤感。

"啪！啪！"忽然传来拍门声。

外面传来关雪的喊声："宋卓文！宋卓文！"

三个人的动作都停滞了，石姐显得格外紧张。

宋卓文对石姐说："撤掉谢月的碗筷。"

石姐点点头，立刻照做。

宋卓文又对谢月说："你先躲到卫生间里待一会儿，好吗？"

然后他起身大声应付着："来啦！来啦！"

宋卓文打开了房门，关雪手里拿着一个档案袋走了进来："怎么这么长时间？"

"没看见正吃饭呢吗？"

关雪走到饭桌前看看："嚯，四个菜，够丰盛的。"

"这不是今天升职了嘛。"

关雪斜了宋卓文一眼："我可是给你升职的人，都不叫我一声？"

宋卓文有些尴尬："你吃了吗？我让石姐再炒两个菜。"

"得了，少跟我假惺惺的。"

石姐也说："关小姐想吃什么，我去做。"

关雪摆了摆手："我在外边垫补了点。小凯不在家，我也懒得做饭。"

"那件事，我尽快跟小凯谈。"

"我来找你不是为了这件事。"

"哦？"

"快下班的时候，接到了浅野课长的电话。"

"是不是出了什么新的状况？"

关雪摇了摇头："还是连环爆炸案，他又催了。你先看看资料，这两天赶紧上手。明天一上班，胡彬咱们仨先碰一碰，哪怕先找到一些有用的线索应付应付他呢。"

说着，关雪把档案袋递过去。宋卓文接过档案袋。

"我今天晚上就开始。"

忽然，卫生间里传来一声响动。

关雪看了看卫生间，又看着宋卓文："谁在里面？"

宋卓文没有说话。

关雪走过去，打开了卫生间的门，看到谢月站在里面，地上是一个被打翻的木制肥皂盒。关雪二话没说，气咻咻地走了出来，推开房门，直奔她的轿车。

宋卓文紧随其后解释道："你是没到她的宿舍去看，根本就没法子住下去。我要是不管她，她连个容身之地都没有。"

关雪在车门边停下脚步，回过头来："你烦不烦？"

宋卓文闭上了嘴。

"我要你赶她走了？这是你的房子，想让谁住进来都行，我管不着。"

说罢，关雪钻进轿车，一溜烟地开走了。

谢月躺在卧室宽大的双人床上，毫无睡意。她转动脖子，再次打量这个舒适而又陌生的房间。

连接卧室和起居室的是一道镶着大块毛玻璃的推拉门。透过毛玻璃，可以看到起居室内一盏模糊的台灯前宋卓文正在看文件的身影。

谢月拉开门，站在门口。

宋卓文抬起头来："是不是还需要什么？"

谢月倚着门框摇了摇头，垂下眼睑。

宋卓文放下文件："大多数人换了新的环境都会失眠的。我的办法是数数，一般数不到一百，就会入睡。你可以试一试。"

沉默了片刻，谢月说："那个关小姐，很喜欢你，对吗？"

宋卓文愣了一下："她是我的上司，也是我最好的朋友。"

"我住在这里，她……"

"你不用考虑这些，只管安心休息、静心念书就好。"

"我一定给你添了很多麻烦。"

"都是些小事，快去休息吧。明天早上，我送你去学校。"

谢月点了点头，拉上推拉门。窗外的夜空中亮起了一道闪电。

五

夜里电闪雷鸣，下了半宿的雨。

第二天早上七点多钟，宋卓文驾驶轿车驶过积水的马路，不时地激起一片水花。

谢月扭头看着宋卓文："他们说你是汉奸，说你害过很多人，是吗？"

宋卓文笑了笑："你觉得呢？"

"我看你是个好人，不相信你会害人。最起码你不会害我。"

"别想那么多了。你现在唯一要做的，就是努力读书，顺顺当当地毕业。"停顿了片刻，宋卓文又说，"学校那边有什么过不去的难处，记得给我打电话。记下我的电话号码了？"

谢月点点头："记下了。"

宋卓文把轿车停在路边："你走几步吧，我出现在学校门口对你没有好处。"

"我知道。"说罢，谢月开门下了车。

宋卓文掉转车头，往回开了一段，忽然迎面驶来一辆鸣着警笛的警车。

应该是看到了宋卓文的轿车，警车横停在马路上，从里面钻出来一个胖乎乎的警官。宋卓文认得，是治安科的马警长。他也下了车。

"马警长，这是执行什么任务呢？"

"刚接到报案，有人发现了一具女尸。宋组长，要不您也过去指点指点？"

宋卓文摆了摆手："马警长是治安科的骨干，勘验现场的能力名扬全局，我就不班门弄斧了。"

"谁不知道您宋组长的本事连日本人都佩服？算了，你们特务科抓的是大案子，我就不耽误您的时间了。"

宋卓文随口问了一句："案发现场在什么地方？"

"就在工业学校西边不远的小树林里。"

宋卓文愣了一下："正好我也没啥事，走，跟您学两招儿去。"

李冬菊的尸体躺在一棵柏树底下，双目圆睁。她的身边散落着一块包袱布和几件换洗衣服。

"瞧这身打扮，应该是财经学院的学生。"马警长说道。

宋卓文望着李冬菊的面孔。尽管见面的次数并不多，但是他对这个女孩子的印象很深。他敏锐地感觉到，她被害与关凯或者谢月摆脱不了干系。

马警长用放大镜看了看尸体脖子上的紫色痕迹："这是活活给勒死的呀。"

宋卓文忽然说："她的左手手心里有东西。"

马警长戴上白手套，掰开李冬菊的手指头，用镊子从里面夹出几根长长的灰白色的头发。

"不会吧？凶手是个老年人？"

宋卓文捏着一根头发，伸手要过放大镜，仔细地观察着头发丝。他摇了摇头："这是从假发套上拽下来的头发，因为头发的根部没有带着毛囊组织。"

另一个检查尸体的治安警察说："右手的指甲缝里有皮肤组织。"

马警长赶紧走过去，举着放大镜查看。其他几个警察蹲在现场地上寻找脚印。其中一个骂道："这场雨真该死，把脚印冲没了。"

忙活了一会儿，没有找到更多的线索，马警长走到宋卓文身边："宋组长，您怎么看这个案子？"

"我认为当时的情况是这样的。凶手装作一个老太太，不知用什么办法把受害者骗到了小树林里，然后从后面勒住死者的喉咙。死者挣扎着，两只手向后乱抓，右手可能在凶手的脖子上挠出了几道血痕，左手抓住了凶手的假发套，扯了下来。但是她的反抗越来越无力，最终垂下双臂。最后，凶手将尸体放倒在地上，从她的手里夺回了假发套。"

马警长点了点头："您心里头是不是已经有了凶手的特征？"

"第一，能够扮装成老太太，说明凶手的个子不高。第二，离开现场之后不久，就会扔掉他的假发套和衣服。否则，一来有可能被路上的行人发觉，二来也限制他离开现场的速度。想象一下，如果你看到大街上一个老太太健步如飞，不会起疑吗？"

"有道理。"马警长招呼几个警察："大家在附近仔细搜一搜，主要是寻找凶手扔掉的假发套和衣服。"

不一会儿，一个警察就在树林深处的草丛里发现了一个包裹。他打开一看，原来是一件老年女式偏襟大褂裹着一个花白头发做的假发套。

宋卓文从假发套上摘下两根短短的黑色头发茬儿。

"这小子是个留着寸头的家伙。"马警长说道。

宋卓文说："看来只能用最笨的办法，向居住在树林周围的住户打听，寻找一个个子不高、留着寸头、脸上或者脖子上有血痕的男子的去向。"

马警长叹了口气："只能如此了。"

"马警长，我就不陪着你们了，科里还有不少事情等着我呢。"

六

宋卓文推开房门走了进去。胡彬正一脸不高兴地瞪着他。

"你这才上任第一天，谱也摆得太大了吧？我跟科长都等你半天了。"

宋卓文看着他："你先出去一下。"

胡彬勃然大怒："你说什么？"

"你先在外面等一会儿，我和科长有很重要的话要说。"

"你还知道自己姓什么吗？"

宋卓文不再理会胡彬，充满深意地看着关雪。

关雪清了清嗓子，说："胡组长，你就回避一下吧。"

胡彬瞪了宋卓文一眼，扭头走出了办公室。

宋卓文走到关雪面前，压低声音："今天早上，治安科在工业学校不远的树林里发现了一具女学生的尸体。那个女学生，昨天曾经跟小凯吵过架。"

关雪吃了一惊，说："你是说，小凯干的？"

"我不相信小凯会做出这种事。"

关雪沉思了片刻，瞪着宋卓文："你什么意思，怀疑是我下的手？"

"我可没说啊，是你自己瞎说的。"

"现在案子谁在处理？"

"治安科的马警长。"

"让他们忙吧，咱们别随便掺和进去。昨天给你的案卷，看了吗？"

"看了，胡彬的人还在三个真正的维修工被绑架的地方访查，对吧？"

关雪点了点头，说："好几天了，也没什么线索。你有更好的办法吗？"

"暂时还没有。我需要时间把各条线索都捋一捋。"

关雪把胡彬叫进来："咱们还是老规矩，案子由情报组主抓、行动组配合。宋组长需要任何支持，随时都可以向胡组长提出来，明白了吗？"

胡彬不情愿地点了点头。

下班回到家中，宋卓文一看到谢月，就问了问这一天的状况。谢月说，还是老样子，没有什么人愿意跟她说话。不过她已经习惯了。宋卓文明白，李冬菊遇害的事情还没有传开，否则谢月的境况一定会更加艰难。他正犹豫着要不要告诉谢月实情，房门又被敲响了。

谢月打开门，发现站在面前的竟然是关凯。两个人都有些意外。

关凯看到了宋卓文，赶紧说："我是来找他的。"

宋卓文走到门口："小凯，进来吧，一起吃晚饭。"

"宋大哥，你能出来一下吗？我有重要的事情跟你说。"

宋卓文注意到关凯脸色苍白、神色惊慌，知道一定有事。他拿起外套出了门。

"小凯，到底出什么事情了？"两个人并肩走到一个没人的街角，宋卓文开口问道。

"他们……他们……"关凯深吸了一口气，"他们可能杀了李冬菊。"

宋卓文大惊："谁杀了李冬菊？"

"宁先生。"

"哪个宁先生？"

"……"

"医院的爆炸案……"

关凯点了点头。

"你和他认识多久了？"

"快一年了。"

"他今天找你了？"

"是的。我当时坐在树林里的长椅上看书，他突然出现在我的面前。我说：'你赶紧走吧，我不想跟你们再联系了。'他说：'关凯，你可不能这样对待老朋友呀。我可是一直关心着你。昨天有一个叫李冬菊的女学生冒犯了你，对吗？'我说：'你怎么知道？'他说：'你没有发现吗？她今天没有来上课。而且她以后再也不会来了。'我开始没当回事，可是刚刚得到消息，李冬菊昨天晚上被人害死在小树林里了。"

"他们表面上是为你出气，实际上是在吓唬你，让你继续和他们合作，对不对？"

关凯点了点头："临走时，他是这么说的。"

"知道他住在什么地方吗？"

关凯摇了摇头："不知道，每次他都是主动找我。"

"小凯，你仔细回忆一下，他今天见你的时候，身上有什么有别于平时的特征吗？"

关凯仔细地想着："他穿着长衫，抱着几本书，像个学校的老师，右侧的裤腿脚上沾上了一些泥点。"

"泥点是干的还是湿的？"

"湿的。"

"给我说说他这个人，把所有能想到的细节都说出来。"

"这个人穿衣服很讲究，吃饭的地方也都是上档次的地方……还有，他的手很特别。"

"怎么特别？"

"脱皮很严重，一块红一块白的。"

送走关凯后，宋卓文回到屋里，立刻给马警长打了一个电话。果然有人看到了凶手——他向西沿着十九路电车的路线走了一段，再后来就没影了。

宋卓文把一张哈尔滨市区图摊开，放在桌子上，用铅笔在十九路电车的路线轨迹上向西画了一个箭头。

他回想起，早上送谢月路过一个十字路口的时候，为了避开一辆横穿过来的人力车，他放慢了车速。当时透过车窗玻璃，他看到那条窄街的马路边还有积水。除了那条窄街，宋卓文确信附近的大马路上没有积水。所以，右侧裤腿上沾着潮湿泥点的宁先生一定是坐着黄包车从那条窄街拐到大路上，自东向西而来。可是，杀害李冬菊的人离开的方向是向西而去。

宋卓文想了一下，立刻就明白是怎么回事了。凶手要对付的是警察的追踪，所以他选择向西就是一个障眼法。而对于关凯，他不需要费什么心机。因此，宁先生的方向是可靠的。他们的住所，一定是在大学的东边。本来，宋卓文并没有想为难这些人，但是为了关凯，他一定要找到他们。

第二天，宋卓文去了一趟自来水公司，再次找到了那三个维修工。

"该说的，都说过了呀。"年长的维修工说道。

"有些事情，一次是说不清楚的，多聊几次，就可能有一些之前被忽略的内容被想起来。"

三个维修工面面相觑，最终那个年长的维修工乙开了口："那天早上，工长通知我们说——"

宋卓文摆了摆手："这些内容已经记录在案，就不要说了，我要你们回忆的是关于另外三个人的细节。"

三个人一脸蒙地看着他。

"你们仔细回想一下，这三个人有什么跟别人不一样的特征。"宋卓文启发着他们。

三个维修工凝神思索着。

"比如发型、皮肤、气味，甚至鞋带的绑扎方式都可以。"

"气味！"一个年轻的维修工忽然叫道。

宋卓文看着他。

"我记得捆我的那个瘦高个儿身上有一股蜡油子味儿。"

其他两个维修工似乎也想起来了："对，打我的那个人也是。"

其中一个年轻维修工的思维进一步被调动起来："我想起来了，掐住我脖子的瘦高个儿手上的皮肤很难看。"

"怎么难看？"

"脱皮，一块红一块白的。"

宋卓文深深地点了点头。

七

离开自来水公司，宋卓文又去了一趟供电局。到了晚上，他悄悄来到老段的住处。

宋卓文把一张市区图摆在炕桌上。地图上被红色铅笔标出了几片区域。

"那三个被绑架的维修工证实,每个绑架者身上都有一股浓厚的蜡油子味儿。由此可以推断,他们的住所在行动前的夜里是停电的。可以想见,这三个人是围在蜡烛前商讨行动方案的。"

老段和宋卓武点了点头。

宋卓文指着地图:"这几片被我标出来的区域,就是医院爆炸案发生的前一天哈尔滨市区的停电区域。而根据关凯的叙述,我们可以推断出,宁先生住的地方位于大学的东方。因此……"

宋卓文把地图上大学西侧的停电区域都打了叉。

"我们的调查区域就可以确定在东边的这几片区域。"

宋卓武看着地图:"就算这样,这地方也大了去了。"

"小凯和那三个维修工都确认,这些人手上有严重的脱皮现象。我想了想,应该是常年摆弄化肥、农药这些化工产品造成的。"

老段说:"你的意思是,他们的公开身份是开农药商店的?"

"这个判断来自两个方面。第一,三个大男人居住在普通民居中会显得很不自然。所以他们应该是用经营一家店铺的方式掩护身份。第二,这些化工用品可以提炼出他们需要的炸弹原料。这一点和他们爆破高手的身份是完全吻合的。"

老段点点头:"有道理。"

"据我所知,在这两条街上……"宋卓文指着地图说道,"就是哈尔滨经营化肥、农药商店的聚集地。"

宋卓武低头盯着地图:"那就好办了,只要找到那个脖子上有抓伤的小个子就行了呗。说吧,你让我怎么处理他们仨。"

第二天上午,小徐带着五个同志来到那两条批发销售化肥、农药的街道。按照事先布置的搜索区域,他们很快就散开了。没过半个小时,他们就在一家名叫"大成肥皂"的铺子里找到了那个个子不高、留着寸头、脖子上有抓痕的男子。

到了下午,宋卓文才向关雪和胡彬通报了对三个嫌疑人的调查进度。他隐去了从关凯和马警长那里得到的线索,只是从蜡油子气味和嫌疑人手部脱皮这两个细节推断出了那两条出售化学物品的街道。最后,他出示了根据自来水维修工人的描述描绘出来的嫌疑人画像。

关雪采纳了宋卓文的建议,为了防止打草惊蛇,由行动组派出少量的便衣进入那一带搜索,发现目标后,通知总部。然后总部实施突然性包围和抓捕。

下午四点钟,两个行动组特务走进大成肥皂铺,问了问批发价就离开了。其中一个特务留在附近盯梢。就在另一个特务给外围打电话的时候,那个留着寸头的伙计走到宁先生身边。

"掌柜的,刚刚发现,咱们的枪不见了。"伙计低声说道。

宁先生的脸上没有丝毫惊慌之色,仍然带着惯有的微笑。他安排那个前几天雇用的账房盯着点柜上，自己则跟着伙计去了后面。

十分钟后，胡彬的行动组突然冲进来，除了毫不知情的账房，其他人都已经消失不见。特务科所有的人，包括胡彬自己，都认为宋卓文提供的情报准确无误。出错的一定是行动组的那两个特工，他俩也说不清是怎么让对方看出身份的。

宁先生三个人回到他们藏身的公寓房。刚刚喘息了一会儿，寸头伙计突然看着房顶惊呆了。宁先生望过去，只见客厅的吊灯下挂着被穿成串的三支手枪。

"立刻向上峰发报，我们的身份已经暴露，请求撤出哈尔滨。"宁先生说道。

第十六章
接头失败

一

关凯出了大门，看到马路对过那辆轿车闪了闪大灯。他走过去，打开车门，坐在宋卓文身边。

宋卓文说："宁先生那边，已经处理干净。我相信，他们再不会出现在你的生活中了。"

"宋大哥，谢谢你，又帮了我一次。"

"我听谢月说，很多同学都把李冬菊的死亡归罪于你。"

关凯冷笑着说："除了上课，我方圆十米之内没有人。他们都绕着我走，仿佛我就是个恶魔。"

"听我的，转学吧。"

关凯猛地抬起头来："我又没有做坏事，为什么要逃避？"

"这不是逃避，而是回避。"

"这就是逃避。"

"不是每一次被误会都有辩解的机会。时间自然会证明你是一个什么样的人。认死理、钻牛角尖都是不明智的行为。"

关凯没有说话。

"如果你答应转学，秦浩也能够重回校园。"

关凯依旧沉默。

宋卓文最后说："我也能借用你姐姐的人脉，把谢月也一同转走。比起你来，她一个女孩子，处境更加艰难。"

回到特务科，宋卓文还没说话，关雪就猜出来了："他答应了。"

宋卓文点点头。

关雪眉开眼笑："还是你有办法。对了，我打算让小凯去满洲国立大学，你觉得怎么样？"

"那里的学生家长非富即贵，总理大臣的公子也在那里吧？"

"好还是不好？"

"以小凯的性格，不太适合一个互相攀比、嚣张跋扈的同学圈子。"

"这圈子将来没准儿能派上大用场。"

"也是,有一群有能力的同学,将来做什么事都顺。对了,你得奖励奖励我。"

关雪狐疑地打量着宋卓文:"你帮我办事从来不要回报,今天是怎么了?"

"可以给我也弄一个转学名额吗?"

关雪很快就明白了:"给那个女学生?"

"在学校的处境,她比小凯更差。"

"她跟我有什么关系?"

宋卓文想了一下,说道:"我有时候看到她,就想起逃难路上的你。"

关雪白了宋卓文一眼:"少来这一套。"

"还有就是小凯的那个要求——放了秦浩。"

"明天早晨就放。"关雪爽快地应道。

吃晚饭的时候,宋卓文宣布了转学的消息。

谢月一脸惊喜:"真的?"

"满洲国立大学,满意吗?"

"只要离开那里,去哪儿上学我都愿意。"

"只是……"宋卓文停顿了一下。

"怎么了?是不是学费太贵?"谢月担心地问道。

"学费,你不用考虑,只是因为你是临时插班,所以学校一时不能解决宿舍,你还得在我们这里委屈一段时间。"

谢月的脸腾地红了。

"我住这里是占了大便宜,只要你俩不嫌弃,我不委屈。"她的声音越来越小。

"那就行了。明天一早,我送你去报到。关凯也在那里。会有一个简单的入学考试,你晚上准备一下。"

谢月攥着双拳:"太棒了!"

宋卓文注意到,石姐看着谢月的眼神里充满了笑意。他从没看到石姐这样高兴过。

宋卓文本想亲自陪着谢月办完入学手续,可刚起床就接到了关雪的电话,让他早一点去科里。他刚要问有什么事,那边却已经挂断了电话。他只得把谢月送到国立大学的门口就掉头去上班。

谢月一个人进了学校大门,向一个女学生打听清楚了教务处的位置。她穿过主楼前的广场,走过一条林荫道,拐过一栋教学楼,突然看到面前站着一个人。

正是关雪。

二

空旷的走廊内回荡着京剧《追韩信》的唱段:"……也是我主洪福广。一路上得遇陆贾、郦生与张良。一路上秋毫无犯军威壮……"

越接近那扇房门，留声机的音量就越大，完全掩盖了渐渐逼近的脚步声。

房门突然被撞开，军警们闯进了屋子，却发现房间内空无一人，后窗大开。桌上的留声机上，那张唱片还在旋转。留声机的旁边立着个相框。照片上，一个身穿西装、风流倜傥的三十多岁男子正在微笑着。特高课并未拿走照片，因为此人的照片、姓名，他们早已掌握，他叫何山，是奉天地下党的交通员。

当天晚上，在奉天铁路货运站工人聚居区一座毫不起眼的平房里，何山坐在一把椅子里，依旧穿着那身西装。他满不在乎地笑道："想抓我，没那么容易。"

坐在他对面正是当初配合宋卓武行动的夏韬："小何，我知道你是一个经验丰富的老交通。但是这次敌人的搜捕行动非常严密。你一定、一定要多加小心。"

"放心吧，老夏，我耽误不了大事。"

"到了哈尔滨，和老段接上头，让他先做好准备工作。我在奉天收拢身份暴露的同志之后立刻动身。记住，十二日下午三点，我在哈尔滨民福街西头的茶楼与老段接头。"

何山微闭双目小声重复了一遍："十二日、哈尔滨民福街西头的茶楼、下午三点。"

何山睁开眼睛："我记住了。"

夏韬从怀里掏出一本证件，递了过去："这是你的新身份。按照照片上的形象化装。"

何山打开证件。证件上的他，从一个绅士形象变成了一个头发蓬乱、胡子拉碴的工人。

三天后，头发蓬乱、胡子拉碴、一副工人模样的何山趴在桌上，大口地吃着一碗面条。

坐在桌子对面的老段给何山手边的茶碗里斟满茶："慢点吃。一路上吃了不少苦吧？"

何山擦了擦嘴："藏在装土豆的筐里过来的。习惯了。干交通的，不就是这样吗？"

"我回去后就向山上发报，一定会在夏韬同志到来之前制定好同志们上山的路线。"

何山点了点头："好。"

"你这几天一定要加倍小心，轻易不要离开客栈。哈尔滨的形势一点都不比奉天松。"老段嘱咐道。

"知道。我会备足干粮，不离开客栈半步，直到接头的那一天。"

得知夏韬来了哈尔滨，宋卓武来了兴致。

"那咱们可得好好招待招待他。在奉天的时候，他可是帮了我的大忙。老段，这次你可不能抠抠搜搜的。"

老段面带忧色："这次转移行动在安全方面面临很大的考验。"

"没事，哈尔滨又没人认识他们。"

"敌人一定会想到他们经哈尔滨向山上转移的策略，我预感到，他们也在制订围捕计划。"

"可惜卓文去齐齐哈尔出差了。要是他在，还能通个风报个信。"

三

关雪走进浅野寺的办公室，办公桌侧面沙发上坐着的两个便衣男子站了起来。

浅野寺给他们做了介绍。这两个人是来自奉天特高课的警探。其中一个警探介绍了此行的目的，并把何山的照片摆在关雪面前。

关雪看看照片，为难地说："哈尔滨太大了，而且此人一定改变了身份和形象。短时间内——"

"关科长，我们还有一条线索。"浅野寺插话说，"这个叫何山的家伙，是一个京剧迷。从他家里搜出了许多京剧唱片，其中磨损最厉害的几张是一个名叫唐云生的京剧艺人演唱的作品。"

关雪心中一动："哦？"

第二天一早，哈尔滨各大报纸的头版都登出了一条戏讯——"著名京剧老生唐云生先生将于明天晚上在本市亚泰大剧院演出。"

中午，何山的午饭和当日的报纸一起被送到了房间。看着报纸，何山一点胃口都没有了。他在房间里踱着步，思索了好一会儿，最终还是扣上一顶帽子，出了门。

亚泰大剧院的售票处前早已排起了长长的队伍。何山抄着手站在一棵大树后面观察了半天。最后，他走到队尾。

排了半个多小时，他终于来到售票窗口："请问，还有前排的票吗？"

售票员说："有，就是价钱贵一点。"

何山笑了："钱不是问题。"说着，他把握着钱的右手伸进窗口。

那个售票员瞟了一眼窗口右侧贴着的何山的照片，突然死死抓住了他的右手，同时用一副手铐扣住了何山的手腕。

宋卓文是早上回来的，他一走进大楼，一路上不断有人跟他打招呼。来到关雪的办公室门口，他抬手敲了敲门，却无人应答。

"回来了，宋兄？"宋卓文一回头，看见是丁鹏。

"哦，回来了，科长呢？"

"在审讯室里。"

"又破了一个案子？"

"昨天下午抓到一个共产党，关科长、胡组长带着人马不停蹄地审了一宿。"

此时，遍体鳞伤的何山被绑在一把刑椅上，他的双手手指都被缠上了铜线。

关雪冲着掌控电源的特务点了点头。

随着电压表指针的上升，何山的表情越来越痛苦，他的身体在颤抖……

刑讯室的铁门被推开了，宋卓文走了进来。关雪听到动静，转过头来。

"回来啦？"

宋卓文点点头："刚到。"

"顺利吗？"

"挺顺利的。这是怎么回事？"

"这是来自奉天的一个共产党的交通员，昨天刚抓住的。"

"怎么抓住他的？"

"一两句话说不清。你累了吧，先回去休息一天吧。"

宋卓文摇了摇头："不碍事。"

此时，控制电流的特务将电量归零。何山浑身大汗，像从水里捞出来似的。他靠在椅背上低着头，大口喘着气。

关雪掏出手帕掩着鼻子，走到他面前："还不肯说？"

何山低着头，一声不吭。

"是不是有一种度日如年的感觉？你被抓进来还不到一整天呢，这才到哪儿？我们有的是办法收拾你。"

看到对方仍然沉默，关雪下令："加大电流，继续。"

电流再次接通。这一次，何山双目暴突，他的身子向前弓着，喉咙里发出呼呼的声音。

关雪凑到他耳边："招了吧，只要你点点头，这一切就都停止了。"

又坚持了几秒钟，何山突然喊道："停手吧，我招了。"

关雪一摆手，那个特务迅速将电量开关归零。

"你的任务是什么？"

"安排哈尔滨地下党的老段和奉天转移到山上的人接头。"

"时间、地点？"

"今天下午三点，在民福街西头的茶楼。"

宋卓文表面上不动声色，一颗心却沉到了谷底。他没有想到，这件案子竟然牵扯到老段。还有一个半小时就到接头时间了。在这种紧急关头，他不能犹豫，哪怕暴露身份也要将这个消息传达给老段。

他一走进办公室，直奔桌上的电话机而去。就在他快要触到电话的时候，电话铃却响了起来。

宋卓文只好接起电话，话筒里传来浅野寺的声音。

"喂？是宋君吗？"

"课长阁下，正是我。"

"刚回来就碰上一个大案子。"

"是啊，一个挺大的案子。"宋卓文一边说着，一边焦急地看着手表。

"这次去齐齐哈尔顺利吗？"

"非常顺利，那边的同事给予了很重要的帮助。"

宋卓文本想三两句话就结束这次谈话，没想到浅野寺却问了好几个问题。等他一一回答后，时间已经过去了十分钟。

"好了，你们抓紧时间布置任务吧，我就不耽搁你们的时间了。"

终于盼到这一刻了，宋卓文说了声："是。"

听到对方挂断电话的声音，宋卓文赶紧拨号。就在这时，房门被推开，宋卓文立刻放下了电话。

"给谁打电话呢？"

宋卓文回过身来："没有。刚刚浅野课长打来电话，问了一些这次去齐齐哈尔出差的事情。"

"哦。"关雪看了看手表，"快走吧，大家都在会议室等着我们呢。"

会议室的墙壁上悬挂着一张放大的哈尔滨城区图。关雪站在地图前面，胡彬和宋卓文站在她的两侧。

"今天下午三点钟，在民福街西头的茶楼与哈尔滨匪首段志诚接头的，是一批奉天围捕行动中的漏网之鱼。"

关雪指着墙上的街道布局图，继续说："这一带街道狭窄，行人众多，对方的人员、武器情况，还不十分了解。上峰担心交火之后我们特务科的力量不足以将这批抗日分子彻底围歼。所以，特务科在接头地点埋伏的同时，特高课和宪兵队在附近的这几条街道外秘密布控。一旦发生交火，他们会立刻把这一带封锁起来，围个水泄不通。"

会议结束，出发之前，宋卓文回了一趟办公室，再次拨通老段的电话。但是听筒里一片忙音，显然，老段和宋卓武已经出发了。

老段本来不想带上宋卓武，可架不住他软磨硬泡，而且理由很充分。

"我见过夏韬的面，可以提前到接头地点打前站，万一有什么问题，我也会想办法保护夏韬的安全。"

老段似乎让他说动了，他犹豫了片刻才说："我是担心人多眼杂，万一你让卓文的哪个熟人看到，会很麻烦的。"

"这么大一个哈尔滨，人山人海的，我戴上那顶宽檐帽子，只要不摘下来，谁能看清我的脸？再说，你那张脸比我的值钱，特务科没有不认识你的。"

两点半钟，他们停下了脚步。

宋卓武说："这里距离接头地点有十分钟的路程。你这里等着，十分钟后，如果没有什么动静，你们就出发，三点钟前可以到达接头地点。如果出现意外，我就鸣枪示警。"

老段拉低了宋卓武的帽檐："你自己也要多加小心。"

四

　　宋卓文驾驶轿车缓慢地穿过熙熙攘攘的街道，停在路边。斜对过，就是那座茶楼。关雪坐在宋卓文的身侧。何山戴着手铐坐在后座上。身边的胡彬把他的脑袋拧向车窗。

　　"眼睛睁大点，看见夏韬，立马言声。抓不住他们，我让你生不如死。"胡彬厉声说道。

　　何山乖乖地趴在车窗前盯着茶楼的门口。

　　宋卓文抬起手腕看了看表，表针走到两点四十分。

　　胡彬有些不耐烦了，他骂道："你他妈看见啥没有？"

　　"他们确实一个都没露面。"

　　关雪回头看着何山："你别老盯着门口，别的地方也扫几眼，没准儿他们正在附近观察情况呢。"

　　宋卓文一直观察着车窗外面。他的目光一点一点搜索着附近的环境。忽然，他愣住了。左前方的一根电线杆下，宋卓武凑在几个围观下棋的闲人堆里。他一边观棋，一边悄悄左右观察。

　　宋卓文发现关雪的目光也要向那个方向投过去，急切间，他看到轿车右侧有一个小孩在拍画片。他突然打开车门下了车。

　　"他干啥去了？"胡彬问。

　　他们看到宋卓文绕过车头，走向一个小孩。

　　"搭顾个孩子干啥，有病。"

　　关雪说："卓文还是心眼好，怕一会儿动起手来伤到那个小孩子。"

　　果然，他们听到车外的宋卓文说："小孩儿，去，到别的地方玩去。"

　　小孩儿挺拧："为啥呀，这儿又不是你家炕头。"

　　"你听我话不？"

　　"不听，你又不是我爹。"

　　宋卓文从兜里摸出一枚硬币："你要是听我的话，我就给你钱去买糖葫芦。"

　　"那我听。"孩子伸出小手。

　　宋卓文弯下腰，将硬币放进小孩手心的时候，在他耳边轻声说道："这些钱能买两串糖葫芦，你一串我一串怎么样？"

　　小孩点点头，接过钱刚要跑，又被宋卓文追上拽住。

　　"一会儿我就不在这儿待着了。"宋卓文此时离轿车稍远了些，关雪等人应该听不见他俩的话。

　　"你去哪儿？"

　　"我想到那边去看下棋的。"

　　"行，我买了糖葫芦去找你。"

235

"我会换身衣服,你能认出我吗?"

"认得出。"

"你给我糖葫芦的时候,咱俩对一句暗语,怎么样?"

小孩很感兴趣:"好呀,啥暗语?"

轿车内,胡彬瞥了一眼窗外正在和小孩子说悄悄话的宋卓文。

"他搞啥鬼名堂呢?"

"那孩子一看就挺野的,不好摆弄呗。"关雪说道。

宋卓文上了车,看着那个小孩举着两串鲜红的糖葫芦向哥哥的方向跑过去。为了吸引关雪、胡彬的注意力,他扭头问:"还有多长时间?"

关雪看了看表:"十分钟吧。"

宋卓文扭头对何山说道:"盯紧点,接头的人随时可能走进茶楼。"

那孩子在观棋的大人中间像泥鳅一样钻来钻去。他很快就找到了宋卓武,把一串糖葫芦伸了过去。

宋卓武愣了一下:"干吗?"

"对了,我忘了说暗语了。"

"暗语?"

小孩用胳膊肘碰碰宋卓武,故作神秘地问:"哎,你考试及格了吗?"

"你啥意思?"

"不是你让我买两串糖葫芦送到这儿来,先说这句暗语,然后咱俩一人一串?"

宋卓武笑了:"你还挺能干。两串都是你的了,快回家去吧。"

看着那个孩子欢天喜地地跑远了,宋卓武明白出事了。孩子一定是弟弟派来的。那句所谓的"暗语",宋卓武再熟悉不过了。那是他小时候挨揍的最主要原因。这辈子,无论何时何地,只要听到这句话,他第一个反应就是情况不妙。宋卓武悄悄撩起衣襟,把手伸进腰间。

五

老段看了看手表,向不远处的小徐等人微微点了点头。几个人分散到老段四周,装作互不相识的样子开始向接头地点前进。眼看着他们就要走到一个路口。

"砰!砰!"突然从前面民福街方向传来两声枪响。

老段一愣,停下了脚步。与此同时,从路口的两侧突然冲出十几个武装特务,堵死了路口。

老段给小徐等人使了个眼色,他们纷纷转身往回走。

不知从哪里突然驶出来一辆辆载满日本宪兵的大卡车,逆着老段等人,向民福街开去。

突如其来的枪声让街上的行人陷入恐慌之中。人们喊叫着四下奔走，场面一时大乱。

关雪和宋卓文跳下了车，面对这个场面，关雪一筹莫展。

"谁先开的枪？枪声是从哪里响起的？"关雪问道。

宋卓文茫然四顾："当时光顾着观察茶楼门口了，我也没看到啊。"

关雪突然拔出手枪，冲着天空开了两枪："不许乱！安静下来。"

然而这两枪的效果适得其反，人们更加慌乱，场面也越发混乱了。

宋卓武混在行人中间向前奔跑着。

等待他们的是街口荷枪实弹的特高课特务。

汹涌的人群跑向另一个街口。最前面的人被一队警察抡起警棍殴打着。警察后面则是架着机枪、牵着狼狗的日本宪兵。人群从几个方向被挤压、收缩着。

忽然，两个男子跑出人群，拐进小巷。

"亚美罗！（站住！）亚美罗！（站住！）"一个日本兵发现了，大喊着。他和另外几个日本兵立刻追进了小巷，很快就从小巷里传来一阵激烈的枪声。

不久，那两个男子的尸体被拖到了马路边。刚才沸腾的人群瞬间安静下来，所有的人都被命令抱头蹲在地上。宋卓武也蹲在人群中，他听到侧面响起了脚步声，转头望去，又赶紧低下了头。

浅野寺、关雪、宋卓文和押着何山的胡彬走到那两具尸体前。何山看了看，指着其中一具尸体说："这个人就是夏韬。"

关雪指着另一具尸体："这是谁？"

何山摇摇头："我不认识。"

浅野寺问关雪："他们是不是刚才开枪的人？"

"经过搜查，发现他们身上携带的是两支左轮手枪。我听得很清楚，最先打响的那两枪一定来自驳壳枪。"关雪答道。

浅野寺点了点头，望着大片的人群："也就是说，开枪的人还在这些人当中？"

"他应该还没有跑出包围圈。特高课和宪兵队第一时间就封锁了出口。"

浅野寺看着关雪："或许开枪的人正是你们找了很久的段志诚。"

"课长，我立刻安排人手展开搜查。"

浅野寺说："我看这样，把所有的男人都送到宪兵队去，那里的安保条件要比这里好得多。"

半小时后，开来了许多大卡车。男人们被分成若干组，在刺刀押解下，走向一辆辆卡车车厢。

宋卓武低着头慢慢走着，瞥见路边有一个垃圾箱。他蹲下身子，假装系鞋带。趁着无人注意，他把那支驳壳枪塞进了垃圾箱。

"快快的！"一个日本兵用枪托戳了他的肩膀一下。

宋卓武站起身来。

宋卓文寻找了很久，终于在哥哥爬进一辆卡车车厢的时候看到了他的背影。他跟着那辆卡车，一直来到宪兵队大院。

人们被驱赶着从车上跳下来，然后被宪兵们分成若干单位。动作稍有缓慢者，立刻遭到殴打。

宋卓文一直盯着哥哥所在的单位。

浅野寺说："关科长，这些人已经分成若干单位，你的手下大多是见过段志诚的，把他们分配到每一组去，对每一个人进行确认、搜身。这样，我们的工作效率是不是要高得多？"

"课长的办法太好了。这里防卫严密，不会失去掌控。"关雪扭头对胡彬下令："胡组长，分组搜查的事情就交给你安排了，要保证每个人都被彻底搜查。"

"是。"

"还有，姓段的很可能化了装，要特别留意胡子、眼角，还要查查嘴里是否有填充物。"

"明白。"

宋卓文忽然说："我也去帮帮忙。"说着，他向前走去。

"卓文，"关雪叫住了他，"你又没见过姓段的。"

"我见过画像。"

关雪小声说："算了，这种粗活儿，让他们去干好了。"

六

人群中的宋卓武偷偷向前方瞄了一眼，发现自己所在的这个单位正是由胡彬亲自搜查。在浅野寺面前，胡彬查得格外认真。他仔细端详着面前的每一个男人，时而扯扯对方的胡子，时而命令对方张开嘴。而负责搜身的是情报组一个叫乔梁的特务。他不断蹲下、站起，从被搜者的裤脚搜起，一直到肩膀。负责其他单位的搜查小组也是这种一个人辨认、另一个人搜身的模式。

宋卓武偷眼观察，四周全是端着刺刀的宪兵，他一点机会也没有。

时间一点一点过去，眼看着胡彬就要搜到宋卓武所在的那一列了。宋卓文忽然快步走到与胡彬相邻的一个单位，喝道："你们两个停一下。"

那两个特务停下来，回头望着他。

宋卓文走过去："你俩的分工是怎么安排的？"

"我负责认人，他负责搜身啊。"

"谁安排的这种混账分工？"

不远处的胡彬听到了，立刻走过来："姓宋的，你骂谁混账？"

"老胡，我是对事不对人，你可是自己跑过来找骂来了。"

"少来这一套，你在那儿指桑骂槐，谁听不出来？"

关雪从远处走了过来："怎么了？"

宋卓文扭头对她说："科长，我不知道你注意到没有，每一个搜查小组的分工都是行动组的认人、情报组的搜身。"

"咋的啦？"胡彬问道。

宋卓文瞪着他："你怎么不试试搜身的活儿呢？这么多人，个个都要从头搜到脚，蹲下去、站起来，蹲下去、站起来。你们行动组的人倒好，别的不干，就管认人。姓胡的，你欺负谁呢？"

关雪劝道："卓文，多大点事啊。"

"这不是事大事小的问题。他姓胡的——"

关雪看到远处的浅野寺向这边望过来，她喝道："好了！成心给我下不来台是不是？"

宋、胡二人缄口不语。

"让各小组注意，适当地换换分工，赶紧干活儿吧。"说完，关雪转身气呼呼地走开了。

没等胡彬返回原位，宋卓文抢先走过去，他问乔梁："你认识段志诚吗？"

"认识。"

"你认人，我给你打下手。"说着，宋卓文走到一个老百姓面前，蹲下身子，从裤管开始仔细搜查。

胡彬瞪着宋卓文的背影，往地下啐了一口："呸！活该你。"接着，他走开了。

搜到了宋卓武所在的前一排，宋卓文直起腰了："乔梁。"

乔梁说："组长，您累着了吧？要不您歇会儿，认人、搜身，我全包了。"

"那累的还不是你？"

乔梁小声道："跟着你这样的组长，再累也不怕。说实在的，老胡分工的时候，我们就知道他心里头藏着坏。"

宋卓文笑了笑："他这个人，又坏又蠢。这么干活儿其实并不省事。"

"那您说呢？"

"下一排我包了，你搜查下下排。"

"您认识老段吗？"

"我看到长得像、岁数相仿的就招呼你。"

"也行。"

很快，宋卓文站到了哥哥面前。宋卓武抬起双臂。宋卓文一边搜着，一边低声问："老段没有被围进来吧？"

"他在包围圈外面，我开枪就是为了给他报警。"

"枪呢？"

"我藏在民福街西头倒数第二个垃圾桶里了。"

宋卓文摸着哥哥的袖管："知道了。你老老实实等着，他们不会羁押这么多人太长的时间。"

又过了一个半钟头，关雪带着宋卓文和胡彬走到浅野寺面前。

"课长，每一个人都搜到了。"

"没有任何线索吗？"

关雪摇摇头："没有找到线索。"

浅野寺思索着。

"羁押这么多人也不是办法，是不是……"

放人？

关雪看着浅野寺，没说话。

"关科长，你甘心看着那个枪手从这里大摇大摆地走出去吗？"

"当然不甘心。"

"我们还有一个最笨的办法，那就是让家属来领人。当然，这要花费很多的时间和精力，但是值得！"浅野寺说道。

"是。"

"领人前，要对双方盘问清楚，发现家庭情况对不上的，连同家属一并逮捕！"

"是。"

宋卓文意识到，浅野寺远比他想象的难对付。正如他自己所说，这是一个笨办法，但也是一个很有效的办法。哥哥之所以还没有暴露，就是因为困在这里的人太多。一旦人数减少，他就很容易被发现。他想到这里，一个念头冒了出来。

"二位长官，我觉得，在各条街道张贴领人的告示更加迅速，消息会一传十、十传百，以几何方式递增。"宋卓文上前说道。

"不错，如果仅仅是晚报刊登，我们还要等上两个小时。"

宋卓文等浅野寺说完，立刻主动请缨："请允许我来安排这项工作吧。"

第一站，理所当然是刚刚抓过人的民福街。下了车，宋卓文用手指点着说道："没必要每根电线杆子都贴，隔几根贴一张就行。你们几个去西头，你们几个去东边。"

等特务们都散开了，宋卓文打开了身后的垃圾箱。果然，一支驳壳枪躺在里面。

趁着没人注意，宋卓文把那支驳壳枪拿起来，放进车里。然后他把轿车开到包围圈外面，找了一个垃圾箱扔了进去。他看了看表，已经六点半了。他记得每天晚上七点每条街上都会有清洁员打扫垃圾箱。

七

天已经黑了，几盏探照灯将大院照得雪亮。一辆黑色的道奇牌封闭货车驶入宪兵队的大院。从车上跳下来一个日军少佐，他看着满院子的中国人，笑了。

这时，一个宪兵军官从大楼里跑出来，来到浅野寺面前敬礼报告："课长，刚刚接到警察局的电话，在同福街路边的一个垃圾箱里找到了一支驳壳枪。"

浅野寺大感意外："同福街？"

"那里离民福街不远。"关雪说道。

浅野寺又问那个宪兵军官："枪里有多少子弹？"

"十八颗。"

浅野寺点了点头："只少了两颗。在民福街打响两枪的就是这支枪？"

关雪说："同福街与民福街相隔不远，又恰恰在我们的封锁线之外。我想，那个开枪者不知用了什么办法，越过了我们的封锁线，他判断一路上肯定会遇到多次盘查，所以就把枪扔进了垃圾箱，以图自保。"

浅野寺望着院子里的人："看来，这个人根本就不在这个大院里……"

沉默了片刻，他终于再次开口："放人吧。"

众多宪兵端着刺刀站在大门口两侧。人们向着大门口默默地走去。宋卓武也低着头随着人流向外走。

那个日军少佐也站在门口，身边站着几个日本兵。少佐观察着面前经过的人群，忽然指了指一个穿着学生服的小伙子。两个日本兵分开人群，将那个学生揪了出来。

宋卓武已经走到了门口。突然，那两个宪兵走过来抓住了他的胳膊。他握紧了拳头，瞪着他们。两个士兵吓了一跳。

就在这时，宋卓武听到了浅野寺的声音。

"即便如此，我们也不能放松对全市的盘查。"

然后是关雪的声音："当然。"

通过余光，宋卓武看到浅野寺和关雪正走向大门口，心中暗暗叫苦。他明白，如果此时动了手，势必引起浅野寺和关雪的注意。那样，弟弟卓文也就露馅儿了。看了看近在咫尺的门口，宋卓武松开了拳头，任由两个士兵将他带离了人群，登上了旁边那辆道奇车的车厢。

车厢内的两侧是两排座椅，已经坐着一个大学生、一个瘦骨嶙峋的小个子男子。

那个少佐还在人群中踅摸着目标。这次他看中了一个戴眼镜的三十多岁的男子。

宋卓文站在远处，从大门里涌出来的人流里急切地寻找着，但始终看不到哥哥宋卓武的面孔。

渐渐地，走出门口的人越来越少。最后，一辆黑色的密封道奇货车开出了大门口。宋卓文再也等不及了，他快步走到大门口，向里面张望着。

大院里面空空荡荡，早已经没了人。守在门口的正是刚才把宋卓武押上道奇车的那两个士兵。

其中一个用日语说："咦，这个人不是刚才被送上那辆货车了吗？"

精通日语的宋卓文听懂了这句话，他猛然转头，发现那辆道奇货车正在渐行渐远。宋卓文拔脚就追。在一个十字路口，他差一点就追上这辆车，但绿灯亮了。他眼睁睁地看着它快速驶远，只是记住了车牌号——哈-893。

宋卓武用手摸了摸车壁，四周上下全是刷了漆的钢板。这是一个完全封闭的车厢。

241

唯一的光源是车顶亮着的一盏小灯。宋卓武打量着其他三个人。眼镜男和大学生坐在他的对面，那个瘦骨嶙峋的男子则坐在他的身边。

此人最先开了口："他们要把咱们送到什么地方去？"

眼镜男和大学生摇了摇头。

他似乎是个自来熟："我姓侯，朋友都管我叫'猴子'，你们这么称呼我就行。"

"猴子"扭头问宋卓武："老兄，你怎么称呼？"

没等宋卓武开口，封闭车厢的前挡板突然拉开一个小孔。

日军少佐恶声斥责："不准说话！"

又过了二十分钟，道奇货车停了下来，接着后门被打开。

日军少佐站在车厢外喊道："下车！"

四个人从车厢里跳了下来，举目观望，登时震惊。他们的四周站满了端着步枪虎视眈眈的士兵。他们身处一座由四栋白色的三层楼房围起来的院子内。临街那栋楼房的正中央底下有一道大门，此时那道铁门已经紧紧关闭。

忽然传来一阵铁链的声音。他们回头一看，只见几个士兵拖着几副手铐脚镣走了过来。

大学生慌了："我犯了什么罪？我犯了什么罪？"

"八嘎！"一个日本士兵挥起一根木棒，向大学生打来。宋卓武手疾眼快，伸出胳膊挡在大学生头上。木棒打在宋卓武的小臂上，他装作毫无抵抗能力，和大学生一起倒在地上。

宋卓武低声对大学生说："控制住自己，不然白白挨打。"

"猴子"和眼镜男赶紧把他俩扶了起来。

两个士兵对付一个，很快把手铐脚镣戴在四个人的手足上。

拖着沉重的脚镣，他们被押解着走进一座楼房。楼梯背面有一道铁门，铁门后面是通往地下的石头台阶。下到最底层，他们又走过一段水泥路。水泥路的两边，全是厚重的铁门。

"站住。"一个士兵突然喊道。他掏出钥匙，打开一扇牢门。

四个人走了进去。

宋卓武打量着这间牢房。没有窗户，四壁全是水泥墙，墙边堆着一些干稻草，高高的顶上亮着一盏被铁网罩着的灯泡。

八

宋卓文先去了一趟警察局的交通科，很晚才赶到老段的住处。

"我查过所有在哈尔滨登记的道奇车，没有这个车牌。"

"也就是说，日本人使用了一辆挂着假车牌的道奇车？"老段问道。

宋卓文点了点头。

"他们为什么要这么做？"

"不知道。"

"这里面一定隐藏着一个见不得人的秘密。莫非……"老段话说了一半。

"老段，你想起了什么？"

"两年前，我们的一个同志在暴露前在电话里嘱托我照料他的妻儿。但是等我们赶到他家，才发现他的老婆孩子早已不见。这两年我一直在打听那娘俩的下落，可是……"老段没有说下去。

宋卓文更加紧张了："老段，你说我哥会有危险吗？"

老段拍了拍他的肩膀："卓文，你别着急，我会尽可能地多派些人出去。只要找到这辆车，就能想出营救卓武的办法来。"

宋卓文沉重地点点头，忽然他又想起来："对了，不是说这次接头是为了安排奉天的一批同志上山……"

老段摇了摇头："夏韬牺牲，交通员叛变，我现在无法和奉天的其他同志取得联系。"

半夜，又有两个人被送进了牢房。一个是何山，另一个身穿高档西装，二十多岁，看似有钱人家的阔少爷。阔少爷拉着脑袋，一动不动，是被几个日本兵拖进来的。

眼看着日本兵要锁门，何山扑上去，大喊："该说的我都说了，你们怎么还这样对待我？我要见关科长，她亲口答应放了我的。"

何山被一脚踹倒在地上，牢门又被锁死。

从地上缓慢地爬起来，何山揉了揉胸口："哎呀妈呀，这小日本的皮鞋真他妈硬啊。这帮狗杂种，说话不算数，真不是玩意儿。"

他先是看了看身边的眼镜男和大学生，转头发现了宋卓武。他愣了片刻："先……先生，您怎么也在这儿？该说的，我都说了呀。"

宋卓武明白，这个家伙一定把自己当成了弟弟卓文。虽然并不知道此人的来历，但有一点是明摆着的，他是一个投降日本人的败类。宋卓武没有理他。

"猴子"突然开了口："我认得你，下午在民福街的马路上，你可是没少帮日本人啊。"

"老兄，我也是没办法——"

宋卓武忽然开口打断了何山："'猴子'，去看看那个兄弟，他是不是被打昏了？"

"猴子"挪到阔少身边，把他翻过来，刚俯身却冷不防被阔少推了一把。

"你走开，我没醉，我没醉。"接着，阔少继续睡了过去。

"猴子"抬起头来，诧异地看了看牢房中其他人："这是个醉汉呀。"

第十七章
人间魔窟

一

宋卓武靠着墙，本来想琢磨出个主意，却不知不觉睡着了。

忽然，他的肘部被碰了一下。睁开眼睛，他看到"猴子"笑眯眯地看着他。宋卓武不解其意，直到对方伸出胳膊，才发现先前戴在他手腕上的手铐已经不见了。

宋卓武和"猴子"又把大学生、眼镜男推醒。阔少仍然在墙边的干草垛上睡觉。何山被冷落在一旁。

眼镜男觉得很神奇："你是怎么做到的？"

"猴子"在鞋帮上抠了一下，很快手中就多了一截细细的铁钩。

"有这玩意儿，各位手腕、脚腕上的铁家伙不消一炷香的工夫，我全能打开。"

几个人瞅着他没说话。

"别误会啊，咱不是那溜门撬锁的小贼。这个本事，是我一直用来劫富济贫的。"

大学生问："你想怎么做？"

"我给大家除了镣铐。等天亮的时候，日本人肯定会给咱们送点吃的进来。到时候……""猴子"拎起那副沉甸甸的手铐，"咱们就用这玩意儿，先弄死两个看守，然后想办法跑出去。敢不敢？"

大学生说："就算我们跑到院子里，他们人多，又有枪，怕是立刻就会杀掉我们。"

"猴子"撇了撇嘴："那也比这么窝囊死强得多。"

眼镜男扶了扶眼镜："其实我们并没有犯什么罪。我猜，日本人也许就是要把我们送到什么地方去做苦工。要是能保住一条命，我们为什么要冒那么大的风险？"

几个人沉默了。

"猴子"说："反正我要跑，你们谁参加？"

"我参加。"宋卓武说道。

"猴子"跷起大拇指："我一看你就是个有种的。"

何山突然开口："我也参加。"

"猴子"冷冷地看了他一眼："你就算了，我这套手艺，帮谁也不帮汉奸。"

就在"猴子"帮助宋卓武打开手铐的时候，何山突然扯着嗓子大喊："不好了，有人越狱！有人越狱！"

幽深的走廊里回荡着何山的喊声："有人越狱——"

何山的声音像突然被一把剪刀剪断了。混乱中，宋卓武和"猴子"死死地捂住了何山的嘴巴。牢门突然被打开，几个日本士兵跑进来，拽开了宋卓武和"猴子"。

何山疯了一样指着"猴子"："就他！他鞋帮子里有开锁的铁钩子，能开手铐！"

铁钩被收走了，"猴子"的手臂被两个日本士兵拉直，另一个士兵举起木棒，狠狠地砸了下去。"猴子"一声惨叫。

士兵们离开后，几个人走过去，查看"猴子"的伤势。宋卓武轻轻抬起"猴子"的胳膊，"猴子"疼得叫了一声。

"应该是小臂骨折。"宋卓武判断。

眼镜男说："他们下手太狠了。"

宋卓武回头瞪着何山。

何山缩在角落里："别怪我，你们俩跑了，我们几个会跟着倒霉的。"

宋卓武扯下衣服的下摆，帮"猴子"把伤臂固定起来。

二

早晨七点钟，阳光照进大院里，一个士兵也不见了。两个清洁工用扫帚扫着地，一个花匠修修剪剪，侍弄着花草。鸟儿落在树上，啾啾啁啁地叫着。

七点半，大铁门被打开，一辆大客车驶入院子。从车上下来的全是日本人，除了一些拎着物品的妇女，还有几个穿着学生装、背着书包的孩子和青年。

其中有一个文文静静的女学生。她走出大院，拐上街道，边走边打开书包翻弄着什么。忽然，她停下脚步，想了一下，开始掉头往回走。进了大院，她发现大客车司机正在锁车门。此时，那些乘客都已经走光了。

女学生跑过去，用日语喊道："先生，我的文具盒可能落在车上了。"

司机打开车门，女学生跑上车去。在后排座位的缝隙，她找到了那个文具盒，刚把文具盒塞进书包，外面传来哗啦哗啦的声音。女学生抬起头来，向车窗外望去。

一辆黑色的密封道奇货车停在一栋楼房的出口。几个男子在士兵的押解下，拖着手铐脚镣走向车尾。

女学生一眼看到了那个年轻帅气的大学生。她瞪圆了眼睛，用手掩住因为吃惊而张大的嘴巴。

最后一个上车的是被从大楼门口拖出来的阔少。此时他已经醒酒了，一路挣扎、喊叫着："你们抓错人了，我爹是财政局的彭局长。赶紧放了我！放了我！"

士兵们用木棒狠狠地给了他几下，把他塞进了车厢。

上了车，阔少哭了，他用手铐砸在封闭的车厢壁上："我爹是彭局长！放了我！放了我！"

眼镜男说："别喊了，没有用的。"

阔少看着眼前的几个人："你们都是什么人？啊？我一没偷二没抢，为什么会跟你们关在一起？"

没有人再理他。

阔少砸了一会儿，瘫倒在座椅上，小声地抽泣着。显然，他已经筋疲力尽。

宋卓武扭头看着"猴子"："这辆车已经好长时间没有左拐右拐了。现在咱们走的是直路，应该已经出了市区。"

"猴子"环顾着车厢："妈的，这个铁壳子连个窗户都没有，想辨个方向都辨不清。"

三

谢月接了大半盆水，关上水龙头。一双手抢先伸过来，端起了水盆。谢月抬头一看，眼前站着的是个一表人才的男学生。

"你干吗？"

"这是你第一次跟我说话，谢月，我会记住今天这个日子的。"

"你怎么知道我的名字？"

男学生微笑着说："打听的呗。我还知道你今天做值日，所以就早早地来到学校帮你。以后每一次轮到你做值日，我都会替你干活儿。你那双手不是用来干这些粗活儿的。"

"你到底是谁呀？我都不认识你。"

"我叫路建飞，是物理系的。如果你肯叫我'建飞'，那我会高兴死的。"

谢月伸手夺过水盆："我不想认识你。我的活儿，我自己会做。"

水盆里的水在两人争夺过程中荡了一些出来，洒了路建飞一鞋。谢月端着水盆头也不回地走了。路建飞望着她的背影，仍然保持着微笑。这点小小的挫折对他来说不算什么。

谢月走进教室的时候，另一个女同学正在擦地板。

谢月说："纯子，咱俩的分工是擦桌子和窗台，擦地板的活儿是蒋林的，你忘了？"

纯子抬起头来——正是刚才看到宋卓武等人被押上道奇货车的那个女学生——她擦了一把汗："也许蒋林忘了今天值日的事。"

"怎么可能？再说现在还不到八点半钟，第一节课要九点钟才会开始，时间还早呢。"

纯子没有回答，仍然默默地擦着地板。

九点过了十分，老师才走进教室，他的身后还跟着一个警察。

老师一脸严肃地环视了一遍教室，才说："同学们，现在有一个不好的消息，咱们班的蒋林同学失踪了。"

教室内一片哗然。

"安静！大家静一下。现在这位警官先生要问大家几句话，有了解情况的同学务必说明。"

那个警察走上讲台："各位同学，昨天下午，蒋林出去买东西后，就再也没有回过家。在这之后，他去找过哪位同学吗？"

大家面面相觑，纷纷摇摇头。

"他平日里跟谁最要好？"

有一个男学生站了起来。

谢月突然想到了什么，回头寻找着。蓦然，她看到纯子在用一方手帕擦眼泪。

四

车子离开了笔直的大路，应该是拐进了一条内部通道，再次开始不断地左右拐弯。宋卓武预感到很快就会到地方。果然，没过多久，车子就停了下来。

下车后，他们发现身处在一座比之前更大的院子里，这座院子同样是由四座楼房围起来的。不同的是，在这座大院内部，还有一座二层楼中楼。

道奇货车就停在楼中楼旁边的过道上。过道两边，十几个拎着棍棒的彪悍看守守候着。为首的是一个身材矮壮、一脸凶相、四十岁左右的男子。

宋卓武打量着这座阴森的院子。高高的水泥围墙上架着电网。他吸了吸鼻子，似乎闻到了什么气味。一个看守粗暴地推了他一把。宋卓武拖着镣铐走在最前面，跟在后面的是"猴子"、大学生蒋林……

一直坐在驾驶室里的日军少佐跳下车来，对看守的头目说："中村班长，一共六个人，交给你了。"

中村立正敬礼："是。"

走在最后面的是阔少。他突然跑过去，拉住少佐的胳膊："长官，你们误会了，我不是罪犯，我是财政局彭局长的儿子。我爸爸和许多关东军高层都是朋友，河野参谋长是我家的常客。不信您可以去打个电话——就打一个电话。"

日军少佐有些同情地看了看阔少。然后，他转过头，对着中村点了点头。中村从旁边的一个看守手里抢过一根木棒，劈头盖脸地打了下去。

进入楼房后，六个人的镣铐被打开，接着被勒令脱光衣服，赤身裸体地走进一间浴室。浴室里有几排莲蓬头，看守给了他们十分钟的时间冲热水澡。

早有一个看守等在更衣室门口，给他们每个人都发了一套囚服，每件囚服上都印着编号。从宋卓武开始，囚服的编号为928、929……

看守操着生硬的汉语说："你们每一个人都要忘掉自己的名字，从今天起，胸前的编号就是你们的名字。"

换上囚服的宋卓武等人在看守的押解之下，穿过走廊。这一次，他们只戴着手铐，脚镣都已经被取掉了。

走廊的一侧是安装着铁栅栏的窗子，另一侧则是一间间牢房。宋卓武注意到，每扇牢门的上部都开着一个小小的窗口，窗口也安装着铁栅栏。

突然，一个看守伸手拉住了"猴子"："你，跟我走。"

宋卓武回头，不无担心地看着"猴子"，另一个看守马上用木棒狠狠戳了一下他的后背："看什么？走！"

他们穿过一层的走廊，走上了通往二层的楼梯。在二层走廊和楼梯的拐角处，那个少佐和中村正在用日语聊着什么。蒋林经过他们身边的时候，似乎听到了什么。一时间，他的脸上血色尽失，一个踉跄，险些摔倒。

没走多远，看守打开一扇牢门。宋卓武最后一个走进去，身后的牢门嘭的一声关上了。

几个人打量着这间牢房，竟然出人意料地干净、整洁。几块床板整齐地铺在地上。床板上面有干净的被褥。门口的侧面贴着墙壁放着一块隔板，上面摆着几个碗和铝制的勺子。牢房的角落有一道一米高的隔墙。隔墙后面居然还有水龙头和抽水马桶。只是床铺后面的墙壁上固定着一条不知道用途的管道。

几个人各自占了一个铺位。何山知趣地占据了角落，阔少躺在他对面的铺位，望着天花板发呆。

宋卓武忽然注意到，那个大学生脸色煞白，身体抖个不停。宋卓武走过去："你怎么了？"

蒋林摇了摇头。宋卓武把手伸向蒋林的额头，他慌忙躲开了。

何山在角落里阴森森地说："他那是吓的。"

宋卓武回头看着何山。

"上楼的时候，他听到那两个日本人嘀咕了什么，然后就成这样了。我就在他后头。"

宋卓武转头问蒋林："你能听懂日本话？"

蒋林点了点头。

"他们说了什么？"

蒋林瞅着躺在铺板上的阔少。

宋卓武刚要继续问话，外面突然传来一阵响动，牢门打开了。"猴子"走了进来，他的胳膊上缠着一圈绷带。

宋卓武问道："他们带你去哪儿了？"

"医务室。有个穿白大褂的小鬼子给我把胳膊接上了。""猴子"打量了一下，"这地方还挺干净。"

宋卓武说："可是我总能闻到一股味儿，又酸又臭的，你们闻得到吗？"

"一下车我就闻见了，我还想问你们呢。你们说，这味儿是从哪儿来的？""猴子"看着大家。

几个人都摇了摇头。

忽然，走廊里传来挣扎呼喝的声音。所有的人都盯着牢门上的窗子。

宋卓武和"猴子"走到门口，可是由于牢门窗子上面安装着铁栅栏，所以他们根本看不到外面走廊深处的情况。

"让我试试。"眼镜男不知何时站在宋卓武的身后。

宋卓武和"猴子"闪开。眼镜男脱掉了身上黑白相间的囚服,然后摘下眼镜,把黑色的部分贴在镜片后面。眼镜男把眼镜伸到栏杆外。镜片贴上黑布,就成了一面能反光的小镜子。眼镜男紧盯着镜片。

"猴子"在后面催问:"你看见什么了?"

眼镜男一言不发。

蒋林、何山,甚至连阔少都聚了过来。

"猴子"急了:"说句话呀,你倒是!"

阔少忽然钻到眼镜男身后,企图看清外面的状况,没想到眼镜男撤回了眼镜。他跌跌撞撞地走回铺位,一屁股坐下去,一副失魂落魄的样子。

大家又回到了一言不发的状态。

这时牢门被打开,一个看守将两个木桶提了进来,一桶白米饭,一桶猪肉炖粉条。

牢门关上后,几个人盯着两只木桶,谁也没有动。宋卓武第一个站起身来,走到木桶边。"猴子"第二个走了过去。

眼镜男忽然开口:"别动那饭。"

"咋的,饭里有毒?"宋卓武问道。

眼镜男看着宋卓武,没有说话。

"我宁肯让他们毒死,也不能让他们吓死。"宋卓武说。

"猴子"说:"这话我爱听,伸头缩头都是一刀。"

说罢,两个人取了碗和勺子,盛了一大碗饭菜,大快朵颐起来。

其他人也纷纷走过去盛饭盛菜,只有眼镜男无动于衷。何山风卷残云般吃完了碗中的饭菜。他端着碗走到木桶边,此时桶里的饭菜已经不多了。

何山对眼镜男说:"兄弟,我好几天没吃什么东西了。你要是不吃,我可就……"

眼镜男点了点头。

何山将剩下的饭菜都盛到了碗中。

五

放学后,关凯刚刚走出教室就被谢月喊住了。她拉着他的胳膊,来到楼梯转角一个避人的地方。

谢月压低声音:"我怀疑,蒋林的失踪和纯子有关。"

"你为什么会这么说?"

"今天早上本来该轮到我、蒋林、纯子三个人打扫卫生。说好的,我们两个女生擦拭桌子和窗台,蒋林擦地板。可是纯子在时间很充裕的情况下主动把蒋林的活儿也干了,就好像她知道蒋林今天来不了了。"

"这说明不了什么问题吧?我听说纯子挺喜欢蒋林的。"

"没那么简单。早上那个警官来调查蒋林的失踪案，我看到纯子在偷偷地擦眼泪。"关凯琢磨着。

"如果纯子真的只是喜欢蒋林，那么她听到这个消息的第一个反应应该是震惊，而不是悲痛。纯子的表现，说明她已经知道蒋林遭遇了不好的事情。"

"你说得有道理，走，我们跟着她。"

跟了两条街，谢月忽然问道："关凯，我们就算跟到她家又能怎么样呢？"

关凯愣了一下："也是啊。干脆我们把纯子弄到一个没人的地方，吓唬吓唬她，也许她就会把知道的东西告诉我们。"

谢月摇摇头："我觉得没有你说的那么简单。"

"那你说怎么办。"

"找警察？"

关凯撇了撇嘴："警察？你别忘了，纯子是日本人，而且能在这所大学读书的不是普通的日本人。哈尔滨的警察谁敢调查日本人？包括我姐。"

"有一个警察例外。"

关凯看着谢月，立刻就明白她所指的人是谁。两个人做了分工，关凯继续跟踪，谢月到路边的电话亭里给宋卓文打电话。

电话接通后，得知是谢月，宋卓文显得有些意外。她感觉自己刚说到失踪的男同学，就引起了宋卓文浓厚的兴趣。他让谢月不要着急，慢慢把事情说清楚。

"你们现在什么地方？"

"我们已经跟着她来到龙江西路。关凯还在跟着她，我留下来给你打电话。我们该怎么办？"

宋卓文思索了片刻，才说："你看看四周，能找到一块碎砖吗？"

谢月四下看了看："能找到。"

两分钟后，谢月追上了关凯。

"他怎么说？"

"他让咱们一边跟着，一边用碎砖在路边的电线杆上画一个三角形。他马上出发，很快就会找到我们的。"

纯子左拐右转，又过了几个路口，走进了那四座楼房围成的大院。

此时，那道大门敞开着，从外面也能看到里面有一些日本家属在等候。和那些聚在一起叽叽喳喳的中年妇女不同，纯子独自站在一旁。此刻的她仍然满面愁容。

"这是什么地方？"谢月问。

"我来过这儿，叫白桦寮。"

看着那些家属，谢月又问："她们在这里等什么？"

关凯观察了一会儿，说："这些人应该不住在市区。你看这些日本女人，她们手里提着的都是日用百货类的东西，肯定是专程来买东西的。我猜想，她们住的地方不近。"

可能是在等一辆汽车。"

"要是等车，咱们怎么跟？"说着话，谢月焦急地四处望着，"他怎么还不来啊——"她没有看到宋卓文，却看到一辆大客车开了过来，一路驶进了大院。车门开了，从上面下来一个留着齐肩长发的男子，他身穿便装，脚下却蹬着一双军用皮靴，苍白而又清秀的脸上透着一丝艺术家特有的忧郁。

家属们纷纷登上大客车，纯子默默地站在队尾，很快也登上车。大客车关闭车门，掉头驶出大门口，向远处驶去了。

谢月都快急哭了："关凯，我们怎么办呀？"

还没等关凯说话，一双手按在他俩的肩膀上。二人回头一看，正是宋卓文。

谢月急了："你怎么才来？他们都走了。"

宋卓文微笑着说："没关系，今天没跟上，还有明天呢。"

"你这警察当的，真是心大，我们那个同学要是出了事怎么办？今天就什么也不做了？"

"今天当然要做事了，你们注意到那个人没有？"

关凯和谢月顺着宋卓文的手指望去，看到了那个留长发的男子的背影。

"这个人就是刚才从大客车上下来的。"

大客车不疾不徐，平稳地驶过街道。在它身后不远的地方，一辆小轿车正在跟着。小徐驾驶着轿车，老段坐在副驾驶位置。

长发男子推开一家酒吧的门，走了进去。宋卓文三人隔着玻璃窗看到服务生笑着和长发男子说了两句话。随后，长发男子径直走向角落里的一张桌子。服务生则走到吧台边。调酒师已经把一杯酒调好了。

宋卓文说："这个人是个常客。"

关凯有些兴奋："我们下一步怎们做？"

宋卓文看了看手表："小凯，你先回去。"

"为什么？"

"你姐姐这段时间对你盯得很紧，你回去晚了，她会起疑心的。"

"我不回。"

"现在不是耍小孩脾气的时候。你要记住，这件事不能让你姐姐察觉到一丝一毫，明白吗？"

关凯不情愿地点了点头，怏怏不乐地走了。

宋卓文对谢月说："咱俩先后进去，装作不认识。"

六

牢门打开，两个看守走进来，收走了盛饭菜的木桶。

"猴子"打了个饱嗝儿，摸着肚子说道："中午是猪肉炖粉条子，晚上让咱们吃红烧鸡块，到底想干啥？我又不是他们的祖宗。"

宋卓武忽然走到眼镜男面前，眼镜男抬头看着他。

"中午你没吃饭，我们吃了，也没有中毒。到了晚上，你还是不吃任何东西。为啥？"

眼镜男垂下目光，仍旧没有回答。

"你到底在走廊里看到了什么？"

眼镜男仍然一声不吭。

"猴子"有些着急，走了过来："我说，你不会是个哑巴吧？"

宋卓武摆了摆手，示意"猴子"不要说话。他接着说："小日本好吃好喝地供着咱们，绝不是发什么善心。他们葫芦里卖的是什么药，咱们现在谁都不知道。咱们哥几个都遭了难，越是到这个时候，越不能怂。你就算藏在被窝里头，蒙着眼，堵着耳朵，灾祸该找你还是会来找你。看到了什么、听到了什么，跟大家伙商量商量，兴许就能想出个办法。哪怕有半成的可能，咱们也得去拼。大不了就是一条命，对不对？"

眼镜男看着宋卓武，欲言又止。可是最后他还是低下了头。宋卓武摇了摇头。这时，他看到蒋林在看他。

宋卓武走过去："你有什么想说的吗？"

蒋林看着宋卓武，又看了看阔少。

阔少似乎意识到了什么，他颤声问道："是不是跟我有关？"

蒋林点了点头："来的时候，在走廊和楼梯的拐角处，那个少佐和中村正在用日语聊天。中村说：'那家伙可能真是大官的儿子。'少佐说：'那也没办法，我们的规定就是这样，只要进来了，就绝不能活着走出去。'"

阔少捂着脸哭倒在地，每个人都是一脸绝望。

忽然，阔少跳起来，扑向门口。他声嘶力竭地大喊着："放我出去——"

宋卓武一把抓住他的衣领，将他扔回铺位上。

阔少惊慌地说："你别动我，我是——"

宋卓武瞪着他："你是个狗屁！我不管你在外面怎么样，在这里，你就是个狗屁。"

阔少慢慢低下头。

宋卓武指着蒋林："你好歹也比他长几岁，也算是个爷们儿，可是你除了哭闹，还能干什么？你哭吧，闹吧，看看他们会不会放了你！"

天彻底黑了，大客车亮起了车灯。

小徐说："老段，现在路上就这两辆车。以我们的车速，早就应该超过它。再这么跟下去，我担心那个司机迟早会对我们起疑。"

老段思索了片刻："小徐，能不能把车灯关掉？"

失去车灯照明的轿车视线非常糟糕。小徐紧握着方向盘。

忽然，昏暗的道路上出现了一辆马拉大车。小徐急忙打方向盘。轿车冲出路面，扎进了稻田。随着一阵剧烈的颠簸，轿车终于停住了。小徐和老段却陷入了昏迷。

轻柔舒缓的音乐回荡在酒吧里。

长发男子呷了一口酒，抬起头来，眼神迷离地扫了一眼大厅。忽然，他注意到独自一人的谢月坐在一张靠窗的桌子边，一边喝着咖啡，一边认真地读着一本书。

长发男子托着下巴观察了谢月一会儿。他忽然从衣兜里摸出一支铅笔，又将桌子上的酒水单翻了面。他一边观察，一边在酒水单上勾画着谢月的速写。他笔法娴熟，运笔如飞，几笔就画出了一个轮廓。

就在他更加精细地描绘谢月眼睛的时候，身后忽然传来一句日语："真是很传神啊。"

长发男子一回头，看到宋卓文端着一杯酒站在他身后，笑容可掬。他礼貌地说了一声"谢谢"，就继续低头绘画。

宋卓文走到他对面的座位边："可以吗？"

"请便。"

"从您的速写功底来看，您是一位油画画家。"

长发男子抬眼看了宋卓文一眼："你不是日本人。"

"我是满洲人。"

"但是你用日语跟我打了招呼。从哪儿看出我是日本人来的？"

"说不好，也许就是一种直觉吧。"

"直觉是个好东西。"长发男子一边说着，一边画着。

宋卓文继续说："看得出，这一行您干了很多年。"

"哦？"

"绘画并不影响您和我聊天，您完全可以做到一心二用。"

"绘画已经成了我的一种本能。"长发男子停了一下，眼神里闪过一丝忧郁之色，"其实也没什么了不起的，就是喜欢罢了。你也是干这行的？"

"沾点边吧。我是做广告公司的。"说着，宋卓文上下摸了摸口袋，"抱歉，我的名片已经用完了。"

"没什么可道歉的。"

"您对画广告画有兴趣吗？"

"毫无兴趣。"

"我们给的薪水挺高的。"

"这和钱没有关系。"

"我猜，您现在从事的工作肯定特别有吸引力。"

长发男子抬起眼来盯着宋卓文，仿佛受到了伤害。

宋卓文愣住了。

长发男子收敛了目光，站起身来："请稍等片刻。"说罢，他拿起那张速写，走向谢月。

宋卓文端起酒杯喝了一小口，看着长发男子把速写画放在谢月面前。谢月站起来，有些不知所措。长发男子指着画和谢月小声说着什么，谢月羞涩地微笑着。

宋卓文能够感觉到，这个画家对自己的工作非常敏感。不，准确地说，应该是警惕。在那一瞬间，宋卓文还从对方的眼神中读到了一种痛苦……

忽然，宋卓文被惊动了。不知何时，关凯出现在谢月身边。他推了长发男子一把："你离她远一点！"

"我不管你是这位小姐的什么人，但你的行为是非常不礼貌的。"长发男子说。

宋卓文赶快站起身来，快步走过去。他拉住关凯的胳膊："小兄弟，你太冲动了。"说着，他把关凯拉出了酒吧。谢月也赶紧跟了出去。

宋卓文拉着关凯转到一个角落，把他推到墙上。

"你要干什么？"宋卓文低声问道。

"我不管你有什么目的，都不允许你把谢月当作诱饵。"

"你怎么这么不懂事！"

谢月赶紧上前劝关凯："我们俩也是随机应变，没想到他会来给我送画。再说了，他也并没有对我做什么啊。"

关凯沉默不语。

宋卓文指着关凯："你就像一个长不大的孩子……算了，现在不是讲道理的时候，你先把谢月送回去吧。"

等宋卓文再次回到酒吧，长发男子已经不见了。

七

纯子跪坐在低矮的餐桌前，餐桌上已经摆了两盘菜。一双粗壮的手把一只砂锅放在矮桌上，揭开砂锅的盖子。

"看看吧，这是我们纯子最爱吃的海带炖排骨。"中村笑眯眯地说。

原来，他就是纯子的爸爸。那张凶恶的面孔此刻却挂着慈祥的微笑。

纯子挤出一丝笑容，深鞠一躬："谢谢父亲。"

中村盘腿坐下，给自己倒了一杯酒："哪儿的话，我们纯子现在是大学生了，每天读书都很辛苦，快尝尝排骨吧。"

纯子夹了一块排骨，低着头小口吃着。

中村呷了一口酒，忽然察觉到了什么，他眯着眼观察着纯子："纯子，你怎么了？"

纯子慌忙掩饰："我挺好的。"

中村摇摇头："不对。你在学校受欺负了？"

"没有那回事，老师和同学们都对我很好。"

"我是你父亲，要和我说实话。"

纯子犹豫了片刻，终于说道："今天早上，我在白桦寮的大院里，看到有几个人被抓到一辆车里。"

"你没有跟别人提起过吧?"

"没有。可是其中有一个人是我的同学。"

中村沉默了。

纯子的声音越来越小:"他是一个很善良的人,跟我也很要好。您……能不能……"

中村一仰脖,将杯中酒一饮而尽,然后将酒杯重重地蹾在桌上。

纯子一惊,不敢再言语了。

中村缓缓说道:"纯子,你能够上大学,爸爸能有这样优厚的薪水,要感谢谁呢?"

"当然是石井少爷。"

"是啊。如果不是少爷把咱们带到满洲来,我都不敢说能把你养大,更别提什么上大学的事了。"

沉默了一会儿,中村继续说道:"所以,我们一定要对石井少爷忠诚。对石井少爷忠诚,就是对天皇陛下忠诚,你明白吗?"

纯子俯身低头:"明白。"

"我还是那句话:对大人的事情,不要过问;对防疫给水部的工作,不能向任何人透露。"

"是。"

房顶的灯突然熄灭了。

躺在铺位上,每个人都大睁着眼睛,毫无睡意。忽然,墙上的管道里传来一阵轻轻的敲打声。六个人都不由自主地抬起头,看着那条管道。

敲打声继续着。

宋卓武站起来,走过去,发现管道的出口罩着一层圆形铁网。他用手指抠了几下,铁网竟然脱落了。宋卓武眼睛贴近管道口,感觉里面似乎有什么东西。他的小指伸进去,钩出来一只小小的酒盅,酒盅的底部还粘着一根棉线。

宋卓武拿着酒盅:"这是什么?"

眼镜男说:"这是一种自制的通话器,一定是以前的囚犯留下的。"

"怎么用?"

"你把酒盅扣在耳朵上。"

宋卓武依言照做,一个稚嫩的声音从酒盅中传来:"喂,我是773号,你们是新邻居吗?"

"猴子"问:"有啥动静啊?"

"这里还关着一个孩子。"

老段慢慢睁开眼睛,发现自己躺在一盘土炕上面,身边的炕桌上,一灯如豆。

灯光下,一个老农满是褶皱的脸绽开了笑容:"哎呀,你可醒过来了。"

老段和小徐检查了一下,刚才只是昏了过去,身体并无大碍,就想赶紧离开。老农坚持让他俩靠着被子歇息一会儿再走。

"可把我吓坏了，你们的车差点撞着我呀。你们咋不开车灯呢？"

小徐说："我们的车灯坏了，对不住了，老人家。"

"我没啥，你俩没事就好。"

老段说："我俩呀，只能看着前面的车灯走路，没注意到您。对了，那辆大客车是去哪儿的呀？"

"哦，那是防疫给水部的车，每天都进城接送人。"

"防疫给水部是干啥的？"

"那我可不知道。我倒是有时候进去打点短工。"

老段来了兴趣："那儿有活儿干？"

"每天都有。附近几个村子里的人经常进去干活儿，就是挣得少，您二位先生肯定看不上那点小钱。"

日上三竿，戴着手铐的犯人们从楼房里络绎不绝地走出来。

院子里，几个单肩扛着木棒的看守懒洋洋地晒着太阳。宋卓武望过去，只见出口的大门紧闭着。他抬头看了看晴好的天空，忽然感到肩膀被撞了一下。一个比他还高半头的男子牵着一个小孩子从他身边走过。

那个男子身材高大，仪表堂堂。囚犯中，只有他和那个小孩子没有戴手铐。

"猴子"站在宋卓武的身边，低声说："看那孩子的号码。"

宋卓武定睛一看，那孩子的号码正是"773"，而那个男子的号码是606。

"昨天晚上跟咱们通话的就是这个孩子。那个606号，是孩子的什么人呢？"

宋卓武察觉到606也在打量他。双方的目光短暂接触了一下，606率先把目光移开了。

"猴子"碰了碰他："看见那些排雨管没有？"

宋卓武举目望去，只见围着大院的楼房墙壁上，每隔一段距离就会有一条排雨管从房顶垂下来。

"要是我的手臂没受伤，轻轻松松就能爬到楼顶。"

"我也没问题，就是不知道那管子结实不结实。"

"猴子"看了宋卓武一眼："走，试试去。"

两个人慢慢腾腾地向楼房墙壁移动着。

老段跟着那个老农，混在一批民工里面，拎着大剪等工具来到"口"字楼外面的草坪上。老段一边弯着腰剪草，一边偷偷打量着周围的环境。他绝不会想到，此时和宋卓武仅仅隔着一座楼。

宋卓武和"猴子"已经到了墙边。趁着四周的卫兵没有注意，宋卓武抬手抓住了排雨管，向上爬了几下，抓住了墙壁上固定排雨管用的铁扣，他的双脚离开了地面。

"猴子"警惕地打量着四周。不远处的阔少也看到了宋卓武的这个动作。

就在这时，中村从楼房里走了出来。

"猴子"碰了一下宋卓武。宋卓武赶快松手跳了下来，他的手铐因此发出了撞击声。

中村立刻向这个方向望了过来。

"中村班长。"606高声叫道。

中村扭头看到他，竟然眉开眼笑，挥手打了个招呼。

606拉着小孩儿走过来："中村班长，您的颈椎还疼吗？"

中村晃了晃脖子："好多了，但是早上起床的时候脖子、肩膀还是有些酸。"

"您是不是没有听我的话，把枕头换成低一些的？"

"我换了枕头呀。"

"我再帮您按一按？"

中村派一个看守去搬来一把椅子。他坐在上面，眯着眼睛享受着按摩。

"怎么样，舒服些吗？"606问道。

"舒服多了。606，我简直离不开你了。"

小孩儿突然说："606，我想去抓那只蝴蝶。"

"去吧。"

中村突然睁开眼睛："小宝，等一等。"说着，他从裤兜里掏出一颗糖，递给小宝。

小宝鞠了一躬："谢谢先生。"

中村摸了摸小宝的头："小宝真是一个乖孩子，快去玩吧。"

望着小宝远去的背影，中村的脸色暗淡下来。他忽然说："小宝很可爱，但是……"

606俯身，把耳朵凑到中村嘴边。

中村压低声音："下个星期，有一个班要做实验——关于儿童的实验。我也无能为力了。"

606沉默不语。

中村宽慰道："你明白，这一天迟早要来的。"

此刻，小宝还在草丛里追逐那只蝴蝶。天真的他对即将发生在自己身上的噩运浑然不觉，还发出咯咯的笑声。

忽然，一个看守喊道："下来！快下来！"

中村立刻站起身来，循声望去。只见墙壁上的那条排雨管上，那个阔少手足并用正在向上攀爬。几个看守用木棒指着阔少，命令他下来，但后者根本不听，还在攀爬。

正在修剪草地的老段隐隐约约听到墙内有喊叫声，他竖着耳朵倾听着，接着问身边的老农："大爷，这墙里头是什么地方呀？"

"那可就不知道了。咱村在这儿干活儿的人，从来没有进去过呀。"

老段望着高墙，点了点头。

大门口外面的卫兵被惊动了，赶紧开门跑进来，摘下肩上的步枪，拉动枪栓，瞄准了阔少。

中村走过来："不要开枪！你们只管看着他就行了，他跑不出去。"

阔少咬着牙，一点一点向上爬着，终于爬上了楼顶。他的手抓到铁丝网的时候，突然爆出一串火花。阔少惨叫一声，掉了下去。

一个看守走过去，俯身检查了阔少一番，抬起头来："他还活着。"

中村对看守们说："这个人明知道跑不出去，还是要向上攀爬，只能说明，他已经疯了。我就是要让所有的囚犯都看一看，即使他爬到了楼顶，也无法越过电网。别忘了，那几个新来的囚犯肯定不会断绝逃出去的想法。他的下场就是要给他们看的。把他抬到实验室去吧。"

看着阔少被抬走，每个囚犯的脸色都很难看。

一个看守走过来，挥舞着木棒："回去了，回去了，放风结束。"

宋卓武正走向楼门口，眼镜男忽然挤到他身边，碰了一下他的手："拿着。"

宋卓武低头一看，眼镜男的手里攥着一把草叶。

"这是什么？"

"别问了，没人的时候全部吃掉。"

第十八章
冲破牢笼

一

谢月在前面匆匆走着，关凯小跑着追上来。

"谢月，你听我说好不好？"

谢月站住："还说什么说？昨天不是因为你，卓文哥没准儿就能从那个画家嘴里套出话来。"

"我真的挺后悔的，我错了，还不行吗？"

"你跟我认错有什么用？蒋林到现在还生死不明。"

"这一次，我一定会找到他的下落。"

"你怎么找？"

关凯看看四周无人，掀开衣服，从腰带上拔出一把手枪。

宋卓武坐在铺位上，忽然眉头一皱。他站起身来，捂着肚子奔向墙角的马桶。

一阵稀里哗啦的声音过后，挨着马桶的何山赶紧捂上了鼻子。

宋卓武捂着肚子走到眼镜男身边坐下，低声问道："你给我吃的到底是啥东西啊？"

"你很快就会明白的。"

老段在一张纸上画出了一张地图。

宋卓文站在旁边，指着图纸上大片的空白："这些区域呢？"

老段摇摇头："到处都有岗哨，根本过不去。我只能记下我经过的地方，实在没有办法查出更多的内容。"

"我来想想办法。"

宋卓文回到特务科，直奔资料室，调阅了一本最详细的哈尔滨地图册。他找了一张桌子坐下，打开地图册，快速翻找着。

忽然，他的手指停住了。当他按照老段提供的方位翻到那一页的时候，他看到一片空白的区域仅仅标着"防疫给水部"。他向后翻了几页，每一页对街道、名称的标注都极其详细。

宋卓文陷入沉思。在这本最为详细的专用地图册上，"防疫给水部"这个地方却仅仅是一个名称。其内部的建筑、道路，竟然一概不予标注。他越发意识到，这里面隐藏的真相远远比自己的想象要复杂、诡谲得多。

忽然，宋卓文察觉到了什么，一回头，发现丁鹏在门口探头探脑地张望着。宋卓文立刻合上了地图册："丁鹏，你在这儿干什么？"

丁鹏的神态有些慌张："哦，我们组长让我到资料室里查一点东西。"

宋卓文站起来，拿起那本地图册，向外走去。

丁鹏问："宋哥，您又在查什么大案子吧？"

"是啊，你想不想听听？"

丁鹏愣了一下，赶紧摇头："不不不。我算什么呀？"

宋卓文笑了一下，走了出去。

宋卓文穿过走廊，刚要开门进入自己的办公室，忽然听到走廊另一头关雪的办公室里传来女人的哭声。他向前走去，看到科长办公室的门半开着，靠墙的沙发上坐着一男一女。两个人都是五十岁左右，衣着考究，一看就不是普通人，男的紧锁愁眉，女的用手帕掩着嘴哭泣着。

关雪站在两个人面前解释："彭局长、彭太太，这件案子真的不归我们管啊。调查失踪人口一直是治安科在负责。您找到我这儿——"

彭局长打断了关雪："小关，谁不知道整个警察局你这个部门是能力最强的？"

关雪苦笑着摇了摇头。

彭局长继续说："我和你姨父都是从早稻田大学毕业的，也称得上私交甚笃。今天你别叫我'彭局长'，叫我一声'彭叔叔'行不行？"

关雪深深点了一下头："行，彭叔叔。"

"算是彭叔叔求你办点私事。他是不争气，经常醉卧路边，让警察送回家，可他毕竟是我儿子……"

二

关凯说，他早就观察过了，那条街行人稀少，是纯子每天放学后的必经之路。理想的是，路边还有一栋荒废的破楼。

谢月有点紧张："不会出事吧？"

"我就是吓唬吓唬她，不会出事的。"

"可我……无法面对纯子。"

"一进去你就蒙住她的眼睛，剩下的，你就别管了。"关凯塞给她一只黑布口袋。

两个人藏在破楼的一面墙壁后面。不久，纯子就走了过来。就在她经过二人面前的时候，谢月抓住关凯的胳膊摇了摇头。但关凯还是跳了出去。

关凯紧走几步，用枪顶住纯子的后腰，然后用日语说："别回头，到那座楼房里去。"

纯子一进去，一只黑色的布口袋就套住了她的头。

牢门打开，先进来的是中村和几个看守，然后是一名穿白大褂、戴口罩的医务官。

眼镜男是最后一个被检查的。医务官摇了摇头，用日语说："他的身体太虚弱了。"接着，他摘下听诊器，站起身来，"除了一个胳膊断了的，还有一个在拉肚子。剩下的两个人中，我看角落里的那个家伙身体最好。"

中村向身后的看守点了点头，两个看守走过去，把何山架起来带走了。

隔壁的606号囚犯一直站在牢门的铁栅栏前观察。看到何山被押解着经过走廊的时候，他眼前一亮。

等牢门重新被锁上，眼镜男看着宋卓武："现在，你知道我为什么让你吃下那些草药了吧？"

"就是让我拉肚子。"

眼镜男点了点头："也明白我为什么不吃饭了吧？"

"谢啦。我知道你是个好人。"

"猴子"说："你能想出这个办法来，是不是跟你昨天看到的东西有关？"

眼镜男点了点头："当时，从镜片中，我看到一个犯人被几个身穿防菌服的看守拖走了。"

"可是今天带走这家伙的看守没穿你说的什么防菌服装啊。"

"那是因为被带走的这个人还没有受到感染。他不会再回到这个牢房里来了，他会跟那些被感染的人待在一起。"

宋卓武问："你是干什么的？"

"我是个医生。"

"如果不是你，这一劫，我是过不去的。"

眼镜男惨然一笑："苟延残喘罢了。就是我，也不能总是不吃饭。"

沉默了一会儿，眼镜男又说："我们拖不了多久的。"

纯子靠坐在一根柱子旁，她被蒙着眼睛，双手反绑。

关凯蹲在她面前，故意用沙哑的日语问："我要问你的话，必须如实回答，如果你敢撒谎的话……"关凯拉动沃尔特手枪的枪栓，"你就死定了。"

纯子浑身颤抖，拼命点头。谢月在旁边紧张地看着他们。

"你住在什么地方？"

"平房区的防疫给水部。"

"那儿是干什么的？"

"防治瘟疫，净化水源。"

关凯和谢月对视了一眼，一时间也不知道怎么问下去。

关凯想了一下，直接问："认识蒋林吗？"

纯子愣了一下，还是点了点头。

"你知道他在哪儿，对不对？"

"我不知道。"

关凯和谢月又对视了一眼。

关凯用枪口顶着纯子的额头："你知不知道？"

纯子摇了摇头。

关凯掉转枪口，对着不远处的一根木头柱子开了一枪。谢月捂着嘴，面无血色。关凯继续用枪口顶着纯子："再不说，这一枪打的，就是你的脑袋。"

纯子哭泣着："对不起，关凯，我真的不能说。"

关凯愣住了："你……你知道是我？"

"还有谢月。蒙住我眼睛的是她。"

关凯和谢月面面相觑，不知所措。

纯子继续说："我很想告诉你们，可是我不能说，我不能做对不起少爷的事情。"

"什么少爷？"

纯子摇了摇头。

谢月走过去，解开了纯子的绑绳，摘下了黑布口袋。

谢月看着纯子："我们没想伤害你，就是想问清楚蒋林同学的事。他那么用功，那么善良，对每个同学都那么好。他家里的人都急疯了。每个同学都为他的失踪而着急。你实在不愿意说，就算了。你走吧。"说着，谢月拉着关凯向外走去。

纯子突然说："等等！"

关凯和谢月回过头来。

三

606号囚犯走到一名犯人跟前："兄弟，你准备好了没有？"

这名囚犯点了点头，躺在铺位上。

"得罪了。"说着，606拿起一只枕头，捂住了那名囚犯的脸。没过一会儿，那名囚犯的手脚就开始挣扎。小宝看着这个场面，有些害怕。另一明囚犯把小宝的身子转过去，捂住了他的眼睛。

眼看着枕头底下那名犯人的手脚越来越无力，606赶紧撤掉了枕头。那名囚犯脸色潮红，大口地喘着气。

606立刻跑到牢门窗口大喊："中村班长，有人发病了。"

很快，中村和那名医务官就跑了进来。

"他体温很高，心跳很快，应该是感冒了。"检查完，医务官说道。

中村对看守说："过两天小宝就要试验了，把606他们两个转到那间有空位的牢房去吧。"

几分钟后，606号囚犯抱着铺盖走进了宋卓武等人所在的牢房。小宝跟在他身后，怯怯地看着牢房中的人。

606笑着冲着大家点了点头，然后对小宝说："来，咱们两个就睡在这两张铺位上。"说着，他走到角落，把铺盖放在何山曾经住过的铺板上。

纯子说："里面的事，爸爸从来不讲。我只知道，每天早上九点半钟，会有一名囚犯给他的颈椎做按摩。"

关凯和谢月沉默着。

"我就知道这么多了。"

关凯突然问道："你刚才说的少爷是谁呀？"

"他就是我们的所长，叫石井四郎。我父亲是石井家的佃户。看守班里所有的看守都是石井家的佃户和亲戚。就是他把我们这些人带到满洲的。"

宋卓武等几个人坐在铺位上，都没多说话。小宝跟别人不认识，他只是在606的膝盖边玩耍。

"猴子"冲他眨了眨眼睛，做了个鬼脸。小宝却立刻垂下眼睑。

606摸了一下小宝的头："小宝乖，自己玩一会儿。"说完，他站起身，走过来，坐在宋卓武身边。宋卓武看着他。

606笑了一下："直说吧，你想逃出去，对不对？"

宋卓武突然出手，一招儿锁喉，将其摁倒在铺位上。

小宝吓坏了，哭着喊："606。"

"猴子"手疾眼快，一把捂住了小宝的嘴。

宋卓文厉声问道："你搬到这屋的目的是什么？"

606哑着嗓子答道："我也想逃出去。"

宋卓文的手劲儿一点都没松："你骗鬼呢？你跟看守混得那么好，都不用戴手铐，他们让你来探我的口风吧？"

"我是为了小宝。再过几天，就轮到他做实验了。"

宋卓武看了看孩子，慢慢松开了606。606坐起来，一边咳嗽着，一边揉了揉嗓子。

小宝挣脱了"猴子"，跑到606身边，抱着他的膝盖："606，你怎么了？"

606抚摸着小宝的头发："我没事。他跟我闹着玩呢。"

"他是你儿子？"宋卓武问道。

606摇了摇头："他是跟着他妈妈被关进来的。那是两年前的事了。"

"他妈妈已经……"

606点了点头："后来，我就主动承担起照顾这个孩子的责任。"

"这么说，你也是两年前就被关了进来？"

"比那要早得多。可以说，我是这座监狱里活的时间最久的人。"

"他们为什么放过你？"

606伸出自己的两只手："全靠这两只手。进来之前，我是一个按摩大夫。看守班里的很多人，包括实验班的几个班长，都接受过我的按摩。"

很少说话的蒋林突然问道："大叔，你刚才说的实验，是什么意思呀？"

"你们刚被抓进来的时候是不是很意外？牢房里很干净，有水龙头和抽水马桶，今天吃肉、明天吃鸡？"

众人都点了点头。

"其实我们都是做实验用的小白鼠。他们把我们养得白白胖胖，就是为了取得实验的最佳数据。我们这些囚犯被他们称作'马路大'。"

"猴子"问："那是什么？"

蒋林说："日语中的意思是'原木'。"

606点点头："没错，原木。在他们的眼里，我们并不是人，没有人格，没有灵魂。隔三岔五，就会有马路大被送到不同的实验班。这些实验班分别研究鼠疫、霍乱、炭疽、冻伤、伤寒、结核……"606掰着手指头数着，"总之，我这十个手指头都数不过来。进了实验班的人，就会被注射病毒。他们会观察你的反应，甚至给你治疗。当然，治疗是为了再次实验，直至被实验者痛苦地死去。而你的痛苦，就是他们的实验数据。"

停顿了一下，606又问："你们有没有闻到这里的空气里有一股酸臭味儿？"

众人点头。

"那就是焚烧尸体的时候散发出来的。日积月累，那气味久久不散。"

606低着头沉默了片刻，接着说："为了测试人体的疼痛程度，他们会在不打麻药的情况下给犯人拔牙；为了测试人体的抗寒极限，他们会把人的双手浇上水，在零下四十摄氏度的低温中冷冻。然而，最可怕的还是活体解剖……"

蒋林哭泣着，其他人则低着头，场面一片静默。

宋卓武忽然开口："难道就没有人反抗吗？"

"几年前闹了一次，大家杀死了看守，占领了楼房，但是根本就冲不出去。警卫部队赶到后，很快就镇压了暴动。"606指着墙上的管子，"知道这些管子是做什么的吗？"

宋卓武摇了摇头。

"管子就是在那次暴动后安装的。总阀门后面是毒气室，管子口则通到各个牢房。一旦再次发生暴乱，他们就会打开总阀门。"

606抬头看着牢房："那样的话，毒气就会顷刻间充满每一间牢房，整个楼房就是一口巨大的棺材。"

那天晚上，阔少赤身裸体躺在实验室的一张病床上。

一个实验员把一张X光片递给班长："他的髋骨、右臂尺骨、右小腿腓骨都出现了骨折，至少要经过半年的修养才能进行实验。"

"半年？别开玩笑了，我连一天的粮食都不想浪费。你去把另外几个班长叫来，看看他们那里缺少哪个人体器官。"

很快，阔少的嘴巴被胶布封死，四肢被紧紧绑在手术台上。

一个实验员走过来，抬起了手。他的手上握着一把锋利的手术刀。

阔少的眼睛瞪圆了，他徒劳地挣扎着。

几个班长站在解剖者后面。

"小心点,我要的可是一副完整的肝脏。"

"还是先把脾脏切下来,我那个实验很着急的。"

四

那个长发男子又坐在那个位置上自斟自饮。

宋卓文走到吧台前,递给服务生一张大额钞票。

"先生,您要喝什么酒?"

宋卓文低声说:"一杯伏特加给那位长发先生,一杯白水给我。钱不用找了,明白我的意思吗?"

服务生心领神会:"明白。"

托盘上放着两只一模一样的装着透明液体的酒杯。服务生将两个杯子分别放在宋卓文和长发男子面前。

宋卓文端起酒杯:"没关系,无论您愿不愿意到我们的广告公司工作,我都想交你这个朋友。"

长发男子端起酒杯闻了闻:"这是上等的伏特加,谢谢。"

二人碰杯。

长发男子呷了一口酒,说:"忘了做自我介绍,我叫谷口健二,叫我'谷口'好了。"说着,谷口伸出手来。

宋卓文伸出手握住:"我叫文卓。"他把名字调了个个。

606抚摸着小宝:"将近两年的时间,我已经把他当成了自己的孩子。今天上午放风的时候,中村跟我说,就在这几天,小宝也会被用掉。"

众人的目光都聚焦在小宝身上。

"如果不是这样,我还下不了决心呢。"

宋卓武问:"你怎么知道我们有越狱的心思?"

"我看见你们俩在院子检验排雨管的强度。如果不是我及时吸引中村的注意力,他一定会发现你们的企图。"

蒋林插话说:"可是我们怎么逃?看守、高墙、电网,就算逃出这个院子,外面是什么环境,我们都不知道啊。大叔,你知道吗?"

606摇了摇头:"我也没出过这个院子。"

大家有些失望。

"但是这么多年来我发现了一个规律:每个礼拜三的晚上十点钟左右,我都能听到有一列火车开到这个院子墙外的东边停下;两个小时后,火车才会开走。我猜想,这是一列拉煤的列车。而院子墙外的东边应该是一个锅炉房。这两个小时就是卸煤的时间。日本人的实验室需要的动力、蒸汽,应该就是这个锅炉房里输出的。"

"你是说,可以利用那辆火车?"宋卓武来了兴致。

606点了点头:"只要能抢下那列火车,我们就有希望闯出去。我本人就会开火车。"

宋卓武看着606:"你绝不是一个普通的按摩师傅。"

606淡淡一笑,没有做更多的解释。

"猴子"算了一下:"礼拜三。那不就是明天晚上?"

606点点头:"是的。"

"这么短的时间内能做好准备吗?"

"我知道很难。可是,如果错过,我们就要再等一个礼拜。我不知道小宝能不能挺到那个时候。"

蒋林抬起手铐:"最起码我们要先打开这个东西吧?"

"猴子"叹了口气,说:"要是我的家伙还在,这都不在话下。"

606说:"为了省事,这座楼里所有的手铐用的都是一样的钥匙。"

"钥匙在谁的手上?"宋卓武问道。

"有一把挂在楼下一层值班室的墙上,有一把挂在中村的屁股上。"

宋卓武说:"说说守卫的情况。"

"到了夜里,二层值班的两个看守会待在走廊尽头的铁栅栏门后面。一层跟二层的结构差不多,除了浴室,还有一个值班室,里面有几个看守,我不知道。'回'字外圈的楼里,也驻着警卫,有多少人,我也不清楚。"

谷口健二已经喝多了:"文先生,不是我瞧不起广告公司的工作,真不是。"

"那为什么我开出那么优厚的待遇,谷口先生都不为所动呢?"

谷口健二没有回答,而是喝了一大口酒。

"我还是那句话,谷口先生现在的工作肯定是待遇高,又很有意思。没关系——"

谷口健二瞪着血红的眼睛打断了宋卓文:"不要提那份工作!如果能够让我摆脱它,干什么都行。"

"我不明白。"

"其实,我来满洲之前,是在东京的一个话剧团里做舞台美术的。可是这场战争总也打不完,人们连饭都吃不上,还看什么话剧?"

宋卓文点了点头。

"失业后,有人给我介绍了一份工作,是给军方干活儿。这样我才来到满洲。我一直在想,军队要画家干什么?没想到……他们让我干那些事情。"

谷口健二的脸上露出了厌恶的表情。

"什么事呀?"宋卓文小心翼翼地问道。

"给照片上色。"

"这份工作有点枯燥吧?"

"枯燥?"谷口健二冷笑一声,接着,他摇着头说,"不,一点都不枯燥。我第一次看到那些照片时吐得满地都是。"

"为什么？"

"照片拍摄的要么是人体的残肢断臂，要么是溃烂的伤口。"

宋卓文这一次震惊并不是装出来的。

"我不知道他们的目的是什么，但是这些照片都被要求保持应有的色彩。"

谷口健二出神地望着宋卓文身后的空间："当我还是一个美术专科生的时候，我是多么迷恋'色彩'这个词。可是现在，它是那么邪恶、恶心。"

五

轿车停在门口。宋卓文久久没有下车。他把头放在方向盘上，无声地哭泣着。突然，他狠狠一拳砸在仪表盘旁边的皮革上。

宋卓文打开房门后愣住了，谢月和关凯正在客厅里等着他。宋卓文从二人的神色中看出他们有收获，于是带他们上了二层的起居室。

谢月首先把今天的收获事无巨细地叙述了一遍。

关凯说："从纯子的话里能够看出，蒋林一定是被抓到那个什么'防疫给水部'里了。现在我们能知道的就是，每天早上九点半钟，犯人们会在院子里放风。"

"你们这叫胡闹。现在纯子已经知道了你们绑架者的身份，一旦告诉他爸爸，怎么办？"

谢月说："纯子说了，这件事，她绝不向他父亲透露半个字。"

"你们就这么相信她？"

谢月坚定地点了点头："纯子是个善良的人，我相信她。"

宋卓文想了一下，说："你们两个把这件事彻底忘掉吧，也不要再向任何人提起。"

夜已经很深了，几个人却毫无睡意。

"猴子"说："只要能把钥匙模子拓出来，开手铐这件事就交给我了。"

蒋林想到了一点："如果能搞到一些面粉就好了。"

"猴子"问："你要白面干啥，蒸馒头呀？"

蒋林望着头顶的灯泡："把面粉装在灯泡里，可以制成颇有威力的手榴弹。"

606插进话来："我倒是能想想办法。犯人们经常为看守制作一种小小的工艺品布鞋。我们可以借着制作糨糊的名义搞到一些面粉。"

眼镜男说："就咱们几个人干，是不是太少了？"

"我已经联络了其他牢房的人，他们都听咱们的。"606说。

"太好了。"蒋林第一次笑了。

宋卓武看着这几个活跃起来的人，又把目光投向牢门上的窗口。他知道，这个所谓的越狱计划漏洞百出。对于如何对付高墙上的电网，他们还一点主意都没有。还有一天的时间，明天的这个时候，这间牢房里，甚至这座楼房里，还有几个人能活着？他的心里一点谱都没有。

走廊内突然传来脚步声。

两个身穿防护服的看守将何山押送回来了。这一次，他被关进了另一间牢房。

看守锁上门就离开了。何山打量着这间牢房里的几个囚犯。每一个人都病恹恹的。其中两个卧在床上，有气无力地呻吟着。

第二天一早，宋卓文以胃痛为借口，打电话请了一天假。然后，他开车到达郊区的一个路口。他通过后视镜观察着后面的道路，并没有发现有车辆跟上来，于是让车灯闪烁了两下。

老段从一棵大树的后面走出来，开门上了车。

四十分钟后，宋卓文脱掉身上的西装和衬衣，从那个老农手里接过一套粗布衣裳，穿在身上。

宋卓文走出农舍，来到小院里。

老段说："还是我进去吧，毕竟我有一次经验。"

"别争了，我们是亲兄弟，有些事，别人是无法代替的。"

老段一直把他们送到防疫给水部附近，看着宋卓文跟随着老农混在一大帮民工里，在日军士兵的监视下走进了大门。

开始放风后，小宝第一个跑了出来，直奔墙角的泥地而去。

宋卓武、"猴子"等人先后混在人群里走出来。他们每个人的衣角都湿漉漉的。

606举目寻找，看到了中村的身影。中村经过蹲在地上玩土的小宝身边。他摸了摸小宝的头："小宝，玩土的不要，不给糖吃哟。"

606笑呵呵地迎过去："中村班长，您今天气色不错呀。"

趁着两个大人说话，小宝从地上捧起一把泥土攥在手心里，起身向"猴子"跑去，将泥土放进他的手心。

"猴子"不易令人察觉地将手中的泥土攥紧实，然后提起湿漉漉的衣角，将水挤进手中的泥土里。接着，宋卓武、蒋林、眼镜男纷纷把衣角吸的水挤到了"猴子"手中。"猴子"像和面一样继续揉着那个泥团。

这时候，中村再次坐在椅子上。

606站在他身后，一边按摩，一边问："这几天，睡觉怎么样？"

"好多了。昨天晚上睡得特别香。"

"一会儿我再给您揉揉腰。您这个岁数，很容易患上腰肌劳损，不得不防。"

"嗯，很有道理呀。"

"猴子"从远处走过来。经过606的时候，他悄悄地把那个泥团放进了606的口袋。

606 说："中村班长，请您换个方向，这样方便我给您按摩腰部。"

中村听话地站起来，转身趴在椅子背上。606 蹲下身子，给他揉腰。中村腰带上的那串钥匙随着 606 的动作轻微地晃动着。

看到四周的看守无人注意，606 腾出一只手，从口袋里掏出泥团，然后轻轻地拎起那枚钥匙，在泥团上摁了下去，然后将泥团放到身后。宋卓武快速地从 606 手中接过泥团，走开了。

宋卓文一边剪着草坪，一边轻轻哼起歌来。

> 一不叫你忧来呀
> 二不叫你愁
> 三不叫你穿错了
> 小妹妹的花兜兜
> …………

这首歌是东北有名的民歌《送情郎》，歌词有点荤，几乎人人会唱。宋卓文的歌声似乎有感染力，这些民工中，跟着他唱的人越来越多。

监工转过身来，犹豫了一下，未加干涉。大家眉开眼笑，歌声也稍大了些。

突然，宋卓文把音量提得极高。

> 小妹妹送我的郎呀
> 送到了东南角啊

日本监工猛地回过头来。

宋卓武听到了那句歌词，突然愣住了。

宋卓文又高声唱了一句："送到了东南角啊。"

监工用手里的棍棒指着宋卓文："不要唱了！"

宋卓文一脸嬉笑，鞠了一躬："不唱了不唱了。"

监工瞪了宋卓文一会儿，把脸转开了。

宋卓武一动不动地站在那里，他的眼睛里绽放出一丝光彩。如果说第一句歌词还让他有所怀疑的话，那么第二句歌词则打消了他的疑虑。墙外唱歌的不是别人，正是他弟弟卓文。卓文故意把"东门外"唱成了"东南角"。他在提醒自己，注意这个地方。

宋卓武转头向东南角望过去，脸色一变。东南角站着一个拎着木棒的看守！

就在这时，"猴子"从宋卓武面前走过。宋卓武一把拉住了他，在其耳边悄悄说了几句话。"猴子"点了点头,迅速走开了。

一分钟后,站在东南角的那个看守忽然看到了什么,他大声喊叫着走了过去。原来,"猴子"站在另一个墙角解开了裤子,正要小便。

看到看守跑过来,"猴子"赶紧提起裤子,点头哈腰,一脸谄笑:"我是真憋不住了,不敢了,再也不敢了。"

宋卓武趁机走向大院的东南角。

宋卓文观察着四周。监工背对着他,其他的民工都在低着头干活儿。他从腰里摸出一个东西,站起来伸了一个懒腰。忽然,他用尽力气把手中的东西向大楼的东南角抛了过去。

监工似乎察觉到了什么,猛然回过头来。

宋卓文伸展了一下胳膊,又捶了捶腰,继续弯下腰干活儿。

一个小布包在草地上滚动着,却被宋卓武一脚踩住了。他举目四望,没有人注意到他。宋卓武弯下腰拾起布包,打开。原来是一块包着小石子的布。

布片上画着一张"口"字楼的地形图。旁边附有一句话:"如有计划,如何帮助?"

宋卓文剪着草,不时地抬头打量一下高墙上方。

六

下了第二节课,关凯把谢月拉到教学楼的拐角处。

关凯说:"我觉得,应该再去问问纯子。"

"我们还是听宋大哥的,一切交给他来办。"

"我就怕她是一颗定时炸弹,早晚会爆炸。"

"纯子不是那样的人。如果她回去后告诉了家人,一早就会有人来找我们。"

两人正说着,纯子从教学楼的另一侧拐过来。三个人,六目相对。

关凯刚要开口,却被谢月扯了一下袖子。

纯子垂下眼睑,绕开他俩,径直走了。

关凯看着纯子的背影。

"这段时间我俩先不要在一起。"说完,谢月独自走开了。

路建飞从远处看到谢月甩开关凯,眼中一亮,从后面快步赶上来:"谢月。"

谢月站住,回过头看着他:"有事吗?"

"今天晚上,果戈里大剧院有一场音乐会,你有兴趣吗?"

"没兴趣。"

"这个乐团的演奏水平很高,很难搞到票的,你不去太可惜了。"

"我不爱听音乐。"

"不可能，像你这样优雅的女士怎么可能不爱音乐呢？"

谢月干脆离开了。

路建飞紧走两步挡在谢月身前："我做错了什么，让你这么讨厌我？"

就在这时，关凯突然出现，一把将路建飞拉到一边："你想干什么？"

路建飞看着关凯，不屑地说道："一看就是小门小户出来的子弟，一点绅士风度都没有。"

路建飞甩开关凯，冲着谢月一笑："再见，谢月同学。"

宋卓文直起腰来，擦了一把汗。他瞅了一眼那个墙头，墙那边仍然无声无息。

这时候，一辆手推车被推到草坪上。

监工喊道："快，把剪掉的草叶收拾到推车上，上午就完工了。"

民工们七手八脚地开始收拾草叶子，往车上装。宋卓文又看了看墙头，仍然没有动静。他蹲在手推车的车轮旁边，借着捡拾草叶的时机，拧开了车轮子的气门芯。

很快，草叶子就拾掇干净了。一个民工抬起车把，就察觉到了不对劲儿。

"哎呀，这边的轮子没有气儿了呀。"

监工跑过来看了一眼。"你们在这儿等一等。"说罢，他转身走开了。

宋卓文眼巴巴地望着墙头，仍然没有动静。

五分钟后，监工拿着一个气管子快步走过来。他把气管子扔在车轮边："快快地！"

车轮子很快就被打满了气。那个民工推动手推车，其他人扛着工具跟在后面。

宋卓文走在最后面，他又一次回头看了看。前面的监工有些疑惑地盯着他。宋卓文无奈，只得跟随着大家向前走去。

忽然，宋卓文听到身后的草地上传来一声轻响。他转身往回走。

"你干什么去？快回来！"监工喊道。

宋卓文从草地上捡起那把大剪子，对着监工晃了晃。同时，他的左手抓住了那个小布包。

回去的路上，宋卓文一边走，一边打量着旁边的"口"字楼外墙。他的目光顺着楼顶的铁丝网向下延伸。他看到一根电缆从墙上垂下来，进入楼房拐角处的一个配电箱。

此时606已经变换了手法，用指关节轻轻敲打着中村的脊柱。中村双目微闭，一脸享受的表情。

606凑到中村耳边："中村班长。"

中村睁开眼睛："嗯？"

"我想教教刚来的那几个新人制作小鞋子。"

"好啊。都需要什么？"

"还是那些东西——碎布和打糨糊用的面粉。其他一些工具，看守那里都有。"

中村点了点头："下午拿给你。"

606继续敲打着。

中村忽然抬起头来:"忘了告诉你,那个实验提前到今天下午了。"
"哪个实验?"
"小宝的实验。"
606愣住了。
远处,小宝仍在院子里奔跑、玩耍着……

牢门关上后,宋卓武使了一个眼色,其他人纷纷围过来,蒋林走到门口把风。
"刚才,我已经跟外面的人联系上了。电网、武器的问题都有可能解决。"
大家低声欢呼着,只有606一脸愁容。
宋卓武看着他:"怎么了?"
"实验提前了,小宝下午就会被他们带走。"

老段从宋卓文手里接过那块布,展开。
"也就是说,现在他们面临的两个最大的困难就是电网和武器。"
"我离开的时候特意观察了一下,连接电网的配电箱就在'口'字楼的西南角。我们可以制造一个定时爆破装置,将配电箱炸毁。"
老段看了看手表:"我去准备一下,下午再进去一趟,把炸弹安置到位。"
"不,还是我进去。第二个问题更复杂,就拜托你来解决了。"
老段看着宋卓文:"好吧。"

小宝被脱得光溜溜的,站在宋卓武面前。
宋卓武说:"小宝,你是一个懂事的孩子,一定要坚持住,明白吗?"
小宝点了点头。
几个人拉住小宝的四肢,将他放到水龙头下面。宋卓武打开了水龙头。冰凉的水流冲击着小宝娇嫩的皮肤,但他一声不吭。过了一会儿,他们把浑身湿淋淋的小宝放下来,然后脱下囚服,用力地在他周围扇风。
小宝冻得直打哆嗦。忽然,他打了一个喷嚏。
几个人相视一笑,更加卖力地扇风。

吃完中午饭,老段就把炸药送到了,量不大,只有一管,但对付一个配电箱足够了。宋卓文调好时间,撩开衣裳,把炸药塞进裤腰里。

下午一点半,宋卓文再次混在民工队伍里,走进了防疫给水部的大门。
出乎意料的是,在那个丁字路口,队伍没有右拐,而是直行。宋卓文傻了眼,他记得,右拐的岔路才能通向"口"字楼。也就是说,下午的工作地点并不是"口"字楼的外面。那样的话,炸弹根本无法安置在那个配电箱内。
宋卓文打量了一下,在队伍的前、后、左、右各有一个监工。一时间他无法脱离队伍。

队伍拐到两栋楼中间的一条狭小马路上。

路边停着一辆大卡车。卡车左侧的土地上,用白灰画出了两条平行的直线。直线旁边,除了铁锹、洋镐等工具,还扔着一堆竹筐。下午的工作是在白线的中间挖出一条沟渠。

监工做了分工:一部分民工排成一条线,挖掘白灰线内的土石;另一部分民工把挖出来的土石装进竹筐,抬到卡车边,倒进卡车。

宋卓文混在运土石的那部分民工中间。他一边干活儿,一边观察着。几个监工聚在小路中央卡车的旁边抽烟、聊天。而后端正是通向"口"字楼的方向。

宋卓文一边干着活儿,一边不易令人察觉地挪到小路的后端。

机会来了,每一个监工的视线都没有投向他所在的方向。他放下竹筐,猛地转身,不料却与一个人撞了个满怀。那个人的画夹子掉在地上,纸张、颜料、画笔散落一地。宋卓文腰里别着的定时炸弹也掉在地上。

宋卓文定睛一看,不是别人,正是谷口健二。谷口健二也愣住了,呆呆地望着他。

一个监工看到了,抽出木棒,跑了过来。

宋卓文手疾眼快,赶紧蹲下来,将炸弹放进地上的画夹子。谷口健二惊得目瞪口呆。

监工挥起木棒:"混账东西!"

谷口健二连忙伸手拦住:"不要打他,是我撞了他。"

监工悻悻地站到一边。

谷口健二也蹲了下来,开始收拾散落一地的绘画工具,低声问:"你在我的画夹子里面藏了什么?"

宋卓文一边帮他收拾东西,一边低声回答:"还用我说吗?你看得很清楚。"

"你赶快拿走,我不会检举你的。"

"我知道你是一个好人,帮我一个忙,怎么样?"

"我不想和你打交道。"

"如果你拒绝我,你的良心会不安的,一辈子都睡不好觉。"

"你到底是什么人?"

"与你一样的那种人。"

"什么意思?"

"善良、有同情心、热爱和平的那种人。"

谷口健二沉默着。

"帮帮那些人,好吗?别让他们被像动物一样残害。"

谷口健二仍然没有回答。

"很简单,你只需把那个东西放进'口'字楼西南角的配电箱里就可以了。"

谷口健二一言不发,抱着画夹子站起来,走了。

七

牢门打开，先走进来的是两个看守，中村提着一个布口袋跟在后面。

牢房里的其他人都坐在铺位上，唯有小宝盖着被子躺在那里，一脸病态。

中村皱了皱眉头，吩咐手下叫来了医务官。

医务官来到后，先给小宝测了测体温。

"都快三十九摄氏度了，不适宜再做实验。"医务官甩着温度计说道。

中村走到606面前，606赶紧站起身来。

中村脸色不善："怎么回事？"

"估计是在放风的时候玩疯了，出了一身汗，被风一吹——"

中村打断了606："拖延是没有用的，因为结果无法改变。"

"我知道。"

中村盯了606一会儿，还是把手中的口袋递给了他，然后对身后的看守说："盯着他们，完事把东西收回去。"

牢房中央的地板上放着一只煤气炉，煤气炉的上面架着一口铁锅，铁锅里的水快沸腾了。铁锅旁边的地板上，散放着一些碎布片和剪子、锥子、麻绳等做鞋工具。

606蹲在铁锅旁边，宋卓武等人围拢在四周。

"为诸位看守先生制作小鞋子这种工艺品，住在这里的人都会。你们几个是新来的，必须学会。做得好，有好处。"606瞟了一眼不远处的看守。

宋卓武等人纷纷点头。

"第一步就是熬糨糊。"说着，606从面口袋里抓出一把面粉，倒进已经滚开的水中，用两只筷子搅动着。

"一定要把面粉搅开……"

就在606讲解的时候，"猴子"偷偷用一块碎布垫着，把一只铝制的汤勺伸到铁锅下面。很快，汤勺变软、熔化。眼镜男从袖管里摸出那块拓了钥匙印记且已经干透的泥块，放在煤油炉旁边。

"猴子"把汤勺熔化的铝水滴在泥块的凹槽里。

到了傍晚，一双漂亮的小鞋子已经做好。

606捧着小鞋子递给看守："这一双就送给您了。"

看守接过来，爱不释手："真漂亮，你的手真巧啊。"

"炉子、工具，请您收走，把面粉留下来吧。明天我们要做更多的小鞋子，到时候，您可以先挑一双。"

看守想了想，没觉得面粉能有什么危险性，于是收拾好炉子和工具，锁好牢门，走了。

几个人立刻围到"猴子"身边。"猴子"张开手，一枚银光闪闪的钥匙呈现在大家面前。

"猴子"说："这玩意儿就是软，开一两次手铐没问题。"

宋卓武说："能开一次就够了。"

回城的路上，宋卓文一边开车，一边向老段汇报了情况。

老段听完面带忧色："那个画家靠得住吗？"

"当时那种情况下，我也没有别的办法，只能赌一把。"

老段点了点头。

"你那边准备得怎么样了？"

"都安排妥了，但是有一个问题还没有落实。"

"说说。"

"一旦越狱成功，敌人肯定会加大搜查的力量，我们缺少一个安全的落脚点。"

宋卓文想了一会儿，快到市区的时候，他提供了一个地址。

老段想了想，点点头："最危险的地方，往往最安全。"

八

每天晚上熄灯前，幽深的走廊内都会响起一双钉着铁掌的翻毛皮鞋走走停停的脚步声。夜班看守会在每一间牢房门口停下来，隔着铁栅栏向里面看看。确认没有异常情况，他才会回到走廊尽头那道铁栅栏门前。

铁栅栏门外坐着另一个看守。看到同伙走过来，他用钥匙打开铁栅栏门，放他出去。之后，他再次把铁栅栏门锁上。

当二次上锁的声音传到牢房里，所有人都坐起来。片刻过后，灯就熄灭了。

宋卓武将手铐伸出来。"猴子"将那把铝制钥匙插入锁眼，鼓捣了几下，手铐啪的一声打开了。

大家看着脱了手铐的宋卓武。

宋卓武也同样看着大家："开始吧。"

几个人分工有序：蒋林和眼镜男将被单撕成条状，拧成绳子；宋卓武扛着"猴子"，摘下了房顶的灯泡；606抠开墙上管道的网罩，把里面那个连着棉线的小酒盅取了出来。他先是敲击了几下管道，然后对着酒盅说："开始。"

另几间牢房内，犯人们也开始扯被单、卸灯泡……

事实上，需要准备的工作没有他们想象的那么多，很快就干完了。刚才的紧张和忙碌突然都消失了。

宋卓武看着大家："准备好了？"

每个人都用力点了点头。

小宝说："我也准备好了。"

宋卓武笑着摸了摸小宝的头："现在我们要做的，就是等。"

宋卓文坐在沙发上，瞟了一眼墙上的挂钟。

为了缓解紧张，他端起茶杯喝了一口水。他的手在微微颤抖。

"猴子"忽然起身，坐到宋卓武身边。宋卓武看着他。

"猴子"把嘴巴凑到宋卓武耳边："秦家巷北口有一个大车店，记住这个地方。"

"什么意思？"

"到了这个时候，我必须跟你说出我的身份，我是从奉天来的。"

宋卓武睁大了眼睛。

"夏韬暂时把同志们安排到了那个地方。"

"你怎么知道我的身份？"宋卓武问道。

"猴子"笑了："那天是你开枪报警的，我都看见了。出去以后，把这个地址告诉老段。"

"还是你自己跟他说吧。"

"谁不知道今天晚上是九死一生……"

两人正说着，外面传来火车的汽笛声。

每个人都竖着耳朵倾听。

铁栅栏门后面的两个看守正在聊天，突然停住了。他们听到从某间牢房内传来打斗和咒骂声。

栅栏门被打开，看守甲拎着棍子走了进去。

看守乙看着他一路走到一间牢房门口，隔着窗子喊："别打了！听见没有？！"

又等了片刻，看守甲解下钥匙，打开牢门，冲了进去。

很快，牢房里面不再传来响动。

看守乙疑惑地盯着那间牢房的门口。又等了一会儿，他伸向桌上的电话机。

突然，"看守甲"从牢房里面冲出来，他满脸是血，疾步向铁栅栏门跑来。

"快开门！"他还用沙哑的声音喊道。

看守乙不敢怠慢，赶紧打开铁栅栏门。等"看守甲"越过铁栅栏门，看守乙嘡的一声关上铁门，正要锁门，"看守甲"抽出他腰间的手枪，顶在他的后腰上。"看守甲"正是宋卓武假扮的。与此同时，蒋林、"猴子"、眼镜男、606和小宝也走出了牢门。

楼下的看守听到了上面的动静，大声询问上面发生了什么事。在枪口的威逼下，看守乙只能回应说，有囚犯打架，已经解决了。等了一会儿，楼下没有反应，宋卓武才让蒋林审讯看守乙，得知他们一个班是八个人，楼下走廊里同样有两个看守，门口的值班室里还有四个。通往外面的大门是从外面锁死的。只有从里面叫门，外面才会开门。"口"字楼的外环还驻着一个班的卫兵。现实比他们预料的还要糟一些。

"咱们没有时间细想了。剩下的就交给老天爷吧。"宋卓武说。

一层走廊里的两个看守突然听到楼上传来脚步声。他们抬头一看，只见看守乙走在前面，中间两个是蒋林和606，最后一个看守满脸是血。

"怎么回事？"他俩抽出棍棒。

看守乙知道身后拿着枪的小伙子精通日语，只得老老实实地说："这两个囚犯很不老实，我要把他们交给班长处理。"

看着他们一步步走下来，两个看守几乎同时发现最后面那个满脸是血的人不是他们熟识的同事。看到他们变了脸色，蒋林猛地扑向看守乙，两个人一起扑倒，砸在最前面的看守身上。宋卓武凌空跃起，手起棍落。另一个看守一声没吭就倒在了地上。

值班室里的四个人听到动静，走了出来，只见走廊深处两个看守正在挥舞棍棒猛揍两个跪在地上的囚犯，而囚犯的身边躺着另外两个看守。

"发生了什么？"班长抽出棍棒快步走来，其他三个紧跟其后。

宋卓武"八嘎八嘎"地骂着，对身后班长的询问充耳不闻。直到对方脚步声到了身后，他才突然转身一棍将班长打倒。后面的两个看守猝不及防，也被他一棍一个放倒在地。最后一个看守见势不妙，转身就跑。宋卓武刚要追，却被班长死死抱住右脚。宋卓武连续给了他两下，才让他松开了手。而那条漏网之鱼已经钻进了值班室。

这个看守扑向了桌上的电话机。他拿起话筒摇了几下把电话接通。

"喂？"

他还没开口，后脑勺就挨了一记重击，倒在地上。是追到门口的宋卓武扔出棍棒打中了他。

"喂，喂？"那边的卫兵听到了摔倒和棍棒掉在地上的声音，喊了两声都没有回应。他感觉到了不对劲儿，正要拉响警报，电话里却传来一阵笑声，紧接着有人接听了电话。

"是我，吉田。"拿起话筒的是看守乙。

"出事了吗？"

"我摔了一跤，他们都在笑我。"

"你有什么事？"

"班长说，让明天早班人员不要再迟到了，否则我们也不会准点来接班。"

宋卓武从值班室的墙上摘下那把钥匙。很快，一扇扇牢门被打开，一副又一副手铐被打开，犯人们拿着提前准备好的灯泡和绳索跑了出来。

蒋林给犯人们演示：把灯泡的头拧掉，往里面装进去一把面粉，然后插上一根制作小鞋子时预留的麻绳。最后他用提前和好的面团封死灯泡口，只留下一小截麻绳。

眼镜男从看守的尸体上搜出火柴，把火柴棒分发给一些犯人。

"点燃麻绳，看看快烧到根部了，就向对方扔过去，明白吗？"

众犯人点头。

606用一根绳索将小宝牢牢绑在身后。

"小宝，无论发生什么，你都要乖乖的，不能出声，好吗？"

小宝点点头："我知道了，606。"

在最后一间牢房，角落里一个人垂着头举着双手。昏暗中，宋卓武也没看清他的脸，打开了他的一只手铐。就在他用钥匙寻找第二只手铐的锁眼的时候，对方突然用那只空着的手铐扣住了他的手腕。

宋卓武一愣神，对方抢过那把钥匙，吞了进去。两个人被一副手铐铐到了一起。宋卓武揪住那个人的头发抬起头来，发现正是何山。

"你……"

"只有用这个办法，你才会把我带出去。"

宋卓武一拳打在何山脸上。

何山惨然一笑："你最好别打死我，我不相信你扛着我的尸体能跑得出去。"

"猴子"跑进来问："怎么回事？"看到这一幕，他也惊呆了。

就在这时，院墙外传来一阵爆炸声，接着走廊里的灯全部熄灭了。

第十九章
同生共死

一

大院里静悄悄的。犯人们无声地从楼中楼里拥出来，到了墙边。几个身强力壮的犯人背着绳索顺着排雨管爬上楼顶。

此时的铁丝网已经没有电了，绳索系在支撑铁丝网的一根根铁条上，垂了下来。

何山伸手去抓绳索，却被宋卓武拽了回去。

宋卓武对606说："大哥，你先上。"

606感激地点了点头，背着小宝开始攀爬。

随着爬上楼顶的人数增多，越来越多的绳索垂下来。何山每一次想抓绳索都被宋卓武拉回来。同时，他端着手枪，一直监视着那道大门。

忽然，那道大门被打开了，一个卫兵拿着手电筒走进院子里。

所有的人都停止了攀爬的动作，大气不敢出。

卫兵边走边喊："今天晚上谁值班？配电箱爆炸了，你们这里没事吧？"忽然，他停下脚步，似乎察觉到了什么。他一转身，手电筒也随之照过来。

看到满墙都是犯人，卫兵大惊。他刚要摘下步枪，宋卓武抬手一枪，正中他眉心。

宋卓武回头喊："快呀！"

所有人都卖力地向上攀爬。

枪声惊动了"口"字楼内的警卫班，很快就有两个警卫端着枪冲了出来。宋卓武连开两枪打倒了他们。其他断后的人纷纷捡起地上的步枪，与楼内的警卫对射。

墙上的犯人中，不断有人中弹掉下来。很快，与宋卓武并肩作战的两个犯人也中了弹。

从楼门里又冲出几个警卫，他们瞄准了宋卓武。宋卓武却发现子弹打光了。从楼顶投下来几颗灯泡炸弹帮他解了围。

突如其来的爆炸将警卫们逼回了铁门里。宋卓武抓住这个时机，拉着何山跑到墙根。

他们刚抓住绳索，就被上面的人合力向上拉去。

子弹不断击中他们身边的墙壁。宋卓武好几次都以为自己马上就要死了，直到爬上楼顶，他才发现不但自己，连何山也毫发未伤。

然而，此时一部分警卫已经冲出了"口"字楼，先前掉下去的个别犯人已经被他们用刺刀捅死。

楼前楼后的警卫同时向楼顶射击。不断有难友中弹坠落。大家腹背受敌，被压制在楼顶，无法挪动。而此时，远处警笛大作，几辆摩托车开了过来。

"不好，他们的增援就快到了。"606喊道。

"猴子"急了："咋也是个死，不如来个痛快。"他跑到楼顶边缘，看准一个警卫，纵身跳了下去，砸在那个警卫身上。

"兄弟！"宋卓武大叫一声。

其他几个囚犯纷纷效仿，找准目标，不断地跳下去。

606拉了宋卓武一把："从那边下！"

"口"字楼的楼顶四面相通，他们找到一个没有警卫的地方。大家把绳索扔下去，抓住绳索就往下溜。

宋卓武刚下到地面就看到了远处那列只挂着两节车厢的火车。他大喊一声："大家往东边跑，上那列火车。"

那几辆摩托车越来越近，机枪子弹像雨点一样飞过来。囚犯们一个一个地倒下。宋卓武眼看着跑在前面的眼镜男身中数弹倒下了。

摩托车队越来越近。突然，火车上的两挺机枪开火了。冲在最前面的两辆摩托车被打中油箱，直接爆炸。

宋卓武和何山冲到车皮前，手足并用爬了上去。

车头传来一个声音："宋大哥！"

宋卓武一看，竟是小徐。

抱着机枪开火的，就是他和另一个同志。

"枪呢？"宋卓武喊道。

"煤堆里。"

宋卓武扯着何山扑进煤堆里，很快就从里面扒拉出一支冲锋枪。他趴在车厢边，拉过何山垫在身下，开始射击。在他们的火力掩护下，背着小宝的606、蒋林以及更多的囚犯爬上了列车。

同样，更多的日本兵追了上来。跑在后面的囚犯遭到了无情的射杀。

小徐回头喊道："再不走就来不及了。"

"开车！"宋卓武喊道。

小徐跳进驾驶室，推动操纵杆，列车怒吼着向前开动。

606等人也从煤堆里刨出更多的武器，大家以车厢为掩体，不断向沿途拥来的敌人开火。

列车势不可当，撞飞了横在铁路线上的摩托车，撞开了关闭的大门，一路冲出了防疫给水部的大院。

二

电话铃响起后，宋卓文故意等了十几秒才操起听筒。

听着听着，他的眼睛射出了喜悦的光彩。

"好的，科长，我立刻赶过去。"

那列弹痕累累的火车就停在一道丛林密布的山坡边上。
众人纷纷打量着这列短短的火车，议论纷纷。
关雪喊道："大家听我说一下。"
众人安静下来。
"就在夜里，关东军有关部门设在南郊的一座监狱发生了集体越狱事件。"
胡彬插话道："科长，没听说南郊这一带有监狱呀。"
宋卓文也看着关雪。
"听着就行了，别瞎问！"关雪没好气地说。
胡彬不再言语。
关雪继续说："犯人们就是劫持了这列火车逃窜的。显然，他们是在这里弃车而逃的。目前，宪兵队、特高课都已经出动了。我们负责在这一带搜索。"
关雪再次提高了音调："大家要记住，犯人身穿黑白相间的条纹囚服。一经发现，立刻击毙，不留活口。"

逃出牢笼的囚犯们在黑暗的山林之中跋涉。606背着小宝，蒋林搀扶着一位受伤的同伴。宋卓武拖着何山走在队伍的后面。
小徐走过来，说："宋大哥，让我开枪打断这条锁链。"
"绝对不行！日本人正愁找不到我们的线索呢。"
小徐狠狠地瞪了何山一眼。
何山低着头，不敢言语。
小徐说："老段他们也在这儿附近，他们会吸引敌人的注意力，帮助我们摆脱追兵的。"

老段带着几个地下党成员埋伏在密林中。所有的重武器都已经埋在那列火车的车厢里，此时他们手中端着的全是驳壳枪。
山坡下面，随着窸窸窣窣的声音，几个在前方搜索的特务已经出现了。
老段带头开了一枪。

走在队伍中间的关雪、宋卓文等人突然听到前方传来密集的枪声。但那枪声来得急，去得也快。不久，枪声就停止了。
胡彬从前面跑了下来。
"怎么回事？"关雪问道。
"刚才走在最前面的几个弟兄突然遭到袭击。但是他们打了几枪很快就向西跑了，咱们是不是追过去？"
关雪想了一下，一摆手："不。"

"为什么？"

"刚才这些枪声是从驳壳枪里发出来的。囚犯们虽然抢了些武器，但他们没有这种枪。这一定是接应者的声东击西之计。"关雪冷笑着，"这说明我们搜索的方向是正确的，继续向前追。"

宋卓文插话说："科长，既然能揪住地下党的尾巴，为什么还要再纠缠那几个越狱犯？孰重孰轻——"

关雪打断了他："现在，这些越狱犯是重中之重。关东军的命令是不留一个活口，明白吗？"

虽然太阳还没有出来，但天空已经亮了。站在高处可以清楚地看到特务们正在向山上爬。

小徐从一根树杈上跳了下来。

宋卓武问："怎么样？"

"他们一直跟着，看来老段的计划没有奏效。"

"小雪这丫头，越来越精了。"

关雪扶着一棵松树喘气。

宋卓文也喘息着："科长，从半夜追到天亮，是不是让弟兄们歇一会儿？"

"如果我没猜错，这帮犯人里面一定有伤员。咱们累，他们更累。不能歇，继续追。"

到了两条林间小路的岔口，丁鹏突然指着其中一条喊："你们看。"

众人循声望过去，只见路边的草丛里散落着一件黑白相间的囚服。

胡彬说："应该顺着这个方向追。"

关雪摇了摇头："一路上都没有看到他们掉落什么东西，偏偏到了这条岔路口掉东西了，你不觉得可疑吗？"

宋卓文说："如果追踪的目标是狡猾的地下党分子，自然可以这么想。可是那帮越狱的亡命之徒怕是没有这么聪明吧？"

"这帮人能够从戒备森严的大狱里逃出来，那是一般人吗？"

小徐从后面气喘吁吁地跑上来："他们还是没有上当，现在距离越来越近了。"

宋卓武看了看身边的伤员和孩子："这样，咱们分开走。我去把他们引开，你带着他们继续跑，别松劲儿——"

小徐打断了他："还是我去引开他们。"

"别争了。这么多人，需要你的照顾。"

何山突然慌张起来："我不跟你走。"

宋卓武挥手一拳打到他的嘴角。何山捂着嘴，不敢言声。

"就这么定了。另外，你记住一个地址……"宋卓武的嘴凑到小徐耳边嘀咕了几句。

"我记下了。宋大哥，你也记着，东山脚下的军事气象站就是我们的落脚点。"小徐同样对宋卓武耳语道。

"那是日本人的地盘呀。"

"没错，老段说了，最危险的地方就是最安全的。"

"好，我脱身后到那里与你们会合。"说完，宋卓武拉着气喘吁吁的何山奔跑在山林间。他们的衣服不断地被灌木钩扯着。

关雪突然指着灌木丛上的一缕布条："看！"

宋卓文和胡彬凑上去观察。

"他们急了，连小路都不敢走了，这才是真正的线索！"

关雪指着前方："顺着这个方向，加快速度！"

冲出了那片山林，宋卓武、何山呆住了。一条铁路横亘在他们面前。铁路另一面是长着灌木的峭壁；右边是铁轨的延长线，毫无隐蔽的可能，左侧则是一个隧洞。

这时，火车的汽笛声从隧洞深处传了出来。

就在宋卓武左顾右盼寻找路径的时候，何山借着汽笛声，悄悄捡起了一根树枝，猛地打在宋卓武的后脑勺上。宋卓武摇晃了一下，昏倒在地。

何山弯下腰，扛起宋卓武，走到铁轨上。他把宋卓武放在铁轨中央，自己躺在铁轨外侧，连接二人手腕的铁链则被搁在铁轨上。

钻出隧洞的火车隆隆地开过来。而此时的宋卓武躺在铁轨中央，无知无觉。

三

行动组的人率先冲出了那片山林。一个眼尖的特务指着前方的铁轨："你们看！"

走了没几步，前面的一个特务突然吐了出来，关雪也掏出手帕捂着口鼻。

宋卓文一脸震惊地发现垂在铁轨边一只戴着手铐的断手！

他们再走近些，能看到两条铁轨中间是一摊被火车碾碎的尸骨，隐约能看出人形。这个场面让胡彬都有些不适，宋卓文却直愣愣地走上前，弯腰拾起那只断手。他不易令人察觉地松了一口气。这是一只右手，白嫩光滑，不是哥哥的。

关雪观察着周围的环境。忽然，她捡起了一根树枝。人们围过去，只见树枝上有血和人体的毛发。

"还是上当了。"关雪把树枝扔到了一边，"把我们引到这个地方的是两个人。他们不知什么原因，被铐在了一起。两个人在这里发生了争执，其中一个被这根树枝打昏后，扔到了铁轨上。火车碾碎了那个倒霉蛋的尸体和连接他们的手铐。活着的那个人，仍然在逃。"

事实上，那个逃跑的人距离他们不过一百米。宋卓武就藏在铁轨对面峭壁上一片茂密的灌木丛中，一动不敢动。因为他一只手的手腕上依然垂着一截铁链，轻微的晃动就能发出哗啦啦的声音。

几分钟前，就在火车临近之际，宋卓武醒了过来。他一拳把何山打蒙，紧接着一个侧滚翻出铁轨，同时把何山拽进了铁轨中央。他听到何山发出一声短促的惨叫，但是没有注意到刚才两个人布满伤痕的拳头碰到了一起。

所有人都仰着头观察对面，但没有一个相信有人能爬上那么陡峭的山壁。

宋卓文把目光转向东侧的铁轨延长线："这个人很可能爬上车皮跑了，我们怎么办？"

"不能让他一个人牵着鼻子走。"关雪有气无力地说，"往回走，寻找其余人的线索。"

等所有人去得远了，宋卓武才动起来。他手足并用，抓着灌木爬上了峭壁，然后向山顶攀登。在那里，他举目四望，很快就看到了山脚下的气象站。气象站旁边的公路上，一列日本宪兵的摩托车车队进入了山区。

气象站由几间白色的房子组成，并被同样白色的木质栏杆围成了一座方方正正的院子。院子的草坪上有几个装着百叶门的箱子和一根柱子，柱子上方飘扬着一个黄色的风标。

宋卓武看到一个穿着日军军装、外罩白大褂的人站在风标下面记录着什么。

这时，又有一列摩托车队驶过来，宋卓武赶紧伏在一片草丛后面。

车队停下，带队的军官喊道："气象兵，看到附近出现过什么可疑的人吗？"

气象兵回过身来，用日语回答："没有，长官。我们这里一切正常。"

宋卓武笑了，气象兵正是蒋林。

进了屋，所有人都充满感激地望着宋卓武。606走过来，紧紧握住他的手。

"小宝还好吧？"宋卓武问道。

"在里面睡得正香。谢谢，你救了我们大家。"

"不说那话。没有你们，我也出不来。对了，小徐呢？"

"他去给我们找吃的。"

正说着话，宋卓武忽然一阵恍惚，身体软了下去。

606扶住他的肩膀："你怎么了？"

四

那几座山的每一个角落都被搜了个遍。一直到当天下午，浅野寺终于相信那群越狱者已经穿过搜索部队的缝隙，跳出了包围圈。他相信，这些人的目的地和奉天的共产党地下组织一样，都是莽莽苍苍的小兴安岭。于是，他把兵力抽调到通往山区的各个交通要道。

到了第二天，宋卓文才见到老段。
老段的脸色很难看。
"我哥他……"
老段犹豫了一下："还活着。"
"还活着，老段，你是什么意思？"
"他病得很厉害。"
"什么病？"
"在逃跑的路上，他跟叛徒何山干了一仗。他俩的伤口挨到了一起。何山曾经被日本人做过细菌实验。"
"是不是很危险？"
"昨天夜里，我带着一个医生去看过他了。他的体温很高，肺部肯定有感染，可是医生查不出病因。"

宋卓武在峭壁上攀爬着。他看准一棵手腕粗的枝干，抓了上去，却抓了个空。他的身体从峭壁上滑下来，摔得浑身每个关节都疼痛无比。他正要爬起来，却被一个人踩中了胸口。是胡彬。
他们把宋卓武送回了防疫给水部。
中村狞笑着，说要给他做个漂亮的实验。他们脱光了他的衣服，一会儿把他架在炉子上烤，一会儿又把他推进冰窖里。
关雪蹲在冰窖上面反复地问："你是谁？你到底是谁？"
宋卓武不肯说。
忽然，关雪抓过一个人来："他又是谁？"
宋卓武定睛一看，正是卓文！
"卓文！"他大喊一声，睁开了眼睛。一滴滴泪水正落在他的脸上。

坐在床头泪流满面的，正是宋卓文。
宋卓武大怒："谁叫你来的，离我远点！"
看到卓文身后的老段，宋卓武又大骂："姓段的！你真不是玩意儿，你是怎么答应我的？你说话不算话！你们俩给我滚出去！"

走到外间，宋卓文停下脚步。思忖片刻，他忽然转身向内间走去。一进屋，他操起桌子上医生留下的一个注射器，二话不说就上了床。
宋卓武瞪着他："你干啥？"
宋卓文用膝盖和一只手压住宋卓武，另一只手将针头插入宋卓武胳膊上的静脉，用注射器吸了一管血液。宋卓文跳下炕，撸起自己的袖子。

宋卓武和门口的老段齐声喊道："你疯了！"

当着他们的面，宋卓文把针头插入自己的胳膊。

回到特务科，宋卓文走进科长办公室的时候，胡彬也在里面。

关雪问："你们情报组有什么线索吗？"

"我有非常重要的线索。"宋卓文刚说了一句话，忽然身子一软，倒在地上。

一开始，关雪以为他只是没有休息好，命人把他抬到了医务室。

宋卓文醒过来后说："我在追捕逃犯的时候，不小心被灌木划伤了手。后来，在铁轨边，我捡起了那个犯人的断手。我的伤口，碰到了断手上的血……"

关雪立刻给浅野寺打了一个电话。

很快，一辆救护车赶来，把宋卓文拉到了陆军医院，让他住进了一间单人病房。他的病床周围，被身穿防护服的医务人员拉起帷幔。

关雪在一旁茫然地问："他怎么了，你们这是要干什么？"

但没有人回答她。她再次给浅野寺打电话。浅野寺也再一次打给了防疫给水部，介绍了宋卓文的重要性。

对方说："我相信这个人的忠诚和能力，但他毕竟是一个支那人。我们绝不会给支那人用解药的，请您原谅……好啊，即便您告到军部，我们也不会妥协的。"

关雪等了一会儿，只得去打电话。这一次话筒那边变成了原田副官。

"课长还没有散会。"

"他几点散会，我再打过去。"

"关科长，我再跟您说一遍。课长咨询过，根本没有什么特效药。他也是无能为力呀……"

关雪无力地挂上了电话。回到病房，她说："宋大哥，你再等等，特效药就在路上。"她的眼泪却不自觉地流了下来。

宋卓文苦笑一声："你呀，连说谎都不会。如果真像你所说的，你还会哭成这个样子吗？"

关雪泣不成声。

"你……你告诉他们，我这里有逃犯们的确切线索。"

关雪突然站了起来："你说什么？"

宋卓文头一歪，昏了过去。

关雪立刻把这个消息通报给原田副官。

事态的发展果然大不一样。很快，就有一名军医带着一只装满液体的药瓶赶到了陆军医院。

一小时后，宋卓文从昏迷中醒来，发现挂在悬挂架子上的药液瓶已经输了一大半，关雪躺在旁边的沙发上，已经睡着了。他关掉了输液管的开关，也顾不上换掉身上的病号服，举着输液瓶从侧面的楼梯下了楼。

到了大街上，宋卓文拦下一辆出租车，一把将出租车司机拉出来，自己坐到方向盘后面，绝尘而去。

关雪醒过来，茫然地寻找着。很快，手下就查到，有个出租车司机报案，说他的车被一个身穿病号服的人抢走了。

"向什么方向去了？"

"向西。"

宋卓文驾驶着汽车，左冲右突，不断超车，连红灯也不管不顾。在他身边的副驾驶位上放着那瓶药液。他知道，自己的行为一定会引导关雪的追踪。但是到了这个时候，他完全无法顾及其他了。救哥哥的命是他唯一的目标。他在心中不断地祈祷："卓武，你一定要等着我呀。"

那辆出租车急急地刹车，停在气象站的院子门口。宋卓文拿着那瓶药液跳下车来，向那间屋子冲了过去。没想到他踩到了一块圆石头，脚下一滑，摔倒在地，药瓶就在他面前掉在地上，摔碎了。

五

几辆轿车一路开到气象站院子里。关雪跳下车子，看到宋卓文趴在院子里，面前是一地的药瓶碎碴儿。她扑过去，把宋卓文的身体翻过来，连着叫了几声。脸色蜡黄、昏迷不醒的宋卓文毫无反应。

关雪马上喊着："快，把他送回医院！"

"科长！"刚进院子就扑进各个房子里搜索的几个特务扶着两个刚被松绑的日本气象兵，从设备室里走了出来。

关雪马上明白了："难怪宋组长让我来这儿，那些逃犯原来藏在这个地方。"

等了半个多小时，关雪等人才坐上汽车离开。老段和宋卓文从不远处山上的藏身地站起身来。

"老段，你说我哥还救得过来吗？"

"我看没问题，卓武身体好，还是一员福将。"

原来，被关雪送走的是换上病号服的宋卓武。

到了晚上，宋卓武才慢慢睁开了眼睛，立刻就有几颗脑袋凑了过来。

除了浅野寺，还有另外几名日本军官。

"卓文，你是我见过的最优秀的情报官。快说说，你是如何找到那些逃犯的藏身之地的。"浅野寺问道。

宋卓武看了看他们，头一歪，又"昏"了过去。

第二天上午，宋卓武醒了以后，发现坐在床边的，除了关雪，还有关凯和谢月。

看到他醒过来，关雪飞快地削了一个苹果，谢月则打开一个装满热汤的罐子。

关凯扶着宋卓武靠坐在病床上。一块削好的苹果和一汤勺鸡汤分别从两侧同时送到他嘴边。

宋卓武看了看左侧的关雪和右侧的谢月。

关雪啪地把苹果放在床头柜上，站起身来："你们俩陪陪他，我先回去了。"

看着宋卓武大口地喝着鸡汤，谢月问："好喝吗？"

宋卓武点了点头。

"石姐炖了整整一上午。"

就在这时，门外走廊里由远及近传来杂乱的皮靴声。

宋卓武瞅了瞅门口，对关凯和谢月使了个眼色。谢月撤下鸡汤。宋卓武又一次躺了下去并闭上了眼睛。

他听到了浅野寺的声音。

"他醒了吗？"

关凯说："刚才倒是睁了一下眼睛，但是很快又昏睡过去了。"

到了晚上，一只手轻轻推了推宋卓武，但他并没有什么反应。

"别装了，是我。"宋卓武睁开眼睛，认出眼前这个穿着白大褂、戴着口罩的医生是宋卓文扮的。

"你咋来了？"

"咱俩赶紧换衣服。"

"换啥衣服呀，你再让我舒服几天。"

"想都别想。明天你再赖着不起床，浅野寺就该起疑心了。"

宋卓武不情愿地坐起来，解开病号服的纽扣，嘴里嘟囔着："都说好了，谢月明天给我送条清炖黄花鱼来。"

第二天早上，靠坐在病床上的宋卓文将手中装着炖鱼的汤碗交给谢月。谢月将汤碗放在床头柜上，走出了病房。

浅野寺、关雪和另外几名日本军官围坐在病床前，眼巴巴地看着他。

宋卓文用一块手帕擦了擦嘴，才说道："越狱案件发生之后，关科长命令特务科全体人员都进山搜捕逃犯。而那个气象站就在进山公路的旁边。我来回几次经过，总能看见一个气象兵在那里记录数据。"

浅野寺等人点了点头。

"当时没有在意，回到办公室我才产生了一丝怀疑。对于气象专业，我虽然是门外汉，但也知道，对于风向、气温这些数据的记录，都是定时定点的。可是我为什么每一次都能看到那个气象兵呢？难道我每一次经过气象站都碰巧那个气象兵正在记录数据吗？有没有这样一种可能，气象兵就是逃犯之一？与别人不同的是，他精通日语。他的同伙就藏在气象站的房间内，一旦看到远处有搜索人员经过，这个假冒的气象兵就出去记录数据。如果有人询问逃犯的踪迹，气象兵就会用日语告诉对方，这里平安无事。而所有的搜捕人员都会有一个先入为主的判断，那就是逃犯一定会藏在大山深处。可是万万没有想到，他们就藏在自己眼皮底下。"

浅野寺叹了口气，说："最危险的地方反而是最安全的地方。"

"课长所言极是。很遗憾，就在我要把这个想法向关科长汇报的时候，身体不争气，竟然昏倒了。再次醒来的时候，我发现躺在病床上，我迷迷糊糊的，只想着验证我的想法，于是跑出医院，抢了一辆出租车直奔气象站而去。只可惜……"宋卓文遗憾地摇了摇头，"还是晚到了一步。"

"这不怪你，如果军部早一点决定你的治疗方案，那些逃犯很可能已经被抓到了。"说着，浅野寺扭头瞥了一眼身后的一名军官。

那名军官尴尬的神色一闪而过。

"宋先生不愧是一位忠勇可嘉的优秀警官。但是您能分析出这些逃犯的去向吗？"

宋卓文无奈地摊开双手："这我可就爱莫能助了。"

浅野寺站起身来："最佳的搜捕时机已经过了。离开那座气象站，他们很可能化整为零，混入任何地方。但是我相信，他们既然能在地下党的帮助下逃出监狱，那么一定会在他们的帮助下向深山密林逃窜，抗联，才是他们的最终目的地。"

那几名军官的脸色很难看，其中一名问道："浅野课长，我们必须想出一个办法——"

浅野寺打断了他："现在只剩下最笨的办法了，那就是在严密搜查的同时封锁进山的各条道路。"

宋卓文坐直："课长，请允许我参加这次行动的部署会议，我相信能帮得上忙。"

"可是你的身体……"浅野寺一脸关切。

"虽然体格上还有点虚，但不影响我动脑子。"

刚刚参加完会议的宋卓文把一张地图铺在炕桌上。

"青羊峪、核桃坡，还有双岭子，都被浅野寺布置了守备团一个连的兵力。"

老段盯着地图："几条进山的路口都被封死了。"

宋卓文接着说："这还不算，浅野寺还命令守备团其余的部队，以班为单位，在通往进山路口南侧的村庄、高粱地进行交叉搜索，一旦发现情况，立刻鸣枪报警。周围的人马会在最短的时间内赶过去。"

"天罗地网啊。"

宋卓武插进话来："大不了不进山了。连同奉天来的，一共就几十口子人，交给我，我带着他们砸两个日本人的仓库，也够吃上半年的。"

宋卓文说："绝对不行，宪兵队和特高课在城里像梳头发一样搜查。这么多人如果不走，暴露是迟早的事。"

老段问："你们特务科的工作是什么？"

"主要负责对被抓捕的可疑分子进行身份确认。此外，浅野寺一直对守备团的素质不满意。这一次，他特别指示特务科做守备团的纪律督查和情报指导。"

老段又看了一会儿地图，说："相比之下，还是核桃坡这条路最方便，只要能过这道卡子，咱们就能一头扎进老林子。"

宋卓武说："老段，你醒醒吧。天罗地网是你自己说的，咱们能飞过去呀？"

老段的目光仍旧没有离开地图："不要急嘛。只要动脑子，一定能想出办法来。"

同一个夜晚，在精神病院的那个单间里，潘越同样盯着地图看。他是从丁鹏打来的电话里得知这次围捕行动的计划的。他拿着一支笔，在青羊峪、核桃坡还有双岭子这三个地标上各画了一个圈。

六

谢月眼看着就要到家了，一辆轿车急急地刹停在她身边。从车上跳下来几个小混混儿，将她围住。

谢月吓了一跳："你们要干啥？"

为首的是一个穿着格子西装的家伙，他打量着谢月："说起来，我在哈尔滨混的年头也不短了，还真没见过比你还俊的姑娘。"说着，他的两根手指伸向谢月的下巴。

谢月一巴掌打开："你不要脸。"

"哎哟，你骂人的声音更好听，我骨头都酥了。"说着，他的手再次伸向谢月。

忽然，一个书包从侧面抡过来，正砸在格子西装男的脑袋上。紧接着，一个人飞起一脚把他踹倒在地。

来人正是路建飞。

几个小混混儿抱头鼠窜，钻进轿车，一溜烟地开走了。

"这帮小混混儿，就是欠收拾。"路建飞看着轿车的背影骂道。接着，他扭头看着谢月："你没事吧？"

谢月一脸厌恶："你不觉得这套把戏很可笑吗？"

路建飞一脸蒙："什么把戏？我不明白。"

"他们都是你的朋友吧？"

"我朋友？我怎么可能会有这样的朋友？"

谢月不再理他，继续向前走去。

路建飞追过去，拦住谢月："我承认，他们都是我雇来的，我错了，好吧？"

谢月企图绕过他，却再次被他伸手挡住。

"我这一切不都是为了结识你嘛。说实话，白天黑夜，我脑子里面全是你，我已经快疯了。"

"我警告你，这样的把戏不要再搞了。我男朋友在警察局当差。"谢月拨开路建飞的手臂，向前走去。

"我知道，他叫宋卓文，对不对？"

谢月停下脚步，扭头看着他。

"别说哈尔滨，就是满洲国，没有我查不到的人。"

谢月盯着他。

"他在警察局当差，没错。你知道我爹在哪儿当差吗？"路建飞停顿了一下，跷起大拇指，"他在总理衙门当差。只要我一句话，你男朋友的饭碗说砸就砸。"

谢月沉默了一会儿，说："你到底想怎么样？"

"实话实说吧，我看上你了。我看上的姑娘，没有上不了手的。"

"接着说。"

谢月的反应让路建飞有些意外，他愣了一下，直接说："咱俩找个旅馆聊会儿天，怎么样？"

"这两天不行，下周二怎么样？"

"行！那我订旅馆了。"

"订吧。"

早晨一上班，关雪召开了一个会。

"两天过去了，有价值的线索还是没有找到。大家有什么想法，可以说出来。"

胡彬先发言："这两天，守备团送过来的人不是庄稼汉就是小商小贩。什么密集搜索、交叉巡逻，那帮孙子一下乡，肯定是偷鸡摸狗，找个粮垛一觉睡到天亮，临走时随便抓个老百姓就说是可疑分子。不查吧，出了纰漏咱们兜不起；查吧，那消耗的精力可就大了去了。"

宋卓文说："我同意胡组长所说的话。"

胡彬瞧都没有瞧宋卓文一眼，显然他丝毫不领情。

宋卓文不以为意，继续说："咱们关上门说话，浅野课长对守备团抱有一定的成见不是不合理。"

关雪点了点头："你说得没错。可人家毕竟是一个团级的编制，让咱们特务科督查人家的纪律，说说容易。"

"可是，一旦他们那边出了问题，咱们科也脱不了干系呀。"

"那你说怎么办？"

"以浅野课长的名义，让他们把每一天的巡逻时间、路线表报给咱们。咱们明确告诉他们，会不定时进行检查。"

关雪有些犹豫。

"科长，现在可不是怕得罪人的时候。"

关雪点了点头。

到了下午，丁鹏就把这次会议的内容传给了潘越。

"效果怎么样？"

"通知发过去，守备团乖乖地把今天晚上巡逻小队的时间路线表都报了过来。"

潘越问："你确定这是宋卓文的提议？"

"胡组长是这么说的。"丁鹏答道。

"我知道了。"

与此同时，宋卓文已经将那份巡逻时间路线表交给老段。

"还有这个。"宋卓文掏出一本证件，"这是一份真实的身份证明，上面的名字叫李树堂。"

老段接过证件。

"必须要你亲自带队上山吗？"

老段抬眼看着宋卓文："这个任务，上级非常重视。方政委也有一些重要工作要当面给我布置。怎么了？"

"没啥。一想到你不在，我总觉得缺少主心骨。"

老段笑着拍了拍他的肩膀："你现在的能力完全可以独立工作了。再说，我不在，还有你哥呢。"

宋卓文不好意思地笑了笑："你什么时候回来？"

"九号，乘坐伊春到哈尔滨的那次列车。"

"我知道那班火车，上午十点五十分到站，很少晚点。到时候我去接你，这样安全些。"

"也好。下车时我会化装，但……"老段操起炕桌上的那顶灰色礼帽，"头上肯定戴着这顶盛锡福的礼帽。"

"好，我一定会看到你的。"

七

夕阳下，一望无际的高粱地。

随着一片高粱秆子的晃动，走出几个身穿黄色军装的守备团士兵。他们一个个衣冠不整，满脸疲惫和厌烦。

"班长，太阳都下山了，咱们找个地方吃点干粮，睡上一觉吧？"

"出发前连长怎么说的？睡觉可以，但别让特务科的逮着。让人家一枪崩了，团里可是连丧葬费都不管。"

"你说特务科这不是吃饱了撑的吗？狗拿耗子，多管闲事。"

"那有啥办法，人家背后有日本人撑腰，团长也只能听着。"

几个人走在两片高粱地之间的小路边，找到一棵大树。他们坐在树下，一手拿着军用水壶，一手拿着干粮啃着。忽然，从小路上走来一个挑着担子、戴着草帽的汉子。

"卖什么的？"一个士兵喊道。

那汉子抬眼看到士兵，二话不说，掉头就跑。

班长扔掉了手里的一小块干粮，站起身来："追！"

那汉子跑到打谷场就跑不动了，蹲在几个草垛中间，大口喘着气。

一个士兵追上来，踢了他一脚："你干什么的，跑啥跑？"

"长官，我就是个卖梨的，刚才遇到一帮子老总，拿了我半筐梨不给钱。我这小本经营……"

刚刚赶到的班长说话了："那是兵痞，我们不一样啊，我们给钱。先让我尝尝你这梨甜不甜……"说着，他伸手就要揭开竹筐的盖子。

汉子连忙伸手拦住："我来我来。我保证给各位长官挑出最甜的梨。"说着，他解开盖子，扒拉着里面的梨，"上面的都不甜，下面的才是好的。"

汉子的双手在竹筐里扒拉了一会儿，突然抱出一大坨东西。

"这几个梨才是最甜的。"他手中举着的是几颗绑在一起的手榴弹，拉环就在他的手指上套着。

几个士兵定睛一看，全都呆立不动。班长首先反应过来，他的右手伸向腰间。没等他拔枪出来，"砰！"一声枪响，班长被一枪击毙。

小徐和另外几个同志从不同的草垛后面转出来，黑洞洞的枪口对着剩余的士兵。

这声清脆的枪响划破刚刚擦黑的夜空，回声阵阵。在另一片高粱地里搜索的一连连长愣住了。他辨清了方向，带着队伍追了过去。

另一队人马刚要进入一个村口，听到枪声也纷纷掉头，沿着小路往枪响的方向跑着。他们是三连，干瘦的连长挥舞手枪，在队尾不停地催着："三连，人人上膛。快！再快些——"

等三连赶到打谷场，天色已经黑透了。几只手电筒在一个草垛后面照到了那几个坐在地上、被剥掉了军服、身体被捆绑、嘴巴被堵住的守备团士兵。

三连连长立刻让通信兵呼叫团部。

特务科随后得到了消息——逃犯们袭击了一支搜索队，扒掉了他们的衣服。毫无疑问，这是要伪装成守备团的人闯过哨卡。关雪集合所有人马，立刻向该区域进发。

几只手电筒的光柱在高粱地里扫来扫去。忽然，他们发现一小片高粱秆子被踩踏过，倒着。

"追！"三连连长挥舞手枪，带着手下钻进了高粱地。等他们灰头土脸地钻出来时，前面是一条土路。手电筒照到地上杂乱的脚印一路向前，而前方是一条弯路的路口。

此时，宋卓武和几名地下党成员趴在路边，看着后面众多的手电筒越来越近。

弯路的另一侧，小徐看到又有许多只手电筒赶过来。

两股由手电筒组成的人流正在不断向弯路中间汇聚。

宋卓武突然开火，一枪一个，连着打灭了几只手电筒。与此同时，弯路另一侧的小徐等人也开始射击。霎时间，枪声大作。很快，所有的手电筒都熄灭了。黑暗中，只见曳光横飞。

宋卓武等人转身钻进了高粱地，留下两股守备团的队伍在那里交火。

潘越躺在床上，盯着贴在对面墙上的那张地图。忽然，他起身下床，走到地图前。他用手点了点"核桃坡"这个地标，一副恍然大悟的表情。

潘越第一个电话打到了特务科。不出所料，丁鹏跟大队人马外出行动了。他想了想，把第二个电话打给了缉私队。

此刻的核桃坡哨卡燃起众多火把。士兵们趴在用沙袋垒起的工事后面，严阵以待。

带队连长眺望着远处枪声大作的方向，正不知所措，通信兵背着电话箱子跑了过来："连长，团长电话。"

挂上电话后，连长下令："弟兄们，现在逃犯已经和我们的部队接上了火。团长命令我们，马上前去增援。"

八

老段从望远镜里看到驻扎在核桃坡的敌人撤离了，他站着身来，挥动手枪。奉天地下党成员、越狱的囚犯们疾步前行。宋卓武和小徐在队伍后面断后。

"大家加快速度，一旦敌人反应过来，我们就过不去了。"老段低声说。

看到606背着小宝小跑着，老段快步走到他身边："兄弟，找人换换你吧？"

"我不累。段先生，过了前面的卡子，小宝就交给你们了。"

老段有些意外："你呢？"

"我要去办我的事了。"

"人各有志，我不勉强你。"

"这个孩子的父母，应该是你们的人。"

"我知道。"老段摸了摸小宝的头，"到了我们的队伍里面，每一个人都是他的亲人。"

小宝由于羞怯，躲避着老段的目光，只是用手紧紧抓住606的肩膀。

战斗打得越来越激烈。

一个士兵跑过来汇报："报告团长，特务科的关科长赶到。"

守备团长不耐烦地说："知道了。"

"张团长。"

听到关雪的声音，他不得不扭过头，看到关雪带着宋卓文、胡彬等人从后面赶了过来。

"关科长，你们就是不来，这功劳也有你们一份，毕竟还是特务科督导有功嘛。"

"张团长,现在不是意气用事的时候。我问你,对方到底有多少人?"

"我哪知道啊,这黑灯瞎火的。"

"从枪声判断,不下二百人,还有机枪。"

"没准儿山上的抗联也下来了,这下让我抓住条大鱼。"

"张团长,必须立刻停火。"

"你甭跟我扯犊子。打仗,我还听你的?"

关雪急了,看到旁边警卫员的腰里别着一支信号枪。关雪伸手抽出来,对着天空开了一枪。

一个红色的火球从夜空中升起来。交战双方发现对方都穿着守备团的军装。

枪声停止了,老段催促道:"敌人肯定发现中计了,大家再快一点。"

队伍刚走到一片小树林旁边,忽然几道强光照射过来,同时传来几声喝令:"不许动!把枪放下!"

老段眯着眼睛问:"你们是干什么的?"

"我们是缉私队的。你们别乱动啊,乖乖地把枪都扔地下,听到没有?"

"老子是特务科的。"宋卓武说着,他从队尾走到了队前。

一只手电筒照着他的脸。

宋卓武大喝道:"把那玩意儿关了!我是情报组组长宋卓文,有见过我的吗?"

一个队员走到持手电筒者旁边:"队长,我见过他,这个人是情报组组长。"

"赶快把路让开,我们有紧急公务。"

队长犹豫了一下,忽然看到了小宝:"不对呀,宋组长,你们特务科执行任务,还带着孩子吗?"

宋卓武凑到他耳边:"什么叫特务科,知道吗?我们执行的是特殊任务——你想都想不到的任务。赶紧让开!"

"既然这么说,我也就不耽搁各位的时间了。您把证件拿来让我看一眼就可以走了。"

宋卓武说:"今天出门走得急,证件没带在身上。"

"这样吧,请您手下的任何一位弟兄出示一下证件,你们都可以走,怎么样?"

老段、小徐等人在枪口的威逼下,一动都不能动。

宋卓武灵机一动:"你要检查我们的证件也可以,先拿出你的证件让我瞅瞅。"

"可以。"说着,队长掏出证件递给宋卓武。

宋卓武接过证件,又伸出手:"手电!"

对方把手电筒交给了他。

宋卓武看了看证件上的照片,又用手电筒照了照对方的面孔。对方眯起眼睛,避开强光。宋卓武注意到队长插在腰间的手枪,接着用手电筒照向他身后的缉私队队员们。就在这些队员眯着眼避光的时候,宋卓武突然扔掉了队长的证件,伸手从他腰间拔出手枪。

"砰！砰！"两枪，宋卓武率先开火。

与此同时，老段大喊一声："趴下！"

小徐和其他地下党员纷纷开火。

缉私队队员们中大部分被突如其来的弹雨消灭，少部分开枪还击。战斗不到十秒钟就结束了。缉私队全部被歼灭，除了两个地下党成员中弹牺牲，606 的背部中了两枪。

小宝搂着他的脖子哭着："606，你怎么了？"

606 睁开眼睛，摸着小宝的头，气若游丝："我不叫 606，你也不叫什么 773。记住，我们中国人都有一个堂堂正正的名字。"

他看着宋卓武："我叫林克己。记着，给小宝起一个响亮点的名字。"

宋卓武点了点头。

林克己笑了笑，闭上了双眼。

初升的阳光照着林克己神态安详的遗容。

浅野寺看了看他，又看了看周围众多的尸体。他回头看着关雪："为什么缉私队的人会参与进来？"

关雪说："我已经联系过了，说是昨天晚上缉私队接到一个电话，举报有一个走私团伙从这里经过。他们派出去二十多人，一个都没回去。这不，全在这儿呢。"

浅野寺又问："这会是一个巧合吗？"

关雪看着浅野寺，没有表态。

浅野寺摇了摇头："显然不是。一定有人洞悉了逃犯们声东击西的诡计，急切之间，只能通知离此地最近的缉私队予以堵截。只可惜，缉私队低估了这些逃犯。"

浅野寺望着远方："这个人是谁呢？他好厉害呀。"

这番话，宋卓文听到了，不远处的丁鹏也听到了。

回城之后，丁鹏就给潘越打了电话。

"我亲耳听到浅野课长夸你。"

潘越急切地问："他怎么说的？"

"他说你好厉害。"

潘越的脸上丝毫没有喜悦之色："可惜这帮缉私队的都是白吃饭的。"

"潘组长，我觉得，你现在就可以复出了。"

潘越摇摇头："不，现在还不是时候。"

"下一步我需要做什么？"

"你一如既往地盯着他。其余的，我来做。"

第二十章
灰色礼帽

一

关雪又接到了那个声音沙哑的电话。
"那些犯人之所以能够逃出封锁线,完全是宋卓文策划的。"
关雪神色一凛:"你是谁?"
"想想吧,为什么他不早不晚偏偏在那一天要求守备团上报巡逻路线图?"
"这并不能说明什么,那份巡逻路线图,守备团的低级军官人手一份。"
"好,那我们就把事情向前推。在越狱案件发生的前一天,宋卓文曾经到资料室里查阅关东军防疫给水部的地图。案件发生当天,他借口胃疼离开了特务科。除了侦察地形,你还能给我更合理的解释吗?"
关雪愣住了。
"不多说了,你是个聪明人,知道该怎么查。"
咔嗒一声,对方挂断了电话。关雪看了看话筒,慢慢将它放了回去。

关雪推门走进了资料室。桌子后面的资料员赶紧站起身来。
"我问你个事。"关雪低声说。
"您说。"
"前两天,宋组长是不是来查过什么资料?"
"对。"
"他查的是什么?"
"是最详细的哈尔滨地图册。"
"把那本地图册给我找出来。"
关雪从资料员手中接过地图册后,放在掌心松开手指,那本地图册自动张开了,展开的页面是一大片空白的区域,上面标注着"防疫给水部"几个字。
那本地图册能够自动张开到那一页,说明查看地图的人在那一页停留了很久。宋卓文为什么对那个地方那么感兴趣?这和第二天晚上就发生的越狱案件有关系吗?

关雪慢慢地穿过走廊。回到办公室,她把宋卓文和胡彬叫了过来。
"可以肯定,有人利用那份巡逻时间、路线表做了文章。"关雪开门见山道。
宋卓文看着关雪,不动声色。

"好查吗？"胡彬问道。

关雪叹了口气，说："知道那张表的人太多，没法儿查呀。"

她正说着，司机小武走了进来。他捂着胃部，皱着眉头："科长，我这胃突然难受得要命，跟您请个假，去趟医院。"

关雪忽然想起来："对了，卓文前两天也犯过这个毛病，对吧？"

宋卓文点了点头："没错，我也是胃疼。"

"你在哪儿看的病呀？"

"仁和医院。内科的孙医生医术很好，就是找他的患者太多了。小武，你听我的，赶紧去，排队就得排一阵子呢。"

小武走到门口，突然回过头来："宋组长，他给你开的啥药呀？"

"胃痛定，四片药吃下去，一会儿胃就不疼了。"

小武到了仁和医院，看到孙医生的诊室门口果然排着长长的队伍。

孙医生看了看宋卓文的照片，摇摇头，放在桌面上。

小武问："您啥意思？到底是见还是没见过？"

孙医生指着门外："先生，请你到外面看一眼，我每天要诊断多少患者。"

小武没说话。

"你要是让我回忆两天之内的，我或许还有印象。隔了一个礼拜的事，我哪能记得那么清楚？"

二

那天晚上，宋卓文很久都没有睡着。他想不明白关雪为什么突然对自己起了疑心。迷迷糊糊睡了会儿，他就被窗外小贩的叫卖声吵醒了。

宋卓文睡眼惺忪地走下楼梯，看到石姐和谢月正在厨房里准备早餐。

石姐说："先生，快洗漱吧，早餐就快好了。"

像往常一样，宋卓文坐在餐桌前，先拿起一份晨报开始阅读。谢月端着一盘煎鸡蛋走了过来。

"卖麻花嘞，又酥又脆又热乎的大麻花——"外面又传来叫卖声。

宋卓文放下报纸，打了个哈欠，说："我记得平时外面叫卖早餐的都是小笼包子，今天改成麻花了啊。"

当啷一声，那只装着煎鸡蛋的盘子掉到了饭桌上，煎蛋掉在桌面上。

宋卓文一抬头，看到谢月站在桌边，满脸慌张。

"对不起，我手滑了一下。"

石姐端着两碗稀粥走过来："没烫着吧？"

谢月摇了摇头。

"要不我再去煎几个鸡蛋？"

宋卓文说:"不用了,已经很丰盛了。"

谢月跟着路建飞走上大和旅馆的台阶,立刻就有穿着制服的服务生为他们拉开大门。

进了宽敞的大厅,路建飞不无炫耀地说:"怎么样,这家旅馆够气派吧?"

谢月没有说话。

二人乘电梯上了二层。

进入走廊后,路建飞说:"本来想订马迭尔旅馆,可是那个地方达官贵人太多,难保不碰上几个我爸爸的老朋友,所以我就选择了这里。"

谢月仍然没有说话。

来到一间客房门前,路建飞掏出钥匙,打开房门。

谢月走进装饰豪华的客房,四处打量着。路建飞反手将门锁死。谢月回过头来,警惕地看着他。

路建飞满脸堆笑地走过来,拉着谢月的胳膊,让她坐在床边,然后蹲在她面前:"有件事情忘了跟你说。"

"什么事?"

"一会儿,我一个朋友也过来,你昨天也见过的。"

"你们要干吗?"

"咱们三个人,不是更有趣吗?"

谢月突然抬手给了路建飞一记耳光,起身向门口跑去。她晃动门把手,可是房门就是打不开。

路建飞慢慢悠悠地走到她身后:"钥匙在我这里,你是出不去的。"

谢月走回来,坐在床上。路建飞掏出一沓钱,放在谢月身边的床上:"这是第一次的。"

谢月不理不睬。

"我让那小子付双份的。你给个笑脸呗。"

就在这时,突然传来敲门声。

路建飞眉开眼笑道:"来了。"他起身快步走到门口,掏出钥匙打开房门。门口站着的就是那天调戏谢月的格子西装男。这个家伙站在门口,垂头丧气。

路建飞诧异道:"你咋啦,丢了魂似的?进来呀!"

对方欲言又止。他突然被推了个趔趄,撞在路建飞身上。从他身后走出一个大汉,正是小武。

路建飞大怒:"你谁呀?"

小武没有理他,径直走进屋子。随后,关雪也走了进来。

"你们他妈的都是谁呀?这么放肆!知道我是谁吗?"

小武一脚将卫生间的门踢开,将格子西装男推了进去。

"等等。"关雪走到床前,拿起一个厚厚的枕头扔给小武,"动静别太大了。"

小武接过枕头，走进了卫生间。很快就听见里面传来砰的一声闷响。小武拎着手枪走了出来。

路建飞看了小武一眼，走进卫生间。他那个朋友趴在马桶盖子上，后脑勺上一个血洞正在汩汩地冒血。旁边是那个带着枪眼、沾着血液和脑浆的枕头。

路建飞尖叫一声向门口扑去。小武一把抓住他的衣领，扔了回来。

此时，关雪已经坐到房间里的沙发上，跷着二郎腿："你爸是总理衙门的二等秘书，对吧？"

路建飞点了点头。他浑身打战，身子底下的地毯已经被他失禁的小便弄湿了一片。

"我知道你爸那个人，文笔不错，跟总理大臣私交尚可，但也谈不上多么亲密。我相信，总理大臣肯定不知道，你爸爸向关内走私钢材的事情吧？"

路建飞点了点头，又摇了摇头。

"回去以后，帮我给他带句话，他那点破事，我都掌握着，真要是捅给日本人，总理大臣也罩不住他。"

路建飞小鸡啄米似的点着头。

关雪对小武说："送路少爷出去吧。"

小武抓着路建飞站起来，向门口走去。

路建飞临走时瞥了一眼谢月。

谢月垂着眼安静地坐在床沿上，毫无惊慌之色。显然，这一切，她早有准备。

房门关死了，关雪看着谢月。谢月依旧保持着先前的姿态。

"最近，他有什么反常的地方吗？"关雪问道。

"看不出什么特殊的变化，就是觉得他老是失眠。"

"哦？"

"夜里他总是翻身。"

"帮我查一件事情。"

"您说。"

"几天前，宋卓文到医院开过一次药，是一瓶胃痛定。"

谢月点了点头。

"看看药瓶上的药片数量，再数数里面还有多少个药片，能做到吗？"

"能。"

"我会用老办法通知你见面的。"

"好。"

"你可以走了。"

谢月起身，离开了客房。

关雪仍旧坐在沙发里，一动不动。她正式招募谢月是在她到国立大学教务处报名那天早上。关雪提前站在校园的小路上等着她。

果然，当她问到火车站的渡边警长是怎么死的时，谢月的书本掉到了地上。

"你杀了人，宋卓文帮你清除了现场的痕迹，对不对？"

谢月眼泪汪汪，无言以对。

"我今天不是来抓你的，而且会一直替你保密，但是你得帮我做一件事。"

谢月忙不迭地点头。

"帮我盯着宋卓文，观察他的一举一动，发现有什么反常的地方，要随时向我汇报。"

谢月一时间不知所措。

"你可能会喜欢上他，但是最好别背叛我。你的命，甚至你母亲的命，都在我的手心里捏着。"

三

回到办公室，关雪接到了浅野寺的电话。

"关科长，刚刚得来的消息，在逃犯中有一个七岁的小孩子。军部想知道，这些人到底是不是上了山。"

"明白了，我会通知山上的人查一下。"

关雪叫上小武，开车来到郊外。

小武下车后，打开后备厢，从里面取出一只鸟笼子。

笼子里面是一只咕咕叫的鸽子，鸽子腿上绑着一根短短的竹管。

关雪打开笼子，看着那只鸽子钻出笼子，飞向天空。自从鸡冠山脚下的联络点被破坏，她和"松鼠"只能依靠信鸽这种最原始的通信手段了。

晚饭前，宋卓文想先给月度工作汇报开个头。拿起钢笔，他才发现没有墨水了。拉开抽屉，拿出墨水瓶，忽然愣住了。

他记得那瓶胃痛定的商标朝着抽屉的内侧，现在却是对着抽屉的外侧。

宋卓文拿起药瓶，转动着，观察着。接着，他轻轻拧开了瓶盖。他把瓶盖凑到鼻子下面。瓶子盖上那股淡淡的清香，他再熟悉不过了。那正是谢月日常使用的擦脸油的气味。

"宋大哥，下楼吃饭了。"楼下传来谢月的喊声。

面对丰盛的晚餐，宋卓文忽然放下了筷子，捂着胃部，紧皱眉头。

"先生，您怎么了？"石姐关切地问道。

"忽然感到胃有些疼。谢月，你去给我拿几片胃痛定来。"

谢月赶紧起身，向楼上跑去。

走上楼梯，谢月突然停住脚步，回过头来，问道："胃药放在什么地方呀？"

"就在书桌左手的第一个抽屉里。"

夜已经深了，宋卓文躺在沙发上，望着黑暗的卧室。

谢月明明动过那个药瓶，可是又刻意地表示她不知道药瓶在什么地方。这是为什么呢？

事实上，那瓶药是宋卓文从一家药铺买来的。当时他看了看药瓶包装上的说明，拧开瓶盖，倒出四片药，扔掉了。当初准备这瓶药，就是为了以备万一。宋卓文万万想不到，第一个对这瓶药感兴趣的，竟然是谢月。还有，今天早上，当他提到外面叫卖早餐的小贩由卖小笼包子改卖麻花的时候，谢月竟然失手摔了盘子。她的心事重重和慌里慌张来自哪里呢？莫非那个卖麻花的人对她有什么特别的意义吗？

第二天早上，宋卓文像往常一样，把谢月送到学校门口才掉转车头去上班。

在一个路口等红灯的时候，他注意到路边有一个报童扯着嗓子叫卖报纸："看报来，看报来，新出的《松江晚报》……"

宋卓文把车停在路边，走到报童面前。

"先生，您要报纸？"

宋卓文点点头，递给他一张大额钞票。

报童为难地说："先生，我找不开呀。"

"不用你找，但是你得帮我办一件事。"

"啥事呀？"

"我给你个地址，明天早上七点钟的时候，你到那个地址附近喊几嗓子就成。"

"喊啥呀？"

"你就喊'卖麻花嘞，又酥又脆又热乎的大麻花'。"

尽管这是一个无星无月、漆黑一片的夜晚，那只鸽子盘旋了几圈，还是准确地找到了那片林中空地。它俯冲下去，准确地落在它的另一个主人的手掌上。主人从它腿上的竹管里抽出一张纸条。

那个人划了一根火柴点上一支烟。借着短暂的光亮，他快速地浏览了一遍纸条。

"松鼠，近期可能有一批人上山。其中如有一个小孩，请查明何人能帮助他们突破哈尔滨之防线。"

那个人把纸条放进嘴里，咀嚼着。正是老苗。

他的全名叫苗长寿，作为被日本人训练出来的优秀特工，他对自己的能力还是充满自信的。这么多年来，只有去投放情报那次才是他经历的真正的危机。当方政委在会上要求各支队上报站岗名单的时候，他意识到抗联开始秘密调查那天夜里离开营地的人，而知道他离开营地的只有夜间站岗的乔二。他欺骗乔二，说方政委密令他处决第二天早上和方政委并肩行走的人。就在乔二举枪瞄准的时候，他先开了枪。但是凭着直觉，苗长寿感觉到方政委并没有在乔二死后彻底相信队伍的纯洁性。但作为处决"叛徒"的他，应该还没有受到怀疑。

老苗回到了营地。

"苗队长。苗队长。"

一路上，不断有战士跟他打招呼。他热心肠，人缘好，脸上总是挂着纯朴善良的微笑。

"还没睡呀？早点休息。"老苗的语气里透着对这些年轻人的疼爱。

四

石姐把早餐端上来的时候，宋卓文听到那个报童在窗外叫卖："卖麻花嘞，又酥又脆又热乎的大麻花。"

宋卓文不动声色地小口喝粥，瞟了一眼谢月。谢月平静地吃着油条，丝毫没有昨天的慌乱。

吃完早饭，谢月说她的课上午九点半才开始，不着急出发。所以宋卓文独自走出大门，上了车。

宋卓文把那辆轿车停在两个路口之外，步行走回家门附近，躲在一棵树下观察着。

八点半，谢月走出了家门。她左右看看，向与学校相反的方向走去。宋卓文远远地跟着她。

过了几条街，宋卓文看到谢月走进了一家西餐馆。他等了一会儿，走到餐馆的外墙边，透过玻璃向里面望过去。他看到谢月坐在一张桌子后面，眼巴巴地看着餐馆的门口。

足足等了一个小时，谢月才离开西餐馆。宋卓文走进去，给了侍者一张大额钞票。

"一直坐在那个位置、刚刚离开的那个姑娘常来吗？"

侍者点点头。

"每次都是她一个人？"

"是两个人。"

"能跟我说说另一个人吗？"

"先生，这姑娘是您女朋友吧？"

宋卓文点了点头。

"您可以放心，和您女朋友经常一起喝咖啡的，也是一位女士。"

"能给我形容一下这位女士的长相吗？"

侍者讲了那人的几个特征，宋卓文的心沉到了谷底。毫无疑问，经常与谢月接头的，正是关雪。这是一个让宋卓文不愿相信但又不得不相信的事实！他怀着无限的忧伤离开了西餐馆。

谢月给关雪打了一个电话。对方确定没有在今天早上发出接头信号。可能这就是个巧合。

下午课间，谢月坐在校园小径边的一条长椅上看书。忽然，一双手从后面蒙住了她的眼睛。

"谁呀？别闹。"谢月挣开了那双手，站起身来。她回头一看，路建飞笑嘻嘻地看着她。

"你怎么敢……"

路建飞用食指放在唇边："嘘。"

"你要干什么？"

"咱俩以后必须熟悉起来，哪怕是做给别人看。"

"我跟你熟悉？"

"这可是关科长交代的。"

"我不信。"

"不信你就去问她好了。从今以后，你和关科长不用再见面了，由我担任你俩的联络员。"

谢月目瞪口呆。

五

崎岖的山路上，一行人艰难跋涉着。背着小宝的老段停下来，擦了一把汗。

蒋林走上来："段叔，我换换你。"

"别换了。"老段指着前面，"到了那片松树林，咱们大家都歇会儿。"

树林里凉风习习，大家喝着水，非常惬意。老段利用这个时间开了个会。

"再有半天的工夫，咱们就到营地了。"

听到这句话，每个人都笑逐颜开，七嘴八舌地议论着。

"大家听我说两句。"

人们很快安静下来。

老段接着说："这次咱们突破敌人的重重封锁，就像取经的唐僧，快经历九九八十一难了。一路上，我们有很多好同志、好兄弟，他们为了帮助我们，不惜冒着生命危险。"

大家默默地点头。

"所以，我们也要保护好他们。"

"段叔，我们都走出这么远，怎么保护他们呢？"蒋林问。

老段看着他："很简单，就是对越狱、突围、上山的过程一字不提，包括小宝。"

说着，老段摸了摸小宝的头。

大家静静地听着。

"我们这支抗日的队伍，之所以能坚持到现在，就是因为我们有铁的纪律，不该说的话，坚决不说一个字。大家明白了吗？"

"明白！"包括小宝在内的所有人异口同声道。

傍晚，他们走入了一片林间空地。忽然，密林深处传来两声鸟叫。

老段停住了脚步，举起了右手。大家立刻停下了脚步，每个人都屏息静气地等待着。老段伸出两只手掌先拍了一下,又连着拍了三下。四周草木晃动,很快就有十几个端着枪的抗联战士走了出来。为首的,正是李队长。

老段喊了一声:"李队长。"

李队长看到老段,连忙把手枪插进腰间,快步走上来,伸出双手:"老段,总算把你们盼来了。我们在这儿等了你们两天了。"

"方政委好吗?"

"他挺好的,现在应该正往回赶呢。"

"他没在总部?"

"下去检查工作了。这段时间,我们调整了部队的部署。几支分队都驻扎在较远的几个山头。检查一次工作,得用两天的时间。"

"这样好,安全。"

李队长看了看周围的新人,对老段说:"咱们别在这儿耽搁了,回营地吧。上次袭击鬼子运输队夺取了一批罐头,方政委一直不让动。这一次,他临走前特意嘱咐我,全部拿出来,慰劳你们。"

一行人穿过树林,进入营地。李队长把他们带进了一顶大帐篷。帐篷中央是一张用木板搭起来的简易桌子。桌子周围放着几个马扎儿。没过一会儿,几个炊事员就抬进来一口大锅和一箱罐头。大锅里面装着满满一锅高粱米饭。

李队长拆开箱子:"高粱米饭管够,牛肉罐头一人一盒,别客气呀。"

好多天没好好吃东西了,大家吃得正香,门帘一挑,老苗背着一个布口袋走了进来。

李队长有些意外:"老苗,你咋来了?"

老苗看着满屋子的人:"听说你把人接回来了,我赶紧往这儿赶。"

李队长说:"我给大家介绍一下啊,这是咱们四支队的苗支队长。"

大家纷纷站起来打招呼。

老苗急道:"快坐下快坐下。我呀,是给大家送山货来的。"

老苗扫了一眼坐在蒋林旁边的小宝,若无其事地把布口袋放在桌子上,打开。

老苗捧起一把山货:"有枣,有核桃、榛子。一会儿吃完了饭,大伙儿吃着山货唠会儿嗑。"

李队长说:"老苗,说实话吧,你是唠嗑还是挑人来了?"

老苗笑嘻嘻地说:"李队长,你是越来越精了,啥也瞒不住你。不瞒你说,这好几仗打下来,咱们哪个支队的减员都不少。他们几个支队长马上就过来。我跟你说,我是笨鸟先飞。我先来的,你总得照顾照顾我吧?"

"这话,你别跟我说,方政委才是拿主意的人。"

"那你就帮我在方政委那儿说说好话呗。"

两人正说着,外面传来几个人的喊声:"李队长,老李,人哪?"

老苗说:"你看我说什么来着,都来了。"

进来的是另外几个支队长。寒暄了几句，支队长们不好意思提要人，大家山南海北地聊着。

老苗点燃了手中的烟杆，吧嗒了两口烟，坐在一个奉天来的小伙子身边。

"山上条件差，比不了你们奉天。"说着，他又用烟杆指了指蒋林："更比不了你们哈尔滨。"

两个人笑了笑，都没说话。

老苗见没有人搭他的茬儿，忽然对李队长说："老李，你还别不服气，我还真能从口音上听出他们来自哪里。"

"谁不知道你老苗走南闯北见多识广呀。"

老苗问自己刚才要搭话的两个人："我说的对不对？"

老段插进话来："咱们队伍上，哪儿的人都有，可处的呢都跟亲兄弟一样。不这样，就打不了鬼子。俗话说，打虎亲兄弟。打鬼子可比打老虎难多了。"

一个支队长说："要说团结，我们三支队是方政委亲自表扬过的。你们要是愿意到我们三支队去，那大家会拿你们当亲兄弟。"

另一个支队长站起来："你这话，我可就不爱听了，我们五支队最爱护新来的同志了……"

就在他们吵吵闹闹的时候，老苗走到小宝身边，摸了摸他的头："小家伙，你叫啥名字呀？"

"我叫小宝。"

"小宝是小名呀，大名呢？"

"我没有大名。"

老段说："小宝的父母都是烈士。"

"哦，真是可怜啊。"接着，老苗又问小宝："过封锁线的时候，你害怕了没有？"

老段说："这孩子可懂事了，一路上不哭不闹，没给我们添一点麻烦。"

"好孩子呀。你——"

没等老苗说完，老段招手道："小宝，来。"

小宝跑了过去，老段把几个剥了皮的榛子喂进他的口中。吃着榛子仁，小宝留在老段的膝边玩耍。

老苗瞟了老段一眼，觉得这个人有点意思。他每一次企图把话题向深处引的时候，这个人总是巧妙地把话题岔开。其他人似乎也在看他的眼色。显然，是他把这些人带到山上的。

老苗扫了一眼，看到了老段放在桌边的包袱。他起身，走到桌边倒了一碗水。端碗的时候，他的胳膊肘碰到了别人的后背，结果水溢了出来，洒在包袱上。

"对不住，对不住。快看看里面的东西，没浇湿了吧？"说着，他拿起包袱。

老段站起来，刚要说话，房门打开，方政委走了进来。

"你们怎么都在这儿？"

老苗一惊，回过头来。

老段从老苗手里拿走了包袱："还是我来吧。"

方政委对几个支队长说："我知道你们干啥来了。人家大老远的上了山，总得让人家先休息休息睡个好觉吧。都回去，有什么事，明天再说。"

六

几天内，老苗找了好多借口来总部办事，但他一直找不到机会拉住一个从山下来的人长谈。这天晚上，他又来了。

司令部门口站着两个挎着双枪的警卫员，谁也不让进。显然，方政委正在和某个重要人物谈话。

老苗转了一圈，本来要回去了，忽然发现一顶帐篷里还透出灯光。他歪着头看了一眼，发现一个女战士在马灯的照耀下用毛刷清理一顶灰色的礼帽。

看到看周围没有人注意，他撕开自己腋下的衣服，走了过去。

女战士抬起头来："苗支队长。"

"小李子，我这件衣服的胳肢窝开了线，你快帮哥缝一下。"

小李子一脸为难："苗支队长，明天成吗？我今天晚上熄灯之前必须把这顶帽子刷干净。"

"哦哦，那就明天吧。"

老苗发现小李子身边拉着一条绳子，上面挂着那张被他浇湿的包袱皮。

老苗凑过去，看着那顶帽子："这可是好帽子呀。"

小李子："这我可不懂。"

夜深了，老苗站在密林中央，学了几声鸽子叫。那只信鸽从树上飞下来，站在他的手臂上。

老苗将一个纸卷插入鸽子腿上绑着的竹管中，放飞了鸽子。

关雪展开了那张纸条，"松鼠"证实了包括那个孩子在内的越狱者们已经逃到了山上。此外，他判断中共一个重要干部明天可能下山，预计九日抵达哈尔滨。此人的特征是，头戴一顶灰色的盛锡福牌礼帽。

关雪划着了一根火柴，将纸条点燃了。她站在窗前沉思着，看到办公大楼下面，宋卓文提着公文包走向大楼门口。小武从侧面走过来。二人停下脚步，站在那里闲聊着什么。

虽说宋卓文因为胃痛请假的事情没有查出什么纰漏，但他前几天去资料室调阅防疫给水部的地图又是怎么回事呢？还有，谢月那天早上听到的叫卖声是巧合还是宋卓文安排的试探？关雪仍然吃不透。

小武进了门，站在办公桌前面。

"你和宋组长聊了会儿什么呀？"关雪坐在椅子上。

"也没说啥，就是客套了几句，说哪天有空一起喝顿酒啥的。"

关雪点了点头："小武，你是我最信任的人。有些事情只有你知道，别的人没有必要知道，包括宋卓文。"

小武明白了什么："科长，你放心。"

"帮我办两件事情。"

"您说。"

"先去趟总务老金那里，告诉他，让所有休假的人都回来上班。"

"是。"

"第二，找一家帽子店，买一顶男式的盛锡福牌礼帽回来。记住，要灰色的。"

宋卓文正在给窗台上的几盆植物浇水，身后传来了敲门声。

"进来。"

关雪推门而入："想不到你还有这份闲情逸致。"

宋卓文回头笑了笑："我也是瞎摆弄，总觉得这办公室里没几盆花花草草的就太死气沉沉了。"

关雪走过去，打量着那几盆花："养得不错。"

"你要吗，我给你搬两盆过去？"

关雪摆了摆手："还是算了吧，以前也养过，活得最长的也超不过俩月。"

宋卓文笑道："那是你的工作太忙了，没时间打理。"

"这两天，你手头没有什么重要的案子吧？"

宋卓文放下浇水壶："倒也没有，有什么事吗？"

"还真有个事。关东军参谋部举办了一个学习班，为期三天，你去听听吧。"

"都讲什么呀？"

"通知的时候我也没记住，好像是什么思想对策之类的内容，你去听听就知道了。"

"啥时候报到？"

"今天上午九点半开课。"

宋卓文看了看手表："那我现在就该出发了。"

宋卓文赶到大教室后，里面坐着身着军装、警服和便装的各类官员。他找了个位置坐下，打开包，拿出钢笔和笔记本。

没过一会儿，一名日本教官走上讲台，在黑板上写了几个大字——思想对策服务要纲。

"各位，我在三十岁的时候，就到了中国的上海工作。"教官开讲了，"在那里，我亲眼看到白种人是如何欺凌中国人的。如果不是日本人奋发图强，他们也一定会遭到白种人的欺凌和羞辱。看看那些印第安人和墨西哥人的遭遇，我们就会明白，白种人对有色人种的歧视是根深蒂固、不可改变的。所幸，在日本的带领下，满洲也觉醒了。我们这两个伟大的国家，注定要担负起团结亚洲的其他国家和民族、反抗白人对黄种人压迫的重任……"

宋卓文悄悄地问身边一个穿西装的人："您在哪里高就？"

西装男态度谦卑："兄弟在教育局挣碗饭吃。"

宋卓文接着问："您不是局长也是副局长吧？"

"哪里哪里，我只是局长的秘书。"

"敢问教育局派了几位先生参加这次学习？"

西装男苦笑道："就我一个。这样的学习班，每年一次，内容都大同小异。"

宋卓文笑着点了点头。

一丝怀疑从宋卓文的心底生起。关雪为什么派自己参加这样一个无关紧要的学习？怎么看，都像刻意地把自己从特务科支开。

课间休息的时候，宋卓文出了教室，穿过走廊，走向墙壁上挂着的一部电话。他给情报组打电话。接电话的是那个叫乔梁的。

"喂，我是宋卓文。"

"是宋组长呀，您在哪儿？"

"我到外面学习来了。乔梁，家里没什么事吧？"

"没事呀。"

"哦。"宋卓文想了一下，说，"我可能要出来三两天，你们记得帮我把花浇一下。"

"放心吧，组长，这件事就交给我了。"

宋卓文忽然想起了什么："乔梁，我记得你请了婚假的呀，怎么又回来上班了？"

"一大早老金就给我打电话，让我取消休假。结婚的事也得往后推几天。您说我这亲朋好友都通知到了——"

"为什么呀？"

"我也不知道，来了以后什么事也没有，就让在组里待命。"

"哦，既来之则安之。科里把你叫回来，肯定是有道理的，对吧？"

宋卓文挂了电话，也就到了上课的时间，学员们纷纷向会议室走去。宋卓文边走边思索着。走到门口，他拿定了主意，独自向走廊前方走去。

七

摆在办公桌上的是一个圆柱形纸盒。关雪打开后，拿出来一顶灰色礼帽。

"这种灰色的礼帽，还有别的款式吗？"

小武说："我特意问了问帽子店的掌柜。盛锡福这个牌子的灰色礼帽，只有这一个款式。"

"好了，你去吧。"

小武离开后，关雪拿起那顶礼帽瞧了几眼。然后她打开旁边的一个柜子，把礼帽放了进去。

那个包装纸盒，被她捏扁之后扔进了办公桌旁边的废纸篓。

宋卓文走进大门，刚要上楼，忽然发现枪械室的门开了一道小缝。他轻手轻脚地走过去，往里面一看，只见几个特务坐在小马扎儿上，人手一块白绸子，正在擦拭各种枪支零件。而更多的枪支早就被从架子上取下来，支在旁边，等待擦拭。

宋卓文放慢脚步退出来，然后穿过走廊，边走边左右观察着。

来来往往，不断有人跟他打招呼，各个办公室的人都和往常一样。

"休假的人被紧急召回，枪支被集中擦拭清理，各办公室反而一片平静，这是典型的内紧外松。一定有重大的行动要展开。"宋卓文心中暗想。

他走到科长办公室门口，敲响了房门。

"进来。"

宋卓文推门而入。关雪一抬头，愣了："你不是去参谋部学习了吗？"

宋卓文走到沙发前，懒洋洋地坐了下去："我私下里打听了，只要上午、下午开课前签了到点了名就行，中间没人清点人数。"

"那哪行啊，你还是去听听吧，回来以后还要给大家讲一讲呢。"

"那些理论知识，我随便看看满日亲善的小册子就能讲上个把小时。关键是坐在那里想睡又不敢睡，真是活受罪。"他一边说着，一边留意着办公室里的一切。忽然，他注意到了办公桌边废纸篓里那个被捏扁的纸盒子。

关雪似乎注意到了宋卓文的目光，连忙站起身来，用脚将废纸篓钩到了一边。但是宋卓文已经看到了包装盒上面"盛锡福"的商标。

关雪走到宋卓文面前，挡住了那个废纸篓："我知道你有这个本事。其实我叫你去参加这个学习，是想让你多认识些人，尤其是参谋部的日本军官，将来对你的升迁是大有帮助的。"

宋卓文愣了一下："哦，是这样啊。"

"快回去吧，啊。拿出好的态度来，不许再逃课了啊。"

宋卓文不大情愿地站起来："我听你的。"

关雪站在窗前，看着楼下的宋卓文钻进轿车，驶出了特务科大院。她立刻转身走到办公桌前，拿起电话，把小武叫了进来。

"科长，您找我有事？"

"帮我盯一个人。"

"说吧，盯谁？"

"宋卓文。"

宋卓文回到参谋部，上完课后直接回了家。他上楼后，径直来到阳台上，提着一只喷壶，细心地浇着一盆盆花。

到了晚上，丁鹏给潘越打了一个电话。

"潘组长，我都打听清楚了，那个学习班讲的是'思想对策服务'一类的东西。"

潘组长的眼中精光闪烁："这种学习班，每年都会有，通常都是让老金去应付应付，从来没听说让情报组组长去参加呀。"

"那我就不知道了。"

"科长对宋卓文的态度怎么样？"

"还是老样子，特别信任。"

"科里现在什么情况？"

"所有休假人员都被召回，枪械室里的枪支都被擦拭干净了。"

"到底有什么行动，科长还没通知吗？"

"没有。"

潘越笑了："小丁，一场好戏就要上演了。这两天你给我瞪大眼睛，把科里所有的大事小事都记在心里，随时向我报告。不行的话就抽两口大烟提提神。等我出去，你会得到一笔重重的奖赏。记住，咱俩扬眉吐气的时候就要到了。"

八

二等车厢的乘客们不是趴在桌子上，就是靠在座椅上东倒西歪地睡着。只有老段还拿着一张报纸看。

就在这时，车厢门口出现了两名乘警。他们推醒熟睡的乘客，挨个儿检查证件和车票。

两人走到老段面前，他放下报纸，从身上掏出车票和证件，递了过去。

一名乘警打开证件后看了一眼："你叫李树堂？"

"没错。"

第二十一章
险象环生

一

两天来，关雪每天晚上都听取小武的报告。宋卓文除了去参谋部，就是待在家里，没有跟任何人接触过。到了九日早上，她再次确认宋卓文此刻正在参谋部安安静静地听课，才开始召集人马。

开会地点仍然是特务科大会议室。

"据可靠情报，今天上午将有一个共产党的高级干部到达哈尔滨火车站。"

关雪拿起讲台上的那顶灰色礼帽："此人的特征，就是头戴这样一顶灰色的盛锡福牌礼帽。大家记住，一旦出现这样的目标，在出站口不要动手。要等目标走到相对人少的地方，最好秘密逮捕。戴这种款式帽子的人可能不止一个。我们要把所有的可疑分子先行逮捕，完成身份甄别后，再决定是否放人。"

丁鹏坐在下面，仔细地听着关雪讲的每一个字。

"最后，我要提醒大家，此人可能有同伙接站。对方的人数、火力，都还不清楚。大家检查好枪支，做好交火的准备。"

又一次课间休息，宋卓文随着众学员走出会议室，来到走廊内。他活动活动肩膀。

身后传来浅野寺的声音："宋君。"

宋卓文一回头，就看到浅野寺和原田副官走了过来。

"课长好。"

"特务科派你来参加学习啊。"

"是的。"

"关科长这是要全面地培养你啊。"

"主要是我欠缺的东西太多了。"

"一堂课听下来很累吧？"

"嗯，好久没有当学生了，记一会儿笔记就感觉肩膀和手腕都有一些酸痛。"

"你们年轻，活动一下就好了。不像我……"说着，浅野寺揉了揉颈部。

宋卓文关切地问道："您颈椎不舒服？"

"老毛病了。"

宋卓文说："我记得地段街南头路东有一家制作膏药的老店，对颈椎病、关节炎的疗效非常好。课长可以去试一试。"

"好啊。"浅野寺转头对原田副官说："把这个地方记一下。"

此时此刻，潘越正在和丁鹏通话。
"差不多整个特务科都出来了。我们都化了装，在车站附近守着呢。"
"宋卓文现在什么地方？"
"肯定还在参谋部学习啊。"
"好。无论能否成功抓到这个共产党，你都要立刻给我打电话，明白吗？"
"明白了。潘组长，我得赶快回去了。让科长知道我偷偷向外打电话，非撕碎了我不可。"
"好，你快去吧。"
一身小市民打扮的丁鹏出了电话亭，小跑着回到火车站出站口附近。他装成接人的样子，张望着从出站口走出的人群。
胡彬走到他身边，低声问："你刚才干吗去了？"
"肯定是昨天晚上着了凉，这一上午去了好几趟厕所。"
胡彬骂道："真是懒驴上磨屎尿多！"
关雪坐在火车站对面的一家酒吧内，透过宽大的玻璃门，可以看到出站口的一切。
胡彬推开门，走了进来，低声说："他今天有点闹肚子，找厕所去了。"
关雪点了点头，没说话。

二

一列火车缓缓地停在站台上。车门打开，旅客纷纷下车。很快，站台上就人满为患。关雪、胡彬、丁鹏和其他的特务在不同的位置从不同的角度在人群中搜索着。
出站口吐出来的旅客越来越少，最后只剩稀稀拉拉的几个。特务们面面相觑。
关雪的脸色越来越难看。
丁鹏还在张望。忽然，侧面传来汽车喇叭声。丁鹏扭头一看，他挡住了一辆黑色警车的去路。丁鹏赶紧让开，那辆警车开了过去。
这时，胡彬等人从出站口跑了出来。
"没人了。车厢里一个人都没有了。"
关雪呆立在原地。

丁鹏趁着没人注意，离开出站口，又给潘越打了个电话。
"潘组长，人没有抓到。"
"怎么回事？"
"压根就没有看见戴灰色礼帽的人。"
"搜查站台和车厢了吗？"
"胡组长带着几个人一直守在站台上。他们后来搜了车厢，啥都没发现。"

潘越沉默了片刻，说："我记得火车站除了民用出口，旁边还有一个内部出口。你们盯了那个地方没有？"

"两个出口挨得很近，如果有戴灰帽子的出来，肯定会被我们发现。"丁鹏忽然想到了什么，"不过……"

"什么？说出来。"潘越催问道。

"好像那辆黑色的警车是从那里面开出来的。"

潘越说："丁鹏，如果你想升官发财，就什么都不要管，一定要找到那辆警车！"

老段戴着手铐坐在警车内。坐在对面盯着他的，就是昨天夜里检查他证件的那两名乘警。问明他叫李树堂，他们立刻把他铐起来，推进了行李车厢。

"你们抓人也得有个罪名吧？"老段气愤地问。

"有人举报你是一个大走私犯。"

"这纯粹是栽赃陷害。"

"李树堂，人家说的有名有姓。先在这里待一宿吧，明天到了哈尔滨就都清楚了。"两名乘警关上车厢门，走了。

老段记得，宋卓文有一次对他说过，在列车上抓获的走私犯会被临时关押到装着铁栏杆的行李车里。等到了车站，犯人会被直接从行李车厢的门口押上铁路警察局的警车。而他身上证件的姓名，只有宋卓文知道，那么举报他的一定是宋卓文。他这么做，目的只能有一个——他的身份暴露了，敌人在出站口张网以待。

警车拐入另一条街道，突然停了下来。一名身穿铁路警察制服的高级警官走到路中央，伸手拦停了警车。此人戴着一副宽大的墨镜，路边停着一辆轿车。

丁鹏挂断电话后，拦下了一辆出租车。司机问他去哪儿，他拔出手枪，把司机从车里拽了出来。丁鹏把出租车的油门踩到了底，向那辆警车驶离的方向追了过去。

在一个十字路口，丁鹏瞥见那辆警车就停在右侧岔路的路边。他紧打方向盘，出租车掉头，向那条岔路拐了过去。

丁鹏把出租车停在那辆警车后面稍远的地方。下了车，他从腰间拔出手枪，弯着腰蹑手蹑脚地接近那辆警车。走到近前，他看到警车的车门虚掩着，一道血迹从门缝处向下滴落。他控制住自己的恐惧，颤抖的手伸向车门把手。猛地拉开车门后，丁鹏端着手枪跳上了警车。

看到车内的情况，丁鹏惊得目瞪口呆，只见警车司机、两名铁路警察都倒在地板上，每个人的脑袋上都有一个弹孔。

丁鹏退出警车，站在路边举目四望。

这是一条相对安静的街道，行人和车辆比较少，路边也没有什么摊贩店铺。

忽然，丁鹏看到前方路边有一座公用电话亭。

丁鹏跑过去，拨通了潘越的号码。他把情况简单地说了一遍，询问是否应该立刻向科里汇报。

"绝对不行，等他们赶过来，黄花菜都凉了。"潘越断然否决。

"那我现在该怎么办？"

"警车的车门、挡风玻璃有破坏痕迹吗？"

"没有。"

"那就说明，警车是主动停下，让袭击者上车的。能够让警察停车的只有比他们职位更高的警察。路边有摊贩、商店没有？"

"没有。关键的问题就是我找不到目击者。"

"别急，别急。"沉吟了片刻，潘越又说，"这个行动一定是他们精心设计的。劫警车的人一定会准备一辆车在附近停着，发动机不熄火，随时准备出发。"

丁鹏听得不住地点头。

"你仔细检查一下周围路边的地面。长时间停汽车，会留下相对清晰的轮胎印。另外，由于汽车一直在发动，会有机油不断地滴落下来，车底下会形成一小摊机油。你一定要仔细观察，不要放过每一个细节。"

丁鹏像一条猎犬，低着头沿着路边寻找着。蓦然，他发现了几道清晰的轮胎印。轮胎印的中央还真有一小摊机油。

一道轮胎印的边缘，还有一小块被轮胎凹槽塑形的黑色泥块。丁鹏捡起泥块，用手一捏，就碎了。

听到丁鹏找到了轮胎印，潘越很是兴奋："把轮胎的印记给我形容一下。"

"轮胎中央是波浪形的细纹路，两侧是'人'字形的宽纹路。"

潘越眯着眼睛想了一下，说："你说的宽纹路有多宽？"

"我比画了一下，有两指宽。"

"还有别的特征吗？"

"这辆车的左后轮留下的纹路比其他几个车轮的要清楚一些。一道轮胎印的边缘，还有一小块被轮胎凹槽塑形的黑色泥块。我捏了一下，应该是煤面。"

"哈哈哈。"潘越笑了，"丁鹏，你越来越有长进了。现在我告诉你，这是一辆别克牌轿车，它的左后轮是新换的。至于嵌在轮胎凹槽里的煤面……"潘越回头看了一眼墙上的地图，"那辆车应该是从文景街一带开过来去的。那里挨着发电厂，每天半夜里都有拉煤的大卡车往厂里运煤。马路上总是有煤面。你就向着文景街方向追，应该能找到那辆别克车。"

"潘组长，耽搁了这么长的时间，我怕撵不上呀。"

潘越怒了："不试试怎么知道！还有，他们心怀鬼胎，为了减少不必要的麻烦，一定是规规矩矩地开车。你怕什么，手里有特务科的证件，连红灯都不用停！"

小徐驾驶着轿车不疾不徐地行驶着。宋卓武和老段坐在后座上。

宋卓武说："是卓文利用阳台上的那把喷壶发出了传递紧急消息的信号。小徐在加油站从他手里拿到了纸条，说你回来的行程暴露了。他不让我们干别的，说打个举报电话就行。"

"举报我走私?"

"对。我说,我知道大走私犯于三槐的下落,他化名李树堂,就坐今天晚上从伊春到哈尔滨的那班火车。最后,纸条上写着让我们在这条街上等着那辆警车开过来,就能把你救出来。说实话,见到你真人之前,我都不大相信。"

"卓文处变不惊,从容不迫,越来越成熟了。"老段赞叹道。

宋卓武得意地说:"那当然了。我跟你说,我弟从小就聪明。"

老段的神色又严峻起来:"如此说来,是那顶帽子出了问题。毫无疑问,山上还有关雪的内线。"

路边矗立着一块标着文景街的路牌。别克轿车驶过一段路面满是煤面的街道,向前开去,在一个丁字路口,向右拐了。

五分钟后,丁鹏驾驶着出租车也来到了丁字路口。面对左右两个方向,他左顾右盼,一筹莫展,只得再次找电话亭打给潘越。

潘越问明情况,提着电话机走到地图前。他盯了一会儿地图,对着话筒说:"丁鹏,那条丁字路口的左边,走不了几里地就是马家沟河拐弯的地方,一旦暴露了,有两个方向都是绝路。如果你是共产党,会把老巢选在那种'死'地吗?"

"您是说他们向右拐了?"

"向右五里地,有一片居民区,道路纵横,出口众多,既便于隐蔽,又便于逃跑。我相信,他们的老巢就在那片居民区。丁鹏,你现在就要潜入居民区,不动声色地寻找那辆别克轿车。找到后,不要急,先给我打个电话。"

那辆别克轿车停在离老段住所外不远的墙边。

三个人下车后,老段说:"小徐,通知同志们,加强警戒。"

小徐点点头,转身走到街上。他装作买东西,分别在卖香烟的小贩、修鞋匠和水果商人跟前逗留片刻,低声向他们交代了任务。

就在这时,那辆出租车从大街上开过来,拐到了居民区的马路上。

丁鹏握着方向盘,在蜿蜒、狭窄的马路上拐来拐去。忽然,他发现一段泥土路上赫然出现了一小段清晰的轮胎印。丁鹏既紧张又兴奋,他把车停在路边,下车后沿着轮胎印一路走去。拐了一个弯,他一眼就看到墙根处停着的那辆别克轿车。他抬头看了一眼路牌,上面标着"狮子胡同"。

三

潘越告诉丁鹏:"现在可以给关科长打电话了。然后你守在那里,不要动,等援兵到了,封锁街区,然后抓人!"

挂上了电话,潘越先是对着镜子系好领带,接着他张开双臂,身后的护士将一件笔挺的西装套在他身上。

一名医生双手将一张纸呈送给他："潘先生，这是您的康复证明。"

潘越接过来，小心翼翼地放到自己的内衣口袋里。他环顾着病房里的医生和护士："感谢这段时间诸位的悉心照料，将来有什么麻烦事，只管给我打个电话，潘某只要能办到的，必当竭尽全力。"

几名医生和护士点头哈腰道："仰仗潘先生了。"

潘越大步走出精神病院，他的目光中充满了斗志。

一声尖厉的哨音突然在特务科的楼道间吹响。众多特务穿过走廊，跑下楼梯。关雪和胡彬看着众多特务钻进不同的车辆。车队驶出大门口，扑向丁鹏在电话里说的那个地方。

而此时的宋卓文仍然在参谋部认真地听课、做笔记。对外面发生的事情，他还一无所知。

参谋部大门口两侧各站着一名卫兵。

一名卫兵挺起刺刀，拦住走到大门口的潘越。

潘越用流利的日语说："我要找浅野寺课长。"

"证件。"

"没有证件，但是我现在有重要的事情要向他汇报。"

"等一等。"说着，卫兵转身走进身后的岗楼，拿起电话拨了一个号。

对着话筒咕哝了几句，卫兵转过头问潘越："你叫什么名字？"

"我叫潘越。请你告诉他，我已经痊愈出院了。"

卫兵又对着话筒说了两句，再次转过头来："对不起，课长阁下没有空。"

潘越迈步走进岗楼。

"出去！"卫兵喊道。

潘越大骂："浑蛋！"

卫兵被他的气势震慑住了。

潘越一把抢过话筒："喂，我是潘越……哦，原田副官啊……我明白。麻烦您帮我给浅野课长带一句话，就说我知道越狱犯越过封锁线的那天晚上是谁通知缉私队半路堵截的。"

丁鹏站在路边张望着，看到车队从远处开了过来，他使劲儿挥动着手臂。

胡彬下了车，开口就骂："你他妈从哪儿打听来的消息，真的假的？"

丁鹏刚要辩解，关雪插进话来："情报的来源，回去以后再说，现在要做的，是先把这一片居民区的各个出口堵死。"

胡彬说："我去安排。"

关雪看着丁鹏："你探明了他们的具体地址？"

"我找到他们的别克车了,距离他们的住址不会远。"
"好,你现在就带着我们直插过去。"

正在兜售香烟的小贩看到从街道拐角突然走出很多人,立刻警觉起来,转身就向居民区内走去。
关雪眼尖,立刻察觉到了不对劲儿,她高喊一声:"卖烟的!"
小贩只得站住了。
"等等,我要买烟。"
小贩转过身来。
胡彬突然发现香烟匣子下面有两支黑洞洞的枪。
"小心!"胡彬大喊一声,将关雪扑倒在地。
"砰!砰!砰!"小贩手中的驳壳枪开火了。关雪身后的两个特务立刻中弹倒下。
其他的特务立刻拔枪开火,小贩身中数弹,仰面倒下。
特务们正要向前冲,不远处的修鞋匠突然从鞋盒子下面抽出两支驳壳枪,从侧面向特务们开了火。

坐在炕桌两侧的老段、宋卓武以及正在倒水的小徐被突如其来的枪声惊呆了。
小徐和宋卓武立刻拔出手枪。
宋卓武说:"出事了,我俩掩护你杀出去!"
老段异常冷静:"等一等。"他打开了墙边柜子的柜门,从里面拿出一些文件来,"这些都要烧掉。"

此时的修鞋匠靠坐在一堵墙上,胸口中了好几枪,嘴角汩汩地冒着血。他用尽力气,再次抬起枪口。
"砰!砰!砰!"又是几枪射了过来。他的胳膊和头颅终于垂下,一动不动。
关雪大喊:"快!向里面冲!"
特务们向居民区内部冲了没几步,水果小贩从前面的一棵大树后面转出来,对着特务们开了火。

老段眼看着火盆里的一堆文件烧成了灰,便跟着小徐和宋卓武出了院门。宋卓武提着双枪,站在大门口左右观察了一番。小徐护着老段走向了不远处的那辆轿车。
小徐坐在驾驶位上,老段和宋卓武坐进后座。

此刻那个水果小贩已经躺在一片血泊之中。许多双脚从他身边跑过。丁鹏带着关雪等人拐过一道弯,正看见那辆别克轿车远去的背影。
丁鹏指着别克轿车:"就是那辆车。"
顿时乱枪齐发。

轿车的后窗被打碎了，宋卓武将老段扑倒在座位上。好在轿车马上就拐了弯，暂时躲开了后方的弹雨。

左右不断有特务从路边出现，对着轿车开枪射击。轿车的前挡风玻璃很快也被打得粉碎。小徐一手驾车，一手举枪射击。

后座上的宋卓武、老段也举着手枪，准确地射杀前方、两侧不断出现的特务。

更多的特务从后面追上来。子弹又从后面倾泻而来。三个人承受着来自四面八方的攻击，左支右绌，险象环生。

正上着课，宋卓文被原田副官叫到了浅野寺的办公室。

浅野寺从办公桌后面站起来，满面笑容："宋君，快请坐。"

"谢谢。"宋卓文坐到了办公桌的对面。

原田副官端着一个托盘走进来，将两杯茶分别放在浅野寺和宋卓文的面前。

宋卓文颔首致谢。

"你平时很少来参谋部。如果不是我太忙，早就应该把你请过来喝一喝茶聊一聊天。"

"是我没有礼貌，理应先来拜访您。"

浅野寺笑着摆了摆手："我当初力荐你出任情报组副组长一职，并非因为你的礼貌，而在于你的能力。"

宋卓文愣了一下："您过奖了。"

宋卓文忽然意识到，浅野寺把自己叫来，并不是喝茶聊天。他要说什么呢？

浅野寺喝了一口茶，继续说道："宋君，你听说过那个挪威渔夫和鲇鱼的故事吗？"

宋卓文听过，但他仍然装出一副迷惑的样子摇摇头说"没有"，并认真地听浅野寺把这个故事讲完。

"……原来那个挪威渔夫把一条鲇鱼放在水槽中。这样，所有的沙丁鱼为了活命，都会拼命地游动。结果，等船到了海岸，别人捕捞的沙丁鱼都死了，只有这个渔夫的沙丁鱼还活着。他赚的钱自然就比别人多了一倍。"

浅野寺看着宋卓文："你觉得这个故事有意义吗？"

宋卓文想了一下，说："在一个封闭的集体内，时间长了就会滋生出懒散、不思进取的风气。这时候，需要引进一个具有竞争力的对手，才能让集体中的人产生紧迫感。"

"宋君，你果然是个聪明人。"

就在这时，桌上的电话铃响起。

浅野寺接听了电话。他的脸色迅速严峻起来："什么？跑了！立刻展开大范围搜捕。"

等浅野寺放下了电话，宋卓文才问道："课长，谁跑了？"

"今天，你们特务科组织了一场抓捕中共地下党的行动。虽然他们捣毁了地方的老巢，可是主要的犯人还是跑了。"

宋卓文站了起来："在什么地方？我立刻赶过去。"

四

　　被子弹打得千疮百孔的别克轿车就停在路边。车门大开，里面到处都是血迹和玻璃碎片，但是空无一人。
　　关雪回过头，终于在众特务中找到了丁鹏。她快步走过去，抡起胳膊左右开弓，一记记耳光抽在丁鹏脸上。
　　胡彬站在一边，并不敢上前劝阻。
　　关雪打累了，才问道："你从哪里得来的情报，为什么不早些向上面汇报？！"
　　没等丁鹏开口，关雪身后传来一个声音："他的情报，是我给他的。"
　　众人回头，都惊呆了。潘越不知何时站到了他们面前。
　　"潘组长，你是从什么地方——"
　　潘越笑了："冒出来的，是吗？"
　　关雪没有说话。
　　"今天上午，我办理了出院手续。随即，我就拜访了浅野课长。我是从他的办公室直奔这里的。"
　　关雪还是没说话。
　　"不相信？科长可以问问他。"
　　关雪说："我相信，你不会拿这件事开玩笑的。怎么，官复原职了？"
　　潘越收敛了笑容："我也没有想到，他想推荐我做特务科的副科长。"
　　关雪的眼皮跳了一下："恭喜呀。"
　　"还有，这件案子，他想让我来负责。"
　　宋卓文开车赶到了现场。他先是看到关雪等人正围拢在那辆别克轿车旁边。接着，他发现了站在关雪旁边的潘越。一瞬间，宋卓文就明白浅野寺为什么要给他讲那个故事了。所谓的"鲇鱼"，就是潘越。

　　潘越指着喷溅在车厢壁板上的血液："从血液的喷溅形状来看，受伤者的动脉被打穿了。因为无法止血，所以伤员要想活命，必须将伤口附近紧紧绑扎起来。此外，他必须立刻到医院接受血管缝合手术，否则时间一长，被止血带绑扎的那段肢体就会坏死、溃烂。"
　　关雪说："胡组长，立刻把全市的医院、诊所、药店全面监控起来。"
　　"是。"
　　潘越转过头，刚要说什么，忽然停住了。
　　宋卓文就站在他们身后。
　　两个人的目光对视了片刻，潘越忽然走向宋卓文。所有人都看着他。
　　潘越一把抓住宋卓文的手握住："卓文，你可让我想死了。"
　　宋卓文笑了笑："身体好了？"
　　"彻底好了。要不是你让我的病情被发现，我可能早就垮了。听说你把情报组搞得有声有色，我要请你喝酒。"

"恭喜你呀，潘组长。"

关雪酸溜溜地插进话来："现在是潘副科长了，浅野课长推荐的。这件案子，由潘副科长全权负责。"

潘越谦虚地笑了笑："哪能靠我一个人？来，卓文老弟，我很想听听你的高见。"说着，潘越想把宋卓文拉到别克轿车旁边。

宋卓文推阻道："这件案子，我并没有从头参与，没有发言权。"

潘越正要说什么，宋卓文又说："我还是想先去医院看看受伤的弟兄们。行吗，科长？"

眼看着宋卓文驾车离开了现场，潘越转过头，正要跟关雪说话，关雪却说："既然案子由你负责，我也先回去了。"说着，关雪也走向轿车。

潘越跟到车门前："科长，我想和您单独谈谈。"

上车后，关雪望着车窗外，没有说话。

潘越沉默了片刻，单刀直入地说："您已经不信任他了，对吗？"

关雪没有回答。

"否则不可能在这样的行动中让他去关东军参谋部学习。"

关雪回过头来："潘副科长，你想得太多了——"

潘越摆了摆手："科长，我知道，有些话，你不愿意听。给我一分钟的时间，我说完了就下车，听不听都在你。"

关雪点点头："好吧。"

"现在，受伤的地下党所面临的困境，他也是一清二楚，如果他是内鬼，一定会想办法救治他的同志。所以，进一步派人跟踪他很有必要。但是因为局里的人，他都已经很熟悉，最保险的办法是从邻近县城的特务组织里抽调一批生面孔来执行跟踪任务。"

"这是你潘副科长的意思还是浅野课长的意思？"

"科长，您放心，没有证据的事，我不会跟上面乱说的。无论调查是何种结果，都得由您向浅野课长报告。"

这些冷静客观的话让关雪无法反驳，她沉默着。

"我刚出院，说过的话很快就忘。最后一句，我虽然在各个方面都比不上您，但唯一的长处就是我对那个人没有感情。"说罢，潘越打开车门，走了下去。

回到办公室，关雪陷在沙发里面，沉思良久。终于，她起身走到桌边，拿起电话机拨了几个号。

"喂，请给我接通呼兰县警察局……马局长吗？我是关雪啊……你好……有个事想请你帮一个忙……我需要几个跟踪能力强的好手……越快越好，最好让他们即刻动身……不，不要到特务科来，到了哈尔滨，找一家旅馆先住下，然后给我打电话……那我谢谢你了。啥时候来哈尔滨打个招呼，我给你接风洗尘。"

五

宋卓文走进急诊部的走廊，身后传来护士的声音："让一让！"

他转头看见一个护士推着担架车，另一个护士举着一袋血浆，小跑着奔向手术室。

宋卓文赶紧贴在走廊的墙壁上，给他们让开路。

此前，宋卓文一直穿着西装。此刻他换了一件风衣。从走廊深处的某间病房里传来一声声痛苦的叫声。宋卓文绕开来来往往的伤员和医护人员，一路快步走向那间病房，迎面遇到了拎着一件血衣的丁鹏。

"宋组长，好多兄弟都伤了，这是乔梁的，他的一根脚指头被打断了。眼看着要结婚的人了。"

宋卓文进了病房，几张病床上躺满了伤员，旁边站着几个特务。乔梁坐在地上，疼得满脸是汗，不停地喊着："止疼药，给我来点止疼的药！"

宋卓文走到乔梁面前，蹲下去看了看他，转头看看满地的狼藉，回头问跟在后头的丁鹏："这么多的人，这么个救法，救得过来吗？"

"伤的人太多了，医生又不够，只能看谁的命硬了——"

宋卓文几步走了出去，在门口拦住一个护士："库房在哪儿？"

那个护士手上有急事，她随手一指，赶紧跑远了。

宋卓文一边往那个方向走去，一边吩咐跟上来的丁鹏："找几个还能走的，跟我来——自己救自己吧！"

库房的架子上堆放着许多草绿色的四方形帆布包，上面印着红十字的标志。

一名护士拿着单子，一边核对，一边念着："二十个急救包。"

另一名护士把最后四个帆布包放到推车上，听见拿单子的护士接着说："还有十个血浆。"

门开了，宋卓文带着丁鹏等几个特务走了进来。

两名护士愣住了："你们怎么进来了？你们快出去，这是你们进的地方吗？"

"你们人手太紧张，我们都学过包扎，自己来找些东西。"丁鹏一个人解释着，其他特务已经开始动手翻找了。两名护士急了，去拦去拉。

丁鹏注意到，宋卓文似乎对那些装血浆的瓶子感兴趣，有意无意地向那边靠近。

六

谢月从图书馆出来时，又被路建飞堵住了。

"今天晚上有李香兰的电影《我的夜莺》，我有两张票，一起去吧？"

"这是命令吗？"

路建飞刚想说什么，谢月马上说："如果是，我去问问关小姐。"

路建飞看看她："盯紧那个人，把他做的每件事记下来，不怕细，越细越好。每天早晨再告诉我，一桩桩一件件。咱俩每天都会见面的。"

"还有吗？"谢月只是听着，没有看路建飞一眼。

"没了。"

谢月立刻转身要走，路建飞忽然一伸手，摘下了她的发卡。谢月转身就夺："还给我！"

路建飞闪身躲开。他把发卡伸到鼻子底下闻了闻："真香——"他把发卡飞快地揣起来，"我得捧着它才能睡着觉。"

关凯突然走过来，劈头就问路建飞："你干什么？"

"没看见吗，和同学聊天啊。"

"从今以后，你离她远一点。"

路建飞毫不退缩："你怎么不问问她愿不愿意？"

关凯对谢月说："你别理他。我打听过，他不是什么好人。"

"没关系。"谢月看着关凯，平静地说，"聊几句，好人坏人的，他还不能把我吃了。"

关凯颇感意外，他眼看着谢月一路走远了。路建飞冲着关凯嘲弄地笑了笑，也走开了。

关雪和小武穿过旅馆的走廊，来到一扇门前，敲了敲门。房门打开，七八个男子看到关雪走进来，纷纷从床上、椅子上站了起来。

关雪逐一打量了一番："谁是带队的？"

一个年长些的说："关科长，是我，我姓冯。"

"都是干跟踪的？"

老冯点了点头："是。"

"大家辛苦了，马局长跟你们都交代清楚了吗？"

"马局长让我们无条件服从您的指挥。"

"很好。这次你们开过来几辆车？"

"三辆。"

"你们要执行的任务是跟踪一个人。"

小武走到桌边，把一张哈尔滨地形图展开后摊在桌子上。关雪走过去，指着一个点。

"他就住在这个地方，在特务科上班，开车上下班。我要求你们二十四小时对他实施监控。"

围拢在桌子四周的特务们纷纷点头。

"老冯，我已经派人把他家附近的一套房子租了下来，你们可以在那里监视他。"

"明白。"

"记住，绝不能让他发现。"

"有照片吗？"

"当然。"说着，关雪掏出宋卓文的照片，放在桌子上。

那天黄昏，站在阳台上浇花的宋卓文想不到此刻他正在被一副望远镜观察着。

石姐的声音从楼下传来："先生，吃晚饭了。"

"知道了。"宋卓文应了一声，随手放下喷壶，转身走进了房间。在他不经意间，喷壶壶嘴指着东北方向。

二百米外，坐在窗前的老冯放下望远镜，他没有看出什么问题。

宋卓文坐在餐桌边，像往常一样，右手拿着半个馒头吃着，左手举着一张报纸。

石姐从厨房里端来一瓷盆骨头汤，放在桌上。

谢月给宋卓文盛了一碗汤放在他面前："吃完了再看报纸吧。"

"不碍事。"

宋卓文随手舀了一勺汤，送到嘴里。

谢月喊了声："小心！"然而为时已晚，宋卓文把刚喝进去的一口汤吐到了地上。他扔开报纸，站起身来伸着舌头，用手在嘴边扇着风。

石姐和谢月都站了起来。

谢月说："烫着了吧？我看看。"

宋卓文含混不清地说："不碍事，你们吃你们的。"

宋卓文忍着痛，吃了些别的食物。在石姐和谢月收拾餐桌上的碗筷的时候，宋卓文走到衣帽架前，摘下上面挂着的风衣。

"又要出去啊？"谢月问。

"一会儿就回来。"宋卓文仍然含混地说。

宋卓文走出大门，上了轿车。他开走没多久，一辆停靠在街对面的轿车就跟了上去。又过了一会儿，第二辆车、第三辆车纷纷从不同的地方跟了上去。

宋卓文瞥了一眼后视镜，看到后面有一辆轿车在不远不近的地方行驶着。

前面出现了一个十字路口。宋卓文转动方向盘，向右转弯。跟在后面的轿车径直向前开去。第二辆和第三辆轿车向右转弯，跟了上去。而原先的第一辆轿车驶过十字路口，立刻掉头，向左拐弯，成了第三辆跟踪轿车。

道路的右前方有一个加油站。宋卓文把车开了进去。身后那辆轿车继续向前驶去，但是第三辆轿车拐进了加油站，停在宋卓文轿车的后面。

加好油，宋卓文向前开出了几十米，停在会计室门口。他下了车，向会计室走去。

后车司机下车后，盯着宋卓文的背影。他吩咐工人："给我加二十块钱的，我先去会计室交钱了。"说着，他快步走向会计室。

很快，他绕过轿车，推开会计室的门，走了进去。他看到宋卓文站在缴费窗口，于是走过去排到宋卓文身后。

"你这次把收据的抬头写清楚点，不然我不好报销。"

出纳员写完收据，将收据递给宋卓文："您看看，这次清楚吧？"

宋卓文接过收据看了看。跟踪他的特务从他身后偷偷瞄了一眼那张收据。

宋卓文满意地点了点头："行，这次挺清楚的。"说罢，他装好收据，离开了会计室。

离开加油站，宋卓文的轿车先是匀速行驶，然后突然加快了速度。

后面开车的特务犹豫了一下："他是不是发现我们了？"

"跟上去！"老冯下令。

后车司机立刻也加快了速度。透过前挡风玻璃，可以看到前方的汽车不断地左拐右拐。后车再次拐过一个弯道后，蓦然发现前面的轿车就停在马路边上一家膏药铺子门口。老冯看到，宋卓文下车后进了膏药铺。

宋卓文离开后，老冯留下一组人审讯膏药铺的老板，另外两组人继续跟踪。最终，那辆轿车停在一座府邸门口。

宋卓文下车后，提着一包膏药，摁下了大门上的电铃。少顷，大门打开，一个仆人走了出来。

宋卓文把这包膏药交给了这个仆人，就驾车离开了。这一次，他一直开到了家。

老冯给关雪打了个电话，讲了刚才的经过。他说，经过审讯，膏药铺老板没什么问题。但他想搜一搜那座官邸。

关雪问明了官邸的地址，坐了起来："那是浅野课长的官邸，你们绝不能搜查！"

宋卓文进了家门，正碰上刚刚洗完澡的谢月从卫生间里出来。

"回来了？"

宋卓文点了点头："嗯。"

"是不是去看医生了？"

宋卓文摆了摆手，含混地说："没大事。"

"烫着哪儿了？是舌头还是喉咙？"

"舌头。快去睡吧，我没事。"

谢月发现，这几天，宋卓文和她的话慢慢地变少了。作为女人，谢月敏感地察觉到了这个微妙的变化。也许，自己的身份早已被宋卓文察觉。可是，他明白自己的苦衷吗？她的所作所为，会伤害这个善良、温暖的男人吗？

谢月支起身子望着门外。起居室的台灯仍然亮着。

第二十二章
咬住就不松口

一

第二天早上，老冯看到宋卓文的轿车拐进了前方一个丁字路口右侧的小街。他吩咐司机稳着点，拐弯的速度别太快。刚拐进那条小街，老冯和司机愣住了。

宋卓文站在小街街口，拎着手枪，冷冷地打量着他们。他们若无其事地从宋卓文身边开了过去。

事后，老冯给关雪打了一个电话。

"实在是对不起了，关科长。"

"没什么，这个人本身就非常机警。"

"关科长，那我们还跟踪他吗？"

"除了你们两个，别的人没有和他照过面吧？"

"没有。"

"让其他的人继续跟踪。"

关雪放下电话，思考了一会儿，起身直奔情报组组长办公室。

办公室的门敞开着，桌上摆着几个手枪的零件。宋卓文正在用一块擦枪布挨个擦拭。

关雪走到门口，看了他一眼，敲了敲敞开的门板。

宋卓文没好气地说："门没关。"

"怎么了，这口气不对呀。"

宋卓文抬头看了关雪一眼："哦，是科长啊。"

"怎么想起擦枪了？"

"今天早上，我感觉有点不对劲儿，好像有人在跟踪我。"

"你能确定吗？"

此时宋卓文已经把枪组装好了。他拉动枪栓，瞄着前方一个点："我要是能确定，就开枪了。"说着，他扣动扳机，手枪空响了一下。

关雪看了他一眼："你这么一说，我也挺不放心的。科里给你配几个保镖吧？"

"不用。也许是我想多了呢。"

回到办公室，关雪想了想，还是把潘越叫了过来，跟他通报了一下跟踪结果。

"三辆车，七八个人，还是少啊。"

关雪斜了他一眼："没办法呀，我的官太小，就这点能力。要不你潘副科长多找点跟踪高手来？"

"科长，看您说的，我没那个意思。"

关雪抬起手腕看了看表："距离那个地下党受伤，早就已经过去了十二个小时。按你说的，此人不是一命呜呼就是肢体坏死。虽说呼兰县来的那几个盯梢的可能被他发现了，可是他们毕竟一直盯着目标。除了他买了几贴膏药给浅野寺课长送了过去，他几乎没有接触过任何人。"

潘越思考着，没有说话。

关雪继续说："为了验证你的判断，我甚至一大早就给浅野课长打了个电话。"

"他怎么说？"

"他让我帮他感谢帮他买膏药的人。因为在参谋部学习的时候，他曾经对此人提起过颈椎不舒服。"

潘越再次沉默。

"要是再没有证据，我看还是把呼兰县那几个人撤了吧。"

潘越抬起头来："科长，我相信，他一定已经完成了自己的任务。"

"怎么完成？躺在家里睡着觉完成的？"

"一定是哪里出了问题。科长，你给我一天的时间，我什么都不干，亲自调查一遍这个人昨天所做的每一件事情。"

潘越和丁鹏走进医院的走廊。

丁鹏停下脚步："我昨天赶到医院后，就是在这个地方碰到他的。"

潘越沉思了片刻，问："后来呢？"

"后来，他去病房看了乔梁他们几个伤员，说外科人手少，就招呼我们帮助护士准备医疗器械。可是等我们到了医疗仓库，却被人家赶了出来。"

"他进医疗器械库房了吗？"潘越问道。

"进去了呀。"

"你注意到他在里面做了什么吗？"

"他好像走到了摆放血浆的架子那边……"

"他拿了血浆？"

丁鹏摇摇头："刚好那个护士就过来赶我走，我没看见。"

潘越等了好久，外科主任才从手术室出来。

"我是特务科的副科长，感谢您对我们科弟兄们的照料。"

外科主任显然还对特务科昨天擅自进入库房的事情耿耿于怀，他不太情愿地握住潘越伸过来的手："都是我们应该做的。贵科的每一个人都是上面重视的优秀人才，我们怎敢怠慢？"

"您过奖了。我想问问您，昨天一共用了多少瓶血浆。"

"怎么，有什么问题吗？"

"没有，我听护士说，昨天少了一瓶血浆。"

"不可能吧，用多少血浆都是有数的。少了一瓶血浆，一定会有人告诉我的。"

潘越从主任办公室内走出来，丁鹏迎了上去。

"潘科长，怎么样？"

潘越摇了摇头："血浆并没有少。"忽然，他抬头看着丁鹏，"库房里除了血浆，还有什么东西？"

"还有一些草绿色的外科专用急救包，里面有止血钳、缝合针、注射器什么的。"

潘越眼中一亮："走，去找护士长。"

"我就是护士长，你们有什么问题？"

"请问，你们库房里的专用急救包数量有登记吗？"

"当然有。"

"你们最好查一下，可能少了一包。"

"少了可不止一包。"

"哦？"

"每隔一个月都会清点数量，少几包是很正常的事。这东西值不了多少钱，谁家里缺少了——"

"明白了。"

潘越想了一下，又问："能借电话用一下吗？"

"可以。"

潘越拿起电话拨了几个号："喂，档案室吗？我是潘越。你帮我查一下宋卓文的档案，看看他是什么血型。"

丁鹏在不远处看着潘越。

"是O型血？"潘越胸有成竹地说，"我知道了。"

挂断电话后，潘越走到丁鹏面前："昨天你看到他的时候，他穿着什么衣服？"

丁鹏想了一下，说："风衣，是有点怪。他在外面都是穿着单衣，医院里要暖和一些，他却穿着风衣，为什么呀？"

潘越没有回答，向外走去。

"咱们去哪儿呀？"丁鹏快步跟上。

"到了你就知道了。"

加完汽油，潘越掏出钱包，抽出一张大额钞票递给工人。

"先生，请您到会计室缴费。"

"这个是给你的。"

"谢谢您，先生。"

"我想问你一个问题。"

"您说。"

潘越从裤兜里掏出一张纸条,递给工人:"知道这个车牌号码吗?"

工人看了一眼:"知道,他是常客。"

"说说这个人。"

"说啥呀?"

"他一般来加油都有什么习惯?"

工人挠了挠头皮:"也没啥习惯。加完油后,他直接把车开到会计室,交完钱开了收据就上车走了。"

"会计室在哪儿?"

工人指了指潘越身后。

潘越和丁鹏走到会计室门口,正要推门进去,忽然瞥见会计室门口的左侧有一条小巷。小巷并不深,只有二十几米。小巷的尽头是一堵矮墙。墙根下面码放着几个空的汽油桶。

潘越推开会计室的门。

窗口里的出纳看着他:"先生,你要交款吗?"

潘越看了看出纳,又关上了门,退了出去。他走到墙根,绕过汽油桶,发现油桶后面的土地上有几个模糊的脚印。潘越的目光向上移动,发现矮墙墙头有一些攀爬的痕迹。潘越又笑了。

接下来,潘越去了宋卓文早上等候跟踪者的那个街口。

不出所料,街口后面靠墙的地方果然有一棵大树。潘越走过去,围着树转了一圈。

最后,潘越去了一趟铁路警察学校。在那里他调阅了宋卓文在那里上学时期的档案资料。他的猜测,又一次得到了证实。

二

听到敲门声,关雪立刻把正在阅读的两份资料倒扣在桌子上。潘越一进门,关雪就注意到了他的表情。

"潘科长满面春风,想必是满载而归呀。"

潘越坐在办公桌的对面捶了捶腿:"这一整天,腿都跑细了。不过,还是有些收获的。"

"哦?"

"我想给您讲个故事,有兴趣吗?"

"洗耳恭听。"

"故事的开始,发生在昨天下午。就在我通过喷溅在那辆汽车里的血迹形状判断出那个地下党的动脉被射穿的时候,在我的身后,也有一双眼睛盯着那片血迹。此人绝顶聪明,不用我说,他也会做出与我相同的判断。"

关雪心照不宣地笑了笑。

"当然,他也听到了你下达的一系列命令——对全市的医院、诊所、药店进行全方位监控等。这个时候,他就已经知道,如果他不出手相助,那个受伤的共产党最终难逃一死。然后,他以探望受伤的弟兄们为借口,离开了案发现场,直接去了医院。他很幸运,医院当时的外科医生数量不够,只能为伤势最重的两个兄弟做手术。其他伤势不重的,则在病房里等候。这本来是一件很正常的事情。但是,此人利用这一点大做文章,他带着几个弟兄闯进了医疗器材库。"

"这难道有什么不对吗?"关雪反问道。

"表面上看,这些行为都是为了受伤的弟兄。但是实际上,他的真实目的是盗取医疗器械!"

关雪没有说话。

"一开始,我还以为他的目标是血浆。可是经过调查,医院对血浆的控制非常严格。而对于一个个急救包,管理相对宽松,少个几包是常有的事情。别忘了,他曾经在爆炸案发生之后有过在医院陪护伤员的经验,所以对这些事情很熟悉。"

关雪问:"急救包里有什么?"

"止血钳、缝合针、注射器等。"

"只有器械,没有血浆,能有什么用?"

"我给档案科打过电话,这个人恰好就是 O 型血。"

"你是说,他自己给那个受伤的共产党输血?"

潘越点了点头。

"那是需要一定技术的,即使拿到了那些东西,他又怎么完成动脉血管的缝合手术、如何完成输血?"

"我特地到铁路警察学校去了一趟。"

"查到什么了?"

"他在上警校的时候,紧急救护这门课程非常优异。"

"牵强。"关雪撇了撇嘴。

"牵强吗?那我问您,昨天下午他出现在案发现场的时候穿着什么衣服?"

"一套西装。"

"没错。可是当他出现在医院里的时候,他却在西装外面套上了一件风衣。医院里要比外面暖和得多,对吧?他为什么要这么做?"

关雪看着潘越,没有说话。

"那是为了方便他从医院里面向外偷东西!"

"即使拿到了医疗器械,他也完全有能力完成这样的手术,可是,此人被二十四小时监控着,难道他是孙悟空,会分身术——"

说到最后,关雪的脸色也变了。她想起了什么。

潘越等了一会儿,才说:"不错,科长,他就是分身有术。我早就说过,他有一个双胞胎兄弟。"

"我实话跟你说吧，我曾经派人到他的老家调查过，甚至拿到了他小时候的全家福照片……"

"我知道，我全都知道。"

"你怎么会知道？那是你住院之后发生的事。"

潘越微笑着没有说话。

关雪恍然大悟："我明白了，那些莫名其妙的电话，都是你打给我的。"

潘越没有接关雪的话头，继续着自己的话题："我相信，已经把他分身的两个地方都找到了。"

"在哪里？"

"一个在加油站会计室的门口。据加油站的工人说，他每次加完油都会把轿车停在会计室门口，然后下车，进去交钱开收据。今天，我在那里发现，会计室门口的左侧有一条不太深的小巷子，里面堆放着几个空的汽油桶。油桶的后面有脚印，说明有人在那里蹲过一段时间。后面的矮墙墙头有攀爬的痕迹——很新鲜的痕迹。"

关雪跟着潘越的叙述思考着。

"会计室里的出纳员是侧对着门口，而后方的视线被他停在那里的车完全挡住。毫无疑问，这个死角，就是他们兄弟交换身份的地方！"

关雪愣愣的，没有说话。

潘越继续说："昨天晚上，他们就是通过这种方式更换了身份。走进会计室缴费拿收据的是另一个他。带着跟踪者在大街小巷兜圈子，最后把他们引到浅野课长宅邸的，完全是另一个人。他本人则翻越加油站的那堵围墙，找到那个受伤的共产党，完成了缝合动脉血管的手术。"

"你是说，此时此刻，大楼里的宋卓文不是他？"

"是他。今天早上，就在他停车的那个小街街口，他们俩又换了回来。"

"就是他发现盯梢车辆的那个街口？"

"没错。我注意到了，街口的旁边就有一条曲折的小巷子，巷子口就有一棵大树。停车后，两个人迅速完成交换。拎着枪瞪着盯梢车辆的人才是我们熟悉的那个同僚。"

关雪思考了一会儿，说："照你这样说，他至少还有一个向同伴发出信号的方式。"

"这正是我需要您帮助的地方。"

"怎么帮助？"

"来自呼兰县的那些跟踪者二十四小时监视他。我想看看他们的记录，肯定能从他们的记录中找到他发信号的方式。"

关雪沉吟不语。

"不管结局如何，我们总得试试。"

"你还没有解释他的那张全家福呢，那可是经过《满洲日报》图片中心的主任鉴定过的。"

"照片上的另一个孩子，有可能是他的表弟或者堂弟什么的。我当时没有办那个案子，不好说。"

"我出去透透气,你在这里,最好再把思路理理清楚。"

关雪用手指敲了敲桌子上倒扣的两份资料,起身走出了办公室。

潘越心领神会,一等关雪关上房门,他立刻抓起桌上的两份资料仔细阅读。

这是两份记录。第一份,是盯梢小组对宋卓文这一天行程的所有记录。令他惊讶不已的是第二份记录。从笔迹和口吻来看,那是一个女人——生活在宋卓文身边的女人!

三

关雪站在走廊的尽头,表面上在凭窗远眺着窗外的景色。实际上,她的内心翻江倒海。潘越的话尽管离奇、夸张,但细想起来,却不是一点道理都没有。宋卓文是自己亲手调来特务课的。如果他真的是共产党,怎么办?亲手杀死他,还是把他交给浅野寺?如果走到那一步,关凯还会认她这个姐姐吗?关雪一时间有些茫然。看看时间差不多了,她转身回到办公室。

潘越看着她:"科长,我的信心更足了。你考虑过没有,他为什么会在吃饭的时候把舌头烫伤?"

关雪看着他。

"这样,他的双胞胎兄弟回来后就可以少说话,从而减少暴露的可能性。这说明,他对身边的每一个人都怀着高度的戒心。"

关雪未置可否,拿起水杯喝了一口水。

"此外,那个人在阳台上浇花的事情很值得怀疑。那可是一个向外界传递信息的绝好方式。您说呢?"

在宋卓文刚刚和哥哥相认后临时安置他的那间民房里,老段脸色苍白,盖着被子躺在炕上。他的一只胳膊露在外面,上面缠着厚厚的纱布。

宋卓武从灶台上的砂锅里盛出一碗鸡汤,走到炕头:"老段,把这碗鸡汤喝了。"

老段在小徐的搀扶下坐起来,接过碗,小口喝着。

宋卓武问:"昨天晚上,卓文给你输了多少血?"

"有四百毫升。他还想输,我跟他急了。"

小徐说:"可惜我不是O型血。"

"要是我在就好了,我这身板,多输二百毫升血一点问题都没有。"

老段一脸伤感地说:"我的命算是救回来了,可是那三个同志……"

"别想了。现在最关键的是赶快把你的伤养好。一会儿,我出去买一只甲鱼,晚上给你炖了,那玩意儿补血最好使。"

小徐说:"还是我去吧,顺便到你弟弟家附近走一趟,看看他是否发出了新的接头信号。"

关雪抱着一摞资料走进情报组组长办公室:"哎哟,忙死了忙死了。"

宋卓文抬头看着她。

"这都快下班了，参谋部突然来了个电话，催着要这个月的工作汇总，我早就把这件事忘得一干二净了。"

宋卓文笑了笑："这是要抓我的差呀。"

"没办法，晚上有个应酬，你要是不帮我，就没人能帮我了。"

"把资料放下吧。"

"写好点。"

"我尽量吧。"

"写完后，不管多晚，直接交给小武，他负责送过去。"

"有加班费吗？"

关雪摇摇头："没有，爱干不干。"

稳住了宋卓文，按潘越所说的，关雪把第一个电话打给了老冯："老冯，我看了你写的那份报告，很详细。但是有一个细节要问问你。"

"您说。"

"就是目标在阳台上浇花的那一段，你给我说细致点。"

"他当时在阳台上待了五分钟，后来似乎是听到有人叫他，就放下喷壶，回到了屋子里面。"

"我要问的是喷壶摆放的位置和方向。"

老冯想了想，说："没什么特别的，壶嘴冲着东北方向。"

关雪的第二个电话打到了宋卓文家中。接电话的果然是谢月。

"放学够早的呀。"

"今天下午，课少。"谢月听出了是谁，言语立刻小心起来。

"你们家阳台上养着的花该浇水了吧？"

"我不知道。都是他自己打理，他不让别人动他的花。"

"你帮我办件事情。"

"您说。"

"到阳台去，把喷壶的喷嘴对着东北方向。"

谢月推开阳台的门，她看到喷壶放在花架角落的一块木板上面，木板的外侧放着一只小花盆。

谢月一把拿起了喷壶，但她没有料到的是，外侧的花盆是悬空放置的。喷壶刚被拿起来，木板立刻就翻了，花盆直接掉到下面的小院里，摔碎了。

关雪听了一会儿电话，骂了声"废物"，然后挂上了话筒。

"怎么了，科长？"

"阳台上的一只花盆摔碎了。"

"为什么会这样？"

"喷壶里有半壶水。她拿起来的时候，没想到底下的木板是活的。木板外侧的花盆失去平衡，掉了下去。"

潘越思忖了片刻，说："这都是故意设计好的保险措施。为了防止有人误动喷壶，故意将喷壶和花盆摆成一个跷跷板似的状态。一旦少了那只花盆，远处观察的人就不会去指定的地点接头了。"

"现在去找一只一模一样的花盆显然来不及了。"

潘越也思考着，他突然抬起头来："我去过他家两次，记得在阳台外面的马路边上有一排电线杆。"

关雪看着他。

潘越突然站起身来，抓起电话机拨号。

"你打给谁？"

"电业局。"

半个小时后，两个电力工人穿着脚扣爬到电线杆上部，开始维修线路。他们所处的位置正好挡住了那个阳台。

关雪在轿车里向前望去，只见这条街的另外几根电线杆上也分别有电力工人在上部维修。

潘越沿着街道走过来，打开车门，钻了进来。

"我在各个角度都看过了，站在这条街的两端都没法儿看到阳台上的摆设。如果有人要想看清楚，必须走到阳台下面的街道上。到时候，谁留意阳台就抓谁。"

天快黑的时候，从街道东头走来一个头戴着一顶宽檐草帽、手里提着一条甲鱼的人。他从远处望着宋卓文家的阳台。然而，维修电线杆的工人们挡住了他的视线。他继续向前走。

潘越从倒车镜里盯着他："科长，我觉得这个人很可疑。看见了吗？他手里提着一条甲鱼，那是补血的好东西。"

关雪没说话，她的视线紧跟着这个草帽男，看着他从轿车旁边经过，看着他经过那根电线杆，有意无意地向侧面上方的阳台上看了一眼。

"就是他！"

潘越看着关雪，关雪没有反对。

草帽男眼看着就要走到这条小街尽头的大街上。忽然，从小街两侧走出来十几个特务，横在他面前。他回头一看，关雪和潘越带着十几个特务正走过来。

潘越走到他跟前，掀掉了他的草帽。正是小徐。

小徐一脸蒙地看着周围的人："你们……你们要干啥？"

潘越一脸笑："别演戏了，你是干什么的，我们都清楚。搜搜他！"

丁鹏和另一个特务走上前来，开始对小徐搜身，但什么也没搜出来。

"先带回去吧。"关雪说道。

一辆轿车开了过来,一个特务拉开车门,丁鹏在后面推搡着小徐。小徐突然一回身,抡起手上的甲鱼打到丁鹏脸上。

突如其来的反抗让所有的人都愣住了。

趁他们疏忽,小徐撞开一个特务,向大街上跑去。特务们拔脚就追,纷纷拔出手枪。

潘越大喊:"不要开枪,抓活的!"

小徐跑到大街上,眼看着就要被特务们抓住,迎面开来一辆公共汽车。小徐一咬牙,冲了上去。

四

快到家的时候,宋卓文远远地看到大街上停着一辆救护车,边上聚拢着一群人。

随着渐行渐近,他看到那是潘越、关雪等人。宋卓文把车停在路边,下了车。

在人群中心,小徐躺在地面上,身体下面是一大摊血。

一个医生把手指放在小徐的颈动脉上。过了一小会儿,医生摇了摇头:"人已经没救了。"

潘越大吼道:"你他妈想想办法!"

"我们赶到之前,人就没了。"

潘越还要再说什么,关雪说:"好了!"忽然,她看到了围观人群中的宋卓文。

宋卓文根本就没有看她,而是看着地上的小徐,面无表情。

"你回来了?"

宋卓文抬眼看了关雪一眼:"嗯。你不是有个应酬吗?"

"突然来了一个案子。"

宋卓文看着小徐:"这是谁呀?"

潘越插进话来:"这是一个共产党。我们差一点就抓住他了,就在你家附近,你说巧不巧?"

"是够巧的。谢谢你,潘副科长,让我能睡个好觉了。"

"应该的。"

"卓文——"

宋卓文打断了关雪:"汇总写完后,已经交给了小武。我累了,先回去休息了。"

"好吧。"

宋卓文把车停在家门口。他明白,小徐是在观察阳台的时候暴露身份的。而这一切,必定是潘越在背后搞的鬼。由此可以判断,潘越已经发现了自己在阳台上传递信息的秘密。自己不让别人摆弄花盆的事,关雪从谢月口中就能知道。眼看着自己的同志倒在血泊中,宋卓文尽管心中悲愤无比,却只能压抑自己。他知道,就在此时,仍然有野兽的眼睛盯着自己。

他深吸一口气，稳住了情绪，才开门下车。

宋卓文开门，走进客厅。坐在餐桌边的石姐和谢月站起身来。

石姐说："先生回来了，我这就去给你热饭。"

"不用了，我不饿。"宋卓文的眼光没有在谢月脸上停留片刻，就匆匆走上楼梯。

宋卓文坐在沙发上，微闭着眼睛，用手指按摩着鼻梁顶部。听到走上楼梯的脚步声，但是他没有睁眼。

直到那脚步声在面前停止，宋卓文才不得不睁开眼睛。

谢月站在他面前，小心翼翼地看着他。

"有什么事吗？"

"对不起。"

"怎么了？"

"我把你的花盆打碎了一个。"

宋卓文沉默了片刻，突然一拍桌子："你的手怎么就那么欠！"

谢月打了个冷战。

"我跟你们说过没有，那几盆花我自己侍弄，用不着你。"

谢月咬着嘴唇，泪如雨下。

正在收拾碗筷的石姐愣住了，她望着楼上。

"搞好你自己的事情就行了，管那么多闲事干什么！"

折腾到很晚才收了工，潘越不放心，坚持要陪关雪到家门口。关雪推辞不过，只好让潘越和自己坐在后座上。司机小武不是外人，她和潘越有什么话都不用避讳。

一路上大都是关雪说，潘越很少反驳。快到家的时候，关雪做了最后的总结："潘副科长，不管你有多么合理的怀疑、多么精彩的推理，拿不出证据都是白搭。我希望你赶快把精力投入该投入的地方。这件事，就到此为止吧。"

潘越无言以对。

"小武路上开慢点，要把潘副科长安全送回家。"说罢，关雪下了车，走向公寓楼门口。

那辆轿车缓缓前行，忽然又刹住。潘越从车里跳下来，快步走到关雪面前，两眼放光："指纹！"

关雪没听清："什么？"

潘越叉开五指，伸到关雪面前："指纹呀。"

五

石姐拧干了抹布刚要干活儿，电话铃响了。石姐放下抹布，拿起电话听筒，里面传来关雪的声音。

"关小姐好，宋先生已经上班去了。"
"我不找他，我找你。"
"找我？"
"这几天，家里来过外人吗？"
石姐想了想，说："没有。"
"你在干什么？"
"我正要打扫卫生啊。"
"不准打扫！从现在开始，家里的东西一样都不能碰，知道吗？"
"我听您的。"
"现在你就出门，到马迭尔旅馆的二一〇房间里来，听明白了吗？"

石姐走出房子，锁好门后一路走远。马路斜对面的一辆轿车车门打开，下来几个特务。他们穿过马路，来到门前。其中一个掏出钥匙打开房门，走了进去。
几个人戴上透明的橡胶手套，开始在每个房间内提取指纹。

与此同时，路建飞和谢月并肩走在校园里。路建飞侧过脸，看着谢月。谢月低下头，躲开了他的目光。
路建飞说："你能挎着我的胳膊吗？"
谢月停下脚步："你到底有没有话要说？"
路建飞一脸委屈："我这么做就是想让咱俩看起来自然一些。"
"我管什么自然不自然，有话你就快说。"
"我这几天看了许多德国的间谍小说，里面的男女间谍都是这样的。当然，最后他们大都走到了一起。谢月，我真希望——"
谢月扭头就走。
路建飞追了上去："关科长让你去马迭尔旅馆的二一〇房间找她。"
"什么时候？"
"越快越好。"
谢月快步向前走去。
"今天在电话里，我向关科长提出了一个请求，她答应我了。你想知道吗？"
"我不想。"

快到马迭尔旅馆门口的时候，谢月看到石姐从旅馆里走出来，向另一个方向匆匆走去。她皱了皱眉头，付了车夫的车钱，走进旅馆大门。
进了二一〇号客房，她看到关雪坐在沙发上，桌子的旁边还站着一个年轻的特务。
"关小姐。"谢月叫了一声。
"到桌子那儿去。"
谢月走到桌边。桌子上铺着一张白纸，白纸的旁边放着一个印盒。

那个特务说:"把你的十个手指头都在印盒里摁一下,然后摁到这张白纸上,明白了吗?"

谢月点点头,依言而做。白纸上立刻出现了十个红色的指纹印。

特务拿起白纸看了看,对关雪说:"可以了,科长。"

"你先出去,我跟她说几句话。"

特务走出房间,将门关死。

关雪站起身来,走到谢月面前。谢月习惯性地垂下眼睑。

"你跟他在一起,也有快两个月了吧?"

"是。"

"你仔细回忆一下,这两个月里,他是不是有什么明显的变化?"

谢月抬眼,不解地看着关雪。

"比如,说话的声音、饮食习惯、脾气性格等等,忽然有那么几天,变得像另一个人的,又过了几天,又变了回来,就像……就像两个人似的。"

谢月凝神思索了一会儿,摇了摇头:"没有啊。"

"再想想,好好想想。"

谢月又回忆了一会儿,说:"没有。"

关雪突然出手。啪的一声,谢月的脸上吃了一记耳光。

谢月呆呆地看着关雪。

关雪声色俱厉道:"你是不是在糊弄我?!"

谢月含着泪水摇了摇头。

"你是不是喜欢上了他?"

"没有。"

"两个月了,你没有交给我任何有价值的东西。昨天晚上,让你办那么一件小事,你都给我办砸了。说!那个花盆是不是你故意砸碎的?"

"我真的是不小心。"

"别忘了你有吃有喝有学上靠的是谁。你以为是他?"

"是……是你。"

"永远记住这一点,别干吃里爬外的事。否则的话,别说你,连你妈都不会有好下场。"

谢月沉重地点了点头。

"滚!"

谢月垂着头,向门口走去。

关雪忽然喝道:"站住!"

谢月停在门口。

"不要幻想着有一天能嫁给他,那是绝不可能的事。"

谢月坐在黄包车上,先是抹了一会儿眼泪,然后就陷入沉思。她想起关雪提出的几

338

个问题。为什么关雪会怀疑宋卓文说话的声音、饮食习惯、脾气性格变来变去？这些现象出现过吗？她也开始仔细回忆。

不知不觉，黄包车停了下来，车夫打断了谢月的沉思："小姐，到了。"

谢月下了车，取出钥匙，打开了大门。身后一个人突然将谢月拦抱住，推进了大门里面。

谢月被扔到了沙发上，才发现闯入者是路建飞。他死死地压在谢月身上。

"早晨和你说，你也不听，我在电话里求过关小姐，她答应我了。她说，你就是我的人，迟早都是，等这事一完，她就把你给我。我等不及了——"说着，路建飞把嘴凑上来。

"等一等。"

路建飞停了下来。

"既然这样，咱们不能浪漫点吗？我真的不喜欢你这样。"

路建飞放开谢月，理了一下自己的发型："我这个人适合各种风格。说吧，你想怎么玩？"

谢月从酒柜里取出一瓶红酒，打开，倒进了两只高脚杯。她将其中一杯红酒递给路建飞。

路建飞接过酒杯，目光却全在谢月身上。

谢月忽然想起了什么："等等，厨房里有些干果，我去取。"

"好，我等着你。"

谢月走进厨房，打开窗户，登着橱柜爬上窗台。

突然，一只手从后面将她拦腰抱住。路建飞将谢月扔在厨房地板上，狞笑着扑了上去。

"救命！"谢月大喊。

路建飞撕开了谢月的衣服。忽然，他的头发被人抓住向后拉扯。路建飞回头一看，是石姐。

"你放开她！"石姐喝道。

路建飞用手一推，将石姐推倒在碗橱旁边。石姐一眼看到碗橱上刀具架子上的菜刀。她从上面抽出菜刀，狠狠地劈了下去。路建飞慌忙伸手抓住了石姐的手腕，二人厮打在一起。

石姐披头散发，两眼血红，一口咬住了路建飞的手背。路建飞痛得哇哇叫，他把石姐推到了一边，拔腿就跑。石姐提着刀一直追到大门口。她扶着门框喘着粗气，看着路建飞头也不回地跑远了。

走进厨房，把菜刀丢在橱柜上，石姐蹲下身子，搂着谢月："没事了，孩子。"

"妈！"谢月哇的一声大哭起来。

"没事了没事了，有妈在呢。"说着，石姐的眼泪也流了下来。

谢月忽然止住哭声，看着石姐："妈，关雪已经答应这个人，要把我送给他。"

"啊？"

"这个地方，咱们不能再待下去了。"

"咱们娘俩能逃出去吗？"

"无论如何也要走。"

"我听你的，该怎么办？"

谢月环顾凌乱的房间："咱们先把屋子收拾一下，别让宋大哥看出什么来。"

六

那天晚上的餐桌上有鱼有虾，格外丰盛。

吃到一半，石姐打破了沉闷："宋先生，您的舌头好些了吗？"

宋卓文笑了笑："本来就没什么大事，早就好了。"

"以后你吃饭的时候慢一点，也别再看报纸了。听谢小姐说，吃饭的时候喜欢思考的人胃不好。对吧，谢小姐？"

谢月轻轻点了点头。

宋卓文看着谢月："怪不得我老是胃疼呢，这的确是个不好的习惯啊。"

谢月低垂着眼睑，还是没有迎接宋卓文的眼神。

吃完饭，宋卓文上了二层，来到起居室。他看到书桌上放着一个硬纸盒。拆开纸盒，他发现里面装的是一只精美的花盆。宋卓文慢慢地把花盆取出，放在桌子上。比原来那个好看多了。

这时身后传来脚步声，宋卓文回头一看，原来是石姐。

"有事吗？"

"先生，我是来向您请假的。下午接到老家来的一封信，有个亲戚得了病……"

谢月悄悄登上靠近起居室的楼梯，侧耳倾听着。

"既然这样，那你明天就动身吧。"

"宋先生，我请假的事，您能帮我瞒着关小姐吗？"

宋卓文笑了笑："可以。"

石姐站在原地没有动，似乎有些话还没有说。

宋卓文愣了一下，立刻明白过来。

"你瞧我这脑子。"他赶紧掏出钱包，抽出几张钞票递过去，"这是你的薪水。"

石姐一看，连忙摆手："先生，您给的太多了。"

"这里面包括后面两个月的钱，提前支给你。穷家富路嘛，出门在外，难免遇上个大事小情。"宋卓文抓过石姐的手，把钱塞到她手心里，"拿着吧。"

石姐的眼眶有些发红："宋先生……其实，你和谢小姐都是好人。"

关凯拼抢动作过于凶狠，争一个球的时候，把另一个男生撞倒在地。

"关凯！你这两天怎么了，跟吃了枪药似的。"那个男生爬起来就不干了。

"你自己没站稳还怪我？"

俩人争执了几句，很快就被别的同学劝开了。
关凯悻悻地向球场边走来。不经意地一抬眼，看到了谢月，他愣住了。

两个人并肩走在小径上，谢月忽然说："关凯，对不起。"
"有啥对不起的？"
"这段时间，我对你的态度有点不好。"
关凯笑了："没事，我不在乎。"
"我知道，你一直对我很好。可是我对你……"
"我觉得也挺好的呀。"
"其实，在我心里，一直把你当成我最好的朋友。真的！"
关凯虽然笑着，眼睛里却充满伤感："我知道。你能这么说，我真的很高兴。"
"我欠了别人很多，将来有机会，我一定会报答你们的。"
关凯微蹙眉头："谢月，你今天有点怪。"
谢月有些慌乱："是吗？"
"发生什么事了？"
"没有啊。"
关凯刚要说什么，上课铃响起了。

上课十分钟后，谢月举起了手。她说自己头痛得厉害，请假去医务室。
谢月出了校门，拦了一辆黄包车，直奔火车站。
跑进候车室，她左顾右盼，在众多的旅客中寻找着。石姐从一个角落里走了出来。
售票窗口前面排着一条长长的队伍。谢月挤到窗口，把一张钞票伸向窗口："麻烦您，两张佳木斯的二等车票。"
排在后面的一个中年男子不干了，他把谢月的手推到了一边："干吗呢你，还有个先来后到吗？"
售票员是个三十多岁的男子。他看着窗口外的争执。
"对不住了，大叔，我的车眼看着就要发车了。"谢月哀求道。
"谁的车不是马上要发车，早干吗去了？"
谢月从兜里掏出一张小额钞票："先生，您帮帮忙，这点钱，您拿去买包烟吧。"

课间，路建飞在教室门口向里面张望。他发现谢月的座位上空空如也，打听了一下才知道她去了医务室。到了医务室的窗前，他看到里面倒是有医生和两个学生，却看不到谢月的身影。路建飞想了一会儿，给关雪打了一个电话。
关雪接到电话后，先给宋卓文家中打了一个电话。正是做饭的时间，石姐却不在家，她知道出问题了。她叫上小武，带着几个心腹特务，乘两辆车直奔火车站。

候车室里，几个人分头在人群里寻找，小武直接去了售票处。很快他就查到了结果。

"售票员对她印象很深。她想插队来着,后面的旅客就是不干。她给了人家一包烟钱,才买上了车票。"

"去哪儿的?"

"佳木斯,两张二等座。开车还不到半个小时,现在追还来得及。"

关雪眼珠一转,笑了:"咱们要是追这趟车,那就上当了。"

"为啥?"

"什么插队、和旅客说好话,都是她故意做的样子,目的就是引起售票员的注意,然后把我们引到错误的方向上去。"

"她还有这脑子?"

关雪看着小武:"我教过她一些基本的东西。"

"如果这是虚晃一枪,那么她们一定是要到长途汽车站,坐汽车离开哈尔滨。"

关雪冷笑道:"小丫头片子。"

第二十三章
弃暗投明

一

　　谢月瞟了一眼车窗外面，只见车窗外是一些低缓起伏的丘陵。长途车前方的道路进入了莽莽苍苍的山区。
　　谢月松了一口气："妈，咱们已经出城了。"
　　上了车，娘俩裹着头巾低着头坐在车厢偏后的一张双人座位上。此刻她这才摘下头巾，挺直腰板。
　　"昨晚上一宿没睡吧？"石姐捋了捋她的头发。
　　"你不也是？"
　　"妈岁数大了，觉少。你睡一会儿吧。"
　　谢月把头靠在石姐肩膀上，闭了一会儿眼也睡不着。她睁开眼，扭头向后面瞥了一眼。接着，她腾的一下站起身来，向后望去。
　　石姐吓了一跳，也站起来向后望去。
　　有两辆轿车飞一般地追上来了。

　　小武眼看着前方的长途汽车又拐过了一道山梁。他又把油门往下踩了踩。
　　两辆轿车疾速转过山脚，不断地摁喇叭，很快超过了长途汽车，并将其逼停在路边。小武等人跳上汽车，在车厢内寻找着，但刚才母女俩坐过的双人座此时已经空无一人。他拔出手枪，顶在长途车司机的脑袋上："车上的那一对母女去了哪里？"
　　司机惊恐不安："刚拐过那道山梁子，她……她俩就下车了。"

　　谢月拉着石姐气喘吁吁地向山上爬去。一回头，谢月看到小武等人正向上追来。
　　"妈，快跑，他们追上来了。"
　　母女俩继续向上爬了一段，石姐停了下来："孩子，这样咱俩谁都跑不了。"
　　"那怎么办？"
　　"我把他们引开，你向那边跑。"
　　谢月哭了："妈，我不能没有你。"
　　"傻孩子，妈就是一个不中用的老婆子，他们能把我怎么样？只要你跑了，妈肯定没事。"石姐推了谢月一把，"快，听话。"
　　谢月流着泪，钻入了一片灌木丛。

343

石姐咬着牙,继续向山上爬。一路上,她故意蹬松山石,制造动静。不一会儿,她竟跌跌撞撞爬到了山顶。可她面临的是一面深深的断崖。

石姐坐在山崖边的一块石头上喘着粗气。小武等人也爬到了山顶。

"你闺女呢?"小武气喘吁吁。

"早就跑了。"

小武在山顶往四处看了看,对身边的特务说:"那丫头肯定是藏在半山腰的什么地方,下去找。"

石姐忽然扑过来,紧紧抱住了小武的腿。

谢月藏在一片草丛里,四周静悄悄的,一点声音都没有。等了好久,她才钻出来,举目四望,不见半个人影。

谢月沿着一条小路向山下走去。忽然,从路边的一棵大树后面转出一个人来。

正是关雪。

谢月停下脚步,呆立原地。

"我早就说过,你跑不出我的手心。"

"我妈呢?"

"她呀……我把她送到了一个谁也找不到的地方,好吃好喝地养起来了。"

"我要见她。"

"等你办好我的事情,自然会让你见她。不过,你要是再跟我玩花招儿,我就把她喂了狼狗!"

晚上,宋卓文煮了一碗面条,倒了点酱油,就端到了餐桌上。他刚吃两口,忽然传来敲门声。他起身走到门口,打开房门。

谢月失魂落魄地站在门口。

两个人对视着。

二

轿车停在公寓楼门口。关雪从车上下来,让小武明天早点来接她,然后走向公寓楼的门口。忽然,从里面走出一个人来,吓了她一跳。她定睛一看,正是潘越。

"你怎么在这儿?"

"科长,我等了你半天了。"

"什么事?"

"技术科的报告下午就出来了。"

关雪有些紧张:"怎么样?"

"和我判断的一致,在那栋房子里,除了他、石姐、谢月,还有另一个人的指纹。"

关雪呆立原地。

谢月看到石姐在一条小路上蹒跚地跑着，几条凶恶的狼狗飞快地追了过来。石姐腿一软，跌倒在地。狼狗们扑上去，张开獠牙撕扯着。

"妈！"谢月惨叫一声，从床上坐了起来。

宋卓文坐在床边，抓住谢月的肩膀："谢月，谢月，你怎么了？"

谢月清醒过来，浑身仍然在发抖。她看着宋卓文，眼泪流下来："我梦见我妈她……"谢月大哭起来。

宋卓文犹豫了一下，终于将谢月揽入怀中。谢月抱着宋卓文，痛哭不止。

早上，宋卓文刚走进办公楼，丁鹏就迎面走过来："宋兄，科长让你到他办公室去一趟。"

宋卓文推门而入，愣住了。

关雪坐在办公桌后面，办公桌前面摆着一把椅子。椅子的两侧则站着潘越、小武和另外几名特务。每个人的腰间都插着手枪。

宋卓文的目光在他们的脸上一一扫过，最后落在那把椅子上。

"科长，这把椅子是给我留的吗？"

潘越笑了笑："除了你宋组长，谁也没有资格坐这把椅子。"

"那您可是太抬举我了，可我总觉得有一种受审的意思呀。"

关雪开口了："卓文，叫你过来，是有一件事情希望你说清楚。"

"啥事啊？"

"先坐下吧。"

宋卓文走过去，把公文包扔在办公桌上，坐了下去："啥事，说吧。"

"你也知道，前两天科里组织了一次围捕地下党的行动。种种迹象表明，有人提前通风报信，才导致目标逃出包围圈。"

"这次行动从头到尾我都没有参加，这你是最清楚的。好吧，我全力配合调查。你想知道什么，尽管问吧。"

"昨天，我问过石姐，这段时间你们家里是否来过其他人。石姐回答说，除了你们三个，没有来过任何外人。"

宋卓文点了点头："石姐说没有，那就应该是没有。毕竟我俩上班的上班，上学的上学，家里只有她一个人常在。"

"可是，我们在你的家里发现了四枚不同的指纹。"

宋卓文皱着眉头看着关雪。

"经过比对，其中三枚指纹可以跟你、谢月、石姐对得上。还有一枚指纹，找不到主人。你能告诉我，这是谁的指纹吗？"

宋卓文不怒反笑："关科长，我想问您一句，既然科里每个人都要接受调查，那是不是每个人的家里都被提取过指纹呢？"

潘越插进话来："别人的事情，宋组长还是不要操心为好，还是把你的问题说清楚吧。"

宋卓文瞪着潘越："潘副科长，听你话里的意思，如果我说不清这枚指纹的来历，就可以给我定罪喽？"

"你放心，我们既然把你请到这儿来，就是有一系列的疑点。至于这枚指纹，不过是对这些疑点的最终证明。"

"一系列的疑点？说给我听听。"

"还没到时候。"

"那好，我也想要你证实一件事。"

"什么事？"

"你的出院证明是不是真的？"

潘越气急了："你——"

"好了，不要吵了！"关雪喊道。

宋卓文和潘越沉默下来。

关雪停了一会儿，才继续说："卓文，你最好还是能说明这枚指纹的来历。否则，真的对你很不利。我……也帮不了你。"

"你们说的这枚指纹，我真的不知道是从哪里来的。石姐说没人来过，你们也可以问问谢月呀。总之，无论你们掌握了什么证据，单凭一枚我不知道的指纹就给我定罪，我不服气！"

"那好，现在我就派人把谢月接过来。"关雪说完看着小武。

小武转身离开。

不到一小时，谢月站在宋卓文旁边。

关雪问："谢月，这几天，你带同学回过家吗？"

谢月摇了摇头。

"你有没有把别的什么人让进屋子里？"

"没有。"

"除了你们三个，你看到过别人出现在那所房子里吗？"

"没有看到过。"

关雪沉默了。

潘越说："科长，我看已经没有什么再问的必要了，可以把调查经过和宋卓文送到浅野课长那里去了。"

宋卓文望着前方，面无表情。

关雪对谢月说："你先走吧。"

谢月转身走到门口，忽然停下脚步。她转过身来："我忘了一件事。"

"说。"

"我们学校有一个叫路建飞的家伙，总是缠住我不放。那天，他不知从哪里拿到了我的发卡。可是我明明记得，那天早上我把发卡放在家里的床头柜上了。"

346

"他潜入过你家？"

"不知道。但我问他是从哪里拿的发卡，他就是不说。"

关雪下令："立刻把路建飞带来。"

路建飞被带到特务科后先摁了指纹，然后就被关在一间屋子里。又过了半个小时，小武走进科长办公室："科长，查清楚了，第四枚指纹，就是路建飞的。"

三

小武特意把路建飞带到卫生间。因为那里的地板和墙壁都铺着瓷砖，墙角的水龙头上还盘着一卷胶皮软管。十分钟后，路建飞被架出去，最后一个特务把软管接上水嘴，很快就把地板和墙壁上飞溅的血冲洗得干干净净。

宋卓文开着车，把谢月送回了家。

一路上，两个人都面无表情。直到进了家，关上房门，谢月才仿佛散了架，靠在门板上。宋卓文转过身看着她，两个人同时笑了。

宋卓文说："谢谢你。"

"这句话应该是我对你说的。"

事实上，早在昨晚谢月从噩梦中惊醒，她就将自己和石姐的母女关系、自己受到胁迫成为关雪的内线以及她传递给关雪的每一个消息，包括母女俩昨天在特务科录下指纹、路建飞闯入房子等，事无巨细地告诉了宋卓文。

宋卓文立刻明白，这个家里所有的指纹肯定被提取过。他思索了一会儿，突然说："路建飞闯入一定是在指纹提取之后，他一定也在家里留下了指纹。"

"为了麻痹他，我给他倒过一杯红酒。"

谢月把宋卓文带到楼下的酒柜前，指着路建飞用过的杯子。宋卓文用一块手帕将酒杯包好，装在身上。他在半夜时分从院墙翻出去，直奔特务科。

宋卓文来到技术室，用两根细铁丝开了门锁，溜了进去，又花了些时间打开了保险柜。果然，他在里面找到了他和谢月、石姐三个人以及第四枚标着"无名氏"的指纹。

宋卓文取出酒杯，叼着手电筒，用技术室的工具提取了酒杯上的指纹，又将这枚指纹与无名氏的指纹做了替换。最后，他关上保险柜，离开特务科，在天亮之前赶回了家。

那天晚上，谢月烧了两盘简单的菜肴。宋卓文夹了一口菜，放在嘴里。

谢月看着他："怎么样，不如我妈做的好吃吧？"

宋卓文咽下去后才说："也不错，就是盐放得多了点。"

谢月不好意思地笑了。很快，她的笑容就散去了，忧郁之色再次爬上了她的面孔。

"还在担心你母亲？我觉得，关雪不会把她怎么样。"

谢月点了点头。

"对了，我觉得那个叫路建飞的家伙不会就此善罢甘休。"

"那我该怎么办？"

"你等等。"说罢，宋卓文站起身来，走到衣帽架边，摘下了挂在上面的公文包，从里面掏出一把小巧的左轮手枪，放在谢月面前。

谢月震惊道："你让我用它？"

宋卓文点了点头："明天上学的时候，你就把它放在书包里。"

几天后，路建飞脑袋缠着纱布上了学。找了个机会，他挡在谢月面前："你可把我害惨了。"

"你想怎样？"

路建飞冷笑道："你等着，我不会轻易地放过你。"

"其实，我也正想找你谈谈。"

"谈什么？"

"这儿说话不方便，咱们找个人少的地方，怎么样？"

"好啊。"

两个人一前一后走到了一个没有人的角落。谢月悄悄地把手伸进了书包。

路建飞停下脚步，转过身来："说吧，你想怎么补偿我。"

"路建飞，你三番五次地欺负我，我已经不想活下去了。"

"你以为说这些废话，我就能放过你？"

"但是，我不想一个人去死。"

"还想拉个垫背的？"

"对，那个人就是你。"说着，谢月从书包里抽出手枪，对准了路建飞。

路建飞惊慌失措，向后退了两步，马上又强自镇定："你拿着一支玩具枪吓唬谁？"

"砰！"枪口火光一闪。

路建飞吓了一跳。

谢月一脸惊讶地看看手枪，再次瞄准路建飞。路建飞低下身子，撒腿就跑。他跑到几十米开外，回过头来喊道："疯子！你就是一个疯子！"

原来，手枪的弹仓里装着六发空包弹。宋卓文说这是训练用的，没有弹头。

四

胡彬连着叫了潘越两次说要给他接风，都被潘越推了。这天下午，他却被潘越拉到办公室里喝茶。

"老潘，你回来这几天，跟科长嘀嘀咕咕的，都不怎么爱理我。"胡彬仍然拉着一张脸。

"哪儿的话，"潘越拍了拍胡彬的手背，"咱们两个，永远都是亲兄弟。"潘越压低声音，"我那是忙着对付那个家伙。"

胡彬立刻兴奋起来："我就说嘛，你不会放过他的。这事儿得叫上我呀。"

潘越端起茶壶给胡彬斟满："需要你帮忙的时候，我自然会开口。不过，你手下的一个人，我用着挺顺手。"

胡彬想了一下，说："我知道是谁了。从今以后，你可以随意调遣。"

两人正说着，丁鹏敲门进来了。推门走进办公室，看到胡彬，他有些意外："胡组长。"

胡彬站起来："我也该回去了，你们聊。"

潘越没有挽留，等胡彬走出了办公室，他才问："有没有进展？"

"有，我们找到了那个卖甲鱼的小贩。"

关雪握着电话："老冯，哈尔滨的事情暂时告一段落……"

潘越走进科长办公室的时候，关雪正在给老冯打电话，意思是感谢他们这段时间在哈尔滨的工作……潘越一听不对味，立刻上前，摁下了电话机座上的压簧。

"潘越，你这是干什么？"

"科长，你是不是要让县里来的兄弟们撤回去？"

"对呀。宋卓文的嫌疑已经洗脱了，还留着他们在这儿干什么？"

"这件事情还没有完。刚才，我接到报告，我们找到那个卖甲鱼的小贩了。"

"你最好拿出一些不那么捕风捉影的证据来。"

"小贩跟那个小伙子还聊了两句，问他是不是买回去给家里人补身子。小伙子说他哥从小贫血，甲鱼就是给他补血益气用的。小贩说：'那你最好和鹿茸一块儿炖。'小伙子问他哪儿有卖鹿茸的。小贩说了几个地方，他都嫌太远。小贩说，十六棚那边也有一家铺子卖鹿茸。小伙子说，这个地方行，回家的时候，顺便就买了。"

"你是说，他们就藏在十六棚一带？"

"科长，上一次就是我指引着丁鹏找到他们的老巢的。我不是自夸，就是想说明一个特征，共产党通常会选择道路纵横、出口众多的居民区做落脚点，这便于他们在遭到围捕的时候逃跑。而十六棚也是这样的地方。"

"那一带，怎么也有几百户人家。"

"那就只能用笨办法了。协调宪兵队，封锁外围，由我们特务科的人挨家挨户地搜查。科长，我希望您还能让老冯他们盯死宋卓文。"

那天傍晚，潘越隔着窗子看着宋卓文下班离开后，才扭头对关雪说："科长，现在可以行动了。"

关雪拨通了电话，立刻，一辆辆满载着日本宪兵的卡车驶出司令部，直扑十六铺。

到达那片居民区后，每到一个路口，都有一辆卡车停下来，宪兵们从卡车上跳下来，封锁了路口。

关雪和潘越到达时，胡彬已经开车转了一遍，确保十六棚所有的大小出口全被封锁了。

关雪下令开始搜索。

潘越又嘱咐了两句:"老胡,从外围向中间,步步为营,不怕慢。"

远处传来几声狗叫,躺在炕上的老段忽然睁开了眼睛:"卓武,现在几点了?"
趴在桌子上打盹儿的宋卓武睁开眼睛,看了看手表:"快七点了。"
"不对呀。"
"咋啦?"
"怎么这么静呢?"
宋卓武侧耳听了听:"是比平时消停。"
老段坐起身来:"往常这个时候,卖馄饨、卖油糕的,外面总有一些走街串巷的小贩。可是今天晚上,没有听到任何叫卖的声音。"
"我出去看看。"宋卓武站起身来。
他出了门,左右看了看,小巷里空无一人。他走到巷子口一拐弯,迎面一道强烈的手电光就照在他脸上。
"不许动。"
宋卓武眯着眼,用手挡着强光:"谁呀?"
一个特务凑了过来:"哎,这不是宋组长吗?"
宋卓武就坡下驴:"啊。你怎么在这儿呢?"
"这不是突然下令到这里抓共产党嘛。宋组长,刚才任务开始的时候没有看见您呀,您啥时候来的?"
宋卓武反问道:"其他人在什么地方?"
"就在后面。"
宋卓武听到不远处传来脚步声,也看到另一条岔路上几道手电光正在向他所在的位置移动着。

五

两分钟后,胡彬、丁鹏等人经过宋卓武和那个特务碰面的巷子口的时候,这里已经空无一人。
胡彬站在巷子口用手电筒向里面照了照。手电筒的光圈依次晃过几道房门。
"三个人一组,分头搜索。"
丁鹏和另外两个特务敲了敲那间民房的房门,但是里面并没有回应。
胡彬走了过来。
丁鹏说:"胡组长,这间房子有点邪门。"
"撞开门!"
一个特务后退几步,向前冲撞开了房门。
屋子没有人,但地上散落着一些沾着血的纱布,后窗则大开着。丁鹏快步来到窗前,向外张望,眼看着一个身影向远处跑去。夜色中,此人的胳膊缠着的白色绷带分外显眼。

"我看见他了，正跑呢。"

几个人先后跳出了窗户。

那个人影在前方的小路上时而左拐，时而右拐，显然对地形很熟悉。如果不是他胳膊上的白色绷带，胡彬等人怕是要失去目标了。

胡彬大喊："站住！不然就开枪了！"

那个人影回身先开了两枪。胡彬等人开枪还击，很快，枪声就响成了一片。

宋卓文听到了从远处传来的枪声，他起身来到窗前，盯着那个方向。那儿应该就是老段和哥哥藏身的十六棚。难道他们已经暴露了？

宋卓文出了家门，钻进轿车开走了。停在不远处街边的一辆轿车很快就跟了上去。

越向前走，枪声越响亮，宋卓文瞟了一眼后视镜。那辆轿车像幽灵一样跟在后面。

宋卓文的轿车驶过一个十字路口，突然刹车。他从车里钻出来，背着右手站在街上。

司机看到前方站着的宋卓文，紧张地问："怎么办？"

老冯说："从他身边绕过去，由后车跟踪。"

司机不由自主地减慢了速度。忽然，宋卓文抬起右手，对着跟踪的轿车连开数枪。子弹击碎了前挡风玻璃。

"快！向左转弯。"

第一辆跟踪的轿车急急地向左拐去，加速逃离。宋卓文并不罢休，对着后面的第二辆跟踪的轿车又开了几枪。看到第二辆、第三辆跟踪的轿车纷纷掉头后逃离，宋卓文这才回到轿车里，继续向前急速驶去。

逃跑者向身后开了两枪，钻进了另一条巷子。

丁鹏说："组长，这个地方刚才来过，他这是在跟咱们兜圈子呀。"

胡彬冷笑："不怕他兜圈子，咱们的人从四面向中间围拢，他能活动的地方越来越小。"

胡彬回头对其他人说："上！他折腾不了几下子了。"

胡彬的方法果然奏效，没一会儿，逃跑者很快就被堵进了一条三面都是高墙、墙边有一棵大树的死巷。

几个日本宪兵守在一个路口，一些居民被挡在路口内。

宋卓文把轿车开过去，掏出证件，隔着车窗递给了一个宪兵。他立刻被放行了。宋卓文把车开进了居民区。

两组特务慢慢地从巷子口的两侧向中间靠拢。他们对视了一下，一个特务突然举起了右拳，巷子两边的人同时举着枪闪到巷子口。

里面空无一人，最显眼的就是墙边的那棵大树。前面的两个特务端着枪小心翼翼地绕到大树后面。

他们看到一个人靠在大树背面，胳膊上缠着一圈白色的绷带。

"别动！"一个特务走过去，忽然发现对方怀里抱着几颗手榴弹。手榴弹的尾部正咻咻地冒着白烟。他转身就跑，却和身后的特务撞到了一起。

宋卓文刚进入居民区，就听见他左前方居民区的深处突然爆出一声巨响。他加速向那个方向驶去。很快，他发现前面都是汽车无法通过的小路。他停车，跳下来，向小路深处跑去。

一队特务抬着伤员迎面而来，走在前面的正是胡彬和丁鹏。
宋卓文拦住他们："这是怎么了？"
胡彬没有搭话。
丁鹏说："两个弟兄被手榴弹炸伤了。"
"抓住共产党了吗？"宋卓文又问。
"那个共产党自己引爆了手榴弹，已经被炸死了。"
"尸首呢？"
"在后面。"

宋卓文看到队伍的最后还有一副担架。上面的死者面目全非，伸出一只缠着绷带的胳膊。宋卓文认得，老段的绷带就缠在那只胳膊上。难道老段牺牲了？可是哥哥卓武呢？他为什么没有保护好他？

宋卓文沉思了片刻，继续向前走去。他拐入另一条小路，从一棵大树后面忽然伸出一只手，将他拉了过去。

宋卓文定睛一看，正是哥哥卓武。
"你怎么保护老段的？"
"嘘——"宋卓武把手指伸到嘴巴上，"老段没有死。"
"那个被抬走的……"
"是一个特务，他看到了我的脸。"
"老段在哪儿？"
"我们发现特务科行动的时候已经来不及了，仓促间想了个办法。老段给特务尸体的胳膊缠上绷带，我给自己的胳膊缠上绷带。然后我扛起尸体，从后窗跳了出去。老段则把换药时留下的纱布扔得满地都是。敲门声传来时，老段钻进了靠墙的衣柜。我们料定特务们看见后窗敞开，一定会追出来。老段会趁机钻出衣柜，离开房子。"
"他会去哪儿？"
"我让他脱险后从居民区东南角那个出口混出去。"

两个受伤的特务被抬上了救护车。那具尸体放在旁边的地上。
"……眼看着走投无路了，他引爆了手榴弹，就是这么回事。"胡彬对关雪和潘越把刚才的经过说了一遍。
关雪点点头："可惜看不清他长什么样了。扔到卡车上，拉到郊外——"

潘越忽然说:"等一等。"说罢,他走到尸体旁,掏出一把小刀,切开了尸体胳膊上的绷带。绷带下面的胳膊上并没有伤口。

潘越站起来:"科长,我们上当了。"

老段随着人流快走到出口了,一辆摩托车开了过来,传令兵高喊:"停止放行!"

"站住!"老段被一个日本宪兵抓住胳膊。袖子里的伤口被抓了个正着,他忍不住皱了皱眉。

宪兵看了看老段的胳膊,又看了看他的面孔:"你的,把衣服解开。"

老段装作听不懂的样子。

宪兵厉声说:"快快地!"

突然传来宋卓文的声音:"老孙,你怎么跑到这儿来了?"

老段一回头,看到宋卓文大步走来。

宋卓文训斥道:"弟兄都在忙,你跑到这里来躲清闲!"

老段立刻反应过来:"是科长派我来这里监视可疑分子的。"

宋卓文走到宪兵面前,把手中的证件一亮:"我的人。"

宪兵立刻退到了一边。

"快跟我走,有新任务。"

潘越仔细检查这那具尸体:"虽然我还看不出他是谁,但是他一定是我们的人。"

关雪转身对胡彬下令:"胡组长,你立刻清点一下人手,看看谁没有出来。"

丁鹏左右看了看:"宋组长就没有出来。"

关雪一脸诧异:"宋组长?你看到他了?"

"是啊。"

宋卓文驾驶着汽车从另一个出口驶离了居民区。

"一会儿,我会在一个安全的地方把你放下。"

"好。"躺在后座地板上的老段应道。

宋卓文瞥了一眼后视镜:"不好,关雪的车跟上来了。"

宋卓文踩下油门,加速行驶。两辆轿车一前一后,飞速疾驰。

宋卓文把轿车急急地刹在住所门口。他打开车门:"快!先进我家。"

他带着老段走上楼梯的时候,卫生间内传来淋浴的声音。

进入二层的卧室,宋卓文拉开大衣柜的柜门,让老段躲进去。然后他拉上柜门,从衣柜上面取下一只皮箱,快步向楼下走去。

他刚刚走出大门,关雪的车就停在大门口。关雪和几个特务下了车,走了过来。

"宋组长,干什么去呀?"

宋卓文从腰里拔出手枪。关雪一惊。身后的几个特务纷纷把手插入怀中。宋卓文把手枪掉了个个,枪柄向前递向关雪。

"什么意思？"

"我不想干了。"

关雪接过手枪："总得有个理由吧？"

"小雪，别装了，你不觉得累吗？你派人跟踪我，到我家里提取指纹，两次重大的行动都瞒着我，我这个情报组组长还干个什么劲？咱们好聚好散，就此别过吧。"说着，宋卓文就要走。

关雪一把拉住他的胳膊："进屋谈谈如何？"

"还有必要吗？"

"特务科毕竟不是一般的地方，你即便要走，也要把工作交接清楚吧？"

一行人进了屋子，卫生间里仍然传来淋浴的水声。关雪环顾了一下客厅，径直向楼上走去。宋卓文跟在她身后。

关雪走进卧室看了看，目光定在大衣柜上。

"没有必要到这里来解释吧？"宋卓文说话时，嗓子有些干。

"我是为了帮你把箱子放回去。"

"我来吧。"宋卓文刚要举起箱子，关雪抢先走到大衣柜前。

"箱子就应该放进柜子里，免得沾上尘土。"说着，她的手伸向大衣柜门。

宋卓文的身后是小武几个搏斗高手，他绝望了。

大衣柜门被拉开了，里面只有一排挂着的衣服。关雪撩开衣服，后面并没有什么。宋卓文这才稍稍放下心来。他走过去，把箱子放进衣柜里。

关雪等人从楼梯上下来。

"这件事情，我会给你一个交代……"她一边说着，一边向厨房里面看了几眼，然后转身面对宋卓文，"明天吧，明天到我办公室里，咱们开诚布公地谈一谈，行吗？"

宋卓文沉默了片刻，终于点了点头。

关雪忽然瞅着卫生间："谢月在里面？"

"是啊。"

"女孩子洗个澡就是时间长。"

两人正说着，卫生间的门打开了，一团浓厚的蒸汽冒了出来。谢月穿着一件睡袍，头发上裹着毛巾从里面走了出来。看到客厅里这么多人，谢月吓了一跳。

几个男性特务连忙低下了头。卫生间内，老段贴着墙站着。

关雪瞥了谢月一眼："我们先走了，明天到办公室里找我。"

六

老段躺在石姐的床上，谢月帮他盖好被子。

退出房间，关上房门后，宋卓文才说："你帮了我一个大忙，谢谢你。"

"我不要你谢，我要你也帮我一个忙。"

"你说吧。"

"找到我妈。"

宋卓文用力地点了点头:"我会尽全力的。"

第二天一上班,宋卓文先去找了关雪,展开了一番所谓的开诚布公的交谈。

"我承认,科里确实有人对你产生了疑点。"关雪先把自己择了出来。

"你不说,我也知道这个人是谁。"

"关键是人家的怀疑合情合理。比如说,为什么那个被车撞死的共产党就出现在你家附近?"

"你们连一点证据都没有就认定人家是共产党?"

"可是在十六棚的围捕行动就是因为从他身上收集的信息才得以展开的。"

"什么信息?"

"我不能跟你说。"

宋卓文哂然一笑。

"我们这是一个机要部门,任何人有可疑的地方都要被审查,就是我也一样。"

宋卓文沉默。

"论公,你是我最得力的情报组组长;论私,你是我敬重的宋大哥。现在事情已经过去了,别闹了。"

"过去了吗?"

"过去了,真的过去了。"

宋卓文一走,潘越就溜了进来。

关雪说:"潘副科长,你该死心了吧?再这么闹下去,我都没法儿跟他见面说话了。"

"有什么不方便的,您尽管往我身上推。"

"是啊,您现在是副科长,他敢把你怎么样?"关雪的手伸向电话机,"这一次,我真的不能再留着老冯他们了。"

"科长,人家在哈尔滨忙了好几天,您一个电话就把人家打发回去,不太合适吧?"

"那你的意思?"

"这样好不好,我出面请他们吃一顿饭送送行?总得表示一下吧。"

宋卓文走进车队值班室。

值班员立刻站了起来:"宋组长,您有什么吩咐?"

"我那辆车呀,最近老有打不着火的现象,你帮我看看是不是有什么大毛病了。"

"您稍等,我给您找一个维修工去。"

值班员出去后,宋卓文摘下墙上挂着的出车记录,翻开查阅。他突然抬起头来,眼中闪过一丝不祥的担忧。

谢月从校门内走了出来，钻进了轿车："是不是有消息了？"

宋卓文神色凝重："没有确切消息，但是……"

"但是什么？你快说呀。"

"我查了那一天的出车记录。那天去追你们娘俩的只有两辆车，而且这两辆车是同一时间回到特务科的。"

"什么意思？"

"就是说，他们没有把你母亲转移到别的地方关押。"

"难道就关在特务科？"

宋卓文摇了摇头："我都查遍了，没有。"

谢月似乎明白过来了，她的脸上血色顿失。

宋卓文按照谢月的引导，一路将车开到那座山山脚下。两个人下了车，沿着那条山间小路向上攀爬。

到了半山腰，谢月指着一条岔路说："我俩就是在这里分手的。我妈为了引开他们，从这里继续爬了上去。"

宋卓文抬头望了望前面的山路。他想把谢月留在这里，但是他也知道谢月不可能同意。

到了山顶，宋卓文向悬崖下望去。谢月也走过来，宋卓文一把抱住谢月，将她带离了崖边。

谢月立刻明白了，她哭喊着："你让我看看！你让我看看！"

宋卓文将谢月搂住，谢月失声痛哭。

等谢月的情绪平复了些，两个人下了山，宋卓文从后备厢里取出他提前准备的铲子。他们绕到山坡后面，挖了一个坑，将石姐的尸首埋葬。

天已经很晚了，谢月趴在那座坟上，一动不动。她大睁着眼睛，里面的泪水已经流干了。

宋卓文走过去说："咱们该回去了。"

谢月回过头，看着宋卓文："你和你的朋友是不是在跟关雪他们对着干？"

宋卓文沉默了片刻，点了点头。

"带上我吧，我跟你们一块儿干。"

第二十四章
"松鼠"现身

一

圆桌上摆着十几道菜。

潘越端起酒杯:"来,我替关科长敬各位弟兄一杯。"

众人端起酒杯,一饮而尽。

老冯放下杯子:"潘科长,我们哥几个才疏学浅,这次跟踪任务执行得不好,让关科长和您见笑了。"

潘越夹了一个鸡腿放在老冯面前的盘子里:"老冯,话不能这么说。这个人的能力很强,是不是有问题,我们也拿不准。弟兄们做到这个程度,已经不错了。"

"谢谢潘科长。这顿酒是为我们送行的,对吧?"

潘越看着老冯:"说对了一半。"

"哦?"

"关科长的意思是,留几个没有和他照过面的弟兄继续盯着,我呢,再帮你们另借一辆车。"

"人少车少,那这个活儿可就更不好干了。"

"未必。现在正是他麻痹大意的时候,很可能你们能得到意想不到的收获。"

老冯等人点了点头。

"关科长不会再联络你们了。这一次,你们直接向我报告。"

吃完饭,老冯留下宋卓文没见过的四个人留守在那座房子里继续监视。

换完药,谢月拿过来一卷纱布,包扎老段的伤口:"你是个大官吧?"

"为什么这么说?"

"我看他对你毕恭毕敬的,啥事情都跟你商量,你肯定是管着他的。"

老段打趣道:"那你可就看错了,是他管着我。"

谢月撇了撇嘴:"我才不信呢。"

谢月缠好纱布,打了个死结:"好了。"

老段要穿上衣,谢月赶紧绕到他的背后帮助。

"谢谢。"

"这两天,你都快说了一百个'谢谢'了。我本来就姓谢,以后你就管我叫'谢谢'得了。"

老段被谢月逗得呵呵笑。

谢月忽然正色道:"你给我安排点重要的事情,怎么样?"

"这两天,你帮我换药、煮饭,已经帮了我很大的忙了——"

"这算什么,我想干点大事。"

宋卓文忽然推门走进来:"你干的事已经不小了。"

"你这个人,啥时候学会偷听别人说话的?"

"不是我偷听,是你的嗓门太大。记住,如果我不在家,你们俩对话的声音一定要小,危险还远没有过去。"

老段说:"卓文说得有道理,我住在这里不是长远之计,关雪随时都可能上门。还是想办法帮我尽快转移出去。"

"我也在考虑这个问题。去哪里落脚合适呢?你的伤,还要养护一段时间。"

谢月忽然说:"我倒是有一个合适的地方。"

宋卓文和老段都看向她。

"这两天我去买菜,发现菜市场后面就有一个居民区。你们可以在那里租一套房子。最重要的是,我可以借着买菜的机会,到那里帮他换药、送饭。"

宋卓文看着老段:"你觉得呢?"

老段看了宋卓文一眼。

宋卓文对谢月说:"去做晚饭吧。"

谢月收拾了换下的纱布,离开了房间。

"谢月这个想法很好,最主要的是她可以帮助我们传递消息。其他的联络方法,敌人已经有所察觉。"

宋卓文点了点头。

"我一会儿写一份寻人启事,你帮我送到《松江晚报》登出去,自然就会有人帮我租房子。"

"明白。"

"我必须尽快离开这里,把工作恢复,重新和山上取得联系。"

"现在我最担心的是这栋房子周围还有狗。"

宋卓文浇花时,不经意地扫了一眼附近的几扇窗户。放下喷壶后,他来到厨房。

宋卓文走到正在切菜的谢月身后:"你不是想做大事吗?"

谢月回头看着他。

宋卓文把谢月带到二层,让她坐在窗前的一把椅子上,透过窗帘的缝隙向外观察。

"怎么样?"

"只有左手第二栋房子二层的窗子可疑,那里的窗帘从来没有拉开过,但是窗帘的边角有时候会微微地动一下。"

"干得不错。"宋卓文夸奖道。

谢月莞尔一笑。

"明天早上去买菜的时候，再帮我做一件事。"

二

第二天早上，谢月挎着菜篮子从那栋房子下面经过时，记住了停在房子门口的那辆福特牌轿车的车牌号码——0523。

几天后的一个深夜，从一家日式小酒馆里走出一个留着平头的男子。他显然喝多了，走路摇摇晃晃的。

忽然，从道边跳出三个人。他们用麻袋套住平头男子的脑袋，将其踹倒在地后，一阵踢打。之后，他们掏出平头男子的钱包，立刻跑远了。

平头男子扯掉头上的麻袋，用日语骂了句："浑蛋。"拔脚就追。他看到三个黑影跑到了路口，拐上了一条大街。等他追到街口，那三个抢劫者钻进了一辆福特牌轿车，一溜烟地开走了。

平头男子叫铃木，是哈尔滨特高课侦查组的组长。他记住了汽车牌照——0523。

事情不大，但侮辱性极强。当天晚上，这起抢劫案就通报给了全市的警察局。第二天下午，一个巡警发现了那辆福特牌轿车。

一个小时后，铃木亲自带队袭击了那所房子。那四个特务纷纷交出了武器和证件。铃木看完，竟把这四本证件都撕得粉碎。

当那四名特务被反铐着双手押上囚车的时候，附近的很多居民聚在路边看热闹。宋卓文也在其中。等囚车开走了，他才转身往回走。

房子的大门轻轻打开。宋卓文走出来，站在门口仔细地观察着周围的环境。确认安全后，他向身后点了点头。谢月搀扶着老段走了出来。宋卓文打开轿车的后门，让老段钻了进去。很快，轿车就开走了。

小武驾驶着轿车，看到潘越站在家门口等候着。他刚打开车门钻进来，关雪就问："怎么回事，老冯的人不都已经走了吗？"

"我也是不怕一万，就怕万一，所以就留下了几张生面孔，再盯他几天。"

"你留下的这几个人正事不干，跑到外面去拦路抢劫。他们抢的不是别人，是特高课的铃木组长！"

"科长，您真认为这是他们干的？这一定是有人栽赃陷害他们！谁做的手脚，咱俩心知肚明。"

"证据呢？我要的是证据！"

轿车停在一片民居前。

宋卓文下车后，走上前，敲了三下门。停顿了片刻，他又敲了一声。

门开了，宋卓武站在门前。

他们兄弟俩把老段搀扶进入一套收拾得很整洁的房子。

老段没顾得上浏览房子的摆设，就迫不及待地问："东西送过来了吗？"

宋卓武答道："有人送来一个箱子，没说话就走了。"

"箱子在哪里？"

宋卓武从床底下拖出一口箱子。老段打开箱子盖，里面是一部电台。

当天晚上，方政委就收到了电报——"返回当日，即遭围捕。敌掌握礼帽的细节。山上内奸猖獗，望查！"

第二天是新同志集训结束的日子。方政委在队伍前面做了讲话。不远处，正在和几个女兵玩耍的小宝向着这边看了一会儿，跑了过来，学着别人的样子站在队尾。大家都忍俊不禁，方政委也笑了。

"好了，其他的，我就不说了。最后重申一点，保密纪律：不该说的话，对谁都不能说。大家听明白了吗？"

众人齐声道："明白了。"

方政委说："解散后，你们就到队部，找各自的支队长报到。好，解散。"

众人散开后，小宝走到方政委面前："方伯伯，我去找谁报到呀？"

方政委看着小宝，忽然心中一动。他拉着小宝的手："你呀，找方伯伯报到就行了。"

方政委牵着小宝，来到一片草地上，坐了下来。

"小宝，方伯伯交给你一个任务——非常重要的任务。"

小宝忽闪着一双大眼睛，望着方政委。

"如果有人问你，上山前是谁帮你们突破了封锁线，你怎么说？"

"我就说，不知道。"

方政委摇了摇头："不能那样说。"

"你不是让我们都保密吗？"

"别人必须保密，你不能那样做。"

"那我该咋做呀？"

"我教给你啊。如果有人这样问你，你就跟他说，是侦缉队的一个叔叔帮你们逃出了封锁线。然后，你要向我汇报，是谁问了你这个问题。"

小宝点了点头。

"如果再有人问你这个问题，你就说，帮助你们的人是守备团的叔叔。"

"然后我就向你报告。"

"小宝真聪明。"

谢月买了一条鱼、一块排骨和一些蔬菜，放进篮子里。离开菜市场后，她按照宋卓文提供的地址找到了那所房子。

开门的是宋卓武。

谢月一脸诧异，进门后问道："你不是上班去了吗？"

宋卓武神色沉重起来："出事了。"

"出啥事了？"

"老段把我紧急召了回来，给了我一个新的任务。"

谢月看着他。

"我就要走了。"

"去哪儿？"

"很远的地方。"

"啥时候回来？"

"可能不回来了。为了便于开展工作，我要去和一个女同志结婚了。"

谢月目瞪口呆："啊？"

老段从里屋走出来："谢月，你别听他胡说八道。"

谢月一脸蒙地看着宋卓武。

宋卓武实在忍不住，扑哧一声笑了出来。

老段说："宋卓武，你叫我说你什么好。怎么说也是当哥哥的，就不能拿出点当哥哥的样！"

谢月恍然大悟，指着宋卓武："你……你是另一个。哎呀，你可真坏呀！"

老段吃完饭，让谢月给宋卓文带回去一张纸条。

宋卓文用镊子夹着一块蘸着药水的棉球在纸条上面擦拭着。

很快，纸条上显出一些字迹——"已经通过小宝之口，向每一个对突围细节感兴趣的人散布不同的消息。如果哈尔滨的某部门突然展开清查，请立刻汇报，以便查出内奸。"

三

宁静的黑夜被一阵狗叫声和无数手电筒的光柱撕碎。一队苏军士兵冲上山坡，追踪着一个身材高大的人。

翻过这座山就到了边境线。士兵们开枪了，子弹掠过逃亡者的头顶。他向山上拼命奔跑着，不顾一切地冲向前面那片黑压压的森林。

老苗看着小宝在草地上追逐着一只松鼠。他迈步走过去，手上提着一只简易的鸟笼子，里面有一只小鸟。

小宝捧着鸟笼子，一脸兴奋。

"苗伯伯好不好？"

"好。"

"知道我为啥喜欢你不？"

"为啥？"

"因为你是一个勇敢的孩子。"
"你咋知道？"
"他们跟我说的呀，说你在突围那天晚上一声都没有哭。"
"我是没哭。"
"他们还说，连帮你们突围的那个叔叔都夸你呢。"
小宝摆弄着鸟笼子："那个叔叔对我可好了。"
"你知道他是干啥的不？"
"他好像是在守备团里当差。"
"哦。"老苗点了点头，"他姓啥呀？"
"那我就不知道了。"

小宝提着那只鸟笼子来到木屋前。
门口的一个哨兵走了过来："小宝，你要干啥呀？"
"我要找方伯伯。"
"方伯伯正在开会，你先去别的地方玩一会儿，好不？"
木屋内只有方政委、李队长两个人。
"这个叛逃的安德烈上校，是苏联远东方面军的一个高级参谋。他掌握着苏军进攻东北关东军的绝密军事情报。如果让他到达哈尔滨，那对战局的影响极其不利。"
"此人现在什么地方？"
"据可靠消息，他被国境警察逮捕后，拘押在绥芬县的警察局里，很快就会被送往哈尔滨。"
"必须除掉他呀。"
方政委点了点头："不惜一切代价。"
"我们什么时候出发？"
"今天晚上就动身。人，你随便挑。"
"枪法最好的，当然是老苗。"
"老苗，你带走。"

老苗再次举着鸽子向上抛去。
鸽子飞走了，腿上带着最新的情报——"现已查明，内鬼在守备团任职。"
老苗出了树林，向着山坡上方的营地走去。
忽然背后传来一个声音："老苗。"
老苗一惊，停下了脚步。他转过身去，看到身后站着的是李队长。
老苗有些紧张："李队长啊。"
李队长看着老苗："你咋慌慌张张的呢？"
"还不是你，深更半夜的，吓了我一跳。"
李队长笑道："看来你这个苗大胆儿，也是徒有虚名呀。"

老苗的神色立刻恢复如常:"有事呀。"

"找你半天了,回去说。"

第二天上午,小宝是被叽叽喳喳的鸟叫声吵醒的。他看着笼子中的小鸟,忽然想起了什么。

小宝跑出了帐篷,来到木屋门口。

方政委给小宝剥开一个煮鸡蛋的时候,小宝说:"昨天,又有一个人问我突围的事情了。我告诉他,是一个守备团的叔叔帮助了我们。"

"哦?这个人是谁?"

"是苗伯伯。"

离开营地后,一行人扮作一个商队,走了一天一夜,傍晚在绥芬县城外的一个大车店落了脚。

到了夜里,李队长盘腿坐在炕上,老苗等其他的游击队员围在四周。

"现在,也该给大家交个实底了。"李队长压低声音,"我们这次的任务是除掉一个叛徒——一个来自苏联的叛徒。所以,这个人很好认。"

大家静静地听着。

"你们几个都是我挑的枪法好的同志。当然,其中枪法最好的就不用我说了。"

大家都看着老苗。

老苗摆摆手:"哎呀,我不行。"

"老苗,这个时候你就别谦虚了。方政委直接点了你的将,在这次狙击行动中,由你担任第一射手。"

老苗的神情立刻严肃起来。

李队长接着说:"虎子担任第二射手。"

"是!"虎子挺了挺胸。

"你们两个,不用干别的,专门盯着目标打。其他人负责掩护你俩。"

接着,李队长把手中的地图放在炕上展开。

"据可靠情报,明天一早,伪边防部队会把这个人送到距离县城五十公里的军用机场。"

李队长指着地图上的一座山谷:"这个地方不是很理想,而且距离县城比较近。但是没办法,我们只能在这儿下手。"

刚交代完任务,虎子就开始细心地擦拭着狙击用的步枪。

老苗伸过手去:"还是我来吧。"

接过枪,老苗一边擦着一边思考。忽然,他注意到步枪旁边摆着的那几颗子弹。

四

天蒙蒙亮,他们就向埋伏地点出发了。他们不敢走大路,只能翻山越岭。在爬一座陡坡时，老苗的右眼被一根树枝子划了一下，等到了伏击地点，他的右眼皮肿了起来。

李队长走过来："老苗，你的眼睛怎么样？有把握吗？"

"老李呀，我现在可是真不敢逞能了。"

李队长转过头："虎子，你来担任第一射手。"

虎子跑过来，接过了老苗手中的步枪。

上午十点钟，车队进入了山谷。

李队长率先开了一枪，打爆了第一辆轿车的轮胎。轿车突然失去平衡，打横停在山路上。其他车辆被迫停住。

霎时间，枪声大作。

虎子端着步枪一动不动。终于，他看到一名军官和那名苏军上校从最后面的一辆车里钻了出来，正在向一块石头后面跑去。

虎子手中步枪的准星牢牢地瞄准了那名苏军上校的额头，扣动了扳机。

然而枪响之后，那名苏军上校并未倒下。其他的队员又开了几枪，均未命中。

李队长眼看着安德烈上校和那名军官钻到了山石后面，大怒道："怎么搞的？"

虎子涨红了脸。

经过一阵激烈的枪战，老苗爬到李队长身边："老李，这里距离县城不远，敌人的增援很快就到，这么打下去，没有用。"

李队长铁青着一张脸："撤吧。"

晚上，宋卓文给老段带来一个重要消息：守备团突然展开了严格的审查，每个人都必须交代清楚囚犯突围那天晚上自己的去向。

老段说："现在可以确定这个人了。"

"到底是谁？"

老段一个字一个字地说："苗长寿。"

老苗一脸落寞地回到了抗联的营地。与之同行的每个人脸上也都笼罩着失败后的沮丧。

李队长首先去找方政委接受批评，得知真相后才恍然大悟。

"我想起来了，出发前的那天晚上，那支步枪和子弹都在他手里，擦完枪后的组装也是他干的。"

方政委冷笑："只要把子弹的弹头磨掉一小块，就能改变弹头的飞行方向，这就解释了虎子没有击中目标的原因。"

"难怪在进入阵地前，他'不小心'把眼皮划伤了，这是算计好了让虎子来背这个锅！"说到这里，李队长腾地站起身来，咬牙切齿道，"我现在就去把他剁了！"

方政委摆了摆手："老李，你冷静点，现在不是动手的时候。"

"既然确定了，还等啥？"

"我在想，能不能利用他做些文章。"

李队长沉默了一会儿，忽然捶了自己一拳："都怪我，警惕性太低。"

方政委看着他。

"出发前的那天晚上，我到处找，最后在一片树林旁边找到了他。他一看见我就惊慌失措的。我当时要是多个心眼就好了。"

"哪片树林？"

"就是西山洼子那儿的。"

月光下的林间透着一丝诡异。

老苗走到空地上，拢起双手围住嘴巴，刚要发出呼唤信鸽的声音。忽然，他注意到了什么，便弯下腰，看到了泥土上有一个新鲜的脚印。

就在他思索的时候，从不远处传来一声轻微的枯枝折断的声音。

老苗站起身来，解开裤子，一边撒尿一边吹着口哨。完事后，他系着裤子，走出了树林。

第二天上午，他去了一趟总部。隔着老远，他就看见小宝从木屋里面蹦蹦跳跳地跑了出来。

老苗叫了他一声。

"苗伯伯。"小宝回过头来。

"我送给你的小鸟呢？"

"我不小心让它飞走了。你能帮我再抓一只吗？"

"那得看你乖不乖了。"

老苗拉着小宝的手向远处的一片草地走去。

"小宝，你刚才去方政委那儿，是不是去吃好吃的去了？"

小宝摇摇头。

"那你干啥去了？"

"汇报工作。"

老苗扑哧一声笑了："你，汇报工作？"

小宝郑重其事地说："嗯。"

"你汇报了些啥工作呀？"

"我告诉他，这两天没有人向我打听突围的事情。"

老苗脸色一变。

李队长等人来到树林的边缘，透过林木的间隙，可以看到老苗和小宝在草地上说话。李队长举起一只手，虎子等其他队员停下了脚步。

"先不要动，等小宝离开了再行动。"

又过了几分钟，他们看到小宝站起来，跑开了，于是走出了树林。

老苗坐在原地沉思着。忽然，他听到了什么，转过头来，看到李队长等人正向他来。从他们的表情上，他明白了一切。老苗就地一滚，爬起来，撒腿就跑。

"站住！"身后传来李队长的叫喊声。

老苗哪里肯听，低下身子，冲进了茂密的森林。

"砰！砰！砰……"子弹打断了老苗身边的几根树枝。

老苗在林子里一路狂奔，边跑边举枪还击。很快，他的子弹打光了。老苗扔掉空枪，继续奔跑，冲出这片树林，面前横着一条山涧，湍急的水流正翻滚着向山下流去。老苗犹豫了一下，身后追兵的声音越来越近了。他一咬牙，纵身跳进了山涧。

顷刻间，李队长等人追到了山涧边，探头看着水流，水面清澈见底。

"下游！肯定在下游！"李队长一挥手，几个人沿着河岸往下游追去，谁也没注意到岸边一棵柳树长长的枝条落在水中。

他们刚刚离开不久，从水下伸出一只手，抓住了一根枝条的水上部分。紧接着，老苗的头从水里露了出来。他仰着脸，大口地呼吸着空气。

五

方政委把小宝抱起来放在膝头，让他重复了一遍和苗长寿的对话。小宝记性特别好，每一句都说得清清楚楚。

"……他还问我：'你是啥时候告诉方伯伯我跟你打听突围的事情的？'"

"你咋答的？"

"我就说：'你那天走了以后，我就去找方伯伯了。'我说的对吗？"

方政委哈哈大笑："太对了。"他抚摸着小宝的头，"小宝呀，这一回你可是立了大功的。说吧，你想吃啥好吃的。"

李队长还是有些不明白："方政委，你这葫芦里卖的什么药？"

"只要让老苗相信，他在被派往绥芬县之前就已经暴露了身份，那就有意思了。"

"为啥？"

"那样的话，老苗就会判断，我们故意给他在步枪子弹上做手脚的机会。他就会意识到，整个刺杀安德烈上校的行动就是一场骗局。我们的真实目的，是让安德烈上校活着抵达哈尔滨。那么，安德烈上校的情报就是一场彻头彻尾的骗局。"

一丛灌木轻轻地被分开，老苗的脑袋从里面钻了出来。远远地，他看到山脚下有几所房子亮着灯光。

那是几栋原木搭建的房屋。最大一间的门口挂着一块牌子——鸡冠山森林警察局第五派出所。

所长坐在一把椅子上看着报纸。门被推开了，一名警服肮脏、系着围裙的老警察走了进来。

"所长，饭已经做好了，是等巡逻的回来，还是——"

所长不耐烦地说："我先吃吧。等他们回来，你再给他们热一下。"

晚饭是大米饭配酸菜白肉汤。所长吃得正香，忽然停顿一下，接着就恢复了常态。但是他一边吃着饭，一边悄悄拉开了抽屉，握住了里面一支手枪的枪柄。

突然，所长站起身来，手中的手枪枪口对准窗口："谁在那儿？站起来！"

窗外，老苗举着双手，慢慢站起身来。所长大声招呼那名老警察，把老苗带进了进来。

老苗承认自己是从山上抗联营地下来的，但他不是抗联，而是打入抗联的内线。这时，那名老警察就站在房间门口，看看所长，又看着老苗。

所长说："我凭什么相信你？"

老苗说："你可以打电话给你们警察局，再让他们转到哈尔滨的特务科。我的身份只有科长关雪知道。你只要告诉她我是'松鼠'就行了。"

所长看着老苗，没有动。

"抓紧时间吧，所长先生，最起码你应该先让局里派一些人过来支援，抗联的人要是追到这里来，我们谁也活不了。"

显然，最后一句话触动了所长。他拿起桌上的电话摇了摇。所长握着话筒听了一会儿，说："这条破线路。"

他吩咐老警察："你去外面看看，线路是不是又出问题了。"

老警察应声出了房间。

"给我弄点吃的，行吗？我一天没吃东西了。"

"你先等一会儿，不会饿着你的。"

这时，老警察的声音从外面传来："所长，您出来看看！"

所长站起身来，用枪指着老苗："别乱动啊。"

"我不动。"

所长开门走了出去，老苗疲惫地闭上了双眼。忽然，外面传来一声沉重的声音，似乎是什么人摔倒了。老苗睁开眼睛，站起身来，走到门口。他拉开一道门缝向外观察。

只见院子里，所长趴在地上，那名老警察从他手里夺下手枪。

老苗大惊，跳窗逃走。老警察冲到窗前，对着老苗的背影开了两枪。

下午，宋卓文正向关雪汇报守备团的排查工作，秘书敲门，走了进来，带来最近的通报。

"近日，鸡冠山至哈尔滨沿线的地下电台突然活跃起来。有迹象显示，中共地下党似乎正在追杀什么人。这个任务对中共似乎极为重要，一些隐藏很深的内线不惜暴露身份……"

六

第二天上午，老苗在企图进入一座县城的时候，被城门外几个化装成卖瓜摊贩的抗联战士发现了。他只得再次钻进山林。

老苗走投无路，爬上了一棵枝杈很多、树叶茂盛的大树。等追击者一个个跑了过去，老苗才跳下去。他冲着相反的方向跑了没几步，突然停下了。

前方不远处，一名地下党员举枪瞄准他。老苗一哈腰，向侧方疾跑。

"砰！"一声枪响，他的右臂中了一枪，顿时栽倒在地。

老苗捂着伤口，看到对方一步步向他走过来，再次举起了手枪。

"砰！"枪响过后，老苗发现自己没有死，躺在地上的是那个地下党员。

"苗叔叔！"宋卓武背着包袱提着手枪从一棵大树后面走了出来。

"卓文！"

宋卓武走过来，将他扶起来："你怎么在这里？"

还没等老苗回答，"砰！砰！"几声枪响，子弹从他俩的耳边飞过。宋卓武向着子弹飞来的方向开了两枪。

老苗急道："他们人多，快走！"

宋卓武拉着老苗向森林深处跑去。

摆脱追兵后，两个人来到一条小溪边。宋卓武生了一堆火，老苗把上衣脱了下来。宋卓武拿着一把匕首在火苗上燎了几下，又从草地上捡起一根小树枝，伸到老苗嘴边。老苗张开嘴咬着树枝。

宋卓武手中的刀尖对准老苗胳膊上的伤口上方。

"苗叔，你可忍住了啊。"

老苗脸色惨白，但还是重重地点了点头。

刀尖向着伤口插了下去。痛不欲生的脸上满是大颗的汗珠。折腾了好一会儿，那颗血淋淋的弹头才被取出来。

"苗叔，不能松嘴呀，还有更难过的一关。"宋卓武说着，把一颗被去掉弹头的子弹壳凑到老苗的伤口上方，用火药覆盖伤口。

宋卓武又从篝火边取了一根带着火苗的干树枝，火苗伸向老苗胳膊上的火药。

"刺啦——"老苗惨叫一声昏了过去。

不知过了多久，悠悠转醒的老苗看到自己的右臂上缠着一块布条。宋卓武拿着一块干粮狼吞虎咽，吃得很香。宋卓武掰了一块干粮给他，他摇摇头，根本吃不下。

"苗叔叔，你怎么会在这里？"

"我还想问你呢，你怎么会在这儿？"

"我是从绥芬县到哈尔滨去执行任务，本来是要坐火车的，不知为什么，敌人查得特别严。我在车上跟警察干了一仗，跳车逃了出来。现在，只能靠两条腿了。"

"我也是要到哈尔滨去。没想到，一下山就遭到了便衣特务们的围捕。幸亏你及时赶到，不然你就再也见不到苗叔叔喽。"

"要不说咱们爷俩有缘呢。这次，我一定把你安安全全地护送到哈尔滨。"

"也许，我们能找个小火车站混上去。"

宋卓武摇晃着脑袋:"绝对不行,他们看见我的脸了。估计现在各个车站都有悬赏通缉我的告示。别说铁路线了,就是公路也不能走。咱俩只能走荒山野岭。辛苦是辛苦,可是安全呀。"

老苗无奈,只得说:"对,先保证安全。"

两个人在山林里走了几天,眼看着宋卓武包袱里的面饼见了底。

"苗叔叔,这里离方正镇不远,看来只能冒险进城去补充些干粮了。"

"好啊。"老苗早就盼着这句话,"方正镇有个邮政所,我也能跟哈尔滨的同志取得联系了。"

进了镇子,宋卓武把包袱挎在身前,两只手交叉着放在包袱后面。他一边走,一边警惕地打量着周围的环境。两名治安警察拎着警棍迎面而来。

老苗看了看伪警察,又看了看宋卓武藏在包袱后面的手。他知道,那只手里握着一支大张着机头的驳壳枪。他只能眼睁睁地看着那两名警察与他们擦肩而过。

好在邮政所并不远。到了邮政所门口,老苗说:"卓文啊,你先去买干粮,一会儿到邮政所门口找我就行。"

"苗叔叔,你说的啥话呀,留下你一个人,我能放心吗?"

"这地方没人认识我。"

宋卓武仔细地打量了一遍周围的环境,才转身对老苗说:"那我可走了。"

"你快去吧。"

"你打完电话可别乱跑,就在这儿等着我。"

"你这小子,年纪轻轻咋这么絮叨呢,我又不是小孩子。"

看着宋卓武转身离开,老苗终于松了一口气,转身钻进了邮政所的大门。

站在隔间里,老苗拿起话筒,又向身后看了几眼,才拨出了几个号码。

"是哈尔滨特务科吗?……给我接关科长。"

时间不长,关雪的声音传来:"哪位?"

"我是'松鼠'。"

"是你!你在哪里?"关雪的语气里透着震惊。

"我现在方正镇的邮政所。"

"怎么回事?"

"现在没工夫解释了,首先要告诉你的是,我们刺杀苏军上校的行动是一个假象。"

"假象?"

"对——"

一只手忽然从侧面伸过来,摁下了电话机的压簧。

老苗一惊,与此同时,他身子一挺,一支手枪枪管顶着他的腰。

老苗的身侧和后面各站着一名男子。

"往外走,别说话。"

"二位,你们认错人了吧?"

"不会错的，苗支队长。"

老苗的头彻底耷拉下来。

七

两个人夹着老苗，从邮政所走了出来。他们立刻变了一张脸。左边那个笑着，大声说："咋也没想到，能在这儿碰上大哥你。"

右边的说："啥也不说了，咱哥仨今天一醉方休。"

老苗苦笑着，只得向前走去。

路边停着一辆摆着炒花生、瓜子类干货的手推车，车后面站着一个小贩，见三个人要喝酒，忙招揽生意："三位大哥，要点炒花生不？下酒可好吃了。"

老苗刚要说什么，后面的枪管在他腰上狠狠拧了一下。老苗疼得一咧嘴。三个人从干货摊子前走了过去。

关雪在最短的时间集齐了人马。

下楼的时候，宋卓文问："科长，到底什么任务呀，连下达的时间都没有。"

"我手下的一个重要情报员暴露了身份。刚才，他在方正镇的邮政所给我打电话，报告一个重要的情报，电话突然断了。"

"这么说，他一定遭遇了不测！"

"没有别的解释。"

胡彬插进话来："是不是应该先通知方正镇的派出所？"

"我给他们打了一个电话，但没有说得特别清楚，只是说，一个朋友在邮政所附近走失，让他们去查一下。在这方面，一个派出所的能力非常有限。"

潘越说："忠诚度也不是很可靠。"

"没错。"关雪回头看了他一眼，"看来，前一阵共产党各地下组织拼命追杀的，就是这个情报员。谁能保证方正镇的派出所里就干干净净？"

胡彬说："好在方正镇不太远，两个多小时就能赶到。"

三人拐进了一条空无一人的小巷。

老苗偷眼打量着周围的环境，寻找着脱身的机会。忽然，身后传来一个声音："站住！"

宋卓武不知何时，站在他们身后，他手中的两支驳壳枪分别对着两个地下党员的后脑勺："你们放开他。"

"做梦！你这个狗汉奸！"

宋卓武怒道："你说什么？"

老苗连忙说："别听他的，他们俩才是日本人的狗腿子。"

"姓苗的，你别在这儿贼喊捉贼。无论如何，今天我们也不会让你这个奸细再活着去害别人。"

宋卓武有些困惑："这到底是怎么回事？"

"卓文，你还看不出来吗？他们俩这是在一唱一和地骗你。他们是特务呀！我是你苗叔叔——把你带上山的苗叔叔。你不信我信谁？"

宋卓武正犹豫时，身后忽然传来李队长的声音："卓文，不能开枪！他们是自己同志。"

老苗绝望地闭上了眼睛。

宋卓武问："李队长，这到底是怎么回事？"

"说来话长。先把他带到码头，找个地方关起来。到了晚上，用船运走。"

老苗眼珠一转，想到了一个办法。他用右手大拇指的指甲狠狠地掐着食指指尖。很快，食指破了，一滴血无声地滴落在地面上。

在他们走过的路上，出现了点点血迹。

李队长和宋卓武相视一笑。

出了小巷，他们穿过一片树林。几十米外，就是松花江，江边的沙滩上矗立着一座用原木支起来的高脚屋。

老苗登上高脚屋。他坐在地上，双手被反绑在屋内的一根柱子上。

李队长从兜里掏出一块布，蹲下身子，将布团起来塞进老苗的嘴巴里。李队长的手指先是不经意地在地上蹭了一下，接着，他用那根手指点了点老苗的前胸："放老实点。如何处置你，到了山上，由方政委决定。"这样，老苗的前胸出现了一个清晰的黑点。

宋卓武说："李叔，我还是不太相信他是奸细。你们最好不要误杀好人。"

李队长站起身来："卓文，走，咱俩去下面谈。"

站在江边的沙滩上，李队长说："卓武，已经有同志在咱们刚才经过的林间小路出口附近的草丛里布置了几个空的马口铁罐头盒子。到时候，你弟弟卓文会踢响其中一个。你一旦听到罐头盒子的声音，发现手电筒的光亮，立刻开枪处决老苗。"

"明白。"

"我在老苗的前胸点了一个黑点。"

"我看见了。"

"一定要向那个黑点开枪。"

"我知道，子弹打中那个位置，人还能活个几分钟。"

"一分钟就够，我们就是要保证老苗在断气之前跟关雪说上几句话。"

"可他要是跟关雪说'杀我的人是宋卓文'怎么办？那不是害了我弟弟？"

李队长摇摇头："应该不会，因为他有更重要的话要跟关雪说。"

"那我弟弟一露面不就露馅儿了吗？"

"卓文是不会上楼的。你开枪后，立刻从高脚楼的另一侧跳下去撤离。卓文会带着特务追踪你。当然，他是不可能追上你的。只要你位置打得准，等他回到高脚楼的时候，老苗必定已经断气了。"

宋卓武没有说话。

"行动的这个部分，就是卓文想出来的。退一万步讲，就算老苗泄露了卓文的身份，导致卓文被抓，我们也一定会在他们返回的路上将卓文劫回来。"

宋卓武点点头。

"之所以选择由你来完成这个任务，就是因为你的枪法和身手。别的人，无法在处决老苗后做到安全脱身。"

"李叔，你和老段一样，就会给我戴高帽子。"

李队长笑了，把手放在宋卓武的肩头："拜托了。"

他俩没想到的是，树林的另一侧，一个放羊娃赶着一群羊从土路上走过。老苗留在地上的血点被羊群掀起的尘土掩盖了。

第二十五章
杀父之仇

一

特务科的车队到达的时候，邮政所门口的台阶上等候着两名警察。他俩看到关雪等人下了车，立刻迎上来敬礼。

"查到线索了吗？"关雪问。

"根据您提供的外貌，邮政所里的人倒是想起来有这么一个人。但是他什么时候打完电话、什么时候离开邮政所的，没有人注意到。"

宋卓文向四周扫了一眼，目光落在那个卖干货的小贩身上。宋卓文走了过去，关雪也跟了过去。

看到这么多人走过来，小贩有些紧张，他没敢话。

宋卓文问："常摊儿？"

小贩点点头："嗯，在这儿摆了好几年了。"

"跟你打听个人。"

"您说。"

宋卓文回头看着关雪。

关雪比画着："高个子，脸上颧骨突出，大眼睛，薄嘴唇，四肢细长，大手大脚。"

小贩想了一下，说："他不是一个人吧？"

"你看见了？有几个人和他在一起？"关雪立刻来了兴致。

"两个年轻的小伙子。你们这一问，我想起来了，他仨有点怪。"

"怎么个怪法？"

"三个人勾肩搭背，要去喝酒。我招呼他们买点炒花生当下酒菜。岁数大的好像要买，可是一个小伙子瞪了他一眼，他没敢吱声，跟着他俩走了。"

"那是啥时候的事？"

"俩钟头以前了。"

关雪扭头对宋卓文说："不会错，就是他了。"

宋卓文又问："他们向什么方向走了？"

小贩抬手指着："那个方向。"

此时天色已经黑了下来。在那条小巷内，几道手电筒的光照到了地上的一个血点，向前搜索。很快，又有新的血点出现。

关雪有些兴奋："看来这条路走对了。"

高脚屋角落的地板上摆放着一盏油灯。宋卓武站在一扇窗子旁边，观察着外面树林方向的动静。窗户下面是一张木头桌子，桌子上面摆着一只粗瓷大碗，大碗的旁边是一把瓷壶。

宋卓武拎起瓷壶倒了一碗水。他端起碗，咕咚咕咚地喝了下去。

老苗盯着宋卓武，发出呜呜的声音。宋卓武回头看了他一眼，没有再理会。老苗扭动身体，继续发出声音。

宋卓武回过头来："想喝水？"

老苗使劲儿地点头。

宋卓武犹豫了一下，还是往碗里倒了些水，端到老苗面前："我现在把堵嘴布给你取出来，但是你不能喊叫，知道不？"

老苗点了点头。

宋卓武拿掉布团，老苗喘了口气，把嘴张开。宋卓武把碗里的水慢慢倒进他的嘴里。灌完水，宋卓武放下碗，再次拿起了地上的布团。

"等等。"

宋卓武没有理会，把布团伸到他的嘴边："张开。"

"卓文，我知道你不会放我，我也知道活不了几天了。我想告诉你一件事。"

宋卓武把布团塞进了他嘴巴。

老苗抓住最后一点机会，含混地说："我知道你爹是怎么死的。"

宋卓武愣住了。

此刻关雪等人来到了一个岔路口。在手电筒的照射下，地上是众多散乱的羊蹄子印。

关雪看了看岔开的两条路，犹豫起来。

宋卓文走过来："科长，我觉得应该向北。"

潘越在旁边观察着宋卓文。

关雪问："为什么？"

"共党分子得手之后，必定想以最快的速度离开县城，向北恰好是松花江。很可能，他们要走水路，用船将情报员送走。而向西的这条路是大路。如果我是共党分子，押着一个大活人，肯定不会走大路。"

关雪思索着。

潘越忽然开了口："我倒是觉得，向西并非没有可能。"

宋卓文看着潘越。

"宋组长，这一路上，我有一点疑惑。"

"哦？"

"你能给我解释一下路上这点点血迹是从谁的身上流出来的吗？"

"从常理判断，大概是情报员在押解的途中进行了反抗，受了伤，血迹应该是从他的身上流下来的。"

"如果是这样的话，那押解他的共党分子没有注意到这一点吗？他们不知道血迹会将追兵引来吗？"

"潘科长太高估这些乌合之众了。他们和你不一样，没有经受过专业的训练，仓促之下，只顾着观察四周的环境，没有留意到脚下的路也是完全说得通的。"

"我承认，完全说得通。但是有没有这样一种可能，血迹根本就是障眼法，是故意将我们引到歧路上的花招儿？还记得邮政所对面那个小贩说的话吗？这三个人不早不晚，走到小贩的面前才说什么'一醉方休'这类话。有没有可能，他们是故意引起小贩的注意，从而给我们指引方向呢？"潘越停顿了一下，继续说，"我从来不会认为那些抗联分子是什么乌合之众，因为我们从来没有彻底消灭过他们。"

关雪点点头："潘科长说的也有道理。"

"那么依潘科长的意思，我们应该选择哪条道路呢？"宋卓文问道。

"我觉得应该兵分两路。科长和胡组长继续向北追踪，我和宋组长向西追踪。"

"我觉得——"

关雪打断了宋卓文："别争了，就这么办。"

二

屋子角落里，那盏油灯的火苗一跳一跳的。老苗脸上的阴影因此飘忽不定。

"……我打入中共奉天地下党后，用了整整一年的时间，才获得了同志们的信任。当然，这包括你的父亲宋海平。"

宋卓武盘着腿坐在老苗面前，面无表情地听着。

"一个偶然的机会，我听说省委的一个领导要来奉天，与之接头的正是老宋。我意识到，这是一个千载难逢的好机会。如果能抓住这条大鱼，我就会成为奉天特高课最优秀的特工。但是，当我向上司汇报这一情报的时候，他们却认为逮捕此人只是下策，上策是从他嘴里套出更多的情报。这样，我就必须取代宋海平——"

宋卓武突然哑着嗓子说："不许你提他的名字。"

老苗笑了："好，我不提。这就意味着，我必须取代他，成为和省委领导接头的人。为了完成这个计划，我和上司定下了一个计谋，用突然袭击的办法，把那几个负责人都抓了起来。然后，我给你爸爸留下了一个紧急信号。果然，他给我打了一个电话。我告诉他，组织里出了叛徒，几位领导同志都已经被抓。而且，特高课很快就会追查到你爸爸。我让他赶紧撤离，接头的工作由我来完成。从宋海平的嘴里——"

啪的一声，老苗的脸上吃了一记重重的耳光。

宋卓武："我跟你说过，不准提他的名字。"

老苗讨好地笑了笑："对不起啊，我忘了。"

宋卓武压抑着情绪，尽量不去看老苗的眼神。

老苗继续说:"我从他那儿套出了接头的时间、地点和暗号。可是万万没有想到,他给我留了一手。在离开奉天之前,他去调查了那几位负责人被捕的确切消息。我到现在都不知道他是如何查出我说了谎。总之,他发现了我的真实身份。当然,那时我还不知道事情已经发生了变化。那天晚上,当我在西餐厅里等待接头的时候,侍者悄悄走过来,说有我的电话,是你爸爸打来的。他通知我,接头地点发生了变化,改在教堂一侧的空地上。那时,我的心里也起了疑。但是我只得前往新的接头地点。"

宋卓武的眼睛眯缝起来。

老苗继续说:"因为起了疑心,所以我打开了手枪的保险,揣进了大衣的兜。果然,在教堂侧面的空地上,我见到的根本就不是什么省委领导,而是你爸爸。我说:'你咋还没上车?'他说:'你别再演戏了。'说着,就举起了枪。"

老苗的脸上浮现出一丝得意:"我现在都能清楚地看到他的那张脸,除了仇恨,还是仇恨。可是,一个人如果没有脑子,光有仇恨终归是没有用的。我藏在大衣里的手枪先开了火。第一枪就打中了他的心脏。"

老苗瞟了一眼宋卓武。

宋卓武的身体在微微地颤抖。

老苗继续说:"他倒下后,我不放心,又过去补了一枪。"

老苗停顿了一下,似乎在等待宋卓武的反应。

宋卓武仍在拼命控制自己。

老苗接着说:"我知道,这次接头行动在枪声中泡汤了。我离开了那里,躲开了第一批目击者。然后我又拐回来,就这样,我看到了你。"

宋卓武拿起地上的布团。

老苗抢着说:"其实,我们当时并没有除掉你爸爸的计划,他完全可以到新京多活几年。嘿,你说,他是不是长着一副贱骨头?!"

宋卓武扔下布团,抓起地上的瓷碗狠狠拍在老段脸上。瓷片四碎。紧接着,宋卓武对着老苗的脸一拳又一拳地打着。老苗的那张脸很快就血肉模糊了。

三

潘越等人在那条土路上搜索了好久,一个特务抬起头来:"潘科长,啥线索也没有呀。"

潘越怒骂道:"认真找!等着线索摆在你面前呀,猪脑子!"

宋卓文明白,自己的主动已经引起了潘越的怀疑。他现在的目的根本不是什么找线索,而是将自己从主要方向调开。尽管潘越不知道自己的计划,但是打乱这个计划同样奏效。这是一个聪明的办法。

宋卓文忽然停下了脚步。走在他前面的潘越立刻察觉到了,他回头看着宋卓文。

"潘科长,这么搜下去完全是无效的,我们应该返回去和科长他们会合。"

"既然科长已经做了决定,我们必须执行。"

"执行任务的时候应该随机应变，不能刻板、僵化。现在敌情不明，咱们的力量又一分为二，万一科长他们遭到袭击，后果谁来承担？"

"我承担。"

"你能承担，我不能。"说着，宋卓文转身就走。

"给我站住。"

宋卓文毫不理会。

潘越对其他几个特务下令："给我把他拿下！"

几个特务追到宋卓文身后。

宋卓文转身大喝一声："我看你们谁敢！"

几个人被镇住了，呆立原地。

"你们的本事比胡彬还高吗？"宋卓文说完，头也不回，向原路快步走去。

老苗的一张脸已经惨不忍睹。

宋卓武平静下来。他看到角落里有一把扫帚，就用扫帚把碎碗碴儿扫到房间的角落里。

钻进树林后，宋卓文撒开腿拼命向前跑。即使他的衣服、脸颊被枝杈钩着剐着，也全然不顾。

宋卓文一口气跑到了树林的出口附近。他放慢脚步，低下头仔细寻找着，很快就看到了隐藏在草丛中的一个空罐头盒子。他继续向前，走到树林出口。

放眼望去，几十米外，那座高脚楼静静地矗立在江边，窗口还透出一丝光亮。

宋卓文转头向身后望去。影影绰绰地，树林深处出现了几道手电筒的光亮。

宋卓武守在窗口，听着外面的动静，他不经意间回头，看了一眼还蜷在一边的老苗。他吃了一惊。一脸血污，像魔鬼一样狰狞的老苗就站在他身后，高举着一块锋利的碗碴儿，向他刺了下来。宋卓武闪身一躲，老苗再次扑了过来。

那几道手电筒的光柱越来越近了。

忽然，宋卓文听到了什么响动，他回头向高脚楼望过去，立刻惊呆了——从窗口透出两个人厮打的身影。看看身后不断逼近的手电筒光柱，他犹豫了一下，还是拔腿一路向高脚楼狂奔过去。

他一路冲到高脚楼下面，登上梯子，推开房门一看，老苗扑在哥哥身上，高高举起那片锋利的碗碴儿。宋卓文扑过去抓住老苗，却被老苗用碗碴儿划伤了。

宋卓武趁机抓住老苗的脑袋，狠狠地朝柱子撞去，老苗当时就不动了。宋卓文摸摸他的鼻息，丝毫感觉不到气息。

"他死了。还愣着干什么？走！赶紧走！"

宋卓武打开高脚楼的后窗户，翻身跳了出去。

关雪撤回搭在老苗颈动脉的手指。她站起身来，走到正在被人包扎胳膊上划伤的宋卓文面前："怎么回事？"

"我们那条路什么也找不着，我就掉头回来，抄了条近路找你们。一路找到江边，看见这座高脚楼，里头有搏斗声。等我爬上来，晚了一步，凶手已经把这个人杀了。"

"凶手逃跑的时候，你和他交了手？"

宋卓文点点头："个头跟我差不多，浓眉毛、小眼睛、三十多岁的男人。"

这时候，梯子上传来脚步声，潘越推门走了进来，屋子里的情景让他吃了一惊。

"怎么回事？"

他过去看了看老苗，转头看着关雪："这就是您那个情报员？谁把他杀了？"

关雪阴着一张脸："是啊，谁把他给杀了？"

潘越还没反应过来，关雪接着说："要是我们没有分开两边，一路找到这儿来，就能亲眼看见那个逃跑的凶手，也能跟他商量商量，能不能别杀了我的情报员。"

潘越张口结舌，眼睁睁地看着关雪走了出去。

刮了胡子、换上西装的安德烈上校坐在会议桌前的一把椅子上。

浅野寺拿着一个档案袋走了过来。他把从档案袋里取出的东西一样一样摆在安德烈上校面前。

"您的新护照；下个月十号从横滨开往布宜诺斯艾利斯的船票；新开的银行户头。请收下。"

安德烈上校打开户头存单，看了一眼。

"上校先生，你的要求已经全部满足。接下来，舞台交给你了。"

安德烈上校抬起眼睑，目光炯炯地望着会议桌两侧。在会议桌的周围，已经坐满了关东军的高级军官。

"各位先生，苏联红军将于八月初全面进攻满洲！"

会议室内一片哗然。

大多数人在交头接耳，少数人则面色凝重，一言不发。浅野寺就是其中之一。

忽然，会议室的门被轻轻地打开，原田副官悄然走了进来。他来到浅野寺身后，弯下腰去，在他耳边小声说了几句话。浅野寺扭头看着原田副官，一脸震惊。

浅野寺离开会议室，快步穿过参谋部大楼的走廊，原田副官紧紧跟在他身后。

他们转过一个弯，前面站着一个人。

正是关雪。

浅野寺带着关雪进入办公室，让她把昨晚的事情详细地说了一遍。

浅野寺脸色铁青，一言不发。

关雪怯怯地说："对不起，是我的错。"

"最主要的责任在潘越，是他贻误了战机。"

关雪没有说话。

"看来，我让他担任特务科的副科长一职是个错误。"

"是我领导不力，没有做到当机立断。"

"我觉得，让潘越负责后勤方面的工作比较合适。"

"是。"

"现在关键的问题是，我们无法判断情报员在电话里说的话是不是因为受到了绑架者的胁迫。"

"的确如此。"

浅野寺站起身来："我必须立刻向参谋长汇报这一突发变故。"

四

回到特务科，关雪立刻召开了会议，宣布暂时让潘越主要分管后勤工作的决定。宋卓文面无表情。胡彬第一个站起来反对。

还没等关雪开口，潘越先站起来，按住胡彬的肩膀："这是浅野课长的意思，对不对？"

关雪点点头。

带着一丝苦笑，沉默了片刻，潘越才说："我服从。散了会，就去找老金报到。"

散会后，潘越第一个出了会议室，垂着头向前走了。胡彬出来后，加快步伐追赶着潘越。

关雪站在门口望着潘、胡二人的背影。

身后的宋卓文说："放心吧，得罪人的不是你，而是我。"

"他怨谁也没有用。在日本人手底下干活儿，就是这样：捧你的时候，会把你捧上天；摔你的时候，一点情面都不会讲。"

"浅野课长很生气吧？"

"那还用说？情报员掌握的东西，关系到一项重大决策的制定。"

"难道他在电话里没有向你透露一点情报内容？"

"当然提供了，但是我们无法证实他当时是否受到了胁迫。"

"至少这部分内容还具有一定的参考价值吧？"

"那是自然。参谋部正在通过其他的渠道核实情报的准确性。明天上午，关东军的参谋长将主持召开一次会议。会议结束后，参谋部会派人将会议纪要送往正在新京的山田乙三司令官。"

事关重大，宋卓文找借口溜出特务科，直接去找老段。

老段思考了一会儿。

"这几天，哈尔滨会有雷阵雨，不能搭乘飞机的话，这位信使应该会乘火车前往新京。"

"我们的机会就在哈尔滨前往新京的列车上。"

"我马上联系一下在满铁客运系统工作的同志,了解一下情况。晚上,让谢月把消息带过去。"

"好。"宋卓文站起来,但是并没有要走的样子。

老段明白了,冲着另一扇房门努了努嘴:"还在里面生闷气呢。去劝劝吧。"

宋卓文敲了敲门,里面没有回应。于是他推门进了房间。

宋卓武躺在床上,脸朝着墙,一声不吭。

宋卓文看着哥哥的后背,沉默了片刻,关上房门,拉过来一把椅子,坐在床边:"老段把前因后果都跟我说了。老苗确实毒辣,他用爸爸的死刺激你揍他,然后利用飞溅的碎瓷片割断绑绳。就算是换了我,也未必能够躲过他的算计。"

宋卓武突然开了口:"你做得对,爸爸还真是我害死的。"

宋卓文吃了一惊。

"昨天晚上,听完老苗的话,我就全明白了。"

"明白什么?"

宋卓武转身坐起来:"你知道,当年爸爸为什么会通过电话把老苗约到教堂外侧的空地上吗?"

宋卓文思索了一下:"他看到了你。"

"一定是这样的。离开我们之后,爸爸一定是躲在咖啡馆附近观察。他看到我走了进去,也明白我偷听了他的电话,过来帮忙。对于能不能除掉老苗,爸爸并没有把握,但他知道,我一定会扑上去跟老苗玩命的。为了保护我,他才用电话把老苗约了出去。"

宋卓文缓缓地点了点头。显然,他完全认同哥哥的推断。

"就是因为这个突如其来的电话,让老苗有了戒心,提前做了准备。否则的话,谁杀谁还未必呢。"宋卓武的声音哽咽了。

宋卓文沉默了片刻,说:"我羡慕你。"

宋卓武看着他。

"羡慕你亲手报了咱们的杀父之仇。"

宋卓武任由泪水在脸上流淌。

"别想那么多了,爸爸他的在天之灵正在看着咱们,他就想让咱们好好地活下去。"说着,宋卓文的眼泪也流了下来。

五

身穿列车乘务员制服走进咖啡馆的正是地下党员小尹。原来,她的公开职业是满铁公司的列车乘务员。很快,她就看到了角落里的老段。

等老段的话说完了,小尹才说:"如果是那样的话,信使一定会乘坐中午十点零五分开往新京的那次列车。我们以前也接待过这样的人物。"

"哦?他们通常都是怎样坐车的?"

"信使总是用一副手铐将公文包铐在手上,上了车就躲在软卧包厢里,一步都不踏出来；偶尔上厕所，也是公文包不离身；而且有保镖护卫。"

"吃饭呢？"

"都是乘务员将饭菜送到他们的包厢里。"

"列车上还有谁了解他们的身份？"

"好像只有乘警长。每次都是他嘱咐我们，除了订餐时间，不得打扰那间包厢里的客人。"

"你能上那次列车上服务吗？"

"我可以找借口和那次列车的乘务员换一下班。"

"好，就这么办。"

宋卓文一进家门，谢月就递给他来自老段的纸条。看完纸条并烧成了灰烬后，宋卓文眉头紧锁。

信使不出包厢，公文包也不离身。老段要求在神不知鬼不觉的前提下拍到会议纪要的内容，这几乎就是一项不可能完成的任务。而留给宋卓文的时间只有这一个晚上。

宋卓文双手支撑着下巴，一动不动地苦思冥想着。

等谢月把一碗热气腾腾的鸡蛋面摆在书桌上，宋卓文才发现已经半夜十一点半了。

谢月坐在桌子对面，托着腮帮看着宋卓文呼噜呼噜地吃完了碗里的面条。

她收起碗筷："早点休息吧。"

"不行啊，有个问题今天晚上必须解决。"

"能说给我听听吗？或许我能帮你出个主意。"

宋卓文岔开了话题："老段的伤怎么样了？"

"好多了，伤口已经开始结痂了。"

"他说你很能干。"

谢月有些得意："当然。他正在培养我做报务员呢。"

"是吗？"

"嗯。他说，我们女孩子的手腕灵活，最适合做报务的工作了。"

"灵活吗，我咋没看出来？"

谢月把手伸到宋卓文面前："那你就好好看看。"

宋卓文情不自禁地握住了谢月的手。他们的目光接触了一会儿，两个人的眼里都荡漾着柔情蜜意。

宋卓文忽然意识到此时不是调情的时候。他松开了谢月的手。

"你快去休息吧，明天还要上课呢。"

"明天上午我没有课。我就在这儿陪着你，你不许嫌我烦。"

事实上，当宋卓文不再跟她说话，而是站在地图前无声思索时，沙发上，谢月的眼皮就开始打架了。她觉得自己没睡一会儿就被推醒了。可此时天已经放亮，晨光透过窗帘照进房间。

"怎么了？"她看着眼前的宋卓文。

"菜市场几点有人卖菜?"

谢月揉了揉眼睛,看着墙上的壁钟。指针走到了五点半钟。

"六点钟就有开张的了。"

"那你洗把脸,现在就去买点菜回来,顺便帮我给老段送一封信。"

七点半,宋卓文登上那家供应早餐的酒楼的楼梯,穿过一条走廊,推开了一个雅间的房门。

一个戴着鸭舌帽的客人背对着门口,正在吃着小笼包子。

宋卓文关上门,坐在桌子的另一侧。

戴着大号墨镜的宋卓武转过头来:"老段已经同意了你的方案。小尹已经换好了班。上午九点钟,她会去火车站附近的北国旅社二〇八房间找你。"

"好。"宋卓文一边脱下西装,一边说,"这次潘越吃了瘪,不怎么理我。关雪今天也没有什么特别的事情。时间很紧,我没法儿跟你多交代。到了特务科,尽量在办公室里待着,能不出门就别出门,能不说话就不要开口。"

"我知道。"宋卓武脱下了身上的对襟夹衣。

兄弟二人交换了衣服、帽子。

上午八点钟,关东军参谋长秦彦三郎一走进会议室,众人立刻安静下来。

"诸位,受司令官委托,本次会议由我主持召开。"

秦彦三郎的目光扫过诸位将领。

浅野寺盯着会议桌,面无表情。他的对面坐着一名身材肥胖、剃着光头的日本军官。此人是关东军情报部第一课的桥本课长。桥本课长的上首,坐着一个仪表堂堂的中将。与别人的正襟危坐不同,此人很放松,脸上也带着一种满不在乎的神态。他就是七三一部队的负责人石井四郎。

"这次会议的议题,大家都很清楚,就是关于从苏联远东方面军叛逃而来的安德烈上校带给我们的那份情报的真实性。"

就在秦彦三郎说话的时候,会议室角落里的一个速记员在飞快地记录着。

"毫无疑问,这一突发事件将会给满洲国的军事部署带来巨大的变数。就在前天晚上,由特务科直接控制的一位代号'松鼠'的情报员打来电话,称中共抗联小分队刺杀安德烈上校的行动是一场表演。那么由此推断,刺杀行动的目的是让我们对安德烈上校的投诚以及他带来的情报深信不疑。但是,等我们的人赶到之后,却发现'松鼠'已经遭到杀害。是这样吧,浅野课长?"

浅野寺站了起来。

"的确如此。我们因此无法判断'松鼠'打这个电话的时候是否遭到了胁迫。不过,从我个人来说,我倾向于相信安德烈上校的情报。"

坐在会议桌对面的桥本课长忽然发问:"那么支撑浅野课长判断的理由是什么?"

"第一,苏联与日本早晚必有一战。目前,欧洲的战事已经结束,苏联完全有能力从欧洲将其主要军事力量调回远东。第二，我们从其他的渠道已经证实，安德烈上校在苏联的军界一直受到排挤和打压。以他的军事干才，本来可以获得更高的职位和待遇。正如其所言，如果不是苏德战争爆发，安德烈上校甚至早已经被政治局下令枪决了。第三——"

桥本课长忽然开口打断他："浅野课长，请容我插几句话。"

浅野寺停下来看着桥本。

桥本课长站了起来："我从不否认苏日之间必有一战这个判断。但是问题的关键是苏军何时进攻。如果我们判断安德烈上校的情报是真实的，苏军就是要在八月上旬下手的话，那么就必须从太平洋战场上调回一部分精锐力量。诸位……"桥本课长环视着会议桌的四周，"我们都知道，目前，我军正在太平洋的诸多岛屿上与美军进行着寸土必争的苦战。作为美国人的盟友，苏联人有没有可能用散布假消息的办法，削弱我军在太平洋上的力量，从而为美军减轻压力？大家考虑一下，有没有这种可能？"

大多数与会者都微微地点头。

六

宋卓武提着公文包穿过办公大楼的走廊。迎面而来的几个特务纷纷跟他打招呼，宋卓武也微笑着点头回应。

忽然，潘越打开一扇房门，走了出来。

二人对视了一眼，都把目光移开。

走进办公室，宋卓武关上了房门，百无聊赖地打量着这间屋子。他打开一扇扇橱柜门，好奇地看着。在一扇柜门后面，他看到隔板上放着大半瓶喝剩下的洋酒。

宋卓武打开酒瓶子盖，闻了闻，还是放了回去。

客房房门传来三长一短的敲门声，宋卓文走到门口，打开房门。小尹回身看了看走廊，闪身进入房间。

"时间很紧，咱俩熟悉一下计划。"

小尹神色严峻："情况有变！"

"怎么了？"

"本来我已经和人换了班次，可是突然接到通知，整个乘务组全部被换到了到哈尔滨的列车上。短时间内，我想不到更好的办法。"

宋卓文走到窗边，捶了一下窗台："没有你的配合，这个任务我是无法独立完成的。"

小尹急得泪花都出来了："那怎么办？"

宋卓文紧张地思索着，忽然想到谢月昨晚说过，上午，她没有课。

此时，桥本课长的发言仍没有结束。

"……我承认，随着太平洋战场的不断扩大，关东军在满洲的实力有所削弱。但我们也不是一群乌合之众。苏联人如果要想进攻我们,他们必须进行大规模的战争动员。至少,我在莫斯科的人还没有听到一点消息。"

"也许苏联人的集结动员工作完成得非常秘密,外界难以察觉。"浅野寺站在办公桌对面,与他针锋相对。

"浅野课长,我在莫斯科的情报员也是身居高位有权力的人。多年来,他的情报准确、稳定,从来没有出过什么岔子。"

"无论是在能力还是忠诚方面,我无意对您的情报员提出任何质疑。我只是想说,我们既不能把赌注全押在安德烈上校身上,也不能押在任何情报员身上。即使我们现在还不能从太平洋抽调兵力回防,也要在满洲展开大规模的征兵工作,并尽最大的可能加强我们各个要塞的防卫能力。"

桥本课长冷笑:"这也许正是莫斯科乐意见到的,他们正为找不到移师远东的借口而发愁呢。"

石井四郎跷着二郎腿,点燃了一支雪茄。他摇晃着熄灭了火柴棒:"这种争论真是毫无意义。"

浅野寺和桥本课长都看着他。

石井四郎把火柴棒丢进烟灰缸里,继续说:"苏联人要来,就让他们来好了。再有十几天,我们将会拥有一种新的武器。"

谢月接到电话后,是乘坐出租车来的。进了房间,看到小尹,她多少有些诧异。

宋卓文态度严肃地开了口:"谢月,现在有一项任务需要你来配合我完成。"

谢月郑重地点点头。

"我必须提前告诉你,这项任务非常危险。"

"我不怕。"

小尹走过来,拉住谢月的手:"谢小姐,我先向你简单介绍一下列车上乘务员的工作流程。"

"乘务员?"

宋卓文说:"是的,你要假扮成一个女乘务员。"

秦彦三郎在会议的尾声做了部署。

"桥本课长,请让你的情报员在最短的时间内查清这些问题。"

"是。"

"石井将军,您今天带给我们的这个消息太令人人振奋了。司令官和我本人都期待着您的新式武器早日装备部队。拜托了。"

石井四郎微笑着说:"我不会让您失望的。"

"浅野课长。"

浅野寺从座位上站起身来。

"你最好还是再调查一下情报员的被害案件。如果能够证实他在通电话时候的状态，对我们的决策至关重要。"

"是。"

最后，秦彦三郎浏览了一遍会议记录，签上了名字。他的副官将记录装进了一个档案袋，封死后，又加盖了火漆封印。档案袋被放进了一个包着棕色皮革的公文箱。一直等在会议室外的一个身着便衣的年轻军官被叫了进来。他从风衣里掏出一副手铐，将自己的手和公文箱的提手铐到了一起。

秦彦三郎关注着整个流程，最后他嘱咐道："东乡参谋，路上一定要加倍小心。"

"是。"

谢月按照宋卓文的要求，小心地把计划复述了一遍。

"最后一点，"宋卓文说，"上了车，咱们两个，谁也不认识谁。"

七

月台上空无一人，显然进站口还没有放行旅客。一辆轿车驶过静静的月台，停在一列车厢的入口处。身穿制服的乘警长早已等候在车厢门口。

东乡参谋带着两个保镖从轿车里钻出来。

乘警长立正站好，鞠了一躬。他引着三人登上火车，穿过铺着地毯的走廊，来到一间包厢的门口。拉开包厢的门，乘警长站到了一旁。等三人走进去，乘警长说："开水已经打好了，午餐的时候我会让乘务员来——"

"知道了。"保镖甲没等乘警长说完就打断了他。说完，他一把拉上了包厢的推拉门。

乘警长略显尴尬，摇摇头走开了。

东乡参谋打量了一下这间包厢，先把窗帘拉上，然后掏出钥匙，打开了手铐。他把公文箱放在靠近车厢墙壁的地板上，他自己就坐在靠近窗子的座位上。

过了一会儿，开始检票了。清静的月台忽然热闹起来。众多的乘客走上了月台。

戴着墨镜、粘着假胡子的宋卓文走在乘客中间，他扫了一眼头等车厢，发现有一扇车窗已经拉上了窗帘。他明白，那个包厢就是信使所处的位置。

宋卓文登上了那节车厢。间隔了三五个乘客，谢月也登上了车厢。

衣冠楚楚的旅客们穿过走廊，寻找着自己的包厢。谢月很快就找到了目标包厢。进门之前，她看到宋卓文坐在走廊里靠近车窗的一个小座上。

宋卓文避开了她的眼神，低头看着报纸。

一上班，潘越就来到关雪面前，掏出一个小本子，开始汇报。

"……城西的菜市场虽说远了一点，但是价格是真便宜。我算了一下，扣除每天采购车多跑的路途需要的汽油费，每月还能给食堂节省二百多块钱。"

潘越抬头看了一眼闭目养神的关雪："科长？"

关雪睁开眼睛："你说吧，我听着呢。"

"别小看这二百多块钱，我能让弟兄们每周吃上一次炖牛肉。除此之外，我觉得食堂的早餐花样太少——"

关雪终于忍不住了："老潘，你这一大早上跑到我这儿来，唠唠叨叨这些鸡毛蒜皮的小事，到底是什么意思呀？"

"科长，我还能有啥意思呀？您安排我管理后勤，我就要把它管好。"

关雪叹了口气，把脸转到了另一边。

"科长，我在特务科这么多年了，我对它是有感情的。"

"老潘，我知道，让你管后勤你心里有火，我也替你想着这件事呢。这段时间不会太长的。毕竟现在浅野课长正在气头上——"

两人正说着，办公室的房门被敲响了。

关雪没好气地说："进来！"

房门推开，浅野寺和原田副官站在门口。

关雪和潘越傻了，赶紧站起身来。

"课长，您怎么来了？"关雪问。

潘越也满脸堆笑地迎上去："您应该先来个电话，我们也好到楼下迎接一下。"

浅野寺没有搭理潘越，径直走到沙发前，坐了下去。潘越站在旁边，走也不是，不走也不是。

关雪赶紧打圆场："潘科长，赶紧给课长泡茶呀。"

"你瞧我这脑子。"

"不必了。"浅野寺一摆手，"突然来访就是为了搞清楚一些事。"

"什么事？"

"我想再详细地听一听你们赶到方正镇后发生的每一件事。"

"好。是这样的——"

浅野寺打断了关雪："让宋卓文来讲吧，他说话条理要清晰一些。"

潘越赔笑的脸很僵硬。

电话铃响起时，宋卓武正趴在办公桌上打盹儿。他抬起头，瞪着电话机眨了眨眼睛，拿起了听筒。

"卓文。"

"是我。"

"到我办公室里来一下。快一点，浅野课长在等着你。"

宋卓武有点蒙："他找我干啥？"

"课长指定由你复述一遍那天我们在方正镇的调查过程。你快点过来。"说罢，关雪把电话挂断了。

宋卓武对着话筒彻底傻眼了。他忽然站起身来，直奔一个橱柜，打开柜门，拿起了那瓶洋酒。

一分钟后，他推门，走进了关雪的办公室。

"课长好。"他首先跟浅野寺打了一个招呼。

看到"宋卓文"，浅野寺的眼里才透露出些许笑意："宋君，我很想听一听你在方正镇做出的那一系列精彩的推理。快到这边来。"

此时，浅野寺坐在沙发上。关雪、潘越和原田副官都站在沙发四周。之前摆在办公桌前面的那把椅子已经放到沙发前。

宋卓武硬着头皮走过去，坐了下来。

"哦……"宋卓武思索着。

关雪说："就从我们到达方正镇邮政所开始吧。"

"好，就从那儿讲起啊。我先想想……"说着，他抱着头，表情有些痛苦。

房间里的人都对宋卓武的反常感到好奇。

突然，宋卓武打了一个很响的嗝儿。坐在他对面的浅野寺赶紧伸手掩住了口鼻。

浅野寺站起身来，有些震怒："宋君，你喝酒了？"

宋卓武也赶紧站起来，后退了两步："我是昨天夜里喝了。"

"喝了多少？"

"很……很多。"

"为什么要这么做？"

宋卓武沉默了。

关雪神色紧张，欲言又止。

浅野寺继续问："回答我，为什么这么做？"

"这次任务的失败，让我有些……"

"意志消沉？"

宋卓武没说话。

浅野寺怒了："看看你们这个部门成了什么样子？意志消沉，人心涣散。如果突然来了紧急任务，怎么办？"

关雪、潘越、宋卓武都垂着头，大气不敢出。

"我建议，应该让宋卓文立刻回家休息，罚薪一周！"

第二十六章
列车上的较量

一

宋卓文站在两节车厢的连接处，观察着与头等车厢相邻的餐车，等待着。

这时，乘警长进入了餐车车厢，他和餐车里的乘务员有说有笑，脚步虽然放慢，却没有停，向着头等车厢走来。

宋卓文转身便走。他摸出一支香烟，叼在嘴里，来到那扇包厢门前，敲了两声。

包厢门被拉开，三人看着他。

宋卓文用生硬的汉语说道："对不起，可以借个火吗？"

一个保镖不太情愿地掏出打火机，打着了火苗。

宋卓文凑过去，点燃了香烟。他看到两个保镖坐在一张椅子上，信使独自坐在对面，他脚边靠墙的位置上立着那个棕色的公文箱。

宋卓文忽然改成了日语："你们也是日本人吧？"

"是的。"

"也是做生意的吧？"

东乡参谋不耐烦地把脸转向车窗外。保镖把手伸向包厢的推拉门。

"听说现在火车上也不太平呢。"

这句话吸引了三个人，他们都看着宋卓文。

宋卓文继续说："听说，上个月，有一个日本商人在通往满洲里的列车上被土匪抢了。"

就在这时，身后的走廊里传来脚步声。

宋卓文一边说着话，一边用右手撩开衣服的下摆，叉在腰上，露出挎着一支插在枪套里的手枪。

正沿着走廊走来的乘警长看到了宋卓文腰间的手枪。但是，由于宋卓文侧着身子，一脚门里，一脚门外，包厢里的三个人却无法看到他的枪。

"当然，那是在偏远的地区，这一段还是安全的。"说完，他主动将包厢门拉上。

乘警长从宋卓文的身后走了过去。走到车厢尽头，乘警长回头看了一眼，心想，电话里明明说有三位贵宾，实际上却来了四位。显然，他把腰间配枪的宋卓文当成了这些人中的一员。

宋卓文又坐在包厢门口的靠窗小座上看起了报纸。

回到办公室，潘越越想越觉得这件事透着古怪。做事向来滴水不漏的宋卓文，怎么会犯如此低级的错误？他突然想到，早晨上班的时候，曾经与宋卓文擦肩而过。当时他身上没有一点酒味。他为什么要这样做呢？莫非……

潘越忽然眼前一亮。

莫非兄弟俩再次玩了那个换身游戏？

潘越伸出手，拿起桌上的电话话筒，拨了几个号。

"喂，我是潘科长……丁鹏在吗？……他去哪儿了……一早就出去执行任务了……好的，我知道了。"

潘越重重地把电话话筒挂上。

车窗外的地势渐渐隆起，丘陵开始增多，眼见着列车就要进入山区了。

宋卓文站起身来，穿过走廊，来到头等车厢的前面，正如小尹所说，右侧果然有一扇小门。宋卓文掏出专用钥匙，打开小门，一眼就看到了储藏间里面的手推式送餐车。

宋卓文推着送餐车，迅速来到谢月的包厢门前，敲了敲门。谢月拉开了包厢门。宋卓文将送餐车推了进去，放倒后，塞到了床铺下面。站起身来，他发现谢月的胸口剧烈起伏。于是他抓住了谢月的手。

"稳住，千万不要慌。"

"有你在，我不慌。"

乘警长吹着口哨快步穿过走廊。

宋卓文忽然开口："请等一下。"

乘警长停住脚步，转身看着他。

宋卓文走到他面前，低声说："包厢里面的先生们，不希望被打扰。"

"我知道。除了订餐的时候，我不会让任何人踏入那个包厢一步。"

"我指的，就是订餐。"

乘警长有些意外："那他们不吃午饭了吗？"

"他们会自己解决的。"

"好的，我明白了。"

宋卓文目送着乘警长走远，然后看了看手表，走到谢月包厢的门前，叩响了门。

谢月拉开一道门缝。

宋卓文点点头："开始。"

谢月平复了一下紧张的情绪，脱掉了身上的风衣。她里面穿着的是一套合体的乘务员制服。

包厢门被敲响，门板被拉开，谢月走了进去。她深深地鞠了一躬，抬起头来，面带微笑："请三位先生点一下午餐吧。"说着，她从围裙两侧的小口袋中掏出了一个小本子和一截铅笔。

面对谢月这样美貌的女子,三个男人都松弛下来。

"请问,都有什么呢?"东乡参谋第一个问道。

"日式的午餐有乌冬面、蒲烧、烤鳗鱼饭、牛肉饭。"

东乡参谋略作思索:"我来一份乌冬面好了,你们两个呢?"

保镖甲正要开口,列车忽地钻进了一条隧道,车厢内一片漆黑。

大约过了半分钟,列车钻出了隧道。

"我要鳗鱼饭。"

"我要蒲烧。"

谢月记下了三份饭菜,再次鞠躬:"请先生们稍等。"

谢月退出包厢,并拉上了门。随后,她快步走到自己的包厢门前,拉开房门,钻了进去。她靠在门板上,轻轻拍着自己的胸口。缓解了一下紧张情绪,她拿起床铺上的风衣穿上,然后拉开房门,走了出去。

二

包厢内,两个保镖正在打趣儿。

"想不到这列火车上还有这么漂亮的女人。"

"是啊,真是个让人难忘的美人。东乡参谋,如果您下次还乘这次列车公干,请务必带上我们两个。"

东乡参谋笑着说:"你们这两个家伙,真是难缠,还是把心思放在公事上吧。"

贴着墙,放在东乡参谋腿边的那个公文箱随着列车的晃动而晃动着。

忽然,从东乡参谋铺位下垂的床套下摆伸出来一只手,抓住公文箱,一点一点、无声地向里面拖拽。

这时,列车上的广播响起:"女士们、先生们,中午好。本次列车的餐车已经为大家准备了可口的饭菜,请各位旅客及时前往餐车用餐。"

众多包厢的门被拉开,许多乘客出了门,向餐车的方向走去。

乘警长站在餐车的柜台内,正在和刚才的那个女乘务员调笑。忽然,他的目光被吸引住了,他抬头望着正前方。

谢月迎面来到柜台前,避开乘警长的目光,对那个女乘务员说:"可以把午餐送到包厢里去吗?"

"可以,但要加收服务费。"

"没问题。我要一份紫菜乌冬面、一份鳗鱼饭、一份蒲烧。"

乘警长插进话来:"这是三个人的饭菜呀。"

"是的,与我同行的还有两位男士。"

"简直是太不像话了,有两个男人,竟然让一位女士来订餐,他们真是缺少应有的风度。"

"那两位先生都是极有身份的,所以只能是我来了。"

乘警长立刻换了语气:"是这样啊。请原谅我的失礼。"

宋卓文是在谢月进入包厢订餐时,借助车厢突然进入隧道内的黑暗,潜入包厢,藏到东乡参谋铺位下面的。此刻,他已经神不知鬼不觉地把手提箱抱在怀中。他两只手抓住箱子顶部开关的两侧。那是一对内含着一对吸铁石的搭扣。

宋卓文等待着,当车轮轧过铁轨接缝处,发出咔嗒一声的时候,他迅速打开了搭扣,把档案袋取了出来。

谢月引领着推着餐车的乘务员穿过走廊,来到自己的包厢门口,拉开门,女乘务员将送餐车推进了包厢。她看着空无一人的包厢,有些疑惑。

谢月眉头微蹙:"都该吃饭了,还要出去吸烟。"

乘务员笑了笑,将午饭摆到桌子上,就推着送餐车离开了。

谢月拉上包厢门之后,立刻从大衣口袋里掏出一小包白色的药粉,撒在那份乌冬面的汤里面。接着,她跪到地上,从床铺下面将那辆送餐车拖了出来,扶正,然后把桌上的饭菜一一摆到送餐车上。

谢月拉开包厢门,向外看了看,走廊里静悄悄的。她脱掉风衣,推着送餐车走出了包厢。

躺在铺板下面的宋卓文轻轻地将公文箱推向原处。眼看着公文箱就要回到原位。列车一晃,公文箱倒在东乡参谋的腿上。

宋卓文吃了一惊。

东乡参谋低头看了一眼。他弯下腰,正要将公文箱提起来摆正,忽然传来敲门声。

"请进。"东乡参谋直起腰来,用腿将公文箱扶正。

谢月推着送餐车走了进来。因为东乡参谋一个人占据了一整个铺位,所以谢月很自然地将送餐车推到了他的腿边。

谢月鞠了一躬,笑容可掬道:"对不起,让先生们久等了。"

东乡参谋微微颔首:"辛苦你了。"

谢月将三个人的饭菜一一摆在他们面前,最后说:"三十分钟之后我来收拾餐具,可以吗?"

"很好。"

谢月向另外两个保镖点了点头,拉着送餐车退出了包厢。

回到自己的包厢,谢月大脑一片空白。

"下一步……下一步该做什么来着?"

她深吸了一口气,努力使自己平静下来。她想起来了。她从衣兜里取出了一台微型照相机、一小瓶胶水、一副薄薄的橡胶手套、一小卷白色胶布。她把这些东西都放在桌子上。

之后，她戴上手套，跪到地上，把手伸向送餐车的底部。在底板边缘不易令人察觉地粘着几条白色的胶布。谢月一一撕掉了那些胶布。

啪嗒，一个档案袋从送餐车的底部掉到了底板上。谢月从地上把档案袋捡起来。没错，档案袋上面标有"绝密"二字，开口已经被火漆封死。

谢月把档案袋放在桌上，又从桌子下面拎起了暖瓶，放在桌上。她打开暖瓶塞子，把档案袋的底部悬在暖瓶口上方，来回移动。

白色的水蒸气冒了出来，嘘着档案袋底部被胶水粘着的接缝处。不久，接缝处松开了。

谢月轻轻揭开底部的粘连处，从档案袋的后部将里面的文件抽了出来。她把文件放在桌上，拿起相机，对着第一页摁动了快门。然后，她把第一页倒扣在旁边，对着第二页摁下快门。每拍完一页，她都倒扣着放在上一页上面。

谢月感觉过了很久很久才把所有的文件都拍完。她把那沓文件拿起来，在桌面上对齐，又从档案袋的后方塞了回去。之后，她打开胶水瓶，重新用胶水把档案袋的底部粘牢。谢月拿着档案袋，对着底部吹了一会儿气。看到档案袋恢复如初，她才拿起胶布卷，再次跪到地上，将档案袋粘到送餐车的底部。

谢月站起身来，手忙脚乱地桌上的东西都装回衣兜里。做完这一切，她仿佛筋疲力尽般瘫坐在床上。看了看手表，时间还没有到，她默默地等待着。

三

潘越穿过走廊，来到情报组组长办公室的门口，敲了敲房门。无人应答。潘越看看左右无人，就掏出钥匙开门，溜了进去。刚才他去了一趟后勤和装备室。除了拿到了这间办公室的备用钥匙，还取了一套提取指纹的工具。

关好房门后，他走到办公桌前，开始往一只杯子上面刷粉末。

走廊里总是有三两个从餐车回来的旅客。

谢月好不容易等到走廊里没人了，立刻推着送餐车走出来，敲响东乡参谋的包厢。

进门后，谢月将桌子上的碗筷一一收拾到送餐车上。宋卓文的手从铺位下面伸出来，摸向了送餐车的底部。他撕下了一块胶布，没想到其他的胶布没有粘牢，吧嗒一声，档案袋掉到了地上。

东乡参谋似乎听到了什么动静，他刚要低头。谢月急中生智，指着他的衬衫领口："先生，您的衣领沾上汤汁了呀。"

"多吗？"

"一点点。"她从口袋里掏出一方手帕，帮东乡参谋擦拭着。

两个保镖不无羡慕地看着东乡参谋。

利用这个时间，宋卓文将档案袋捡起来。接着，他又悄悄地把公文箱拉了进去。

谢月退后一步，看了看："现在不大看得出来了。"

"谢谢。"

谢月收了手帕，抓住了送餐车的把手："再见。"

"再见。"三个人目送着谢月退出包厢。那个再次装好档案袋的公文箱被轻轻推回了原位。

谢月眼看着就要到达自己的包厢，走廊里另一间包厢的门打开了。一位旅客提着暖水瓶走了出来，看到了谢月的背影。

"乘务员！"

谢月只得站住。

"去给我打一壶开水来。"

谢月回过头："我一会儿去，行吗？"

"我现在渴得厉害，赶快去。"

谢月只得放下送餐车，转身走向那位旅客。

打完开水、送进包厢用了三分钟的时间，等她回到自己包厢门口，突然停下了脚步，愣在那里。

乘警长站在她前面不远的地方死死地盯着她。

潘越拿着毛刷，满身粉末地站在房间中央。在这个房间内，他竟然没有提取到一枚指纹。无疑，那个人离开办公室前已经擦拭了所有接触过的地方。早上擦肩而过的那一幕，不但他没忘记，那个人也没有忘记。潘越更加坚定了自己的判断。可单枪匹马的他是无法戳穿这个分身术的。

乘警长打开行李车厢的门，一把将谢月推了进去。随后他转身锁死了车门。

谢月揉着胳膊，瞪着乘警长。

"你不说，我也知道，你是一个专门在头等车厢行骗的女贼，对不对？"

谢月没有说话。

"如果我没猜错的话，那两位极有身份的男士吃了你订的午饭，一定已经昏睡不醒了，对吧？你偷了什么，最好自己拿出来，不然的话，我就要搜身了。"

乘警长的脸上露出猥亵的笑容。

东乡参谋的表情忽然有些异样。他捂着肚子，皱着眉头。

"怎么了，不舒服吗？"

"我要去厕所。"说着，他拎起公文箱，站起身来。两个保镖也跟着站起身来。

乘警长此时已经抓住谢月的右手手腕，拧到她身后，将手伸进了谢月的口袋，将里面的东西一样一样掏出来，放在旁边一个托运的木箱上面。

手套、胶水瓶，最后是那台微型照相机。

"这是什么东西？"乘警长摆弄着那台照相机。他忽然明白过来了。

乘警长脸色煞白，盯着谢月："你不是贼，是间谍，对不对？"

乘警长不敢怠慢，抓着谢月的胳膊走向软卧车厢。他们刚刚走过两节车厢的连接处，那个面对车窗抽烟的乘客突然转过身来，右臂从后面伸过来，勒住了乘警长的脖子。

宋卓文用哥哥教给他的一招儿，右臂锁住了乘警长的咽喉，左手托住对方的后脖颈儿，同时用力。乘警长奋力挣扎着，伸手打开了腰间的枪套。

谢月扑过去，拼命抓住乘警长的手腕。情急之下，她一口咬了上去。一分钟后，乘警长才彻底断了气。

宋卓文扛着乘警长的尸体走进储藏间，将其轻轻地放到杂物上，然后退出储藏间，将门锁死。

"我们该怎么办？"谢月浑身抖个不停。

宋卓文双手放在她的肩膀上："深呼吸，努力让自己平静下来。"

"我做不到。"

宋卓文抬起手腕看了看表："很快就要到达德惠站。只要我们下了车，任务就完成了。"

十分钟后，两个人混在旅客中间先后下了车。

包厢内靠窗的保镖甲透过蕾丝窗帘望着月台，看到了宋卓文的背影。

"那个家伙原来在这里下车。"

"谁呀？"东乡参谋顺着保镖甲的目光向外望去。

"就是刚上车就向我们借火的那个生意人。"

东乡参谋也看到了宋卓文的背影。

"我看他的生意做得不太好，瞧，他的外衣都开线了。"

宋卓文并不知道，在刚才的搏斗过程中，他风衣的右侧腋下开了线。

四

列车到达新京车站时，早有一辆轿车等在月台上。等东乡参谋三人钻进轿车，驶出月台，列车的其他车门才打开。

所有乘客都下了车，仍然找不到乘警长。直到一个乘务员打开了储藏间，才发现了他的尸体。此时距离案发已经经过去了四个多小时，宋卓文和谢月早已乘另外一趟列车回到了哈尔滨。

谢月拍下的照片被第一时间洗了出来。

老段拿着一沓照片一张张看着，脸色越发严峻。宋卓文将他看完的照片拿起来读着，仿佛立刻置身于那间会议室。

石井将军："苏联人要来，就让他们来好了。再有十几天，我们将会拥有一种新的武器。大家知道，因为材质问题，我们一直无法保证炸弹炸开后内部生物的存活。现在，我们已经解决了这个难题。新的炸弹，是一种陶瓷炸弹。"

秦彦参谋长："石井将军，陶瓷炸弹的可靠性如何？"

"已经进行了多次试验。'材料'在二十分钟内失去抵抗能力，一个小时后，死亡率达到百分之七十。所以我说，苏联人胆敢进攻满洲，等待他们的，就是一场无情的屠杀。"

秦彦参谋长："何时可以装备部队？"

"第一批炸弹已经开始量产，估计十几天之后，就可以进入战备状态。"

秦彦参谋长："桥本课长，现在已经到了危急时刻，要充分发挥你在莫斯科的那个情报员的作用。"

"我已经向他发了急电，让他从两个方面着手：第一，查明近期苏联铁路运输的调动情况；第二，想办法搞清楚安德烈上校的亲属目前所处的境况。"

浅野寺："无论如何，我们都要做最坏的打算。我认为，军部一直以来秘密制定的《通化防卫计划》已经到了准备实施的阶段。否则一旦战事骤开，我军将陷入措手不及的状态。"

秦彦参谋长："我同意浅野课长的提议，立刻将《通化防卫计划》下发到相关部门，尽快做好准备。"

老段拍了拍那沓照片："这份会议纪要的价值远远高于我们的预料。"

"'陶瓷炸弹''莫斯科的情报员'，还有所谓的《通化防卫计划》，都是我们闻所未闻的。"宋卓文看着老段。

"从日本人自信的态度来看，这些情报都具有极高的战略价值。无论多么困难，我都要想办法搞到。"

宋卓文沉思着。

老段说："忙，但不能乱。咱们一个问题一个问题地解决。"

过了半晌，宋卓文忽然抬起头来："我记得刚担任情报组组长的时候，发现情报组有几个人常年在马迭尔旅馆的酒吧里做眼线。"

老段眼中一亮，他似乎意识到宋卓文在想什么。

五

丁鹏抄着手闷头从一条小巷里走出来，潘越闪出来，挡在他前面。

"潘科长，您这是？"

"等你啊。怎么，刚把'药'给你妹子送过去？"

"潘科长，我为您做了不少事，我妹子的事就别提了。这是咱俩当初说好了的。"

"你还好意思提当初？我可是一直信守诺言，你呢？看到我失势了就躲着我。"

"没有的事，我这两天任务特别多。"

"别胡扯了，我都打听清楚了。今天早上本来没给你派活儿，是你自己主动要求出去的。"

丁鹏哑口无言。

"今天本来有一个绝好的机会，可以抓住他的狐狸尾巴。可是就因为你不在，我孤掌难鸣，眼睁睁地看着这个机会溜走了。"

"潘科长，您别不爱听，您从县里调来那么多人都斗不过他，现在只剩下咱们俩——"

"谁说的，我们还有一支生力军没有用。"

"在哪儿呢？"

"据我所知，你和那帮鸦片贩子很熟。"

"他们能干这个？"

"有钱能使鬼推磨，别说人了。去试试。"潘越从衣兜里掏出两根金条。

丁鹏有些迟疑。

潘越抓起他的手，塞了进去："这几天，他必有大动作，这个机会再也不能错过了！"

马迭尔旅馆一层酒吧间里回荡着一首钢琴曲。下午的客人不多，余洪独自坐在吧台旁边，呷着一杯威士忌。

一名大胡子男坐在他身边，对侍者说："给我来一杯与这位先生一样的酒。"

余洪抬眼看着大胡子男。后者拿到酒之后，主动跟余洪碰了碰杯。

余洪喝了口酒："好像以前没见过您。"

"以后也不会见到我了。我想捞上一大笔钱后就离开这里。"

余洪笑了："不瞒您说，挣大钱这个念头折磨了我好多年。"

大胡子男忽然压低声音："我手里有一份好货。"

"我倒是认识几个愿意高价收货的买主。"

大胡子男凑到余洪的耳边嘀咕了几句。

"陶瓷炸弹？"

"小点声。"

"从来没听说过。"

大胡子男提出了一个价格。

余洪还是摇头。

"算了，我还是去找识货的买主吧。"大胡子男叹了口气，端起酒杯离开了吧台。

晚上，浅野寺才接到满铁调查部的电话，得知从哈尔滨开往新京的列车上发生了一起凶杀案。

浅野寺深感震惊："死者是谁？"

"该次列车的乘警长。"

"前往新京的信使怎么样？"

"这正是向您通报案情的原因。我们在发现凶杀案后的第一时间就联系了新京方面。信使和他携带的文件都很安全。"

浅野寺思考了片刻，说："由此，你们就把调查的方向脱离了信使这条线，对吗？"

"当然不会完全脱离。但是从目前掌握的线索来看，案子的确和信使的关系不大。"

"请向你的上司报告吧，从现在起，这件案子由特高课接手了。"

"课长先生——"

浅野寺毫不犹豫地摁下了电话机的压簧。

早上，宋卓文一上班就被关雪叫到办公室里数落。

"我没想到你还能做出这么不靠谱的事情。说实话，你那天喝了多少？"

宋卓文想了想，说："有大半瓶吧。要是白酒，我还真没事，没想到威士忌这么大的后劲儿。"

"你为啥喝那么多？"

"晚上睡不着觉。"

"为啥睡不着觉？"

宋卓文看了一眼关雪，没说话。

"你是冲着我来的，因为我在方正镇听了潘越的话，没听你的，对不对？"

"这跟听谁的话没关系。我承认，潘越的话也不是一点道理没有。真正让我痛心的是这次任务失败。"

"笃！笃！笃！"忽然传来敲门声。

关雪喊道："进来。"

一个戴着眼镜、书生气十足的男子走进了办公室。他的左手拿着一个黑皮记录本："关科长好。"

"是余洪啊。对了，你还不认识宋组长吧？"关雪指着宋卓文，"这是新任的情报组组长宋卓文。"

宋卓文赶快站起身来，握住对方的手。

关雪介绍道："这位是余洪，他的编制和薪水都是从你们情报组走的。他可是个了不起的人才，精通几门外语，常年待在马迭尔旅馆一层的酒吧里，帮我们探听这个情报交易所的各种信息。"

"余兄啊，久仰久仰。"

"岂敢。"

寒暄了几句，余洪对关雪说："科长，昨天晚上碰到了一些有意思的东西。"

"哦？"关雪停顿了一下。

宋卓文识趣地找了个借口离开了。

六

　　特高课的探员用了一上午的时间,分别和东乡参谋三人、列车的乘务员谈话。他们很快就查到,有一个冒充乘务员的女人曾经到东乡参谋三人的包厢内送过饭。
　　浅野寺立刻打电话,让关雪和宋卓文立刻来一趟。
　　二人连午饭都没有来得及吃,就赶到了参谋部。进入走廊,宋卓文赫然看到,在一名军官的带领下,东乡参谋三人和两个乘务员正迎面走来。
　　宋卓文一惊。他急中生智,扭头对关雪说:"你的胸针戴歪了呀。"
　　"是吗?"关雪停下脚步。
　　她刚要低头,宋卓文立刻伸手帮她把领口下方的胸针摘了下来,又重新戴上。东乡参谋等人从他们俩身边走过,没有人留意背对着他们的宋卓文。
　　宋卓文一瞬间就明白了,他们俩被紧急召到这里,一定跟那次列车上乘警长的死因有关。戴好胸针之后,他看到这些人被带到走廊深处的一个房间。
　　原田副官将他俩带到了办公室,坐在办公桌前面的两把椅子里。
　　浅野寺先介绍了案情,然后给他们布置了任务,发挥特务科哈尔滨耳目众多的长处,全面搜索这个女子。现在,目击者正在配合进行人像拼图复原工作。
　　宋卓文的心脏狂跳不已。他清楚,只要让关雪看到完成的拼图,谢月就会立刻暴露。他站起身来:"对不起,我去一下卫生间。"
　　出了办公室,他的第一个念头是赶快找到一部电话,通知谢月赶快逃跑。他先后推了几间办公室的门,不是推不动,就是电话被别人占着。
　　宋卓文一抬头,忽然看到东乡参谋等人被带入的房间就在不远处。宋卓文轻手轻脚地走了过去。
　　他听到房间内传来一个声音:"什么,嘴唇有点厚?好,我们来换一张。"
　　宋卓文发现房门虚掩着,他透过门缝向里面望去。
　　那名军官将一个嘴唇的图形贴到靠墙的拼贴板上。
　　东乡参谋看了看,说:"嘴巴有点长,再缩短一点就好了。"
　　一张新的嘴型图片被放到鼻子下面。
　　东乡参谋、女乘务员等人异口同声:"就是她!"
　　拼图板上,一张酷似谢月的图片赫然出现!
　　一名军官把这些证人送到走廊里,然后返回拼图室,走到桌边,打开了桌子上的一个文件夹。他将拼图板上的五官图片一个个取下来,同时在文件夹内摆好。他合上并拿起文件夹,转身走出了拼图室。
　　宋卓文立刻从一旁走出来,快步走到那张桌子旁边,从一个盒子里取出了一张画着狭长眼睛的拼图。

　　那名军官抱着文件夹稳步走着,身后传来快速行走的脚步声。他瞟了一眼从他身边超过去的宋卓文。等他进入浅野寺的办公室,宋卓文已经坐在那里了。

"课长，图片拼接完成了。"

"效果怎么样？"

"证人们都认可了。"

"很好。"

那名军官将文件夹摆在浅野寺面前就转身离开了。浅野寺拿起文件夹，打开看了看，然后合上文件夹，隔着宽大的桌子递向关雪。宋卓文抢先站起来，伸手接过文件夹。关雪缩回手，并没有在意。

打开文件夹的时候，宋卓文手一滑，文件夹掉到了地上，里面的图片洒了一地。

"对不起对不起。"宋卓文连声道歉。他蹲下身子，将图片一一摆回文件夹上。起身后，他将文件夹交给了关雪。

关雪打开文件夹，低头看着。

原来的杏核眼经被换成了狭长形眼睛，因此图像上的面孔和谢月并不相像。

关雪合上了文件夹。

"回去之后，将头像拍成照片，复制后在全市展开严密的搜索。对于提供线索者，予以重奖！"

"是。"关雪和宋卓文站起身来。

出了办公室，关雪才想起忘了一件事。她从皮包里掏出余洪的那个黑皮记录本，委托原田副官交给浅野寺。

关雪回到特务科，立刻开了一个会，任务主要由胡彬的行动组负责，可以动用一切关系——线人、帮会，只要能抓到那个女人，奖励国币五千元。

众人一片哗然。

散会后，潘越紧走几步，跟上关雪："科长，能问您几句话吗？"

"说。"

"在列车上发生的凶杀案理应由满铁调查部来侦破。退一步讲，就算满铁调查部有困难，也应该交给警察局的刑事部门来办案。咱们特务科，不应该掺和进去呀。"

关雪压低声音："这可不是一起简单的凶杀案，里面有很深的政治因素。"

"您要是信得过我，就给我讲讲吧，万一我能帮着出出主意呢。"

宋卓文最后走出会议室，看着关雪和潘越的背影。

下班回到家，宋卓文见谢月正在厨房里做饭。

宋卓文走到她身后。谢月回头看着他，眼神里满是甜蜜。宋卓文却是一脸严肃。

"怎么了？"

"明天你就离开哈尔滨，好吗？"

"为什么？"

宋卓文讲述了今天发生的事情。

"所以，你必须赶快离开哈尔滨。"

"你不是已经换掉了图片的眼睛吗？"

"但是浅野寺一旦看到照片就会发现破绽的。而且，今天开会的时候，潘越也对这件案子表现出浓厚的兴趣。昨天的事情，他已经开始起疑心了。"

谢月想了想，说："我不能走。"

"你——"

"第一，我走之后，关雪一定会怀疑你。第二，由我在你和老段之间联络，又方便又安全。我走了之后，你们怎么办？"

"关雪那里，我会解释清楚的。至于老段那里，我也能想到办法。"

"你怎么跟关雪解释，怎么跟老段联络？等你想好了告诉我，我再考虑离开哈尔滨。"

"听话，你先离开一段时间——"

"快出去吧，我要炒菜了。"

七

浅野寺事务缠身，直到第二天，他才翻看余洪的记录本。他立刻召集关雪、宋卓文、余洪来见。

三人刚走出大楼，潘越就从后面追了上来："科长，你们去哪儿？"

"我们去参谋部办点急事。"

"巧了，我正好要去参谋部通讯处问问能不能给咱们换一部新的电台。搭个顺风车哈。"

"你不嫌挤呀，开你的车多好。"

"那不是浪费汽油嘛，让小武歇歇，我给你们开车。"说着，他直接走到前车门，把小武拉了下来。

关雪没再说什么，打开车门，钻了进去。宋卓文看了潘越一眼，也钻进了轿车。余洪坐在右前方。

到了参谋部，潘越去办他的事。关雪带着宋卓文和余洪径直来到浅野寺的办公室。

办公室里，一个身着西装、满头白发、戴着深度近视镜的老者跷着腿坐在沙发的正座上。浅野寺坐在老者下首。

一见面，浅野寺就让余洪把遇到大胡子男的事情再叙述一遍。宋卓文装作第一次听到这件事情，一副惊讶的样子。

余洪讲完，浅野寺说："关科长，抽调一批最精干的力量，寻找这个情报贩子。"

"是。"

"还有，这件事要高度保密。"

"明白。"

浅野寺对那个老者说："小岛博士，一有线索，我们就会立刻向你通报。"

关雪等人走出办公室，见潘越坐在门口的长椅上，等候多时了。

回程还是潘越开车。

他们的轿车刚离开参谋部，小岛博士就乘坐另一辆轿车开了出来。停在马路对面的一辆轿车跟了上去。

宋卓武握着方向盘，跟着小岛博士的轿车。

四十多分钟后了，小岛博士的轿车开进了一个令宋卓武咬牙切齿的地方——关东军防疫给水部。

宋卓文又喜又忧。喜的是，在马迭尔旅馆撒下的饵竟然钓上来一个博士；忧的是，这个小岛博士竟然在防疫给水部工作。不用说，这个所谓的"陶瓷炸弹"，一定和那里面的罪恶勾当有关。

上策是把这个家伙控制住，从他嘴里掏出"陶瓷炸弹"的内容。可是他身处那样一个戒备森严的地方，出入都有保镖跟随，抓活口的可能性极其渺茫。

宋卓文忽然想到了一个人。

还是那家酒吧，还是那张桌子。谷口健二趴在桌子上的半杯残酒前面，埋着头，不知他是不是睡着了。

谷口健二感觉到有人走了过来，坐在他的面前。他抬起头来，醉眼蒙眬地打量着眼前的来客。

宋卓文微笑地望着他。

瞬间，谷口健二就清醒了过来。他吃了一惊，脸色煞白，紧张地打量着四周。

宋卓文说："好久不见了，你好吗？"

谷口健二小声问："你怎么又来了？我已经帮过你了。"

"我就是来表示感谢的呀。"

"不需要。你赶快走！"

"你害怕了？"

谷口健二没有说话，但是他的手在微微颤抖。

"其实，你是一个非常勇敢的人。我很敬佩你。"

谷口健二慌乱地摇了摇头："别说这样的话了，我什么都不是。"说着，他站起身来。

宋卓文抓住了他的胳膊："因为你，有十几个人活了下来。"

谷口健二低着头，没有说话。

"其中有一个孩子。有一天我会告诉他，是你给了他一生。等他长大了，也许会去看你。"

谷口健二看着宋卓文，泪水忽然从他的眼眶里流了出来。他捂住嘴巴，无声地啜泣着。

宋卓文握住了谷口健二的手："你是一个了不起的英雄。也许永远都不会有太多的人知道你做的事，但是你自己知道就足够了，你会为此骄傲一生的。"

谷口健二点了点头，带着哭腔说："谢谢。"

"还得请您帮我一个忙。"

谷口健二看着宋卓文。

"比上一次要简单得多，但是能拯救更多更多的人。"

"你说吧。"

"你知道小岛博士吗？"

"知道，他是一个炮弹专家。"

"我想了解他的生活规律。"

谷口健二疑惑地看着宋卓文："哪方面？"

"准确地说，就是他一般多久会离开防疫给水部一次。"

"从来不。"

宋卓文心中一沉。

"那个人是个鳏夫，除了工作，他对什么都不感兴趣。而石井将军为他提供了设施齐全的实验室和资料丰富的图书馆。除了吃饭、睡觉，他几乎从来不离开这两个地方。"

"给我讲讲这个人。"

"我了解的也不多，只知道，他早年从早稻田大学毕业……"

几条街外的一家西餐厅里，潘越和丁鹏坐在餐桌的两侧。

"谈得怎么样？"潘越切开了一块牛排。

"我好说歹说，他们总算是答应了。但是他们只负责盯梢，其他的事情，他们一概不管。"

"可以。"

"还有就是——"

潘越不耐烦地说："说吧，他们还要多少？"

丁鹏伸出两根手指。

潘越怒了："这帮鸦片贩子，居然敢敲老子的竹杠！"

"他们说，动用这么多人手，会耽误他们不少生意。"

"好了好了，一会儿我给你两根金条，你连夜给他们送过去，但是必须让他们保证明天一早就开始干活儿。"

第二十七章
血染的情报

一

那天晚上快回到家的时候，宋卓文终于想起他上一次听到"早稻田大学"这个名称是在何时何地了，当然，还有说出此话的那个人。第二天上午，他就拜访这个人。

园南路二十六号，是一座带院子的洋房。打开入户门，是一间面积很大的客厅。

彭局长孤零零地坐在一张单人沙发上，腿上搭着一条毯子。宋卓文发现，在不长的时间内，他的外貌已经苍老了很多，花白的头发下面，满是皱纹的脸上一双浑浊、空洞的眼睛直勾勾地望着前方。

宋卓文顺着他的目光望过去，只见靠墙的一张桌子上摆着一个戴着黑纱的相框，里面装的是彭太太的照片。一时间，宋卓文对这个在短时间内失去妻儿的老人生出一些同情。

那个仆人附在他的耳边说："这位先生，是个警察。"

彭局长愣了一下，突然扶着沙发把手站了起来，他丝毫不在意掉在地上的毯子。

"您有犬子的消息？"

"彭局长，我还是想跟您单独谈。"

仆人退下后，宋卓文开门见山道："他穿着一身竖条纹的灰色西装、淡紫色的衬衣，没有系领带，还有，他的脖子上有一颗痣，对不对？"

彭局长离开藤椅，上前抓住宋卓文的两只手："他在哪里？"

"我现在还不能告诉你。"

彭局长愣了一下，旋即明白了："你说吧，有什么要求，房子、钱，只要我有。"

"请您先坐下，好吗？"

彭局长坐回藤椅上。

"您是从早稻田大学毕业的，对吗？"

"是。"

"据我所知，在哈尔滨的早稻田大学校友，会不定期地举办一次聚会。"

"是啊。"

"一般在什么地方举办？"

"樱花会馆。"

下午，关雪就接到了彭局长的电话。然后，她就把宋卓文叫到了办公室。

"刚才接到财政局彭局长的电话,今天晚上,由他主办,要在樱花会馆举办一场校友聚会。现在哈尔滨的治安情况不太好。出席聚会的都是一些大人物。他想让咱们特务科出几个人,保障一下安全。胡彬现在忙着手里的案子,要不你带几个人过去一趟?"

　　"行吧。那我得早点回去,换换衣服,准备一下。"

　　"别忘了,挑几个模样周正些的。"

　　消息很快就在特务科传开了。潘越把丁鹏叫到了办公室。

　　"参加安保的都是哪些人?"

　　"就是情报组里跟他走得近的那几个。"

　　潘越冷笑道:"他前脚从彭局长家出来,后脚电话就打过来了。小丁,你现在还觉得我是在捕风捉影吗?"

　　"这件事确实蹊跷。潘科长,您应该向关科长报告这件事。"

　　"你没发现,自从他来了特务科,关科长的判断力在退化吗?"

　　丁鹏没敢说话。

　　潘越思忖片刻,说:"这样,你先到彭局长家里,要一份客人名单来。"

　　"人家会给我吗?"

　　"亮出你的证件,就说是宋卓文派你来的,他们一定会给你。"

　　胡彬去了一趟参谋部,在门口被卫兵拦住了。

　　"我要找东乡参谋。"

　　"等一下。"卫兵转身进入岗亭,打了一个电话。

　　"对不起,东乡参谋去齐齐哈尔了。"

　　"他什么时候回来?"

　　"不知道。"

　　胡彬掏出笔记本,写了一串数字,撕下那页纸,递给卫兵:"看到东乡参谋后,请把这个电话号码交给他,让他给我回电话。很重要的事,明白吗?"

　　卫兵接过那页纸。

二

　　用潘越给出的办法,丁鹏很痛快地拿到了宾客的名单。潘越接过名单,仔细看着,很快一个人的名字就引起了他的注意——小岛重智。

　　潘越抬起头来,小岛,小岛这个姓氏好熟悉呀。

　　忽然,潘越神色一凛。昨天在参谋部,他回到浅野寺办公室门口的时候,关雪三人还没有出来。出于好奇,他趴在门上听了一会儿,隐约听到浅野寺叫某个人"小岛博士"。潘越望着房间中的一个点,一动不动。

　　"潘科长?"丁鹏叫了一声。

潘越回过神来:"小丁,你先去忙吧。我出去一趟。"

潘越把轿车停在马迭尔旅馆的大门口。他径直来到一层酒吧内,举目四望。很快,他就看到了坐在角落里的余洪。潘越走过去,坐在余洪对面。余洪显得很惊讶。

从马迭尔旅馆出来,潘越去了一趟樱花会馆。他驾驶着轿车,围着会馆转了一圈,然后停在会馆的后门外。这是一条特别幽静、整洁的街道。后门的斜对过,有一家正在营业的茶庄。

回到特务科,潘越直接去找胡彬。由于他说得太快,胡彬没太听明白。

潘越拿起桌上的半杯水,一饮而尽。这一次,他放慢了语速:"你看,我们在马迭尔旅馆布置的眼线余洪得到了一条情报。这条情报被上报到浅野寺课长那里,引起了高度重视。他让关科长和宋卓文带着余洪到参谋部去说明情况。在那里,等待余洪的还有一位小岛博士。"

胡彬点了点头。

"今天上午,宋卓文拜访了彭局长。不久,彭局长就给关科长打电话,要求我们派人保障在他家举办的校友会的安全,而名单里偏偏就有这位小岛。"

"宋卓文想干什么?"

"我觉得,这是一条连环计,目的就是把小岛博士引出来,伺机将他绑架!"

"你想让我干什么?"

"你也知道,我现在成了一个光杆司令。你借给我几个人,怎么样?"

胡彬想了想,说:"行倒是行。"

潘越从旁边拿起纸笔,画了一张草图。

"这个地方,就是樱花会馆的后门。我敢断定,他在完成绑架后,一定会从这里将博士运走。"接着,潘越指着另一个点,"这是后门斜对过的一家茶庄。你让丁鹏带着人在茶庄里埋伏。只要他们把人带出来,你们就立刻行动,给他们来个人赃俱获。"

"老潘,这件事有谱吗?"

"这样说吧,到了晚上,如果在彭府的后门附近停着一辆车,那就有九成的把握。"

"对,他们肯定会用汽车将博士运走。"

与此同时,老段的桌子上摆着一张更加详细的樱花会馆布局图。这是宋卓文利用回家换衣服的时间派谢月送过来的。

老段指着后门的位置:"卓文要求在这里放一辆车等候。小岛博士被带出来后,立刻把他塞进车里运走。"

宋卓武看着草图:"这个活儿好办,交给我了。"

"你另有任务,你要保证卓文始终在众人目光下,事后洗清他的嫌疑。"

"明白。"

"熟悉一下地形，立刻出发。"

三

几盏日式风格的灯笼悬挂在会馆的大门上方。大门两侧，站着两个身着西装的特务。

两辆轿车开过来，停在门口。第一辆车坐满了保镖，小岛博士坐在第二辆车上。

大厅里已经来了几十位客人，他们三三两两地聚在一起，小声地交谈着。

小岛博士一走进大厅门口，彭局长就满脸堆笑地迎上前去。他微微鞠了一躬："小岛学长，您能来，太好了。"

小岛博士伸出手："彭君，好久不见了，真想念你们啊。"

握手的时候，小岛注意到了彭局长身后的宋卓文。

彭局长说："这位是特务科的宋组长。他是我请来维护安全的。"

宋卓文微笑着，深深地鞠了一躬："请多指教。"

小岛博士报以微微颔首。

一辆轿车慢慢驶过僻静的小街，停在会馆的后门。车内坐着的两名男子观察着街上的环境。

街道上行人稀少，而后门对过的茶庄早已关门歇业。

他们并不知道，茶庄内已经埋伏了几个行动组的特务。

"潘科长还真是料事如神。"站在窗户旁边，望着那辆轿车的丁鹏小声说道。

彭局长端着一杯酒站在大厅中央，其他的宾客则环绕在他的周围。

"每一次校友聚会，大家都是欢聚一堂，重温校园往事。但是今天，我要说两句令人伤感的话。"

宾客们似乎已经知道了彭局长的伤心事，大家的脸色都有些阴郁。

"大家都知道，两个月前，犬子外出后再没有回来。说起来，我在哈尔滨还算是有些头脸。可是，包括在座的各位同学在内，我托遍了关系，仍然没有结果。我太太伤心欲绝，上个月也故去了。在此，希望大家看在我们同学一场的分儿上，各尽所能，帮帮我……"

彭局长潸然泪下，说不下去了。有几个宾客走过去，小声安慰着他。

宋卓文偷偷望过去，小岛博士垂着头，看不清他的表情。

宋卓文转身离开了大厅，推开卫生间的门，走了进去。一溜隔间，有的门敞开着，有的门关闭着，只有一扇门的下面站着一双脚。

宋卓文咳嗽了两声，那扇隔断门打开，宋卓武从里面走了出来。

宋卓文压低声音："穿黑色礼服、打着紫色白点领结的就是小岛，想办法让他的身上沾一点葡萄酒。"

"简单。"

两人说着，宋卓文走进隔间，宋卓武走出了卫生间。

宋卓武在大厅的宾客间寻找着，很快他就发现了小岛。他端着一杯红酒正在与几位客人聊天。

宋卓武从身边的桌子上抓了一把松子，一边嗑着，一边走向小岛身后。

当小岛与客人们碰了杯，把酒杯送到唇边的时候，宋卓武的手指弹出一粒松子，击中了他的右腿腿弯。

小岛右腿一软，杯中的红酒荡出来，洒在他的衣领上。

一位客人连忙扶住他的肩膀："你没事吧？"

"不知为什么，小腿突然麻了一下。"小岛苦笑着，"岁月不饶人啊。抱歉，你们先聊。我失陪了。"说罢，小岛向卫生间的方向走去。

他来到洗手池前，从礼服上衣兜里抽出丝质手帕，对着镜子擦拭衣领上的酒渍。

宋卓文隔着门缝看到了小岛。他的手推向门板。

忽然，卫生间的门被推开了，他赶紧把手缩了回来。

进来的是一个肥胖、谢顶的中年男子。

"哈哈，小岛君。"

"冈崎，好久不见。听说你荣升满铁运输部部长了。"

冈崎大步向小便池走去："有两个月了。"

"不请我喝酒，说不过去吧？"

冈崎是个大大咧咧的人。他站在小便池边，解开裤子，很痛快地撒尿。

"说实话，这是一个苦差事，没什么值得庆贺的。"

"瞎说，谁不知道运输部部长是一个掌握实权的位置。"

"那倒也不假，可是管的事情多，责任也多呀。"

冈崎系上裤扣，走向洗手池："你看到刚刚下发的《通化防卫计划》了吗？临来之前，我还在办公室里对着计划发愁呢。要运输的物资太多了，不知要加多少班才能——"

小岛打断了他："这样的话可不要乱说，那份文件可是绝密中的绝密。"说着，小岛从洗手池边让开。

冈崎走上前去，一边洗手，一边说："正想和你聊一聊战局的事情呢，方便吗？"

"我记得后院里有一处凉亭，去那里聊怎么样？"

"好啊。"

小岛和冈崎沿着碎石铺就的小路走进凉亭，二人坐在一张石桌子的两侧。

"这是要把家底都搬到通化去了。俄国人真的要打过来了？"冈崎问。

"毕竟只是一个计划，还没有具体实施的时间吧。"

"话是这么说，可是谁都能看出来，战局越来越糟糕呀。"

凉亭的背面是一块用大石头雕刻而成的假山，宋卓文就趴在假山的后面，紧贴着石头，倾听着二人的对话。

小岛叹了口气，说："太平洋那边打得异常惨烈，前景确实不太乐观。"

"听说，在参谋部的会议上，大家都像霜打了的茄子一样，只有你们的石井将军还保持着旺盛的斗志和信心。他的底气跟你的研究有莫大的关系吧？"

"实验的数据比较令人满意，但在实战中的表现还不得而知啊。"

宋卓文忽然感觉到了什么，他一回头，看见彭局长猫着腰站在他身后。宋卓文把手指放在唇边，做了一个嘘声的手势。

冈崎继续说："可以在太平洋战场上先试一试效果。"

"第一批产品正在量产中，希望来得及。"

"前一阵，你们那里发生的越狱事件，影响了研究的进度吗？"

"当然。虽然逃出去的不多，但是许多材料白白死掉了，太可惜了。"

冈崎压低声音："听说，彭的公子也是材料之一？"

小岛点了点头："人已经不在了。不过，就算我过问这件事情，也不可能放他出来。进去的，就不能活着出来。"

彭局长目眦欲裂。宋卓文手疾眼快，抱住彭局长，紧紧捂住了他的嘴巴，对着他拼命地摇头。彭局长兀自挣扎着。

宋卓文凑到他耳边，低声说："我会给你报仇的，但是你要冷静下来。"

彭局长点了点头，终于安静下来。

"先离开这里，然后把冈崎引开，能不能报仇就看你的了。"

彭局长再次点了点头。

宋卓文松开了手。

四

宋卓武看到彭局长目光呆滞、脚步机械地走进大厅，然后愣愣地站在那里，如同一具行尸走肉。

一个宾客坐过来："老彭，你去哪儿了？"

彭局长回过神来："哦，我在找一个人。"

"谁呀？"

"你看到冈崎了吗，我有事想找他办。"

凉亭内，冈崎说："咱们同学一场，有什么需要运走的东西，请尽管开口，我会提前安排的。"

"谢谢了，冈崎。"

就在这时，远处传来一个声音："冈崎，冈崎——"

冈崎站起来："我先过去看看。"

小岛也站起来："请便。"

冈崎快步离开了。

小岛迈着缓慢的步伐，一边思考着什么，一边走向大厅。

"小岛博士。"

小岛一回头，看到宋卓文站在他身后。

"有什么事吗？"

"浅野先生要见你。"

"他在哪里？"

"在会所后门外的轿车里等你。"

"走。"

宋卓文带着小岛快步走向后门。

绕过一片茂密的竹林，眼看着就要到达后门了，小岛忽然想起了什么："我下午刚跟浅野寺通过电话，他说晚上要开会的呀。"

"因为有紧急情况，浅野课长临时退出了会议。"

"哦。下午打电话的时候，他的鼻炎又犯了，现在好些了吗？"

宋卓文愣了一下："您记错了，浅野课长从没有犯过鼻炎。"

小岛尴尬地笑了笑："可能是我记错了。"

来到后门前，宋卓文伸手要去开门。小岛突然推开宋卓文，转身就跑。宋卓文大惊，拔脚就追。

小岛边跑边喊："救命啊，有刺客！"

宋卓文拔出了手枪，对着小岛的背影，对方却一头扎进了竹林。

宋卓武听到了动静，循声望去。大厅内的其他客人听到了喊声。

小岛钻出竹林，奋力向前跑着，忽然从旁边的花丛中闪出一个人，挡住了他的去路。正是彭局长。

"彭君，快救我。"

就在此时，宋卓文也从竹林里钻了出来。

"砰！砰！"两声枪响。

宋卓文呆住了，眼睁睁地看着小岛躺在地上。彭局长握着一支手枪，瞪着脚下的尸体。

许多人从大厅的方向跑过来。宋卓文钻进了竹林。

宋卓武跑在最前面，身后是几个特务和许多宾客。

"小岛是我打死的，我给他偿命。"彭局长看着大家，平静地说。然后，他把手枪抵在自己的下巴上，扣动了扳机。

前两枪打响之后，无论是轿车中的两个地下党还是茶庄中丁鹏等人，都愣住了。

第三枪打响后，双方都觉得计划肯定有变化了。轿车打着了火，茶庄的大门忽然打开，丁鹏等人从里面冲出来。

轿车突然启动，向前直冲。丁鹏等人追着轿车连开数枪。

围墙外面传来的枪声震惊了宋卓武。他拔出手枪，带着情报组的特务冲向了后门。

"不准动，把枪都放下！"一出门，宋卓武就大声喊道。

丁鹏等人连忙喊："别开火，是自己人！"

宋卓武看到了丁鹏，愣住了："你们怎么在这里？"

"我们……我们执行完任务，恰好经过这里。"

丁鹏回去后，就去见了潘越。

"我当时纯粹是昏了头，编的这个理由，自己都不相信。完了完了，我肯定已经成了他的眼中钉。"

潘越沉吟不语。

"他明天一早肯定到科长那里告我的状。科长对这次行动毫不知情，我——"

"胡组长会为你说话的。"

"您还是先跟胡组长通个气吧。他该怎么说，我该怎么说……"

"这样好不好，你明天就开始歇探亲假，就说老家有急事。"

"这能行？"

"当然，你是胡组长的人，他有权利批你的假。"

"那我回去收拾收拾。"

"站住！"

丁鹏看着潘越。

"你以为真的让你离开哈尔滨？"

"您的意思？"

"避开两天风头罢了。你走了，那些毒贩子，谁来联络？"

"他们还能派上用场吗？这件事一出，姓宋的肯定知道我们在跟踪他，肯定比之前加上一万倍的小心。就那些人，肯定会露馅儿。"

潘越沉思了一会儿，说："我断定他们兄弟俩这几天有重要的行动要开展。既然动态跟踪玩不下去了，那就来一个静态跟踪。"

"啥叫静态跟踪？"

"从明天开始，他每到一个地方，你就让盯梢的给我打一个电话，同时留下几个人守着……"

深夜，宋卓武才回到那所房子，谢月和宋卓文已经在等着他。

"怎么收场的？"

"关雪、浅野寺，还有特高课的人，都到了，最后认定这是一次有预谋的凶杀。当然，整个黑锅都扣在了彭局长身上。"

"外面的枪声是怎么回事？"

"是丁鹏等人开的枪。还好，咱们的人安全撤离了。"

"好险。就算我把小岛带出去，也会钻进圈套。丁鹏这几颗棋子必定是潘越布下的。"

"那你这几天可得多加小心了。"

"知道。明天，我得去一趟满铁哈尔滨的总部。"

"你干啥去？"

"虽然失去了小岛，但是我从他和满铁运输部冈崎部长的谈话中得知，《通化防卫计划》就在冈崎部长的办公室里。我先去摸清路子，回来再想办法。"

"好，那我先走了，老段肯定在担心。"

"等一下。"

宋卓武停下脚步，转过身来。

"浅野寺露面后，说话时，鼻音是不是很重？"

宋卓武想了一下："还真是。可能是感冒了吧？"

宋卓文摇摇头："是鼻炎发作。"

第二天一早，关雪就过问了丁鹏的事情。

胡彬说："我派他们出去寻找女嫌疑犯，回来的时候恰好路过那个地方。"

关雪一脸的不相信："丁鹏人呢？"

"今天一早给我请了个假，说是老家的亲戚得了重病，我让他先回老家了。"

关雪冷笑："够巧的啊。"

"是挺巧的。不过，谁家没有个大事小情的？"

"你们是不是背着我在搞什么事情？"

"没有的事。"

关雪正要说什么，传来敲门声。

"进来。"

宋卓文推门，走了进来。

"有事啊，卓文？"

宋卓文点点头："是关于昨天晚上的事情。"

胡彬找了个借口，转身离去。

宋卓文说："不管怎么说，昨天晚上都是我在那里负责安保工作。我回忆了一下，有几个人跟彭局长接触的时间比较长。我想挨个儿走访一遍，没准儿就能找到彭局长杀人的动机。"

"也好。"

宋卓文先后拜访了教育局局长、银行行长、法院法官，这三位昨天晚上出席了校友会的宾客。当然，从他们口中，宋卓文没有获得任何关于彭局长杀人动机的线索。他每到一个地方，都会有盯梢者拨通潘越的电话。潘越则指示在每一个宋卓文逗留过的地方都留下人盯守。

最后，宋卓文来到满铁运输部。他登上楼梯，拐弯后走了没多远，面前出现了一道铁栅栏门。

一名警卫守在栅栏门前，查验了他的证件才放他进去。

进入冈崎部长的办公室，宋卓文落座后，把笔记本放在腿上打开，一只手拿着钢笔："冈崎部长，您跟彭局长来往密切吗？"

"谈不上，我是来到哈尔滨之后，经过别的同学引荐，才认识他的。"

宋卓文在本子上记录完后，又问："昨天晚上，他四处找您是为了什么呢？"

"无非是为了他的儿子……"

就在冈崎说话的时候，宋卓文打量着这间办公室。保险柜立在角落里，靠近天花板的墙壁上有一个通风口，通风口的外面罩着一层网格。

五

潘越这一天哪儿都没有去，他就坐在办公桌后面，紧盯着桌上的电话机。

傍晚，电话响了。

潘越抓起听筒。盯梢者说，那个人已经进家了。

"好，继续盯着。"潘越挂上电话。刚过十分钟，电话铃又响了起来。

另一个盯梢者说，看到那个人又走进满铁大楼了。

潘越站了起来："你没有看错？"

"错不了。"

潘越放下了电话，沉默了好一会儿，才自语道："我终于抓住你了。"

通往楼顶的那道门被无声地推开了，宋卓武登上了天台。他是赶在满铁运输部下班之前混进大楼的。他打开了一间没人的办公室，一直躲到了天黑。

下午，谢月就把宋卓文画出来的图纸带给了老段。老白指着图纸说："运输部长的办公室，在大楼顶层南侧第四间，但顶层的走廊里装着铁栅栏门，重要的办公室都在栅栏门里头。到了晚上，栅栏门会上锁，还有警卫值班，唯一能进冈崎办公室的通道，只有通风管道。"

宋卓武说："这个儿活，别人干不了，只有我去。"

宋卓武来到罩着网格的通风管道出口前，用一枚硬币旋开了网格罩子四角的螺丝帽。将罩子轻轻取下，他从身上取出一只手电筒，叼在嘴里，然后钻进了通风管道。

手电筒的光圈照在积满灰尘的管道内壁上。光圈在一点点向前移动。没多久，他就到达了那间办公室。他用了两分钟，把通风口的罩子拆卸下来，用一根绳子将通风罩系着，送下去。

接着，宋卓武钻出通风口，顺着绳子爬下去，轻轻地落在地面上。他直起身，看到了墙角的保险柜。

宋卓武掏出一副薄薄的橡胶手套，戴在手上。他把耳朵贴在保险柜门上，一只手握着手电筒，一只手轻轻转动保险柜门上的轮盘。

十分钟后，他打开了保险柜门。运气非常好，最上面的档案袋上就印着"通化防卫计划"几个字。

宋卓武抽出计划书，放在桌面上，然后叼着手电筒，举着相机，一页一页拍摄着。拍完后，他将计划书装回档案袋，放回保险柜，关上柜门，打乱转盘。最后，他环视了一下房间，抓住那根绳子，爬回了通风口。

很快，那个罩子被绳子吊起来，回到了先前的位置上。

又过了十几分钟，宋卓武从楼顶的通风管道出口爬了出来。他将网格罩装回原来的位置，又用那枚边缘锋利的硬币将罩子上四个角的螺母拧紧。

宋卓武来到楼顶边缘，向下面看了看。

楼下是一片草地，草地边缘是一溜大树，大树的外侧，稀疏的路灯照射着一条小马路。那是满铁大楼的后院。

宋卓武观察了一会儿，不见半个人影。于是，他抓住楼顶边缘的排水管，向下攀爬。

宋卓武刚刚到达地面，听到咔嗒一声。那是手枪扳开保险的声音。宋卓武的身体僵住了。还没等他进一步做出反应，枪响了。宋卓武应声倒地。

潘越端着手枪一步步走近宋卓武。

也就在这时，满铁大楼上几个房间的灯亮了，有喊叫声传来。

潘越用枪口指着宋卓武，同时用鞋尖将他的身体翻了过来。宋卓武脸色惨白。

潘越笑着说："原谅我从背后打黑枪，没办法，正面交手的话，我肯定不是你的对手。"

宋卓武一言不发。

"我猜，你不是那个坐在办公室里的宋卓文，对不对？"

宋卓武强忍着疼痛，咧嘴笑了一下："我偏不告诉你。"

"没关系，大楼里的警卫马上就会赶到。"说着，他对着天空又开了一枪。

潘越继续说："我不着急，今天晚上，浅野寺和关雪一定会从你们俩嘴里问出来谁是哥哥、谁是弟弟。"

宋卓武忽然说："我要是你，就用一枚硬币猜猜正反面。"

"我出门从不带硬币。"

"我借给你。"突然，宋卓武手指弹出一个东西，同时他的身体向旁边滚动。

潘越突然惨叫一声。那枚边缘锋利的硬币已经插进他的眼睛。滚动中的宋卓武已经拔枪在手。

"砰！砰！砰！"

潘越倒在了地上。他的咽喉、小腹和大腿上连中三枪。

几道手电筒的光柱快速向墙根处赶来，很快就照到了草地上的潘越。

潘越捂着脖子,因为气管被打断,窒息感让他在草地上痛苦地扭动着身体。

"你是谁?"一名警卫蹲下去问。

潘越瞪着他,干张着嘴却说不出话来。终于,他两腿一蹬,气绝身亡。

另一名警卫忽然叫道:"快来看。"

几个人凑过去,发现草地上有一个血脚印。紧接着,又发现了第二个、第三个血脚印……几道手电筒的光柱,不约而同地向一个方向射过去。

六

一阵狗叫声把满铁运输部仓库区刚刚睡着的门卫吵醒了。他披着衣服走出来,打开手电筒,照射着后面的库区。

忽然,他的后脑勺挨了一下,倒在地上。

宋卓武一手拎枪,一手捂着不断流血的左腹,跟跟跄跄地走进了门房。他无力地坐在桌边的椅子上,拿起了电话,才发现这是一部手摇电话。

宋卓武把手枪放在桌子上,摇动摇把。

接线员问他要哪里。

宋卓武犹豫了一下,说出了老段的电话号码。

电话一接通,宋卓武就说:"我可能回不去了。告诉他一句话,别忘了布娃娃的故事。"

"你——"

"记住了吗?"

"我记住了。"老段的声音里饱含着痛苦。

"还有,这个电话马上就会暴露,你赶快撤。"说完,宋卓武立刻挂断了电话。

似乎预感到了什么,宋卓文一晚上都心绪不宁。电话铃突然响了起来。他惊恐地盯着电话,最终还是操起了听筒。

"是我……好,我马上到。"

几辆轿车风驰电掣地开到了满铁大楼后面。关雪、宋卓文、胡彬以及其他的特务从车上跳了下来。几束手电光照在那具面目狰狞的尸体上。

"这……这是老潘呀。"胡彬叫道。

关雪也大惊失色:"他怎么会在这里?这是谁干的?"

一名警卫说:"具体原因,我们也不知道,但是可以肯定的是,凶手已经被围困在北面的库区里。"

关雪、宋卓文不约而同地向北面望过去。

警卫带着他们走向库区大门,边走边说:"凶手受了很重的伤,我们是顺着血迹追到库区这边来的。"他指着门房,"然后就发现他把门卫打昏在门口,门房里的桌子上、电话机上都是血。"

关雪问:"这么说,他向外面打电话了?"

"是的,我们的总机证实了这一点。"

"查到号码所在地址了吗?"

"已经通知电话局了,他们很快就会查到对方电话的所在地。宪兵队会负责抓捕的。"

宋卓文盯着门房里的血迹。

关雪又问:"这么长时间还没有抓到他?"

"库区太大,这个人枪法又极好,我们有好几个人送了性命。"

"他不会已经跑了吧?"

"他受了伤,围墙很高。我们已经把围墙外面封锁起来。这样一来,搜索的人手就不够了。"

关雪扭头喊道:"胡组长,马上组织人手,全面搜索。"

胡彬先了解了库区的布局,然后把人分成了若干组,分头搜索。没过一会儿,东北方向就传来两声枪响。

众人向那个方向跑过去,只见地上躺着一具特务的尸体,一溜血迹向前方伸展。

胡彬一马当先,向前追去。忽然,他看到了前方的一个黑影。

胡彬大喊:"站住!"

对方回身开了一枪,引来乱枪还击。

后面的宋卓文忽然听到前面胡彬大喊:"别开枪了,他没子弹了,抓活的!"

宋卓文加快向前方赶去。

狂乱的手电光圈照着地上的血迹。

血迹的尽头是一座建筑物的大门。跑在最前面的胡彬突然停下了脚步。

"等等!"他的手电筒照射着建筑物大门上的一行大字:"油库重地、禁止火种!"

宋卓文和关雪先后赶到。

很快,这座油库就被包围了。关雪刚要下令进攻,就被宋卓文阻止了。

"这里是油库重地,一旦交火,后果不堪设想。胡组长,你能保证他没子弹了吗?"

"差不多。他回身向我瞄准的时候,我低头躲了一下,可枪并没有响。再后来,他就没有向我们开过枪。"

"如果他还留下一发子弹,怎么办?"

"这谁也不能保证。你啥意思呀?"

"我认为,现在不忙于进攻,先拿出一个稳妥的办法来。"

胡彬看着关雪。

关雪沉吟片刻,说:"这行饭本来就不好吃。胡组长,你安排几个机灵的弟兄,攻进去。注意,不要开枪。"

胡彬安排了几个身手好的特务,握着匕首一步步靠近油库大门。打头的那个握住了油库的大门,就听见里面传来了一声枪响。众人一愣,油库门口的特务转身就向外跑。

第二声枪响了，剧烈的爆炸突如其来。一个火球摧毁了大门，吞没了跑在最后面的两个特务。

宋卓文呆立在仓库前，望着升腾的烈焰。

满铁运输部的消防队就驻扎在临近库区的地方。他们用了一个半小时扑灭了油库的大火。

从废墟里抬出一具蒙着白布的尸体，胡彬走上去，掀开了白布单。

"烧成这样，啥也认不出来了。"

宋卓文站在十几米开外，没有动。他明白，哥哥是为了不暴露自己才毅然决然地引爆了里面的油料。从此之后，在这个世上，他再也没有亲人了。他感到泪水已经盈满了眼眶，而身边全是敌人。他想找一个可以流泪的地方。忽然，关雪转身向他走来。为了不被发现，宋卓文只得抬起头，仰望着星空。

恰好一个警卫跑过来："关科长，刚刚接到浅野课长的电话。宪兵队已经把那个电话所在的区域包围了。他命令你们特务科立刻赶过去，执行搜索任务。"

七

宋卓文一下车，就看到老段住所的大门敞开着，门口站着几个日本宪兵。

一名宪兵军官迎了上来。

关雪问："人抓住了吗？"

军官摇了摇头："我们来的时候，人已经不在了。"

宋卓文稍稍松了口气。

"但是人不会跑远，因为火盆里的纸灰还是热的。我们宪兵队这一次是兵分两路，一路包围，一路搜索，我保证他跑不出包围圈。"

关雪转过头来："既然如此，那下面的工作就看咱们的了。"

上了街，胡彬说："现在夜已经很深了，大街上没几个人。只要看到可疑的行人，先逮起来再说。"

宋卓文忽然看到不远处的电线杆上用粉笔写着一个"武"字，他立刻说："这片封锁区面积不小，大家在每一条岔路都分散开，不要留下死角。"

胡彬还要说什么。

关雪说："就这样。"

众特务立刻散开。胡彬白了宋卓文一眼，跟着特务们向前走去。宋卓文跟在后面，他的目光机警地打量着周围的环境。

蓦然，他在路边一棵大树的树干上发现了一个"方"字。

这两个字都是老段的笔迹。宋卓文明白，他这么做的目的，一定是在给自己指路——一条能够找到他的路线。

继续向前,每遇到岔路,特务们便自动分出一组人。宋卓文也总能在某个位置找到字迹,选择老段指示的方向。

搜索的特务越分散越少。宋卓文趁着没人注意,一头扎进一条小巷里。他根据新的提示,发足狂奔……

与此同时,宪兵队的军犬组赶到了。一条军犬在老段的床上嗅了嗅,很兴奋,扑向了门外,追了出去。

宋卓文忽然停下脚步,在他左侧的路边,矗立着一座不大的关帝庙。宋卓文走进庙内,正在适应里面的黑暗。

"卓文。"老段拎着手枪从门后的阴影里走了出来。

"我可找到你了,这个地方不能留。"

"卓武是不是已经……"

宋卓文流着泪点了点头。

"他在电话里给你留了一句话——别忘了布娃娃的故事。"

宋卓文思忖着了一下,说:"现在先不考虑这些,我先把你送出封锁圈。"

"现在夜深人静,咱们两个不能在一起。"

就在这时,外面街道上传来狗叫声。

宋卓文说:"宪兵们已经派出军犬追踪你。来不及了,快跟我走。"

"往哪儿走?整个街区外围都被封锁了。"

宋卓文拔出手枪:"我拼着命也要把你护送出去。"

"愚蠢!"

宋卓文被骂愣了。

"咱们两个现在出去,都会死。谁去寻找那份《通化防卫计划》?你哥哥岂不就白死了?"

这时,外面的狗叫和众多的脚步声越来越近了。

"那你怎么办?我不能眼睁睁地看着你被抓呀。"

老段走到宋卓文面前:"继续潜伏,保护好自己,会有人联络你的。"

老段忽然抓起宋卓文手中的枪,对准自己的胸膛,扣动了扳机。

一阵脚步声传来,几束手电筒的光柱照在握着手枪的宋卓文身上。

宋卓文看着关雪:"科长,没办法,我不开枪,他就要开枪了。"

第二十八章
《通化防卫计划》

一

第二天上午，浅野寺亲自给宋卓文佩戴了勋章。傍晚，他的照片被印在晚报的头版，新闻的题目是"共党头目段志诚昨夜被特务科神勇警官击毙"。

宋卓文坐在沙发上，两只手托着垂下的头。谢月坐在他的对面，一直在哭泣。

宋卓文忽然站起身来，向楼下走去。

谢月赶紧站起来，她有些紧张："你去干什么？"

"去做饭。"

"做饭？"

宋卓文回过头来："咱俩一天没吃饭了，吃饱了，才能继续和他们斗。"

与此同时，关雪正在盘问胡彬。

"你跟我说实话，潘越为什么会出现在满铁大楼？"

"我怎么会知道？"

"在特务科里，你俩交情最好，他没跟你说过什么？"

"其实，自从他出院之后，我俩的来往并不多。"

"潘越和宋卓文的关系，你也清楚。所以潘越这件案子，我就交给你了。"

胡彬点了点头，起身离开。

秘书抱着一个文件夹走了进来："科长，在段匪住处的搜查工作结束了。"

"怎么样？"

"有价值的东西都被烧掉了，但是在桌子下面的角落里找到了这个。"说着，秘书打开文件夹，从里面取出一张小纸条，放在关雪面前。

"这是什么？"

"这是一张汇款收据，收款方是《松江晚报》编辑部，汇款金额只有两块钱。"

"两块钱能做什么？"

"我打电话查过了，两块钱在《松江晚报》上可以登载一条启事。"

关雪眼珠一转："这可能是他们传递消息的渠道。你去一趟《松江晚报》的编辑部。"

宋卓文默默地吃着饭，忽然想起哥哥留下的那句话——别忘了布娃娃的故事。

他记得那是二十年多前，也是一个傍晚，爸爸拿着一个鸡毛掸子，气冲冲地问卓武："你说，二丫的布娃娃是不是你做的手脚？"

"啥布娃娃呀？"

"二丫的布娃娃被撕开了一个洞，里面被塞进了一只死麻雀。"

"不知道。"

"还嘴硬。人家都说了，只有你借过二丫的布娃娃。"

"不是我干的。"

宋父抡起鸡毛掸子抽了下去："我叫你撒谎……"

宋卓文似乎全明白了。他放下碗筷，对谢月说："我出去一趟。"

离开家门，宋卓文开车直奔殡仪馆。管理员将宋卓文带到停尸房一张蒙着白布的床前。等管理员离开了，宋卓文才揭开白布，露出潘越的那张脸。

宋卓文从口袋里掏出一副橡胶手套，戴在手上。之后，他将白布彻底揭开。他分别摁了摁喉咙、前胸和大腿上的三个枪眼。在大腿处，他似乎感觉到了什么。宋卓文掏出一把镊子，一只手尽量将伤口撑开，另一只手拿着镊子伸进伤口。镊子慢慢抽了出来，夹着一个带着血的小小的胶卷。

看着那个胶卷，宋卓文感慨万千。

宋卓文出了殡仪馆，正巧胡彬从另一个方向走过来，看到了宋卓文的背影。

"他在这儿都做了什么？"胡彬询问管理员。

"我也不知道，进门后，他就让我出来了。"

胡彬揭开白布，仔细地检查了一遍潘越的尸体。他发现潘越大腿上的枪眼被动过了。

离开殡仪馆，胡彬去了一趟潘越的家。在书桌的抽屉里面，他找到了一个笔记本。

胡彬拿起笔记本打开，立刻被里面的内容吸引了。

……可以肯定，潜伏在特务科内部的是一对双胞胎，一个善于动脑，另一个善于动手。

……所谓的去医院慰问伤员，表面上看是在收买人心，实际上却是为了盗取医疗器械和药品，为他受伤的同伙治疗枪伤。我相信，第二天早上到特务科上班的绝对是另一个人。

胡彬抬起头来想了想，继续翻到下一页。

……今天上午，当浅野课长要求他复述昨天的侦查过程的时候，他突然表现出宿醉未醒的姿态。可就在早上，我与他擦肩而过时，没有闻到一丝的酒气。由此可以推断，出现在我们面前的这个人绝不是昨天的那一个。他们更换身份的原因只有一种可能，那就是他在进行着一项秘密行动。

胡彬看了看笔记本上的日期，发现那正是乘警长被害的日子。他早就怀疑，能够干掉乘警长的不可能是一个女人。那次列车上必有她的一个男性同伙。莫非这个同伙就是他？

宋卓文来到一家小照相馆。他掏出两张大额钞票，租下了暗室。冲洗完胶卷，他放到放大机前看着。

……一旦防线被突破，我军无法阻挡苏军的机械化兵团。因此，有必要提前做好准备，将关东军的指挥系统由哈尔滨迁往通化。

宋卓文夹起了另一段胶卷。

我们应最大限度地利用石井将军开发出来的生物武器。第一批陶瓷炸弹完成量产后，应首先布置于"F"机场。轰炸机编队从即日起随时待命，一旦出现变故，应立刻挂弹起飞。

……随时做好大规模处决各地监狱中在押反满抗日分子的准备。对目前正在加紧训练的地下反抗军，交由浅野课长统一指挥。一旦苏军占领北满，地下军将担负起破坏、暗杀等敌后军事行动。目前最为迫切的任务，就是将石井将军已经研制成熟的细菌武器以及足量的炸药运输至丰满水电站。一旦苏军进攻，我军第一步是将细菌病毒投入水库，第二步是炸毁堤坝，让整个松花江流域陷入大瘟疫之中。此举能最大限度地迟滞苏军的进攻。运输工作将于本月八日开始。

二

第二天下午，胡彬接到了东乡参谋打来的电话。两个人很快就见了一面。
"该说的，我上次都说了。"
"您再想一想，在列车上，除了那个妙龄女子，还接触过什么人。"
东乡参谋回忆着。
"比如说，一个身强力壮的男子。毕竟乘警长被女人勒死的可能性不大。"
东乡参谋忽然想了起来："开车后不久，倒是有一个男人找我们借火，但是他连包厢的门都没有跨进来。"
胡彬很感兴趣："您跟我说说，这个人长啥样啊？"
"我只能形容一下身高和胖瘦，因为他戴着一副大号的墨镜。"
胡彬掏出一张宋卓文的照片，又取出钢笔，在眼睛上画出了一副大号的墨镜。画完后，他将照片推到东乡参谋面前。

"是他吗？"

"确实很像。对了，他是在到达新京前的一个小站下了车。我们当时还看到了他在站台上的背影。我记得，他穿的那件灰色风衣的腋下开了线。"

关雪的秘书把老段这段时间以来在《松江晚报》上刊登的所有启事都搜集起来，夹在文件夹里，呈送到关雪面前。

"破译了吗？"关雪一边浏览一边问。

"破译了。从第二个逗号开始，每隔两个字，把第三个字挑出来，就可以组成一句通顺的话。"

关雪拿起一支铅笔，在剪报上圈出几个字。

"果然如此。发现了什么有价值的线索吗？"

秘书摇摇头："都是一些关于接头的通知。也许，我们可以在别的报纸上按照这套办法寻找一下有意思的启事。"

"可以试试，不过我觉得没有用。姓段的暴露后，这套通讯办法肯定是作废了。"说着，关雪转身将文件夹插进书柜里。

一辆轿车驶过街道，停在宋卓文住所的门口。

胡彬下车后敲了敲房门，没有反应。他掏出两根细铁丝插进锁眼，鼓捣了几下，就打开了门锁。

胡彬进门后，直奔二层。进入卧室，他一眼就看到了矗立在墙边的大衣柜。

拉开柜门，胡彬看到衣架上垂挂着许多衣服。他抓拉着衣服寻找着，很快就看见了一件灰色的风衣。胡彬迫不及待地抓住风衣的袖子抬了起来。果然，在风衣的腋下，有一道开了线的口子。胡彬放下衣袖，长出了一口气，脸上浮现出一丝怪异的微笑。

就在这时，楼下传来了敲门声。

胡彬弯着腰瞄着门板上的猫眼，向外窥视着。那是一个他不认识的男人。胡彬想了一下，打开了房门。他笑容可掬地看着对方，并不说话。

对方看到眼前这个并不认识的人，一时间愣住了。

胡彬率先打破了沉默："别愣着了，快进来呀。"

"对不起，可能是我走错了门。"

胡彬伸手拉住他的手腕："没走错没走错，卓文一会儿就回来。"

待来人进屋后，他把来人让到了沙发边。二人坐了下去。

"您是——"

对方抢先问："您是他的什么人？"

"最好的朋友。您呢？"

"我是他的表哥。"

"表哥啊，这是从哪儿来呀？"

"从绥化来的。"

谢月远远地看到一辆车停在家门口。近了些,宋卓文说,那是胡彬的车。

二人下了车,宋卓文打开房门,愣住了。

沙发上比肩而坐的是胡彬和方政委!

胡彬盯着宋卓文。

方政委站起身来:"卓文,不认识了?我是表哥呀!"

宋卓文待在原地未动,表情也没有什么变化:"早就看出来了。你怎么来了?"

方政委略显尴尬:"不瞒你说,这两年,我一直在绥化做木材生意。蚀了本钱,就来哈尔滨碰碰运气,听说你混得不错——"

"投靠我?"

"兄弟,你这里要是有什么好做的营生……"他没有再往下说。

胡彬抱着双臂冷眼旁观,一言未发。

谢月打破了尴尬:"我去沏壶茶。"

宋卓文一抬手:"不用!"

谢月看着他。

宋卓文对方政委说:"当年我在落魄的时候也曾经想投靠你,你是怎么对我的,还记得吗?"

"卓文,我那时候日子也不好过呀。我方继祥要是有一点办法,也不会让你走的。"

"别说了。啥叫亲戚?不说雪中送炭,也得有个礼尚往来吧?当年那个疙瘩我解不开,这门亲戚我也不想认!"

方政委叹了口气,拿起桌上的礼帽。

"真应了那句老话,穷居闹市无人问,富在深山有远亲。罢了。"他扣上礼帽,向门口走去。

"站住!"胡彬突然喝道,他原本抱在胸前的胳膊伸展开,左手拿着一支手枪。

三个人看向他。

宋卓文说:"老胡,你啥意思?"

胡彬从沙发上站了起来:"谁要是想着走出这间屋子,那我的子弹就会追上他。你们这场戏,该收场了!"

"姓胡的,我还没问你怎么进了我的家门呢,你别给脸不要脸。"说着,宋卓文走向胡彬。胡彬扳开了手枪的保险。谢月拉住了宋卓文。

胡彬走到沙发侧面,摆了摆枪口:"你们三个,都老老实实地给我坐大沙发上去。"

宋卓文没有动。

"姓宋的,你是不是以为我的右手断了一根手指头,左手就开不了枪?实话跟你说吧,这么多年,我一直在苦练左手的枪法。不信你可以试试。"

方政委给宋卓文使了一个眼色。宋卓文被谢月挽着走到沙发前坐下。那张三人沙发上,方政委居左,谢月居中,宋卓文居右。

422

胡彬用枪指着他们，走到桌边，拿起电话筒放在桌上，拨了几个号码后，再次拿起话筒。

"科长，我是胡彬……我在宋卓文的家里……你来一趟吧，我给你看一出好戏……一两句说不清，来了就知道了……最好多带几个人。"

胡彬放下话筒，对宋卓文说："别着急啊，关科长一会儿就赶过来，有什么委屈尽管跟她说。"

"胡彬，你今天闯到我家里，到底是为了什么？"

胡彬想了一下，说："成，反正闲着也是闲着，我就跟你们念叨念叨。我来你家是为了找一件灰色的风衣。"

"灰色的风衣？"

"忘了？不应该呀，这事儿过去没几天呀，你不就是穿着它勒死了列车上的乘警长吗？"

谢月脸色苍白，看了宋卓文一眼。

"我不明白你在说什么。"

胡彬清了清嗓子，说："你不知道吧？潘越死了之后，关科长让我调查他为什么会半夜出现在满铁大楼的下面。我比不了你，哪有什么逻辑推理的本事？可是我命好，在潘越家的抽屉里，我找到了一个笔记本……"

胡彬讲了半个小时，最后说："咱俩不和，虽然我也早就听说潘越怀疑你有一个双胞胎兄弟。但是说实话，我一直觉得这有点扯。直到我发现了你衣柜里那件开了线的风衣，我才彻底相信了。一切，也全对上号了。"

宋卓文说："我早就应该提醒你。"

"提醒什么？"

"离潘越远一点，精神病会传染的。"

"宋卓文，别耍嘴皮子了。等关科长到了，听清了原委，一定会把东乡参谋等目击证人请到特务科的。咱们来个三堂会审，我要是弄错了，当场辞职，怎么样？对了，如果我没猜错，那个女乘务员，就是谢小姐假扮的吧？"

谢月紧张得发抖，宋卓文握住了她的手。

胡彬看着方政委："还有这位老兄。我不知道你的真名实姓，但是我敢肯定你是个共产党，还是个当官的。"

方政委苦笑着摇了摇头。

宋卓文的目光瞄着胡彬身后一个五斗橱。

"宋卓文，你偷摸地瞅这个五斗橱好几次了，里面装着啥好东西呀？"说着，胡彬用右手拉开那个五斗橱。

宋卓文绝望地闭上了眼睛。

胡彬笑了，他从五斗橱里摸出一把左轮手枪。

"想不到，你家里还藏着这么个宝贝。"

胡彬摁下卡榫，手腕一甩，左轮手枪的弹巢被打开了，里面露出五发子弹的底火。

胡彬合上弹巢。

"好家伙，还有五发子弹呢。宋卓文，你满脑子想的都是如何把这五发子弹全射进我老胡的身子里吧？"

胡彬打开左轮手枪的保险，右手的中指放在扳机上，枪口对着宋卓文："这下踏实了吧？"

外面传来汽车刹车声。

"哈哈，科长他们已经到了。"

宋卓文忽然站了起来，走向右侧的一张桌子。

胡彬用枪指着宋卓文："你干什么？"

"渴了，倒杯水喝。你愿开枪就随便。"说着，宋卓文走到桌边，拿起开水壶。

胡彬重点防着宋卓文。宋卓文突然将开水壶冲着胡彬砸了过去。胡彬一偏头，对着宋卓文开了一枪。宋卓文没有倒下，反而抄起一个玻璃瓶。

胡彬再次瞄准宋卓文。

砰的一声枪响了，胡彬倒在了地上。关雪站在门口，手里的枪口还冒着青烟。

三

胡彬怒睁着双目，身下的血液漫延开来。小武蹲在地上，把手指放在他的颈动脉上，然后站起身来摇摇头："没救了。"

"科长，是这么回事——"

"等一等。"关雪打断了宋卓文转而面向方政委："你是谁？"

"我是——"

关雪再次打断："等一等。"

她回身说："小武，先把宋组长带到楼上去，让他休息一会儿。"

小武走到宋卓文面前："宋组长，请吧。"宋卓文只好向楼上走去。

看到宋卓文走上去，关雪对谢月说："你坐到餐桌旁边去，不准说话。"

谢月默默离开了沙发。

关雪盯着方政委："现在说吧，你是谁？"

"我是宋卓文的表哥。"

"你叫什么名字？"

"方继祥。"

"从哪里来？"

"绥化。"

"干什么营生的？"

"原来倒运过木材，生意不好，把本钱赔光了。"

"你是怎么知道宋卓文在哈尔滨的？"

"我来到哈尔滨之后，看了报纸上的照片，才知道我兄弟出人头地了……"

小武拽了把椅子，坐在卧室门口。宋卓文坐在床沿上，无计可施。过了好一会儿，他才被关雪喊下去。而方政委被另外一个特务带到卧室看起来。

"你表哥叫啥？"

"方继祥。"

"他来找你干啥呀？"

"他在绥化做木材生意，赔了本钱，找我来想办法。"

"想什么办法？"

"我能有什么办法？"

"胡彬给我打电话，说要让我看出好戏，这是怎么回事？"

宋卓文抓了抓脑袋："都给我整乱套了，我想想。"

"不着急，慢慢想。"

宋卓文忽然看到谢月冲他眨了眨眼睛。接着，谢月开始在用一只手的食指在另一只手的手背上敲打着。宋卓文看着谢月的动作，耳边仿佛想起了嘀嘀嗒嗒的莫尔斯电码。

"是这样的，我这个表哥啊，想让我帮帮忙，整点粮食方面的生意。我说，那哪成啊，这属于走私。"

所有人都盯着宋卓文，没注意到，谢月的手指继续无声地敲打着。

"那是犯法的事。表哥就劝我，说给我五成的利润。我们正说着，胡彬推门进来了，用枪指着我们，让我们把非法走私的事情交代清楚。我说那都是没影儿的事。他就给你打了电话。"

关雪将信将疑："就为这点事？"

"这还不明白吗？姓胡的早就想置我于死地。他就是要抓住这点小事不放。真打死了我，就一口咬定是我先攻击他，他才不得已开的枪。你能拿他怎么办？最多给他个处分。"

关雪思考了片刻，从桌子上拿起那把左轮手枪："这把枪是怎么回事？"

"那把枪里装的都是空包弹，本来是谢月吓唬那个叫什么路建飞用的，阴差阳错，让胡彬搜到了。"

胡彬被抬到一副担架上，关雪跟着担架走出了宋卓文的住所。

方政委抄着手脸色煞白地走向门外，边走边摇头："这哈尔滨也不能待了，还是回我的富升客栈去，明儿个上午十一点，坐车奔奉天去。"

宋卓文听到了这句话。

胡彬大睁着无神的双眼，望着天花板。

关雪坐在尸体旁边的一把椅子上，冰冷的停尸房内，只有她一个活人。

"姨父死了以后，如果不是你鼎力支持，我也坐不上特务科科长这个位子。那次咱们中了埋伏，如果不是你拼了命把我救出来，我这条命也早就没了。"关雪擦了一把脸上泪水,接着说,"我知道,自从卓文来了以后,咱俩算是较上劲儿了。可是,你难道就不明白吗?就算他不来,我也不会嫁给你的。在我心里,你真的就是一个大哥。今天,如果你不是对着他开枪,换了其他任何人,我都绝不会对你开枪的。咱俩是一样的人,都在傻乎乎地等着一个永远都等不到的人。"

关雪泪如泉涌。她捂住嘴,过了好一会儿才平静一些。

"我会想办法,尽可能为你多争取一些抚恤金,会把你的母亲当作我的母亲一样赡养。大哥,你就放心地去吧。"

关雪的手伸到胡彬的脸上,把那双眼睛合上了。

四

第二天一上班,关雪就拨通了浅野寺的电话。她本想将胡彬的死讯汇报给他,可接电话的是原田副官。他说,课长一早就进了会议室。

宋卓文本想夜里就去见方政委,但他害怕自己被人监视,便熬了一宿,第二天上午才找机会去了富升客栈。

一见面,宋卓文就先汇报了老段牺牲的过程,自责没有保护好老段。

"不要自责了。在这种险恶的境况下,你们能够这么出色地完成任务很了不起了,送过来的情报帮了大忙!"

"哦?"

"根据你们提供的情报,隐藏在莫斯科的日本间谍已经暴露了身份。"

"抓住他了?"

"他并没有被逮捕。有关部门用一些巧妙的方式,将一些假情报传递给了他,给他的家人提供了非常优厚的待遇。据可靠消息,安德烈上校已经被日本人认定是诈降,秘密处决了。"

"这样一来,他送给日本人的情报也彻底被抛弃了。"

"现在我们已经掌握了主动权。但是,老段上次在电报里提到的陶瓷炸弹和《通化防卫计划》也很重要。"

宋卓文将《通化防卫计划》胶卷取出来,简单地介绍了一下里面的内容。

"知道'F'机场的确切位置吗?"

"还不清楚。"

"要想尽一切办法搞清楚。据分析,这种陶瓷炸弹内部装填的一定是细菌和病毒。只有这样,才能防止炸弹的高温杀死内部的细菌和病毒。掌握了具体位置,苏军的轰炸机就能先发制人,用燃烧弹将这些罪恶的武器彻底销毁。"

宋卓文的眼神中透着惊喜:"这么说,战斗很快就会打响了?"

方政委微笑着点点头:"再告诉你一个好消息,今天早上,美国人在日本的广岛投下了一枚原子弹。"

"原子弹？那是什么武器？"

"具体的细节，我也不知道。总之，广岛几乎被夷为平地。"

"没有听到任何消息。"

"日本人肯定会全面封锁这个消息。现在，哈尔滨地下党委已经在学生中展开了向广大市民传达真相的工作。我相信，现在的关东军参谋部一定已经乱成一团了。"

"这样，我现在就去一趟参谋部，借着向浅野寺呈报情报简报的机会碰碰运气。"

  会议在一片吵闹中结束了，大多数人不相信一颗炸弹会把一座城市摧毁。最后达成的结果是继续加紧实施《通化防卫计划》。浅野寺的短期任务是指导特高课，做好"F"机场的安全保卫工作；长期任务是部署哈尔滨的潜伏工作。这是在做最坏的打算。

  前几天，来自莫斯科的消息证明了安德烈上校是个诈降者。除了没有证实苏联大规模向远东调兵，桥本的内线还发现安德烈夫人在莫斯科过得像个女王。他咆哮着说，如果安德烈上校真的投诚，他的家人早就被送进集中营了。安德烈上校被秘密处决了。浅野寺曾经强烈反对，他认为，不能排除俄国人故意演戏给他们看。桥本反问他，是否有证据证实他的内线已经暴露。浅野寺无言以对。

  他一脸阴沉地回到办公室，随手把文件夹扔在桌子上。原田副官引着宋卓文走了进来。

  "课长，这是本周的情报简报。"宋卓文将一个档案袋放到办公桌上。

  "辛苦了。你们特务科主抓的案件有什么进展吗？"

  "您说的是乘警长被害案吧？"说着，宋卓文的目光扫过桌面，看到那个文件夹上写着几个日文字——关于"F"机场的防卫措施。

  "还有潘越被杀案。"浅野寺觉察到了宋卓文的目光，他随手抓起一本文件，压在那份文件上面。

  "还在紧密调查之中。"

  "要抓紧呀！"

  "是。"

  就在这时，外间的原田副官推门走了进来："课长，刚刚接到我们打入大学的内线的报告，有一些具有反满抗日倾向的学生要去哈尔滨市的最高建筑邮电大楼的天台上散发传单。"

  "什么内容？"

  "没有查清楚，据说是不利于我军的重大新闻。"

  "通知特高课和特务科，立即封锁邮电大楼，将他们全部抓起来。"

  "是。"

  宋卓文见状，赶快告辞离开。他想起方政委刚才说过，哈尔滨地下党委已经在学生中间展开了传达真相的工作。

  他加大油门，很快就赶到了邮电大楼的门口。下了车，他左顾右盼。一辆电车停在附近的路边，秦浩、关凯以及另外几名学生走下来，每个人的肩膀上都背着一个鼓鼓囊囊的双肩包。

眼看着他们直奔邮电大楼的入口而去，宋卓文紧走几步，挡在他们面前。

"宋大哥，你怎么在这儿？"关凯问道。

"你们的行动已经暴露了，赶快离开这儿。"

几个学生面面相觑。

就在这时，附近的街道上传来阵阵警笛声。

宋卓文催促道："快，把背包都扔了！分散开后分别跑出去。"

秦浩等人将背包扔在地上，向不同的方向跑去。宋卓文扭头观察着周围的情况，一回头，发现关凯仍然背着背包跑进了邮电大楼的门口。

宋卓文赶紧追了过去。他刚冲进大楼门口，几辆轿车就从不同的方向开到了邮电大楼前。

第一拨赶到的是特高课的人。紧接着，特务科的几辆轿车开了过来，紧急刹车，关雪等人从车上跳下来。

"一部分人封锁住大楼的外围，其他的跟我上天台！"关雪大喊。

电梯门已经关闭，宋卓文转身向楼梯间跑去。

到达顶层后，关凯走出电梯，穿过走廊，从一个消防柜里取出了一把消防斧头。他砸掉了通往天台的门，出去后，他把门关上，将那消防斧插进了两个门把手中间。

宋卓文冲到那扇门前，用力推门却推不开。他拍着门大喊："小凯，快开门！是我！"

关凯平静地走到了天台边缘。他将肩上的背包取下来，向下方倾倒着。众多的传单像雪片一样纷纷落下。倒完后，关凯把背包扔到了一边，趴在扶手上观察着传单散落的效果。

此时大楼下面已经被许多穿便衣和穿警服的人封锁了。空中一丝风都没有，传单没有飘散开，只是慢慢落在大楼下面附近的地上。

特务和警察正在动手收集这些传单。

特高课的人冲上顶层。尽管宋卓文亮出证件，他们还是将宋卓文拉开，粗暴地撞门。

眼看着所有的传单都被收走，耳边响着嘭嘭的撞门声，关凯急了，弯下腰，扯开了背包。他发现里面只剩下一张传单。

关凯快速地用这张传单叠成一架纸飞机，然后掏出钢笔，在纸飞机上写了几个字。

咔嚓一声，别在门把手里的斧柄被撞断了。特高课的特务们冲了过来。

关凯拿着纸飞机，奋力向空中扔去。他趴在栏杆上，向下面望着。纸飞机直直地向下坠落，就在快要到达地面的时候，忽然一阵风吹来，纸飞机飘了起来。

"飘起来了，飘起来了！"关凯大喊着。

他的两只胳膊被抓住了。在被拖走之前，他看到那架纸飞机越过那些目瞪口呆的军警头顶，被风刮到了一条街道的上空。

看到关凯被押解着从天台上走过来，关雪腿一软，身子向下坠。宋卓文从旁边一把扶住了她。

五

马路边上立着一顶顶遮阳伞，每一把伞下面都摆着一张咖啡桌。

下午，来这家露天咖啡馆消费的大都是热恋中的情侣。

那架纸飞机从斜上方飘落在一对窃窃私语的情侣面前。

姑娘捡起纸飞机看了看："上面有字。"

"写的什么？"

"亲爱的同胞，这张传单上记录的是绝对真实的事件。日本人现在正千方百计地封锁这条消息。得到这架纸飞机的每一个中国人，都有义务将传单复制，传播出去……"

小伙子神色凝重起来，他从女朋友手中拿过纸飞机，拆开看了看。

几分钟后，他俩站在咖啡馆二楼。窗台上摆着几架他们刚刚复制的纸飞机。

两个人把纸飞机一架一架地抛了出去，眼看着它们盘旋飞舞在这条行人如织的街道上方。

一个小时后，纸飞机像雪花一样飞舞在这座城市的大街小巷。其中一架从窗口飘了进来，落在浅野寺的办公桌上。

他捡起来，拆开看着。

"今天早上，美国空军在日本的广岛投下了一枚原子弹。在这颗超级炸弹的攻击下，日本的军事工业重镇广岛在一瞬间被夷为平地。这一事件标志着日本军国主义的覆灭指日可待。我们在哀悼无辜伤亡的日本人民同时，也呼吁中日两国爱好和平的人们，行动起来，推翻日本法西斯主义的残暴统治，为亚洲和世界的和平共同努力。"

浅野寺撕掉了传单，扔进废纸篓。他推开房门，向门口走去。

"课长，您去哪里？"原田副官问。

"你留在这里守着电话，有什么事情把电话打到特务科就找到我了。"

关雪虽然已经停止哭泣，可她的两只眼睛已经肿得像桃子一样。

"卓文，我该怎么办？你能帮我想出一个办法吗？"

宋卓文正思索着，关雪走到桌边，操起电话机。

"你要打给谁？"

"浅野课长，现在只有他能救得了小凯。"

"我劝你还是冷静点，浅野寺正在气头上，现在求他，恐怕会适得其反。"

关雪愣了半响，放下了电话。这时，电话铃却突然响了。

关雪操起电话："原田副官……好，我知道了。"

"怎么了？"

"课长一个人正在赶过来。"

"他这个时候来……"

"我该怎么做?"

"现在还不好说,见机行事吧。"

关雪和宋卓文提前等候在办公楼前。等轿车冲进大院停下,宋卓文上前打开车门。浅野寺一脸铁青地从轿车里钻了出来。

关雪惶恐不安:"课长,我……"

"先上去再说吧。"

到了办公室,浅野寺坐在沙发上,黑着一张脸。

关雪和宋卓文站在两侧,垂手而立。

沉默了片刻,浅野寺开了口:"关科长,今天这件事,你有什么要对我说的吗?"

"课长,我弟弟还是个孩子,如果有可能的话,我愿意代替他接受任何惩罚。"

浅野寺冷笑:"关科长,到了这个时候,你还是没有认识到问题的实质。"

"请课长明示。"

"这一段时间,你们特务科的工作裹足不前,你知道原因吗?"

关雪大气不敢出。

"就是因为你的弟弟是一个反满抗日分子!你们所有案件的已知线索和侦查方向已经被敌人掌握,还谈什么工作进展!"

"课长,小凯一定是受了其他坏学生的蛊惑。至于科里的工作,我发誓,从来没有跟他透露过任何细节,我也从不把一张纸片带到家里。"

"乘警长谋杀案和潘越被杀案调查得怎么样了?我记得是胡彬在负责这两起案件,他人呢?"

关雪和宋卓文对视了一眼。

"胡彬已经不在了。"

"他去哪儿了?"

"昨天,他去世了。"

浅野寺震惊万分:"我怎么不知道?"

"事发之后,我就给您打了电话,可是原田副官说您正在开会。"

"他是怎么死的?"

关雪犹豫了一下,说:"因为一些私人恩怨,他闯到宋卓文家中,要对他行凶。当时情况很危急,没有办法,我开了枪。"

浅野寺沉默着。

"当时的情况是这样的——"

浅野寺打断了她:"好了,你们三个之间的事,我早有耳闻,我对此毫无兴趣。我只想知道,胡彬手里的工作进展到什么程度了。"

宋卓文插进话来:"胡彬行事非常诡秘。在没有突破性进展的时候,他很少向科长汇报。"

"去把他们行动组的人叫来。"

"是。"

离开办公室后，宋卓文加快了脚步。他明白，第一张多米诺骨牌开始倾斜了。只要浅野寺获悉胡彬曾经和东乡参谋谈过话，就会立刻召见东乡参谋，那么东乡参谋对他和胡彬谈话内容的复述就会让浅野寺和关雪明白胡彬出现在自己家中的原因，那件灰色风衣就会让他彻底暴露。

宋卓文进了自己的办公室，第一个电话打给了东乡参谋。

"您好，我是浅野课长的副官原田，课长要求你现在立刻到宪兵队去。他有几个嫌疑人需要您确认。记住，这件事，不要与任何人讲。"

第二个电话打给了谢月。

"听我说，"宋卓文尽量让语气放松下来，"放下电话之后，你简单收拾一下，立刻离开那栋房子。"

"出事了吗？你怎么样？"

宋卓文直接问："你知道狮子胡同二号吗？"

"知道。"

宋卓文不敢违反纪律让她去富升客栈。万一谢月暴露，牵连到方政委，干系太过重大。而狮子胡同二号院是老段暴露的地址。他知道特务科在那里监守了一段时间才撤人。附近的老百姓没一个敢去。这个时候，那个院子反而最安全。

"离开后，你就到那里去。"

谢月的声音有些发抖："你不会有事吧？"

"我很好，晚上就去那里找你。"说罢，宋卓文挂上了电话。

宋卓文轻轻关上房门，向走廊深处走去。他清楚，自己的潜伏生涯行将结束，他要利用最后的时间，去攻克最后一个堡垒。

六

久等宋卓文不来，关雪就打电话叫来一个行动组的小头目向浅野寺汇报。

"……胡组长接到任务后，先去参谋部找东乡参谋，他想从目击证人那里了解更多的细节。可是那天东乡参谋并不在哈尔滨。很快，潘科长的案子也落到了胡组长身上。关于这件案子，他查到了什么，没有告诉我们任何人。但是昨天一早，东乡参谋打来了电话，胡组长立刻就去找他了。"

"从东乡那里，他得到了什么线索吗？"浅野寺问道。

"那我就不知道了。"

浅野寺走到办公桌边，给东乡参谋打了个电话，却得知东乡参谋接到了一个电话就出去了。至于去什么地方，东乡参谋不肯说，浅野寺只得挂上了电话。

浅野寺说："从时间上判断，胡彬和东乡参谋见面后不久就到了宋卓文家中。"

关雪答道:"应该是这样的。"

"你把当时的情况跟我说一下。"

"我当时在办公室里,忽然接到胡彬打来的电话,他让我带几个人到宋卓文家中去一趟,说是要让我看一出好戏……"

谢月推开了那扇虚掩的院门,满眼是一片凌乱。她穿过院子,走进堂屋。正前方是一张方桌和几把椅子。堂屋的两侧各有一间厢房。

谢月推开一扇房门,走了进去,看到厢房里有一盘火炕。所有的东西似乎都被搬走了。墙壁上孤零零地钉着一枚钉子,那里之前应该悬挂过什么东西。火炕的后面是一扇窗子。谢月推开那扇窗子,外面是这所民房的后院。

谢月走在荒凉而又凌乱的后院里。靠近院墙的地方码着半垛木柴,地上有一个黑洞洞的菜窖,原本盖菜窖的木板已经被扔到了一边。

原田副官打开房门,一脸诧异。

"宋组长,课长去了你们特务科,你不知道吗?"

"我是来找您的,有非常紧急的事务。"

原田副官把他让了进去。

"能麻烦您先帮我倒杯水吗?我都快渴死了。"

"当然。"原田副官转身走向办公桌上的水壶,宋卓文抡起手枪的枪柄砸了下去……

"也就是说,胡彬赶到宋卓文家中的时候,偷听到了宋卓文和他的表哥在议论走私粮食的生意,胡彬这才拔出手枪控制宋卓文等人,并通知你赶过去?"

"是这样的。"

浅野寺思考了一下,说:"去把宋卓文叫来。"

小头目刚要走,浅野寺加了一句:"把胡彬留在办公室里的资料也送过来。"

少顷,小头目抱着一个纸箱子走进办公室:"宋组长不在办公室里。"

"不在?他能去哪儿呢?"关雪有点疑惑。

小头目将纸箱子放在浅野寺面前的茶几上。

浅野寺的目光里闪烁着狐疑的神色,忽然,他问道:"宋卓文有没有插手调查女嫌疑犯的工作?"

"没有,这件案子完全是由胡彬和行动组来负责的。"

浅野寺翻看着纸箱子里的东西。忽然,他看到了那张拼图照片。他拿起照片看了看:"这是什么?"

"这就是女嫌疑犯的拼图照片呀。"

浅野寺脸色大变:"不对。我看到的拼图里,女嫌疑犯的眼睛是圆的!"

关雪和浅野寺对视着。他俩同时想起,那天是宋卓文抢先接过文件夹后不小心掉到了地上,里面的图片散落一地。

"这都是宋卓文搞的鬼！"关雪恍然大悟，她对小头目说："传我的命令，封锁大楼，搜捕宋卓文！"

浅野寺摇摇头："他早已经离开这座大楼了。他今天上午还去了我的办公室。"

浅野寺忽然叫道："不好。"他大步跨到办公桌前，操起电话机。

宋卓文蹲在保险箱边，把耳朵贴在柜门上，一只手转动着轮盘，忽然，外间想起了一阵电话铃声。

宋卓文向外瞟了一眼，继续专心开保险柜。终于，他打开了保险柜门。

放在最上面的一个笔记本上面写着"会议记录"四个字。宋卓文打开飞快地翻阅了一下，就扔到了一边。

就在这时，楼道里传来尖厉的警报声。

蓦然，宋卓文看到了那份"F"机场的防卫措施。

几个端着枪的卫兵奔跑着，穿过走廊，进入浅野寺的办公室。

在办公室外间，他们看到桌子旁边的地上有一摊血，血迹延伸到里间的门口。而里间的房门紧闭着。

从浅野寺办公室里传来砸门声。宋卓文从一间水房里溜出来，转身走下楼梯。

出了大楼，他立刻钻进轿车，向大门口驶去。

忽然，一队卫兵从侧面跑过来，封锁了大门。带头的卫兵挥动双手，示意停车。

宋卓文狠狠地踩下油门，轿车冲了出去，急速转弯。

后面的卫兵举起步枪，众枪齐发。

轿车忽然失去了方向，直直地冲到路边的马路牙子上才停下来。

与此同时，车喇叭长时间地鸣叫着。

卫兵们举着枪，小心翼翼地靠近轿车。他们看到，宋卓文的头压在方向盘上，已经陷入昏迷。

谢月仍然坐在炕沿上等待着。她看了一眼窗外渐渐暗淡的阳光，忽然泪如泉涌。

此时的宋卓文已经被送到了医院。他浑身是血，口鼻上戴着氧气罩，双目紧闭，躺在一张担架床上。

几个医护人员推着担架床，向走廊尽头的手术室跑去。

第二十九章
盛大的骗局

一

黑暗之中，隐隐有声音传来。随着黑暗越来越浅淡，声音也越来越大。是音乐，是男声合唱，是一首从扩音喇叭里传出来的曲调雄浑、充满斗志的俄语战歌。

"起来，巨大的国家，做决死斗争，要消灭法西斯恶势力，消灭万恶匪群。敌我是两个极端，一切背道而驰，我们要光明和自由……"

宋卓文努力睁开了眼睛，虽然其他的景物还只是一片混沌，但是有一片红色分外醒目。他望着那片红色，视线渐渐清晰。那是一面红旗，正中央绣着镰刀斧头的图案，红旗插在窗外的主楼楼顶上，迎风招展。

躺在病床上的宋卓文努力眨了眨眼睛，使劲儿盯着那面旗帜。

接着，他又转动眼珠，打量着这个房间。这时候，窗外传来的那首苏军著名军歌《神圣的战争》播发完毕。

这是一间干净整洁的病房，到处都是雪白的。

宋卓文忽然闻到了什么，他艰难地扭过头，发现床头柜上的花瓶里插着一束新鲜的花。

忽然，房门打开了，走进来一个金发碧眼的女护士。和宋卓文的眼神一接触，女护士用俄语兴奋地叫了一声："他醒了！他醒了！"

女护士跑了出去，宋卓文望着半开的房门，一脸蒙。很快，一个穿着白大褂的俄国医生和女护士一前一后地走进病房。

听诊器的金属头贴在宋卓文的胸口。医生听了一会儿，露出很满意的表情。接着，他伸出一根手指，在宋卓文的眼前来回晃动。宋卓文的眼珠跟随着他的手指来回移动。

医生用不太熟练的汉语问道："你能说两句话吗？"

"你们是谁？"宋卓文发现自己的声音很沙哑。

医生和女护士相视一笑。

"我是你的主治医生，叫我尤金好了。"说完，他指着女护士，"这是娜拉护士，她漂亮吗？"

宋卓文没有说话。

"当然漂亮！她总是给在这场战争中受伤的小伙子们带来好心情。"

"你们，你们是苏联人？"

"准确地说，我们是苏联红军，这里是我们在哈尔滨的红军医院。"

宋卓文撑起半个身子:"日本人完蛋了?"

"战争还没有彻底结束,不过日军在南满的抵抗持续不了多久了。"

宋卓文无比放松地躺了回去。紧接着,他又问道:"今天的日期是哪一天?"

"八月二十日。"

"天哪,我睡了……"

"你睡了十几天。"

尤金医生又给他量了血压和心跳,情况良好。但是他还是建议宋卓文多休息。又躺了一个小时,宋卓文实在无聊,想到楼下透透气。娜拉推来一辆轮椅。她扶着宋卓文坐进去,出了病房。他们乘电梯来到楼下。

一个抱着吉他的苏军伤兵坐在草地上弹唱着《喀秋莎》,其他几个病友围在他的身边入神地听着。

周围有三三两两身着苏军制服的伤兵在散步、聊天。一些医生和护士则脚步匆匆地穿行在草地中的小路上。

只待了十几分钟,娜拉就用生硬的汉语说:"尤金医生不允许您长时间待在外面,还是回病房休息吧。"

宋卓文点了点头。恰好一个送报纸的苏军士兵从他们身边走过。

宋卓文对娜拉说:"帮我要一份报纸,可以吗?"

报纸头版标题是"哈尔滨各界民众欢庆光复"。这篇新闻报道不但有文字,还配有一张生动的照片。许多中国的老百姓在舞狮子,旁边还有几个背着"波波沙"冲锋枪的苏军士兵笑嘻嘻地围观。

宋卓文读着读着,眼角有泪水溢出。

忽然传来"笃笃"的敲门声。

"请进。"

房门打开,进来一个穿着苏军制服的中国人。

"宋卓文同志,听说你醒了,上级让我来看看你。"

"你是?"

"我目前在苏联远东方面军的情报部工作,原来也是老抗联的人。"

"那你一定认识方政委了?"

"你说的是不是一直在鸡冠山一带坚持武装斗争的老方?"

"对呀,他在哪儿?"

"他带着队伍,配合苏军在南满战斗。"

宋卓文欣慰地点了点头。

"宋同志,我们是从日本人防守最严密的监狱里把你救出来的。但是对于你的历史,我们还不清楚。如果你的身体允许,能跟我们谈谈吗?"

"好啊。"

情报官拉过来一把椅子,坐在病床前:"那咱们现在就开始。"

宋卓文点点头。

情报官打开手中的记事本，拧开了钢笔："你是哈尔滨地下党成员吗？"

"是。"

"被捕前的公开身份是什么？"

"伪满洲国哈尔滨警察局特务科情报组组长。"

"你是如何打入特务科的呢？"

"因为一个偶然事件，我遇到了一个故人，她就是特务科的科长关雪。通过她，我顺利地进入了特务科。"

"在这段时间里，你都完成了哪些工作呢？"

"我先问你一个问题，可以吗？"

情报官微笑着说："当然。"

"关雪怎么样了？"

"在解放哈尔滨的巷战中被我军击毙了。"

宋卓文有些伤感地问："浅野寺呢？"

"也是如此。"

宋卓文并不知道，床头小桌的桌面下方安装着一个窃听器，连接线钻入墙壁，从隔壁穿出来，连接着桌面上的一台扩音器。

一个监听员趴在桌前，边听边在记录本上记着。

宋卓文的声音从扩音器里传出来："好，我继续回答你的问题……"

浅野寺和关雪站在监听员身后，全神贯注地倾听着。

不错，在医院的大门口内侧站着两个身着苏军制服的俄国人。但是在大门外，整个一条街，每隔不远就站着一个荷枪实弹的日军士兵。

这一天也不是一九四五年八月二十日，而是八月八日。

二

宋卓文身体很虚。他说一会儿歇一会儿，断断续续用了两个钟头的时间，才把他潜入特务科，利用双胞胎兄弟文武兼备的便利，克服困难，完成一项又一项任务的过程讲了一遍。

隔壁的浅野寺和关雪只听得心惊肉跳。不过浅野寺多少还收获了些许欣慰。宋卓文在描述处决苗长寿的过程中，证实了他对安德烈上校的判断。

关雪说："课长，现在已经可以证明，那个上校带来的消息是真实的，苏军马上就要进攻满洲。应该立刻向参谋长汇报呀。"

"再等等，等完整的记录拿到手才会更有说服力。"

宋卓文的叙述在接近尾声时被打断了。

"等一等，我还是有一点不明白。谢月只是一个年纪轻轻的女学生，她怎么敢帮你掩护老段呢？"

"这件事说来话长，其实最早谢月是关雪派到我身边的，可是由于她的母亲被关雪害死了，她才下决心帮助我们工作。"

"谢月也牺牲了？"

"应该不会。我出事前，让她到狮子胡同二号等我。这么多天过去了，我不知道她还在不在那里。"

宋卓文想不到，谢月已经坐在土炕上等了他两天。她终于饿得受不了了，于是下了炕，在房子里四处寻找。

在厨房灶台旁边的木头架子上，谢月找到了半口袋玉米面。她来到后院，从柴火垛上面挑了几根细一些的木材抱在怀中。

在讲到派人冒充情报贩子接近余洪，进而钓出小岛博士的时候，宋卓文忽然停住了。

浅野寺听到那个情报官喊道："宋同志，你怎么了？"

"我的……我的头疼得厉害……"

接着传来开门的声音。

"医生——"情报官在走廊里喊。

尤金给宋卓文喂了几片药，让他平躺着休息一会儿。然后，他出了病房，来到隔壁。

浅野寺劈头就问："为什么会这样？"

"这是药物正常的副作用。"

"要等多长时间才能继续问话？"

"休息十几分钟就好。"

"他是不是装的？"

"不可能，我做了检查。"

"尤金医生，为了这个计划，我们可是付给了你一大笔钱。"

"浅野先生，我保证这个病人所处的状态就是你需要他所处的状态。我的药物加上你的布局，他不会察觉到什么的。"

浅野寺盯着尤金："最好如此。"

宋卓文脸上痛苦的表情渐渐缓解了。他望着窗外，医院主楼上的那面红旗，随着风势的加强，更加招展。

忽然，主楼天台上，一架纸飞机在风的带动下腾空而起。它在空中盘旋了一下，向斜下方缓缓滑落，落在病房外面的窗台上。

宋卓文愣了一下，他思忖片刻，起身离开了病床，挣扎着来到窗口，看着那架纸飞机。

纸飞机还很挺括，上面的字迹清晰可见："各位同胞们……"

宋卓文打开窗户，伸出手去。又有一阵风吹过来，纸飞机被风刮走了。

宋卓文呆呆地站在窗前。

身后的房门被推开了。

娜拉走了进来："宋先生，您应该在病床上休息，怎么下地了？"

"我觉得闷，想透透气。"

娜拉走过去，将宋卓文搀回病床上："这种事情，您喊我就可以了。"

宋卓文躺回去后，忽然瞥见了旁边小桌上的那束花。他忽然说："这么多天过去，我家阳台上的那几盆花怕是早就渴死了。"

"宋先生都养了什么花？"

"有忍冬、月季、木槿、紫薇……对了，我昏迷的这段时间，哈尔滨下了几场雨？"

"两场吧……"娜拉想了一下，接着又点了一下头，"对，是两场。"

宋卓文心想，哪怕只下过一场雨，那架纸飞机也早就被浇成了纸团，怎么可能飞得起来？宋卓文看了看帮他整理床铺的娜拉，又看看窗外的红旗。他想起了那个抱着吉他弹唱《喀秋莎》的苏军伤兵，还有那些在院子里散步、聊天的苏军士兵，想起了印着哈尔滨各界民众欢庆光复照片的报纸。他仍然不敢相信，这一切都是骗局。

"娜拉。"宋卓文忽然开口。

娜拉抬头看着他。

"能不能帮我把这束花换一点水？"

"当然可以。"娜拉拿起花瓶，走出了房间。

宋卓文打量着周边的环境，他的目光停在床头的那张小桌子上。他把手伸到了桌面下面，果然摸到了桌板下面的窃听器。

三

扬声器内传来开门的声音。

娜拉说："宋先生，我还把花瓶摆在这里，行吗？"

"好的，谢谢你。"

"您太客气了。"

宋卓文忽然小声地说："娜拉，你能帮我一个忙吗？"

浅野寺眉头一皱。

"当然可以，我就是为您服务的。"

"我在外面存了一大笔钱，我可以把这些钱都送给你。"

"都送给我？"

浅野寺和关雪凝神听着。

"是的，但是有一个条件。"

"什么条件？"

"帮我逃出去。"

浅野寺和关雪无比震惊。

"逃出去？逃到哪里去？"

"只要帮我离开这家医院，你就不用管了。"

"这里不好吗？为什么要逃出去？"

宋卓文没有说话。

娜拉说："宋先生，我虽然是个护士，但我也是一名红军战士，我不能违反命令。"

宋卓文笑着说："呵呵，我跟你开玩笑呢。"

关雪看着浅野寺，后者脸色铁青。

关雪欲言又止。忽然，从扬声器里传来一阵剧烈的声响。紧接着，传来娜拉的声音："救命！"

病房的门被猛地推开了。最先冲进来的是小武等几个特务，浅野寺和关雪紧随其后。只见宋卓文把娜拉压在床上，两只手掐住了娜拉的脖子。他马上被拉开，摁在一把椅子上。

一个特务搀扶着娜拉走出了病房。

浅野寺盯着宋卓文。

宋卓文笑了："浅野课长，您包下了整座医院，聘请了医生、护士，还有这么多俄国演员，肯定花了一大笔钱吧？"

浅野寺没有说话。

关雪说："卓文，把你知道的都告诉我们，课长会给你留一条活路。"

"你们最想知道什么？"

"那个叛逃到哈尔滨的苏军上校，他的情报是真的吗？"

"我说是真的，你们会相信吗？我说是假的，你们会相信吗？"宋卓文哈哈大笑。

尤金医生不承认是他的医疗手段导致了这个计划破产，一定那个假情报官露出了破绽。

那个假情报官此时仍然穿着苏军军服。他说，这绝不可能。

"你们没有看到他和我说话时的神态，那是完全信任的神态。"

关雪看看尤金，又看看假情报官，一时间拿不定主意。

浅野寺沉吟片刻，说："也不排除这种可能，他在叙述的时候是相信你的，但是在他因为头疼而休息的过程中，因为某种原因产生了怀疑。"

关雪忽然走到桌边，拿起那个记录本看了看。

"课长，他提过，谢月躲在狮子胡同二号。如果我们能抓到她，就说明他在头疼前的供述都是真实的，苏军上校的情报就是真实的。否则，他就是从一开始就识破了这场骗局，那苏军上校的情报就是假的。"

灶台上的锅盖被蒸汽顶了起来。谢月掀开锅盖，看到里面的水已经咕嘟咕嘟地滚开了。

谢月从布口袋里面连续捧了两捧玉米面倒进锅里。接着,她用一把铁勺子在锅里搅和着。

眼看着这锅粥就快熟了。外面突然传来"笃笃"的敲门声。

谢月以为是宋卓文回来了。她跑到门前,刚要把手伸向门闩,又想到了什么。她把眼睛凑到门缝处向外看。外面站着一个她不认识的老头儿。

老头儿又敲了两声,院子里面还是没有动静。小武带着另外两个特务从墙角走了过来。

"大爷,没你什么事了,躲远点吧。"说着,三个人拔出了手枪。

小武飞起一脚,使劲儿向门板踹过去,门板应声而开。

小武三人快速搜索了一下院子,直奔正北的堂屋。他们看到西厢房的门板开了一道缝。小武用肩膀撞开房门,枪口指向屋内。

架在门板上方的一锅粥翻了下来。小武连头带脸,被扣了个正着。他扔了手枪,捂着头,杀猪般地号叫着。

特务甲冲进房间,里面虽然没有人,但透过窗户,可以看到谢月正在后院里向外跑。特务甲推开了窗户,纵身跳了出去。他一落地,就惨叫一声蹲在墙根。一枚粗大的钉子从他脚心冒了出来。

特务乙紧接着从窗口跳出去,追向谢月。她向后院的小门跑去,可一不小心跌倒在地。特务乙扑了过去,眼看着就要抓到她了。

咔嚓一声,特务乙踩到了一块虚盖的木板,他甚至来不及喊叫一声,就坠入了地窖。

谢月爬起来,不顾一切地向后门跑去,就在她摸到后门把手的时候,一只手抓住了她的头发。

满脸燎泡的小武揪着谢月的头发,一记耳光将谢月抽倒在地。他扑上去,骑在谢月身上,左右开弓又是几个耳光。

谢月伸手乱抓,手指甲抓破了小武脸上的燎泡。

小武疼得大叫。彻底失去理智的他狠狠掐住谢月的脖子。渐渐地,谢月失去了抵抗的能力,只能无助地望着渐渐失去颜色的天空。她发不出声音,只能在心里喊:"宋大哥,你在哪里呀,快来救救我!"

恍惚中,宋卓文真的出现在谢月的视线里。他飞起一脚,踢向了小武的后脑勺。小武遭到了沉重的一击,头一歪,倒在了地上。

一只手将谢月抱了起来。谢月慢慢睁开眼睛,天空恢复了蔚蓝的颜色,西下的阳光照射下出现了宋卓文的面孔。

谢月一把抱住他,抽泣着:"你终于来了。"

"我不是卓文,我是卓武。"

谢月放开了宋卓武,吃惊地看着他:"你……你不是已经死了吗?"

"说来话长,你先告诉我,卓文在哪儿?"

"我也不知道。他让我来这里等他,可是一直都没有来。"

宋卓武扭头看着院子里已经被他打昏的三个特务。他弄醒了其中一个,很快就让对方招了供。

"这个尤金医生之前是做什么的?"这是宋卓武的最后一个问题。
"听说他在果戈里大街开了一家很有名气的私人诊所。"

四

小武他们离开医院一个小时后,浅野寺坐不住了。
"那个地方很远吗?"
"来回有四十分钟应该可以了。"关雪答道。
"三个大男人抓捕一个弱女子,用不了二十分钟。一定是出了问题。"浅野寺站了起来,"我们去看看。"

他们走后不久,尤金接到了他老婆的电话,说是下楼的时候摔断了腿。

几辆轿车停在狮子胡同口。浅野寺、关雪和几名特务从车里钻出来,快步走进胡同。

面对被撞开的民房门板,浅野寺挥了挥手。
特务们拔出手枪,冲了进去。很快,他们就找到了小武三人的尸体。
关雪没敢说话。
浅野寺长叹一声,说:"既然如此,就把宋卓文送到他该去的地方吧。"

尤金把车停在诊所门口,疾步走进诊所。
"瓦莲卡,亲爱的,你在哪儿?"
一个人出现在楼梯上方。
尤金停止了脚步,瞪大了眼睛:"你怎么会在这儿,这怎么可能?"
宋卓武站在上面看着他,手里端着一支枪。

手枪一直顶着驾驶席的后背。尤金一脸紧张地操控着方向盘。快到医院的时候,宋卓武躺进了轿车后坐前面的地板上。
"你最好别耍花招儿,有一点不对的地方,我就开枪。"
"我不会乱说的,你可千万不要走火呀。"
轿车停在医院大门口。
卫兵一看是尤金医生,立刻就挥手放行了。

十分钟后,宋卓武穿着白大褂,戴着黑框眼镜和一副口罩,跟随着尤金穿过走廊。

在病房门口守着的是两个行动组的特务。宋卓武低下头，翻看着手里的病历本。病历本下方，黑洞洞的枪口对着尤金的后心。
两个人没有遭到盘问，顺利进入了病房。

车队拐进了医院的大门口，停在住院大楼前。
浅野寺、关雪以及众特务从轿车里钻出来，走上大楼台阶。
浅野寺的那张脸阴沉得可怕。
病房的房门被猛地推开，关雪等人走了进来。
"卓文，你如果再不说，我也保不了你。"
见他依旧沉默不语，关雪挥了挥手。几个特务走到床前，把他从床上拖起来，戴上手铐。
一辆救护车停在住院大楼的下面，后车门大开。
救护车的两侧分别停着一辆挎斗式摩托车，每辆摩托车上都坐着三个荷枪实弹的日本宪兵。
"犯人"被送上了救护车。
浅野寺、关雪和其他的特务分别钻进了轿车。
随着救护车的开动，其他车辆纷纷开动。
随着车队的驶离，路边站岗的士兵在军官的哨声中也集合队列后撤离了。

尤金医生被绑了手脚、堵住嘴，绑在一把椅子上。
宋卓文戴上黑框眼镜和大口罩，穿着白大褂走出了办公室。他穿过安静的庭院，走出了医院的大门。
已经撤掉日本兵的街道显得宽阔、清静，宋卓文大步走在这条自由的道路上。

那辆行驶的救护车突然向左猛打方向盘，将左侧的那辆挎斗摩托车撞倒在地。
开车的特务看到前面的这一幕，喊道："咋啦？这是咋回事？"
坐在后座的浅野寺和关雪探着身子张望着前面，只见前面的救护车接着猛地向右转，向右边的摩托车碾压过去。那辆摩托车被挤得冲上了便道后翻了车。
随后，救护车就像脱缰的野马，一路绝尘而去。

宋卓文找到了哥哥说的那家客栈。他向左右看了几眼，才走了进去。穿过一条走廊，他来到一扇房门前，用三短一长的方式叩响了房门。
开门的是谢月。
等他进了屋，关上了房门，谢月才问："你是哥哥还是弟弟？"
宋卓文没有说话，将谢月拥入怀中。她趴在他的怀中，泪如雨下。

那辆救护车歪歪斜斜地停在路边。特务们端着手枪一步步逼近。一个特务打开后门，只见车上的驾驶员、两个押车特务都倒在车厢里，人事不知。

关雪回到特务科，下令复制五百份宋卓文照片的时候，宋卓武已经回到了那家客栈。

五

"哥，满铁油库里被烧焦的那具尸体是谁？"

"丁鹏。"

"我知道他跟潘越走得很近，可是后来听说他休了探亲假。"

"那是假的。当天晚上，在满铁大楼准备伏击我的也有他。只不过，他和潘越的埋伏地点不同。后来他跟踪我进入了油库，想干掉我，立一个大功。"宋卓武冷笑，"可惜，他还差得远，让我把枪夺了过去。"

"那你是怎么逃出去的？"

"油库里有一条下水道，我在钻进去之前，开枪打爆了油桶。"

谢月关切地问："大哥，你遭了不少罪吧？"

宋卓武叹了口气，说："从排水口爬出去后，我不知走了多久，昏倒在路边。幸亏让一位赶大车的大叔碰上了。他把我拉回了郊区一个屯子里的家，给我治伤，调养身子。所幸潘越打中的地方不是要害，子弹也没有留在身体里。

"今天早上，我觉得身子骨养得差不多了，就辞别了他老两口，进了城。你们家被封了，老段那儿也被封了。我就寻思，这一准是出事了。正愁无处投奔的时候，就看见了挂着特务科牌照的一辆轿车。我坐上了一辆出租车，一路跟到了狮子胡同。"

就在这时，窗外传来由远及近的警笛声。宋卓武拔枪在手，走到窗边。

窗外，一辆满载着宪兵的卡车从街道上驶过。

站在哥哥身后的宋卓文说："浅野寺一定已经下令在全城搜捕我们。"

"兄弟，现在咱们该怎么办？"

"当务之急是尽快跟方政委他们联系上。"

"这人海茫茫的，咋联系呀？"

"他们肯定也在寻找我们，也一定知道，我的家已经被封了……"宋卓文思索了一会儿，忽然说，"出事之前，我曾经和方政委在富升客栈接过头。如果我是他，一定会派人在那里等着。"

宋卓武站起来："我认识方政委，我去。"

"方政委肯定不会亲自在那里等，还是我去吧。"

宋卓文戴上一顶宽檐礼帽和那副黑框眼镜上了街。他发现，每个主要路口都有特务宪兵检查行人的证件。于是他避开大道，专挑窄街小巷，费了很大的劲儿才来到富升客栈。

他刚走进去，就看到柜台前站着几个日本宪兵在盘查住宿客人的良民证。

宋卓文立刻退了出来，可还是被一个宪兵看到了，那个宪兵正向客栈门口走来。

宋卓文出了门，转身欲走，迎面却走来两名警察。前有警察，后有宪兵，宋卓文一时间不知该如何应对。

忽然，从斜刺里冲过来一个女人，一把抓住宋卓文的胳膊。却是小尹。

小尹挡住了警察的视线，张口骂道："怎么说你也是个男人吧，拌两句嘴就离家出走。你走吧，你走我也走，孩子饿死拉倒。"

这边，眼看着宪兵就要走近了，另一个小伙子跨过来，挡住了宪兵。是虎子。

虎子也拉住宋卓文的胳膊："姐夫，这就是你的不对了，你咋能一天不回家呢？你看把我们姐俩急的，这通找。有啥大不了的呀，走，回家说去。"

宪兵看着他们二人将宋卓文拉走，没再言语，转身向客栈走回去。

离开客栈后，宋卓文低声问道："你们一直在这里？"

"对，方政委失去了你的下落，急了，让我们在这里死等。"虎子说。

"我那儿还有人呢。"

小尹说："是谢月吧？一块儿把他们都接走。"

搜了一天也没有宋卓文的下落，浅野寺对着话筒骂道："找不到？那么你们特高课今天晚上不许睡觉，明白吗？"

他气急败坏地扔下电话，一抬头，看见站在办公桌前的关雪。

"这句话对你们特务科同样适用。你还待在这儿干吗？赶紧去街上，督促手下去搜索！"

"浅野课长，我有一个请求。"

浅野寺冷笑："让我放了你弟弟？"

"我情愿用我的全部财产再加上我的命，来换小凯的命，行不行？"

"关科长，你太高估自己了。你的命没那么值钱。不过，有一个人的命值这个价钱。"

关雪立刻就明白了："宋卓文？"

"不错。只要找到他，无论生死，你弟弟都会被立即释放。与其在我这里浪费时间，还不如回去想想办法。"

六

这是一个繁忙的车间。工人们有的在敲打零件，有的在焊接设备，一片忙碌。

宋卓文、宋卓武甚至谢月都换上了一身工人的制服。他们在同样装扮的虎子、小尹的带领下穿过车间。

虎子说："放心吧，这些工人都是可靠的同志。"

果然，在他们行进的路上，不断有工人对他们露出善意的微笑。

车间的尽头有一道铁门，打开铁门，一道铁制楼梯蜿蜒向上。几人顺着楼梯登上了一座平台，推开了一道门。

里面是一个宽敞的房间。

方政委从椅子上站起身，快步走来。他双手握住宋卓文的手："卓文同志，你受苦了。"

"终于见到你了，方政委。我看到了浅野寺保险柜里的防卫措施，所谓的'F'机场，就是哈尔滨东北郊的军用机场。"

那天深夜，从北方传来隆隆的飞机声。

第一队轰炸机的第一个目标就是那座军用机场。

一枚枚炸弹投下来，刹那间，一架架飞机以及储存在机场仓库里的细菌武器都葬身在火海之中。

一九四五年八月九日零时十分，苏联红军向盘踞在中国东北地区的关东军发起了强大的攻势。

虎子带着一沓报纸从街上回来。

方政委问："外面情况怎么样？"

"普通的日本人都在收拾行李准备逃离。"

"报纸上怎么说？"

虎子将报纸放在桌上："对战争打响的消息，只字未提。"

谢月拿起一张报纸看着。

方政委冷笑着："封锁消息是他们一贯的伎俩。"

宋卓文说："方政委，在《通化防卫计划》中，有关于在哈尔滨组建地下军的内容。我在浅野寺的保险柜里看过一个会议记录。因为他们确认先前的计划已经泄露，所以决定让浅野寺重新部署。"

"他们没有想到战争来得这么快，重新部署必然很仓促。"

"关东军参谋长要求这份部署计划不要留下文字，待浅野寺完成构想后向他口述。"

"也就是说，目前这份新的计划还在浅野寺的脑子里。"

宋卓文点点头。

宋卓武说："要是能把浅野寺宰了，这份什么鬼计划也就泡汤了。"

宋卓文转过脸去，盯着哥哥。

"我知道，你又该说我不靠谱了。我就是那么一说。"

"不，如果真的能除掉浅野寺，至少能够彻底打乱他们的准备步骤。"

宋卓文思考着，无意间瞥了一眼谢月手中的报纸，忽然注意到了什么："谢月，把那份报纸给我看看。"

宋卓文紧盯着的是上面的一则《寻人启事》，那种书写方式，宋卓文再熟悉不过了，是老段曾经用过的联络手段。宋卓文按照规则，将那些字一个个挑出来，组成了一句话。落款是关雪。

第三十章
尾声

关雪等了好久，桌上的电话铃终于响了起来。

"喂？"

"是我。"

"我还以为你没时间看报纸上的《寻人启事》了呢。"

"你找我有什么事吗？"

"我想见你一面。"

"我会跟你见面吗？"

"下午，有一批反满抗日分子要被处决，我知道刑场的位置。"

"你为什么会告诉我？"

"因为小凯也在其中。"

"你可以在电话里告诉我刑场的位置。"

"不，我必须当面跟你说。"

电话那头沉默了片刻，宋卓文说："一个小时之后，我们在道外公园的大门口见面。"

"好。"

"记住，你穿上那身淡蓝色的西装套裙，就是我陪你买的那一件。"

"你还记得陪我买衣服的事？"

"我让你这么做，是为了从远处可以认出你。"

关雪刚要再说什么，电话啪的一声挂断了。

站在她身边浅野寺说："关科长，你做得非常好。看到宋卓文的尸体，你的弟弟就自由了。"

"课长，我不明白，宋卓文虽然可恨，但是值得您如此大动干戈吗？"

"实话告诉你，在即将组建的地下军名单里，有你们特务科的人，其中就包括你。"

关雪愣了一下。

"也有特高课和守备团的人。宋卓文在谍报系统工作的这段时间，不但熟识许多张面孔，还对我们的工作流程、习惯一清二楚。把他留在哈尔滨，就是留下一颗随时会爆炸的炸弹。"

"这一次……不要活的，是吗？"

"是的，见到他就直接击毙。"

关雪没有说话。

"挑几个精干、枪法好的人交给我。兵不在多，而在于精。"

半小时后，关雪穿着那身淡蓝色的套裙拎着一个手包站在道外公园大门口等待着。

浅野寺坐在一辆轿车的后座上，用望远镜观察着远处的关雪。忽然，他看到关雪扭过头，盯着一座公用电话亭。

电话铃声不断地响着。
关雪走过去，拿起电话听筒："喂？"
"立刻赶到索菲亚教堂的东侧门。"
"喂，卓文——"
啪的一声，对方挂断了电话。

浅野寺看到关雪从电话亭里走出来，伸手拦下了一辆黄包车。
他吩咐司机："不要急，远远地跟着她。"
二十分钟后，那辆黄包车刚刚到达教堂的东侧门，关雪就听到路边的一座电话亭内响起了电话铃声。

浅野寺通过望远镜，看到关雪从电话亭里走出来，拦下一辆出租车。他明白宋卓文不会轻易露面，早就做好了与他周旋一番的准备。浅野寺再次叮嘱司机，不要急躁，一定要稳住。

果然，关雪又换了几个地方，接听了几通电话，然后走到一条行人很多的街道上。
司机左顾右盼，有些慌张："我找不到她了。"
副驾驶座上的一个特务指着左侧："在那里！"
浅野寺望过去，果然在路口左侧的岔路上看到了关雪的背影。

穿过这条街，关雪走上了江边的一片沙滩。宋卓文从一艘废弃的渔船后面走了出来。

两个人面对面地站着。
关雪先开了口："你到底是谁？"
"宋卓文，从小到大都是这个名字。"
"你把我害惨了。不，是你们哥俩把我害惨了。"
"真的吗？那些被你杀害的抗日志士怎么说？他们的家属是谁害惨的？"
"我不想再跟你辩论这些大道理了，我只想小凯能平平安安地回到我身边。"说着，关雪甩掉手包，举起了手枪。
"你骗我！你不是来告诉我刑场地址的！"
"只有用你的命才能换回小凯。"

看到远处江滩上关雪举枪对着宋卓文，浅野寺带着几个特务向他们走过去。

隔着很远，浅野寺就看出关雪的手臂在颤抖。

"关雪！你还在犹豫什么？你们两个注定是你死我活的仇敌。到了这一步，你还不能清醒过来吗？开了这一枪，你就能见到关凯了！"

砰的一声枪响，关雪的枪口冒出一股青烟。

宋卓文应声倒地。

关雪踉踉跄跄地走向江边，无力地瘫坐在沙滩上。

浅野寺狞笑着走到那具脸朝下趴在地上的尸体前。他蹲下身子，将"尸体"翻了过来。

宋卓武转过身来的同时，手中的枪响了。与此同时，几个隆起的沙丘下面突然跃起几名地下党员，他们纷纷开枪击毙了其余的特务。

浅野寺的胸口血流如注。他跪在地上，望着面前的宋卓武："你……你到底是谁？"

"听说过'满洲罗宾汉'吗？"

浅野寺苦笑一声，点了点头。

宋卓武第二枪正中浅野寺的眉心。

宋卓武对其他同志和穿着关雪服装的谢月说："走，找他们会合去！"

事实上，关雪刚刚进入那条街，就有一个挑着两大捆芦席的小贩挡在她的身后。与此同时，穿着与关雪一模一样服装的谢月从一家店铺内走了出来，引导浅野寺走向了另一个方向。

谢月用手枪对着宋卓武击发了一发空包弹。宋卓武倒地装死的时候，真正的关雪到了另一片沙滩。

面对着关雪的枪口，宋卓文说："等一等，行吗？"

"等什么？"

"等小凯。"

"小凯？"

"你上当了。就在你和浅野寺出来杀我的时候，小凯和其他的抗日志士已经被押上了刑场。我可以告诉你，他已经被救了。"

"胡扯，刑场的地点是绝对保密的。"

"你以为，战斗在你们内部的只有我一个人吗？"

关雪将信将疑。

"姐！姐——"忽然，远处传来关凯的喊声。

关雪一扭头，看到关凯、方政委、李队长和另外一些地下党员走了过来。她的眼泪流了下来。与此同时，她也看到附近的沙丘上好几支步枪在瞄准她。

关雪擦掉泪水，但她的枪口仍然指着宋卓文。

"放下枪吧。"宋卓文说。

"你能保证我不死？"

448

宋卓文摇了摇头："我不想骗你，但是只能保证，让你接受公正的审判。"

关雪笑了笑，忽然正色道："我以为我喜欢你哥，其实我更喜欢你。活着不能嫁给你，就让我们在阴间做夫妻吧。"说着，关雪扣动了扳机。

"砰！砰！砰！"三声枪响。

宋卓文站着没动，关雪身中两弹，倒在地上。

关雪对着宋卓文的耳侧开了一枪。而两名地下党员对着关雪的胸口分别开了枪。

关凯跑过来，跪了下去，他叫了几声，可是关雪已经说不出话了。

此时，宋卓武、谢月等人也赶到了。

宋卓文蹲下来，把手放在关凯的肩膀上。

"小凯，对于你姐姐，这可能是最好的归宿。"

关凯擦了一把泪。

宋卓文把他扶起来："走吧。"

"去哪儿？"

"战斗虽然已经打响，但是日寇还没有投降。东北大地还没有彻底回到祖国的怀抱，有很多重要的事，在等着我们去做。"

（全书完）

图书在版编目（CIP）数据

哈尔滨一九四四 / 刘天壮著 . — 北京：北京联合出版公司，2024.5
　　ISBN 978-7-5596-7568-2

Ⅰ.①哈… Ⅱ.①刘… Ⅲ.①长篇小说 – 中国 – 当代 Ⅳ.① I247.5

中国国家版本馆 CIP 数据核字（2024）第 078056 号

哈尔滨一九四四

作　　者：刘天壮	
出 品 人：赵红仕	出版监制：辛海峰　陈 江
特约监制：刘皇甫　陆 乐	产品经理：殷 希　穆 晨　谢佳卿
特约策划：韩建蕊　张婷婷　高一丹	责任编辑：夏应鹏
特约编辑：丛龙艳	营销支持：肖 瑶　祁 悦　陈淑霞
责任印制：赵 明　赵 聪	内文排版：芳华思源
封面设计：@Recns	

北京联合出版公司出版
（北京市西城区德外大街 83 号楼 9 层　100088）
北京联合天畅文化传播公司发行
天津中印联印务有限公司印刷　新华书店经销
字数 652 千字　710 毫米 ×1000 毫米　1/16　29 印张
2024 年 5 月第 1 版　2024 年 5 月第 1 次印刷
ISBN 978-7-5596-7568-2
定价：68.00 元

版权所有，侵权必究
未经书面许可，不得以任何方式转载、复制、翻印本书部分或全部内容。
如发现图书质量问题，可联系调换。
质量投诉电话：010-88843286/64258472-800